Marquis de Sade

Werke in fünf Bänden

Band 4

Donatien-Alphonse-François
de Sade

Juliette

oder

Die Wonnen des Lasters

Zweites Buch

Könemann

Könemann Verlagsgesellschaft mbH
Bonner Straße 126, D-50968 Köln

Herausgegeben von Bettina Hesse
Satz und Gestaltung: Andreas Pohlmann 714
Herstellungsleiter: Detlev Schaper
Cover: Peter Feierabend
Printed in Hungary
ISBN 3-89508-092-6

Inhalt

Fortsetzung des dritten Teiles

Niemals hat einer Witwe die Trauer besser gestanden, sagte man, als mir mein Trauerschleier, unter welchem ich mich in der »Gesellschaft« Chaberts vögeln ließ. Was ich aber noch schöner fand als diese Trauer, waren die vier schönen Besitzungen, 50.000 Francs Rente wert, welche ebenso wie 100.000 Francs Barvermögen, mein Eigentum wurden. Das gab mir die Mittel, nach Italien zu reisen und so krönte die Hand des Schicksals noch einmal das Verbrechen, in der Person seiner getreuesten Anhängerin.

Der Abbé Chabert, der lange in Italien gewesen war, gab mir die besten Empfehlungsschreiben mit. Ich ließ ihm meine Tochter und er versprach mir, für sie aufs Beste zu sorgen, mehr aus Rücksicht für mein eigenes Wohl als meiner Mutterliebe, von der er wußte, daß meine Philosophie sie nicht kannte, zu schmeicheln. Ich nahm als Buhlobjekt nur einen großen brillant gewachsenen Lakai, namens Zephyr, dessen Flora ich öfters gewesen war, und ein ebenso schönes Kammermädchen, namens Augustine, mit. Mit diesen und einem wohlgespickten Geldbeutel fuhr ich ohne Aufenthalt nach Turin.

Wie atmete ich auf, als ich endlich die freie und reine Luft dieses interessanten und soviel besuchten Landes Europas atmete. Endlich in dem Vaterland der Neros und der Messalinen, konnte ich diese Muster des Verbrechens und der Ausschweifung vor Augen, gleichzeitig die Übeltaten des blutschänderischen Sohnes der Agrippina und die Lasterhaftigkeit der ehebrecherischen Frau des Claudius nachahmen. Diese Idee ließ mich nicht schlafen und ich verbrachte die Nacht in den Armen eines schönen, jungen Mädchens des Hotels D'Angleterre, wo ich abgestiegen war, einer entzückenden Kreatur, die ich gleich nach meiner Ankunft verführte und an deren Busen ich göttliche Freuden genoß.

Es gibt keine ehrbarere und langweiligere Stadt in Italien als Turin. Der Liebhaber ist langweilig, der Bürger traurig, das Volk devot und abergläubisch. Ich hatte auf meiner Reise den Plan gefaßt, eine reisende Kurtisane zu sein und in Turin begann ich damit. Überall wollte ich mich zeigen und indem ich von meiner Ausschweifung Profit ziehe, alles genießen, was Jugend und Manneskraft nur bot, gleichzeitig aber aus meinen Reizen Kapital schlagen. Infolgedessen ließ ich am Tage nach meiner Ankunft einer gewissen Diana, der berühmten Kupplerin Turins sagen, daß eine schöne und junge Französin zu haben wäre, sie solle zu mir kommen, um sich mit mir zu einigen. Die Kupplerin erschien, ich klärte sie über meine Absicht auf. Von fünfzehn bis fünfundzwanzig konnte mich jeder umsonst haben, der gesund war, von fünfundzwanzig bis fünfunddreißig kostete es 25 Louis, von fünfunddreißig bis sechzig 100, und 200 zahlte, wer darüber war. Ich erfülle alle Phantasien, ließe mich auch peitschen. »Und was ist's mit dem Arsch, meine schöne Freundin«, fragte mich Diana, »das ist das gesuchteste Objekt in Italien. Ihr könnt mit eurem Arsch in einem Monat mehr Geld verdienen, als mit Eurer Fut in vier Jahren.« Ich versicherte Diana, daß ich um den doppelten Preis meinen Verehrern zu Diensten stehe. Es dauerte nicht lange, so ließ mir Diana sagen, der Duc de Chablais erwarte mich zum Souper.

Nach einer üppigen Toilette, durch welche ich so gut verstand, die Natur zu verschönern, kam ich zu Chablais, damals vierzig Jahre alt und bekannt in ganz Italien durch seine Lasterhaftigkeit. Der Herr des Hauses empfing mich mit einem seiner Buhler und beide erklärten mir, wie ich ihnen gefällig sein werde. »Entkleiden Sie sich dieser Kostbarkeiten«, sagte der Duc und führte mich in ein sehr elegantes Boudoir, »die Kunst verhüllt so oft die Fehler, daß mein Freund und ich nur die Nacktheit lieben.« Ich folgte. »Man sollte niemals angezogen sein, wenn man einen so schönen Körper hat«, sagten meine Angreifer, »so sind alle Französinnen, Figur und Hand entzückend, wir besitzen nichts dergleichen.« Sie besichtigten mich hierauf, indem sie mich hin- und herdrehten. Endlich sagte der Duc: »Juliette, bevor du mit uns zu tun bekommst, wirst du uns deine Kunst an einigen Knaben beweisen, die wir nacheinander zu dir schicken. Lege dich auf's Kanapee und sobald wir dir einen Mann schicken, geile ihn mit der ganzen Kunst einer Französin, denn kein Land versteht das besser. Sobald du ihn fertig zum Entladen siehst, näherst du sein Glied bald meinem, bald dem Mund meines Freundes, dort sollen sie ihren Samen verlieren. Hierauf werden wir sie abwechselnd in den Arsch ficken. Du kommst erst daran, wenn wir an dieser Wollust genug haben und dann werden wir sagen, was du zu tun hast.«

Hierauf begann die Prozession, alle Knaben waren zwischen vierzehn und fünfzehn Jahren alt, keiner älter und entzückend aussehend. Alle entluden, manche das erstemal in ihrem Leben. Die zwei Freunde verschluckten den Samen, indem sie sich gegenseitig geilten und in den Hintern fickten, dann alle dreißig, indem sie sich gegenseitig die Burschen hielten und vier bis fünf Minuten mit ihren Schwänzen bearbeiteten, ohne zu entladen. Am Schlusse dieser Belustigung schäumten sie vor Wollust. »Jetzt kommst du an die Reihe, schöne Französin«, schrie der Duc, »du bekommst den Weihrauch entzündet von diesen schönen Knaben. Dein Arschloch wird zwar weiter sein als ihres, aber wir werden uns helfen.« Sie befeuchteten mein Arschloch mit einer Essenz, deren Effekt war, daß sie mich beim vögeln zerrissen und das Blut floß. Einer nach den anderen kam an die Reihe und alle beide entluden mit unglaublichen Zeichen von Wollust. Hierbei umgaben sie sechs junge Leute, zweien küßten sie den Arsch, mit jeder Hand geilten sie einen und von den anderen zweien ließen sie sich im Arsch lecken und die Hoden kitzeln. Hierauf verschwanden sie, ein altes Weib kam und führte mich in mein Hotel zurück, nachdem sie mir 1.000 Scudi aufgezählt hatte. »Mut«, sagte ich mir, »meine Spaziergänge in Italien werden mir nicht teuer zu stehen kommen, aber leider blühen die Blumen nicht immer unter den Füßen der Kurtisanen und mit dem Titel empfängt man auch die Last. Doch so weit sind wir noch nicht. Der König von Savoyen, so fromm er ist, ist doch allen Lüsten hold, Chablais hat ihm von mir erzählt, er wollte mich sehen. Diener erklärten mir, daß es sich nur darum handle, von seiner königlichen Hand einige Klistiere zu erhalten, sein Vergnügen bestehe darin zu sehen, wie ich sie zurückgab, während ich ihm das Glied geilte. Dafür bekäme ich 2.000 Scudi.

Ich war neugierig zu sehen, ob ein König so entlade wie die anderen Männer und schwankte daher nicht lange. Der König der Rauchfangkehrer erniedrigte sich, mir den Barbier zu spielen. Ich gab ihm sechs Klistiere in den Mund zurück und da ich sehr gut geilen kann, entlud er sich in höchster Wollust. Er bot mir die Hälfte seiner Schokolade an. Wir beschäftigten uns mit Politik. Die Rechte meiner Nation und meines Geschlechtes und mein natürlicher Freimut erlaubten mir, dem kleinen Despoten ohne Gefahr folgendes zu sagen: »Verehrungswürdiger Pförtner Italiens, Abkomme eines Hauses, dessen Ahnen, einst einfache Kaufleute, nur dadurch groß geworden sind, daß sie den Fürsten jenseits der Berge gestattet, durch ihre Staaten zu ziehen, um sich an Italien satt zu fressen, gegen die Belohnung der Teilung, mit einem Wort, Zaunkönig von Europa, höre mich einen Moment an. Schwebend über den Bergen, wie der Vogel über dem Korb, siehst du, daß, um groß zu werden, dir nichts übrig bleibt, als die Dummheit jener Abenteurer, das hat man dir schon vor dreißig Jahren gesagt. Doch das ist jetzt anders geworden, drum laß dein Szepter liegen und gib Savoyen an Frankreich zurück. Siehe, diese herrlichen Berge schließen dein Reich ab, die Hand, die sie aufgetürmt, hat dir damit eine Grenze gesetzt. Was brauchst du in Frankreich zu regieren, der du nicht einmal in Italien zu regieren verstehst. Vor allem, mein Freund, setze keinen neuen König in die Welt, wir haben genügend dieser unnützen Individuen, die das Volk quälen und martern und es auffressen unter dem Vorwand, es zu regieren. Es gibt nichts überflüssigeres auf der Welt, als einen König. Steige herunter von deinem Thron, bevor das Volk, müde ihn zu sehen, dich samt ihm umwirft. Für uns gibt es keine geheiligten Personen mehr und die Weisheit verwirft so ein Kerlchen wie dich, das sich einbildet, uns regieren zu können, weil sein Vater einige Pergamentfetzen in seinem Archive aufgehoben. Deine Autorität besteht nur mehr in der Einbildung. Einen Moment nur und du gehörst zu den Packträgern deines Königreiches. Glaube nicht, daß dazu viel gehört. Je mehr die Menschen aufgeklärt werden, desto weniger schätzen sie, was sie einst blendete. Glaube mir, du und deinesgleichen gewinnen nichts bei dieser Operation. Man fühlt langsam, daß ein König auch nur ein Mensch ist und kein einziger Souverän der Welt, die nötigen Gaben (denn nur seine Weisheit gibt ihm das Recht zu regieren) besitzt für diese Stellung. Die erste Tugend dessen, der die Menschen regieren will, ist, diese zu kennen, wie aber soll es der, welcher blind durch Schmeicheleien, niemals sie beurteilen können wird. Nicht der im Glücke geborene lernt seinesgleichen befehlen, wer nur immer glücklich war, kennt nicht das Elend und wird nicht herrschen können über diese, die darin leben. Folge meinem Rat und werde wieder Bauer, das ist das Beste für dich.«

Der König der Murmeltiere war ein wenig erstaunt von meinem Freimut, antwortete mit Schmeicheleien, die ebenso falsch waren, wie alles, was von einem Italiener kommt.

Am Abend führte man mich in einen Klub, wo um einen grünen Tisch herum die Gesellschaft sich in zwei Klassen teilte. Auf der einen Seite die Gauner, auf der anderen die Betrogenen. Ich erfuhr, daß es in Turin Sitte sei, im Spiel zu betrügen, daß man einer Frau nicht den Hof machen könne, ohne sich von ihr bestehlen zu lassen. »Das ist eine komische Sitte«, sagte ich zu einer der Spielerinnen, die mir dies mitteilte. »Ich finde es sehr einfach«, sagte meine Lehrerin, »das Spiel ist ein Geschäft, daher jeglicher Schwindel erlaubt. Verübelt man es denn einem Kaufmann, wenn er seine Fenster verdunkelt, um uns über seine Ware zu täuschen. Alle Mittel, sich zu bereichern, sind gut.« Ich fragte die Frau, wie man auf diese Weise den Leuten das Geld wegnehmen könne, die anderen kenne ich zur Genüge. »Es gibt darin

Meister«, sagte sie, »und wenn Sie wollen, schicke ich Ihnen einen.«

Man weiß, daß er das Haus kennt, vor welches er halten wird und der gefällige Italiener findet sich auf's Beste mit diesem Arrangement ab. Da ich die Gewohnheit dieses Landes zu gut kannte, bestimmte ich Sbrigani die Rolle meines Gatten und wir fuhren nach Florenz. Da wir keine Eile hatten, machten wir nur kleine Tagereisen, und ich bewunderte dieses herrliche Land, das einem Himmel gliche, wenn es keine Menschen darin gäbe. Die erste Nacht schliefen wir in Asti. Eine Ruine seiner einstigen Größe. Am nächsten Tag blieben wir in Alexandria, weil Sbrigani mir versicherte, es gebe hier sehr viel Arbeit und daher auch genug Opfer. Sobald wir irgendwo ankamen, ließ mein besorgter Gatte im geheimen, aber genügend offiziös verlauten, daß ich zu haben sei und zu welcher Bedingung und zu welchem Preis. Der erste welcher kam, war ein alter piemontesischer Fürst, der sich seit zehn Jahren zurückgezogen hat. Er wollte nur meinen Arsch sehen. Sbrigani ließ ihn zuerst 50 Scudi zahlen, aber der Duc, von dem Anblick erregt, wollte weiter gehen. Ich sagte ihm jedoch, daß ich ohne meinen Gatten nichts zugestehen könne. Der Duc, außer Stande, etwas Wirkliches zu unternehmen, verlangte nur peitschen zu dürfen. Diese Sucht tröstet die einstigen Liebhaber des Arsches, man liebt es, den Gott zu schänden, dessen Tempel man nicht mehr eröffnen kann. Für einen Scudo pro Schlag erlaubte ihm Sbrigani es zu versuchen, und nach einer Viertelstunde hatte ich 300 Scudi in der Tasche. Mein Gatte bemerkte an der freigebigen Art des hohen Herrn, daß es möglich sei, denselben noch anders dran zu kriegen, und ersuchte mir ihn, die Ehre zu geben und mit mir zu soupieren. Ganz begeistert von dieser Gunst sagte der alte Schlemmer zu.

»Verehrungswürdiger Günstling des größten italienischen Fürsten«, sagte mein Gatte und stellte ihm Augustine vor, welche wir eingeweiht hatten. »Es ist Zeit, daß das Blut in Ihnen spricht, daß die Natur sich rächt. Erinnern Sie sich an die Bandelei, die Sie einst in Venedig mit der Signora Delphina hatten? — Wohlan, hier ist die Frucht dieses Verhältnisses. Augustine ist Ihre Tochter, umarmen Sie sie, sie ist Ihrer würdig. Ich habe sie erzogen und ich schmeichle mir, aus ihr eines der schönsten und klügsten Geschöpfe Europas gemacht zu haben. Ich habe Sie seit langem gesucht und da ich gehört, daß Sie in Alexandria leben, wollte ich mich persönlich überzeugen. Ich sehe, daß ich mich nicht getäuscht habe, Monseigneur, und ich hoffe, daß Sie meine Bemühungen belohnen werden, daß Sie einem armen Italiener, dessen einziger Reichtum die Schönheit seiner Frau ist, etwas Güte entgegen bringen werden.« Die schlanke und reizende Figur Augustinens, ihr ausgezeichnetes Italienisch, ihre schönen schwarzen Augen und der Schnee ihres Teints entflammten den Duc rasch. Der Ansporn der Blutschande vermehrte in seinen Augen sehr die Lust, die er von dem schönen Mädchen hoffte und nach einigen Auseinandersetzungen und Aufklärungen, die Sbrigani gab, versicherte der arme Duc, daß das Blut in ihm spreche, er erkenne Augustine an und wolle sie sofort mit sich nehmen, um ihr seinen Rang zu verleihen.

»Sachte, Monseigneur«, sagte mein Gatte, »Eure Exzellenz haben große Eile, aber diese Tochter gehört mir, solange Sie mir nicht die ungeheueren Kosten ersetzen, die ich auf sie verwendet habe. 10.000 Scudi werden kaum genügen. Aber die Ehre, die Sie meiner Frau erwiesen, veranlaßt mich, mit dieser Summe mich zu begnügen. Wenn Sie wollen, daß Augustine Ihnen folgt, so muß ich schon um diese Summe bitten. — Der Duc, ebenso reich als lüstern, hätte jede Summe für ein so schönes Exemplar gezahlt. Am selben Abend noch erhielten wir das Geld und meine Kammerfrau folgte ihrem eingebildeten Vater. Dieses unbezahlbare Mädchen, von uns glänzend instruiert und mindestens so geschickt wie ich, wenn es galt, andere auszubeuten, führte einen glänzenden Streich aus. Wir erwarteten sie in Parma, nach vierzehn Tagen kam sie und erzählte, daß der Duc, sterblich in sie verliebt, noch am selben Abend ihre Gunst verlangt hatte. Je mehr sie ihm die Blutbande vorhielt, die ein solches Verhalten hindern sollten, desto mehr kam der Schweinkerl in Feuer, desto mehr verlangte er nach ihr, indem er versicherte, in Italien kümmere man sich um derartiges nicht sehr. In seinem eigenen Hause sich wohler fühlend und mit Hilfe von Stärkungsmitteln, die er bei mir anzuwenden nicht wagte, kam der alte Bock noch zu einem Ständer und der entzückende Arsch Augustinens, nachdem er seine Prügel ertragen, erhielt auch noch seinen Schwanz. Diese Nachgiebigkeit des schönen Kindes hatte den alten Duc so entflammt, daß er sie mit Geschenken überhäufte und ihr sein ganzes Vertrauen schenkte. Herrin seiner Schlüssel, hat sie sich nun mit seiner Kasse ans dem Staub gemacht, in welcher wir über 500.000 Francs fanden.

Nach einem solchen Fange blieben wir nicht lange in der Nachbarschaft, obwohl die Gefahr nicht groß war. In Italien braucht man, um der Gerechtigkeit zu entgehen, nur in eine andere Provinz zu übersiedeln. Denn ein Staat leiht dem anderen keine Rechtshilfe. Wenn man daher täglich oder sogar zweimal des Tages die Staaten wechselt, ist man zum Souper in Sicherheit vor der Verfolgung des Verbrechens, das man zum Mittagessen begangen. Nichts ist so bequem für Reisende, wie wir es waren, die gesonnen waren, mit Verbrechen nicht zu sparen.

Wir verließen Parma und nahmen in Bologna Aufenthalt. Die Schönheit der Frauen dieser Stadt erlaubte es mir nicht, weiterzuziehen, bevor ich mich nicht daran gesättigt hatte.

Sbrigani, welcher mir ausgezeichnete Dienste leistete, wofür ich ihn mit Gold überhäufte, verschaffte mir die Gelegenheit, mich bei der Witwe eines seiner Freunde, die für ihr Geschlecht ebenso begeistert war wie ich, meinem Lieblingsvergnügen hinzugeben. Die entzückende Kreatur, sechsunddreißig Jahre alt und schön wie eine Venus, kannte alle Sapphos von Bologna. In acht Tagen hatte ich mich mit mehr als hundertfünfzig Frauen begeilt, eine schöner wie die andere. Endlich verbrachten wir eine ganze Woche nahe der Stadt in einer berühmten Abtei, wohin meine Freundin öfters Ausflüge machte. Oh meine Freunde, der Pinsel Aretinos ist nicht imstande, die schamlosen Ausschweifungen zu beschreiben, denen wir uns in diesem heiligen Asyle

KARSTADT
ESSEN - BORBECK
IHR SYMPATHISCHES WARENHAUS

roßer Haushaltwarenverkauf
b 2. Januar!!

61	9783478871204	(2)
TEUERN SPAREN		6,90
umme EUR		6,90 *
egeben Bar EUR		6,90
urück		0,00

-Mehrwertsteuerausweis-

WKZ	MWST	ST.-BETRAG	NETTOBETRAG
(2)	7,00%	0,45	6,45

WIR DANKEN FüR IHREN EINKAUF
0452 233 001 1 ONLINE 10.01.02 18:57

Lastschrift ermächtige ich meine Bank unwiderruflich, der Karstadt Warenhaus AG Namen und aktuelle Anschrift des Kontoinhabers mitzuteilen.

Im Falle der Nichteinlösung ermächtige ich die Karstadt Warenhaus AG, meine Daten in die Sperrdatei der Karstadt Quelle AG (Karstadt Warenhaus AG, Runners Point GmbH, Neckermann Versand AG, NUR Touristic GmbH), der Kaufhaus Ahrens AG und der Reuter GmbH aufzunehmen. Der Sperreintrag wird nach der Begleichung des Rechnungsbetrages gelöscht.

Unterschrift (Betrag siehe Vorderseite)

Ich ermächtige hiermit die Karstadt Warenhaus AG, den umseitigen Betrag von meinem Konto durch Lastschrift einzuziehen. Für den Fall der Rückgabe oder Nichteinlösung der Lastschrift ermächtige ich meine Bank unwiderruflich, der Karstadt Warenhaus AG Namen und aktuelle Anschrift des Kontoinhabers mitzuteilen.

Im Falle der Nichteinlösung ermächtige ich die Karstadt Warenhaus AG, meine Daten in die Sperrdatei der Karstadt Quelle AG (Karstadt Warenhaus AG, Runners Point GmbH, Neckermann Versand AG, NUR Touristic GmbH), der Kaufhaus Ahrens AG und der Reuter GmbH aufzunehmen. Der Sperreintrag wird nach der Begleichung des Rechnungsbetrages gelöscht.

Unterschrift (Betrag siehe Vorderseite)

hingaben. Alle Novizinnen, mehrere Nonnen, fünfzig Pensionärinnen, im ganzen hundertzehn Frauen, gingen durch unsere Hände. Ich kann sagen, daß ich in meinem ganzen Leben nirgends so gut gegeilt wurde wie dort. Die frommen Bologneserinnen besitzen, wie keine andere Frau in Europa, die Kunst, die Fut zu schlecken. Von der Klitoris zur Scheide und von der Scheide zum Arschloch lassen sie ihre Zunge mit einer solchen Schnelligkeit hin und her zittern, daß, obwohl sie die eine für das andere im Loche lassen, doch gleichzeitig in beiden zu sein schienen. Ihre Zungen sind von einer Schmiegsamkeit, von einer Geschicklichkeit, die einen in Verwunderung setzt. Sie sind nicht faul bei ihren Sapphos. Entzückende Kreaturen, niemals werde ich Eure Reize und die unverschämte Geschicklichkeit vergessen, mit welcher ihr das wollüstige Vibrieren meiner Nerven erregt und erhalten habt. Niemals werde ich Eure kundigen Entdeckungsfahrten vergessen, und die wollüstigsten Momente werden die sein, in welchen ich dieser Freuden gedenke. Alle waren so schön, so frisch, daß mir die Wahl schwer fiel. Wenn ich mir eine aussuchen wollte, so beirrte die Menge der Schönheiten derart meine Aufmerksamkeit, daß ich nur der Gesamtheit meinen Tribut zollen konnte. Dort war es, wo ich das, was die Italiener Rosenkranz nennen, ausführte. Ungefähr hundert mit Godmichés ausgestattet, stellten wir uns in einem großen Saale auf und bildeten, die Großen mit der Scheide, die kleinen mit dem Arsche, um die Jungfernschaft zu schonen, eine Kette. An jedem neunten Platze kam eine der Ältesten, man nannte das Vaterunser. Die allein durfte sprechen. Sie befahl, wann man entladen sollte und alle anderen Bewegungen der merkwürdigen Orgie. Bald aber erfanden sie eine neue Art Vergnügen. Hierbei war ich das Zentrum; ausgestreckt auf einer Gruppe von sechs, welche mich durch ihre wollüstigen Bewegungen bald hoben bald senkten, wurde ich von je sechs anderen heimgesucht und in allen Lüsten versucht. Die eine sog an meiner Scheide, mit jeder Hand geilte ich eine, eine vierte saß auf meiner Brust und geilte sich mit meinen Brustwarzen, eine fünfte rieb sich mit meinem Kitzler und die sechste onanierte vor meinen Augen. Alle entluden, ich wurde von jenen überschwemmt und auch ich konnte mich nicht zurückhalten. Endlich bat ich sie, mich zu sodomisieren. Eine setzte sich mit der Scheide auf meinen Mund und so erhielt ich ihre Säfte. Dieses Weib wechselte so oft, so oft einen neuen Godmiché in mein Arschloch eindrang. Meine Freundin machte es umgekehrt. Sbrigani stopfte während der Zeit durch seine große Geschicklichkeit die Löcher, welche meine unsinnigen Ausgaben unserer Börse zufügten, indem er fünf bis sechs Freunde ausplünderte. Glückliches Talent, welches seine Ausgaben mit dem Gelde anderer bestreitet und seine Verluste mit denen der anderen bezahlte. Wir verließen Bologna ebenso reich wie wir kamen, obwohl wir gegen 3.000 Scudi für meine Ausschweifungen ausgegeben hatten; ich war erschöpft, aber da die Ausschreitungen der Unzucht, obwohl sie den Körper ermüden, die Fantasie nur neu entflammen, plante ich 1.000 neue Exzesse. Ich warf mir vor, nicht genug getan zu haben, beklagte die Unfruchtbarkeit meines Geistes und hier empfand ich, daß die Gewissensbisse darüber, nicht alle Sünden begangen zu haben, stärker sind, als die der Schwachmütigen, wenn sie von der Tugend abgeirrt.

Dies war mein geistiger und körperlicher Zustand, als wir den Apennin durchkreuzten. Diese ungeheuere Bergkette durchquert Italien und bietet den neugierigen Reisenden das größte Interesse. Es ist unmöglich, sich die pittoresken Blöcke vorzustellen, welche sich uns jeden Augenblick darboten. Auf der einen Seite sieht man die weite Ebene der Lombardei, auf der anderen Seite das adriatische Meer. Mit einem Fernrohr ausgestattet, konnten wir das alles bewundern. Wir speisten in Pietra-Mala mit der Absicht, den Vulkan zu besichtigen. Eine begeisterte Anhängerin aller Unregelmäßigkeiten der Natur, verehrend alle ihre Kaprizen und gräßlichen Taten, die sie uns täglich zu sehen gibt, begaben wir uns nach einem elenden Mittagessen zu Fuß durch die trockene verbrannte Ebene zum Vulkan. Die Erde war in der ganzen Umgebung sandig, unfruchtbar und mit Steinen übersät. Je näher man kommt, desto stärker wird die Hitze und man atmet die Kohle und die Metalle ein, welche der Vulkan ausspeit. Endlich erblickten wir den Brand, welchen ein leichter Regen nur anfachte. Der Krater ist ungefähr 30 bis 40 Schritte breit. Wo man gräbt, schlagen die Flammen heraus, gleich meiner Fantasie, wie ich zu Sbrigani sagte unter den Rutenhieben, welche mein Arsch erhält. Die Erde im Krater ist schwarz und ausgeglüht, die in der Umgebung wie verbrannter Ton und alles von dem Gestank des Vulkans durchtränkt, die Flammen, die aus dem Krater schlagen, verzehren alles, was man hineinwirft sofort, und haben einen violetten Schein wie eine Spiritusflamme.

Zur rechten des Pietra-Mala ist ein anderer Vulkan, der nur Feuer speit, wenn man ihn anzündet. Nichts war so reizend, als mit Hilfe einer Kerze die ganze Zone in Brand zu stecken. Ein solches Gehirn wie das meine sollte derartiges nie zu sehen bekommen, denn ich gestehe Euch ein, daß meine Kerze nicht so geschwind die Erde in Brand steckte als die aufsteigenden Flammen meinen Geist entzündeten. »Oh mein Lieber«, sagte ich zu Sbrigani, »wie fühle ich in mir die Sehnsucht des Nero, dessen Neigungen, wie ich Dir gesagt, die Luft seines Vaterlandes in mir rege macht. Wenn es geregnet hat und der Krater dieses zweiten Vulkans voll Wasser ist, dann entfesselt sich kochend das Element in neuer Stärke. Wie abenteuerlich bist Du doch, oh Natur, und Du wolltest, daß die Menschen Dich nicht nachahmen?«

Es ist zu befürchten, daß diese Vulkane, welche Florenz umgeben, es eines Tages begraben. Hier drängten sich meinem Geiste einige Ideen auf. Ist es nicht sehr wahrscheinlich, sagte ich mir, daß der Untergang von Sodom und Gomorrha, aus dem man ein Wunder macht, um uns von der Nationalsünde ihrer Bewohner abzuschrecken, daher kam, daß diese Stätten auf einem ähnlichen Boden standen? Die Umgebung des Asphaltmeeres, an welchem sie gelegen waren, waren nur kaum erloschene Vulkane, wozu also übernatürliches behaupten, wenn es sich durch die Natur selbst erklärt? Andere Ideen gab mir auch noch das Klima zu denken. Wenn in Florenz wie einst in Sodom und in Neapel wie einst in Gomorrha, am Ätna wie am Vesuv die Menschen nur für die Unzucht leben und sie verehren, so war es nicht schwer, zu dem Schlusse zu gelangen, daß der Verirrung der Natur die Unzucht des Menschen entspricht, und überall, wo sie auf Abwege gerät, zieht sie ihre Kinder mit.*

»Hier sind wir in Sodom«, sagte ich, »zahlen wir unseren Tribut den Sitten seiner Bewohner.« Und indem ich mich über den Krater beugte, bot ich meinen Arsch Sbrigani dar, während vor unseren Augen Augustine mit Zephyr uns nachahmten. Dann wechselten wir, Sbrigani versteckte sich in den schönen Arsch meiner Zofe und ich gegenüber wurde das Opfer meines Kammerdieners, Augustine und ich geilten uns außerdem noch.

»Das ist ja eine ganz reizende Beschäftigung«, ließ sich eine furchtbare Stimme vernehmen. »Störet euch nicht, ich ziehe es vor, euere Freuden zu teilen, als sie zu stören.« Mit diesen Worten erschien vor uns eine Art Zentaure und ließ uns eine gigantische Erscheinung sehen, wie wir sie in unserem ganzen Leben noch nie sahen. Diese Persönlichkeit, über 7 Fuß groß, mit einem ungeheueren Bart und erschreckenden braunen Gesicht, ließ uns einen Moment glauben, wir hätten es mit dem Fürsten der Finsternis zu tun. Überrascht von der Art wie wir ihn betrachteten, rief er aus: »Was, ihr kennt den Einsiedler des Apennin nicht?« — »Sicher nicht«, sagte Sbrigani, »wir haben noch nie von einem so

* Eine wichtige Frage drängt sich hier auf, wir halten sie für würdig, durch Gelehrte entschieden zu werden. Wodurch entsteht die Korruption eines Volkes? Ist es seine klimatische Lage, die Schwäche seiner Regierung oder die Übervölkerung der großen Städte? Trotz der Ideen, die Juliette ausspricht, ist es nicht die klimatische Lage, denn in London und Paris, in den Städten des Nordens gibt es nicht weniger Verkommenheit als in dem südlichen Messina und Neapel. Es ist auch nicht die Schwäche der Regierung, denn trotzdem dieselbe im Norden viel strenger als im Süden ist, ist ihr Einfluß durchaus kein größerer, folglich entsteht sie nur aus der allzugroßen Anhäufung von Menschen an einem und demselben Fleck. Alles, was sich anhäuft, verdirbt. Die Regierung, welche die Korruption ausmerzen will, muß sich daher der Übervölkerung widersetzen, und vor allem die Anhäufungen zerstreuen, um die Reinheit aufrecht zu halten.

schrecklichen Tier gehört.« — »Wohlan«, sagte der Eremit, »folgt mir, ich werde euch noch Staunenswerteres zeigen. Die Beschäftigung, bei welcher ich euch überrascht, überzeugt mich, daß ihr würdig seid, es zu sehen und auch zu genießen.« — »Herkules«, sagte Sbrigani, »wir lieben das Außergewöhnliche und sind zu allem bereit, um es zu schauen, aber die außergewöhnliche Stärke, die du zu besitzen scheinst, wird sie nicht unserer Freiheit gefährlich werden?« — »Nein«, antwortete er, »denn ich halte euch meiner Gesellschaft für würdig, sonst freilich wäret ihr verloren, beruhigt euch und folgt mir.« Entschlossen zu allem, um dieses Abenteuer zu verfolgen, benachrichtigen wir unsere Leute, uns im Wirtshaus bis zu unserer Rückkehr zu erwarten, und machten uns unter der Führung des Riesen auf den Weg.

»Ihr dürft nicht ungeduldig werden und ermüden«, sagte unser Führer, »wir haben einen tüchtigen Weg vor uns, doch werden wir ankommen, bevor sich die Schleier der Nacht herabsenken. Hierauf trat Schweigen ein und ich hatte Gelegenheit, den Weg und den Zugang zu der Behausung, wohin er uns führte, zu beobachten. Wir bestiegen in einer Stunde einen hohen Berg, von dessen Spitze wir in Abgründe von 2.000 Fuß Tiefe sehen konnten, dorthin führte unser Weg. Die ganze Gegend war mit so dichtem Wald bedeckt, daß man kaum vor sich sehen konnte. Nach einem Abstieg von drei Stunden kamen wir an einen großen See. Auf einer in der Mitte dieses Wassers gelegenen Insel erblickten wir den Turm des Schlosses, das unserem Führer gehörte. Von diesem selbst sah man infolge der hohen Umfassungsmauern nur das Dach. Seit sechs Stunden waren wir auf dem Weg, ohne ein Haus, ein menschliches Wesen, gesehen zu haben. Eine schwarze Barke, wie die Gondeln von Venedig, erwartete uns am Ufer. Jetzt konnten wir den düsteren Teich genau beobachten. Wir stiegen in die Barke, der Riese führte sie selbst. Wir kamen an den Fuß eines Eisentores, das in die starke Umfassungsmauer des Schlosses eingelassen war. Ein 10 Fuß breiter Graben bot sich uns dar, wir überschritten ihn über eine Eisenbrücke, die in die Höhe ging, sobald wir hinüber waren.

Eine zweite Mauer und eine zweite Eisenbrücke und wir gelangten vor eine dichte lebende Hecke, die unmöglich zu durchschreiten schien, weil sie uns überall ihre Spitzen entgegenstreckte. In ihrer Mitte befand sich die letzte Umwallung des Schlosses. Der Riese hob einen ungeheueren Stein auf, den nur er bewegen konnte. Es zeigte sich eine Wendeltreppe, wir stiegen hinab, die Steinplatte schloß sich und durch die Eingeweide der Erde gelangten wir, immer im Finstern, in die Keller des Schlosses, aus denen wir durch eine gleichfalls mittels einer Steinplatte verschlossenen Öffnung hinaufstiegen. Endlich standen wir in einem ganz mit Skeletten tapezierten Saal. Die Sitzplätze waren aus Gebeinen gebildet und man mußte sich, ob man wollte oder nicht, auf die Schädel setzen. Furchtbare Schreie schienen aus der Erde zu kommen und bald erfuhren wir, daß unter dem Gewölbe dieses Saales die Kerker der Opfer des Scheusales sich befanden.

»Jetzt habe ich euch«, sagte er, kaum daß wir saßen. »Ihr seid in meiner Gewalt, ich kann mit euch machen was ich will, doch erschreckt nicht. Die Beschäftigung, in der ich euch überraschte, ist meiner Denkungsart zu verwandt, als daß ich euch nicht für würdig hielte, die Freuden meiner Zurückgezogenheit kennen zu lernen und zu teilen. Hört nur zu, während man das Nachtmahl vorbereitet, will ich euch alles erzählen.

Ich bin Moskowite. Geboren in einer kleinen Stadt an der Wolga und heiße Minski. Mein Vater hinterließ mir nach seinem Tode ungeheuere Reichtümer und die Natur gab mir zu dem Vermögen entsprechende physische und psychische Eigenschaften. Ich fühlte mich nicht geboren, um in dem Provinzloch zu verkommen und ging auf die Reise. Die ganze Welt schien mir zu klein für meine Wünsche, denn ich fand überall Hindernisse. Gottlos, blutgierig, wild und ausschweifend, wie ich von Kindheit an war, durcheilte ich die Welt, nur um ihre Sünden kennen zu lernen. Ich bereiste ganz Asien und über die Behringstraße ging ich nach Amerika. Ich durchreiste diesen Teil der Welt, die zivilisierten und wilden Völker, nur um ihre Sünden und Greuel und ihre Verbrechen nachzuahmen. Ich brachte nach Europa so gefährliche Neigungen zurück, daß ich in Spanien zum Feuertod, in Frankreich zum Rad, in England zum Galgen und in Italien zur Vierteilung verurteilt wurde. Mein Geld bewahrte mich davor. Ich ging nach Afrika. Dort kam ich zu der Einsicht, daß wir die Tollheit haben, Widernatürlichkeit zu nennen, was nur der natürliche Zustand des Menschen ist. Diese braven Kinder der Sonne verlachten mich, als ich ihnen die Grausamkeit vorwarf, mit der sie ihre Frauen gebrauchen. Was ist das Weib anderes als ein Haustier, welches die Natur zu unserem Vergnügen und zu unseren Diensten geschaffen? Mit welchem Rechte sollen sie eine andere Stellung als unser Hausvieh haben? »Der einzige Unterschied, den wir finden«, sagten mir diese vernünftigen Männer, »ist, daß unsere Haustiere wegen ihrer Folgsamkeit und Unterwürfigkeit etwas Nachsicht verdienen, während die Frauen wegen ihrer Falschheit, Treulosigkeit nur auf Strenge und Härte Anspruch haben. Wir vögeln sie; und was kann man mit einer Frau, die man gevögelt hat, anderes machen, als sie wie seinen Ochs oder Esel verwenden oder sie schlachten, um sich von ihr zu nähren.« Mit einem Wort, dort lernte ich die Menschen kennen, lasterhaft aus Temperament, grausam aus Instinkt und wild aus Genußsucht. Dieser Charakter gefiel mir, ich fand ihn natürlicher als die Grobheit der Amerikaner, das Spitzbubentum des Europäers und die zynische Trägheit des Asiaten. Nachdem ich den ersten Menschen auf der Jagd getötet hatte, mit dem zweiten getrunken und gelogen, zum Übermaß gevögelt mit dem dritten, fraß ich mit jenen Menschen. Diesen Geschmack habe ich beibehalten. Die Leichenüberreste, die ihr hier seht, rühren von Menschen her, die ich gegessen habe. Ich nähre mich nur von Menschenfleisch. Ich glaube, ihr werdet zufrieden sein mit der Mahlzeit, die ich euch anbiete. Man hat hierzu einen bildhübschen fünfzehnjährigen Burschen geschlachtet, den ich gestern gefickt habe. Er muß ausgezeichnet sein.

Nach zehnjähriger Abwesenheit kehrte ich in die Heimat zurück. Meine Mutter und Schwester lebten noch. Ich war beider

Erbe. Nachdem ich meinen Fuß nie wieder nach Moskau setzen wollte, hielt ich es für notwendig, diese beiden Erbschaften zu vereinen. Ich notzüchtigte und tötete sie beide an einem Tage. Meine Mutter war noch sehr schön, fast so groß wie ich, und obwohl meine Schwester nur 6 Fuß groß war, konnte man schwer in Rußland eine reizendere Person finden. Ich sammelte meine ganzen Reichtümer und fand, daß ich fast 2.000.000 jährlich zu verzehren hatte. Ich wählte Italien zu meiner Niederlassung.

Ich wollte einen geheimnisvollen ländlichen Wohnsitz, in welchem ich mich allen schamlosen Verirrungen meiner Phantasie hingeben konnte. Und das sind keine kleinen, davon werdet ihr euch in wenigen Tagen, die ihr hier zubringt, überzeugen. Es gibt keine Ausschweifung, der ich nicht huldige, keine Schandtat, die mich nicht erfreut. Wenn ich nicht mehr Verbrechen begangen habe, so mangelte mir die Gelegenheit. Ich kann mir nicht vorwerfen, nur einige verpaßt zu haben, ja, sobald sich eines nur in der Ferne zeigte, habe ich alles aufgeboten, um es näher zu bringen. Wenn ich die doppelte Anzahl Schandtaten hätte ausführen können, hätte ich noch angenehmere Erinnerungen. Die Wollust des Verbrechens kann man nicht genug vermehren. Dies alles wird mich in eueren Augen als Scheusal erscheinen lassen. Ich hoffe, diese Meinung wird sich bestärken durch das, was ihr hier im Hause sehen werdet. Das Haus ist viel größer als ihr glaubt. Es wohnen darin zweihundert Knaben von fünf bis sechzehn Jahren, welche von meinem Bett in meinen Magen wandern, und ebenso viele junge Leute, um mich zu vögeln. Ich liebe diese Leidenschaft sehr, es gibt keine angenehmere Empfindung als gut gevögelt zu werden, während man sich in gleicher Weise unterhält. Die Leidenschaft, der ihr am Rande des Vulkans gefrönt habt, beweist mir, daß ihr auf gleiche Weise eueren Samen zu verlieren liebt, und darum spreche ich zu euch mit solchem Freimut, sonst wäret ihr einfach meine Opfer gewesen.

Ich habe zwei Harems, der erste enthält zweihundert kleine Mädchen von fünf bis zwanzig Jahren. Ich speise sie, sobald sie infolge der Unzucht genügend mürbe gemacht sind. Zweihundert Frauen von zwanzig bis dreißig Jahren sind im zweiten. Ihr werdet sehen, was ich mit ihnen mache. Fünfzig dienende Geister beiderlei Geschlechtes werden für diese zahlreichen Genußobjekte verwendet, hundert Agenten sorgen in den großen Städten für Neuanschaffung. Glaubt ihr, daß trotz dieser großen Menschenbewegung dennoch nur der eine Weg, den ihr kennt, zur Insel führt? Ihr habt keine Ahnung, wie viele diesen Weg überschreiten. Niemals wird der Schleier gelüftet werden, den ich über dies alles gebreitet habe. Nicht, daß ich etwas zu fürchten hätte, ich wohne im Großfürstentume der Toskana, man kennt dort alle meine Ausschweifungen, aber das Geld, das ich ausstreue, verschafft mir Sicherheit.

Ich muß euch noch, damit ihr mich ganz kennt, eine Beschreibung meiner Person geben. Ich bin fünfundvierzig Jahre alt und so potent, das ich niemals schlafen gehe, ohne zehnmal entladen zu haben. Es ist richtig, daß die große Menge Menschenfleisch, von der ich mich nähre, viel zur Vermehrung und Stärkung des Samens beiträgt. Wer immer diese Lebensweise versuchen wird, verdreifacht sicherlich seine wollüstigen Fähigkeiten, abgesehen von der Gesundheit, Frische und Stärke, die diese Nahrung verleiht. Von ihrer Annehmlichkeit will ich euch nicht erzählen, es genügt, wenn ich euch sage, daß, wer einmal hiervon gekostet, kein anderes Fleisch mehr essen kann, weil sich kein anderes damit vergleichen läßt; sobald der erste Widerwille das Vorurteil überwunden, kann man sich kaum sättigen. Nachdem wir wahrscheinlich gemeinsam vögeln werden, muß ich euch auf die schrecklichen Symptome vorbereiten, welche die Entladung bei mir hervorruft. Furchtbares Gebrüll geht ihr voraus und begeistert sie, und der Samen spritzt bis zur Decke oftmals fünfzehn bis zwanzigmal. Niemals erschöpft mich die Zahl der Lüste. Immer kommt es mir, ebenso reichlich das zehnte, wie das erste Mal und niemals habe ich mich am nächsten Tage ermüdet gefühlt. Und was das Glied anbelangt, hier ist es«, sagte Minski, und zeigte ein Wesen von 18 Zoll Länge und 16

Zoll Umfang, gekrönt von einem entzückenden Fliegenschwamm, breit wie eine Hutkrempe. »Hier seht ihr ihn, in dem Zustand ist er immer, ob ich schlafe oder gehe.« — »O Himmel«, rief ich aus, als ich dieses Werkzeug sah, »da müßt ihr doch alle Frauen töten, mit denen ihr zu tun bekommt.« — »So ziemlich«, antwortete der Riese, »doch da ich alles verspeise, was ich vögle, erspare ich so den Schlachter. Ich weiß, es bedarf viel Philosophie, um mich zu verstehen, ich bin ein Scheusal, ausgespieen von der Natur, um mit ihr an ihren Zerstörungen mitzuarbeiten, ich bin ein in seiner Art einziges Wesen, ich bin... o ja, ich kenne alle die Schimpfworte, mit denen ihr mich beehrt, aber ich bin mächtig genug, um niemanden zu bedürfen, weise genug, um mir in meiner Einsamkeit zu gefallen, um alle Menschen zu hassen, ihre Kritik zu belachen, gebildet genug, um auf alle Religionen zu pfeifen, auf alle Götter zu scheißen, stolz genug, um jegliche Regierung zu vernichten, ihre Gesetze, ihre Schranken zu durchbrechen, bin ich glücklich, in meiner kleinen Herrschaft. Ich übe alle Königsrechte, alle Despotenlaunen aus und lebe glücklich, fürchte niemanden. Ich habe wenig Besuch, außer ich begegne auf meinen Spaziergängen Leuten wie ihr, die ich für geeignet achte, sich mit mir einige Zeitlang zu vergnügen. Allerdings finde ich deren wenige. Infolge meiner natürlichen Kräfte mache ich sehr große Spaziergänge, an manchen Tagen 12 bis 15 Meilen...« — »Und immer einige Fänge, nicht wahr!« — »Diebstähle, Morde, Brandstiftung, alle verbrecherischen Gedanken, die in mir auftauchen, führe ich aus, denn ich liebe sie alle und alle bereiten mir Vergnügen.« — »Und die Gerechtigkeit?« — »Die ist in diesem Lande gleich Null. Mit Geld macht man alles, und ich spare damit nicht.«

Zwei männliche Sklaven Minskis, schwarzbraun und häßlich, meldeten, daß das Souper fertig sei, sie knieten vor ihrem Herrn nieder und küßten ihm voll Ehrfurcht die Hoden und das Arschloch, hierauf gingen wir in einen anderen Saal. »Selbst wenn alle Könige der Welt kommen würden«, sagte der Riese, »würde ich meine Gewohnheit nicht ändern und deshalb gibt es für euch auch keine Vorbereitungen.« Der Saal und die Sitzgelegenheiten, in welche wir eintraten, verdienen eine Beschreibung. Die Möbel, die ihr hier seht, sind lebend, sie setzen sich auf das kleinste Zeichen in Bewegung. Minski winkt und der Tisch nähert sich. Er war im Winkel des Saales, jetzt stand er in der Mitte, sechs Fauteuils gruppierten sich herum, zwei Lüster senkten sich von der Decke herunter. »Diese Mechanik ist einfach«, sagte der Riese, und ließ uns in der Nähe die Zusammensetzung der Möbel sehen. »Ihr seht den Tisch, Fauteuil, Lüster, alle diese Möbel bestehen aus Gruppen von Mädchen, künstlerisch arrangiert. Meine Schüsseln werden noch heiß auf ihre Lenden gestellt, meine Kerzen stecken in ihren Scheiden und mein Hinterer sowie der eurige stützt sich auf das süße Gesicht oder die weiße Brust der Fräuleins, deshalb bitte ich euch, meine Damen, euere Röcke in die Höhe zu heben, Euch Herren, die Hosen auszuziehen, damit nach den Worten der heiligen Schrift das Fleisch auf dem Fleische ruhe.« — »Minski«, sagte ich zum Riesen, »die Stellung dieser Mädchen ist ermüdend, besonders wenn ihr lange bei Tische sitzt.« — »Das Ärgste ist«, sagte Minski, »daß ein paar von ihnen krepieren und der Verlust ist leicht zu ersetzen.« In dem Moment, als wir uns entblößten, verlangte Minski immer Ärsche zu sehen. Er bearbeitete sie, biß sie und besonders der Sbriganis schien ihm am meisten zu gefallen. Hierauf setzten wir uns auf die Gesichter und Brüste der Sultaninnen, oder besser gesagt, Sklavinnen Minskis. Zwölf nackte Mädchen von fünf bis fünfundzwanzig Jahren stellten die Gerichte auf die lebenden Tische, und da die Schüssel aus Silber und sehr heiß waren und die Hüften und Brüste der Unglücklichen, welche unsere Tische bildeten, verbrannten, entsteht daraus ein sehr belustigendes convulsuvisches Zucken, ähnlich der Meeresströmung. Über zwanzig Gerichte schmückten die Tafel und auf lebendigen stummen Dienern, gebildet aus je vier Mädchen, die auf den leisesten Wink herbeikamen, standen Weine aller Art. »Meine Freunde«, sagte unser Wirt, »ich habe euch darauf vorbereitet, daß ihr nur Menschenfleisch bekommt, es gibt auch kein anderes Gericht.« —

»Wir werden es versuchen«, sagte Sbrigani, »der Widerwille ist ein Unsinn und rührt nur aus dem Mangel an Gewöhnung her. Jegliches Fleisch dient dem Menschen zur Nahrung, und warum soll man nicht ebensogut einen Menschen wie ein Huhn essen.« Daraufhin steckte mein Gatte seine Gabel in ein Knabenviertel, welches sehr gut zubereitet schien, und nachdem er sich mindestens zwei Pfund auf den Teller gelegt, verschlang er es. Ich ahmte ihn nach. Minski ermutigte uns und da sein Appetit seinen anderen Leidenschaften glich, hatte er bald fast zwölf Platten geleert. Minski trank wie er aß, er hatte schon die dreißigste Flasche Burgunder geleert, als der Champagner an die Reihe kam. Aleatico, Falerno und andere kostbare italienische Weine kamen zum Nachtisch. Über dreißig weitere Flaschen Wein waren in die Eingeweide des Menschenfressers verschwunden, als das Scheusal, nachdem seine Sinne durch die Schlemmerei genügend entflammt waren, uns erklärte, er habe Lust zu entladen. »Ich will keinen von euch vier vögeln, denn sonst müßte ich euch töten, aber wenigstens sollt ihr insoweit meiner Lust dienen, daß ihr zuseht. Ich halte euch für würdig, euch daran zu begeilen, wen soll ich vögeln?« — »Ich will«, sagte ich zu Minski, der sich lüstern auf meinen Busen beugte und Appetit auf mich zu haben schien, »daß du vor meinen Augen ein kleines Mädchen von sieben Jahren in Fut und Arsch vögelst.« Minski winkt, das Kind erscheint. Eine geschickt erfundene Vorrichtung diente den Schändungen dieses Wüstlings. Es war dies eine Art eiserner Fußschemel, auf welchem das Opfer nur auf Bauch oder Rücken ruhte, je nachdem, welcher Teil dargeboten werden sollte. Auf den vier kreuzweise verschlungenen Füßen der Maschine, waren Hände und Füße des Opfers angebunden, so daß dasselbe in dieser Stellung ihrem Peiniger entweder die Fut oder das Arschloch möglichst auseinandergespreizt darbot. Nichts war so schön wie das kleine Mädchen, welches der Barbar verstümmeln wollte, und nichts belustigte mich so, wie das unglaubliche Mißverhältnis zwischen Angreifer und Opfer. Minski stürmt vom Tische auf wie ein Wütender. »Zieht euch nackt aus«, sagte er uns, »ihr zwei«, sagt er zu Zephyr und Sbrigani, »müßt mich während der Arbeit in den Hintern ficken und ihr«, sagte er zu Augustine und mir, »laßt mich euren Arsch küssen.« Alles geschieht wie er befohlen, das Kind wird auf den Rücken gebunden. Ich übertreibe nicht, wenn ich sage, daß ihre Taille kleiner war, als das Glied, das sie durchbohren sollte. Minski flucht, wiehert wie ein Tier und beschnüffelt die Öffnung, die er durchbohren will. Ich will das Glied einführen. Keine Kunst wurde angewendet, die Natur sollte sich selbst Bahn brechen.

Mit 3 Lendenstößen ist der Mastbaum darinnen, das Fleisch zerreißt, das Blut fließt und die Jungfrau verliert die Besinnung. »Gut, gut«, brüllte Minski wie ein Löwe, »das wollte ich.« Das Verbrechen setzt sich fort, Minski wird pouseriert, er küßt, beißt und schleckt abwechselnd meinen und Augustinens Arsch, ein schrecklicher Schrei kündet den Höhepunkt, er stößt entsetzliche Gotteslästerungen aus und während er entleert, erwürgt das Scheusal sein Opfer. Sie atmet nicht mehr. »Umso besser«, sagte Minski, »wenigstens braucht man sie nicht mehr anzubinden«, und indem er sie umdreht, sodomisiert das Ungeheuer die Leiche und erwürgt dabei eines der Mädchen, das serviert hatte und sich auf ein Zeichen ihm genähert. »Wie«, sagte ich zu ihm, als er das zweitemal entlud, »für Sie gibt es also kein Vergnügen, das nicht einen Menschen das Leben kostet.« — »Mindestens«, sagte der Menschenfresser, »ein Mensch muß sterben, wenn ich vögle, denn ohne daß sein Todes- und mein Wollustschrei sich vereinigen, kann ich nicht entladen und nur diesem Morde verdanke ich es, daß es mir kommt.«

»Jetzt gehen wir in den Nebensaal«, sagte er, »wo Eis, Kaffee und Likör auf uns warten. Ihr habt mich sehr gut gevögelt«, sagte er zu meinen beiden Männern, »nicht wahr, mein Arschloch ist sehr weit, aber ich bin überzeugt, daß ihr Vergnügen gehabt habt. Euer Samen, den ihr zurückgelassen, beweist mir's. Was euch anbelangt, meine schönen Frauen, so haben mich eure Ärsche entzückt und um euch meine Dankbarkeit zu beweisen, stelle ich euch während zwei Tage die Schönheiten meines Serails zur Verfügung, damit ihr euch an Wollust sättigen könnt.« — »Liebenswürdiger Mann«, sagte ich zum Riesen, »dies ist alles, was wir verlangen. Die Wollust soll die Schlemmerei krönen.« Wir traten ein. An dem Gestank, welcher diesen Ort erfüllte, erkannten wir bald, woraus das Gefrorene bestand. In fünf Porzellanschalen waren zwölf bis fünfzehn Portionen Menschenkot in schönster Form und Frische. »Dies ist mein Gefrorenes«, sagte der Menschenfresser, nichts befördert so die Verdauung und macht mir solches Vergnügen. Diese Kaktusse stammen aus den schönsten Ärschen meines Serails und ihr könnt sie ruhig essen.« — »Minski«, sagte ich, »dazu gehört doch schon etwas mehr Gewöhnung, vielleicht könnten wir es im Momente der Verzückung genießen, aber so nüchternen Sinnes ist es nicht möglich.« — »Macht das so wie ihr wollt«, sagte er und leerte eine Schüssel, »bedient euch mit Likören, ich nehme davon erst später. Die Beleuchtung des Saales war schauerlich. Fünfundzwanzig Totenköpfe enthielten Lampen, deren Schein aus den Augen und aus den Gebeinen austrat. Hier wollte sich der Herkules, dem er schon wieder stand, mir nähern, ich vermied mit aller Kunst seine Annäherung, indem ich von den zwei Knaben, die hier bedienten, ihn den einen vögeln ließ. Er starb in seinen Armen und Minski bemerkte endlich, daß wir uns vor Müdigkeit nicht mehr aufrecht halten konnten. Er ließ uns durch seine Sklaven in eine herrliche Galerie fahren, in welcher vier Spiegelnischen die Betten enthielten. Eine Anzahl von Mädchen hatten den Auftrag, bei uns zu wachen und die Insekten fern zu halten und Wohlgerüche zu verbrennen.

Es war spät, als wir erwachten. Unsere Dienerinnen führten uns in den Badesaal, wo wir uns köstlich erfrischten und hierauf ließen sie uns auf eine ebenso angenehme als wollüstige Art, die wir noch nicht kannten, scheißen. Sie befeuchteten nämlich ihre Finger mit Rosenöl und indem sie sie in den Darm einführten, lösten sie den ganzen Inhalt leise los, mit einer solchen Geschicklichkeit, daß man nur das Vergnügen und nicht den Schmerz der Operation empfand. Hierauf reinigten sie alles leicht und geschickt mit ihrer Zunge. Gegen elf Uhr ließ uns Minski sagen, er erweise uns die Ehre, uns in seinem Bett zu empfangen. Wir traten ein. Sein Schlafzimmer war sehr groß und mit großartigen Fresken ausgeschmückt, Unzuchtsszenen darstellend, deren Handlung nichts mehr zu wünschen übrig ließ. Am Ende dieses Zimmers war ein breiter Alkoven, von Spiegeln umgeben und geschmückt mit zwölf Säulen von schwarzem Marmor, an deren jeder ein junges Mädchen mit dem Gesicht gegen die Säule angebunden war. Mit Hilfe einer Art Glockenzüge konnte der Held auf jeden dieser Ärsche, die sich ihm darboten, eine verschiedene Strafe herabbeschwören, welche solange dauerte, als er an der Schnur zog; außer diesen sechzehn Mädchen waren noch sechs andere und zwölf Knaben, welche in zwei Nachbarkabinetten auf die Befehle ihres Herrn während der Nacht warteten.

Die erste Sache, die er uns zeigte, war sein stehender Schweif, er lachte auf schreckliche Weise, indem er uns diesen ungeheueren Sturmbock zeigte. Er verlangte unseren Arsch zu sehen, wir gehorchten. Er betastete den Augustinens und versicherte, er werde sie am Ende des Tages vögeln. Die Unglückliche erbebte. Er geilte lange Zeit Sbrigani und belustigte sich an seinem Arsch. Hierauf leckten sie sich gegenseitig mit größtem Vergnügen. Er fragte uns, ob wir die Maschinerie sehen wollten, durch welche er gleichzeitig alle sechzehn, an die Säulen gebundenen Mädchen verletzen konnte. Ich bat ihn darum. Er zieht an dem verderblichen Glockenzug und alle sechzehn Unglücklichen brüllen plötzlich auf. Die einen wurden gestochen, gebrannt, geprügelt, die anderen gezwickt, geschunden und geschnitten und alles mit solcher Kraft, daß das Blut in Strömen herabfloß. »Wenn ich den Zug wiederholen würde«, sagte Minski, »und das tue ich mitunter, je nach dem Zustand meiner Hoden, würden alle sechzehn hier gleichzeitig vor meinen Augen krepieren. Ich liebe es, mit dem Gedanken einzuschlafen, daß der leiseste Wunsch von mir sechzehn Morde erzeugt.« — »Minski«, sagte ich zu unserem Wirt, »du besitzt genug Frauen, um mir und meinen Freunden diesen reizenden Anblick verschaffen zu können.« — »Ich willige ein«, sagte Minski, »aber ich muß während der Szene entladen können. Gib mir deine Kammerjungfer, ihr Arsch gefällt mir und während ich sie vögle, werdet ihr die sechzehn Frauen krepieren sehen.« — »Das gäbe dann siebzehn«, rief Augustine verzweifelt aus, indem sie uns bat, sie dem Ungeheuer nicht auszuliefern, »wie soll ich dies aushalten.« — »Auf die beste Weise von der Welt«, sagte Minski, er läßt sie von seinen Frauen entkleiden und gibt ihr die gewünschte Stellung. »Habe keine Angst, niemals hat eine Frau mir widerstanden, ich vögle täglich noch viel jüngere als du.« Da wir an den Augen des Riesen merkten, daß eine Weigerung ihn nur mehr erzürnen würde, trauten wir uns nicht einmal, ihm zu zeigen, wie uns zu Mute war. »Laß mich machen«, sagte er zu mir leise, »der Arsch dieses Mädchen regt mich auf, wenn ich sie töte oder verstümmle, werde ich sie dir durch zwei viel schönere ersetzen.« Während er dies sagte, bereiteten zwei von den sechs Mädchen, die im Dienst standen, die Wege vor, befeuchteten das Instrument und führten es vor das Loch. Minski hatte in diesen Scheußlichkeiten so eine Übung, daß es für ihn das Werk eines Augenblickes war. In 7 Lendenstößen hatte er die Lanze in die Tiefe des Arsches seines Opfers mit einer solchen Geschwindigkeit versenkt, daß wir es kaum sahen. Das Scheusal lachte, während Augustine in Ohnmacht fiel und ihre Schenkel von Blut überströmt wurden. Minski machte sich jetzt erst an die Arbeit, während vier Knaben und Mädchen ihn umgaben. Sie waren so an diesen Dienst gewöhnt, daß in einer Sekunde alles in Ordnung war. Augustine ist zugedeckt, wir sehen sie nicht mehr. Der Elende flucht, er ist nahe daran, sein Ziel zu erreichen, endlich entlädt er. Er reißt an der Schnur und die sechzehn angebundenen Kreaturen hauchen in einem Todesschrei auf verschiedene Weise ihr Leben aus. Erschossen, erdolcht, erwürgt, alle auf verschiedene Weise und gleichzeitig. »Eure Augustine hat recht gehabt«, sagte Minski kalt, indem er seinen Schwanz herauszog, »sie hat recht gehabt, als sie sagte, sie werde die siebzehnte sein...« Und wirklich sahen wir die Unglückliche gleichzeitig erwürgt und von 10 Dolchen durchbohrt. »Nichts liebe ich so sehr«, sagte der schreckliche Wüstling, »als zu erwürgen, indem ich vögle, kränke dich nicht, ich werde dir zwei schönere geben. Ihr Arsch regte mich auf, es mußte sein. Meine Wollust bedeutet immer das Todesurteil.« Die Aufseherinnen warfen den Leichnam meiner unglücklichen Freundin zu den anderen sechzehn Toten. Minski betrachtete sie eine Zeitlang, betastete und biß hier eine Hüfte, dort einen Busen und bestimmte dann drei für seine Küche, darunter befand sich auch meine unglückliche Freundin. »Dies gehört zum Dîner«, sagte er, »jetzt will ich mich mit Juliette zurückziehen.« Sbrigani sagte mir ins Ohr, daß wir uns vor diesem Ungeheuer in Acht nehmen müssen und so rasch als möglich ihm Valet sagen. Ich hielt es für ebenso gefährlich zu bleiben, als zu verlangen, daß er uns fortlasse und begnügte mich, Minski durch mein kühles Benehmen zu zeigen, wie ungehalten und besorgt ich über sein Vorgehen sei.

»Höre«, sagte der Menschenfresser, indem er mich auf einen Sessel neben sich zieht, »ich hielt dich für philosophisch genug, daß du dieses Mädchen nicht bedauern würdest und nicht der Meinung wärest, die Gastfreundschaft hätte irgend eine Macht über einen Geist wie den meinen!« — »Du wirst mir nie diesen Verlust ersetzen.« — »Warum denn?« — »Ich habe sie gern gehabt.« — »Ja, wenn du noch so ein Neuling in der Unzucht bist, daß du dienende Objekte liebst, habe ich dir nichts mehr zu sagen, gegen die Dummheit kämpfen Götter selbst vergebens.« — »Also gut, ich fürchte für mich selbst, wer sichert mich vor der gleichen Behandlung wie meine Freundin?« — »Niemand, absolut niemand«, sagte Minski, »wenn ich begierig auf deinen Tod wäre, würdest du nur eine Viertelstunde leben, aber dich, ebenso wie deine beiden Begleiter, halte ich für genau solche Verbrecher, wie ich einer bin und ziehe vor, aus ihnen meine Komplizen zu machen und nicht meine Opfer. Darauf beruht eure Sicherheit. Mit Augustine verhielt es sich nicht so, ich bin ein guter Menschenkenner, mehr dienend als selbst verbrecherisch, tat sie gerade nur das, was ihr wünschtet. Juliette, nichts ist mir heilig. Euch alle vier verschonen, hätte geheißen Gastfreundschaft zu üben.

Diese Tugend mußte ich schänden, wenigstens in einer einzigen Sache, denn, schon der bloße Schein der Tugend ist mir verhaßt, jetzt bin ich befriedigt und ihr könnt ruhig sein.« — »Minski«, sagte ich ihm, »eine Offenheit ist der anderen wert. Es war mehr Angst für mich, als Bedauern um Augustinen; glaube, mein Herz kann kein Subjekt meiner Ausschweifung beweinen und niemals habe ich, und ich habe ihrer viele getötet, eines bedauert.« Er wollte aufstehen, ich hielt ihn aber zurück mit den Worten: »Soeben hast du der Gastfreundschaft den Krieg erklärt, laß nun deine Gedanken darüber hören, denn obwohl Feind aller Tugenden, habe ich sie vielleicht noch für unverletzbar gehalten. Zerstöre dies, reiße mir den Gedanken daran aus dem Herzen, ich höre dir zu.«

»Die größte aller Torheiten«, begann der Riese, erfreut über die Möglichkeit, die ich ihm gab, seinen Geist leuchten zu lassen, »ist ohne Zweifel, dem Menschen, den die Neugierde, die Not oder der Zufall in unser Haus geführt, geheiligt zu halten. Je näher der Mensch der Natur, desto weniger kennt er dies Gefühl, ja im Gegenteil, viele Wilden locken die Wanderer heran, um sie zu töten. Nur schwache und törichte Nationen handeln anders, indem sie ihre Gäste feiern, ja ihnen sogar Frau und Kind darbieten. Doch täuschen wir uns nicht, sie tun dies nur aus Egoismus, sie wollen den Schutz der Fremden oder ihre Hilfe, wenn sie sie dazu bewegen können, sich in ihrem Lande niederzulassen oder für die Regeneration ihrer Rasse, indem sie ihnen ihre Weiber anbieten, dies ist das Ziel ihrer Gastfreundschaft und die Toren loben das als Tugend. Andere wieder empfangen sie voll Liebe, um sich ihrer zu bedienen, sie vögeln sie nämlich. Aber durchblättere die ganze Geschichte, niemand übt Gastfreundschaft umsonst aus, und weshalb sollte er es auch, ich liebe nur die Menschen, wenn sie mir dienen, ich hasse und verachte sie, wenn ich sie nicht brauchen kann, denn dann stehen sie mir im Wege und können mir schaden wie die wilden Tiere. Die Gastfreundschaft ist die Tugend, die der Schwache predigt. Er bedarf ihrer, nicht aber der Starke, der so immer geben müßte, ohne zu empfangen. Dadurch erzielt man Müßiggänger, Nichtstuer, und am Schluß wird man gezwungen, sie weiter zu beherbergen. Der Bettler wird zum Dieb, wenn da einer das Almosen verweigert, daher muß man Gastfreundschaft eher für ein Laster als für eine Tugend erklären, sie ist es, sowie die Mildtätigkeit und alle anderen guten Taten, welche Schwäche oder Stolz zur Grundlage haben, der weise Mann wird daher sein Herz gegen alle diese Gefühle wappnen.

Die Bewohner der Zykladen greifen nur mit Blättern oder einem Stocke nach dem, was ihnen Fremde darbieten und lassen sich die Haut reinigen, wenn ein Fremder sie berührt.

Die Araber führen noch heute in Sklaverei alle Fremden, die ein Wind ihnen zutreibt.

Die Thraker beraubten und töteten jahrhundertelang diejenigen, die sie besuchten.*

In Athen und Sparta tötete man die, die um Gastfreundschaft flehen kamen, andere Staaten konfiszierten die Güter der Fremden. In Kamtschatka ist die Ermordung eines Fremden eine gute Tat.

Mit einem Wort, auf der ganzen Welt finden wir Beispiele der Mißachtung der gastfreundlichen Tugend und daraus müssen wir schließen, daß es auch nichts Törichteres gibt als diese. Aus zwei Gründen geht jemand in ein fremdes Land: aus Neugierde oder um zu betrügen. Im ersten Fall muß man ihn zahlen lassen, im zweiten Fall bestrafen.« — »Oh Minski«, antwortete ich, »nur Du hast mich überzeugt. Dieselben Ideen habe ich schon lange, was die Mildtätigkeit anbelangt und das Wohltun anbetrifft, und daher kann ich sie auch für die Gastfreundschaft akzeptieren. Aber eine Aufklärung möchte ich noch von Dir haben; die Eltern Augustinens leben in Not und Elend und sie hat mir sie ans Herz gelegt für den Fall, daß ihr etwas geschehen soll, soll ich sie irgend wie entschädigen?« — »Gewiß nicht«, sagte Minski, »welchen Anspruch hätten sie darauf, wenn Du die richtigen Ideen über Ursachen und Wirkung hast, so mußt Du empfinden, daß

* Siehe *Geschichte der Europäischen Völker,* Band III.

die Dienste Augustinens der Vergangenheit angehören und daher ihre Eltern keinerlei Anspruch an dich mehr haben. Auch die Dankbarkeit hat in einem großen Herzen nichts zu suchen, ja, man soll trachten, mit seinen Wohltaten fertig zu werden, eventuell sogar durch seinen Tod. Wie gut ist es, Juliette, den Gefühlen des Menschen auf den Grund zu gehen und zu sehen, daß alle seine Prinzipien nur Menschenwerk sind, warum soll ich sie dann respektieren? Je tiefer wir in diese Wissenschaft eindringen, desto mehr finden wir, daß sogenannte Verbrechen ganz natürliche Handlungen sind. Peter, der sich von Paul 100 Louis ausgeliehen hat und ihm mit einem guten Dolchstoß bezahlt, hat gewiß trotz allen Geschreis seiner Mitmenschen, groß gehandelt, denn der Wohltäter hat nur seinen Stolz befriedigt und der Empfänger seine Erniedrigung nicht ertragen, daher ist die Undankbarkeit eine Tugend. Du hast keine Ahnung, Juliette, wie ich immer für die Undankbarkeit geschwärmt habe, ich ging so weit, jemandem, der mir seine Dienste anbot, zu sagen, hüten Sie sich, daß ich Sie nicht beim Worte nehme, denn dann sind Sie mein Feind.« — »Auch ich denke nicht viel anders«, sagte ich, »ich habe immer die Tugend gehaßt«, und um ihn zu überzeugen, erzählte ich ihm, wie mein ganzes Glück durch eine tugendhafte Regung in Trümmer ging. »Derartige Vorwürfe kann ich mir nicht machen, ich kenne nur die Gewissensbisse, nicht mehr getan zu haben. Es wird für mich nur mehr ein Vegetieren, wenn ich aufhören müßte, Verbrecher zu sein.« — »Auf diese Weise«, sagte ich zum Riesen, »warst Du wohl der Henker Deiner ganzen Familie.« — »Gewiß, leider hab ich meinen Vater verfehlt, das kränkt mich fürchterlich, ich war zu jung, als er selbst starb, alles andere war durch meine Hände gegangen. Den Tod meiner Mutter und Schwester habe ich Dir schon erzählt, ich wollte, ich könnte sie wieder beleben, um sie wieder abzuschlachten. Ich bin untröstlich genug, nur gewöhnliche Menschen opfern zu können.« — »Oh Minski, wie glücklich bist Du, Du bringst mich auf gefährliche Gedanken, lasse mich in Deinem Serail nach Willkür hausen, öffne mir diesen weiten Schauplatz der Wollust und des

Verbrechens, damit ich ihn mit Leichen und Samen überschwemme.« — »Gut«, sagte Minski, »aber unter einer Bedingung, Du gibst mir dafür diesen jungen Menschen«, und damit zeigte er auf Zephyr. Ich schwankte noch, da zückte er einen Dolch gegen meine Brust! »Wähle zwischen dem Dolch und der Lust, welche Dir mein Haus gewährt.« Und auch trotz meiner Neigung für Zephyr mußte ich nachgeben.

Ende des dritten Teiles

VIERTER TEIL

Wir gingen in ein anderes Gemach, ein vorzügliches Frühstück, Früchte, Bäckerei, Milch und warme Getränke wurden aufgetragen, und zwar von hübschen, halbnackten Knaben, die dabei tausend wollüstige Schelmereien aufführten. Die zwei Männer und ich frühstückten reichlich. Für Minski wurden solidere Dinge aufgetragen, acht oder zehn aus dem Blut von Jungfrauen bereitete Kuchen und zwei aus den Hoden gemachte Pasteten müssen ihn sättigen. Nachher folgten 18 Flaschen griechischen Weines. Er peitschte ein Dutzend jener kleinen Kinder bis aufs Blut und einem, das ihm Widerstand leistete, brach er gar beide Arme mit derselben Ruhe, wie wenn er etwas ganz einfaches begehen würde. Zwei andere erdolchte er, und dann begannen wir unsere Inspektion.

Der erste Saal, in den wir eintraten, enthielt zweihundert zwanzig- bis fünfunddreißigjährige Frauen. Als wir eintraten, ergriffen zwei Henker eine von ihnen und hingen sie sofort vor unseren Augen nackt auf. Minski trat an sie heran, bearbeitete ihr die Arschbacken, biß sie. In dem Augenblicke stellten sich alle sechs Frauen auf. Wir durchschritten sie, um die Weiber besser sehen zu können. Durch die Art ihrer Kleidung blieb keiner ihrer Reize verborgen (ein einfacher Überhang bedeckte sie, ohne aber ihre Brüste oder ihre Arschbacken zu verdecken). Nur ihre Scham konnte man nicht sehen. Diese von Minski anbefohlene, raffinierte Kleidung verhüllte vor seinen Wüstlingsaugen einen Tempel, in dem er nicht zu opfern pflegte.

An dem einen Ende dieses Saales schloß sich ein weniger großer an, in dem fünfundzwanzig Betten standen. Dorthin wurden die durch die Zügellosigkeit des Riesen verwundeten Frauen gebracht. »Wenn sie mir zuviel Scherereien machen«, sagte mir Minski, indem er ein Fenster des Saales öffnete, »so werfe ich sie von hier hinaus.« Aber wie groß war unser Erstaunen, als wir sahen, daß der Hof, in den dieses Fenster führte, von Bären, Lö-

wen, Leoparden und Tigern wimmelte. »Tatsächlich«, sagte ich, als ich diesen greulichen Ort sah, »das sind Ärzte, die ihr Geschäft rasch erledigen.« — »Es bedarf nur einer Minute und sie sind hier geheilt; dadurch vermeide ich schlechte Luft. Was kann mir übrigens eine halbkranke Frau nützen? Durch dieses Vorgehen erspare ich mir Kosten, denn Sie müssen zugestehen, Juliette, daß eine kranke Frau, das, was sie kostet, nicht wert ist.« Minski besuchte nun die Kranken und da er sechs unwohler fand als die anderen, wurden sie unbarmherzig aus ihren Betten gerissen und vor unseren Augen in die Menagerie gestürzt. Dort waren sie in weniger als drei Minuten verschlungen. »Das ist eine der Folterqualen«, sagte mir Minski ganz leise, »die mich am meisten aufregt.« — »Ich teile deine Gefühle, mein Teurer«, sagte ich dem Riesen und verschlang das merkwürdige Schauspiel mit den Augen. »Lege einmal deine Hand hierher«, fuhr ich fort, indem ich ihn zu meiner Scheide hinführte, »und du wirst meinen Zustand bald erkennen. Ich bin nahe, fertig zu werden.« Minski, der erriet, daß es mir sehr angenehm wäre, eine Wiederholung zu sehen, sah nochmals die Betten durch und wählte diesmal einige elende Frauen aus, die kaum verwundet und schon durchwegs geheilt waren. Die Opfer schauderten, als sie ihr Schicksal sahen; um uns länger und grausamer an ihnen zu ergötzen, zeigten wir ihnen vorerst die wütenden Tiere, denen sie als Mahlzeit dienen sollten. Dabei kratzte ihnen Minski die Arschbacken und ich zwickte ihnen die Brüste; nun stürzte man sie hinab und während sie Folterqualen erlitten, kitzelten der Riese und ich uns gegenseitig. Ich habe niemals in meinem Leben so wollüstig entladen.

Wir durchschritten nun die anderen Säle, in denen sich uns verschiedene Schauspiele darboten, von denen eines grausamer war als das andere und während welcher Zephyr umkam.

»Nein«, sagte ich dem Riesen, als meine Leidenschaft befriedigt war, »Sie müssen doch zugestehen, daß das, was Sie hier aufführen, und was ich so schwach war, Ihnen nachzuahmen, eine abscheuliche Ungerechtigkeit ist.« — »Setzen wir uns«, sagte der

Wüstling zu mir, indem er mich beiseite nahm, »und hören Sie mir zu. Bevor Sie die Handlung, die ich begangen habe, verdammen, müssen Sie vorher erst erwägen, was man unter gerecht und ungerecht versteht; wenn Sie aber gründlich über diese beiden Begriffe nachdenken, werden Sie erkennen, daß sie nur relativen Wert haben. Ähnlich den Begriffen Laster und Tugend, haben sie nur rein lokale und geographische Bedeutung, derart, daß, wenn etwas in Paris lasterhaft ist, es in Peking eine Tugend ist, und das, was in Isfahan gerecht ist, in Kopenhagen ungerecht sein kann. Gesetze eines Landes, die Interessen eines einzelnen, das sind die einzigen Grundlagen der Gerechtigkeit. So sehen wir, daß der Egoismus allein bestimmt, was gerecht oder was ungerecht ist, so daß es nach dem einen Gesetz vollkommen gerecht ist, seinen Nächsten zu töten, während es nach dem anderen für den Täter sehr üble Folgen hätte. Führen wir einige Beispiele an: In Paris bestraft das Gesetz die Diebe. In Sparta wurden sie belohnt. Ein Mann bricht seinem Feinde beide Arme aus; seiner Ansicht nach hat er eine sehr gerechte Handlung begangen. Fragen Sie aber das Opfer, ob es seine Meinung teilt. Themis ist also nichts als eine fabelhafte Göttin, deren Waage immer demjenigen angehört, der sie zu stellen weiß.«

»Minski«, erwiderte ich, »ich habe jedoch immer sagen hören, daß es eine Art natürliche Gerechtigkeit gebe, die der Mensch nicht vernachlässigen könne oder aber nicht ohne Gewissensbisse vernachlässigen könne.«

»Das ist falsch«, sagte der Moskowite, »diese sogenannte natürliche Gerechtigkeit ist nur die Frucht der Schwäche, der Unwissenheit und des Vorurteils. Wenn ein Mensch schwächer ist als die anderen, wird er alle Übergriffe der Starken gegenüber seiner Klasse als ungerecht empfinden, wird er aber plötzlich mächtig, so ändern sich seine Meinungen und seine Ideen über die Gerechtigkeit sofort, dann ist alles gerecht, was ihm angenehm ist und was seinen Leidenschaften dient. Wieviel Ungerechtigkeit aber sehen wir die Natur täglich begehen. Gibt es etwas ungerechteres als die Hagelschläge, durch die die Hoffnung des Armen vernichtet wird, oder die Kriege, mit denen sie die ganze Welt in Verzweiflung stürzt, oder aber die Krankheiten, von denen ganze Provinzen verheert werden, oder aber die Art, wie das Laster stets triumphiert, während die Tugend jeden Tag zu Boden gedrückt wird. Ich frage Sie, ist das gerecht und sind wir schuldig, wenn wir die Natur nachahmen? Es ist falsch, was Ihr Halbphilosoph Montesquieu sagt, daß die Gerechtigkeit ewig unveränderlich und zu allen Zeiten und an allen Orten gleich sei, sie hängt nur von menschlicher Übereinkunft, dem Charakter, dem Temperamente und den Sittengesetzen eines Landes ab. 'Wenn das der Fall wäre', fährt derselbe Autor* fort, 'wenn die Gerechtigkeit nur eine Folge menschlicher Übereinkunft, des Charakters, des Temperaments und so fort wäre, so wäre das eine fürchterliche Wahrheit, die man vor sich selbst verbergen müßte.' Ja, aber warum sollte man so wichtige Wahrheiten vor sich selbst verbergen? 'Sie wäre gefährlich — fährt Montesquieu fort —, weil sich der Mensch immer vor den Menschen fürchten müßte und wir niemals unseres Vermögens, unserer Ehre und unseres Lebens sicher wären.' Aber wo ist die Notwendigkeit, ein so niederträchtiges Vorurteil anzunehmen? Würde derjenige uns einen Dienst leisten, der uns in einen Wald eintreten sieht, in dem er eben von Räubern angefallen wurde und uns nicht wegen der uns erwartenden Gefahren warnen wollte? Ja, ja, sagen wir es nur den Menschen, daß die Gerechtigkeit eine Chimäre ist und daß jeder Mensch unter ihr etwas anderes versteht. Indem wir diese Wahrheit dem Menschen verkündigen und ihnen damit die ganzen Gefahren des Lebens aufdecken, führen wir sie dazu, sich in Acht zu nehmen und sich ihrerseits mit Ungerechtigkeiten zu rüsten. 'Die Gerechtigkeit — fährt Montesquieu fort — ist ein Zusammenhang, der tatsächlich zwischen zwei Dingen besteht und nicht von der Meinung eines Richters abhängig ist.' Ist dies nicht das ungeheuerste aller Sophismen? Die Gerechtigkeit ist nichts wirklich Existierendes, sie ist die Gottheit aller Leiden-

* Seite 192 seiner *Lettres persanes*.

schaften. Der eine findet sie in einer Sache, der andere wieder in der zweiten, und obgleich diese beiden Dinge sich widersprechen, werden beide ihr Steckenpferd für gerecht befinden. Glauben wir also nicht länger an die Existenz dieser Chimäre; es gibt weder einen Gott, noch eine Tugend, noch eine Gerechtigkeit. Es gibt in der Welt nichts Gutes, nichts Nützliches und nichts Notwendiges, mit Ausnahme unserer Leidenschaften.

Ich gehe sogar weiter und betrachte ungerechte Vorgänge als unentbehrlich im Haushalt der Natur; wenn ich aber diese Wahrheit annehme, weshalb soll ich dann den von meinem Geist gefärbten Plänen Widerstand entgegensetzen? Ist es mein Fehler, wenn sich die Natur meiner bedient, um die Ordnung in dieser Welt aufrecht zu erhalten? Nein, sicherlich nicht, und infolgedessen laßt uns unserem Vergnügen ohne Angst hingeben; wir erfüllen damit die Zwecke der Natur.«

Wir setzten nun unseren Gang durch die Gemächer fort und übersetzten die Prinzipien, die der Riese eben entwickelt hatte, in die Praxis. Durch die Ungeheuerlichkeiten, die wir begingen, wurde ich dermaßen erschöpft, daß ich Minski gegenüber den Wunsch aussprach, mich den Rest des Tages ausruhen zu dürfen. »Gern«, antwortete er, »dann werde ich es auf morgen verschieben, Ihnen die Bekanntschaft zweier Räume meines Hauses, deren Anblick Sie zweifellos in Erstaunen setzen wird, zu vermitteln.«

Ich zog mich mit Sbrigani zurück und als ich mich mit meinem einzigen Reisegenossen allein fand, sagte ich ihm: »Es handelt sich nicht bloß darum, in das Haus des Lasters und des Schreckens hineingekommen zu sein, wir müssen auch wieder hinauskommen. Ich habe dem Riesen gegenüber nicht genug Vertrauen, um unseren Aufenthalt noch weiter in die Länge ziehen zu können. Ich habe sicher wirkende Mittel, mich seiner zu entledigen, und nach seinem Tode wäre es uns sehr leicht, sich seiner Reichtümer zu bemächtigen und zu fliehen. Aber dieser Mensch ist für die Menschheit zu schädlich, als daß ich die Welt seiner berauben möchte; ich würde hier die Rolle des Gesetzes spielen, ich würde der Gesellschaft dienen, wollte ich diesen Verbrecher vernichten, und bis zu diesem Grade liebe ich die Tugend nicht. Ich werde diesen, dem Verbrechen so wichtigen Mann leben lassen, ihn jedoch bestehlen, denn das ist wichtig. Er hat mehr Geld wie wir und Gleichheit war immer mein Grundsatz; wir müssen flüchten, denn er würde uns unfehlbar töten. Wir können aber beide Ziele vereinigen; ich habe Stramonium in meiner Tasche, schläfern wir ihn ein, bestehlen wir ihn, berauben wir ihn zweier seiner schönsten Mädchen und flüchten wir dann.«

Sbrigani widersprach einige Zeit meinem Plan; das Stramonium konnte auf einen so ungeheueren Körper nicht wirken und ein heftiges Gift schien ihm sicherer zu sein. Da ich aber den festen Entschluß gefaßt hatte, so weit es möglich war, niemals jemand umzubringen, der ebenso bösartig war wie ich, gab ich ihm nicht nach. Wir beschlossen also, daß, nachdem wir den Riesen am nächsten Tage eingeschläfert hätten, wir ihn als tot erklären würden, um von Seiten seiner Leute keinen Widerstand beim geplanten Raub zu finden, und daß wir nach vollbrachter Tat flüchten würden.

Unsere Pläne wurden von glänzendem Erfolge gekrönt. Wenige Minuten nachdem Minski die Schokolade mit dem Schlafmittel hinuntergegossen hatte, verfiel er in eine derartige Lethargie, daß man ihn tatsächlich für tot halten konnte. Sein Haushofmeister war der erste, der uns bat, den Nachlaß anzutreten. Wir taten so, als wenn wir einwilligen würden, ließen uns die Schatzkammer aufsperren und beluden zehn Männer mit dem Kostbarsten, was wir finden konnten. Von da gingen wir in das Frauenserail, entführten Elise und Raymonde, zwei entzückende siebzehn- und achtzehnjährige Französinnen, und erreichten schließlich unsere Fuhrwerke, indem wir noch dem Intendanten Minskis die Versicherung gaben, ihn mit dem Reste abholen zu kommen, daß wir in allem seinem Herrn gleichen werden, daß man aber so herrliche Kostbarkeiten ans Licht schaffen müsse und nicht länger wie die Bären in einer so schrecklichen Höhle weiterleben könne. Der Mann war entzückt, half uns und wurde zweifellos nachher von dem Riesen vorzüglich belohnt. Nachdem wir die Schätze in den Wagen gebracht hatten und mit unseren Frauen eingestiegen waren, nahmen wir von den Trägern Abschied, belohnten sie reichlich und empfahlen ihnen noch, gleich uns zu entfliehen. Sie versprachen es und wir trennten uns.

Noch am selben Abend schliefen wir in Florenz, nachdem wir noch sowohl unsere beiden Frauen, als auch unsere Schätze gründlich geprüft hatten. Die sechzehnjährige Elise vereinigte mit der Anmut der Venus die verführerischen Reize der Göttin der Blumen. Die ein wenig ältere Raymonde war so entzückend gewachsen, daß man sie unmöglich ohne Erregung betrachten konnte. Beide waren erst kürzlich zu Minski gekommen und noch unberührt. Sie halfen uns unseren Schatz zählen, der 6 Millionen Wert in Geschmeide, 4 in Edelsteinen, in Silberwert und in Staatspapieren enthielt. Ah, wie ergötzten sich meine Augen an den Reichtümern, und wie süß ist es, das Geld zu zählen, das man durch ein Verbrechen gewonnen hat. Nachdem wir damit fertig waren, zogen wir uns aus und ich verbrachte die Nacht in den Armen meiner zwei neuen Erwerbungen.

Gestatten Sie mir jetzt, Freunde, daß ich Sie einige Zeit lang über die entzückende Stadt unterhalte, in der wir bald anlangten. Die Schilderung wird Ihren Geist, der seit langer Zeit durch meine obszönen Erzählungen beschmutzt wurde, wieder reinigen.

Florenz, ein Werk der Soldaten des Sulla, wurde von den Triumviren verschönert, von Totila zerstört, von Karl dem Großen wieder aufgebaut, und vergrößerte sich auf Kosten der alten Stadt Fiesole, von der man heutzutage nur mehr die Ruinen sieht. Lange war Florenz die Beute wilder Revolution, bis es von den Medici unterworfen und zweihundert Jahre beherrscht wurde, die es schließlich an das Haus Lothringen übergehen ließen. Die Stadt wird heute, ebenso wie die Toskana, von Erzherzog Leopold regiert, einem Bruder der Königin von Frankreich, einem herrschsüchtigen stolzen undankbaren Fürsten.*

* Man muß bedenken, daß diese Angaben richtig waren, als Madame de Lorsange in Italien reiste; man weiß, daß sich seither sowohl in dieser Stadt, als

Die erste politische Beobachtung, die ich dort machte, war die, daß die Florentiner um die Fürsten ihrer eigenen Nation trauerten, und daß sie sich nicht gerne den fremden unterworfen hatten. Das unbedeutende Aussehen Leopolds flößt niemandem Ehrerbietung ein und diejenigen, die den Geist des Hauses Österreich kennen, wissen wohl, daß es ihm leichter fällt, Tugend zu heucheln als welche zu besitzen.

Das am Fuße des Apennin gelegene Florenz wird durch den Arno entzwei geteilt. Dieser Teil der Hauptstadt ähnelt ein wenig dem durch die Seine zweigeteilten Paris. Die braune Farbe der Steine, mit denen die Paläste erbaut sind, geben der Stadt ein trauriges Aussehen, das dem Auge unangenehm ist. Wenn ich Kirchen lieben würde, könnte ich Ihnen zweifellos wundervolle Schilderungen entwerfen. Aber meine Abscheu für alles, was mit der Religion zusammenhängt, ist so stark, daß ich nicht einmal in einen dieser Tempel eintreten mag. Nicht ganz so stand es mit der herrlichen Gemäldegalerie des Großherzogs. Ich besuchte sie gleich am Tage nach meiner Ankunft. Ich kann Ihnen schwer das Entzücken wiedergeben, das ich inmitten dieser Meisterwerke empfand. Ich liebe die Künste, sie entflammen meinen Geist, und die Natur ist so schön, daß man selbst das, was sie nachahmt, lieb haben muß. Die einzige Art, ihr einige ihrer Geheimnisse zu entreißen, ist die, sie ohne Unterlaß zu studieren, erst dann gelangt man zur Vernichtung aller Vorurteile. Ich bete talentvolle Frauen an. Das Aussehen verführt, aber Talente fesseln.

Mein Führer ließ es sich nicht entgehen, mir jenen Teil der berühmten Galerie zu zeigen, in der Cosimo I. bei einer seltsamen Handlung überrascht wurde. Der berühmte Vasari malte gerade das Gewölbe dieses Gemaches aus, als Cosimo mit seiner Tochter eintrat, die er heftig liebte. Da er dachte, der Künstler arbeite ohne unter sich zu blicken, liebkoste er den Gegenstand seiner Leidenschaft in voller Ruhe. Ein Kanapee stand bereit, Cosimo benützte es und der Akt vollzog sich vor den Blicken des Malers,

auch in den anderen Orten des herrlichen Landes Veränderungen vollzogen haben.

der noch am selben Tage Florenz verließ, weil er überzeugt war, daß jemand, der Kenntnis von einem solchen Geheimnisse habe, bald außer Stande gesetzt sein würde, es auszuplaudern. Vasari hatte Recht, denn er lebte in einem Jahrhundert und in einer Stadt, in der der Machiavellismus Fortschritte machte.

Nicht ferne von da zeigte man mir einen Altar von massivem Gold, der mit kostbaren Steinen geschmückt war. Diese Anhäufung von Reichtümern war, wie man mir erklärte, ein Ex voto, das der Großherzog Ferdinand II. dem heiligen Karl Borromäus zur Wiederherstellung seiner Gesundheit darbrachte. Das Geschenk war gerade unterwegs, als der Prinz starb und die Erben beschlossen klugerweise, daß, da der Heilige den Wunsch nicht erhört hatte, er keine Belohnung zu erwarten habe und ließen daher den Schatz zurückkommen.

Von da kam ich zur berühmten *Venus* des Tizian und ich muß gestehen, daß meine Sinne hier mehr zur Betrachtung angeregt wurden, als sie es bei dem Ex voto Ferdinands gewesen waren. Die Schönheiten der Natur fesseln die Seele, die religiösen Verirrungen aber machen sie schaudern.

Die *Venus* des Tizian ist eine schöne Blondine, die auf einem weißen Ruhebett liegt, mit der einen Hand Rosen streut, mit der anderen ihr hübsches kleines Muschelchen bedeckt. Die Stellung ist sehr wollüstig und man kann sich an den Einzelheiten dieses erhabenen Gemäldes nicht satt sehen. Sbrigani fand, daß diese Venus stark Raymonde ähnle und er hatte recht. Als ich dem schönen Geschöpf den Vergleich meines Gatten mitteilte, errötete sie unschuldsvoll und erst ein feuriger Kuß auf ihren Rosenmund überzeugte sie, daß ich ebenso dachte wie mein Gatte. Im folgenden Raum sahen wir eine Unmenge von Meisterwerken des Tizian, des Paolo Veronese und des Guido Reni. In diesem Saal ist eine seltsame Idee ausgeführt: Man sieht eine mit Leichnamen angefüllte Grabstätte, an der man alle verschiedenen Stufen der Verwesung vom Augenblick des Todes an bis zur vollständigen Zerstörung beobachten kann. Diese seltsame Darstellung ist in bemaltem Wachs so natürlich hergestellt, daß die Natur selbst nicht ausdrucksvoller sein könnte. Der Eindruck ist so stark, daß man unwillkürlich die Hand zur Nase führt. Meine grausame Einbildungsgabe ergötzte sich an diesem Schauspiele. Wieviele Wesen hat schon meine Bösartigkeit in diesen Zustand gebracht!

Nicht weit von da ist ein anderes Grabmal mit an der Pest gestorbenen Menschen, an denen man dieselben Beobachtungen machen kann.

Nun kamen wir zu heiteren Dingen. Das Gemach, das man die Tribuna nennt, machte uns mit der berühmten *Venus* der Medici bekannt. Beim Anblick dieses entzückenden Werkes ist es unmöglich, sich einer sanften Regung zu erwehren, man erzählt, daß ein Grieche sich in eine Statue verliebte, und ich muß gestehen, daß ich es ihm beinahe nachgemacht hätte. Beim Anblick dieses Meisterwerkes glaubt man gern, was die Überlieferung erzählt, daß nämlich der Schöpfer fünfhundert Modelle zur Ausführung benötigte. Den Namen des Bildhauers weiß man nicht mehr. Die allgemeine Meinung schreibt diese herrliche Arbeit dem Praxiteles zu. Andere behaupten, es sei von Kleomenes. Das ist im Grunde gleichgültig, denn das Vergnügen, das man empfindet, gehört dem Werke an.

Mein Blick fiel nunmehr auf den Hermaphroditen. Sie wissen, daß die Römer für dieses Zwittergeschlecht sich begeisterten und es mit Vorliebe zu ihren wollüstigen Orgien zuzogen. Der hier abgebildete war zweifellos einer der schönsten seiner Art, und es ist ärgerlich, daß der Künstler, indem er ihm seine Beine kreuzte, das nicht zeigte, was sein doppeltes Geschlecht charakterisiert.

Ganz nahe davon steht eine Gruppe, die *Caligula, seine Schwester liebkosend* darstellt. Diese wollüstigen Herren des Weltalls ließen, weit davon entfernt, sie zu verbergen, ihre Laster durch die Kunst verewigen. Im selben Saal sieht man auch das berühmte Standbild des Priapus, an dem sich die jungen Mädchen ehrerbietig die Lippen ihrer Scham reiben mußten.

Man zeigte uns einen Jungferngürtel, und da ich meinen beiden Freundinnen drohte, ihnen derartige Dinge anzulegen, um ihrer sicher zu sein, erklärte mir die süße Elise, daß die Liebe, die ich ihr einflößte, genüge, um sie in den Grenzen der Mäßigkeit zurückzuhalten.

Nachher sahen wir die schönste und seltsamste Sammlung von Dolchen; einige davon waren vergiftet. Kein Volk der Erde hat den Mord so verfeinert wie die Italiener.

Die Luft ist in Florenz sehr schlecht, der Herbst kann dort selbst todbringend sein. Ein Stück Brot, das man während dieser Jahreszeit sich mit den vom Apennin kommenden Miasmen vollsaugen ließe, würde den sofortigen Tod bringen. Aber da wir zu Beginn des Frühlings dort waren, glaubte ich, den Sommer ohne Gefahr verbringen zu können. Wir schliefen nur drei Nächte in der Herberge. Am dritten Tage mietete ich ein entzückendes Haus am Ufer des Arno. Sbrigani spielte den Hausherrn, ich galt als seine Frau und meine Freundinnen als meine Schwestern. Wir begannen bald dasselbe Leben wie in Turin und den anderen Städten Italiens, aber da uns ein Freund Sbriganis mitgeteilt hatte, daß wir bei einiger Sorgfalt den geheimen Vergnügungen des Großherzogs zugezogen werden könnten, wiesen wir alles zurück, was sich uns darbot.

Die Leute des Fürsten kamen endlich auch zu uns. Leopold wollte uns alle drei seinen geheimen täglichen Ausschweifungen zuziehen und versprach jeder von uns 1.000 Zechinen, wenn wir jeder seiner Launen folgen würden. »Die Neigungen Leopolds sind grausam, wie die jedes Herrschers«, sprach der Bote zu uns, »aber Sie werden nicht hingeopfert werden.« — »Wir stehen dem Großherzog zu Diensten«, antwortete ich, »aber nicht für 1.000 Zechinen; meine Stiefschwestern und ich gehen nur für das Dreifache; wenn Ihnen das zusagt, kommen wir.«

Leopold, der uns schon mit dem Glase beobachtet hatte, war nicht der Mann, auf solche Genüsse wegen 2.000 Zechinen zu verzichten. Der Sohn der Österreicherin war seiner Frau, den Armen und seinen Untertanen, nicht aber seinen Lüsten gegenüber geizig. Am Morgen des nächsten Tages holte man uns also ab und führte uns zu dem im Apennin gelegenen *Pratolino*. Das

Landgut sah entzückend aus und besaß alles, was einen für Ausschweifungen geeigneten Ort kennzeichnet. Als wir erschienen, stand der Großherzog gerade vom Essen auf. »Meine schönen Freundinnen«, sprach der Herrscher zu uns, »wenn es Ihnen recht ist, will ich Sie heute mit den Personen vereinigen, die meiner Wollust dienen.« — »Leopold«, erwiderte ich mit jenem edlen Stolz, der mich zu allen Zeiten auszeichnete, »meine Schwestern und ich wollen uns deinen Launen unterwerfen und deine Begierden zu befriedigen trachten. Wenn du aber, wie alle Leute deines Geschlechtes, Neigung zu gefährlichen Dingen haben solltest, so sage es uns vorher.« — »Die Opfer sind da«, antwortete der Großherzog, »Ihr seid bloß die Priesterinnen. Der Abbé und ich sind die Opfernden.«

»Treten wir ein«, sprach ich zu meinen Genossinnen, »so große Schwindler oft Herrscher sind, läuft man doch manchmal nicht Gefahr, Ihnen zu glauben, namentlich, wenn man Mittel zur Rache bei sich trägt.« Und ich zeigte gleichzeitig das Heft eines Dolches, der mich seit meinem Aufenthalte in Italien noch nie verlassen hatte. »Wie?« sprach Leopold und stützte sich auf meine Schulter, »du wagst es, nach dem Leben eines Herrschers zu trachten?« — »Ich werde nicht die Angreiferin sein, mein Teurer«, antwortete ich furchtlos, »aber wenn du dies mir gegenüber vergessen könntest, würde dich dieser Dolch daran erinnern, daß du mit einer Französin zu tun hast. Was deinen geheiligten Stand anbetrifft, Freundchen, so mußt du gestatten, daß ich ein wenig lache, du wirst dir doch nicht einbilden, daß der Himmel, als er dich schuf, aus dir etwas anderes gemacht hat, als aus dem letzten Bürger deiner Staaten. Ich habe als eifrige Anhängerin der Gleichheit niemals geglaubt, daß auf Erden ein Geschöpf mehr wert ist als das andere und da ich auch an Tugenden nicht glaube, besteht für mich auch dadurch kein Unterschied.« — »Aber ich bin doch König?« — »Armer Mann, wie kannst du mir diesen Titel vorhalten, wie verachte ich ihn; hat dich nicht der Zufall dahin gestellt, wo du bist; was hast du dazu getan, um die Stellung zu erlangen.« — »Aber der Königsmord ist ein Verbrechen.« — »Ein eingebildetes, mein Freund. Es ist ebenso böse, einen Seifensieder zu töten, wie einen König, glaube mir wohl, Leopold, daß die Natur sich bei dir nicht mehr Mühe gegeben hat wie mit einem Affen, und daß sie keinen von euch zwei stärker liebt.«

»Mir gefällt die Offenheit dieser Frau«, sprach der Herzog zu dem ihn begleitenden Priester. »Mir auch, gnädiger Herr«, erwiderte der Gottesmann. »Aber ich fürchte, daß sie Ihren Vergnügungen gegenüber nicht genug Unterwürfigkeit zeigen wird.« — »Das ist ein Irrtum, Herr Abbé«, erwiderte ich, »stolz und offen der Welt gegenüber, sanft und unterwürfig beim Vergnügen, das ist die Rolle der hübschen französischen Kurtisane. Ich achte die Leidenschaften, Leopold, empfinde aber durchaus keine Ehrfurcht vor deinem Rang, als Mann kannst du von mir alles erlangen, als Herrscher gar nichts. Und jetzt beginnen wir.«

Ich hatte wohl nicht erwartet, derartige Geschöpfe in dem Saale, in den uns Leopold führte, zu finden, als ich dort eintrat. Ich sah nämlich vier fünfzehn- bis sechzehnjährige hochschwangere Mädchen. »Was zum Teufel, willst du mit diesen Hennen machen?« — »Das wirst du schon erfahren«, antwortete er mir. »Ich bin der Vater der Kinder, die sie unter ihren Herzen tragen, und ich habe sie nur gemacht, um die süßen Wonnen der Zerstörung genießen zu können. Ich kenne keine größere Wollust, als eine von mir geschwängerte Frau abortieren zu lassen, und da mein Same sehr fruchtbar ist, kann ich mir diesen Genuß jeden Tag verschaffen.« — »Ah«, sprach ich zu dem Österreicher, »deine Leidenschaft ist seltsam. Ich werde ihr vom ganzen Herzen dienen. Und wie benimmst du dich nun weiter.« — »Eben das wirst du sehen«, sprach Leopold, der bis jetzt leise ins Ohr zu mir gesprochen hatte, »vorerst wollen wir ihnen ihr Schicksal ankündigen.« Damit näherte er sich den vier Mädchen und erklärte ihnen seine Absichten. Sie können sich den Schmerz vorstellen, meine Freunde, den die vier durch das niederträchtige Todesurteil empfanden. Zwei wurden ohnmächtig und die beiden anderen brüllten wie die Kälber, die man zum Schlächter führt. Statt jeder weiteren Antwort ließ sie Leopold nackt ausziehen. »Meine schönen Damen«, sprach nun der Großherzog zu uns, »wollen Sie es nicht diesen Fräulein gleich tun. Ich kann mich nur an einer Frau erfreuen, wenn sie nackt ist und im übrigen glaube ich, daß Ihre Körper so schön sind, daß sie es verdienen, hüllenlos gesehen zu werden.« Wir folgten und sogleich standen sieben nackte Frauen vor Leopolds Augen.

Die ersten Huldigungen dieses Wüstlings waren an uns gerichtet. Er prüfte uns, verglich uns, trat weiter, dann wieder näher heran, und begann uns schließlich alle drei zu lecken, während er sich von jeder der schwangeren Frauen dabei kitzeln ließ. Während er uns auf diese Weise erregte, bestieg uns der Abbé von hinten, so daß unsere Ergüsse an Reichlichkeit nichts zu wünschen übrig ließen. Nach einer Stunde wechselte der Unbeständige den Tempel und ließ uns jetzt von dem Gottesmanne lecken.

»Ich bin sehr geil«, sprach Leopold zu uns, »und wir müssen zu ernsteren Dingen schreiten. Hier sind vier glühende Eisen«, fuhr er fort, »in jedes ist das Todesurteil einer der schwangeren Frauen eingeschrieben. Ich werde Ihnen die Augen verbinden und sie selbst werden sich Ihr Urteil aussuchen.« Dies geschah auch, aber sowie eine Unglückliche ihr Eisen ausgewählt hatte, drückte Leopold es ihr glühend, wie es war, auf den Bauch. Die jüngste erhielt durch die Hand des Zufalls folgende Inschrift: »Sie wird unter Rutenhieben abortieren.« Die folgende wählte die Inschrift: »Sie wird durch ein Getränk abortieren.« Das Urteil der dritten lautete: »Sie wird unter Fußtritten abortieren.« Die vierte aber hatte die Inschrift: »Man wird ihr das Kind aus dem Bauch reißen.« Nachdem das geschehen war, löste man den Unglücklichen die Binde ab, und Leopold ließ sie vor ein Kanapee aufstellen, er legte mich auf dieses Kanapee, bestieg mich von vorn, indem er seine Augen an dem Anblick dieser vier gezeichneten Bäuche ergötzte. Während dessen peitschte Elise den hohen Herrn aus und der Abbé kitzelte sich an den Brüsten Raymondes. »Leopold«, sprach ich während des Aktes, »ich bitte dich, schwängere mich nicht, denn es ist wahrscheinlich, daß sollte ich eine Frucht von dir empfangen haben, ich auf dieselbe Art wie diese Damen niederkommen müßte.« — »Nichts ist sicherer als das«, erwiderte der Großherzog, indem er mir Blicke und Stöße zuerteilte, die sicher nicht in der Galanterie ihren Ursprung hatten, »aber du kannst dich beruhigen, ich werde sehr schwer fertig«, und bei diesen Worten verließ er mich, um Elise zu entjungfern, während ich mich mit dem Abbé beschäftigte und Raymonde den Herzog peitschen mußte. »Niemals wieder gab es etwas Härteres wie die Glieder der beiden Wüstlinge. Das kleine, zur Qual des Peitschens verdammte Mädchen wurde nun von dem Herrscher erfaßt und vorerst mit einem Rutenbündel, später mit einem eisernen Hämmerchen bearbeitet. Nach einer halben Stunde, während welcher Zeit sich ihr Popo mit Blut bedeckte, wurde das Opfer mit in die Höhe gehobenen Händen stehend angebunden und der Herzog schlug sie mit einem Ochsenziemer kräftig auf den Bauch, daß das Embryo sich bald loslöste. Die Mutter schrie, der Kopf des Kindes erschien und Leopold riß es selbst heraus, warf es in einen Kübel und schickte die Mutter weg. »Brauchen Sie einen Popo, gnädiger Herr«, sprach der ehrwürdige Geistliche. »Die angeschwollenen Adern Ihres Gliedes, der Schaum, mit dem Ihr königlicher Mund bedeckt ist, und das Feuer, das aus Ihren Augen blitzt, kündet mir an, daß Sie eines Hintern bedürfen.« — »Nein, nein«, erwiderte der Großherzog, der mich küßte und kräftig abtastete, »ich habe gestern stark entladen, ich möchte das heute nicht fortsetzen, bevor ich meine Kräfte verliere, müssen alle an der Reihe gewesen sein.«

Nun kam die zweite daran. Ihr Urteil lautete: »Sie soll durch ein Getränk abortieren.« Das Kind machte große Schwierigkeiten, so daß der grausame Kirchenmann sie mit der einen Hand an den Haaren festhalten mußte, während er mit der anderen ihren Mund öffnete. Ich mußte ihr die Flüssigkeit eingeben und der von Elise gekitzelte Großherzog bearbeitete während dieser Zeit sowohl meine Arschbacken wie die des Opfers. Großer Gott, welche Wirkung hatte dieses gefährliche Gift! Kaum war es in die

Eingeweide des jungen Mädchens eingedrungen, als sie furchtbare Schreie ausstieß, sie krümmte und wand sich auf dem Boden und alsbald erschien das Kind. Diesmal aber zog es der Abbé heraus, Leopold war so erregt, daß er die Handlung nicht vornehmen konnte, und ich glaubte schon, daß er fertig werden würde, allein er zog sich rechtzeitig zurück.

Das dritte Mädchen wurde mit dem Rücken auf den Boden gebunden; aus ihr sollte die Frucht durch Fußtritte abgetrieben werden. Elise und ich hielten sie fest, während Raymonde über dem Opfer kniete und das Glied des Wüstlings an ihren Brüsten rieb, der mit solcher Kraft auf den Bauch der Unglücklichen trat, daß die Frucht sofort zur Welt kam. Sie wurde gleich den anderen ohne jede weitere Prüfung in den Kübel geworfen und das mehr tote als lebende Opfer hinausgeschickt. Die letzte, die gleichzeitig die schönste war, hatte auch am meisten zu dulden. Ihr sollte das Kind aus dem Bauch gerissen werden, und ich überlasse es Ihnen, sich ihre Folterqualen auszumalen. »Sie wird nicht mehr aufkommen«, sprach Leopold, »ihren schrecklichen Schmerzen wird mein Samen gewidmet sein.«

Man spannte sie auf ein Kreuz aus, in dessen Mitte ein Buckel war, der ihren Bauch in die Höhe trieb. Ihre Extremitäten wurden fest gebunden und dann dermaßen bedeckt, daß man nur mehr die runde und angeschwollene Masse sehen konnte, die das Kind enthielt. Der Abbé war mit der Arbeit beauftragt. Leopold bearbeitete mich von hinten, mit der Rechten kitzele er Elise, mit der Linken Raymonde, und während der nichtswürdige Geistliche den Bauch des Opfers vierteilte, entlud der große Nachfolger der Medici, der berühmte Bruder der höchsten Hure Frankreichs einen Gießbach von Samen in mein Arschloch und fluchte dabei wie ein Waschweib.

»Ich glaube, meine Damen«, sprach der Herzog, während er sich sein Glied abtrocknete, »daß ich auch mit den 3.000 Zechinen ihre Verschwiegenheit erkauft habe.« — »Sicherlich«, erwiderte ich, »aber ich stelle eine Bedingung.« — »Hast du das Recht dazu?« — »Selbstverständlich; deine Verbrechen geben es mir, denn mein Verrat würde dich in den Abgrund stürzen.« — »Das kommt davon, gnädiger Herr«, sprach der Abbé, »wenn man sich von solchen Huren abhängig macht. Entweder man zeigt ihnen gar nichts, oder man läßt sie töten. Dieses Mitleid wird Sie noch ins Verderben stürzen, das habe ich Ihnen schon hundertmal gesagt.«

»Sachte, Herr Abbé«, erwiderte ich, »der Ton, den du anschlägst, wäre vielleicht den Huren gegenüber passend, die dein Herr und du gewöhnlich vor sich haben, er ist aber nicht bei Frauen unseres Ranges am Platze, die vielleicht ebenso reich sind wie du und sich nur aus Leidenschaft zu derartigen Szenen herbeilassen; aber beendigen wir diesen Streit, der Herzog benötigt uns und wir benötigen ihn. Wir schwören dir tiefste Verschwiegenheit zu, Leopold, wenn du uns deinerseits vollkommenste Straflosigkeit für die Zeit unseres Florentiner Aufenthaltes zusicherst.« — »Ich könnte mich der Gefahr entziehen«, sprach Leopold, »und, ohne mich mit Ihrem Blut zu besudeln, diese Frauen überzeugen, daß es auch hier wie in Paris Orte gibt, an denen man nichts mehr ausplaudern kann. Frauen aber, die ebenso ausschweifend sind wie ich, will ich nicht durch dieses Mittel zwingen; ich gewähre also Ihnen, Ihrem Manne und Ihren Schwestern während sechs Monaten Straflosigkeit. Dann aber müssen Sie meinen Staat verlassen.« Da ich hatte, was ich wollte, gab ich keine weitere Antwort mehr, und nachdem ich mich bei Leopold bedankt und sein Geld empfangen hatte, verabschiedeten wir uns.

»Wir müssen aus dieser Erlaubnis Nutzen ziehen«, sprach Sbrigani, nachdem ich ihm alles erzählte, »und dürfen Florenz nicht früher verlassen, bevor wir nicht wenigstens 3.000.000 zu unserem Vermögen hinzugefügt haben.« — »Was mir mißfällt ist, daß diese Leute hier häßlich und arm sind. Wir haben jedoch sechs Monate Zeit und wir können hoffen, doch eine gute Ernte zu machen.«

Die Sitten sind in Florenz sehr frei, die Frauen kleiden sich wie die Männer und diese wieder wie Mädchen. Es gibt wenige Städte in Italien, in denen eine so lebhafte Neigung herrscht, sein Geschlecht zu mißbrauchen. Die Florentiner lieben die Sodomie und erhielten einstmals vollständigen Ablaß von den Päpsten für dieses Laster. Blutschande und Ehebruch werden gleichfalls ganz offen zur Schau gestellt; Männer treten ihre Frauen ab, Brüder schlafen mit ihren Schwestern und Väter mit ihren Töchtern. Das Klima ist schuld an unserer Verderbtheit, sagt dieses gute Volk, und Gott, der uns hier auf die Welt kommen ließ, wird wohl nicht über unsere Verirrungen erstaunt sein. Es gab früher in Florenz ein sonderbares Gesetz betreffend diesen Gegenstand. Am Gründonnerstage durfte keine Frau ihrem Gatten den Hintern verweigern, sonst lief sie Gefahr, von der ganzen Stadt verspottet zu werden. Glückliche Nation, bei der derartige Leidenschaften vom Gesetz anbefohlen werden.

Wie sehr auch die Sitten in Florenz verderbt sind, duldet man doch keine Huren in den Straßen. Diese Frauen haben ein abgesondertes Viertel, aus dem sie nicht herauskommen dürfen, und in dem die größte Ordnung und Ruhe herrscht. Jedoch, diese Mädchen sind selten hübsch und wohnen sehr schlecht; sie bieten dem Beobachter keinerlei Reize, wenn man nicht den annimmt, daß sie sich alles willig gefallen lassen, was nur ein grausamer Kopf ersinnen kann. Sbrigani und ich haben einige von ihnen geschlagen, gepeitscht, geohrfeigt, verstümmelt und verbrannt, ohne daß sich eine, wie es sonst geschieht, beklagt hätte.

Einige Zeit vor meiner Ankunft war ein reicher Bewohner der Stadt, der zwei Kinder von sechs und acht Jahren geraubt hatte, von deren Familien angeklagt worden, sie zuerst geschändet und dann getötet zu haben. Die Klagen wurde durch einige Zechinen zum Verstummen gebracht und man sprach über die ganze Sache nicht weiter.

Während ich daselbst wohnte, beschuldigte man eine berühmte Kupplerin, sie habe jeden Tag für sehr hohe Herrschaften junge Bürgermädchen geraubt und ausgeliefert. Als man sie aber über die Namen ihrer Kunden ausfragte, verriet sie eine solche Zahl von hochgestellten Leuten, daß die ganze Sache niedergeschlagen wurde.

Fast alle Frauen der Gesellschaft gehen in die Bordelle dieser Stadt, um sich dort schänden zu lassen.

Ich habe Ihnen diesen kurzen Überblick über die Sitten in Florenz gegeben, um Ihnen zu zeigen, was wir bei diesem Volke, bei dem wir sechs Monate wohnen durften, erreichen konnten.

Wir schickten also Briefe aus, in denen wir dem Publikum anzeigten, daß die Männer bei uns jederzeit nicht nur hübsche, kleine Bürgermädchen, sondern auch Frauen aus den höchsten Kreisen finden könnten, und daß auch die Frauen bei uns immer Männer und junge Mädchen zu ihrer Befriedigung haben könnten. Da wir außerdem wunderschön wohnten und stets gut besetzten Tisch führten, lief bald die ganze Stadt herbei. Meine Begleiterinnen und ich bildeten den Grundstock des Hauses, aber schon auf einen leise geäußerten Wunsch fand man alles bereit, was man wünschen konnte. Wir verlangten sehr hohe Preise, lieferten jedoch nur ganz Vorzügliches. Meine zwei Genossinnen richteten ihr Hauptaugenmerk auf das rasche Verschwinden von Börsen und Juwelen; führte jemand aber darüber Klage, so hatte er keinen Erfolg, denn unser Schutz war durch den Herzog gewährleistet worden.

Die erste Kundschaft, die uns besuchte, war der Herzog von Piacenza. Seine Vergnügungen waren sonderbar genug, um Sie mit ihnen bekannt zu machen. Er beanspruchte sechzehn hübsche Mädchen, die paarweise zusammengestellt wurden und gleiche Kopfbedeckung erhielten. Ich lag mit ihm auf einem Sofa, während sechzehn junge, hübsche und ebenfalls nackte Musikanten rechts von ihm aufgestellt waren. Jedes Paar mußte allein vortreten. Bevor es eintrat, teilte mir der Herzog das mit, was er von diesem Paar verlangte, ich sagte es den Musikanten, und durch den stärkeren oder schwächeren Ton der Instrumente mußte das Paar erraten, was es zu tun hatte; gelang es ihm, hörte die Musik zu spielen auf und der Herzog vögelte die beiden Mädchen von hinten; gelang es ihnen nicht (jedes Paar hatte nur zehn Minuten Zeit), wurden die beiden Mädchen bis aufs Blut gepeitscht.

Das erste Rätsel, das man dem antretenden Paar gab, bestand darin, daß eine nach der anderen nähertreten und das Glied des Wollüstlings lecken sollte. Die Musiker machten ihre Sache so geschickt, daß die beiden Mädchen bald ihre Aufgaben lösten. Sie wurden von hinten hergenommen. Die Auflösung des zweiten Rätsels bestand darin, daß mir beide die Scheide lecken sollten; sie fanden sie nicht und wurden der Peitsche überliefert. Der dritte Wunsch des Herzogs lautete: Die Mädchen sollten ihn züchtigen kommen. Er wurde befriedigt. Das vierte Paar mußte die Glieder der Musiker kitzeln, erriet jedoch nicht seine Aufgabe. Das fünfte mußte inmitten des Zimmers seinen Kot entleeren. Auch diese beiden Mädchen wurden gezüchtigt. Das sechste Paar erriet, daß es sich gegenseitig kitzeln sollte. Das siebente begriff nicht, daß es peitschen solle und wurde daher der Strafe ausgeliefert. Die Musik brachte schließlich dem achten bei, daß es den Herzog mit Godmichés bearbeiten solle. Schließlich nahm mich der Herzog selbst von hinten vor und entlud rasch.

Wir führten ungefähr drei Monate lang dieses herrliche und einträgliche Leben, als ein furchtbarer Verrat mein Vermögen um 100.000 Taler vermehrte.

Von allen Frauen, die mein Haus eifrig besuchten, zeichnete sich besonders die junge Gattin des spanischen Gesandten durch ihre Leidenschaftlichkeit aus. Nur wenn ich etwas ganz Schauderhaftes und Schreckliches hatte, konnte ich sie befriedigen; dann sperrte sie sich mit der betreffenden Kanaille sieben oder acht Stunden ein und erging sich in den schmutzigsten Ausschweifungen.

Die Gesandtin besaß einen sehr verliebten, sehr eifersüchtigen Mann, dem sie erzählte, sie verbringe ihre ganze Zeit bei einer Freundin.

Da ich sah, daß ich aus dieser Geschichte großen Nutzen ziehen konnte, besuchte ich eines Tages den Gesandten. »Exzellenz«, sprach ich zu ihm, »ein Mann wie Sie verdient nicht, betrogen zu werden; die Frau, die Ihren Namen trägt, ist Ihrer unwürdig.« — »Ich soll betrogen werden«, antwortete der Gesandte, »das ist unmöglich, ich kenne meine Frau zu gut.« — »Sie kennen sie nicht, gnädiger Herr, Sie ahnen nicht, welchen scheußlichen Ausschweifungen sie sich hingibt; ich aber will, daß Sie sich mit eigenen Augen davon überzeugen.« Florella war zuerst verwirrt und zögerte einen Augenblick, dann aber sagte er mit größerer Festigkeit, als ich ihm zugetraut hätte: »Sind Sie imstande, mir Ihre Behauptungen zu beweisen, Madame?« — »Wenn Sie es verlangen, noch heute Abend, gnädiger Herr; hier ist meine Adresse, kommen Sie gegen fünf Uhr zu mir und Sie werden sehen, welche Leute sich Ihre Gattin auswählt, um Ihren Namen zu entehren.« Der Gesandte sagte zu und ich fuhr fort: »Bedenken Sie aber, gnädiger Herr, welch ungeheueren Verlust ich mir selbst durch meine Mitteilung zufüge; sie bezahlt sehr gut und entweder werde ich von Ihnen schadlos gehalten oder ich kann Ihnen nichts beweisen.« — »Wieviel verlangen Sie?« fragte Florella. »50.000 Taler.« — »Ich habe sie hier in meiner Brieftasche und werde sie Ihnen geben, wenn Sie die Wahrheit gesprochen haben.« — »Gut, gnädiger Herr, ich erwarte Sie.«

Diese List jedoch genügte mir nicht. Ich wollte auch den Mann in eine Falle gehen lassen und wendete dazu die nun folgenden Mittel an: Ich suchte vorerst die Frau des Gesandten auf. »Madame«, sprach ihr zu ihr, »Sie schämen sich vor Ihrem Gatten, denn Sie glauben, daß er keine Seitensprünge macht; kommen Sie heute abends frühzeitig zu mir, ich will Ihnen zeigen, daß er seine ehelichen Bande mindestens ebenso schamlos wie Sie verletzt. Sie können dann ungestört Ihren Vergnügungen nachgehen, denn er hat Ihnen nichts mehr vorzuwerfen.« — »Ich bin erstaunt über diese Nachricht«, erwiderte die Frau, »und ich leugne nicht, daß ich den Beweis mit Vergnügen aufnehmen würde. Wann willst du mich überzeugen?« — »Noch heute abend. Sie wissen, daß Sie von sechs jungen Männern erwartet werden, und auch Ihr Gatte will seine Wollust an drei Knaben befriedigen.« — »Das Ungeheuer, er ist ein Arschficker. Ah, nun wundere ich mich nicht länger über seine Bestrebungen, meinen Hinterteil von mir geschenkt zu erhalten. Oh, Juliette, zeige mir das, ich bitte Dich,

ich muß unbedingt alles wissen.« — »Gerne, aber ich verliere dadurch seine Kundschaft, die noch besser ist wie die Ihrige.« — »Nun, was verlangst du, Juliette? Es gibt kein Opfer, das ich nicht meiner Ruhe bringen würde.« — »Wären 50.000 Taler zu viel?« — »Hier in dieser Brieftasche sind sie; gehe und rechne auf mich.«

Ich eilte zurück, um alles vorzubereiten. Die Frau war bereits gewonnen, allein der Mann mußte erst verführt werden. Ich richtete also alles so ein, daß sowohl der Mann seine Frau, wie auch die Frau ihren Mann sehen konnte und erwartete geduldig meine beiden Opfer.

Der Gatte kam als Erster. »Gnädiger Herr«, sprach ich zu ihm, »da sich Ihre Frau so schamlos beträgt, scheint es mir, als brauchten Sie sich auch nicht länger in Ihren Neigungen zurückzuhalten.« — »Nein, ich liebe diese Dinge nicht.« — »Ich sehe ein, daß Sie Frauen nicht lieben, aber sehen Sie, gnädiger Herr, diese hübschen Kinder«, fuhr ich fort und hob einen Vorhang, hinter dem drei kleine, nackte und nur mit Rosenkränzen geschmückte Knaben lagen. »Diese entzückenden Geschöpfe werden Ihnen sicherlich Genuß bereiten.« Und während ich noch sprach, eilten die drei hübschen Püppchen auf meinen Befehl auf den Spanier zu, küßten und liebkosten ihn und zogen seine schwankende Männlichkeit aus seiner Hose heraus. »Ich werde Sie allein lassen, gnädiger Herr«, sprach ich, »wenn Ihre Gattin bei der Arbeit ist, will ich Sie benachrichtigen, damit Sie sich mit eigenen Augen von ihrer furchtbaren Untreue überzeugen.«

Mittlerweile war die Gattin gekommen. »Sehen Sie, Madame«, sprach ich zu ihr, indem ich sie ihren Mann sehen ließ, »sehen Sie, wie Ihr Herr Gatte sich die Zeit vertreibt.« Und in der Tat genoß der Gesandte, der keine Falle ahnte, die ersten Freuden der Sodomie. »Oh, der scheußliche Mann, ich habe genug gesehen, jetzt soll er noch einmal mein Betragen rügen! Ah, ich werde ihm heimleuchten! Meine Männer, meine Männer! Ich will mich rächen, Juliette!« Ich befriedigte also die Frau des Gesandten und eilte dann rasch in das andere Zimmer.

»Bitte vielmals um Entschuldigung, gnädiger Herr, aber der Augenblick ist da«, sprach ich und führte ihn zum Beobachtungsposten hin. »Sehen Sie, wie man Sie betrügt!« — »Oh, Himmel«, rief Florella aus, »und dazu noch mit sechs solchen Kerlen; oh, die Verbrecherin! Hier ist Ihr Geld, Juliette, dies Schauspiel ist für mich ein Blitzstrahl aus heiterem Himmel; lassen Sie mich mit Ihren Kindern in Ruhe, ich will von nichts mehr wissen, dieses Ungeheuer vergiftet mein Leben!«

Mir lag wenig daran, ihn zur Fortsetzung zu zwingen; seine Frau hatte ihn gesehen und das genügte mir. Was aber meinen verruchten Kopf besonders ergötzte, war, daß die Dinge dabei nicht stehen blieben, sondern daß die Frau des Gesandten zwei Tage nachher erdolcht aufgefunden wurde. Diese Affäre machte großen Lärm. Die Geschichte wurde veröffentlicht und der Herzog, der die Last der Gewissensbisse nicht länger ertragen konnte, jagte sich eine Kugel durch den Kopf. Daß ich an seinem Tod nicht die unmittelbare Ursache war, brachte mich in Verzweiflung; daher beschloß ich, mich schadlos zu halten; und die nächsten Tage brachten mir nun folgende Erlebnisse:

Jedermann weiß, daß die Italiener häufig Gifte gebrauchen, um sich zu rächen: Ich hatte mit Sbrigani alle jene Tinkturen bereitet, zu denen mir die Durand die Rezepte gegeben hat, und verkaufte sie immer zu hohen Preisen.

Ein ziemlich hübscher, junger Mensch, der mich vorzüglich befriedigt hatte, und der nun jeden Tag zu mir kam, beschwor mich, ihm ein wenig Gift für seine Mutter zu geben, die ihn in seinen Vergnügungen störte, und von der er eine ungeheuere Erbschaft zu erwarten hatte, ich verkaufte ihm, obwohl er ein rasch wirkendes Gift verlangt hatte, ein langsam treffendes und am nächsten Tag nach dem Abschluß unseres Geschäftes suchte ich die Mutter auf. Die Tat mußte bereits geschehen sein, denn der junge Mann hatte nicht länger warten wollen. Da aber das Gift erst nach einigen Tagen wirkte, konnte man noch nichts bemerken. Ich deckte ihr die Absichten ihres Sohnes auf. »Madame«, sprach ich zu ihr, »Sie sind ohne meine Hilfe verloren, aber

Ihr Sohn ist nicht der Einzige, der sich gegen Ihr Leben verschworen hat; er wurde von seinen beiden Schwestern unterstützt.« — »Oh Himmel, Sie machen mich schaudern!« — »Ja, es gibt furchtbare Wahrheiten auf dieser Welt. Sie müssen sich rächen, Madame, und zwar rasch. Ich bringe Ihnen das, was jene Ungeheuer Ihnen eingaben; machen Sie davon sofort Gebrauch, das gerechteste der Gesetze ist das der Wiedervergeltung.«

Ich wußte, daß ich zur rachsüchtigsten Frau von ganz Florenz sprach. Sie kaufte mir mein Pulver ab und schon am nächsten Tag mischte sie das heftig wirkende Gift ihren Kindern in das Essen. Der Sohn und die beiden Töchter starben gleichzeitig, während die Mutter acht Tage später nachfolgte. Der Leichenzug ging vor meinem Hause vorbei, und als ich ihn hörte, sprach ich: »Sbrigani, mein Freund, ficke, während ich mein Werk betrachte. Ich muß beim Anblick meines Verbrechens entladen.«

Sie können sich leicht denken, meine Freunde, daß ich inmitten dieser Verbrechen auch an meine persönliche Wollust dachte. Da ich eine ungeheuere Menge von Männern und Frauen zur Auswahl hatte, konnte ich mir das Beste verschaffen, das zu haben war. Jedoch die Italiener haben keine ordentlichen Ständer und ihre zweifelhafte Gesundheit trieb mich vollends der lesbischen Liebe in die Arme. Damals war die Comtesse de Donis die schönste, reichste, eleganteste und sinnlichste Frau in Florenz. Es hieß öffentlich von ihr, daß sie mich aushalte, und dieses Gerücht verbreitete sich nicht ohne einige Berechtigung.

Madame de Donis war Witwe, fünfunddreißig Jahre alt, herrlich schön, sehr geistreich und voller Anmut. Wir gaben uns den schamlosesten und ungeheuerlichsten Ausschweifungen hin und ich lehrte der Comtesse die Kunst, ihre Genüsse durch die Grausamkeit zu erhöhen. »Oh, meine Freundin«, sprach sie eines Tages zu mir, »wie sehr entzündet der Gedanke an ein Verbrechen meine Begierden. Ich möchte ihn mit einem Funken vergleichen, der mit Windesschnelle alles Brennbare in Brand steckt. Aber ich glaube, Juliette, daß es darin eine gewisse Theorie gibt, und ich brenne darauf, sie kennen zu lernen! Belehre mich, mein Engel, du kennst meine Veranlagungen und meine Neigungen.« — »Entzückende Frau«, erwiderte ich, »Sie können beruhigt sein, daß meine Schülerin alles kennen lernen wird. Schenken Sie mir ein wenig Aufmerksamkeit und ich will Ihnen meine Grundsätze entwickeln.

Wenn Sie ein Verbrechen begehen wollen, so müssen Sie folgende allgemeine Vorsichtsmaßregeln treffen. Erwägen Sie erst einige Tage vorher Ihren Plan, bedenken Sie alle seine Folgen und prüfen Sie genau, was Ihnen zur Ausführung dienlich sein kann. Wenn es sich um einen Mord handelt, müssen Sie daran denken, daß es kein so verlassenes Wesen auf Erden gibt, das Ihnen durch seinen Tod nicht schaden könnte. Sobald Sie einmal zu einer solchen Tat entschlossen sind, handeln Sie möglichst allein; müssen Sie aber einen Komplizen gebrauchen, dann trachten Sie, ihn so sehr an der Tat mitzubeteiligen, daß es ihm unmöglich gemacht wird, Sie zu schädigen.

Wenn Sie aus Ihrem Verbrechen einen Nutzen ziehen wollen, so dürfen Sie niemals öffentlich davon sprechen, denn das wird sie sicher verraten. Wenn Ihre Nichte Ihr Vermögen vergrößert hat, so verändern sie einige Zeit nachher weder Ihre Lebensführung noch Ihren Aufwand, denn auch daraus könnte man Verdacht schöpfen.

Trachten Sie nach der vollbrachten Tat, allein zu sein, denn das Gesicht ist der Spiegel der Seele und unsere Züge zeigen, wenn wir es auch nicht wollen, trotzdem, was in unserem Innern vorgeht. Gewöhnen Sie sich überhaupt an, über das Spiel Ihres Ausdruckes zu herrschen und lassen Sie in Ihren Gesichtszügen immer Ruhe und Gleichgültigkeit erscheinen, das erreichen Sie aber nur durch große Gewohnheit, Verbrechen zu begehen.

Wenn Sie aber nicht sicher sind, und noch Gewissensbisse empfinden können, so werden Sie vergeblich an der Beherrschung Ihres Gesichtsausdruckes arbeiten, deshalb dürfen Sie nicht auf halbem Wege stehen bleiben, Sie würden die unglücklichste Frau der Welt werden, wenn Sie nur ein Vergehen ausführen würden. Entweder Sie beginnen gar nicht, oder Sie überhäufen sich mit Untaten. Nur die Häufigkeit kann Ihre Gewissensbisse ersticken. Übrigens dürfen Sie auch niemals den Grad eines Verbrechens in Ihre Erwägung ziehen. Er darf in Ihren Gedanken keine Rolle spielen. Je größer das Verbrechen ist, desto mehr Vorsichtsmaßregeln müssen Sie treffen, während man bei kleineren sich leicht gehen läßt.

Verwenden Sie soviel als möglich die Heuchelei. Sie ist in der Welt notwendig und man hält selten denjenigen für verbrecherisch, der allem gegenüber Gleichgültigkeit zeigt. Nicht jeder ist so unglücklich und so ungeschickt wie Tartuffe, übrigens darf man auch die Heuchelei nicht so weit treiben, die Tugend anbeten zu wollen, man muß sich nur auf das beschränken, gegenüber dem Verbrechen gleichgültig zu sein. Sie dürfen die Tugend nicht verehren, aber Sie dürfen auch nicht das Verbrechen lieben. Und diese Art Heuchelei wird niemals erraten werden, weil sie den Stolz der Mitmenschen nicht reizt, während die Art Heuchelei des Helden Molières notwendigerweise den Unwillen der Mitmenschen erregt.

Vermeiden Sie Zeugen mit derselben Sorgfalt, mit der Sie Gehilfen wählen. Gewöhnlich bringen beide den Verbrecher an den Pranger.*

Sagen Sie niemals: mein Sohn, mein Diener, meine Kammerfrau wird mich nicht verraten, denn auch diese Leute können Sie auf eine Art denunzieren, die Sie gleichfalls ins Verderben stürzen kann.

Flüchten Sie sich hauptsächlich niemals in die Arme der Religion. Sie wird Ihre Seele mit Furcht erfüllen und Sie werden schließlich Ihr eigener Henker werden.

Sobald Sie aber einmal entschlossen sind, schreiten Sie ruhig an die Tat, was liegt Ihnen schon daran, wenn sie entdeckt wird, was ist denn das Schlimmste, das Ihnen geschehen kann? Ein sehr sanfter und ein sehr rascher Tod. Man leidet weniger als wenn

* Man muß trachten, den Komplizen eng an sich zu binden, sagt Machiavelli, oder sich seiner entledigen, wenn man ihn nicht mehr braucht.
(Disc. lib. III. Kap. VI.)

man in seinem Bett stirbt und Schande haben Sie nicht zu empfinden, da Sie ja nachher nicht mehr weiter leben. Oder fürchten Sie vielleicht, daß man Sie bloß brandmarken könnte, ohne Ihnen das Leben zu nehmen? Welch ein Unsinn! Was ist denn die Ehre? Ein jeden Sinnes bares Wort. Wir wollen mit Epikur glauben, daß die Ehre und der Ruf eines Menschen Dinge sind, die nicht von uns abhängen und die man eben leicht entbehren kann, weil man sie nicht hat.

Das, meine teure Comtesse, wären die Ratschläge, die ich einem gewöhnlichen Menschen gäbe. Denken Sie aber jetzt daran, wie sehr Ihre Persönlichkeit, Ihr Rang, Ihr Reichtum und Ihr Einfluß Ihnen Ruhe und Straflosigkeit zusichern können, Sie stehen durch Ihre Abkunft über den Gesetzen, durch Ihren Geist über der Religion und durch Ihre Klugheit über den Gewissensbissen. Nein, nein, es gibt keine Verirrung, die Sie nicht begehen müßten, in die sie sich nicht blindlings hineinstürzen sollten.

Trotzdem werde ich Ihnen stets sagen: 'Vermeiden Sie den Eklat, er schadet immer, ohne irgendwie Vergnügen zu bereiten.'

Nachdem ich Ihnen diese kleine Rede gehalten habe, will ich Ihnen jetzt, meine schöne Freundin, das hübsche Geheimnis mitteilen, welche Art Verbrechen Ihrem Temperament am besten liegt. Vorher will ich Ihnen aber erklären, weshalb ich Ihr Temperament mit ins Spiel ziehe.

Ihre Sensibilität ist eine ganz außerordentliche, aber Sie haben sie bereits darauf gerichtet, daß Sie unbedingt zum Verbrechen geführt werden. Sind Sie aber einmal in dieser Laufbahn, dann ist Ihnen nichts mehr genug und Sie fühlen sich unglücklich, daß Ihre Mittel nicht für alles das reichen, was Sie begehen möchten.« — »Ja, leider«, erwiderte seufzend die schöne Comtesse. »Ich kenne diesen unglücklichen Zustand, er verbittert mein ganzes Leben.« — »Mein Geheimnis jedoch ist das folgende:* Bleiben Sie vierzehn volle Tage, ohne sich mit der Wollust zu beschäfti-

* Jedermann, der einige Neigung zum Verbrechen hat, soll trachten, aus dem folgenden den möglichsten Nutzen zu ziehen und soll überzeugt sein, daß derjenige, der diese Ratschläge gibt, Erfahrung hat.

gen, zerstreuen Sie sich, unterhalten Sie sich mit anderen Dingen, wenn aber das Ende dieser Frist gekommen ist, dann legen Sie sich in tiefster Dunkelheit und äußerster Ruhe nieder und denken Sie an alles das, was Sie in den vorhergegangenen Tagen aus Ihrem Geist verbannt haben. Führen Sie dann vor Ihr geistiges Auge alle möglichen Verirrungen vor, denken Sie daran, daß die ganze Erde Ihr Eigentum ist, daß Sie das Recht haben, alle Wesen zu vernichten. Sie haben dabei nichts zu befürchten. Wählen Sie nun aus, was Ihnen Vergnügen macht, lassen Sie sich aber von keinem Band, von keiner Fessel zurückhalten. Ohne es zu bemerken, wird unter den verschiedenen Gemälden, die vor Ihren Augen vorüberziehen, eines eine besonders große Anziehungskraft auf Sie ausgeübt haben. Dieser Gedanke wird Sie fesseln, Sie beherrschen, Ihrer Sinne wird sich ein Rausch bemächtigen, Sie werden sich schon an der Arbeit glauben, und dabei wie Messalina entladen. Wenn das geschehen ist, zünden Sie die Kerzen an und notieren Sie sich die Art der Verirrungen, an denen Sie sich entflammt haben. Schlafen Sie dann ein und überlesen Sie dann am nächsten Morgen Ihre Notizen, dann beginnen Sie mit der Ausführung. Ich gestehe, daß mein Geheimnis ein wenig verbrecherisch ist, aber ich würde es Ihnen nicht verraten haben, wenn ich nicht schon Erfolg damit erzielt hätte.

Erlauben Sie mir, schöne und göttliche Freundin, zu den eben angeführten Lehren noch einige Ratschläge hinzuzufügen«, fuhr ich fort; »Ihr Glück interessiert mich und allein dafür will ich arbeiten.

Es gibt zwei wichtige Dinge, die man beobachten muß, wenn man ein Verbrechen zu seinem Ergötzen begeht; das erste besteht darin, ihm die ganze Ausdehnung zu geben, dessen es fähig ist, das zweite, es derart zu begehen, daß man den Fehler niemals wieder gut machen kann.

Alles hängt von der vollständigen Vernichtung des unsinnigen Gedankens der Brüderlichkeit ab, mit dem man unser Leben vergiftet, brechen Sie diese Fesseln, zerstören Sie seine Herrschaft und überzeugen Sie sich, daß es zwischen Ihnen und einem anderen Wesen nichts gemeinsames gibt. Es liegt nichts daran, daß Ihr Nächster schmerzvolle Empfindungen erleidet, wenn sie keinen Genuß davon haben, aber es ist sehr wichtig, daß er von diesen Empfindungen beherrscht wird, wenn Ihnen dieselben Genuß bereiten.«

Die Comtesse war von meinen Ratschlägen entzückt und umarmte mich hundertmal in größter Dankbarkeit. »Ich will dein Geheimnis versuchen, und wir werden uns in vierzehn Tagen wiedertreffen«, sprach sie zu mir, »ich schwöre, daß ich während dieser Zeit niemanden bei mir vorlassen werde. Wir wollen nachher eine Nacht zusammen verbringen, ich werde dir meine Ideen mitteilen und wir werden gemeinsam an Ihrer Ausführung arbeiten.«

Zur angegebenen Zeit kam ich mit der Comtesse wieder zusammen. Nachdem wir unsere Sinne an guten Gerichten und den vorzüglichsten Weinen ergötzt hatten, ließen wir die Türen schließen und setzten uns in einen molligen Erker, der eigens für gelehrte Untersuchungen über die Wollust geschaffen zu sein schien.

»Oh, Juliette«, sprach die Comtesse und preßte mich an ihren Busen, »ich muß Dunkel um mich haben, um dir das Ergebnis meiner Gedanken mitteilen zu können, niemals vielleicht wurde ein grausameres Verbrechen erdacht, und ich entlade schon bei dem bloßen Gedanken daran; oh, meine Geliebte, wie soll ich dir diese Greueltat mitteilen? Kennst Du meine Mutter und meine Tochter, Juliette?« — »Gewiß.« — »Meine Mutter ist kaum fünfzig Jahre alt und besitzt noch den ganzen Zauber der Schönheit, Du weißt, daß sie mich anbetet, meine Tochter Aglaé ist sechzehn Jahre alt und ich verehre sie abgöttisch, auch haben wir uns sieben Jahre hindurch gegenseitig gekitzelt, wie es meine Mutter mit mir tut. Nun, Juliette, diese beiden Geschöpfe...« — »Sprich weiter.« — »Diese beiden Frauen, die mir so teuer sein sollten, ich will mich ihrer entledigen; ich will, daß wir beide uns in einer Badewanne kitzeln, ich will, daß das Blut dieser Huren uns überschwemme. Es muß uns bedecken... wir müssen darin schwimmen können... ich will, daß diese beiden Frauen, die ich heute verabscheue, auf diese Art vor unseren Augen sterben... wir wollen uns an ihrem letzten Seufzern ergötzen und die höchsten Genüsse der Wollust auf ihren Leichen erleben.«

Madame de Donis, die nicht aufgehört hatte, sich während des Geständnisses zu kitzeln, entlud jetzt und wurde ohnmächtig. Auch mein Kopf war von dem eben Gehörten heftig erhitzt und ich wendete alle möglichen Mittel an, sie wieder zu Bewußtsein zu bringen. Als sie die Augen aufschlug, umarmte sie mich. »Juliette«, sprach sie, »ich habe furchtbare Dinge vor dir entwickelt, aber du siehst, welchen Einfluß sie auf mich haben und ich bin weit davon entfernt, sie zu bereuen. Ich bin fest entschlossen, meinen Plan zur Ausführung zu bringen und zwar schon am morgigen Tage.«

»Schöne und entzückende Frau«, sprach ich zu ihr, »ich hoffe, Sie haben nicht gefürchtet, in mir einen strengen Richter zu finden. Ich bin weit davon entfernt, Ihre Idee zu verwerfen, möchte aber noch einige ergötzliche Einzelheiten hinzufügen. Auf welche Art wollen Sie denn, daß die Opfer ihr Blut über uns ergießen? Ist es für unseren Genuß nicht wichtig, daß dies unter heftigen Qualen geschieht?« — »Ah«, erwiderte lebhaft die Comtesse, »glaubst du, daß meine Niederträchtigkeit das nicht schon erwogen hatte, ich will, daß diese Qualen ebenso lang wie schrecklich sein sollen, ich möchte mich zehn Stunden lang an ihren Martern erfreuen und zwanzigmal beim Anhören der Schreie unserer Opfer entladen. Ah, Juliette«, fuhr diese entzückende Frau fort, »alles, was meine verderbte Seele erfunden hat, ist nur die Folge deiner Lehren und deiner Ratschläge. Höre, Juliette, da ich dir bereits so gefährliche Wünsche mitgeteilt habe, will ich dein Vertrauen vollends in Anspruch nehmen und gleichzeitig deine Hilfe in einer mir sehr wichtigen Angelegenheit erbitten. Aglaé ist die Tochter meines Gatten, deshalb hasse ich sie; ich besitze aber noch eine Tochter, deren Vater ich vergötterte. Fontange ist der Name des teuren Unterpfandes meiner Liebe. Sie ist jetzt dreizehn Jahre alt und wird in Chaillot bei Paris erzogen, ich will ihr Glück machen. Hier, Juliette«, fuhr Madame de Donis fort, und übergab mir eine dicke Brieftasche, »hier sind 500.000 Francs, die ich meinen rechtmäßigen Erben entziehe. Wenn du nach Paris zurückkommst, nimm meine Tochter zu dir, verheirate sie gut und gib ihr diese Summe. Du mußt aber so tun, als ob sie das Geld von dir bekäme, sonst könnte mein Geheimnis verraten werden, meine Erben dieses Geschenk anfechten und es dadurch meiner Tochter wieder entzogen werden. Ich verlasse mich auf dich, Juliette, daß du meine Missetaten ebenso wie meine guten Handlungen fördern wirst. In dieser Brieftasche befinden sich außerdem 50.000 Francs, die anzunehmen ich dich vielmals bitte. Oh, meine Freundin, Du siehst nun, wie ich dir jetzt vertraue, du hast mir schon hundertmal gesagt, daß Verbrecher einander nicht schaden; wirst du diesen Grundsatz verleugnen?« — »Ich hoffe es nicht, meine Geliebte.«

Ich versprach ihr, beide Wünsche zu erfüllen, obgleich ich weit sicherer war, mein Wort bei der Ausführung des Verbrechens zu halten, wie im anderen Falle. »Teure Freundin«, sprach ich zur Comtesse und umarmte sie, »Ihr Wille soll geschehen, seien Sie beruhigt, Ihre teure Fontange wird noch vor Ablauf eines Jahres das Glück genießen, was Sie ihr erwünschen; aber ich bitte Sie, beschäftigen wir uns nur mehr mit der Ausführung unseres Hinrichtungsplanes. Sie machen sich keinen Begriff davon, wie kühl mein Herz der Tugend gegenübersteht, wenn das Verbrechen es ganz beherrscht.« — »Ah, Juliette«, sagte Madame de Donis, »ich glaube, du rügst meine Gutherzigkeit.« — »Nein«, erwiderte ich hastig, »aber ich möchte nicht, daß wir zwei so verschiedene Dinge zusammen besprechen.« — »Nun denn«, fuhr die Comtesse fort, »dann teile mir also die Einzelheiten mit, die du beabsichtigst. Auch ich habe einige im Kopfe und ich bin begierig, ob unsere Einfälle sich gleichen.« — »Nun denn«, erwiderte ich, »vorerst muß das ganze Schauspiel auf dem Lande vor sich gehen, nur hier ist Ruhe und Sicherheit; ferner, ist Aglaé Jungfrau?« — »Gewiß.« — »Dann müssen ihre Erstlinge gleichzeitig hingeopfert werden.« — »Ah, wie furchtbar werden die Qualen sein«, unterbrach mich rasch die Comtesse, »aber wir wollen sie nicht vorher besprechen, die Einfälle werden uns bei der Ausführung kommen und werden dann sicherlich tausendmal grausamer sein.«

Den Rest der Nacht verbrachten wir unter heftigen Liebesszenen; wir küßten uns, wir leckten uns, bewaffneten uns mit Godmichés und bearbeiteten uns schließlich mit kräftigen Stößen. Nachdem wir noch alles für eine Abreise nach Prato vorbereitet hatten, wo die Comtesse ein herrliches Landgut besaß, beschlossen wir, unseren Plan in acht Tagen zur Ausführung zu bringen.

Madame de Donis hatte ihre Mutter und ihre Tochter geschickt unter dem Vorwand einer sechsmonatigen Reise aus der Stadt zu dem Landgut bringen lassen. Ich hatte es auf mich genommen, Sbrigani und zwei verläßliche Diener beizusteuern und wir trafen also am bestimmten Tage alle in Prato ein, meine Freundin, ich, Sbrigani, die beiden Diener, die Mutter, die Tochter und eine alte Dienerin der Madame de Donis, die ihr seit langem bei allen ihren Verirrungen beistand.

Ich kannte Aglaé kaum und prüfte sie daher jetzt sehr aufmerksam. Es gab nichts hübscheres in der Welt als dieses junge Mädchen, in den Formen paarte sich Anmut und Zartheit, ihre Hautfarbe war blendend weiß, und ihre schönen, blauen Augen schienen auf den zu warten, der sie zuerst beleben würde; jedoch, sie trug alle diese Reize ohne Künstelei zur Schau. Sie können sich nicht vorstellen, welchen Eindruck Aglaé auf mich machte: seit langem hatte mich keine Frau so heftig erregt.

Plötzlich kam mir ein Gedanke. »Wechseln wir die Opfer«, sprach ich zu mir, »der Auftrag, den mir die Comtesse gegeben hatte, soll ihr Todesurteil sein.« Da ich den lebhaften Wunsch empfinde, dieses Geld zu stehlen, muß ich doch die sogleich ums Leben bringen, die es mir anvertraute; ich kam hierher, um Verbrechen zu begehen, jedoch der Tod dieses jungen Mädchens befriedigt nur meine Wollust, während der der Mutter meine Leidenschaft ergötzen und meinen Geiz befriedigen kann. Ich werde die 500.000 Francs besitzen, ohne jemandem Rechenschaft darüber ablegen zu müssen, zwei hübsche Mädchen zu meiner Verfügung haben und außerdem den Tod einer Frau genießen, mit der ich mich schon lang genug gekitzelt habe, um ihrer satt zu sein. Was die alte Mutter betrifft, oh, die soll nur umkommen, aber dieses junge und entzückende Geschöpf, das mich noch nicht genügend befriedigt hat, soll bis zur nächsten Gelegenheit am Leben bleiben. Meine Gedanken fanden den Beifall meines Gatten, ich gab meinen Frauen den Befehl, mit allen unseren Schätzen sogleich abzureisen und uns in Rom zu erwarten. Unsere Befehle wurden ausgeführt und noch am selben Tage riet ich der Madame de Donis, sie möge zur größeren Sicherheit ihre ganze Dienerschaft wegschicken und alles, was sie an Gold und Juwelen besäße, zu sich aufs Land zu nehmen, um wenigstens dieses Hilfsmittel zu haben, wenn ihr ein Unglück zustieße. Madame de Donis argwöhnte nichts, sagte nochmals allen ihren Freunden, daß sie für sechs Monate nach Sizilien verreise, und so waren alle Fallen aufgestellt, die ihr Verderben herbeiführen konnten. Die Comtesse hatte 600.000 Francs in Wertgegenständen, eine Brieftasche mit 2.000.000 und 3.000 Zechinen an Bargeld herausgebracht. Ihr ganzer Schutz bestand in einer alten Frau, während ich zur Hilfeleistung außer Sbrigani noch zwei kräftige Diener besaß.

Nachdem diese Anordnungen getroffen waren, bat ich die Comtesse um drei oder vier Tage Ruhezeit und um Aufschiebung unseres Planes für den nächsten Freitag. »Da wir diese entzückende Aglaé verlieren sollen, die ich leider erst jetzt kennen gelernt habe«, sprach ich zur Comtesse, »so lassen Sie mich wenigstens zwei oder drei Nächte vorher mit ihr zusammen verbringen.« Die Comtesse war dermaßen blind meinen Absichten gegenüber, daß nichts ihr die Augen öffnen konnte. Dies ist der Fehler, in den fast alle Verbrecher verfallen; von ihren Leidenschaften verblendet, haben sie nur mehr dieses eine Ziel im Auge und verschließen sich vor allem, was nicht mit ihrem Plane zusammenhängt. Madame de Donis willigte in alles ein. Aglaé erhielt den Befehl, mich in ihrem Bette zu erwarten und ich benützte die Gelegenheit noch am selbem Abend. Oh meine Freunde, welche Reize besaß sie! Ich übertreibe nicht, wenn ich Ihnen versichere, daß Aglaé dem Bildhauer als einziges Modell hätte dienen können, während hundert Frauen Griechenlands nicht genug Schönheiten besitzen, um so eine erhabene Venus schaffen zu können. Niemals noch hatte ich so schön geschwungene Formen, ein so entzückendes Gesamtbild gesehen. Es gab nichts engeres wie ihre hübsche kleine Scheide, nichts runderes wie ihren entzückenden kleinen Popo, nicht frischeres wie ihre Brüste, und ich beschwöre Ihnen noch jetzt, daß Aglaé das göttlichste Geschöpf war, das ich in meinem Leben besessen hatte. Kaum hatte ich alle ihre Reize entdeckt, als ich sie mit Liebkosungen überhäufte und rasch von einem ihrer Reize zum anderen eilte. Die hübsche, kleine Schelmin, die mit einem lebhaften Temperament begabt war, wurde bald in meinen Armen schwach. Ihre Mutter hatte sie ausgebildet und so kitzelte mich das reizende Wesen wie Sappho selbst. Jedoch alle meine Ausschweifungen, meine Redensarten, meine Küsse und meine schlüpfrigen Berührungen setzten sie darüber in Erstaunen, daß ihre Mutter weit von meinen Kenntnissen entfernt war. Nach einigen ungemein wollüstig verbrachten Stunden, nachdem wir jede fünf oder sechsmal auf alle möglichen Arten entladen hatten, hielt ich dem entzückenden Mädchen ungefähr folgende Rede:

»Teures Kind«, sprach ich zu ihr, »ich weiß nicht, wie weit deine Erziehung geht und ob sich die Comtesse schon damit beschäftigt hat, deine Seele auszubilden; wie immer dies auch sein möge, das, was ich Ihnen zu sagen habe, ist so wichtig, daß ich es Ihnen keinen Augenblick länger verbergen kann. Ihre falsche, unwürdige und verbrecherische Mutter hat sich wider ihr Leben verschworen. Morgen sollen Sie ihr Opfer werden, wenn Sie nicht den Hieb als erste führen und so den ihren auffangen.« — »Oh Himmel, was sagen Sie da!« rief Aglaé schaudernd aus. — »Die Wahrheit, sie ist furchtbar, aber ich konnte sie Ihnen nicht verbergen.« — »Das ist also der Grund ihrer Kälte, die sie seit einiger Zeit gegen mich merken läßt, und ihrer Behandlung.« — »Welcher Behandlung?« — Aglaé gestand mir, daß ihre grausame Mutter sie gequält, geohrfeigt und gepeitscht hatte. Diese schamlose Mutter hatte die Geilheit aufs Höchste getrieben, indem sie sich von ihrer Tochter Kot in den Mund hatte entleeren lassen und denselben hinabgeschluckt hatte. »Mein teures Kind«, sprach ich zu dem jungen Mädchen, »Sie hätten Ihre Gunstbezeugungen Ihrer Mutter nicht so leicht gewähren sollen; durch Ihr zu starkes Entgegenkommen ist sie Ihrer satt geworden, allein, Sie haben keine Zeit mehr, Ihren Fehler gut zu machen und es handelt sich jetzt nur mehr darum, Ihrer Mutter zuvorzukommen.« — »Aber wie soll ich entfliehen?« — »Ich rate Ihnen nicht zu entfliehen, und rate Ihnen auch nicht, den Hieb Ihrer Mutter aufzufangen; ich schlage Ihnen vor, sie selbst anzugreifen.« Bei diesen Worten genoß ich die höchste Wonne, denn ich verführte ein von der Natur aus sanftes und tugendhaftes Mädchen zum Muttermord, und auch der Verrat an meiner Freundin ergötzte mich ungeheuer.

Die zarte und empfindsame Aglaé konnte den Stoß, den sie erlitten hatte, nicht ertragen und wußte auf meinen Vorschlag nichts anderes zu erwidern, als in Tränen auszubrechen und sich an meine Brust zu werfen. »Mein Kind«, sprach ich zu ihr, »hier sind nicht Tränen, sondern Entschlüsse am Platz. Madame de Donis ist für Sie jetzt nur mehr irgend eine Frau, die nach Ihrem Leben trachtet; glauben Sie denn, einer Frau zur Dankbarkeit verpflichtet zu sein, die Ihnen nur das Leben geschenkt hat, um es Ihnen zu rauben? Sie wären ewig verächtlich, wenn Sie eine solche Beleidigung ruhig einstecken würden. Errötest du, verblendetes Mädchen, darüber, ein so verbrecherisches Blut wie das deiner Matter zu opfern? Kannst du noch glauben, daß zwischen dir und dieser Verbrecherin irgend ein Band besteht?« — »Sie waren doch ihre Freundin?« — »Kann ich es noch länger sein, da sie nach dem Leben derjenigen trachtet, die mir das Liebste auf der Welt ist?« — »Aber Sie haben doch dieselben Neigungen wie sie.« — »Ja, aber ich bin nicht wie sie eine blutgierige Mörderin; ich liebe keine Grausamkeit, der Mord ist eine Niederträchtigkeit, die mir Abscheu einflößt. Aber vergleiche mich nicht länger mit dieser Verbrecherin, Aglaé, und trachte jetzt zu handeln.« — »Wie, ich sollte den Dolch in den Busen meiner Mutter stoßen?« — »Du darfst sie nicht mehr als solche ansehen; sie ist für dich nur mehr ein giftiges Tier, das du von der Erde vertilgen mußt.« Dann schloß ich Aglaé in meine Arme und vermochte ihre Gewissensbisse durch das Feuer meiner Wollust zu ersticken. Das Mittel half und Aglaé versprach mir alles, was ich wollte. Schließlich brachte ich es so weit, daß sie an der geplanten Rache ein kitzelndes Vergnügen empfand, mit einem Wort, sie entlud bei dem Gedanken, ihre Mutter ermorden zu können.

Die Mutter wurde zuerst ergriffen, in den Keller des Schlosses geworfen, ihr folgte die Tochter nach. Sie schien vor Überraschung erstarrt zu sein. »Ungeheuer«, sprach ich zur Comtesse in Gegenwart Aglaés, »du sollst das erste Opfer deiner Boshaftigkeit sein.« — »Niederträchtige, war diese Verschwörung nicht ebenso dein Werk wie das meinige?« — »Ich betrog dich, ich spielte die Lasterhafte, um dir dein Geheimnis zu entreißen, jetzt aber brauche ich nicht länger zu heucheln.«

Als es Nacht war, ließ ich die beiden Opfer in den von Madame de Donis hergerichteten Saal bringen. Aglaé konnte das ganze Schauspiel beobachten und ergötzte sich sowohl an dem Zustand ihrer Großmutter wie an dem ihrer Mutter. Ich hatte ihr zu verstehen gegeben, daß die Comtesse nur auf den Rat ihrer Mutter das Komplott ausgedacht hatte und so wurde ihr Geist durch nichts verstimmt.

Ich führte den Gedanken der Comtesse aus, aber statt die Qual mit ausführen zu helfen, mußte sie sie selbst über sich ergehen lassen. Ihre Tochter lag mit mir in einer Badewanne, und während wir uns beide kitzelten, übergoß uns Sbrigani mit dem Blut der beiden Mütter, das aus 1.000 verschiedenen Wunden floß. Hier muß ich zur Ehre Aglaés sagen, daß sie nicht einen Augenblick schwach wurde. Man macht sich keinen Begriff davon, was Sbrigani alles erfand, und die Qualen zu verlängern. Ihren Gipfel erreichten sie, als er beide Opfer von hinten bestieg und sie unter ihm ihren letzten Seufzer aushauchten.

»Nun sind wir die Herren des Hauses«, sprach ich zu meinem grausamen Gatten, als er fertig war; »entfernen wir uns rasch, wir haben keinen Augenblick zu verlieren. Sie werden jetzt verstehen, Aglaé«, fuhr ich fort, »weshalb ich dieses Verbrechen begangen habe; als Freundin Ihrer Mutter teilte ich ihre Reichtümer, jetzt sind sie ganz mein Eigentum. Das Feuer, das Sie in meinem Herzen entzündet haben, ist noch nicht erloschen. Sie kennen Elise und Raymonde, Sie sollen mit ihnen fortan zusammenleben, aber Sie müssen wie sie auf den leisesten Wunsch sich schänden lassen, Sie müssen betrügen, stehlen, verführen, Verbrechen begehen, mit einem Wort, wie wir alles tun können, was unser Interesse verlangt, sonst erwartet Sie das Elend; wählen Sie jetzt.« — »Oh, meine treue Freundin«, rief das junge Mädchen aus, »ich will dich niemals verlassen; nicht meine Lage zwingt mich dazu, sondern mein Herz, das ganz dir gehört!«

Mein noch ganz erhitzter Gatte konnte diese rührende Szene nicht ohne Erregung ansehen; seine Augen und sein Glied ließen mich argwöhnen, daß er vögeln wolle, und seine Reden bewiesen es mir bald. »Teufel!« rief er aus, »ich empfinde Gewissensbisse wegen des eben begangenen Verbrechens, und nur die Schändung der Tochter kann mich für den Tod der Mutter entschädigen; schenke sie mir doch, Juliette!« Und ohne meine Antwort abzuwarten, ergriff der Wüstling das junge Mädchen und entjungferte sie. Kaum waren die Schenkel mit dem aus der jungen Scheide fließenden Blute gerötet, als der Italiener auch schon die Kehrseite der Medaille aufmachte und sich in drei Stößen im Hintern befand. »Juliette«, sprach er während der Arbeit, »was sollen wir mit diesem Ding jetzt anfangen; nur die Erstlinge dieser Kleinen hätten uns Geld eingetragen, damit ist's nun vorbei und die Hure kann uns keinen Nutzen mehr einbringen. Glaube mir, Juliette, von dieser Familie darf nicht mehr die Rede sein, und welche süße Einzelheiten können wird dem Mord dieses Kindes hinzufügen. Oh, oh, du siehst, es kommt mir schon!« Ich muß gestehen, meine Freunde, daß mich meine natürliche Grausamkeit jetzt fortriß. Der Ratschlag Sbriganis regte mich auf. Der Schuft wußte es wohl und das Todesurteil Aglaés wurde alsbald mit Samen unterzeichnet. »Sie werden Ihren Vorfahren nachfolgen«, sprach ich zu ihr, »wir sind schon bei dem bloßen Gedanken, Sie zu töten, geil, und Verbrecher wie wir haben keine anderen Gesetze als ihre Leidenschaften.« Wir lieferten sie trotz ihrer Bitten und Tränen den Dienern aus, und während die Schufte ihre schmutzige Phantasie an ihr befriedigten, ließ mich Sbrigani alle Genüsse erleben, die die Wollust zu vergeben hat. Von den Vergnügungen schritten die Diener bald zur Grausamkeit. Vorerst beschimpften sie ihr Opfer, dann folgten Drohungen und schließlich Schläge. Ihre hübschen kleinen Hände waren flehend nach uns gerichtet, aber ich erhörte sie nicht. Ich war ungemein erregt, denn Sbrigani bearbeitete mich während der ganzen Zeit von hinten. »Peitscht sie«, sprach ich zu meinen Dienern, »bis das Blut von diesem hübschen kleinen Hintern fließt.«

So lag auf einer schmalen Bank und ihr Kopf wurde durch einen Eisenring in die Höhe gehalten. Ich bedeckte ihren Mund mit Küssen, während sich Sbrigani mit meinem Hintern beschäftigte und die Alte ihn peitschen mußte. Mit jeder Hand kitzelte ich das Glied eines Dieners, die mit starken Rutenbündeln alle Körperteile unseres armen Opfers zerrissen; ich entlud bei diesem Anblick zweimal, und als ich endlich ihre entzückenden kleinen Arschbacken ganz von blutenden Wunden bedeckt sah, ließ ich sie an ihren schönen Haaren als Hängelampe aufhängen, dann spreitzte ich ihre Beine mit Seilen auseinander und peitschte sie nun selbst an den zartesten Stellen ihres Körpers, ja sogar in ihre Scheide. Ich habe niemals etwas Entzückenderes gesehen wie die konvulsivischen Zuckungen dieses armen Mädchens. Bald wand sie sich nach vorne, bald nach rückwärts und jede ihrer Bewegungen kostete ihr eine Handvoll Haare. Beim Anblick dieser Krämpfe entlud ich unzähligemale, als mir ein wahrhaft entzückender Gedanke kam! Wir gruben die Leichname der beiden Mütter aus und ließen sie mit dem halben Leibe aus der Erde herausschauen: ihnen gegenüber gruben wir Aglaé bis zur Brust ein und auf diese Weise kam sie langsam um. Ein Pistolenschuß entledigte uns der alten Vettel und mit ungeheueren Reichtümern beladen gelangten Sbrigani, unsere beiden Diener und ich schließlich in die Hauptstadt der christlichen Welt, wo wir auch unsere beiden Mädchen rechtzeitig antrafen.

»Oh, Sbrigani«, rief ich aus, als wir nach Rom kamen, »so sind wir also endlich in dieser herrlichen Hauptstadt der Welt. Wie interessant ist es, eine Parallele zwischen dem alten und dem neuen Rom zu ziehen. Mit welchem Erstaunen und welcher Verachtung werde ich die Statuen Petrus und Marias auf den Altären der Bellona und der Venus sehen. Herabgekommenes Volk«, fuhr ich fort, »ich suche vergeblich auf dem Gesicht der heutigen Römer einige Züge, die mich an die ehemaligen Herren des ganzen Weltalls erinnert hätten. Wie sehr hatte sie die niederträchtigste, abscheulichste aller Religionen verändert, was würde ein Cato, ein Brutus sagen, wenn sie sehen würden, wie ein Julius, ein Borgia, den Nachlaß dieser Helden der Welt mit Füßen treten.

Obgleich ich geschworen hatte, in keine Kirche einzutreten, konnte ich mich doch nicht zurückhalten, nach meiner Ankunft in Rom den Petersdom zu besichtigen. Dieser Bau ist, wie man gestehen muß, nicht nur erhaben über alle Beschreibung, sondern steht auch über allem, was ein Geist noch fassen kann. Wie peinlich wirkt aber der Anblick, daß so große Talente sich so entehrt haben. Nichts schöneres als der allein stehende Altar, der sich zwischen vier Säulen auf dem Grabe Sankt Peters erhebt, der jedoch niemals in Rom war und niemals in Rom starb. »Oh, welch ein Sofa, um sich im Arsch ficken zu lassen«, sagte ich zu Sbrigani. »Lasse mich nur machen, in weniger als einem Monat wird Juliette auf diesem herrlichen Altar das fromme Glied des Stellvertreters Jesu empfangen, und Sie werden sehen, meine Freunde, ob meine Voraussagungen wahr waren.«

Ich glaubte, in Rom eine andere Rolle zu spielen als in Florenz. Ich besaß vom Großherzog einige Empfehlungsbriefe, in denen er mich Comtesse nannte, und ich richtete mir ein wunderschönes Haus ein. Meine erste Sorge bestand darin, mein Geld anzulegen. Der ungeheuere Diebstahl bei Minski, der Gaunerstreich mit Madame de Donis, all das gab mir eine Rente von 800.000 Pfund, wie man sieht, ein ziemlich beträchtliches Vermögen. Elise und Raymonde waren Damen meiner Begleitung und Sbrigani hielt es für vorteilhafter, in Rom als mein Liebhaber aufzutreten. Ich machte meine Besuche in einem herrlichen Wagen. Ich besaß für den Kardinal de Bernis Briefe, der mich mit großer Höflichkeit empfing, dann besuchte ich die schöne Prinzessin Borghese, eine sehr ausschweifende Frau, die bei meinen Abenteuern bald eine große Rolle spielen wird.

Zwei Tage nachher erschien ich beim Kardinal Albani, der sofort wollte, daß mich sein Maler ganz nackt für seine herrliche Galerie male.

Dann kam ich zur Herzogin Grillo, einer entzückenden Frau, in die ich mich beim ersten Anblick vernarrte. In dem kleinen Kreis der eben angeführten Leute werden Sie mich alle Verirrungen der Jugend wieder begehen sehen.

Zwei Frauen boten sich mir bei meiner Ankunft in Rom an. Die eine, die Prinzessin Borghese, war dreißig Jahre alt und ebenso geistvoll als schön, die Herzogin Grillo war einfacher, jünger, schöner und klüger, besaß aber weniger Lebhaftigkeit und weniger Erfindungsgabe, so kam es, daß die eine mich lebhaft erhitzte, während die andere mein Herz gefangen nahm.

Am achten Tag unserer Bekanntschaft lud mich die Prinzessin in ihr kleines Landhaus bei Rom ein. »Wir werden allein sein«, sprach sie zu mir, »du scheinst ein entzückendes Weib zu sein, Comtesse, und ich will mich gerne mit dir befreunden.«

Sie können sich leicht denken, daß bei einer solchen Sprache jedes Zeremoniell bald verbannt wurde. Es war außerordentlich heiß. Nach einem sehr reichhaltigen und schwelgerischen Abendessen, das von fünf entzückenden Mädchen in einem mit Rosen und Jasmin geschmückten Gemach aufgetragen wurde, zog mich die Prinzessin in einen kleinen, einsamen Pavillon, den eine Anzahl von Pappeln beschattete. Wir traten in einen runden Saal ein, um den herum ein Kanapee lief, das nicht höher als 8 Zoll und ganz mit Kissen bedeckt war. Die zahlreichen Spiegel an den Wänden machten dieses kleine Zimmerchen zu einem der schönsten Tempel der Venus. Nachdem die jungen Mädchen mehrere mit wohlriechendem Öl angefüllte Lampen angezündet hatten, die mit grünem Gaze verschleiert waren, zogen sie sich zurück.

»Nennen wir uns nur noch mit dem Mädchennamen, meine Geliebte«, sprach die Prinzessin, »ich verabscheue alles, was mit der Ehe zusammenhängt. Der Name meiner Kindheit ist Olympia, nenne mich so und ich will dich nur mehr Juliette nennen.« Dabei drückte sie einen heißen Kuß auf meine Lippen. »Teuere Olympia«, sprach ich und schloß das entzückende Geschöpf in meine Arme, »wie sollte ich dir nicht in allem zustimmen, die Natur hat dir Macht über jedes Herz gegeben.« — »Du bist göttlich, meine teure Juliette, küsse mich«, sprach Olympia und ließ sich auf die Ottomane fallen. — »Oh, meine teure Freundin, ich fühle es, daß wir viele Dinge zusammen begehen werden, aber ich fürchte es dir zu sagen, ich bin außerordentlich ausschweifend veranlagt.« — »Täusche dich nicht, teures Wesen, das ich anbete, im Augenblick bin ich nicht in Liebe für dich entflammt, sondern es ist die Geilheit, die mich zu dir treibt.« — »Oh, Himmel!« rief ich aus, »ist es möglich, daß die Natur zwei Wesen, die sich so ähneln, geformt haben soll?« — »Wie, Juliette«, erwiderte lebhaft Olympia, »du bist auch ausschweifend veranlagt, oh, laß dich umfangen, mein Engel, laß dich küssen, wir wollen uns nichts mehr gegenseitig verweigern, wird sind von allem übersättigt und diese Apathie der Seele führt uns zur Ausschweifung.«

Während sie noch plauderte, kleidete sich Olympia bereits aus und bald lagen wir nackt einander in den Armen. Die erste Bewegung der Borghese war, sich auf mich zu stürzen, meine Schenkel zu öffnen, um ihre Zunge, so weit sie konnte, in meine Scheide hineinzustecken. Ich befand mich in einem solchen Taumel, daß das Freudenweib bald triumphierte. Sie schluckte meinen Erguß hinab und nun stürzte ich mich auf sie, so daß wir im entgegengesetzten Sinne dalagen und uns gegenseitig lecken konnten. Auf diese Art machten wir 5 oder 6 Nummern. »Wir begnügen uns nicht«, sprach Olympia, »zwei Frauen allein können sich unmöglich befriedigen, lassen wir die Mädchen, die uns bedienten, eintreten. Sie sind schön und müssen mich jeden Tag kitzeln, willst du?« — »Gewiß, alles, was zur Wollust beiträgt, ist mir willkommen.« Und auf ein Klingelzeichen der Prinzessin erschienen die fünf jungen Mädchen im Zustand vollständiger Nacktheit, und als sie Olympia umgaben, hatte ich einen Augenblick lang die Vision, Venus mit ihren Grazien zu sehen.

»Juliette«, sprach die Prinzessin zu mir, »ich werde mich vor dich hinsetzen und diese fünf Mädchen werden sich solange um dich bemühen, bis deine Wollust sich ergießt. Das ist alles, was ich will. Du kannst dir nicht vorstellen, welchen Genuß ich empfinde, eine Frau im Taumel der Wollust zu sehen. Ich will mich während dieser Zeit kitzeln und meinen Geist in die Ferne schweifen lassen.«

Der Vorschlag war mir zu angenehm, als daß ich ihn hätte abweisen können. Olympia ordnete die Gruppen an. Eines der jungen Mädchen hockte über mir und ließ mich ihre hübsche kleine Scheide lecken, meine Arschbacken ruhten auf dem Gesicht einer zweiten, die mir das Arschloch leckte, eine dritte lag über mir und saugte an meiner Scheide, während ich mit jeder Hand eine vierte und fünfte kitzelte. Ich glaube, ich habe mein Leben nie wieder solches Vergnügen empfunden. Nun ließ sich noch himmlische Musik vernehmen, ohne daß es mir möglich war zu bemerken, woher sie kam. Ich glaubte im Paradies zu sein, wie es im Koran steht, und von den Huris umgeben zu sein, die er seinen Anhängern verheißt. Nach einer Stunde des Rausches legte sich Olympia in die Hängematte, in der ich diese Genüsse erlebt hatte, und nun bemühen sich die fünf Mädchen um sie, dann wechselten wir unsere Vergnügungen.

Wir legten uns beide auf die Erde, ließen das hübscheste der Mädchen zwischen uns setzen und uns von ihren Händen bearbeiten. Zwei andere Mädchen lagen zwischen unseren Schenkeln und leckten uns, und die beiden letzten ritten auf unseren Brüsten und ließen sich die Scheiden von uns lecken. Auf diese Weise verging ebenfalls eine Stunde unter den herrlichsten Genüssen. Die Musik spielte immer noch und nun fragte mich Olympia, ob sie die Musiker eintreten lassen solle.

»Gewiß«, antwortete ich, »ich möchte, daß mich das ganze Weltall so berauscht sieht, wie ich es jetzt bin.«

»Oh, meine Teure«, sprach Olympia und küßte mich feurig auf den Mund, »du bist eine große Hure und ich bete dich an, so wie du sollten alle Frauen sein. Oh, Juliette, das heiligste Gesetz meines Herzens ist die Hurerei, ich lebe nur, um meine Wollust ergießen zu können, ich möchte mich schänden lassen aber nur für sehr wenig Geld.« Dieser Gedanke erhitzte mir den Kopf derart, daß ich meiner selbst nicht mehr sicher war. »Juliette«, fuhr sie fort, »schänden wir uns, verkaufen wir uns, seien wir Huren. Ah, mein Engel, ich verliere den Kopf, ich eile meinem Untergang zu, ich fühle es, aber ich trotze dem Schicksal, ich bin fast ärgerlich über den Einfluß und meinen Rang, der meine Verirrungen begünstigt. Ich möchte das Schicksal des niedrigsten aller Geschöpfe erleben, oder glaubst du, ich habe Furcht davor? Nein, nein. Das Schafott wäre für mich erst recht der Thron der Wollust, ich würde dem Tod trotzen und würde bei dem Gedanken, das Opfer meiner Verbrechen zu sein, entladen, so weit treibt mich mein ausschweifender Sinn, Juliette, so will ich leben und sterben, das schwöre ich dir. Soll ich dir noch mehr sagen? Ich fühle, daß ich am Vorabend einer furchtbaren Verirrung stehe, ich sehe den Abgrund vor mir und stürze mich mit Wonne in ihn hinein. Ich trete jene unsinnige Ehre mit Füßen, der die Frauen dummerweise ihr Glück aufopfern. Oh meine Genossin der Wollust und des Verbrechens, verachte diese Ehre, sie ist das scheußlichste von allen Vorurteilen.«

»Anbetungswürdiges Geschöpf«, erwiderte ich auf diesen Erguß Olympias, die dabei herrlich schön anzuschauen war. »Der Geist und die Veranlagung, die du mir entdeckt hast, werden dich eines Tages sehr weit führen.« — »Aber ich fürchte trotzdem, daß du nicht alle meine Wünsche erfüllen wirst. Vielleicht gibst du dich allen Verirrungen der Wollust hin, aber ich glaube, daß du noch nicht deren ganze Folgen kennst; obgleich ich einige Jahre jünger bin als du, glaube ich doch, mehr Erfahrung zu haben.« — »Nein, nein, teure Olympia, du ahnst noch nicht die Greueltaten, die man aus Geilheit begehen kann.« — »Greueltaten?« unterbrach mich die Borghese lebhaft, »ah, ich glaube, daß ich dabei meinen Mann stehen kann. Ich habe meinen ersten Gatten vergiftet und den zweiten erwartet dasselbe Schicksal.« — »Entzückende Frau«, rief ich aus, indem ich Olympia in meine Arme schloß, »so hältst du also da, wo ich dich haben wollte, jedoch die Verbrechen, die du begangen hast, waren notwendige Verbrechen, die, welche ich von dir verlange, sind aber freiwillige.« — »Wie, ist das Verbrechen nicht süß genug, um nicht auch ohne Untergrund begangen werden zu können? Muß man einen Vorwand zu solchen Taten haben?« — »Mein Engel, ich will nicht, daß dir eine einzige Sensation entgehe!« — »Erkläre dich, Juliette«, sprach Olympia heftig erregt. »Welche Empfindung beherrschte deine Seele«, fragte ich, »als du deinen Gatten umbrachtest?« — »Rachedurst, Abscheu, Langeweile und der heftige Wunsch, meine Ketten zu zerreißen.« — »Und die Geilheit ließest du nicht sprechen?« — »Ich befragte sie nicht und so ließ sie sich auch nicht vernehmen.« — »Nun denn, so befrage sie das Nächstemal. Die Fackel des Verbrechens möge sich an der Leuchte der Wollust entzünden, dann wirst du erst den ganzen Genuß haben.« — »Oh, Juliette, der Funken, den du in meine Seele geworfen hast, hat sofort gezündet. Du hast tausenderlei Gedanken mit einem Wort wachgerufen. Ah, welch ein Kind war ich!«

Nun erklärte ich der Madame Borghese, welch großen Genuß ein ausschweifender Mensch aus der Vereinigung von Grausamkeit und Wollust ziehen könne und ich trug ihr alle die Anschauungen vor, die Sie, meine Freunde, bereits kennen. Die Schelmin faßte alles leicht auf und schwor mir schließlich, daß wir uns nicht trennen würden, ohne eine dieser wollüstigen Greueltaten begangen zu haben. »Oh, Geliebte«, sprach sie zu mir, »ich fühle, es muß köstlich sein, ein Wesen des wertvollsten Schatzes zu berauben. Ja, ja, dieser Reiz, der durch den Schmerz anderer entsteht, er ist meiner Seele nicht fremd und die Vereinigung von Grausamkeit und Wollust muß einen Genuß selbst für Götter besitzen.« Und da sie nun heftig erregt war, mußten die Musikanten erscheinen. Zehn sechzehn- bis zwanzigjährige Knaben traten ein. Ein leichter Schleier umhüllte ihre Glieder auf griechische Art. Auf einen leisen Wink Olympias standen sie nackt da. »Das sind die Urheber des Konzertes«, sprach das wollüstige Geschöpf, indem sie mir die jungen Männer vorführte, »sieh erst einmal meinen Vergnügungen zu und dann ahme sie nach.«

Nun stellte sich einer der Knaben zum Kopf Olympias und der andere zu ihrer Scham. Vier andere stellten sich gleichfalls in die Nähe des Kopfes und die letzten vier begaben sich zum Bauch. Die ersten zwei jungen Leute wichsten die Glieder ihrer vier Genossen und ließen den Samen auf ihr Gesicht spritzen. Bald war Olympia mit der ausgespritzten Flüssigkeit bedeckt. Sie sprach kein Wort, seufzte nur hie und da, und man konnte bemerken, daß durch ihren Körper ein leichter Schauer rieselte. Nun stürzten sich die beiden Knaben, einer von hinten und einer von vorn, auf Olympia. Der Reihe nach steckten ihr nun die übrigen ihre Glieder in den Mund, sie sog daran und entlud schließlich wie eine Bacchantin.

»Nun«, fragte sie mich, als sie aufstand, »bist du mit mir zufrieden?« — »Ja«, sprach ich, »gewiß, aber man kann noch bessere Dinge aufführen und ich will dich davon überzeugen.«

Die jungen Mädchen wurden nun von mir beauftragt, die Glieder der Knaben wieder zum Stehen zu bringen. Sobald sie wieder in die Luft ragten, steckte ich zwei davon in meine Scheide und eines in meinen Hintern, eines leckte ich, zwei steckte ich unter meine Achselhöhlen, ein anderes in meine Haare, zwei andere wichste ich mit den Händen und das zehnte ließ ich an meinen Augen reiben, verbot aber die Samenentleerung. Die zehn Knaben mußten untereinander abwechseln, bis jeder an allen Tempeln der Wollust geopfert hatte. Die schönen Knaben übergossen mich mit Samen und die Borghese mußte zugestehen, daß mein Einfall von größerer Gelehrtheit zeigte als der ihre.

»Nun wollen wir an das Vergnügen dieser jungen Mädchen denken«, sprach ich, »und Kupplerinnen spielen.« Wir legten sie also in verschiedenen Stellungen hin und führten jeder zwei junge Männer zu. Das größere Glied wurde immer in den Popo und das kleinere in die Scheide geschoben; wir durchliefen die Reihen und ermunterten die Arbeitenden. Der Hauptgenuß Olympias bestand darin, die Glieder aus ihren Bahnen herauszuziehen, sie zu lecken und dann wieder hineinzustecken. Manchmal auch, wenn ein Platz frei war, fuhr sie selbst mit ihrer Zunge hinein und verblieb mehr als eine Viertelstunde lang darin. Der, den sie seines Aufenthaltes beraubt hatte, vögelte sie während dieser Zeit. Ich war heftiger aufgeregt als sie und feuerte die Kämpfenden durch heftige Schläge auf die Arschbacken oder durch Kitzeln oder durch Züngeln an. Mit einem Wort, es gab gar nichts, was ich nicht erfunden hätte, um die Ausspritzung des Samens zu beschleunigen, die in meinem Hintern stattfand. Als diese Szene vorbei war, schlug ich die folgende vor:

Wir wollten uns auf den Mund eines jungen Mädchens hokken, das uns lecken mußte, dabei ein anderes vor uns mit der Zunge kitzeln und unsere Arschbacken den zehn jungen Leuten der Reihe nach darbieten. Olympia, die ich nicht für so ausschweifend gehalten hätte, nahm an ihrer Gruppe noch eine Veränderung vor. Sie wollte einen Hintern küssen, statt die Scheide zu lecken, und die Hure biß, ohne daß ich ihr den Rat gegeben, von selbst so heftig in das Fleisch der Backen, daß das Blut hervorkam. Ich hielt mich also nicht länger zurück, erfaßte die Brüste des vor mir stehenden Mädchens und preßte sie so heftig zusammen, daß sie furchtbare Schreie ausstieß. In diesem Augenblick entlud Olympia. »Ah, jetzt habe ich die Schelmin«, sprach ich zu ihr, »du beginnst an dem Schmerz anderer Freude zu empfinden; ich hoffe, daß ich dich noch besser erziehen werde können.«

Nachdem wir zehnmal nacheinander unseren Hintern dargeboten, drehten wir uns um und ließen uns von vorne besteigen. Über uns stellte sich ein Mädchen auf, so daß wir ihr gleichzeitig die Scheide und die Arschbacken küssen konnten. Eine zweite kitzelte uns die Klitoris und das Arschloch. Wir entluden und schwammen in einem Meer von Wonne. Nun kam der Mund an die Reihe. Wir leckten die jungen Männer und ließen sie alle in unserem Munde fertig werden. Zwei Mädchen saugten während dessen hinten und vorne.

Olympia war nun erschöpft und wir begaben uns in ein wollüstig ausgestattetes Kabinett, wo herrliche Erfrischungen in einem großen Korbe an einem mit Früchten bedeckten Orangenbaum hingen. Ich wollte eine dieser Früchte essen und sah, daß sie aus Eis waren; alles übrige war gleichfalls durch den gleichen vornehmen Geschmack und die eleganteste Fülle bemerkenswert. Die Mädchen bedienten uns, während die jungen Männer hinter einer Dekoration uns durch ihre Musik ebenso entzückten, wie vorher durch ihre Hintern.

Olympia und ich waren bisher berauscht von Wollust gewesen, nun wurden wir es auch noch von den Weinen und den übrigen Getränken. »Wir wollen die Sache durch eine Niederträchtigkeit beenden«, sprach ich taumelnd zu meiner Freundin. — »Befiehl, ich bin zu allem bereit.« — »Opfern wir eine dieser Mädchen.« — »Die hier«, sprach Olympia und zeigte auf die Hübscheste. — »Wie, du willigst ein?« — »Warum nicht; glaubst du, daß der Mord mich erschreckt? Ah, du wirst sehen, ich bin würdig, deine Schülerin zu sein.« Und wir gingen mit dem Opfer in den Saal zurück, den wir verlassen hatten, und schlossen uns mit ihm allein ein. »Wie wollen wir diese Schelmin foltern?« fragte ich Olympia und prüfte dabei den wirklich herrlichen Körper des Mädchens beim Scheine zweier Kerzen. Olympia ahmte mich nach und nun ergötzten wir uns daran, während einer Stunde das arme Geschöpf zwischen uns zu verbrennen. Dann zwickten wir sie, kratzten sie und stachen nach ihr. Da wir vollständig betrunken waren, wußten wir nicht mehr, was wir taten, noch was wir sprachen. Wir kotzten, wir entleerten und peinigten währenddessen immerwährend unser Opfer. Die Unglückliche schrie, aber die Vorsichtsmaßregeln waren so gut getroffen, daß man nichts hören konnte. Ich schlug der Borghese vor, das Mädchen an den Brüsten aufzuhängen und sie durch Nadelstiche sterben zu lassen. Olympia willigte in alles ein und die Qual der Unglücklichen dauerte mehr als zwei Stunden, die wir uns durch reichlichen Genuß von Punsch vertrieben. Dann schliefen wir beide vollkommen erschöpft auf den Kissen ein und blieben fünf Stunden lang liegen, während unser Opfer daneben hing. Es war heller Tag, als wir erwachten. Ich half meiner Freundin, den Leichnam im Boden des Gartens zu verscharren, und wir trennten uns mit der gegenseitigen Versicherung, nicht auf halbem Wege stehen bleiben zu wollen.

Sbrigani und meine Frauen hatten sich bereits um mich beunruhigt. Meine Gegenwart zerstreute ihre Sorgen, und ich legte mich schlafen.

Am nächsten Tage fragte mich Sbrigani, der immer nur ans Geld dachte, welchen Nutzen ich aus diesem Abenteuer zu ziehen gedächte. »Bisher bloß Genüsse!«, erwiderte ich. »Ich sehe nichts«, antwortete mein achtbarer Liebhaber, »ich habe schon Erkundigungen eingezogen und gehört, daß die Borghese die Freundin des Papstes ist. Sie muß Sie mit dem heiligen Vater bekannt machen. Wir wollen uns dann an die Kirchenschätze machen und mindestens 7 oder 8 Millionen von Rom fortschleppen.«

»Pius VI. besitzt ungeheuere Schätze, wir müssen einen Teil davon stehlen.« — »Zu diesem Zweck müssen wir doch in seine Gemächer kommen, und ich kann dies doch nicht ohne anderen Grund, als durch ein Liebesabenteuer.« — »Gut, das muß aber rasch gehen, der Schuft muß so bald als möglich bestohlen werden.« Kaum hatte Sbrigani zu Ende gesprochen, als ein Bote des Kardinals Bernis mir einen Brief von seinem Herrn brachte, der die Einladung enthielt, mit ihm in der Villa Albani bei Rom zu Abend zu essen. »Trachten Sie, Juliette«, sprach Sbrigani zu mir, »daraus Nutzen zu ziehen und vergessen Sie niemals, daß der Diebstahl der einzige Zweck unserer Reise ist, nur auf der Bahn des Vermögenszuwachses können wir Genüsse ernten.«

Obgleich ich ebenso geizig war wie Sbrigani, dachte ich doch nicht ganz so wie er. In mir herrschte vor allem die Neigung zum Verbrechen, und ich dachte eher daran, Gold zu stehlen, um mir das Vergnügen des Diebstahles zu verschaffen, als um des Besitzes willen.

Ich kam zu dem Rendezvous geschmückt mit allem, was die Kunst zu den mir von der Natur verliehenen Reizen beitragen konnte. Ich wage es zu sagen, man konnte unmöglich schöner und eleganter sein.

Wenn ich nicht befürchten müßte, meine Erzählung zu unterbrechen, würde ich hier zweifellos eine Beschreibung dieses bezaubernden Landaufenthaltes geben, zu dem Besucher aus ganz Europa kommen, und das vielleicht die wertvollsten Antiken Roms enthält. Ich würde Ihnen die terrassenförmig angelegten Gärten beschreiben, die die schönsten Gärten Italiens sind. Ich fühle mich jedoch mehr hingezogen, Ihnen die Erlebnisse mitzuteilen und glaube daher, Ihnen nicht zu mißfallen, wenn ich zu den Tatsachen übergehe.

Mein Erstaunen war groß, als ich beim Eintreten bei Kardinal Albani die Prinzessin Borghese fand, die gerade mit Bernis plauderte. Als sie mich erblickten, kamen beide auf mich zu. »Wie schön sie ist«, sprach Olympia, »Sie müssen gestehen, Kardinal«, fuhr sie fort und wandte sich an den alten Albani, der mich fortwährend ansah, »daß es in Rom keine schönere Frau gibt.« — »Das ist zweifellos«, antworteten die beiden Kardinäle gleichzeitig.

Bei den Italienern ist es Sitte, die am meisten benützten Räume in den oberen Stockwerken anzulegen; sie sagen mit Recht, und alles weist darauf hin, daß die Luft dort frischer und weniger dick ist. Es gibt in der Welt nichts Eleganteres als die oberen Räume der Villa Albani, und ich bemerkte wohl, daß hier die Wollust ihren Sitz aufgeschlagen hatte.

Als wir in diesen Räumen waren, näherte sich Olympia. »Juliette«, sprach sie zu mir, »obgleich du den beiden Kardinälen durch Briefe des Herzogs von Toskana empfohlen wurdest, wollten sie doch vorher von mir wissen, wer und wessen Geistes Kind du bist. Da ich mit diesen Leuten sehr gut bekannt bin, glaubte ich, ihnen nichts verbergen zu müssen; ich habe alles gesagt. Du kannst dir nicht vorstellen, wie sehr ihr Geist dabei entflammte. Sie wünschen dich zu besitzen, und ich beschwöre dich, gib dich ihnen hin. Der Einfluß dieser Leute beim Papst ist ungeheuer und beide sind das Leitrohr für die Gnaden und Begünstigungen, die man in Rom zu erreichen wünscht. Obgleich du reich bist, können dir 7.000 oder 8.000 Zechinen nicht schaden; man ist oftmals reich genug zum Leben, niemals aber für seine Phantasie; außerdem empfinden Bernis und sein Mitbruder kein Vergnügen, wenn sie es nicht bezahlen können. Übrigens ermahne ich dich zur äußersten Unterwürfigkeit, ich werde dir mit gutem Beispiel vorangehen. Sie müssen absolut Samen verlieren; bereite dich also vor, alles zu tun, was gewöhnlich zu diesem Ziel führt.

Ich muß gestehen, daß mich diese Rede in Erstaunen versetzte; hätte ich die römischen Sitten besser gekannt, wäre das vielleicht nicht der Fall gewesen; so sehr ich jedoch erstaunt war, Abscheu herrschte doch nicht in mir, und ich hatte schon zu viele Abenteuer mitgemacht, um plötzlich vor diesem Halt machen zu wollen. Als Bernis bemerkt hatte, daß ich über alles unterrichtet war, näherte er sich mir. »Wir wissen, daß Sie voll Geist und ohne Vorurteil sind. Leopold hat uns alles geschrieben und auch Olympia hat nicht zu viel verschwiegen. Albani und ich hoffen also, daß Sie auch bei uns nicht die Spröde spielen werden, und verlangen von Ihnen als erste Probe, daß Sie sich uns gegenüber gleich als die Schelmin zeigen, die Sie sind, denn nie ist eine Frau liebenswürdiger, als wenn sie Hure ist.« — »Liebenswürdiger Sänger von Vaucluse«,* sprach ich und drückte ihm herzlich die Hand, »glauben Sie mir, daß ich Ihnen ganz angehöre und daß Sie in mir eine Schülerin finden werden, die ihres Meisters würdig ist.«

* Siehe seine *Gedichte*, I. Band, pag. 18 der letzten Ausgabe.

Die Unterhaltung wurde allgemein geführt und bald durch die Philosophie belebt. Albani zeigte uns einen Brief aus Bologna, der den Tod eines seiner Freunde anzeigte. Dieser Freund hatte, obwohl er eine der obersten Stellen der Kirche einnahm, nur der Ausschweifung gelebt und sich bis zu seinem letzten Augenblicke nicht bekehren lassen wollen. »Sie haben ihn gekannt«, sprach er zu Bernis, »er hat seinen Kopf bis zum letzten Augenblick bewahrt und hat sein Leben in den Armen einer angebeteten Nichte ausgehaucht.«

»Es scheint mir«, entgegnete der Kardinal Bernis, »daß diese Sterbensszene jetzt in die Mode kommt: der Autor der *Alzire* und D'Alembert haben sie in Schwung gebracht.« — »Sicherlich«, entgegnete Albani, »es zeugt von großer Schwäche, im Augenblick des Todes seine Meinung zu ändern; haben wir dazu nicht das ganze lange Leben Zeit? Wir müssen die Jahre der Kraft dazu verwenden, uns ein philosophisches System zu gründen und dann bis an unser Lebensende dabei bleiben. Im anderen Falle ist der Todeskampf schrecklich. Sie werden mir vielleicht entgegnen, daß bei der Auflösung der Organe die philosophischen Systeme in uns eine Schwächung erleiden; ja, wenn diese Systeme erst neuerdings und leicht eingedrungen sind. Niemals aber, wenn sie die Frucht langjähriger Arbeit und tiefen Nachdenkens sind.« — »Gewiß«, antwortete ich, erfreut, den berühmten Wüstlingen, vor denen ich stand, meine Denkungsart zeigen zu können. »Wenn der glückliche Stoizismus, zu dem ich halte, uns auch einiger Genüsse beraubt, so erspart er uns doch viel unangenehmere Dinge und lehrt uns leicht sterben. Ich weiß nicht, ob es deshalb ist, weil ich erst fünfundzwanzig Jahre alt bin, oder ob es meine Grundsätze sind, die mich ermutigen, aber ich sehe der Auflösung meiner Moleküle ohne Furcht entgegen. Ich bin überzeugt, nach meinem Tode nicht unglücklicher zu sein, als ich es vor meiner Geburt war, und ich werde meinen Körper der Erde mit derselben Ruhe zurückgeben, mit der ich ihn empfangen habe.« — »Und was erzeugt in Ihnen diese Kaltblütigkeit?« fragte Bernis. »Die tiefste Verachtung, die ich für alle religiösen Taschenspielerkünste habe; man kann sie nicht genug frühzeitig von sich weisen.« — »Ist dies auch so leicht wie man denkt?« fragte Olympia. »Gewiß, aber man muß den Baum an der Wurzel abschneiden«, antwortete Albani; »schon in der Jugend muß man sich damit beschäftigen, die uns eingepflanzten Vorurteile zu zerstören, namentlich die Existenz dieses Hirngespinstes *Gott* muß man verleugnen.«

»Ich werde mich wohl hüten«, sprach Bernis, »die Vernichtung dieser Gottesidee als ein schweres Werk anzusehen, denn sie kann vor einem klaren Geist kaum eine Viertelstunde lang bestehen. Man glaubt, denjenigen, die die Existenz Gottes leugnen, den Mund verschließen zu können, indem man ihnen sagt, daß die Menschen zu allen Zeiten und in allen Gegenden die Herrschaft irgend eines obersten Wesens anerkannt haben. Erstens leugne ich diese Tatsache; aber angenommen, sie wäre richtig, so kann doch nicht ein Irrtum in Wahrheit verwandelt werden, weil alle Menschen an ihn glauben. Es gab eine Zeit, in der alle Menschen überzeugt waren, daß sich die Sonne um die Erde drehe: weil aber alle Menschen dieser Meinung waren, geschah dies doch nicht wirklich. Nein, zweifellos nein, aber alle zartfühlenden Wesen empfinden das Bedürfnis, an einen Weltgeist zu glauben, ohne zu beachten, daß dieser Gott gar nicht die schönen Eigenschaften besitzt, die sie ihm zuschreiben. In der zahlreichen Familie dieses zärtlichen Vaters sehe ich nur Unglückliche. Unter der Regierung dieses gerechten Herrschers wird nur das Verbrechen belohnt, die Tugend aber schmachtet unter Ketten. Wenn man Euch aber zwingt, dieses Rätsel aufzuklären, müßt Ihr Eure Ausflucht zu dem Hirngespinst eines anderen Lebens nehmen. Erfindet doch in diesem Fall einen anderen Gott, wie den Gott der Theologie; ein guter Gott, der Böses tut, oder der es zumindestens gestattet, ein gerechter Gott, unter dessen Herrschaft die Unschuld immer unterdrückt wird, ein vollkommener Gott, der nur unvollkommene Werke schafft, ist den Menschen schädlich und sie müßten ihn für immer aus ihren Köpfen verbannen.«

»Betrüger!« rief ich aus, »du sprichst gegen die Waren, mit denen du handelst, was würde aus deiner Macht und aus der des heiligen Kollegiums werden, wenn alle Menschen ebenso denken würden wie du?« — »Ich weiß wohl«, antwortete Bernis, »daß uns der Irrtum notwendig ist; wir müssen die Menschen betrügen und können dies nur durch den Glauben, aber daraus folgt noch nicht, daß wir uns selbst täuschen sollen.« — »In diesem Falle«, sprach Olympia, »bitte ich Sie, mich über einen für meine Ruhe sehr wichtigen Punkt aufzuklären. Dieses System ist mir schon tausendmal zu Gehör gelangt, ohne daß ich mich mit der Erklärung hätte zufrieden geben können. Es handelt sich um die Freiheit des Menschen. Wie denken Sie darüber, Bernis? Gerade um Ihren Rat bitte ich.« — »Hören Sie mit großer Aufmerksamkeit zu«, erwiderte der berühmte Geliebte der Pompadour, »denn der Gegenstand ist gerade für Frauen sehr schwer faßlich. Die Fähigkeit, auf verschiedene Arten zu handeln und uns für die zu entschließen, die uns die Beste dünkt, ist das, was wir die Freiheit nennen. Besitzt nun der Mensch diese Freiheit oder nicht? Ich wage zu behaupten, daß er sie nicht hat, ja, daß es unmöglich ist, daß er sie haben könnte. Alle unsere Gedanken haben ihren Ursprung in physischen Ursachen, die uns wider unseren Willen leiten, denn sie gehen von unserer Organisation und den äußeren Dingen aus. Die Beweggründe zum Handeln sind bereits das Resultat aus diesen Ursachen und infolge dessen ist unser Wille nicht frei; wir schwanken, weil uns verschiedene Gründe bestimmen wollen, aber der Augenblick unserer Entscheidung liegt nicht in unserer Hand. Wir folgen einem Zwange, der von den verschiedenen Veranlagungen unserer Organe ausgeht. Wir sind selbst im Augenblick, in dem wir uns am freiesten dünken, nur Sklaven der Notwendigkeit. Das Zögern, die Unsicherheit lassen uns an unsere Freiheit glauben; wir sind jedoch nichts als der Spielball der bewegenden Kraft der Natur, ebenso wie es die Pflanzen und die Tiere sind, und der Unterschied zwischen einem Verbrecher und einem anständigen Menschen besteht nur in der mehr oder minder animalischen Zusammensetzung des Nervenfluidums, das uns durchströmt.

Ich fühle, daß ich frei bin, sagt Fénelon, daß ich mich vollkommen in der Hand meines eigenen Rates befinde. Die Behauptung ist unmöglich zu beweisen. Wer versichert dem Erzbischof von Cambrai, wenn er sich dazu entschließt, an die sanften Lehren der Madame Guyon zu glauben, daß er die Freiheit habe, das Gegenteil zu tun? Er wird mir höchstens beweisen können, daß er geschwankt hat, niemals aber, daß er die Freiheit besaß, anders zu handeln. Ich identifiziere mich selbst mit Gott, fährt dieser Autor fort, ich bin der Grund meines eigenen Wollens. Als Fénelon dies sagte, hatte er nicht darauf geachtet, daß er die Macht Gottes zerstörte, indem er die Freiheit des Menschen aufstellte. Wenn der Mensch frei wäre, könnte er jeden Augenblick die von Gott eingesetzte Weltordnung vernichten und er würde dann ebenso mächtig werden wie Gott selbst. Fénelon fährt fort: Wenn ich etwas will, bin ich auch fähig, es nicht zu wollen; wenn ich etwas nicht will, kann ich es auch wollen. Nein, da Sie es nicht taten, als Sie es wollten, waren Sie eben nicht Herr über Ihren Willen, daher waren Sie nicht frei; wenn Sie nach der einen Seite hin wählen, ist Ihnen eben das Gegenteil unmöglich. Ihre Unsicherheit hat Sie verblendet, Sie haben sich als Herr über die Wahl gefühlt, weil Sie beide Seiten prüfen konnten.

»Nun bin ich überzeugt«, sagte Olympia, »der Gedanke, ich hätte auch die Verbrechen nicht begehen können, die ich beging, beunruhigt manchmal mein Gewissen; nun bin ich beruhigt und werde keine Reue mehr empfinden.« — »Das rate ich Ihnen auch«, sprach Albani, »nichts ist unnützer als die Reue, die immer zu spät über uns kommt und die uns niemals an der Ausführung der Tat hindern kann.« — »So geben wir uns also soviel als möglich dem Bösen hin!« rief Olympia begeistert aus. — »Ja«, erwiderte Kardinal Bernis, »damit es uns aber ganz ergötze, müssen wir es uns reiflich überlegen« — »Schöne Juliette«, fuhr der Gesandte Frankreichs fort, »wir wissen, daß Sie in Ihrem Hause zwei hübsche Mädchen haben, die ebenso liebenswürdig sein müssen wie Sie selbst; Ihre Schönheit hat in Rom schon das größte

Aufsehen erregt. Wir bitten Sie, zu ihnen hinauszuschicken, damit sie an den Vorgängen des heutigen Abends teilnehmen mögen.«

Ich glaubte nicht, einen Vorschlag zurückweisen zu sollen, dessen Ausführung Olympia mir leise ins Ohr anriet, und so ließ ich Elise und Raymonde holen, während unsere Unterhaltung sich anderen Dingen zuwandte. »Juliette«, sprach Bernis zu mir, »glauben Sie ja nicht, daß mein Kollege und ich Vorliebe für ein Geschlecht haben, dem wir sein Unrecht nur dann verzeihen, wenn es die Rolle des Mannes spielt, weil wir Sie gebeten haben, die zwei hübschen Frauen, die in Ihrem Besitz sind, herkommen zu lassen. Wir müssen Ihnen auch hier gleich erklären, daß wir uns nicht unterhalten könnten, wenn Sie uns nicht versichern, in allem und jedem vollkommen unterwürfig zu sein.« — »Diese Bemerkungen sind bei Juliette vollkommen überflüssig«, sagte Olympia, »sie hat mir diesbezüglich Proben gegeben und ich bin überzeugt, daß die Frauen, die sie mit sich führt, mindestens ebensolche Philosophen sind wie sie.«

»Meine Freunde«, sprach ich, »glücklicherweise ist mein Ruf in Dingen der Wollust zu gut gefestigt, als daß Sie noch einen kleinen Zweifel zu hegen brauchten. Meine Geilheit entzündet sich erst an den Launen der Männer, ich entflamme erst an ihren Begierden und kenne keinen höheren Genuß, als ihren Verirrungen entgegenzukommen. Wenn Sie von mir einfache Dinge verlangen, ist mein Genuß auch nur ein mäßiger, begehren Sie aber ausgesuchte Grausamkeiten, dann wird in mir der heftige Wunsch, Sie zufrieden zu stellen, wach.«

»Man kann nicht liebenswürdiger sein«, sprach Bernis, »eine Frau, die es Ihnen nicht gleichtut, ist ein dummes Luder, das nur die Verachtung seiner Freunde verdient. Aber das sind sehr hübsche Gedanken«, fuhr Bernis fort, »und ich möchte die Theorie endlich in die Praxis übertragen sehen, ich fordere Sie also auf, schöne Juliette, vor unseren Augen jenen Thronsessel der Wollust zu entblößen, der der einzige Gegenstand unserer Liebkosungen und Genüsse werden soll. Derjenige Olympias ist uns zu bekannt, als daß wir ihn in diesem Augenblick begehren wollten.«

Die beiden Kardinäle näherten sich mir und im Augenblick war ich in der Lage, ihnen den Gegenstand ihrer Anbetung zu zeigen. Meine Röcke waren bis über die Hüften erhoben, so daß nichts ihrer Prüfung im Wege stand, und ich kann sagen, daß dieselbe mit aller Umständlichkeit erfolgte. Albani trieb die Strenge sodomitischer Sitten so weit, mit der Hand sorgfältig alles zu verbergen, was meine gebeugte Stellung in der Nachbarschaft zeigte; kein wahrer Verehrer Sodoms, dessen Geist nicht beim Anblicke einer Scheide schlapp werden würde. Auf die Berührung folgten Küsse und Liebkosungen mit der Zunge, und da Leute dieser Art gewöhnlich grausam sind, fingen sie nach dieser Beschäftigung bald zu beißen, zu kratzen und zu zwicken an. Nun kündigte man meine Freundinnen an, und da die Szene von nun ab einen ernsthaften Charakter annahm, will ich beginnen, sie mit all jener Offenheit zu schildern, die Sie an mir kennen. Die Kardinäle waren über die entzückenden Geschöpfe, die ich ihrer Wollust darbot, entzückt und verlangten bald die hinteren Reize auch dieser Frauen zu sehen. Währenddessen zog ich Albani auf die Seite und hielt ihm ungefähr folgende Rede: »Heiliger Mann, du hast doch wohl nicht gedacht, daß diese beiden hübschen Frauen und ich die unerhörtesten Grausamkeiten nur aus Liebe zu dir begangen haben, die Rolle, die ich in Rom spiele, darf dich nicht täuschen, ich bin nur für Geld zu haben, und zwar bedarf ich großer Summen.« — »Das haben Bernis und ich immer gedacht«, antwortete der Kardinal. — »Vorzüglich«, erwiderte ich, »in diesem Falle sagen Sie mir, was Sie meinen Freundinnen und mir zugedacht haben, sonst ist von uns nichts zu haben.« Albani trat an seinen Kollegen heran, sprach einen Augenblick lang mit ihm und dann näherten sich mir beide mit der Versicherung, daß ich vollkommen zufriedengestellt werden würde. »Diese Versprechung klingt mir zu unbestimmt«, erwiderte ich, »Sie wissen, jeder lebt von seinem Beruf, der Handel mit kleinen Götzenbildern trägt Ihnen 5.000 bis 10.000 Pfund jährlich ein, so soll also der meine, der der Gesellschaft unendlich angenehmer ist, nach Verdienst bezahlt werden. Für 10.000 Zechinen und das Versprechen eines Abenteuers mit dem Papste will ich Ihnen dienstbar sein und ich mache Sie darauf aufmerksam, daß wenig Frauen auf dieser Welt so geil, so liebenswürdig und so verbrecherisch sind wie ich.«

»Sie sind nicht sehr billig, liebes Kind«, sprach Bernis zu mir. »Ihr Wunsch ist schon vom Papst selbst ausgesprochen worden, und um es gleich herauszusagen, unsere heutige Zusammenkunft geschieht nur auf Wunsch des Papstes. Er will, bevor er Ihre Bekanntschaft macht, Auskunft erhalten.« — »So bedarf es also bloß noch des Geldes«, sprach ich. »Wie, gleich?« — »Gewiß.« — »Aber wenn Sie nachher...« — »Ah, Sie kennen die Französinnen schlecht! Bevor sie einen Handel abschließen, wollen sie sicher gehen, aber sobald sie einmal das Geschäft abgeschlossen haben, kann sie nichts mehr zurückbringen.«

Nun geleitete mich Albani auf einen Wink seines Mitbruders in ein Kabinett und zog aus einem Schreibtisch die von mir verlangte Summe heraus. Ich hatte kaum einen Blick auf diesen Schreibtisch geworfen, als ich auch schon durch den Anblick der dort angehäuften Reichtümer berauscht war. »Gut«, sagte ich zu mir, als mir eine List eingefallen war, durch die ich in den Besitz der Schätze gelangen konnte. »Ich kann diesen Schlag umso eher tun, als die Verbrecher durch die Greueltaten, die Sie mit mir begehen werden, sich dermaßen schuldig machen werden, daß sie mich niemals verfolgen könnten.« Ich beeilte mich geistesgegenwärtig, da der Schreibtisch noch offen stand, um eine Ohnmacht zu heucheln. Albani erschrak und lief rasch um Hilfe hinaus. Ich erhebe mich rasch, strecke die Hand nach den Banknoten und nach den Brieftaschen aus, und mit einem Griff eignete ich mir mehr als eine Million an. Dann verschloß ich rasch den Schreibtisch, denn ich dachte mir, daß Albani in dem Zustand der Verwirrung sich nicht daran erinnern würde, daß er ihn offen gelassen habe, und auf mich wird weniger Argwohn fallen. Dies alles geschah mit Blitzeseile, denn schon trat Albani mit Olympia und Bernis ein. Sobald ich die drei wieder erblickte, kam ich ins Bewußtsein zurück in der Furcht, man könnte unter meinen Rökken die verborgenen Schätze finden. »Es ist nichts«, sprach ich, »meine Reizbarkeit ruft manchmal Nervenkrämpfe in mir hervor, die aber rasch vergehen.« Ich hatte die Gedanken Albanis richtig beurteilt, der, als er seinen Schreibtisch verschlossen sah, nicht den leisesten Argwohn hegte und uns bat, wieder in den Saal zurückzukehren.

Wir trafen dort acht neue Leute an, die in unseren Szenen die größte Rolle spielen sollten. Vorerst waren vier fünfzehnjährige Knaben anwesend, ferner junge Männer von achtzehn bis zwanzig Jahren, deren Glieder ungeheuere Größe besaßen. Wir waren also insgesamt zwölf Leute, die den Vergnügungen der beiden Verbrecher dienen mußten, denn auch Olympia war mehr auf Seite der Opfer als auf der der Kardinäle. »Beginnen wir«, sprach Bernis, »Sie, Juliette, Sie, Elise und Sie, Raymonde, müssen es sich gefallen lassen, da man Sie ja teuer bezahlt, daß wir mit Ihnen wie mit Huren sprechen.« — »Uns ist es recht«, erwiderte ich, »wollen Sie uns nackt sehen?« — »Ja!« — »Nun denn, dann führet uns in einen Raum, in dem wir uns auskleiden können.« Man öffnete uns ein Gemach, ich teilte meinen Raub in drei Teile und wir verbargen ihn geschickt in unseren Taschen. Nachdem wir nackt waren, suchten wir wieder die Kardinäle auf. »Ich will die Rolle eines Zeremonienmeisters spielen«, sprach Bernis, »alles möge mir gehorchen. Sie müssen der Reihe nach Ihre Hintern unserer Prüfung darbieten, die jungen Knaben werden gleichfalls vorbeikommen, und je ein Knabe wird ein Mädchen zu umarmen haben, damit wir nachher nur noch Gruppen vor uns haben.«

Der erste Wunsch wurde ausgeführt, wir gingen der Reihe nach vor den Wüstlingen vorbei, die unsere Arschbacken küßten, zwickten und stachen.

»Nun«, fuhr der Zeremonienmeister fort, »muß ein kleiner Knabe uns das Glied lecken. Einer der größeren Jünglinge muß uns das seine zum Küssen anbieten, während er den Hintern einer Frau lecken wird. Mit der Rechten wollen wir das Glied eines Mannes, mit der Linken die Arschbacken eines Knaben kitzeln, während uns die beiden anderen Frauen an den Hoden und dem Arschloch aufregen werden.

Bei der dritten Szene«, sprach Bernis, »werden wir ebenso aufgestellt bleiben, wie wir jetzt sind, nur werden uns diesmal Frauen kitzeln und zwei kleine kniende Knaben werden uns ihr Arschloch lecken lassen.

In der vierten Szene werden uns zwei Frauen das Glied lecken und uns der Reihe nach vier Männer in den Hintern einführen. Die vier Knaben mögen sich unter unseren Mund begeben und ihre vier Hintern unseren Küssen darbieten.«

Die vier Männer arbeiteten kräftig und wir hatten nicht nötig, sie erst aufzuregen. Die beiden purpurgekrönten Hunde wurden nacheinander achtmal gedeckt, ohne jedoch das letztemal eine stärkere Erektion zu zeigen als beim erstenmal. Ihre Glieder hingen schlapp herab. »Ah, ich sehe, daß wir stärkere Mittel bedürfen«, sprach Bernis, »Albani ähnelt mir und auch sein Glied hat sich nicht um den kleinsten Winkel gehoben; versuchen wir also etwas anderes, da uns die Natur dazu zwingt. Ihr seid zwölf an der Zahl, teilt Euch also in gleiche Teile und die erste Gruppe möge an mir arbeiten, die zweite an meinem alten Freund, der Reihe nach werdet Ihr Euch kitzeln lassen, Ihr werdet uns lecken und in unseren Mund Kot entleeren.« Bei dieser scheußlichen Handlung begannen die Glieder unserer Schwächlinge anzuschwellen und die geilen Böcke hielten sich nun imstande, ernsthaftere Angriffe zu unternehmen.

»Die fünfte Szene wird auf folgende Art vor sich gehen«, sprach der Ordner, »Albani, dessen Zustand dem meinen gleicht, wird Elise im Hintern vögeln, während ich das gleiche an Juliette versuchen will. Die vier jungen Leute mögen sich mit unserem Hintern beschäftigen und je zwei Knaben werden uns Glied und Popo zum küssen darbieten.

Die Gruppen ordneten sich nach Wunsch, aber unsere beiden Kämpen hatten sich durch ihre Begierden täuschen lassen und neigten nun, bevor sie noch die Tore öffnen konnten, die Nasen vor dem Tabernakel. »Ich wußte es gleich«, sprach Albani, »daß du aber auch immer Frauen im Hintern vögeln willst; bei einem Knaben wäre mir dieses Unglück nicht zugestoßen.« — »Nun, dann wechseln wir einfach«, antwortete der Gesandte. Allein der Versuch glückte nicht. Unsere Kardinäle wurden wohl bearbeitet, sie selbst konnten jedoch nicht arbeiten, und als kein Mittel half, schritt man zu anderen Dingen.

»Meine Damen«, sprach der Geistliche zu uns, »da unsere Güte uns nichts nützt, werden wir zur Strenge greifen müssen; kennen Sie die Wirkungen der Peitschung? Wir werden sie an Ihnen versuchen.« Bei diesen Worten ergriff er mich und führte mich zu einer seltsamen Maschine hin, die wohl verdient beschrieben zu werden.

Ich wurde gegen eine Mauer, mit den Händen in die Höhe und den Füßen gegen den Erdboden, gebunden und nun richtete Bernis eine Art Stahlplatte, deren eine Seite, die meinen Bauch berührte, die Schärfe eines Rasiermessers hatte. Sie können sich vorstellen, daß ich durch dieses Zwangsmittel meinen Arsch nach rückwärts warf. Das wollte Bernis auch, der, mit einem Rutenbündel bewaffnet, sogleich so heftig zu peitschen begann, daß das Blut über meine Schenkel floß. Durch die teuflische Maschine, durch die mein Bauch bedroht, war es mir unmöglich gemacht, den gegen mich geführten Streichen auszuweichen; glücklicherweise war ich an diesen Vorgang gewöhnt und konnte die Folter ziemlich gut überstehen. Nicht ganz so stand es mit meinen Nachfolgerinnen. Elise, die nach mir daran kam, schnitt sich den Bauch entzwei, und auch Raymonde erlitt große Qualen. Nur Olympia liebte die Peitschung und kam gut davon. Wir kamen nochmals alle an die Reihe, um Albani zur Steifung zu verhelfen. Schließlich hatten die beiden Kardinäle Ständer. Da es mit ihnen aber nicht so gut bestellt war, daß sie sich an Frauen hätten befriedigen können, bestiegen sie die Knaben, während man sie peitschen mußte. Diesmal stand ihnen die Natur zu Diensten und sie entluden beide fast gleichzeitig. Ein Augenblick der Ruhe folgte und die Orgien gingen von Neuem los.

Bei der nun folgenden Szene wurden wir vier von je einem jungen Mann bestiegen, während die Barbaren uns in die Arschbacken zwickten und uns auf 1.000 verschiedene Arten peitschten. Nun kamen die Kinder an die Reihe. Sie mußten mit uns vögeln und die jungen Männer bestiegen die beiden Kardinäle. Auch die Kinder wurden an die Wand gebunden und gleich uns bis aufs Blut gepeitscht. In unseren beiden Faunen erwachte nunmehr die Begierde, nochmals Samen zu verlieren. Gleich Tigern, die ihr Opfer suchten, irrten sie unter uns umher und warfen uns wütende Blicke zu. Die Männer mußten uns ergreifen und uns vor ihren Augen auspeitschen, währenddessen vögelten sie einen kleinen Knaben im Hintern und küßten so lange die Arschbacken eines anderen, bis ihr Same zum zweitenmale ausspritzte und wir uns beruhigt zu Tisch begeben konnten.

Das Mahl, das nun folgte, verdient durch seine Seltsamkeit eine nähere Beschreibung; in der Mitte eines ziemlich engen kreisförmigen Raumes stand ein runder Tisch mit sechs Gedecken; zwei waren für die Kardinäle, die übrigen vier für Olympia, Elise Raymonde und mich bestimmt. Vier stockhohe Gerüste umgaben den Tisch. Dort waren fünfzig der schönsten Huren Roms unter Unmengen von Blumen derart aufgestellt, daß man unter Nelken und Rosen nur ihre Hintern sehen konnte. Zwanzig kleine Liebesgötter bildeten einen Leuchter und der Saal wurde nur durch die Fackeln erleuchtet, die diese Kinder in den Händen hielten. Sechs junge, nackte Knaben bedienten uns und schenkten uns die köstlichsten Weine ein. Unsere Wüstlinge, die uns für das Mahl hatten wieder ankleiden lassen, verlangten, daß wir gleich den Kurtisanen Babylons unsere Gewänder in einzelnen Zwischenräumen ablegen sollten. Beim ersten Gang zog man uns ein Halstuch aus, beim zweiten entblößte man uns die Brust, und so ging es weiter, bis wir, als die Früchte aufgetragen wurden, ganz nackt dastanden. Der Nachtisch wurde in fünfzehn kleinen Schiffchen aus grünem, mit Gold bemaltem Porzellan aufgetragen. Zwölf kleine, halbnackte und nur mit Rosen geschmückte Mädchen erschienen, um in unsere Gläser die seltsamsten Weine und Getränke einzuschenken. Schließlich entzündeten sich unsere Sinne und Bacchus selbst bemühte sich, unsere Wüstlinge in den zur Ausführung weiterer Greueltaten nötigen Zustand zu bringen.

»Bezaubernder Dichter«, sprach der Herr des Hauses zum Kardinal Bernis, »zwei Gedichte machen in Rom die Runde, die man dir zuschreibt; ich bitte dich, sage sie uns, denn auch unsere Tischgenossen sind würdig, sie zu hören.« — »Es sind nur Paraphrasen«, antwortete Bernis, »und ich bin erstaunt, daß man sie kennt, da ich sie nur dem Papst gezeigt habe.« — »Das ist mehr, als man braucht, damit sie jeder kennt. Aber sage sie uns her, Kardinal, wir wollen sie unbedingt hören.« — »Gerne«, sprach Bernis, »Philosophen gegenüber, wie Ihr es seid, habe ich nichts zu verbergen. Das eine ist die Paraphrase über das berühmte Sonett des Barreaux, das andere die der Ode an Priapus. Ich will mit der ersten beginnen:*

Blöder Gott! deine Urteilssprüche sind voller Grauen,
Dein einziges Vergnügen ist die Ungerechtigkeit,
Deine Hoheit müßte mich — und wär' es nur aus Stolz —
Bestrafen, so viel Böses habe ich getan.

Verfluchter Gott! Ich bin so ungläubig,
Daß dir keine Wahl mehr bleibt,
Ich trotze deinem Strafgericht!
Nicht will ich beben, wenn du mich zerschmetterst,
Keine Träne meinem Aug' entrinnen lassen.
Erdrücke mich! Ich pfeife drauf.

Und Aug' um Auge, Zahn um Zahn will ich
Im Sterben dich und dein Gesetz verhöhnen.

* Jacques Vallée, Seigneur Des Barreaux, wurde in Paris im Jahre 1602 geboren und war eng mit Théophile Viau befreundet. Die beiden trieben die Ausschweifung bis zum Gipfel. Das berühmte Sonett, von dem hier die Rede ist, wurde, wie man sagt, während einer Krankheit geschrieben. Er verleugnete es und, wie wir glauben, mit Recht, denn man kann unmöglich schlechtere Verse machen. Es wurde von Bernis paraphrasiert, um besser lesbar zu sein.

Wo immer mich dein Blitzstrahl trifft,
Vergeltung, Haß und Abscheu wird er finden.

Dieses Stück wurde stark beklatscht, und Bernis begann darauf sofort mit dem Vortrag des anderen.

Verdammte Heilige, verdammte Jungfrau,
Verdammte Engel und auch Gott!
Über ihnen allen wichse ich meinen Schwanz,
Weil ich ihn entflammen will.
*Dich, du Chaufour**, *der aus hartem Ständer*
In breiten Strömen Samen ergoß,
Rufe ich an.
Und du leihe mir einen Augenblick lang
Die Kraft deiner Hoden.

Herbei, herbei, ihr Huren und Lustknaben!
Her mit den frischen und rundlichen Hintern!
Her mit den dicken und feurigen Schwänzen!
Ich möchte sie alle haben!
Doch wehe! wehe! den Votzen,
Nicht kann ich sie leiden!

Alles, alles in Himmel und Erde
Verkündet mit lauter, rufender Stimme: Der Hintern allein
Ist Sitz des Genusses,
Der Hintern ist Wohnort des Glückes.
Dein Heil, o Mensch, liegt im Hintern.

Auf Gottes Altar, im Schoß der heiligen Kirche
Finde ich täglich

* Jedermann kennt diesen Heros der Arschfickerei, der öffentlich auf dem Place de Grève durch den Richterspruch der Huren, die damals Paris am Gängelbande führten, verbrannt wurde.

Den Arsch eines rundlichen Knaben.
Ich bin nicht neidisch auf kirchlichen Prunk,
Denn mehr genieße ich als Ihr alle,
Abbés und Prälaten!

Leuchtender Vorbilder voll ist die Geschichte der Arschficker.
Borgia liebte den reizenden Arsch seiner Tochter Lukrezia
Und auch Gott der Vater vögelte gern Marien im Hintern.
Der heilige Geist sei noch erwähnt, den
Zacharias im Arsche empfing.
Auf einem Thron von Hintern,
Mokiert sich Gott mit seinen
Großartigen Versprechungen
Über das Universum.

Jesus auch liebte, den teuren Papa
Von hinten zu vögeln,
Während der heilige Eustachius ihn besteigt,
Und den Arsch der Agrippa küßt.
Von Magdalenen läßt er sich gern zwischen den Hoden kitzeln.
Freunde, laßt uns ihm gleichen,
Nur statt der Heiligen an Knaben der Lust,
Uns liebend ergötzen!

Luzifer, Angebeteter du!
Der du meinen Geist beflügelst,
Wenn man bei dir im Reiche des Finstern noch vögelte,
Steckt ich vergnügt meinen Schwanz dir hinten hinein.
Doch das Schicksal will nicht, daß solche Genüsse herrschen,
Im Land der Dämonen.
In einem Arsch will ich hinfliegen,
Dort wird jedoch die größte Qual sein,
Zu sehen, wie der Teufel einen Arsch fickt,
Ohne daß meiner gevögelt wird.
Stürz' mich ins Unglück,

Verfluchter Gott!
Nur gemeine Seelen erschrecken vor dir;
Und wenn mein Schwanz einen prächtigen Hintern bearbeitet,
Lache ich über dich und deine Müh,
Und auch über Menschengesetzte,
Der wahre Sodomist scheißt auf Gott und das Schicksal!

Neue Beifallsbezeugungen folgten. Die Ode wurde als viel stärker befunden als die Pirons, denn er hatte statt den Gott des Christentums lächerlich zu machen, die Götter der Sage verspottet.

Wir standen von der Tafel derartig betrunken auf, daß wir kaum gehen konnten. Wir wurden in einem herrlichen Salon von den fünfzig Kurtisanen, deren Arschbacken wir während des Mahles gesehen hatten, erwartet und auch die servierenden Knaben neben zwölf Jungfrauen zum Nachtisch trafen wir dort an. Die Zartheit dieser jungen Geschöpfe, ihr interessantes Aussehen, wie auch ihre große Jugend erhitzte unsere Wüstlinge aufs Höchste. Sie stürzten sich wie die Löwen auf zwei der jüngsten und ihre Wut wuchs, als sie die Unmöglichkeit bemerkten, sie zu vögeln. Sie banden sie an die niederträchtigen Maschinen an und hieben auf sie mit spitzen Hämmern los. Währenddessen leckten wir die zwei Wüstlinge so lange, bis ihr Glied zum Stehen gebracht war. Zwei frische Jungfrauen wurden nun ergriffen. Mit viel Kunstfertigkeit erreichten es die Wüstlinge, in ihren Hintern zu gelangen, jedoch, da sie ihre Kräfte sparen wollten, zogen sie sich bald wieder zurück. Nun wurden bald junge Männer, bald junge Mädchen die Beute ihrer Geilheit. Alle gingen ihnen durch die Hände und erst nachdem sie sechs oder acht Kinder entjungfert hatten, erlosch die Fackel ihrer Geilheit. Nun fielen die beiden halbtot in ihrem Rausch auf das Kanapee und entschliefen, während wir uns ankleideten.

Wie betäubt ich immer war, meine Neigung für den Diebstahl verließ mich trotzdem nicht und ich erinnerte mich rechtzeitig daran, daß der Schatz Albanis durch meinen ersten Angriff noch nicht vollkommen erschöpft war. Ich befahl also Raymonde, sich mit Olympia zu unterhalten und eilte mit Elise zum Schreibtisch hin. Der Schlüssel steckte noch darin, und wir raubten, was wir finden konnten. Die beiden Diebstähle trugen mir 1.500.000 Zechinen ein, die ich am nächsten Tage gleich meinem anderen Gelde anlegte. Olympia hatte nichts bemerkt und so konnten wir ruhig das Haus verlassen. Sie können sich denken, daß mein Freund Sbrigani mit mir zufrieden war, trotzdem jedoch wirbelte das Abenteuer noch Staub auf. Nach einigen Tagen kam Olympia zu mir geeilt. »Der Kardinal ist um mehr als eine Million bestohlen worden!« sprach sie zu mir, »und das geraubte Geld war die Mitgift für seine Nichte. Er hat dir gegenüber gar keinen Argwohn, Juliette, befürchtet aber, daß der Streich ein Werk deiner Genossinnen ist. Weißt du etwas davon, mein Engel? Ich beschwöre dich, gestehe es mir ein.« — In diesem Augenblick kam mir ein höllischer Gedanke. Ich hatte indirekt erfahren, daß am Tage, bevor wir bei Albani zu Abend gegessen hatten, eine andere seiner Nichten, die er hatte verführen wollen, sich aus dem Palast des Kardinals geflüchtet hatte, um ihrer Schändung zu entgehen. Ich sprach also meine Befürchtung aus, daß in diesem jungen Mädchen die Person des Täters zu suchen sei. Olympia griff meine Gedanken rasch auf und teilte ihn schleunigst dem Kardinal mit, der entweder aus Schwäche oder aus Bösartigkeit, weil er sich an dem Mädchen rächen wollte, alle Sbirri des Kirchenstaates hinter ihr herhetzte. Das arme Mädchen wurde in Neapel gerade im Augenblick erwischt, als sie ein Kloster der Bernhardiner aufsuchen wollte. Man brachte sie nach Rom zurück und warf sie in den Kerker. Sbrigani trieb Zeugen auf, die gegen sie aussagten, und nun handelte es sich bloß darum aufzudecken, was sie mit dem Geld und dem Schmuck getan hatte.

Andere von uns gekaufte Zeugen beeideten, daß sie alles einem Neapolitaner gegeben habe, den sie liebe und der einen Tag vor ihr Rom verlassen habe. Wir wußten allem einen so großen Anschein von Wahrheit zu geben, daß das arme Geschöpf am siebten Tage zum Tode verurteilt wurde. Man schnitt ihr auf dem Engelsplatz den Hals ab, und ich hatte das Vergnügen, der Hinrichtung an der Seite Sbriganis, der mich dabei kitzelte, beizuwohnen. »Erhabenes Wesen«, rief ich nach vollzogen Handlung aus, »so rächst du also die Unschuld. Ich bestehle den Kardinal, seine Nichte flüchtet, um dem Verbrechen zu entgehen, das er an ihr begehen will, und ich werde für mein Vergehen belohnt, während sie auf dem Schafott umkommen muß. Ist es also nicht ganz gerecht, daß die Menschen dich anbeten, wenn du sie derart lenkst!«

Bei allen diesen Verirrungen ging mir die entzückende Herzogin Grillo nicht aus dem Kopf. Sie war kaum zwanzig Jahre alt und seit achtzehn Monaten an einen sechzigjährigen Mann, den sie verabscheute, verheiratet. Nach dieser ziemlich langen Ehe befand sie sich noch immer in demselben jungfräulichen Zustand wie zur Zeit, als sie ihre Mutter aus dem Kloster der Ursulinen in Bologna herausnahm. Nicht, daß der alte Herzog keine Anstrengungen gemacht hätte, den Widerstand seiner Frau zu überwinden. Er hatte wohl Versuche gemacht, allein sie verabscheute ihn derart, daß ihm der Sieg nicht gelang. Ich war erst zweimal bei der Herzogin gewesen, das erstemal, um ihr meinen Empfehlungsbrief zu übergeben, und das zweitemal, um das unbegreifliche Vergnügen nochmals zu empfinden, das in mir durch ihren Anblick erweckt wurde. Nun ging ich zum drittenmal zu ihr, um ihr endlich die Leidenschaft zu gestehen, die sie in mir erweckt hatte, und um sie schließlich um jeden Preis zu besitzen.

Ich erschien in einer wundervollen Toilette und das Glück begünstigte meine Pläne, so daß ich sie allein fand. Nachdem die ersten Begrüßungen vorbei waren, begann ich mit den Augen zu sprechen. Sie vermied jedoch aus Scham meinen Blick und so mußte ich schließlich meine Zuflucht zu kräftigeren Mitteln nehmen. Ich ergriff ihre Hand und sprach zu ihr: »Entzückende Frau, wenn es einen Gott im Himmel gibt und er gerecht ist, müssen Sie die glücklichste Frau auf Erden sein.« — »Ihre Liebenswürdigkeit spricht so zu mir. Ich aber kann mich gerechter beurteilen.« — »Ah, wenn Sie dies könnten, Madame, so würden

Sie sich selbst Altäre errichten!« Und bei diesen Worten drückte ich ihr die Hand und küßte sie ab. — »Warum schmeicheln Sie mir?« fragte mich Honorine errötend. — »Ah, wie bete ich Sie an!« — »Können sich Frauen so lieben?« — »Und warum nicht? Je feinfühliger sie sind, desto eher dürfen sie das Schöne anbeten, in welchem Geschlecht immer es sich zeigt. Kluge Frauen meiden den Verkehr mit Männern. Er ist so gefährlich und der gleichgeschlechtliche Verkehr ist so süß. Ah, meine teure Honorine, warum kann ich nicht gleichzeitig Ihre Freundin, Ihr Geliebter und Ihr Gatte sein!« — »Närrisches Wesen«, sprach die Herzogin, »könnten Sie denn das alles gleichzeitig sein?« — »O ja, ja«, fuhr ich eifrig fort, indem ich sie in meine Arme preßte, »hauptsächlich das letztere möchte ich sein, mein Engel«, und meine glühende Zunge glitt in ihren Mund hinein.

Honorine empfing den Liebeskuß, ohne sich zu ärgern, und als ich ihr einen zweiten zu geben versuchte, zitterte eine frische hübsche, kleine Zunge auf meinen glühenden Lippen. Nun wurde ich kühner. Ich schob die Schleier weg, die vor meinen Augen den schönsten Busen der Welt verbargen und überhäufte diese Alabasterbrüste mit den ausgesuchtesten Zärtlichkeiten. Honorine ließ sich alles gefallen, während ihre großen, braunen Augen sich mit Tränen der Wollust befeuchten und ich, trunken vor Geilheit, gleich einer Bacchantin wollte nun alle Grenzen überschreiten und ihr die Art des Fiebers erklären, von dem ich verzehrt wurde. »Was tust du?« fragte mich Honorine, »vergißt du dein Geschlecht?« — »Ah, Geliebte«, rief ich aus, »wie wäre ich unglücklich, könnte ich mich nicht manchmal an ihm rächen!«

Nun wurde ich unternehmungslustiger, ich versuchte, die Bänder ihres Linnenrockes zu lösen, und endlich lag alles offen da, was ich so heiß begehrte. Honorine setzte mir keinen Widerstand mehr entgegen. Ich warf sie auf das Kanapee, auf dem wir saßen, spreize gierig ihre Schenkel auseinander und betaste nach Wunsch die kleine entzückende Muschel; die Herzogin lag in meinen Armen, die eine Hand ruhte auf ihrem rosigen Busen, mit der anderen prüfte ich schon ihre Klitoris. Ich versuchte ihre

Reizbarkeit zu entzünden. Großer Gott, wie lebhaft sie war, Honorine wurde bei meinen gelehrten Griffen beinahe ohnmächtig. Trotz aller Kämpfe ihrer sterbenden Tugend wurde sie dennoch fertig. Nun erneuerte ich meine Liebkosungen.

Kein Wesen weiß sich bei der Krise so gut zu benehmen wie ich. Ich fühle es, daß meine Geliebte der Hilfe bedarf. Man muß den Erguß heraussaugen, um die Ausspritzung zu erleichtern. Mit welcher Sorgfalt erfüllte ich meiner Freundin diesen Dienst. Ich kniete vor ihr, hob ihre Hüften mit meinen Händen empor, steckte meine Zunge in ihre Scheide hinein und saugte und schlürfte jetzt, während meine Nase ihre Klitoris weiter kitzelte. Welche Arschbacken hielt ich in meiner Hand! Es waren die der Venus selbst. Ich fühlte die Notwendigkeit, sie an allen Stellen ihres Körper zu erregen.*

Ich trachtete nun, an ihrem hübschen kleinen Arschloch ihr dieselben wollüstigen Berührungen zu geben, die mein Mund vorne verteilte. Es war so klein, so eng, dieses herzige Loch, daß ich es kaum finden konnte; endlich jedoch ergriff ich es, einer meiner Finger fuhr hinein und ah!, kaum war dieses entzückende Grübchen entjungfert, als Honorine einen Seufzer ausstieß, schwach wurde und entlud.

»Ah, ich bete dich an, mein Engel«, sprach diese sanfte Taube zu mir, »ich bin beinahe vor Wollust gestorben. Aber wie kann ich dir denn diesen Dienst zurückgeben?« Ich kleidete mich rasch aus und indem ich eine meiner Hände rasch an ihre Scheide legte, rief ich aus: »Kitzle mich, Geliebte, ich gebe mich dir ganz hin!« Aber Honorine war ungeschickt wie alle anständigen Frau-

* Diejenigen, die sich damit befassen, Frauen zu kitzeln, sind nicht immer von der Notwendigkeit überzeugt, das Vergnügen durch alle Tore eintreten zu lassen. Derjenige, der ihnen eine wollüstige Entladung verschaffen will, muß sich also dazu bequemen, ihnen die Zunge in den Mund zu stecken, dabei die Brüste zu kitzeln, den einen Finger an der Klitoris, den zweiten in der Scheide und einen anderen im Arschloch haben. Er möge nicht glauben, daß er sein Ziel erreichen kann, wenn er auch nur einen dieser Umstände vernachlässigt; daher kann eine Frau nur von mindestens zweien wahrhaftig befriedigt werden.

en... Sie konnte die Begierden, die sie in mir erweckt hatte, nicht befriedigen. Ich war also genötigt, ihr Unterricht zu geben.

Da ich mir dachte, daß sie mit ihrer Zunge besser arbeiten würde als mit ihren Fingern, ließ ich sie zwischen meine Schenkel legen und sie leckte mich, während ich mich selbst kitzelte. Ich wurde durch ihre reizende Person so aufgeregt, daß ich dreimal nacheinander in ihren Mund entlud. Nun erwachte in mir der heftige Wunsch, sie ganz nackt zu sehen und ich riß ihr rasch die Kleider herab. Oh Gott, ich glaubte die Sonne zu sehen, wenn sie durch die Winternebel dringt. Ah, ich kann mit Überzeugung sagen, daß sich mir niemals noch ein schönerer Hinterer gezeigt hatte. Welche Zartheit, welche Weiße!

Ich konnte mich beim Anblick dieses göttlichen Hintern nicht halten. Ich küßte ihn, öffnete ihn, befühlte ihn mit der Zunge und ließ sie an diesem göttlichen Loche herumspielen, während ich die Klitoris dieser herrlichen Frau mit der Hand kitzelte. Sie entlud dabei nochmals, aber je mehr ihr Temperament sich entzündete, desto mehr bedauerte ich, es nicht noch mehr entflammen lassen zu können. »Oh, meine Teuerste«, sprach ich zu ihr, da dieses Bedauern in mir sehr heftig war, »sei versichert, daß ich bei unserer nächsten Begegnung mit einem Instrument versehen sein werde, das fähig ist, dich heftiger zu erregen. Ich will dein Geliebter und dein Gatte sein und möchte mich an dir wie ein Mann befriedigen.« — »Ah, mache mit mir, was du willst«, erwiderte die Herzogin, »verdopple deine Liebesbezeugungen und ich will meine Dankbarkeit auch verdoppeln.«

Honorine wollte mich gleichfalls nackt sehen, aber sie war noch dermaßen Neuling, daß sie nicht wußte, wie sich mir gegenüber zu benehmen. Neue Genüsse begannen und wir trennten uns schließlich mit dem feierlichen Versprechen, uns bald wiederzusehen.

Zwei Tage nach dieser Szene kam Olympia zu mir. Sie hatte von meinem Besuch bei der Herzogin erfahren und war eifersüchtig darüber. »Ich weiß, daß Honorine schön ist«, sprach sie zu mir, »aber da mußt zugeben, daß sie dumm ist. Niemals wird sie dir so viel Genuß bereiten können wie ich, außerdem wacht ihr Gatte derart über sie, daß du große Unannehmlichkeiten haben könntest, wenn er jemals von eurem Verkehr erfahren würde.« — »Teure Freundin«, antwortete ich der Borghese, »In vierzehn Tagen will ich dir genau Rechenschaft in Sachen Honorine ablegen. Das Einzige, was ich dir schon jetzt gestehen kann, ist, daß ich mich manchmal an der Tugend ergötze, daß aber das Verbrechen allein Herrschaft über mein Herz hat.« — »Sprechen wir also nicht weiter darüber«, fuhr die Prinzessin fort und umarmte mich. »Du hast mich bereits beruhigt.« Dann fuhr sie fort: »Warst du nicht erstaunt, mich an jenem Abend als Hure zu sehen?« — »Nein«, erwidere ich, »ich kenne deinen Geist und weiß wohl, daß nur die Wollust der Grund zu deinem Vorgehen war.« — »Du weißt, es ist auch Interesse und Ehrgeiz dabei. Die beiden Kardinäle führen sozusagen den Haushalt des Vatikans, ich muß mich also mit ihnen verhalten, überdies liebe ich das Geld ebenso wie du. Wohlan, Juliette, sei offen, gestehe, daß du den Kardinal bestohlen hast. Fürchte in mir keine Richterin zu finden, ich habe diese Schufte vielleicht öfter bestohlen als du. Der Diebstahl ist herrlich, mein Engel, ich entlade, wenn ich derartige Dinge begehe. Es zeugt von niedriger Gesinnung, um den Lebensunterhalt zu stehlen, es ist aber wonnevoll, wenn man seine Leidenschaft befriedigen will!« Ich hatte mit Olympia schon zu viele Dinge begangen, als daß ich eine Indiskretion von ihr hätte befürchten müssen. »Du sollst mich kennen lernen«, sprach ich zu Olympia, »ich freue mich, daß du mir Gerechtigkeit widerfahren läßt. Ja, ich habe diesen Diebstahl begangen und habe das meinige dazu getan, um auf die hingerichtete Unschuldige Argwohn fallen zu lassen.« — »Ah, küsse mich«, sprach Olympia, »ich bin deiner würdig; es ist noch kein Jahr her, daß ich dasselbe Verbrechen begangen habe, und ich kenne alle Genüsse, die aus dieser Tat hervorgehen. Höre mich, Juliette, wir werden bald beim Papst zu Abend essen. Er wird mit uns entsetzliche Ausschreitungen begehen. Du wirst sehen, wie ausschweifend, gottlos und verbrecherisch der oberste Kirchenvater ist, und wie sehr er Blut liebt. In der Nähe des Ortes, an dem die Orgien gefeiert werden, ist das Gemach, in dem der Staatsschatz ist, und ich verpflichte mich, dich da hinein zu bringen. Es gibt da Millionen wegzutragen und wir können es sogar ruhig vor den eigenen Augen des Papstes tun. Wir sind im Besitz seiner Geheimnisse und er hat große Furcht vor unserer Indiskretion, als daß er uns verraten würde. Bist du einverstanden?« — »Kannst du daran zweifeln, da es sich doch um ein Verbrechen handelt?« — »Aber erzähle Grillo nichts davon.« — »Du mußt besser von meiner Klugheit denken lernen, Olympia«, antwortete ich. »Ich ergötze mich manchmal an unschuldigen Neigungen, aber die Niederträchtigkeit allein kann mich fesseln.« — »Ah, das Verbrechen ist so wonnevoll«, antwortete mir Olympia, »und die Liebe ist im Vergleich dazu dumm. Auch habe ich jetzt etwas vor, was mir einen besonderen Genuß verschaffen wird.

Mein Vater lebt noch, er betet mich an und überhäuft mich mit Wohltaten und Zärtlichkeiten. Ich habe bei dem bloßen Gedanken, mich dieser Fesseln entledigen zu können, mindestens zwanzigmal entladen. Ich liebe nicht die Dankbarkeit, ihr Gewicht lastet zu stark auf meinem Herzen und überdies sagt man, daß der Vatermord ein großes Verbrechen ist. Ich brenne also darauf, mich mit ihm zu beflecken.

Aber höre, Juliette, wenn dir ein anderer ein derartiges Geständnis machen würde, würdest du ihn ermutigen und ihm beweisen, daß es nichts Böses ist, seinen Vater zu töten. Ich bete dich an, dies bei mir nicht zu tun. Schließen wir uns allein ein und kitzeln wir uns, dabei mußt du mir die ganze Scheußlichkeit des Verbrechens, von dem ich sprach, vorhalten und du mußt mir die Qualen vor Augen führen, die den Vatermörder erwarten. Je mehr du mich zu bekehren versuchen wirst, desto fester wird meine Absicht werden und von diesen Kämpfen verspreche ich mir die höchsten Erregungen der Wollust.«

»Bei dieser Szene darf ich dich nicht kitzeln, sondern dich züchtigen; auch müssen dritte Personen anwesend sein, das erst wird sie wonnevoll machen.« — »Ah, du hast Recht«, sprach Olympia, »deine Einfälle sind besser als die meinen. Wen aber willst du noch zuziehen?« — »Meine beiden Frauen; sie werden dich, während ich rede, lecken und kitzeln.« — »Wollen wir dann die Tat ausführen?« — »Hast du die Mittel dazu?« — »Ja!« — »Welche?« — »Drei oder vier Arten Gift.« — »Sind sie heftig?« — »Nein, sie wirken langsam.« — »Das ist nicht das Richtige. Unser Opfer muß furchtbare Qualen leiden. Hier hast du«, fuhr ich fort und gab Olympia eines der stärksten Gifte der Durand, »gib dieses dem Urheber deiner Tage ein. Er wird während vierzig Stunden furchtbare Qualen erdulden und sein Körper wird vor deinen Augen in Stücke zerfallen.« — »Teufel, beeilen wir uns, Juliette, ich entlade bereits. Ich kann dir nicht länger zuhören, ohne in einen Taumel der Wonne zu fallen.«

Elise und Raymonde traten ein. Olympia beugte sich über sie, indem sie mir ihre herrlichen Hinterbacken darbot. Ich begann, sie zuerst sanft zu peitschen und wurde dann immer heftiger, während ich ihr folgende Rede hielt:

»Wenn es ein furchtbareres Verbrechen auf der Welt gibt, so ist es schwerlich das, das Leben unseres Erzeugers vernichten zu wollen. Wieviel Dankbarkeit schulden wir ihm nicht, und gibt es für uns eine heiligere Aufgabe, als die, sein Leben zu verlängern? Jeder andere Gedanke ist ein Verbrechen, dessen Urheber sofort mit den gräßlichsten Qualen bestraft werden soll. Unsere Vorfahren begriffen dieses Verbrechen lange nicht, und erst die heutigen Zeiten mußten Gesetze für den Verbrecher schaffen, der seinen Vater tötet. Das Ungeheuer, das derart alle Gefühle der Natur vergessen kann, verdient, daß man eigens für ihn neue Foltern erfindet, und das Grausamste, was man erdenken könnte, erscheint uns noch zu mild für seine Niederträchtigkeit. Ihr Furien des Tartarus, kommt aus euren Schlupfwinkeln hervor, um denjenigen würdig zu martern, der eine solche Schändlichkeit begangen hat!«

Während dieser Zeit peitschte ich meine Hure, die, trunken vor Wollust, hundertemale entlud. »Du erwähnst die Religion nicht«, sprach sie zu mir, »ich möchte, daß du von Gott sprichst, wie sehr ich ihn beleidige.« — »Ah«, rief ich aus, »zweifelst du vielleicht an der Ungeheuerlichkeit der Beleidigung, die du dem höchsten Wesen zufügst. Muß dieser höchste Gott, der unser aller Vater und das Abbild jeder Tugend ist, nicht empört sein über eine derartige Beleidigung? Ah, seien Sie sicher, daß für das scheußliche Verbrechen, das Sie beabsichtigen, die gräßlichsten Qualen der Hölle ausgesetzt sind.« — »Das ist nicht genug«, sprach jetzt das ausschweifende Wesen zu mir, »unterrichte mich über die physischen Schmerzen, die mich an diesem Ort erwarten und über die Schande, die auf ewig auf meine Familie und mich fällt.«

»Unglückliche!« rief ich jetzt aus, »ist denn in deinen Augen die ewige Schande nichts, mit der du durch dieses scheußliche Verbrechen dein Geschlecht auf immer bedecken wirst? Aus den Gräbern werden dir deine Vorfahren Vorwürfe entgegentönen lassen, daß du ihren Namen beschmutzt hast, und sind die furchtbaren Qualen, die dich erwarten, nichts, fühlst du nicht das rächende Schwert, fühlst du nicht, wie dein schöner Kopf unter ungeheueren Schmerzen von deinem unreinen Körper losgelöst wird? Sie werden furchtbar sein, diese Schmerzen und du wirst sie noch lange empfinden, wenn schon dein Kopf vom Rumpf getrennt ist und sollte dies selbst nicht der Fall sein, so würde die Natur ein Wunder tun, um deine Leiden selbst länger als eine Ewigkeit dauern zu lassen!« Bei diesen Worten verfiel die Borghese in eine solche Raserei, daß sie ohnmächtig wurde. — »Oh«, rief ich aus, »was sind diese Italienerinnen für Frauen! Erst in diesem Lande konnte ich die Ungeheuer finden, die mir gleichen!«

»Teufel«, rief Olympia aus, als sie wieder zu sich kam, und rieb ihre Wunden mit Weingeist ab. »Welchen Genuß hatte ich! Jetzt aber, da ich ruhig bin, wollen wir ein wenig über meine Tat plaudern. Glaubst du, daß es wirklich ein Verbrechen ist, seinen Vater zu töten?« — »Ich bin weit davon entfernt, deine Frage zu bejahen«, antwortete ich und führte dann alles das an, was Noirceuil gesagt hatte, als Saint-Fond sich seines Vaters entledigen wollte.

Es gelang mir, alle ihre Befürchtungen zu zerstreuen, und ich suchte selbst das Gift aus, das ihr Vater verschlucken sollte. Mit viel mehr Mut, als die Brinvilliers bewiesen hatte, entledigte sich Olympia Borghese ihrer Aufgabe.

Nachdem der Streich geschehen war, kam sie zu mir. »Hast du dich gekitzelt?« fragte ich sie. — »Zweifelst du daran?« sagte die Verbrecherin. »Ich wurde an seinem eigenen Bett schwach. Oh, Juliette, verlängere meinen Genuß, laß mich entladen, Juliette, man muß die Gewissensbisse in wollüstigen Ergüssen ertränken!« — »Gewissensbisse? Ist es möglich?« — »Nein, nein, aber trotzdem kitzle mich, ich muß mich betäuben!« Ich hatte sie noch niemals so lebhaft gesehen. Ah, meine Freunde, wie wird eine Frau durch das Verbrechen verschönt!

Am selben Tage noch, an dem die Schelmin ihre Sinne durch das größte aller Verbrechen erregt hatte, schlug sie mir vor, mit ihr nach einem Landhäuschen in die Nähe von Cours zu kommen, wo sie etwas Außerordentliches begehen wollte. Eine alte Frau empfing uns dort. »Werden viele Leute heute abends hier sein?« fragte Olympia. — »Sehr viel, Prinzessin«, erwiderte die Mama, »Sie wissen, daß es Sonntag nie daran mangelt.« — »Dann richten wir uns also her.«

Man führte uns in ein ziemlich hübsches Zimmer, in dem einige sehr niedere Sofas standen, und von dem wir in ein anderes Gemach sehen konnten, in dem sich drei oder vier Huren befanden. »Was bedeutet dies«, fragte ich die Borghese, »welches seltsame Vergnügen willst du mir bereiten?« — »Prüfe aufmerksam«, sprach Olympia zu mir, »was sich neben uns abspielen wird. In dem Zeitraum von sieben oder acht Stunden, die wir hier verbringen werden, werden ganze Kohorten von Mönchen, Priestern und jungen Leuten herkommen und durch die Hände dieser Mädchen gehen. Die Zahl der Leute, die kommen, wird dadurch ungeheuer, daß ich alle Kosten trage und sie somit sich umsonst unterhalten. Sobald sich den Huren ein Glied darbietet, werden sie es uns zeigen, und wenn es nicht gefällt, werden wir schweigen; gefällt es uns, so werden wir sie durch ein Glockenzeichen benachrichtigen, dann wird der Besitzer des Gliedes sofort zu uns kommen, uns, so gut es ihm möglich ist, zu ergötzen.« — »Das ist entzückend«, erwiderte ich, »diese Erfindung ist für mich ganz neu und ich hoffe, mich sehr gut zu unterhalten. Abgesehen von dem Vergnügen, das du mir versprichst, werden wir uns noch an den Leuten unterhalten, die wir zurückgewiesen haben.« — »Sicherlich«, erwiderte die Borghese, »und wir wollen beim Anblick der Frauenzimmer, wie sie sich mit den mangelhaften Gliedern beschäftigen, selbst entladen.«

Olympia war kaum zu Ende, als ein großer Seminarist erschien. Es war ein sehr schöner, zwanzigjähriger junger Mann, der in die Hand der Mädchen ein 7 Zoll im Umfang und 12 Zoll lang messendes Glied legte. Sie können sich leicht vorstellen, daß wir uns hüteten, ein so herrliches Juwel zurückzuweisen. »Geh in das Zimmer«, sprach die Hure, als sie unsere Klingel hörte, »du wirst dort besser bedient werden.« Der große Kerl langte vollkommen steif an. Olympia nahm ihn in die Faust und steckte ihn mir in die Scheide hinein. »Vögle, vögle«, sprach sie zu mir, »und ich werde nicht lange unbesetzt bleiben!« Und tatsächlich wurde Olympia, kaum daß mein Jüngling fertig war, ebenso bestiegen wie ich selbst.

Auf den Seminaristen folgten zwei Sbirri.*

Auf die Sbirri folgten zwei Augustinermönche und auf diese zwei Kapuziner. Kutscher, Lastträger und Lakaien reihten sich in Haufen an. Schließlich kam eine solche Menge zusammen, daß ich um Gnade bitten mußte. Ich hielt, glaube ich, beim hundertneunzigsten, als ich meine Genossin bat, dieser Sündflut von Samen Einhalt zu tun, von der ich von beiden Seiten begossen wurde. Denn ich hoffe, Sie werden mir Gerechtigkeit widerfahren lassen und glauben, daß ich bei der Festfeier meiner Scheide auch nicht meinen Hintern vernachlässigte. »Oh Teufel«, rief ich aus und erhob mich mühsam, »spielst du dieses Spiel öfter?« —

* So nennt man in Rom die Leute, die der Sicherheit dienen und die Diebe verhaften.

»Sieben- oder achtmal monatlich«, erwiderte Olympia; »ich bin schon daran gewöhnt, und es ermüdet mich nicht mehr.« — »Da wünsche ich dir Glück, denn ich fühle mich wie gebrochen; ich entlade zu rasch hintereinander und das tötet mich.« — »Gehen wir jetzt baden und speisen«, sagte Olympia, »morgen wirst du es schon überstanden haben.«

Die Prinzessin nahm mich zu sich mit und nachdem wir zwei Stunden lang gebadet hatten, setzten wir uns zu Tisch. »Hast du dir ihn auch in den Hintern stecken lassen?« fragte Olympia. — »Gewiß«, erwiderte ich, »wie, zum Teufel, glaubst du, daß ich eine derartige Menge von Angriffen nach demselben Ort hätte richten lassen können?« — »Was mich anlangt«, erwiderte die Borghese, »ich habe mich nur in die Scheide vögeln lassen. Ich glaubte nicht, daß du so bald aufhören würdest. Ich bleibe immer vierundzwanzig Stunden in diesem Hause und biete meinen Hintern erst an, wenn meine Scheide zerrissen ist. Ja, zerrissen, denn ich will mit Blut bedeckt sein!« — »Du bist himmlisch, mein Engel«, antwortete ich, »ich habe niemals eine Frau gesehen, die ausschweifender gewesen wäre als du.«

»Höre«, sprach die Borghese lebhaft, »ich habe einen einzigartigen Plan; ich möchte am selben Tag, zur selben Stunde alle Spitäler, alle Unterkunftshäuser, alle Armenhäuser und alle Freischulen in Brand stecken, und was bei diesem Plan noch mehr zu meiner Glückseligkeit beiträgt, ist, daß auch meine Geldgier dabei befriedigt wird. Jemand hat mir 100.000 Taler angeboten, wenn ich meinen Plan ausführe.« — »Und du zögerst?« fragte ich Olympia; »ein Überrest von Vorurteil.« — »Weißt du, daß diese Greueltat dreimalhunderttausend Menschen das Leben kosten wird?« — »Ah, was liegt daran, deine Sinne werden sich an ihren Qualen ergötzen und alles andere kümmert dich nicht. Wann wirst du dich endlich überzeugen, daß alles, was hier auf Erden vorgeht, nur zu unserem Vergnügen da ist, und daß wir der Natur nur durch Anhäufung von Verbrechen dienen können. Sei nicht schwach, Geliebte. Da du aber nun einmal dein Herz mir eröffnet hast, beschwöre ich dich, nicht Einhalt zu tun, sondern mir auch noch von den übrigen Verbrechen Mitteilung zu machen, die du sicherlich begangen hast.«

»Nein«, antwortete die Borghese, »ich habe mich eines furchtbaren Kindermordes schuldig gemacht. Ich kam mit zwölf Jahren mit einem wunderschönen Mädchen nieder: kaum war es zehn Jahre alt geworden, als ich mich in sie vernarrte. Ihre Unschuld und meine Macht über sie gaben mir bald die Mittel, mich zu befriedigen. Wir kitzelten uns gegenseitig, allein schon nach zwei Jahren hatte ich sie satt. Das war ihr Todesurteil, denn ich wurde nur mehr durch den Gedanken, sie bald hinopfern zu können, geil. Mein Gatte war mir eben zum Opfer gefallen und so hatte ich niemandem mehr Rechenschaft über meine Tochter abzugeben. Ich ließ in Rom die Nachricht von ihrem Tode verbreiten und sperrte sie sorgfältig in den Turm eines am Meere liegenden Schlosses, das mir gehörte, ein. Dort hielt ich sie sechs Monate gefangen, ohne sie zu besuchen. Es ergötzt mich, jemanden der Freiheit zu berauben, denn ich weiß, daß mein Opfer leiden muß und ich wäre sehr glücklich, wenn durch mich viele Wesen in diesem Zustande festgehalten würden.*

Schließlich suchte ich meine Tochter wieder auf, und mit welchen Absichten dies geschah, kannst du dir wohl denken. Ich ließ mich nur von zweien meiner Frauen und einer jungen Freundin meiner Tochter begleiten. Nach einem vorzüglichen Abendessen drang ich allein in den Turm ein und verbrachte vorerst zwei Stunden in jenem Zustand des Rausches, den man einem Wesen gegenüber empfindet, das niemals mehr das Licht des Tages erblicken soll. Ich kann dir schwer erzählen, was ich alles tat und sagte, ich war außer mir; denn es war das erste Wesen, dem ich meine verbrecherische Absicht offen eingestand. Ich hatte bisher nur die List verwendet und daher niemals noch eine solche Wollust empfunden. Ich wollte mich schon wie ein Tiger auf das

* Nur durch diese Neigung kann man den Gebrauch erklären, der in Asien besteht, die Frauen einzusperren, denn Eifersucht kann in dem Herzen eines Mannes, der zwei- oder dreihundert Frauen besitzt, nicht herrschen.

Opfer meiner Begierde stürzen, als mir ein furchtbarer Gedanke in den Sinn kam. Ich beschloß, jene Freundin meiner Tochter, die sie anbetete, und die mir auch zur Befriedigung gedient hatte, früher hinzuopfern. Durch dieses Mittel würde ich dann, sagte ich zu mir, die Wirkungen beobachten können, die die Hinopferung ihrer Freundin in ihr hervorriefen. »Folgen Sie mir«, sprach ich zu meiner Tochter, »ich werde Ihnen Ihre Freundin zeigen.« — »Oh, Mama, wohin führen Sie mich, und was kann Marcella an diesem Ort machen?« — »Sie werden es schon sehen, Agnes!«

Eine Tür öffnete sich, die in einen ganz schwarz ausgeschlagenen Kerker führte. Der Kopf Marcellas hing an der Decke, während ihr nackter Körper derart unter ihrem Kopfe aufgestellt war, daß zwischen beiden nur ein Abstand von 6 Zoll war. Einer ihrer Arme war abgeschnitten und diente ihr als Gürtel, während in ihrer Herzgegend 3 Dolche steckten. Agnes erschien zwar ungeheuer bestürzt, allein sie fiel nicht in Ohnmacht, ja, ich sah sie nicht einmal Farbe wechseln, sie blickte das furchtbare Bild einen Augenblick an und dann richtete sie ihre schönen Augen auf mich. »Oh, Madame«, fragte sie mich, »haben Sie das getan?« — »Ich selbst.« — »Welches Unrecht hat denn die Unglückliche begangen?« — »Keines. Man braucht doch keinen Vorwand, um ein Verbrechen zu begehen; oder glaubst du vielleicht, ich benötige einen, um dich auf der Stelle abzuschlachten?« Bei diesen Worten fiel Agnes in Ohnmacht, und ich blieb allein mit den beiden Opfern, mit denen ich tun konnte, was ich wollte. Ich stürzte mich auf Agnes, die nackt, wehrlos und ohnmächtig dalag. Mein ganzes Wesen atmete nur mehr das Gefühl der Wut. Oh, Juliette, ich befriedigte mich wundervoll und nach drei Stunden der furchtbarsten Qual gab ich den Elementen die Masse zurück, die von mir nur das Leben erhalten hatte, um der Spielball meiner bösen Launen zu sein.«

»Das war eine herrliche Tat«, sagte ich, »und deine Wollust hat sich sicher oft dabei ergossen.« — »Nein«, erwiderte Olympia, »ich habe dir doch gesagt, daß ich noch niemals mit dem Verbrechen die Wollust verband. Ein dichter Schleier lag noch vor meinen Augen, den erst deine Hand herabgerissen hat. Ich handelte wie eine Maschine, und ich möchte dasselbe Verbrechen heute nochmals begehen, denn nun würde ich zweifellos alles geistvoller anfassen.«

Bei diesen Worten fielen wir uns in die Arme, ohne jedoch in uns selbst Befriedigung finden zu können. Olympia ließ daher ihre Frauen kommen und ein junges, fünfzehnjähriges Opfer wurde auf dem Altare des Gottes Wollust geopfert. Ich bat die Borghese, mir an ihr zu zeigen, wie sie es bei ihrer Tochter angestellt habe und wurde der Zeuge furchtbarer Greueltaten. Wir trennten uns schließlich, jedoch nur mit dem Gedanken, bald wieder zusammen zu kommen, um neue Scheußlichkeiten zu begehen.

Trotz allem vergaß ich nicht die reinen Freuden, die ich mir von Honorine noch versprach. Als ich sie einige Tage nachher aufsuchte, empfing sie mich herzlicher als je. Wir umarmten uns zärtlich und das Gespräch bewegte sich bald in den Bahnen des Vorhergegangenen. Selten sprechen Frauen über derartige Dinge, ohne auch gleich ihre Worte in die Tat umzusetzen. Es war furchtbar heiß und wir waren in dem entzückenden Boudoir Honorinens allein. Hätten wir nicht dem Gott Opfer bringen sollen, der uns seine Altäre von selbst darbot? Bald hatte ich den kleinen Rest von Scham besiegt, der noch in Honorine herrschte, und da ich eine Ergänzung meines Geschlechtes mitgebracht hatte, spielten wir die verschiedensten Rollen. Bald war ich die Geliebte, bald der Gatte, bald das Freudenmädchen und bald der Lustknabe. Honorinen jedoch waren alle diese Dinge neu, und statt andere Dinge zu erfinden, gab sie sich bloß zu allem her, was ich von ihr verlangte. Ich genoß also nicht halb das Vergnügen, das ich mit der Borghese durchmachte. Wenn sie noch ganz unerfahren gewesen wäre, so hätte mich der Gedanke, sie zu verderben, sicherlich erregt, jedoch Honorine hatte trotz ihrer Unschuld schon Abenteuer erlebt, und in einem jener Augenblicke des Rausches, wo man kein Geheimnis vor der Geliebten kennt, erzählte mir die Herzogin folgende Geschichte:

»Im ersten Jahre meiner Ehe (ich war damals sechzehn Jahre alt) war ich mit der doppelt so alten Marquise Salbiati sehr eng befreundet. Die Salbiati war ausschweifend, gottlos und launenhaft und liebte alles, was man überhaupt lieben kann, aber ihre Lieblingsleidenschaft bestand darin, sich an jung Verheiratete heranzumachen, um sie zu allen möglichen Ausschreitungen zu veranlassen. Auch ich entging ihr nicht. Ihr keusches Wesen, ihre Heuchelei, sowie ihre Freundschaft mit meiner Mutter brachten es zustande, daß ich mich zu ihr hingezogen fühlte, und wir kitzelten uns gegenseitig bereits am achten Tage. Die Szene spielte sich in der Nähe von Tivoli auf dem Landgut des Kardinals Orsini ab. Auch unsre Gatten waren da, der meine störte mich wenig, denn der alte Grillo schien mich nur meines Vermögens wegen geheiratet zu haben. Allein der Marquise ließ ihr kein freies Spiel. Er verlangte von ihr ebenso langweilige wie seltsame Dinge; um uns dafür zu entschädigen, trieben wir uns den Tag über in dem einsamen Wäldchen des Landgutes herum, und während dieser entzückenden Spaziergänge bearbeitete die Marquise gleichzeitig meine Seele und meinen Körper. »Man bedarf nicht eines Geliebten, um das Leben angenehm zu verbringen«, sprach sie zu mir, »mit der Zeit wird ein jeder schwatzhaft oder gemein. Die Gewohnheit, geliebt zu werden, treibt uns aber einem anderen in die Arme und für zwölf schlecht verbrachte Nächte müssen wir uns das ganze Leben lang einen schlechten Ruf gefallen lassen. Nicht daß der Ruf etwas so wertvolles wäre, aber es gibt Mittel, bei denen er erhalten bleibt, und bei denen man trotzdem das doppelte Vergnügen genießt. Nun mein Engel, in drei Tagen werden wir zur Stadt zurückkehren und dort werde ich dir jene Mittel angeben, ausschweifend zu sein und doch nicht entdeckt zu werden. Am zweiten Tage nach unserer Rückkehr nach Rom sprach die Salbiati weiter zu mir: »Ich schlage dir folgendes vor: Wir sind bis jetzt vier Personen, Du kannst die fünfte werden, wenn du willst.« Eine alte Frau, die von uns gemietet ist, empfängt uns in einem abgelegenen Hause, in dem wir alles finden, was wir zur Befriedigung unserer Wollust benötigen. Sowohl Männer wie Weiber stehen uns dort bei größter Verschwiegenheit zur Verfügung.« — »Soll ich es dir gestehen, Juliette«, fuhr Madame de Grillo fort, »daß mich die Anerbietungen dieser Verführerin reizten!« — »Du weißt, daß mich mein Mann selten sieht«, sprach ich zu ihr, »und so ist es nur ganz gerecht, wenn ich seine Ehre beflecke.« Die Marquise war es zufrieden und wir brachen auf. Als ich sah, daß wir über den Tiber in die entferntesten Viertel Roms kamen, erschrak ich einige Augenblicke lang, jedoch ich verbarg meine Furcht und wir setzten den Weg fort. Das Haus, in das wir kamen, war geräumig, sah gut aus, jedoch herrschte solche Dunkelheit in allen Teilen, auch lag es so abgelegen, daß es zur Bewahrung eines Geheimnisses vollkommen geeignet schien. Wir durchschritten einige Gemächer, ohne daß sich unseren Augen etwas gezeigt hätte, bis wir endlich in einem Vorraum auf eine alte Frau stießen. Nunmehr geriet ich über den Wechsel im Auftreten der Marquise in Erstaunen. Jener Anschein von Tugend und Sanftmut, der mich entzückt hatte, verwandelte sich bald in ein Benehmen, über das die letzte Dirne errötet wäre. »Sind unsere Huren hier?« fragte sie. — »Ja, Madame«, erwiderte die Alte. »Vier entzückende Geschöpfe erwarten bereits die junge Dame, die sie mitbringen wollten.« — »Und was hast du für mich vorbereitet?« — »Zwei junge Männer aus der Schweizergarde, die Ihnen alles bieten werden, was sie nur verlangen.« — »Diese Hure hier«, sprach die Marquise und zeigte auf mich, »würde weit besser tun, meine Vergnügungen zu teilen, als sich an zittrigem Fleisch zu vergnügen. Im übrigen soll hier jeder tun, was er will. Und sind unsere Schwestern angekommen?« fragte die Salbiati weiter. »Nur eine einzige, Elmire«, antwortete die Alte. Ich bemerkte jetzt, daß diese Damen sich gegenseitig Spitznamen beilegten, um den Schleier des Geheimnisses nicht lüften zu müssen, und ich nannte mich sofort Rose. »Was macht Elmire?« fragte die Salbiati. — »Sie ist mit den vier Mädchen beisammen, die ich für Madame bestimmt hatte«, antwortete die Alte. Nun richtete ich errötend meine Augen auf die Marquise.

»Närrin«, sprach sie zu mir, »wir wollen uns doch nicht schämen. — »Aber ich kenne doch nicht jene Frau«, sagte ich. »Nun, dann werden Sie sich eben von ihr kitzeln lassen und sich dabei kennen lernen; das ist die beste Art sich vorzustellen. Jetzt aber mußt du dich entscheiden«, fuhr sie fort und zeigte auf den Saal zur Linken. »Du siehst, daß hier Männer drin sind, und hier (sie wies nach rechts) gibt es Frauen; entscheide dich rasch!« Ich befand mich in einer furchtbaren Lage; einerseits brannte ich darauf, die Männer zu sehen, hatte aber Angst vor den Folgen dieser Zusammenkunft, andererseits befürchtete ich, eine neue Bekanntschaft zu machen. Wer war jene Frau? Würde sie verschwiegen sein? Diese Gedanken jagten durch meinen Kopf und so blieb ich zwei oder drei Minuten lang festgebannt stehen. »Entscheide dich doch, kleine Hure«, sprach die Salbiati und gab mir einen Stoß, »die Augenblicke hier sind teuer und ich verliere sie nicht gerne.« — »Nun«, sprach ich, »so will ich bei den Frauen eintreten.« Alsbald kratzte die Alte an der Tür. »Einen Augenblick«, hörte man von innen rufen und nach einigen Minuten öffnete ein junges Mädchen. Die Freundin der Marquise war eine vierzigjährige Frau, die sich noch gut erhalten hatte. Sie lag nackt auf einer Ottomane mit ausgespreizten Schenkeln. Ihre Augen irrten umher, ihre Haare waren verwirrt und ihr Mund schäumte. Zwei oder drei Worte, die sie bei unserem Eintritt lallte, bewiesen mir, daß sie betrunken war; der Boden in ihrer Nähe überzeugte mich vollends davon. »Mir ist es gerade gekommen«, sprach sie zur Marquise. »als sie anklopften, deshalb habe ich Sie warten lassen. Wer ist die kleine Hure hier?« — »Eine unserer Schwestern«, erwiderte die Salbiati, »sie will sich auch wichsen lassen.« — »Hier hat sie Finger, Godmichés und Scheiden genug«, erwiderte die alte Sappho, ohne sich zu rühren. »Vorerst aber will ich sie küssen, denn sie ist verteufelt hübsch.« Bevor ich noch zu mir gekommen war, waren meine Röcke in der Höhe und ich wurde geküßt und abgeleckt. »Ich lasse dich allein«, sprach die Marquise zu ihrer Freundin, »man erwartet mich auf der anderen Seite, ich bitte dich, nimm dich unserer neuen

Freundin an.« Kaum hatten sich die Türen hinter ihr geschlossen, als die vier Mädchen über mich herfielen und mich sofort entkleideten. Ich kann dir nicht erzählen, was nun alles geschah, denn mein Schamgefühl würde darunter zu sehr leiden! Die alte Dame befriedigte sich an mir und befriedigte sich vor meinen Augen. Und auch ich gab mich allem hin, was mir durch den Kopf ging. Durch die schmutzigsten und seltsamsten Stellungen versuchte die Vettel meinen Geist und mein Herz zu verderben. Schließlich brach der Tag an und die Marquise holte mich ab. Wir eilten rasch in unsere Wohnung zurück, so daß unsere Gatten von unseren Ausflug nichts bemerkten. Ermutigt durch diesen ersten Erfolg, ließ ich mich nochmals in das abscheuliche Haus hinführen. Die Marquise brachte es zuwege, daß ich mich das zweitemal auch mit den Männern befaßte, und die Ausschweifungen, die wir diesmal begingen, waren noch ungeheuerlicher. Schließlich ergriffen Gewissensbisse Besitz von meiner Seele und die Tugend bemächtigte sich wieder meiner. Ich legte mir das Gelübde ab, keusch zu bleiben und wäre es heute noch, wenn nicht deine göttlichen Reize mich veranlaßt hätten, mir selbst untreu zu werden.«

»Entzückende Frau«, sprach ich zur Herzogin, »das Gelübde, tugendhaft zu sein, war eine Verirrung, für die dich die Natur bestraft. Nicht um keusch zu sein, hat sie uns geschaffen, sondern um zu vögeln. Wenn dieses entzückende Haus noch besteht, dann rate ich dir, schleunigst wieder hinzugehen. Ich bin niemals eifersüchtig auf meine Freundinnen, nur müssen sie mich an ihren Vergnügungen teilnehmen lassen.« — »Dieses Haus besteht nicht mehr«, sprach Honorine, »aber es gibt noch andere Mittel, sich Freuden zu schaffen.« — »Und warum benützt du sie nicht?« — »Mein Mann hindert mich daran. Er ist so sehr eifersüchtig, ja, ich glaube sogar, daß er unsere Freundschaft schon beargwöhnt.« — »Eines solchen Mannes muß man sich entledigen.« — »Himmel, ich schaudere!« — »Nichts ist einfacher als das. Das oberste Naturgesetz ist, uns desjenigen zu entledigen, der uns mißfällt.« — »Wie, sittliche und politische Morde sind erlaubt, und Morde aus persönlichen Gründen sollten verboten sein? Welche Ungerechtigkeit.« — »Du mußt dich über diese rohen Vorurteile stellen, Honorine. Derjenige, der mich in meinem Glück stört, muß skrupellos abgeschlachtet werden, oder fehlt es dir vielleicht an Gelegenheiten? Ich biete dir welche an.« — »O Gott, wie entsetzlich«, erwiderte die Herzogin, »ich liebe Herrn de Grillo nicht, aber ich achte ihn, seine Eifersucht hindert mich daran, in Fallen zu stürzen, die mir die Wollust aufstellt.« — »Welche Sophismen und welche Schwachherzigkeit«, sprach ich lebhaft, »brich deine Ketten, Honorine, tritt sie mit Füßen wie sie es verdienen. Eine schöne Frau darf in der Welt keinen anderen Gott neben dem Vergnügen haben. Du mußt dir zuerst ein Kind machen lassen, von wem immer, um dir das Vermögen deines Gatten zuzusichern. Nachher werden wir diesem Kauz ein Tränkchen bereiten, um uns den wildesten Ausschweifungen hingeben zu können, denn diese allein sind wonnevoll.«

Meinen Lehren gelang es nicht, in die enge Seele dieser keuschen Schönen zu dringen. Sie war vielleicht die einzige Frau auf dieser Welt, die ich nicht verderben konnte, und ich beschloß also, sie dem Untergang zu weihen.

Damit meine Geschosse sicherer träfen, teilte ich meinen Plan der Borghese mit. »Ich glaubte, du seiest in die Herzogin verliebt?« fragte mich Olympia. — »Ich verliebt? Großer Gott, dieses kindische Gefühl war meinem Herzen immer fremd. Ich wollte diese Frau zum Verbrechen leiten, sie ist blöde, stößt mich zurück, und daher denke ich nur mehr an ihr Verderben.« — »Nichts einfacher als dies.« — »Ja, aber ich will, daß der Mann mit ihr zusammen stirbt. Ich wollte die Hand seiner Frau mit dem Dolch bewaffnen, der ihn töten sollte, und will dieses Opfer nun nicht verlieren.« — »Verbrecherin, deine Idee gefällt mir«, sprach die Borghese, »bringe die beiden zu mir auf mein Landgut und du wirst sehen, was wir dann tun werden.«

Das Abenteuer gelang, und zwar auf folgende Weise: Wir hatten einen jungen Mann aus der Bekanntschaft der Borghese mit uns genommen. Der zwanzigjährige Dolni war ebenso schön wie geistvoll und vögelte uns abwechselnd. Er wußte schon am ersten Tage unserer Ankunft die Liebe Honorinens und die Eifersucht ihres Gatten zu erwecken. Grillo wandte sich an mich, um mir seine Befürchtungen mitzuteilen, die ich, wie Sie sich denken können, zu vermehren trachtete. »Mein lieber Herzog«, sprach ich zu dem Dummkopf, »ich wundere mich, daß Sie erst heute die Ausschweifungen bemerken, denen sich Ihre Frau hingibt. Ich hätte Sie schon früher aufklären können, allein, es ist so grausam, derartige Illusionen zu zerstören. Dolni ist nur wegen der Herzogin hier, und ich wußte schon von dieser unglückseligen Neigung am ersten Tage, als ich in Rom anlangte. Im übrigen können Sie sich sehr leicht überzeugen. Gewöhnlich, wenn Sie des Morgens spazieren gehen, entehrt Dolni Ihr Ehebett; überraschen Sie sie morgen und rächen Sie sich für die Schande, die man Ihnen zufügt.« — »Wollen Sie mir dabei helfen, Madame?« — »Gerne, nur müssen Sie sich vor der Borghese in Acht nehmen. Sie ist mit Ihrer Frau eng befreundet und begünstigt, wie ich glaube, ihre Leidenschaft.« — »Nun, dann will ich ihr kein Wort sagen und morgen das Weitere abwarten.«

Ich eilte zur Herzogin und, indem ich sie ermunterte, alle Vergnügungen der Liebe mit dem jungen Manne zu genießen, vertraute ich ihr an, daß der Herzog vorhabe, am nächsten Tag auf die Jagd zu gehen. »Trefft Euch frühzeitig«, sprach ich zu ihr, »ich will als dritte Euren Vergnügungen beiwohnen.« Die Herzogin lachte über meinen Einfall und gab mir ihre Zusage. Als ich die beiden Liebenden im geeigneten Augenblick wähnte, führte ich den Herzog in das Kabinett. »Sind Sie nun überzeugt?« fragte ich ihn, indem ich auf die in den Armen des jungen Mannes ruhende Gattin hinwies. Grillo geriet in Raserei und stürzte sich mit einem Dolch auf seine untreue Gattin. Ich lenkte seinen Arm, so daß er sie richtig in der Hüftengegend traf. Nun wandte sich die Wut des Betrogenen gegen den Geliebten. Dieser flüchtet, Grillo eilt ihm nach. Beide laufen über einen langen Korridor und fallen in einen Keller, in dessen Mitte eine furchtbare Maschine stand, deren 1.000 scharfe Klingen jeden zu zerreißen drohten. »Großer Gott, was habe ich getan!« rief der Herzog aus, indem er in die Maschine fiel, »welch eine Falle! O, teure Gattin, man hat dich betrogen, du warst unschuldig verführt!« Kaum hatte der Herzog diese letzten Worte ausgesprochen, als die nackte und verwundete Honorine, von der Borghese herbeigeschleppt, kam.

»Hier ist sie«, sprach ich. »Zweifellos war sie unschuldig und dich allein haben wir umbringen wollen. Eile ihr jetzt zur Hilfe, wenn du es kannst.« Grillo stürzte sich gegen seine Frau, allein durch seine Bewegung wurden alle Federn in Tätigkeit gesetzt, alle Klingen traten in Aktion und in weniger als zehn Minuten waren die beiden Gatten derart zerhackt, daß wir nur mehr Knochen und Blut sehen konnten. Ich kann Ihnen schwer das Entzücken beschreiben, in das wir durch diesen Anblick versetzt wurden. Wir entluden mindestens zehnmal nacheinander, und ich muß gestehen, daß dieses Abenteuer eines der wollüstigsten meines Lebens war.

»Komme morgen zu mir«, sprach Olympia, als wir wieder in Rom angelangt waren, »ich werde dich mit dem Manne bekannt machen, der mir 100.000 Taler gibt, wenn ich alle Spitäler und Armenhäuser in Brand stecke. Derjenige, der die Tat ausführen will, wird gleichfalls anwesend sein.« — »Wie«, sprach ich, »du denkst noch immer an diese Greueltat?« — »Gewiß, Juliette. Deine Verbrechen beschränken sich auf kleine Haushalte, ich jedoch will sie auf mindestens eine halbe Stadt ausdehnen und dann wie ehemals Nero mit einer Harfe auf dem Balkon meines Hauses stehen und die Flammen beobachten, die meine Vaterstadt verwüsten.« — »Du bist ein Ungeheuer, Olympia!« — »Weniger als du, denn die furchtbare Szene mit Grillo entstammt deinem Kopfe, ich hätte sie niemals erfunden.«

Ich traf rechtzeitig zu dem Rendezvous ein. »Der eine von den beiden Herren, die du hier siehst«, sprach Olympia, und wies auf den älteren Herrn ihrer Freunde hin, »ist Monseigneur Ghigi. Er ist mit mehreren sehr hohen Geistlichen verwandt und steht an der Spitze der Stadtpolizei Roms. Er zahlt mir für die Brandstiftung die 100.000 Taler. Der andere ist der Graf Bracciani, der in seiner Eigenschaft als einer der berühmtesten Physiker Europas die Ausführung meines Planes übernehmen will.« Dann näherte sie sich meinem Ohr: »Beide sind meine Freunde, ich beschwöre dich, leiste ihnen keinen Widerstand, wenn sie von dir etwas verlangen.« — »Bin ich nicht ganz dein Eigentum?« erwiderte ich. Und nachdem die Prinzessin strenge Befehle gegeben hatte, uns nicht zu stören, begann folgendes Gespräch. »Sie speisen heute«, sprach Olympia, »mit einer der berühmtesten Verbrecherinnen Frankreichs, fürchten Sie daher nicht meine Freunde, ihr das einzugestehen, was wir beabsichtigen.« — »In der Tat, Madame«, sprach der Polizeichef, »Sie bezeichnen hier eine Handlung als Verbrechen, die im Grunde genommen etwas sehr Einfaches ist. Ich sehe die Spitäler als für die Stadt sehr gefährliche Gebäude an, denn sie schwächen die Völkerschaft und beeinträchtigen den Mut der Bevölkerung. Der Pflegling ist für den Staat das, was der Parasit an dem Fruchtbaum ist, er trocknet ihn aus, nährt sich von seinem Safte, bringt ihm nichts ein. Was tut aber der Bauer, wenn er diesen Zweig sieht, er beschneidet ihn, ohne Gewissensbisse zu haben. Der Staatsmann möge ebenso handeln wie der Bauer. Eines der obersten Naturgesetze ist, daß alles Unnütze in der Welt zerstört werde. Ich will, daß man statt Unglücklichen Gaben zu schenken, sich im Gegenteile damit beschäftige, ihn zu vernichten, wie man es mit einem schädlichen Tier tun würde, das ist der Hauptgrund, der mich bestimmt hat, der Prinzessin Borghese 100.000 Taler für die Zerstörung dieser Häuser zu geben. Der zweite ist der, daß ich an Stelle der Spitäler ein geräumiges Gebäude erbauen will, daß ihnen im Aussehen gleichen, jedoch eine Herberge für Reisende sein soll. Für dieses Haus verlange ich die Ausgaben, die man den Spitälern zuwandte, ich verdiene mir damit eine Rente von 100.000 Talern und gebe meine erste Jahresrente der Madame de Borghese, die, wie sie sagt, in dem Graf Bracciani den geeigneten Mann zur Ausführung ihres Planes hat.*

»Wir haben 18 solche Häuser in der Stadt«, fuhr Ghigi fort, »und außerdem 9 Erziehungsanstalten, in denen achtzehntausendeinhundert junge arme Mädchen untergebracht sind. All dies muß gleichzeitig in Brand geraten, so daß dreißig- oder vierzigtausend Opfer zugunsten des Staates, zugunsten Olympias und zu meinen eigenen Gunsten fallen.« — »Es scheint mir«, sprach Bracciani, »daß ich, der die Ausführung übernimmt, am Schlechtesten dabei fährt, denn es ist euch bisher nicht eingefallen, mir auch nur eine Zechine zu bieten.« — »Ghigi meinte, ich solle teilen«, sprach Olympia, »aber er täuscht sich, ich bekomme selbst zu wenig, und ich will, daß der Graf mindestens dasselbe wie ich erhält.« — »Langsam, langsam«, sprach Ghigi, »wir wollen uns nicht schon am Anfang einer solchen bedeutenden Tat zerstreiten, sonst könnte sie noch schließlich ins Wasser fallen. Der Graf soll dieselbe Summe wie Madame de Borghese bekommen und auch dieses entzückende Geschöpf soll 100.000 Francs Trinkgeld bekommen«, fuhr Ghigi fort, und zeigte auf mich, »denn die Freundin Olympias ist würdig, als Komplize betrachtet zu werden.« — »Sie hat dazu alle Tugenden«, sprach die Prinzessin, »und ich versichere Ihnen, daß Sie mit ihr zufrieden sein werden. Ich nehme das Anerbieten an, daß Sie meinen beiden Freunden machten, und wir wollen uns jetzt nur noch mit einer glücklichen Ausführung beschäftigen.« — »Die nehme ich auf mich«, sprach Bracciani, »und zwar soll kein Opfer der tiefgründigen Politik Ghigis oder vielmehr seiner wollüstigen Bösartigkeit entkommen.«

»An wem werden jetzt die Ärzte ihre Versuche anstellen?« fragte ich die Gesellschaft. »Es ist richtig, daß dies einen Verlust für Sie bedeutet«, sprach Olympia, »bei dieser Gelegenheit muß ich euch erzählen, was mir der junge Iberti, mein Arzt, eines Tages sagte, als er gerade von einem jener Experimente kam.

* Der Plan wurde wirklich gefaßt, als ich in Rom war, und ich habe bloß die Namen der Urheber geändert.

»Welchen Nutzen hat der Staat von dem Dasein der elenden Geschöpfe, die gewöhnlich jene Häuser füllen«, sprach er, »die Gesellschaft würde schwer geschädigt werden, wenn man den Leuten der Wissenschaft nicht gestatten würde, sich an diesem Auswurf auszubilden.« — »Wenn jedoch«, fragte ich wieder, »ein reicher Mensch die Absicht faßt, von der Krankheit eines Menschen Nutzen zu ziehen und es ein Arzt vorschlägt, die letzten Augenblicke des Kranken zu beschleunigen, begeht dann der Arzt etwas böses, wenn er einwilligt?« — »Zweifellos nicht«, erwiderte mein junger Äskulap, »wenn er gut gezahlt wird. Wenn er die Folgen der Annahme und die einer Zurückweisung des Vorschlages vergleicht, so wird er finden, daß eine Zurückweisung ihm durchaus keinen Genuß bereiten wird, während er andererseits zumindestens den Nutzen für sich hat. Er wäre also ein Narr, wenn er zögern wollte. Er soll einwilligen, schweigen und sich gut zahlen lassen.« So sprach zu mir Iberti, der hübscheste geistvollste und liebenswürdigste Arzt Roms,* und sie können leicht begreifen, daß es ihm keine große Mühe kostete, mich zu überzeugen.

»Sind Sie auch des Gelingens sicher, Bracciani, fürchten Sie nicht, daß man durch Hilfeleistung unsere Absichten vereiteln könnte?« — »Ich fürchte nicht«, antwortete der Graf, »ich arbeite von der Höhe eines in der Mitte Roms gelegenen Berges. Die siebenunddreißig unsichtbaren Bomben, die ich auf die siebenunddreißig Hospitäler der Stadt richte, werden ihre Wirkung tun, ohne daß jemand sie bemerken kann.« — »Sie werden durch diese furchtbare Tat eine ganze Stadt anzünden?« fragte Olympia. »Gewiß«, antwortete der Physiker, »es wäre sehr leicht möglich, daß die Hälfte der Stadt dabei umkommt. Es gibt Hospitäler, die in sehr ärmlichen Vierteln Roms gelegen sind, und diese

* Laß dir diese Huldigung erfahren, entzückender Freund, den ich niemals vergessen werde. Du bist der einzige, dessen Namen ich in diesen Memoiren nicht verändern wollte. Die Rolle des Philosophen, die du darin spielst, paßt nur zu gut für dich, und du wirst mir verzeihen, daß ich das ganze Weltall mit dir bekannt gemacht habe.

Viertel werden unfehlbar zerstört werden.« — »Werden Sie durch diese Betrachtungen nicht abgehalten, ihren Plan auszuführen?« fragte Olympia. — »Keineswegs, Madame.«

»Diese Herren scheinen sehr fest zu sein«, sprach ich zu Madame de Borghese, »ich glaube, daß das Verbrechen, das sie beabsichtigten, in ihren Augen von wenig Bedeutung ist.« — »Unsere Tat ist kein Verbrechen«, sprach Ghigi, »alle unsere moralischen Irrtümer kommen von der Unsinnigkeit unserer Gedanken über Gut und Böse.« — »So kann man also ruhig jedes Verbrechen begehen, und es handelt sich nur darum, in seinem Denken die Tugend in Laster und die Laster der Menschen in Tugenden zu verwandeln?« fragte ich. — »Gewiß«, sagte Bracciani, »daran arbeite ich seit meinem fünfzehnten Jahr, und ich kann ruhig sagen, daß ich dabei immer mein Glück gefunden habe.«

»Sie müssen, mein Freund«, sprach Olympia zu Ghigi, »bei den Anschauungen, die Sie verraten, sehr heftige Leidenschaften besitzen. Sie sind vierzig Jahre alt, also in den Jahren, in denen Sie am mächtigsten jemanden beherrschen. Ja, Sie müssen Greuel begangen haben.« — »Bei der Stellung, die er einnimmt«, antwortete Bracciani, »kann es ihm an Gelegenheit, Böses zu tun, nicht fehlen.« — »Gewiß«, antwortete Ghigi, »und ich lasse mir auch keine solche Gelegenheit entgehen.« — »Sie begeben also Ungerechtigkeiten«, sagte Madame de Borghese, »Sie bedienen sich des Schwertes der Themis, um Unschuldige hinzuopfern?« — »Nach meinen Prinzipien glaube ich Gutes zu tun. Wenn ich finde, daß die Tugend für die Welt gefährlich ist, so begehe ich doch kein Unrecht, wenn ich diejenigen abschlachte, die sie ausüben; wenn ich andererseits glaube, daß das Laster nützlich ist, so begehe ich ebenfalls kein Unrecht, wenn ich seine Anhänger entschlüpfen lasse und was liegt mir daran, wenn ich als ungerecht bezeichnet werde, wenn nur meine Handlungsweise mit meinen Prinzipien übereinstimmt, denn ich habe nur mir gegenüber Rechenschaft über meine Taten abzulegen.« — »Das ist die wahre Philosophie«, sprach Bracciani, »meine Grundsätze sind weniger weit entwickelt als die Ghigis, allein sie sind vollkommen gleichlautend, und ich habe sie mindestens ebenso häufig in die Tat umgesetzt.« — »Gnädiger Herr«, sprach Olympia zu dem Polizeimeister von Rom, »Sie werden beschuldigt, die Todesstrafe durch Aufhängen viel zu oft angewendet zu haben. Sie verteilen diese Gunst, sagt man, an viele Unschuldige.« — »Ich will ihnen diese Tatsache aufklären«, sprach Bracciani, »denn diese Strafe bildet das Vergnügen dessen, der Zeuge davon ist. Er bekommt einen Ständer, wenn er zusieht und entladet, wenn das Opfer verendet.« — »Ich weiß nicht, Graf«, sagte Ghigi, »was Sie dazu verleitet, meine Handlungen zu preisen; wie mir scheint, habe ich Sie nicht beauftragt, meine Schwächen zu verraten.« — »Das Geständnis des Grafen bereitet uns das größte Vergnügen«, rief ich lebhaft aus, »er bereitet uns und Olympia dadurch einen außerordentlichen Genuß.« — »Der Genuß wäre erst vollkommen«, sagte Olympia, »wenn Ghigi vor uns eine solche Tat begehen würde.« — »Warum nicht«, antwortete der Wüstling, »haben Sie dazu ein geeignetes Objekt?« — »Welche Eigenschaften verlangen Sie?« — »Sie muß unglücklich sein, unschuldig und fromm«, antwortete Ghigi. — »Kann dies alles in einer Person vereint sein?« fragte Olympia. »Gewiß«, antwortete Ghigi, »meine Gefängnisse enthalten derartige Leute und in wenigstens einer Stunde wird jemand hier erscheinen, der unseren Wünschen entspricht.« — »Wer soll dies sein«, fragte Olympia. — »Eine junge, wunderschöne achtzehnjährige Frau, die im achten Monate schwanger ist.« — »Schwanger«, warf ich ein, »und in diesem Zustand wollen sie sie einer derartigen Folter unterwerfen.« — »Was liegt daran, höchstens wird sie dabei sterben, und ich würde wissen, daß dieses arme Geschöpf unschuldig ist. Ich halte sie schon seit zwei Monaten mit der Absicht gefangen, mich an ihr zu befriedigen. Ihre Mutter verdächtigte sie eines Diebstahls, den ich selbst ausführte, um mich des Mädchens bemächtigen zu können. Meine Falle war gut gestellt, und ich bin Herr über das Leben der armen Cornelie. Ein Wort von euch und ich werde sie an dem Seile baumeln lassen.« — »Das ist alles gut«, sagte ich, »aber wird ihre Mutter, die Sie am Leben lassen, Sie nicht verraten.« — »Man mußte sie überzeugen, daß sie an dem Diebstahl ihrer Tochter mitschuldig ist.« — »Sie hat außerdem noch Verwandte«, sprach der Graf. »Wenn es zwanzig sein sollten, so müßten alle zur persönlichen Sicherheit Ghigis hingeopfert werden.« — »Ihr seid unersättliche Leute«, sprach der Polizeimeister, »nur möchte ich nicht, daß ihr auf meine Rechnung setzt, was nur durch niedrige Wollust entsprungen. Cornelie hat einen Bruder und eine Mutter, und ich will alle drei vor unseren Augen umkommen lassen.« — »Das ist nur gerecht«, sagte Olympia, »wenn man sich schon eine derartige Niederträchtigkeit gestattet, so muß man sie in ihrem vollen Umfang ausführen. Teufel«, fuhr die Hure fort und faßte unter ihr Kleid, um sich zu kitzeln, »welch ein Vergnügen, mir kommt es schon jetzt.«

Ghigi ging sogleich hinaus, um die nötigen Befehle zu geben. Ein kleines, einsames und mit Zypressen umstandenes Gärtchen wurde als Schauplatz der Einrichtung gewählt. Ghigi und Olympia kannten sich schon, allein Bracciani hatte meine Freundin noch niemals berührt, und ich war beiden noch fremd. Die Prinzessin näherte sich mir also, kleidete mich aus und übergab mich bald nackt den Händen ihrer beiden Freunde. Die beiden stürzten sich auf mich, aber auf italienische Weise, nur mein Hintern war der Gegenstand ihrer Liebkosungen. Sie küßten ihn, leckten und bissen ihn, kaum konnten sie sich daran sättigen, dann näherte sich Bracciani Olympia, die ebenso wie ich nackt war, und ich blieb mit Ghigi allein. »Werden Sie nicht ungeduldig, entzückendes Geschöpf«, sprach dieser niederträchtige Wüstling zu mir und drückte sein Gesicht auf meine Arschbacken, »ich werde lange brauchen, ja vielleicht werde ich niemals zu meinem Recht gelangen, jedoch das Einzige, was eine Frau wünschen soll, ist meiner Ansicht nach, einem Manne Genuß zu bereiten. Madame«, fuhr er zu Olympia fort, die von Bracciani bearbeitet wurde, »ich möchte die grobe Arbeit nicht selbst verrichten, ich bitte Sie, lassen Sie einige junge Mädchen und Knaben kommen.« Olympia klingelte und alsbald erschienen zwei junge, fünfzehnjährige Mädchen. »Ah, gut«, sprach der Polizeimeister, »sagen

Sie ihnen, sie mögen rasch die Tätigkeit beginnen, mit der man nicht gerne selbst beschäftigt ist.« Ghigis Wunsch wurde sofort ausgeführt und die traurigen Überreste seiner Mannbarkeit glitten in die Hände der Jungfrauen, während meine Arschbacken fortfuhren, der Gegenstand seiner Liebkosungen zu sein. Bald drang seine Zunge ein und verblieb darin, ohne sich durch irgend etwas ablenken zu lassen. Bracciani war glücklicher und steckte schon im Arschloch Olympias drin.

Als Ghigi dieses Anblicks gewahr wurde, faßte auch er einen Entschluß. Er spreizte meine Backen auseinander und stürzte sich mit halbsteifem Gliede hinein. Der Verräter! Er entehrte meine Reize, denn er konnte sich nicht in der Stellung halten und wurde wieder hinausgeworfen. Ungerecht, wie immer, rächte er sich an dem jungen Mädchen, das ihn dabei peitschen mußte. »Wenn Sie stärker geschlagen hätten«, rief er aus, »wäre mir das nicht zugestoßen und bei diesen Worten gab er ihr eine Ohrfeige, daß sie zwei Schritte weit voranflog. »Sie sind zu gütig, gnädiger Herr«, schrie Olympia, »ich hätte dieses kleine Lumpenweib schon blutig geschlagen.« — »Sie haben Recht«, sprach Ghigi, und begann den Hintern des reizenden Kindes mit solcher Heftigkeit zu schlagen, daß schon beim fünfzigsten Streich das Blut davon herabrieselte. Nunmehr bemerkte ich, daß er sich auch meinen Arschbacken mit den Rutenbündeln näherte. »Schlage zu, Wüstling«, sprach ich zu ihm, »ich kenne deine Absichten und liebe sie.« Ghigi gab mir keine Antwort, schlug aber so heftig zu, daß sein schlappes Glied in die Lage gesetzt wurde, einen Angriff aushalten zu können; ich beeilte mich, mich richtig aufzustellen, er besteigt mich von hinten und wir genießen herrliche Freuden. »Sollen wir entladen«, fragte Bracciani, der noch immer an dem Hintern meiner Freundin arbeitete. »Nein, nein«, erwiderte Ghigi, »bedenke, daß wir noch etwas Großes vollbringen wollen, unser Samen gehört der Familie Corneliens.«

Der Entschluß wurde sofort ausgeführt und unsere zwei Wüstlinge verließen ihre Stuten, um die Freuden der Tafel zu genießen. Während des Mahles befahl Ghigi, der ziemlich stark betrunken war, daß sich ein junges Mädchen auf den Tisch lege und auf ihre Arschbacken 12 glühend heiße Omeletts aufzutragen. Der Befehl wurde ausgeführt und das arme verbrannte Kind stieß furchtbare Schreie aus. »Es wäre nett, wenn wir ihr dasselbe auf der Brust ausführen würden«, sprach Bracciani. »Gut«, entgegnete Ghigi, »aber unter der Bedingung, daß ich ihr währenddessen einen Klistier mit kochendem Wasser einspritzen kann.« — »Und ich will ihr eine Säure in die Scheide spritzen«, sagte Olympia, die man immer haben konnte, wenn es sich um eine Niederträchtigkeit handelte. »Was mich betrifft, so muß ich gestehen, daß ich gerne von ihrem Gesicht aus Omeletts essen würde«, sprach ich zu meiner Freundin, »und daß wir ihr mit den Gabeln, mit denen wir die Omeletts ergreifen, die Augen ausstechen.« Alle unsere Vorschläge wurden ausgeführt, und während wir weiter schmausten und uns betranken, hatten wir vor unseren Augen das göttliche Schauspiel des unter fürchterlichen Qualen und Zuckungen sterbenden Mädchens.

»Wie fanden Sie das Mahl?« fragte uns die Borghese beim Nachtisch. »Vorzüglich«, antworteten wir. »Nun denn, dann wollen wir noch dieses da austrinken«, fuhr sie fort und gab uns ein Getränk, das uns alles wieder von uns gehen machte, was wir gegessen hatten, so daß wir ebensolchen Hunger hatten wie vor Tisch. Es wurde also ein zweites Mahl aufgetragen, das wir ebenso vorzüglich fanden. »Trinken wir jetzt dieses Getränk«, sprach Olympia und alles wurde durch die unteren Wege entleert, so daß wir zum drittenmale Hunger bekamen. Nochmals wurden Speisen aufgetragen und nochmals aßen wir. »Diesmal wollen wir keinen gewöhnlichen Wein trinken, diesmal wollen wir erst Aleatico und dann Falerno, und das Opfer?« — »Teufel, es lebt noch«, sprach Ghigi. »Nehmen wir ein anderes«, sprach Olympia, »und dieses möge man lebend verscharren.« Neue Genüsse folgten, und obwohl wir alle 180 Gerichte gegessen hatten, merkte es doch keiner. Als unser zweites Opfer bei Beendigung der Mahlzeit noch lebte, überhäuften unsere ungeduldigen Wüstlinge es mit Schmähungen, auch gab es nichts, was sie nicht an dem unglücklichen Körper ausgeführt hätten und wobei ich ihnen nicht geholfen. Bracciani stellte mit ihr zwei oder drei physikalische Experimente an, deren letztes darin bestand, sie durch einen künstlichen Blitz zu töten. Sie starb gerade, als die Familie Corneliens in uns die Begierde nach neuen Greueln hervorrief.

Wenn nichts der Schönheit Corneliens glich, so konnte man auch unmöglich die majestätischen Züge ihrer Mutter übertroffen sehen. Der Bruder Corneliens, Leonhard, war kaum dreizehn Jahre alt und glich seiner Mutter. »Das ist der hübscheste Junge«, sagte Bracciani und ergriff ihn, »den ich seit langem geküßt habe.« Allein, die Familie war so traurig und niedergeschlagen, daß wir uns einen Augenblick lang in ihren Zustand hinein versetzen mußten und es war für uns ein hoher Genuß zu sehen, wie die unschuldige Tugend leiden mußte. »Deine Augen bewegen sich«, sprach Olympia zu mir. »Das ist selbstverständlich«, erwiderte ich, »man mußte eine sehr kalte Natur sein, um von solch einem Schauspiel nicht entsetzt zu sein.« — »Ich kann mir kein herrlicheres vorstellen«, antwortete die Borghese. »Ich hoffe, ihr seid eurer Verbrechen geständig, Gefangene«, sprach jetzt der Polizeichef im strengen Ton. »Wir haben niemals welche begangen«, sagte Cornelie. »Ich hielt einen Augenblick lang meine Tochter für schuldig, allein dein Betragen hat mich eines Besseren belehrt.« — »Sie werden sogleich noch mehr wissen«, antwortete Ghigi, und wir ließen sie in den kleinen zur Hinrichtung bestimmten Garten hinbringen. Hier stellte Ghigi ein förmliches Verhör an, währenddessen ich ihn kitzeln mußte. Sie können sich nicht vorstellen, welche Kunstfertigkeit er anwandte, um die drei Unglücklichen schuldig sprechen zu können. Das Urteil lautete also auf den Tod. Olympia ergriff die Mutter, ich die Tochter und der Graf mit dem Polizeichef stürzten auf den Knaben zu.

Vor dem Schlußakt ließen wir die Unglücklichen noch einige andere Folterqualen ausstehen. Olympia peitsche Cornelie auf den Bauch. Bracciani und Ghigi zerrissen die hübschen Arschbacken Leonhards, während ich kräftig den schönen Busen der Mutter zerrte. Endlich band man sie an die drei Seile, die ihnen den Tod geben sollten. Zwischendurch wurden ihnen die Glieder gebrochen. Während dieser Beschäftigung löste sich das Kind Corneliens los und fiel auf die Schenkel Ghigis, den ich an den Arschbacken Olympias kitzelte. Bei diesem Anblick entluden alle, bis schließlich die Unglücklichen ihr Leben aushauchten. So ergötzt sich das Laster an der Unschuld, wenn es den Reichtum, den Einfluß auf seiner Seite hat.

Auch der furchtbare Plan für den nächsten Tag wurde ausgeführt. Olympia und ich standen auf einer Terrasse und kitzelten uns beim Anblick der wachsenden Feuersbrunst. Die siebenunddreißig Hospitäler wurden vollständig verzehrt und mehr als zwanzigtausend Wesen kamen um. »Oh Teufel«, sprach ich zu Olympia und entlud bei dem entzückenden Schauspiel, »wie göttlich ist es, sich solchen Verirrungen hinzugeben.«

Die Feuersbrunst dauerte acht Tage lang, während welcher Zeit wir unsere Freunde nicht zu Gesicht bekamen, erst am neunten Tag kamen sie wieder. »Alles ist in Ordnung«, sprach der Polizeimeister, »der Papst ist vollkommen über das Unglück getröstet, ich habe das Privilegium erhalten, das ich verlangte und sowohl mein Nutzen wie eure Belohnung sind gesichert. Teure Olympia«, fuhr Ghigi fort, »was Ihre wohltätige Seele am meisten geschmerzt hätte, wäre der Brand von Erziehungsanstalten gewesen, wenn sie alle diese nackten, jungen Mädchen gesehen hätten, wie sie dem verfolgenden Feuer enteilen wollten und dann von den Schuften, die ich aufgestellt hatte, zurückgestoßen wurden, die nur die hübschesten entkommen ließen, um sie eines Tages meiner Wollust anzubieten. Olympia, Olympia, wenn Sie das gesehen hätten, wären sie vor Vergnügen umgekommen.« — »Wie viele hast du gerettet, Verbrecher«, fragte Madame de Borghese. »Nahezu zweihundert. Sie werden in meinen Palästen verborgen gehalten, um dann einzeln auf meine Landgüter verschickt zu werden. Ich verspreche Ihnen zwanzig der hübschesten Mädchen und verlange von Ihnen keinen anderen Dank als mir öfters so entzückende Personen vorzuführen,

wie diese hier«, fuhr er fort, indem er auf mich zeigte.

Nun gingen wir zu ernsteren Dingen über. Ghigi wollte nochmals meinen Hintern sehen. »Ich kann mich nicht daran sättigen«, sagte er. Wir gingen also in das geheime Kabinett der Prinzessin, wo neue Genüsse unserer harrten, die zu schildern ich erröten würde. Diese verdammte Borghese hatte für jede Neigung etwas bereit. Ein Eunuch, ein Hermaphrodit, ein Zwerg, eine achtzigjährige Frau, ein Truthahn, ein Affe, ein sehr großer Hund, eine Ziege und ein vierjähriger Knabe waren die Gegenstände, die uns von der Prinzessin dargeboten wurden. »Großer Gott, welche Verderbtheit«, rief ich bei dem Anblick aus. »Erschöpfung fordert die Suche nach neuen Genüssen, wenn man die gewöhnlichen Genüsse satt hat«, sagte Bracciani, »begehrt man außergewöhnliche, und deshalb ist das Verbrechen die letzte Stufe der Ausschweifung. Ich weiß es nicht, Juliette, was Sie mit diesen seltsamen Dingen anfangen werden, aber ich versichere Ihnen, daß die Prinzessin, mein Freund und ich, uns mit ihnen große Genüsse bereiten werden.« — »Ich werde mich wohl auch damit abfinden müssen«, erwiderte ich, »und Sie können beruhigt sein, daß ich Ihnen nicht nachstehen werde, wo es sich um Ausschweifungen handelt.«

Kaum war ich zu Ende, als die große Dogge, die zweifellos abgerichtet war, unter meinen Röcken zu schnüffeln begann. »Ah, Lucifer fängt schon an«, sagte Olympia lobend, »entkleide dich, Juliette, und gib dich den wollüstigen Liebkosungen dieses herrlichen Tieres hin, du wirst sicher zufrieden sein.« Man legte mich auf alle Viere in die Mitte des Zimmers, der Hund drehte mich um, leckte mich und steckte schließlich sein Glied in meine Scheide hinein, um darin wollüstig zu entladen. Allein seine Rute wuchs derart dabei an, daß er sie nur unter den größten Schmerzen meinerseits herausziehen hätte können. Der komische Kerl beschloß also, nochmals anzufangen und nachdem er durch eine zweite Entladung wirklich geschwächt worden war, zog er sich zurück.

»Sie werden sehen«, sprach Ghigi, »daß mich Lucifer ebenso

behandelt wie Juliette. Dieses ausschweifende Tier liebt die Wollust, wo es sie findet, es wird in meinem Hintern mit demselben Vergnügen vögeln, wie in der Scheide von Madame. Ich werde jedoch nicht so müßig dabei bleiben, wie unsere teure Freundin, sondern inzwischen diese Ziege bearbeiten.« Ich habe niemals etwas seltsameres gesehen wie das Schauspiel, das nun folgte. Der sparsame Ghigi entlud zwar nicht, aber er schien trotzdem ungeheueres Vergnügen zu empfinden. »Ich will Ihnen ein anderes Schauspiel bieten«, sprach Bracciani. Er ließ sich von dem Eunuchen im Hintern vögeln und bearbeitete dabei selbst den Truthahn. Olympia hielt den Kopf des Tieres zwischen ihren Schenkeln und enthauptete ihn in dem Augenblicke, wo der Physiker seinen Samen verlor. »Man kann sich nicht vorstellen, welch Vergnügen die Verengerung des Arschloches beim Truthahn bereitet, wenn man ihm den Hals abschneidet«, sprach der Wüstling. »Ich habe es noch niemals versucht« entgegnete Ghigi, »allein ich habe diese Art, seinen Samen zu verlieren, schon so oft rühmen hören, daß ich sie einmal auf eine andere Weise vornehmen will. Juliette«, sprach er zu mir, »nehmen Sie dieses Kind zwischen Ihre Schenkel, während ich es von hinten besteige und im Augenblicke, wo Ihnen meine Lästeraugen anzeigen, daß die Krise gekommen ist, schneiden Sie ihm den Kopf ab.« — »Gut«, antwortete Olympia, »aber auch meine Freundin muß dabei ein Vergnügen haben. Der Hermaphrodit wird sich also unter ihren Mund legen und sich gleichzeitig die Beweise seiner Mannbarkeit, wie die seines weiblichen Geschlechtes lecken lassen.« — »Halt!« rief jetzt Bracciani, »wir können die Gruppe so aufstellen, daß ich den Hermaphroditen im Hintern vögeln kann. Auch soll mich der Eunuch besteigen und die Alte muß Kot in mein Gesicht entleeren.« — »Welche Verderbtheit«, sagte Olympia. »Da ihr euch alle unterhaltet«, sprach jetzt Ghigi, »will auch ich, daß mich der Affe von hinten bearbeite, während der Zwerg seine Arschbacken meinen Küssen darbieten soll.« — »Das geht vorzüglich«, sprach Olympia, »und so bleiben eigentlich Lucifer, die Ziege und ich unbeschäftigt.« —

»Nichts leichter, als für euch eine Verwendung zu finden. Ihr werdet euch neben mich aufstellen, ich werde euch abwechselnd von hinten belegen, will jedoch bloß in dem Hintern des kleinen Knaben entladen, dem Juliette, während der Krise den Hals abschneiden wird.« Alles stellte sich auf und ich kann sagen, daß niemals eine wollüstigere Szene aufgeführt wurde.*

Der Rest des Tages verging unter ähnlichen Ausschweifungen. Ich ließ mich von dem Affen, von der Dogge, vom Eunuchen, von den zwei Italienern und dem Godmiché Olympias vögeln. Ein herrliches Gelage schloß die Feier ab, bei dem ein griechisches Opfer dargebracht wurde. Man schlachtete die Tiere, an denen wir uns befriedigt hatten hin, während die Alte gebunden und auf einem Scheiterhaufen lebend verbrannt wurde.

Ich war bereits fünf Monate in Rom, ohne noch dem Papst meinen Besuch abstatten zu können, als endlich einige Tage nach diesem Abenteuer ein liebenswürdiges Schreiben Bernis mich aufforderte, ihn am nächsten Tage zu besuchen, um seiner Heiligkeit vorgestellt zu werden. Man empfahl mir sehr elegante, aber sehr einfache Kleider anzulegen und mich nicht zu parfümieren.

Braschi will wie Heinrich IV., so schrieb der Kardinal, *daß jedes Ding nach dem riecht, nach dem es riechen soll. Er verabscheut Künsteleien, und ich bitte Sie nicht einmal ein Bidet zu gebrauchen.*

Ich befolgte seine Ratschläge und traf vor zehn Uhr morgens bei Bernis ein, der mich in den Vatikan geleitete. »Heiliger Vater«, sprach Bernis zu ihm, als er mich vorstellte, »hier ist die junge Französin, die Sie gewünscht haben, sie fühlt sich durch die

* Je seltsamer sie war, desto mehr Vergnügen mußte sie bereiten. Es gibt keine Leidenschaft in der Welt, die man sorgfältiger bedienen muß als die Wollust, und wir können von ihr nur Geschenke erhalten, wenn wir ihr ausgiebig opfern.

Gnade, die Sie ihr gewähren, außerordentlich geschmeichelt und verspricht, sich allem blindlings hinzugeben, was Ihre Heiligkeit ihr befehlen wollen.« — »Sie wird ihr Entgegenkommen nicht bereuen«, sprach Braschi, »ich möchte jedoch ein wenig Zeit mit Ihr allein verbringen, ehe wir uns den Ausschweifungen hingeben, von denen wir sprachen. Gehen sie hinaus, Kardinal, sagen Sie dem Kammerdiener, daß ich heute für niemanden zu sprechen bin.« Der Kardinal zog sich zurück. Seine Heiligkeit führte mich durch große prunkvolle Gemächer in ein kleines Kabinett, das trotz des religiösen Anstriches für die Wollust hergerichtet schien. Neben einer »verpickten Thérèse« sah man eine im Hintern gevögelte Messalina und unter dem Bilde Christi hing eine Leda. »Ruhen Sie sich aus«, sprach Braschi zu mir, »an diesem Ort gestatte ich der Tugend, sich neben das Laster zu setzen.« — »Eingebildeter Gaukler«, sprach ich zu dem alten Despoten, »die Gewohnheit, die Menschen zu betrügen, verleitet dich dazu, dich selbst zu betrügen. Wo zum Teufel suchst du die Tugend, wenn du mich bloß kommen ließest, um dich mit den schmutzigsten Lastern zu beflecken.« — »Ein Mann wie ich befleckt sich niemals, mein teures Kind«, erwiderte der Papst, »als Nachfolger der Jünger Gottes umgeben mich die Tugenden des Ewigen, ich bin selbst dann kein Mensch, wenn ich einen Augenblick lang in ihre Fehler verfalle.« Ich konnte mich eines fröhlichen Lachens nicht enthalten und erwiderte: »Bischof von Rom, gebrauche doch nicht deine frechen Redensarten einer Frau gegenüber, die fähig ist, dich nach deinem Werte abzuschätzen.

Es wurde in Galiläa eine Religion gegründet, deren Grundlagen Armut, Gleichheit und der Haß gegen die Reichen sind. Die Prinzipien dieser heiligen Doktrin sagen, daß es für einen Reichen genauso unmöglich ist, ins Himmelreich zu gelangen, wie es für ein Kamel unmöglich ist, durch ein Nadelöhr zu kommen; denn der Reiche ist verdammt wegen seines Reichtums. Es ist den Jüngern dieses Kultes verboten, irgendwelche Aufwendungen zu bekommen. Ihr Anführer Jesus sagt: ‘Ich bin nicht gekommen, um bedient zu werden, sondern um zu dienen... Es wird unter Euch nie einen Ersten geben oder einen Letzten geben... Derjenige von euch, der sich selbst erhöhen möchte, wird erniedrigt werden; und derjenige, der der Erste sein will, wird der Letzte sein.'

Die ersten Apostel dieser Religion verdienten ihren Lebensunterhalt im Schweiße ihres Angesichts. Ist das wahr, Braschi?« — »Ja, gewiß.« — »Gut, ich frage dich jetzt, was für eine Beziehung gibt es zwischen diesen ersten Bestrebungen und den riesigen Reichtümern, die du dir in Italien geben läßt. Kommt es vom Evangelium oder von der Schurkerei deiner Vorgänger, daß du so viele Güter besitzt?... Armer Mensch! Und du glaubst immer noch, uns damit zu beeindrucken?« — »Atheistin, achte wenigstens den Nachkommen des heiligen Petrus.«

»Du hast niemals von ihm abgestammt, und niemals hat der heilige Petrus Rom betreten. Es hat auch keinen Bischof gegeben in den ersten Jahrhunderten einer Kirche, die erst gegen Ende des zweiten Jahrhunderts unseres Zeitalters bekannt und gefestigt wurde. Wie kannst du es wagen zu behaupten, daß Petrus in Rom war, während er doch in Babylon weilte und schrieb?

Denkst du immer noch, der Kritik entgehen zu können, indem du sagst, Rom und Babylon sind dasselbe gewesen?... Armer Narr! Man glaubt dir nicht mehr, man verachtet dich. Und war Petrus dein Vorbild?... Wird dein Vorgänger uns nicht als ein Armer dargestellt, der die Armen in der Glaubenslehre unterrichtete? Du wirst zugeben, Braschi, daß er dann zu jenen Ordensstiftern gehörte, die in Armut leben, deren Nachfolger aber in Gold schwimmen. Ich weiß, daß die Nachfolger Petri bald gewonnen, bald verloren haben. Es ist nicht weniger wahr, daß der Aberglaube und die Leichtgläubigkeit groß genug sind, um dir noch dreißig oder vierzig Millionen Anhänger zu lassen. Aber glaubst du nicht, daß ihnen die Fackel der Philosophie bald die Augen öffnen wird? Glaubst du, sie werden noch lange damit zufrieden sein, sich einen 300 oder 400 Meilen entfernten Herren zu wählen? Werden deine Anhänger noch lange Zeit so denken, urteilen und handeln, wie du es willst? Werden sie ihre Güter noch lange nur unter der Bedingung behalten, dir Tribut zu zahlen? Werden sie nur den heiraten, der ihnen gut erscheint, wenn du dich einverstanden erklärt hast? Nein, bilde dir nicht ein, ihr Irrtum könnte noch währen.

Ich weiß, daß diese lächerlichen Rechte früher noch weiter gingen. Ihr standet noch höher als die Götter; die Götter wurden nur geduldet, damit ihr über Reiche verfügen konntet; und ihr verfügt darüber. Aber ich sage dir noch einmal, Braschi, all das verschwindet, all das wird unsichtbar werden. Und wirklich, mein lieber Papst, wie sollte man sich nicht wundern, wenn man sieht, bis zu welchem Punkt der Aberglaube die einfachsten Dinge entstellen kann! Du wirst zugeben, daß man nicht weiß, was man mehr bewundern soll: die Blindheit der Völker oder die schreckliche Unverschämtheit derjenigen, die sie betrügen. Wie geht es an, daß man euch nach allen Liederlichkeiten, mit denen ihr euch vor aller Welt beschmutzt habt, noch so verehrt? Und wie kommt es, daß ihr immer noch Proselyten habt? Nur dank der Dummheit der Fürsten und der Völker hat die Größe der Päpste sich gefestigt. Nur diese Dummheit hat ihnen die außerordentliche Kühnheit gegeben, sich Ansprüche anzumaßen, die dem Geist ihrer Religion entgegengesetzt, für die Vernunft empörend und für die Politik schädlich sind. Wer das Reich des Aberglaubens kennt, dürfte nichtsdestoweniger erstaunt sein über seine Erfolge. Es gibt keine Verirrungen, keine Schwachsinnigkeiten, für die die Frömmigkeit nicht empfänglich wäre. Einige politische Motive kamen hinzu, die Auswirkungen des Aberglaubens zu vertiefen. Während des Verfall des Reiches waren die Oberhäupter, die mit sehr kostspieligen und langwierigen Kriegen beschäftigt waren, gezwungen, euch zu schonen, weil sie euch im Besitz des Geistes der Völker wußten. Indem sie ihre Augen vor euren Unternehmungen verschlossen, ließen sie, ohne davon zu ahnen, zu, daß diese zur Zerstörung ihres Reiches führten. Die barbarischen Horden übernahmen in völliger Unkenntnis die politischen Gesetzmäßigkeiten der Herrscher, und so wurdet ihr nach und nach die Gebieter eines Teils der Völker von Europa.

Die Wissenschaften blieben in den Händen der Mönche, eurer

würdigen Verteidiger. Niemand konnte die Allgemeinheit aufklären. Man unterwarf sich dem, was man nicht verstand, und die Krieger, die die Welt durchquerten, fanden es einfacher, euch Verehrung zu bezeugen als euch zu verstehen. Im fünfzehnten Jahrhundert wandelte sich der Geist. Die Morgenröte der Philosophie kündigte den Sturz des Aberglaubens an. Schnell genug sah man in euch und euresgleichen nur noch Betrüger und Schurken. Einige Nationen, die noch durch ihre Priester unterjocht waren, blieben euch treu. Aber die Fackel der Vernunft leuchtet endlich auch ihnen.

Oh, mein Lieber, deine Rolle ist beendet. Um die wichtige Revolution zu beschleunigen, die für immer die Säulen deines abergläubischen Reiches umstürzen soll, muß man die Augen auf die Geschichte deiner Vorgänger werfen. Ich werde eine Skizze von deinesgleichen zeichnen, Braschi. Meine Kenntnisse werden dir zeigen, daß die Frauen meiner Nation über diesen Punkt Bescheid wissen und daß diese Nation, auf die ich stolz bin, sich deinem lächerlichen Joch nicht mehr lange unterwerfen wird.

Was sehe ich während der Anfänge deines christlichen Zeitalters? Kämpfe, Tumulte, Aufstände, Massaker sind die einzigen Früchte der Gier und des Ehrgeizes der Schurken, die nach deinem Thron strebten. Schon fuhren die stolzen Bischöfe deiner ekelhaften Kirche im Triumph durch Rom; schon wurden sie von Luxus und Wollust beschmutzt; schon wurden sie von Purpur umhüllt. Nicht auf deine Feinde weise ich dich hin, um dir die Vorwürfe einzuprägen, die man euch entgegenbrachte, sondern auf eure Gefolgsleute und auf die Väter deiner Kirche selbst. Höre Hieronymus und Basilius: *Als ich in Rom war*, sagte der erstere, *wollte ich der Sprache des Mitleids und der Tugend Gehör verschaffen. Die Pharisäer, die den Papst umgaben, folterten mich. Ich verließ den Palast von Rom, um in die Katakombe Jesu zurückzukehren.* So beschrieben euch schon damals eure Anhänger, die von der Stärke der Wahrheit durchdrungen waren. Mit welcher Kraft wirft euch der gleiche Hieronymus an anderer Stelle die Skandale vor, die eine Folge eurer Ausschweifungen, eurer Schurkereien, eurer Intrigen waren, Geld von den Reichen zu erhalten, indem ihr euch in das Testament der Großen und vor allem der Damen Roms eintragen ließet, die ihr betrogt, nachdem ihr sie genossen hattet. Werde ich dir in den Edikten der Herrscher wiederbegegnen? Sieh selbst, mit welcher Kraft die des Valentinian des Valens und des Gratianus euren Geiz, eure Libertinage und euren Ehrgeiz niederzudrücken versuchten. Aber fahren wir mit unserer Skizze fort und zeichnen wir in großen Zügen. Glaubst du, Braschi, daß man an deiner Heiligkeit zu zweifeln beginnt... an deiner Unfehlbarkeit, wenn man sieht:

wie ein Liberius aus Furcht und Schwäche die ganze Kirche zum Arianismus hinüberführt,

wie ein Gregorius die Wissenschaften und die Künste ächtet, weil er sagt, daß nur die Unkenntnis die Absurditäten seiner widerlichen Religion begünstigen kann... der es wagt, die Unverschämtheit so weit zu treiben, die Königin Brunhilde zu umschmeicheln, jenes Ungetüm, über das Frankreich heute noch errötet,

wie ein Stephan VII. seinen Vorgänger Formosa als so von Verbrechen beschmutzt betrachtet, daß er sich grausamer- und lächerlicherweise verpflichtet fühlt, noch dessen Leichnahm der Marter zu unterziehen,

wie ein Sergius von allen Arten der Ausschweifungen befleckt ist und sich stets von Schurken verführen läßt,

wie ein Johannes XI., der ein Sohn eines dieser Schurken ist, selbst in blutschänderischer Weise mit Mariosa, seiner Mutter, zusammenlebt,

wie ein Johannes XII., der götzendienerische Zauberer, sich sogar des Gottestempels für seine verschwiegenen Ausschweifungen bedient,

wie ein Bonifazius VII. so sehr von der Tiara beeindruckt war, daß er Benedikt VI. erwürgte, um an seine Stelle zu treten,

wie ein Gregorius VII., der herrschsüchtiger als alle Könige war, sie kommen ließ, um an seiner Pforte um Gnade zu bitten... der Blut in Deutschland strömen ließ, nur um des Hochmutes und seines Ehrgeizes willen... der, mit einem Wort, behauptete, daß jeder Papst unfehlbar und heilig sei, und daß es genügte, auf dem Stuhl Petri gesessen zu haben, um ebenso mächtig wie Gott selbst zu sein,

wie ein Pascalis II. es in der Befolgung jener verachtenswerten Prinzipien wagt, einen Herrscher gegen seinen eigenen Vater zum Kriege zu rüsten,

wie ein Alexander III. Heinrich II., König von England, schändlich auspeitschen läßt für einen Mord, den dieser Fürst niemals begangen hatte... der zu einem so blutigen Kreuzzug gegen die Albigenser aufruft,

wie ein Cölestin III. aus Ehrgeiz und Willkür mit seinem Fuß die Krone auf das Haupt Heinrichs VI. zu setzen wagt, der vor ihm einen Fußfall tut; darauf stößt er mit einem Fußtritt die gleiche Krone wieder herab, um dem Herrscher zu zeigen, was er zu erwarten habe, wenn er dem Papst nicht den nötigen Respekt bezeuge,

wie ein Innozenz IV., der Kaiser Friedrich während der endlosen Kriege zwischen Welfen und Ghibellinen vergiftete, die durch euren Hochmut und eure Leidenschaften veranlaßt worden waren und die Italien so lange demoralisierten,

wie ein Clemens IV. einen jungen Fürsten köpfen ließ, damit er nicht das Erbe seiner Väter beanspruchen könne,

wie ein Bonifazius VIII., der durch seine Zwistigkeiten mit den Königen Frankreichs berühmt gewordene, gottlose, ehrgeizige Erfinder jener heiligen Farce, die unter dem Namen Jubeljahr bekannt wurde, diese einzig zu dem Zweck erfand, um die päpstlichen Geldschränke zu füllen,

wie ein Clemens V. schurkisch genug war, Kaiser Heinrich VI. mit einer Hostie vergiften zu lassen,

wie ein Benedikt XII. die Schwester des berühmten Petrarca für Geld kauft, um sie zu seiner Mätresse zu machen,

wie ein Johannes XXIII., berühmt durch seine Narrheiten, all diejenigen wie Ketzer verurteilte, die behaupteten, Jesus Christus habe in Armut gelebt, der über Kronen verfügte, Gerechtes in

Ungerechtes umwandelte und den Wahnsinn soweit trieb, die Engel zu exkommunizieren,

wie ein Sixtus IV. aus den Bordellen, die er in Rom eingerichtet hatte, erhebliche Steuern zog, und der den Schweizern eine rote Fahne schickte und sie veranlaßte, sich zum Heile der römischen Kirche untereinander zu erwürgen,

wie ein Alexander VI. war, bei dem es genügte, seinen Namen zu nennen, um die gerechte Entrüstung und den Schrecken derjenigen aufzuwiegeln, die etwas über seine Geschichte wußten. Ein Schurke der weder Redlichkeit, Ehre, guten Glauben, Mitleid noch Religion kannte und dessen wollüstige Ausschweifungen, Grausamkeiten und Vergiftungen alles übertreffen, was uns Sueton über Tiberius, Nero und Caligula berichtet. Ein Libertin, mit einem Wort, der mit Lucrezia, seiner Tochter, schlief, der sich daran erfreute, fünfzig völlig nackte Dirnen auf Händen und Füßen laufen lassen, um durch die verschiedenen Stellungen, die sie dadurch einzunehmen verpflichtet waren, seine Phantasie anzuregen,

wie ein Leo X., um die Verderbtheiten seiner Vorgänger wiedergutzumachen, die Erfindung machte, Ablaßbriefe zu verkaufen, und der nichtsdestoweniger so ungläubig war, daß er dem Kardinal Bembo, seinem Freund, der ihm eine Passage aus der heiligen Schrift zitiert hatte, antwortete: *Was zum Teufel wolltest du mir mit deinen Fabeln über Jesus Christus sagen?*,

wie ein Julius III., ein wahrer weichlicher Wollüstling, der die Unverschämtheit soweit trieb, daß er seinen Lustknaben zum Kardinal erhob; der, als er eines Tages nackt in seinem Zimmer war, seine soeben eintretenden Kardinäle verpflichtete, sich gleichfalls zu entkleiden, wobei er zu ihnen sagte: *Meine Freunde, wenn wir so durch die Straßen von Rom gingen, würde man uns nicht so verehren. Nun, wenn wir also nur unsere Kleidung Respekt einflößt, so haben wir den Leuten gegenüber auch keine Verpflichtung, etwas zu sein,*

wie ein Pius V., der wie ein Heiliger verehrt wird, ein fanatisch-grausamer Anstifter aller Protestantenverfolgungen in Frankreich war; ein Aufhetzer zu den Grausamkeiten des Herzogs von Alba; ein Mörder des Paleario, dessen einziges Verbrechen es war, gesagt zu haben, daß die Inquisition einen Dolch habe, der dazu bestimmt sei, die Schriftsteller zu treffen; ein Mann ist, der schließlich behauptete, niemals so in Verzweiflung wegen seines Heils gewesen zu sein, als seit er Papst war,

wie ein Gregorius XIII., jener schreckliche Lobredner der Pariser Bluthochzeit, Karl dem IX. in persönlichen Briefen zu dem beglückwünschte, was er selbst von den Protestanten geraubt hatte,

wie ein Sixtus V. erklärte, daß man sich während der Hundstage in Rom soviel man wolle sodomisieren lassen könne, und der in dieser großen Stadt nur Ordnung und Polizei etablierte, um sie mit Blut zu überschwemmen,

wie ein Clemens VII. war, der Urheber der berühmten Pulververschwörung,

wie ein Paulus V. war, der gegen Venedig Krieg führte, weil ein ziviler Magistrat einen Mönchen bestrafen wollte, der ein zwölfjähriges Mädchen vergewaltigt und erwürgt hatte,

wie ein Gregorius XV. war, der an Ludwig XIII. schrieb: 'Erwürgen Sie, köpfen Sie alle, die mich verleugnen',

wie ein Urban VIII. war, ein Mitschuldiger an den Massakern in Irland, bei denen hundertfünfzigtausend Protestanten umkamen, usw. usw...

Das also, mein Freund, sind deine Vorgänger. Und du willst nicht, daß wir eine grechte Abscheu empfinden vor den unverschämten oder verdorbenen Oberhäuptern einer solchen Sekte? Könnten doch alle Völker recht bald einsehen, wie sehr sie sich in ihrer Meinung über diese päpstlichen Idole geirrt haben, die ihnen bis jetzt nur Sorgen, Armut und Unglück brachten! Könnten doch alle Völker der Erde, die seit vielen Jahrhunderten vor den von dergleichen Schurken hervorgebrachten Auswirkungen zittern, denjenigen schleunigst entthronen, der diesen allen nachfolgt, und können sie gleichzeitig die stumpfsinnige, barbarische, götzendienerische, blutschänderische und gottlose Religion stürzen, die es ermöglichte, daß diese Leute sich für einen Augenblick so erheben konnten.«

Als ich geendet hatte, sah mich Pius VI., der mir sehr aufmerksam zugehört hatte, mit größter Überraschung an.

»Braschi«, sagte ich zu ihm, »bist du erstanut, mich so gut unterrichtet zu finden? Du muß wissen, daß man jetzt alle Kinder meines Vaterlandes so erzieht. Die Jahrhunderte des Irrtums sind vorüber. Entschließe dich also, alter Despot, und zerschlage dein Kreuz, verbrenne deine Hostien und trete deine Bilder und Reliquien mit Füßen. Nachdem die Völker von dem Schwur der Treue für ihre Herrscher entbunden sind, entbinde auch du die deinen nun von den Irrtümern, in denen du sie hieltest. Glaube mir und steige von deine Thron herab, wenn du nicht unter seinen Trümmern begraben werden willst. Es ist mehr wert, den Platz einem Stärkeren zu überlassen, als zu sehen, wie er sich dessen gegen den eigenen Willen bemächtigt. Die Ansicht regelt alles auf der Welt. Sie wandelt sich auf deine Kosten und auf die Kosten all deiner Mummenschanzereien: wandle dich wie sie. Bei erhobener Sense ist es weiser, den Kopf wegzudrehen, als auf den Schlag zu warten. Du hast genug zum Leben, werde wieder Bürger von Rom. Zieh das düstere Kostüm dieses ganzen Pöbels aus, der die Möchskutte trägt und der dich umgibt, verabschiede deine Mönche, öffne die Klöster, gib deinen Nonnen die Freiheit zurück, sich zu verheiraten, und laß sie nicht den Keim von hundert Generationen mit ins Grab nehmen. Das erstaunte Europa wird dich bewundern; dein Name wird in die Säulen der Gedächtnisstätten eingraviert sein, in die du niemals aufgenommen wirst, wenn du nicht bald die traurige Ehre, Papst zu sein, gegen eine andere vertauschst, die im höheren Maße kostbar ist, nämlich die, Philosoph zu sein.«

»Juliette«, antwortete mir Braschi, »man hat mir wohl gesagt, daß du Geist besitzest, aber ich habe doch nicht soviel in dir vermutet, ich sehe, dich kann ich nicht betrügen, ich nehme meine Maske ab, siehe in mir den Menschen, der um jeden Preis genießen will.«

»Höre, alter Affe«, erwiderte ich, »ich bin nicht hergekommen, um die Vestalin zu spielen, und da ich mich schon einmal in die geheimnisvollsten Gemächer deines Palastes fahren ließ, kannst du sicher sein, daß ich dir keinen Widerstand leisten werde. Aber statt in mir ein liebenswürdiges feuriges Weib zu finden, wirst du an mir nur ein kaltes Götzenbild haben, wenn du mir nicht die vier Dinge gewährst, die ich von dir verlange.

Vorerst mußt du mir als Zeichen deines Vertrauens die Schlüssel zu deinen geheimsten Gemächern geben und ich will sie mir alle besehen.

Der zweite Wunsch, den ich habe, besteht in einer philosophischen Erörterung des Mordes. Ich habe mich schon zu oft mit diesem Verbrechen bedeckt, als daß ich nicht dein Urteil darüber wissen wollte. Nicht daß ich an deine Unfehlbarkeit glauben würde, aber ich habe Vertrauen in deine Erfahrung, und ich hoffe, daß du mich nicht täuschen wirst.

Die dritte Bedingung besteht darin, daß du, um mir deine Verachtung für die Zusammensetzung des christlichen Glaubens zu beweisen, dich an mir auf dem Altar St. Petri befriedigen mußt, nachdem du auf dem Hintern eines Lustknaben die Messe gelesen und mir mit deinem geheiligten Glied die kleine göttliche Oblate in den Hintern gesteckt haben wirst. Ich habe diese Torheiten schon hunderte Male begangen, möchte sie aber jetzt von dir ausgeführt sehen, und du wirst mich nicht früher berühren dürfen.

Die vierte Bestimmung lautet, daß du in einigen Tagen Albani, Bernis, meiner Freundin Borghese und mir ein Gelage gibst, und daß bei diesem Gelage tausendmal mehr Niederträchtigkeiten begangen werden, als bei jenem, mit dem Alexander VI. seiner Tochter Lucrezia aufwartete.« — »Das sind seltsame Bedingungen«, sprach Braschi. »Entweder du erfüllst sie alle oder du wirst mich niemals in deinem Leben besitzen.« — »Denke daran, daß du hier in meiner Gewalt bist, und daß ich mit einem Wort...« — »Ich weiß, daß du ein Verbrecher bist, sonst konntest du nicht die Stelle einnehmen, in der du dich befindest, aber da ich dir in der Beziehung gleiche, liebst du mich sicher und du wirst mich gerne zufrieden stellen.« — »O, Juliette«, sprach Pius VI. zu mir und umarmte mich, »du bist ein seltsames Geschöpf und ich erwarte mir von dir ungeheueres Vergnügen. Ich bin dein Sklave, hier sind meine Schlüssel, ich übergebe dir alles, auch kannst du auf die Erfüllung aller anderen Wünsche rechnen.« — »Gut«, antwortete ich, »laß mich von jemanden in diesen Palast hinein führen.« — »Ich selbst will dein Führer sein«, antwortete Braschi.

»Dieses prachtvolle Haus«, sprach er zu mir beim Durchschreiten der Säle, »ist an der Stelle desjenigen erbaut, in dem Nero sich daran ergötzte, seine Gärten mit den Leibern der ersten Christen zu erleuchten. Er stellte sie in gewissen Abständen als Fackel auf.«

»O mein Freund«, unterbrach ich ihn, »ich hätte dieses Schauspiel gerne gesehen und wäre seiner würdig gewesen. Es wäre für meinen Haß gegen deine niederträchtige Sekte sehr süß gewesen.« — »Vergiß nicht, Schelmin«, sprach der heilige Vater, »daß du zum Oberhaupt dieser Religion sprichst.« — »Es liebt sie nicht mehr als ich«, erwiderte ich, »und das ist nur gerecht. O mein Freund, wenn du in der Lage wärest, würdest du die Feinde der Religion, von der du fett wirst, gerne ebenso behandeln.« — »Gewiß, Juliette, die Unduldsamkeit ist das oberste Gesetz der Kirche, denn ohne das äußerste Maß von Strenge bestünde sie nicht mehr, wenn das Gesetz nichts mehr nutzt, muß das Schwert helfen.« — »O Braschi, welch ein Tyrann bist du.« — »Wie sollte ich es nicht sein, wenn ich regieren muß. Mein einziges Mittel, mein Volk zu beherrschen, besteht darin, die Seelen in Furcht zu versetzen.« — »Die Aufklärung schreitet aber fort, Braschi, bald werden alle Tyrannen umkommen und man wird ihre Szepter vor den Altären der Freiheit brechen, bald muß in ganz Europa eine allgemeine Revolution ausbrechen und die Kraft eines Brutus wird mit der Tugend eines Cato die Stelle der Throne einnehmen.«

Während des Gespräches schritten wir weiter. »Es ist keine kleine Aufgabe«, sprach Braschi, »diesen Palast zu durchwandern, er enthält 4.422 Zimmer, 22 Höfe und ungeheuere Gärten.

Sehen wir uns vorerst dies an«, sprach der Papst und führte mich zu einer Galerie, die über dem Eingang in den St. Petersdom lag. »Von hier aus«, sprach der Pontifex, »gebe ich dem Weltall meine Segnungen, von hier aus belege ich Könige mit dem Bann und entbinde die Völker ihres Treueeids.« — »Abscheulicher Gaukler«, erwiderte ich heftig, »dein ganzes Theater ist mit den Schwachköpfen der Welt aufgebaut, die Philosophie wird es vernichten.«

Von hier gingen wir zu der Gemäldegalerie, die länger ist als jede andere in Europa, selbst als die des Louvre. Auch enthält sicherlich keine einzige so schöne Gemälde. Als ich bewundernd vor Sankt Peter mit den drei Schlüsseln stehen blieb, sprach ich zu Braschi: »Ist dies nicht eine Verherrlichung deines Stolzes?« — »Dies ist ein Sinnbild der grenzenlosen Macht, das Gregor VII. und Bonifaz VIII. sich zulegten.« — »Tausche diese Sinnbilder um, heiliger Vater«, sprach ich zu dem alten Bischof, »stecke deinem Türhüter eine Peitsche in die Hand und bilde daneben deinen alten Hintern ab, der die Schläge erwartet.«

Von da kamen wir in die in Form eines 'T' erbaute Bibliothek. In dieser Bibliothek sieht man sehr viel Schränke, aber wenig Bücher. »Alles ist falsch an dir«, sprach ich zu Braschi, »die Hälfte dieser Fächer ist verschlossen, damit man nicht bemerkt, daß sie leer sind. Der Wunsch, die Menschen zu täuschen, ist bei dir überall durchzublicken.«

Mit Vergnügen sah ich in diesem Asyl der Musen ein Manuskript von Terenz, auf dem die Masken der Schauspieler aufgezeichnet sind. Auch erregten die Originalbriefe Heinrich VIII. an seine Tochter Anna von Boylen, in die er verliebt war, meine Aufmerksamkeit.

Von da kamen wir in die Gärten, wo ich die schönsten Orangenpflanzungen und die herrlichsten Myrtenbüsche sah.

»Der andere Teil des Palastes«, sprach der heilige Vater zu mir, »dient einigen Objekten meiner Ausschweifung als Wohnort.« — »Ha, Braschi«, sprach ich begeistert, »du hältst also Leute in Käfigen eingesperrt, ich hoffe, daß du ihnen das Leben sauer machst, peitscht du auch?« — »Ich muß wohl, da ich alt bin«, erwiderte der wackere Braschi. »Wenn du peitschst, so bist du grausam. Die Züchtigung ist nur ein Ergebnis der Grausamkeit, sie ist für denjenigen ein Ersatzmittel, der gerne andere beginge, wenn er es wagen würde.« — »Nun denn, ich wage«, erwiderte scherzend der heilige Vater, »du wirst es sehen, Juliette.«

»Da bleiben mir also nur noch deine Schätze zu prüfen«, sprach ich zum Papst, »du mußt viel Gold besitzen, denn ich weiß, daß du geizig bist. Nichts in der Welt liebe ich so wie das Gold, ich möchte einige Minuten mit dir in den Fluten dieses Metalls schwimmen.«

»Wir sind nicht weit von meiner Schatzkammer entfernt«, sprach der Papst und führte mich über einen finsteren Gang zu einer kleinen Eisenpforte, die er öffnete. »Das ist in Wahrheit alles, was Petri Stuhl besitzt«, fuhr mein Führer fort und ließ mich in einen kleinen, gewölbten Saal eintreten, inmitten dessen in Zechinen und Talern höchstens 50 bis 60 Millionen lagen. »Ich habe mehr ausgegeben, als dazu getan. Sixtus V. war der erste, der diesen auf die Kunstsinnigkeiten der Christen gegründeten Schatz anlegte.« — »Da doch ihre Krone nicht erbfähig ist«, sprach ich, »so tun sie unrecht daran, das Gold so zusammen zu scharren. An ihrer Stelle hätte ich es schon lange zerstreut. Machen Sie Ihre Freunde reich, verdoppeln Sie Ihre Genüsse, das ist mehr wert, als wenn Sie diese Summen hier vermehren. Ich sage es Ihnen voraus, Pontifex, daß Sie von einigen freien Nationen abgesetzt sein werden und ich versichere Ihnen, daß Sie der letzte Papst der römischen Kirche sind. Jedoch wie immer es sei, wie viel kann ich von hier mitnehmen?« — »1.000 Zechinen.« — »Alter Scheißkerl«, erwiderte ich, »hier ist eine Waage, wäge mich ab, wenn meine Taschen voll sind, ich will dreimal mein eigenes Gewicht in Gold mitnehmen. Es sieht dir ähnlich, eine Frau, wie ich es bin, so nieder einzuschätzen« und bei diesen Worten füllte ich meine Taschen an. »Das ist unausführbar«, sagte Braschi, »hier hast du einen Gutschein über 10.000 Zechinen, zahlbar von meinem Schatzmeister.« — »Diese Freigiebigkeit rührt mich wenig, es ist Geld, daß du auf die Venus verwendest«, sprach ich und beim Weggehen machte ich mir einen Wachsabdruck des Schlosses, wie ich mir vorgenommen hatte. Braschi bemerkte nichts und wir gingen wieder in das Gemach zurück, wo er mich empfangen hatte. »Juliette«, sprach er zu mir, »obgleich ich dir noch keine deiner Bedingungen erfüllt habe, kannst du, glaube ich doch, mit mir zufrieden sein. Sehen wir jetzt, ob ich es auch mit dir sein werde« und gleichzeitig löste der geile Bock die Bänder meines Rockes.*

»Und der Rest«, fragte ich. »Da ich bei der ersten Bedingung Wort gehalten habe, Juliette, kannst du mir glauben, daß ich auch die übrigen erfüllen werde«, und der alte Schweinehund gab mir bereits die nötige Stellung. Ich lag über ein Sofa, während er kniete und mit Vergnügen jene Partie betrachtete, die ihn am meisten zu interessieren schien. »Er ist herrlich«, rief er aus, »Albani hat mir schon Gutes von ihm erzählt, aber ich glaubte nicht an diesen Grad der Vollendung.« Unmerklich wurden die Küsse des Pontifex kühner, seine Zunge drang in das Innere ein und ich sah, daß eine seiner Hände in der Richtung seiner hinfälligen Menschlichkeit etwas suchte. Ich war begierig, das Glied des Papstes zu sehen. Ich drehte mich um, konnte aber nichts bemerken. »Wenn Sie einen Augenblick sich bemühen würden«, sprach ich, »könnten wir eine bequemere Stellung einnehmen«, dann half ich ihm auf die Ottomane hinauf, näherte meine Arschbacken seinem Gesicht und kitzelte sein Glied mit der einen Hand, während die andere sein Arschloch rieb. Diese Beschäftigung setzte mich in die Lage, den heiligen Vater kennen zu lernen und ich will ihn Ihnen jetzt beschreiben.

* Meine Bekannten wissen, daß ich Italien mit einer sehr hübschen Frau durchreist habe und daß mich aus reinem Wissensdurst diese Frau dem Großherzog der Toskana, dem Papst, der Borghese und dem König und der Königin von Neapel vorgestellt hat. Der Leser kann also überzeugt sein, daß alles hier geschichtsmäßig genau beschrieben ist und daß, wenn er Zeuge der Szenen gewesen wäre, er auch nicht mehr hätte wissen können. Ich ergreife diese Gelegenheit, dem Leser zu versichern, daß es ebenso mit den übrigen Schilderungen und Reiseerzählungen ist. Sie sind von äußerster Genauigkeit.

Braschi ist ziemlich beleibt, seine Arschbacken sind fett und fest, aber derartig hart, daß die Spitze einer Nadel nicht eindringen würde. Sein Afterloch ist außerordentlich breit und das ist nur natürlich, wenn man hört, daß er die Gewohnheit hatte, sich darin fünfundzwanzig bis dreißig mal täglich ficken zu lassen. Wenn sein Glied steht, ist es recht schön anzusehen und es mag 8 Zoll in der Länge und 6 Zoll im Umfang haben. Kaum war es in der Höhe, als die päpstlichen Neigungen sich zeigten. Seine Zähne machten sich bald in meinen Arschbacken fühlbar und auch seine Nägel halfen mit. Solange die Sache nicht gefährlich war, sprach ich kein Wort, sobald sich aber der Papst vergaß, drehte ich mich um. »Braschi«, sprach ich zu ihm, »ich bin gerne dein Komplize, aber ich will nicht dein Opfer sein.« — »Wenn ich geil bin und bezahle«, erwiderte mir der Papst, »kenne ich keine Unterschiede. Nun denn, scheiße, scheiße Juliette, das wird mich beruhigen. Ich bete den Kot an und werde sicher dabei entladen.« Da ich in der Lage war zu furzen, befriedigte ich seinen Wunsch. Das päpstliche Glied wurde derart hart, daß ich glaubte, er würde entladen. »Komm«, fuhr er fort, »ich will dich von hinten ficken.« — »Nein, nein«, sagte ich, »du würdest deine Kraft verlieren und das würde bei unseren nächtlichen Orgien fühlbar werden.« — »Du täuschst dich«, sprach der Papst, »ich besteige häufig dreißig bis vierzig mal im Hintern, ohne meinen Samen zu verlieren. Komm jetzt, sage ich dir.«

Ich bot also meinen Hintern dar und Braschi fuhr ohne Vorbereitung hinein. Der aus Schmerz und Vergnügen gemischte Schauder, sowie der Gedanke, das Glied des Papstes in meinem Hintern zu haben, erregte in mir ungeheueres Vergnügen. Ich entlud und mein Reiter, der es bemerkte, preßte mich feurig an sich und küßte mich. Aber er blieb ganz Herr über seine Leidenschaften und zog sich nach einer Viertelstunde zurück. »Du bist entzückend«, sprach er zu mir, »ich habe niemals süßer gevögelt, jetzt aber wollen wir speisen gehen und ich werde die nötigen Befehle erteilen.«

Braschi speiste mit mir allein, und während des Mahles begeg-

neten mir hunderterlei Absonderlichkeiten. Es gibt wenige so wollüstige Menschen wie Braschi. Häufig mußte ich die Speisen, die er essen wollte, mit meinem Speichel befeuchten und ihm in den Mund stecken, auch führte er mir einigemale welche in den Hintern ein und verschluckte sie dann. Wenn zufällig etwas Kot dabei war, war er außer sich vor Freude. »Oh, Braschi«, rief ich in einem Anfall von Wahrheitsliebe aus, »was würden die Menschen sagen, die du betrügst, wenn sie dich inmitten dieser Scheußlichkeiten sehen würden.« — »Sie würden die Verachtung, die ich für sie habe, erwidern. Was kümmert's aber mich, die Herrschaft des Irrtums wird nimmer lange dauern und so muß ich sie noch voll genießen.«

»Ja, ja«, rief ich aus, »täuschen wir die Menschen, das ist der beste Dienst, den wir ihnen leisten können. Werden wir in der Kirche einige Opfer töten, Braschi?« fragte ich.

»Gewiß«, antwortete der heilige Vater, »bei einer Orgie muß Blut fließen, damit sie auf der Höhe stehen.«

— »Gibst du dich häufig diesen Ausschweifungen hin?«

— »Es gibt keinen Tag, an dem ich nicht welche begehen würde.«

— »Woher kommt uns aber diese ungeheuerliche Neigung?«

— »Von der Natur, mein Kind, der Mord ist eines ihrer Gesetze und wir folgen unfreiwillig.«

— »Ich erinnere dich an dein Versprechen«, erwiderte ich, »ich will, daß du mir einen kurzen Vortrag hältst und ich hoffe, daß du meine Bedingungen erfüllen wirst.«

— »Gut«, sagte der mitragekrönte Philosoph.

»Von allen Unsinnigkeiten, zu denen der Stolz den Menschen veranlaßte, ist die die ungeheuerlichste, daß er sein Geschlecht so sehr hoch einschätzt. Kein Wesen hier auf Erden ist eigens von der Natur geformt, alle sind die Ergebnisse ihrer Gesetze und ihrer Handlungen. Die unsichtbare Kette, die alle körperlichen Wesen verbindet, die Abhängigkeit der drei Naturreiche untereinander beweist, daß alle drei im Walten der Natur die gleiche Rolle spielen.

Unser Stolz, sagt Montesquieu, hindert uns, unsere Nichtigkeit zu fühlen und veranlaßt uns, uns als für das Weltall wichtige Wesen zu halten. Wir bilden uns ein, daß der Verlust eines uns ähnlichen Wesens die ganze Natur beleidige und wir fassen nicht, daß ein Mensch mehr oder weniger gar keine Rolle spielt. So zerstört also, verbrennet, metzelt doch alles nieder, denn ihr dient damit der Natur, die nur durch die Zerstörung leben kann.

Wie, gibt es wilde Tiere, die nur vom Mord leben, wie der Wolf, der Löwe und der Tiger und diese Tiere entfernen sich nicht von den Naturgesetzen, während wir, die wir in gleicher Weise leben, Verbrechen begehen. Welch' ein Unsinn!

Oh, du blinde und unüberlegte Kraft, deren unfreiwilliges Resultat ich bin, du, die mich auf dem Erdball ausgesetzt hat, mit dem Wunsch, dich zu beleidigen und die mir trotzdem nicht die Mittel dazu liefert, erfülle doch meine Seele mit einigen Verbrechen, die dir besser dienen, als jene, die du mich bisher hast ausführen lassen. Ich möchte deine Gesetze gerne erfüllen, die von mir Verbrechen fordern, denn ich dürste nach Verbrechen. Aber habe acht, daß sie von anderer Art sind, wie die mir bereits dargebotenen, denn wenn ich alle Geschöpfe, die die Erde bewohnen, vernichten würde, hätte ich mein Ziel noch immer nicht erreicht und hätte nur dir damit einen Dienst erwiesen. Ich will dir, Juliette«, fuhr der Pontifex fort, »durch einige Beispiele beweisen, daß der Mensch zu allen Zeiten an der Zerstörung Genuß fand und die Natur sie ihm immer gestattete.

Wenn in Capo-di-Monte eine Frau mit zwei Kindern zugleich niederkommt, tötet der Gatte sofort eines davon.

Man weiß, wie die Araber und die Chinesen mit ihren Kindern umgehen, kaum daß sie die Hälfte davon aufziehen, den Rest und hauptsächlich die Mädchen töten, verbrennen oder ertränken sie. Auch auf Formosa geschehen diese Greuel.

Die Mexikaner zogen niemals in den Krieg, ohne vorher Kinder zu opfern.

Den Japanerinnen ist es erlaubt, so oft sie wollen, zu abortieren, niemand kümmert sich um die Frucht, die sie nicht austragen wollten.*

Der König von Kalkutta besitzt einen Stuhl, unter dem er ein großes Feuer anzünden kann; an gewissen Festtagen wird an diesem Stuhl ein Kind angebunden, bis es von den Flammen verzehrt wird.

Der Mord war in Rom niemals mit der Todesstrafe belegt.

In Mindanao wird dieses Verbrechen belohnt. Derjenige, der es begeht, wird in die Reihe der Tapfersten erhoben und hat das Recht, einen roten Turban zu tragen.

Bei den Karaguos muß man sieben Menschen getötet haben, um den roten Turban zu erhalten.

An den Ufern des Orinoco bringen die Mütter ihre Töchter am Tage der Geburt um.

In Madagaskar überlassen Eltern alle am Dienstag, Donnerstag und Freitag geborenen Kinder wilden Tieren zum Fraß.

Aus einigen Kapiteln des Pentateuch ersieht man, daß die Väter das Recht über Leben und Tod ihrer Kinder besaßen. Zar Peter erließ an seine Völker eine öffentliche Erklärung, deren Inhalt jedem Vater die Erlaubnis gab, über seine Kinder zu verfügen, und er selbst hat Beispiele für dieses Recht geliefert.

Die Ägypter opferten jedes Jahr dem Nil ein junges Mädchen. Als die Humanität in ihre Herzen einzog und sie mit diesem Brauch brechen wollten, hörten die fruchtbaren Überschwemmungen des Flusses auf und im Lande herrschte Hungersnot.

Rom herrschte über den Weltball, solange es grausame Schaustellungen besaß. Es verfiel in Sklaverei, als die Stupidität der christlichen Religion dem römischen Volk einredete, daß es ein größeres Verbrechen sei, Menschen zu töten als Tiere.

Fast alle Wilden Amerikas töten die alten Leute, wenn sie krank sind. Sie tun es aus Barmherzigkeit, und der Vater ver-

* Auf den Kindesmord Strafe zu setzen, ist eine beispiellose Grausamkeit. Wer anderer ist denn der rechtmäßige Eigentümer dieser Frucht, als die, die sie unter ihrem Herzen getragen hat. Die Frau in ihren Rechten beeinträchtigen zu wollen, ist der Gipfel der Niederträchtigkeit.

flucht seinen Sohn, wenn er ihn nicht tötet. Es gibt im Stillen Ozean eine Insel, wo man die Frauen tötet, sobald sie nicht mehr fruchtbar sind, man behandelt sie als Dinge, die der Welt nichts mehr nützen können.

In keinem Serail Asiens ist es verboten, die Frauen zu töten. Derjenige, der sie umgebracht hat, ist sie dann los und kann sich neue kaufen.

Auf der Insel Borneo herrscht der Glaube, daß alle jene Menschen, die ein Mann getötet hat, ihm in der anderen Welt als Sklaven dienen.

Wenn die Tartaren einen Fremden sehen, der Geist und Schönheit besitzt, so töten sie ihn, um sich seiner Eigenschaften zu bemächtigen.

In Kanada gibt es Mörder, die man im Bedarfsfalle mietet.

Auch in Italien findet man derartige Mörder, und in einem klugen Staat sollten sie öffentlich geduldet sein, denn warum sollte es nur Recht des Staates sein, über das Leben zu verfügen?

Wenn die Karthager den Feind vor ihren Toren sahen, opferten sie zweihundert Kinder aus dem edelsten Geschlechte, den Müttern gab man eine Buße und tötete die Kinder vor ihren Augen.

Ein König im Norden, dessen Name mir entfallen ist, opferte neun seiner Kinder in der alleinigen Absicht, sein eigenes Leben dadurch zu verlängern. Derartige Vorurteile werden verzeihlich, wenn sie die Ursache von Vergnügungen werden.

Shumi-Chi, der Vater einer der letzten Kaiser Chinas, ließ auf dem Grabe seiner Geliebten dreißig Männer erdolchen, um ihre Manen zu versöhnen.

Cook entdeckte auf seinen letzten Reisen in Otahïti Menschenopfer, die seine Vorgänger auf dieser Insel noch nicht bemerkt hatten.

Herodes, König der Juden, ließ auf seinem Totenbett den ganzen Adel Judäas im Hippodrom Jerichos versammeln und befahl seiner Schwester, alle Anwesenden nach seinem Tod umzubringen, damit die Trauer allgemein sei und die Juden unwillkürlich auch um seine Leiche Tränen vergossen.

Mohammet II. hieb mit eigener Hand den Kopf seiner Geliebten Irene entzwei, um seinen Soldaten zu zeigen, daß die Liebe nicht fähig sei, sein Herz zu verweichlichen.

Abdulkar, Heerführer des Königs von Wisapur, besaß einen Harem von zwölftausend Frauen. Als er in den Krieg ziehen mußte, befürchtete er, seine Geliebten könnten ihm untreu werden, und ließ sie alle am Tage vor seiner Abreise erdrosseln.

Die Vorschriften des Marius und Sulla sind Meisterwerke der Grausamkeit.

Nero ließ zehn- oder zwölftausend Menschen im Zirkus hinschlachten, weil man sich über einen seiner Wagenlenker lustig gemacht hatte.

Die vierundzwanzigtausend Römer, die Mithridates erdrosseln ließ, die sizilianische Vesper, die St. Bartholomäusnacht sowie die achtzehntausend Frauen, die vom Herzog von Alba enthauptet wurden, um in den Niederlanden eine Religion einzuführen, die kein Blut fließen sehen will, sind Beispiele von Mordtaten, die beweisen, daß ein Menschenleben nichts zählt.

Der strenge und von den Christen so geliebte Kaiser Konstantin brachte seinen Schwager, seinen Neffen, seine Frau und seinen Sohn um.

Sogar das Kind bietet uns ein Beispiel dieser Grausamkeit, das uns beweist, daß sie natürlich ist. Wir sehen es mit Behagen seinen Vogel erwürgen und sich an den Zuckungen des armen Tieres ergötzen.

Auf Seeland ißt man seine Feinde auf. Anderswo wirft man sie den Hunden vor.

Die Heruler und die Germanen opferten alle ihre Gefangenen und nur die Skythen begnügten sich, den zehnten Teil zu schlachten.

Aber auch in Frankreich wurden sie anläßlich der Schlacht von Azincourt von Eduard hingeopfert.

Als Tschingis-khan China eroberte, ließ er zwei Millionen Kinder töten.

Auf Malabar gibt es eine Kaste, die jedermann töten darf.

Wenn man seine Waffe versuchen will, zielt man auf den Erstbesten, der einem begegnet.

In Rußland, in Dänemark und in Polen dürfen Adelige einen Leibeigenen töten, wenn sie einen Taler auf den Leichnam legen.

Wer könnte die Massen von Indianern zählen, die die Spanier bei ihrer Eroberung der neuen Welt schlachteten. Allein an Lastträgern starben während eines einzigen Jahres zweihunderttausend Menschen.

Octavius ließ in Perugia dreihundert Leute umbringen, nur um den Jahrestag von Cäsars Tod zu feiern.

Phalaris ließ seine Opfer in einen eisernen Stier einsperren, der so gebaut war, daß die Schreie daraus tausendmal vervielfältigt wiedertönten. Welch eine ausgezeichnete Grausamkeit!

Die Franken besaßen das Recht über Leben und Tod der Frauen und machten häufig davon Gebrauch.

Der Mord ist mit einem Wort eine Leidenschaft, wie es das Trinken, das Spielen oder die Liebe ist, sobald man sich einmal an ihn gewöhnt hat, kann man ihn nicht mehr meiden, und damit nicht genug, begnügt man sich nicht nur zu töten, sondern wünscht auf grausame Art zu töten, und fast immer spielt die Wollust dabei eine Rolle.

Werfen wir jetzt einen Blick auf diese gleichzeitig wollüstigen und grausamen Taten. Ich weiß, daß Ihnen diese Übersicht nicht mißfallen wird, denn alles, was in der Natur gewalttätig ist, ist interessant und erhaben.

Die Irländer erdrückten ihre Opfer.

Die Gallier brachen ihnen die Knochen.

Die Kelten steckten ihnen einen Säbel in den Darm und die Cymberer schnitten ihnen den Bauch auf oder warfen sie in glühende Öfen.

Die römischen Kaiser ließen junge christliche Jungfrauen auspeitschen und dann ihre Brüste und Arschbacken mit glühenden Eisen zeichnen. Sie selbst übernahmen oft die Rolle des Henkers und Nero trat selten an jemand anderen das Vergnügen ab, diese Unglücklichen zu töten.

Die Syrer stürzten ihre Opfer von der Höhe eines Berges herab.

Die Neger von der Küste Kalabar geben ihre Kinder lebend den Raubvögeln hin. Dieses Schauspiel ergötzt sie ungemein.

Unter den vielen Völkern der Erde findet man kaum eines, das dem Leben eines Menschen auch nur die geringste Bedeutung beimißt.

Die Huronen hängen über ihr Opfer einen Leichnam derart auf, daß alle Verwesungsteile, die aus dem toten Körper herabfließen, auf sein Gesicht tropfen, und so quält man den Unglücklichen, bis er stirbt.

Der Reisende Gmelin sah in Sibirien eine Frau, die bis zum Hals eingegraben war und der man dreizehn Tage zu essen brachte, bis sie schließlich starb.

Die Vestalinnen wurden in kleine schmale Nischen eingemauert und auf einen Tisch stellte man ihnen eine Lampe, ein Brot und eine Kanne Öl. Neuerdings hat man in Rom einen unterirdischen Gang gefunden, der den Palast der Kaiser mit den Kerkern der Vestalinnen verband.* Dies beweist, daß sich die römischen Kaiser an den Folterqualen der Vestalinnen ergötzten.

In Marokko und in der Schweiz zersägt man den Verbrecher zwischen zwei Brettern.

Hippomenes, König von Afrika, ließ seine Tochter und seinen Sohn von ausgehungerten Pferden auffressen.

Die Perser, die das erfinderischste Volk in Bezug auf Folterqualen sind, sperrten ihr Opfer zwischen zwei Holzstäbe ein und in dieser Stellung stach man ihm die Augen aus, manchmal auch rieb man ihm das Gesicht mit Honig ein, damit es von den Wespen gestochen werde. Unglaublich ist es, daß diese Leute oft achtzehn Tage lang dabei fortlebten.

Die Mazedonier kreuzigten den Schuldigen mit dem Kopf nach unten.

Die Athener ließen ihn Gift trinken oder ertränkten ihn im Bad, nachdem sie ihm die Adern geöffnet hatten.

* Ich bezeuge, daß ich dies selbst gesehen habe.

Die Römer hingen ihn manchmal an einem Baum an den Geschlechtsteilen auf, auch haben wir das Rad als Folterwerkzeug von ihnen übernommen.

Unter den Kaisern peitschte man sie zu Tode, manchmal auch nähte man das Opfer mit Schlangen zusammen in einen Sack und warf es in den Tiber.

Der Großinquisitor Torquemada ließ die Opfer vor sich an den fleischigsten Stellen des Körpers auf Stacheln legen. Aus dieser furchtbaren Stellung entsprangen die entsetzlichsten Schmerzen und oft starben sie mit einem seltsamen Lachen.

Aphlegus erzählt von der Qual einer Frau, deren Einzelheiten sehr nett sind. Man band sie in den Bauch eines Esels ein, dem man die Eingeweide herausgenommen hatte und ließ bloß ihren Kopf herausstecken, so übergab man sie den wilden Tieren.

Es gibt Länder, in denen man das Opfer in der Nähe eines großen Feuers anbindet, man öffnet ihm dann den Bauch und läßt es langsam von den Flammen verzehren. In früheren Zeiten gab man den Mädchen, die sich nicht bekehren lassen wollten, Pulver zu schlucken und steckte ihnen eine Zündschnur durch das Arschloch. Auf diese Weise brachte man ihnen die Liebe zur Messe bei. Sie platzten dann gewöhnlich wie eine Bombe auseinander.

Wenn wir auf die antiken Folterungen zurückkommen, müssen wir die der heiligen Katerina erwähnen, die an eine mit Spitzen versehene Walze gebunden und von einem Berg herabgerollt wurde. Sie müssen gestehen, Juliette, daß dies eine sehr süße Art ist, in den Himmel zu gelangen. Richten wir aber unser Auge auf ausländische Gebräuche, so sehen wir, daß in China der Henker mit seinem eigenem Leben dafür haftet, daß der Hinzurichtende nicht vor der festgesetzten Zeit stirbt, die gewöhnlich sehr lange ist, oftmals sogar neun Tage dauert.

In Ceylon wird der Schuldige verdammt, sein eigenes Fleisch oder das seiner Kinder zu verzehren.

Die Bewohner von Malabar hacken das Opfer mit einem Säbel entzwei und geben es den Tieren zu fressen.

In Siam wird es von Stieren zertreten. Der König dieses Landes tötete einen Rebellen, indem er ihm von Zeit zu Zeit ein Stück seines eigenen Fleisches abschnitt und es ihm zu essen gab.

In Cochinchina bindet man das Opfer an einen Pfahl und reißt ihm jeden Tag ein Stück Fleisch aus.

Die Koreaner füllen seinen Körper mit Essig an und töten es dann durch Stockschläge. Der König dieses Landes ließ seine Schwester in einen kupfernen Käfig einsperren, unter dem ein ständiges Feuer brannte und er ergötzte sich daran, sie umherspringen zu sehen.

Was man Paoulo in China nennt, ist eine Kupfersäule, die im Innern hohl ist. Man zündet darin ein Feuer an und bindet den Verbrecher so daran fest, daß er langsam röstet. Man sagt, daß es die Frau eines Kaisers war, die diese Folter erfand und daß sie niemals einen Unglücklichen sehen konnte, ohne dabei zu entladen.

Die Japaner schneiden den Bauch auf. Vier Männer halten den Armen fest und ein fünfter läuft mit einer Eisenkeule auf ihn zu und zerschmettert ihm den Schädel.

Die Brüder Moraves töteten einmal jemanden, indem sie ihn kitzelten. Eine ähnliche Folter hat man bei den Frauen angewendet. Man kitzelte sie zu Tode.

Was Sie aber sehr in Erstaunen setzen wird, ist, daß das Geschäft eines Henkers häufig von hochgestellten Personen ausgeübt wurde. Wie soll man sich das anders erklären, als daß sie von grausamer Geilheit geleitet wurden.

Mulei Ismaël war selbst der Scharfrichter der Verbrecher seines Reiches. Jeder Verbrecher in Marokko wurde durch seine Hand hingerichtet und keiner beraubte jemand des Kopfes so geschickt wie er. Er fand daran unsagbare Wonne. Zehntausend Unglückliche fühlten die Kraft seines Armes und in diesem Staate herrschte der Glaube, daß nur derjenige, der den Tod aus der Hand des Monarchen empfangen, Anrecht auf ewiges Leben habe.

Bonner, Bischof von London, peitschte diejenige selbst aus, die sich nicht bekehren wollte.

Uriothesli, Kanzler von England, ließ vor seinen Augen ein

sehr schönes Weib foltern, die nicht an die Gottheit Jesu Christi glaubte, und er zerriß sie mit eigener Hand und warf sie in die Flammen.

In mehreren Ländern ist es Gebrauch, wenn man zwei Verbrecher gleichzeitig hinrichtet, daß der Henker das Gesicht des zweiten Opfers mit dem Blut des ersten beschmiert.

Schließlich war der Mord auf der ganzen Erde verehrt und gebräuchlich. Ägypter, Araber, Kreter, Zyprioten, Foker, Griechen, Pelasger, Skythen, Römer, Phönizier, Perser, Indier, Chinesen, Masageten, Sarmaten, Irländer, Norweger, Schweden, Skandinavier, Gallier, Kelten, Cymberer, Germanen, Bretonen, Spanier und Neger, alle haben sie Menschen auf den Altären ihrer Götter geopfert. Zu allen Zeiten hat der Mensch Vergnügen daran gefunden, das Blut seines Nächsten zu vergießen, nur hat er diese Leidenschaft bald durch das Gesetz und bald durch die Religion verschleiert. Aber der Grund war immer in dem ungeheueren Vergnügen, das für ihn dabei entsproß.

Nach solchen Beispielen, Juliette, werden Sie wohl überzeugt sein, daß es keine selbstverständlichere Handlung gibt wie den Mord und daß es von Ihnen unsinnig wäre, die leiseste Reue zu empfinden.«

»Anbetungswürdiger Philosoph«, rief ich aus und fiel Braschi um den Hals, »noch niemals hat mich jemand über den wichtigen Gegenstand so gut aufgeklärt, noch niemals habe ich so schlagende Beispiele zu hören bekommen. Ah, alle meine Zweifel sind jetzt verschwunden und ich wünsche mir nur noch, wie Tiberius, daß die Menschheit einen einzigen Kopf habe, um sie mit einem Streich vernichten zu können. Doch jetzt brechen wir auf, es ist spät und Sie haben mir gesagt, daß uns die Morgenröte nicht mehr bei unseren Ausschweifungen treffen wird.«

Wir gingen also in die Kirche.

Ende des vierten Teiles

FÜNFTER TEIL

Riesige Paravents umgaben den Altar St. Peter und bildeten einen Saal von 100 Fuß im Geviert, dessen Mittelpunkt der Altar war und der keinerlei Verbindung mit dem übrigen Teil der Kirche hatte. Zwanzig junge Mädchen oder Knaben, auf erhöhten Bänken sitzend, schmückten die Ecken dieses herrlichen Altars. In jeder Ecke stand außerdem zwischen den Stufen und Bänken ein kleiner griechischer Altar für die Opfer bestimmt. Beim ersten stand ein fünfzehnjähriges Mädchen, beim zweiten eine zwanzigjährige, schwangere Frau, beim dritten ein vierzehnjähriger Knabe, beim vierten ein achtzehnjähriger, bildhübscher Jüngling. Drei Priester standen vor dem Altar bereit zum Opfer, sechs nackte Chorknaben versahen den Dienst, zwei lagen auf dem Altar und ihr Hintern diente als heiliger Stein. Braschi und ich lagen auf einer Ottomane, die auf einer 10 Fuß hoben Estrade stand, zu welcher Stiegen mit herrlichen türkischen Teppichen hinaufführten. Diese Estrade bildete ein Theater, auf welchem ruhig zwanzig Personen sich aufhalten konnten. Sechs kleine Ganymede von sieben bis acht Jahren saßen nackt auf den Stufen, harrend des leisesten Winkes des hl. Vaters. Verschiedene Kostüme, ebenso pikant als malerisch, schmückten die Männer, und die Weiber trugen eine Kleidung, die so entzückend war, daß es der Mühe wert ist, sie zu beschreiben. Sie trugen ein Hemd aus Ecrüseide, das leicht um die Taille floß, ohne sie zu verhüllen, eine Krause umschloß ihren Hals. Die Tunika wurde durch ein breites Rosaband über den Hüften festgehalten, so daß sie ganz entblößt waren. Über diesem Hemd trugen sie ein Schleppkleid von blauem Taft, welches nach hinten flutend die Vorderseite vollständig frei ließ. Eine einfache Rosenkrone schmückte ihr Lockenhaar. Diese Kleidung erschien mir so hübsch, daß ich sie sofort anlegen wollte.

Die Zeremonie begann. Sobald der hl. Vater einen Wunsch äußerte, eilten seine sechs Gehilfen, ihn zu befriedigen. Drei Mädchen wurden verlangt. Der Papst setzte sich auf das Gesicht der einen und befahl ihr, seinen Arsch zu schlecken. Die zweite sog an seinem Glied, die dritte kitzelte ihm die Hoden, währenddessen mein Arsch Gegenstand der Verehrung des hl. Vaters war. Die Messe nahm ihren Fortgang und meine Wünsche wurden mit derselben Geschwindigkeit erfüllt wie die des Pontifex. Sobald die Hostie geweiht war, brachte sie ein Akoluth auf die Estrade und legte sie voll Ehrfurcht auf die Eichel des Papstes, sobald er dies bemerkt, bohrt mir sie der Schweinskerl in den Arsch. Sechs junge Mädchen und sechs schöne Knaben boten ihm abwechselnd ihre Schwänze und ihre Ärsche dar. Ich selbst wurde von einem schönen, jungen Mann gegeilt, mit dessen Glied sich ein Mädchen masturbierte. Doch dabei blieb es nicht, die Seufzer, Flüche, Gotteslästerungen Braschis künden eine Verzückung an und führen den Samen herbei. Wir entladen und brüllen vor Lust. Sodomisiert vom Papste, oh meine Freunde, welche Wonne, ich glaubte, niemals solche empfunden zu haben. Wir sanken erschöpft in der Mitte aller dieser göttlichen Lustgegenstände zurück und die hl. Handlung setzte sich fort. Doch man mußte neue Kräfte gewinnen, denn Braschi wollte nicht, daß die Opfer beginnen sollten, bevor er ihm stand. Während zwanzig Mädchen und Knaben ihn wiederzubeleben suchten, ließ ich mich vor den Augen des Papstes in der Mitte einer Gruppe junger Leute dreißigmal vögeln. Ich regte immer vier auf während ich Gegenstand der Liebkosungen von zwei anderen war. Braschi war entzückt von meinen Ausschweifungen. Er ermunterte mich, sie zu verdoppeln. Eine neue Messe begann und diesmal wurde die Hostie auf das schönste Glied des Saales gelegt und in den Arsch des hl. Vaters versenkt, welcher endlich wieder in der Höhe mich aufs neue wieder von hinten in Angriff nahm. »Gut«, sagte er nach einigen Stößen, »jetzt steht er mir und wir können unser Zerstörungswerk beginnen.« Er befiehlt das erste Opfer. Der achtzehnjährige Jüngling wurde zu uns geführt, und nachdem er ihn liebkost, geküßt, geschleckt und besudelt hat, sagte ihm Braschi, er würde ihn wie den hl. Petrus kreuzigen lassen, den Kopf nach abwärts. Er empfängt sein Urteil mit Resignation und erleidet es mit Mut. Ich geilte Braschi während der Exekution, die von demselben Priester, welcher die Messe gelesen, ausgeführt wurde. Der junge Mensch wurde mitsamt seinem Kreuze an einem Säulentorso befestigt und man ging zu dem Mädchen mit fünfzehn Jahren über. Der Papst fickte sie in den Arsch, ich geilte sie, dann wurde sie auf das jämmerlichste ausgepeitscht und auf der zweiten Seite des Altars aufgehangen. Jetzt kommt der vierzehnjährige Knabe an die Reihe. Braschi pouserierte ihn und läßt ihn mit eigener Hand alle Martern, alle Greuel erdulden. Da erkannte ich erst die ganze Schlechtigkeit dieses Ungeheuers. Man muß auf dem Throne sitzen, um in seiner Schamlosigkeit so weit gehen zu können, denn die Straflosigkeit der gekrönten Lumpen treibt sie zu Erfindungen, die kein anderer Mann ausdenken könnte. Am Schluß reißt das Scheusal, trunken vor Wollust, dem Kinde mit seinen Händen das Fleisch vom Leibe. Er entlud. Jetzt sollte die schwangere Frau darankommen. Braschi sagte: »Ich kann es da zu keinem Ständer mehr bringen, aber ich werde mich an deiner Wollust begeilen. In welchem Zustande ich auch bin, das Verbrechen unterhält mich immer, drum los.« Die Unglückliche nähert sich. »Von wem ist das Kind«, frage ich sie. »Von einem der Lieblingsknaben des hl. Vaters.« — »Ist es vor seinen Augen gezeugt worden?« — »Ja.« — »Ist der Vater anwesend?« — »Dort steht er.« — »Tritt näher«, sag ich zu dem jungen Mann, »und schlitze selbst den Bauch auf, der deinen Sprößling trägt, die fürchterlichste Strafe harrt deiner, wenn du nicht sofort gehorchst.« Der Unglückliche folgte und ich entlade, indem ich das unglückliche Opfer mit Dolchstichen übersäe. Hierauf ziehen wir uns zurück.

Braschi wollte absolut die Nacht mit mir zubringen, er betete mich an. »Du bist stark«, sagte er, »und so lieblich wie wenige Frauen, es gibt wenig solche.« — »Die Borghia übertrifft mich.« — »Möglich«, sagte der Papst, »aber sie quält sich dann immer mit Gewissensbissen. In acht Tagen gebe ich dir mit deinen zwei Freunden, den Kardinälen und mit ihr das versprochene Souper und darauf will ich, mein Liebling, Greuel begehen, welche die heutigen übertreffen.« — »Ich hoffe es«, sagte ich falsch zum Pontifex, indem ich nur an den Diebstahl dachte, den ich in diesen Tagen begehen wollte; Braschi rieb sich die Hoden mit einem Spiritus ein, der ihn regenerieren sollte. Hierauf versuchte er eine neue Attacke. »Ich bin nicht genug in der Höhe, um dich in den Hintern zu ficken«, sagte er, »aber schlecke mich.« Ich setze mich verkehrt auf seine Brust, mein Arschloch ruht auf seinem Mund und der Schweinkerl entlädt trotz seiner Papstwürde fluchend wie ein Atheist. Er schlief ein. Wohl hatte ich Lust, seinen Schatzkasten sofort auszuplündern, der Weg, den er mir selbst beschrieben, gestattete es mir, ohne seine Garden fürchten zu müssen, doch da ich den Plan zugleich mit Olympia ausgekocht, wollte ich sie dieses Vergnügens nicht berauben und außerdem würde unsere Beute größer sein, wenn Elise und Raymonde dabei sein würden.

Pius VI. erwachte und begab sich ins Konsistorium, ich ließ ihn in Ruhe über den Gewissenszustand der christlichen Länder disputieren, während ich mich von der päpstlichen Besudelung durch ein Bad reinigte, ich eilte zur Borghia, um ihr von meinen Erfolgen im Vatikan zu erzählen.

Um die Einförmigkeit der Details zu vermeiden, will ich die darauf folgenden Orgien nur leicht berühren. Die große Galerie war der Schauplatz und vierhundert Subjekte beiderlei Geschlechts ergingen sich in unglaublichen Schamlosigkeiten. Dreißig Jungfrauen und vierzig Knaben wurden geschändet und gemordet. Albani, Bernis und der Papst pouserierten sich und berauschten sich an Wein und Unzucht und diesen Moment der Trunkenheit benützten wir, Olympia, Elise, Raymonde und ich, um den Schatz zu plündern. Wir stahlen 25.000 Zechinen und Sbrigani, in der Nähe mit sicheren Leuten wartend, brachte es sofort zur Borghia, wo wir es am nächsten Tage teilten. Braschi bemerkte nichts von dem Diebstahl oder gab sich den Anschein, ihn nicht zu bemerken, ich sah ihn nicht wieder, meine Besuche schienen ihm zu teuer zu sein.

Ich hielt es für klug, Rom zu verlassen, trotzdem Olympia darüber untröstlich war, und ich ging nach Neapel im Anfang des Winters, mein Portefeuille gefüllt mit Empfehlungsschreiben an die königl. Familie, dem Prinzen Francaville und alle reichen und angesehenen Leute Neapels. Meine Gelder ließ ich bei den römischen Bankiers. Wir reisten mit vier Pferden und vier berittenen Dienern; da wurden wir zwischen Fondi und dem Hafen von Gaeta an der Grenze des Kirchenstaates, ungefähr 12 bis 15 Meilen von Neapel entfernt, von zehn Reitern angehalten, die uns baten, mit der Pistole in der Hand, von der Hauptstraße abzuzweigen, um den Kapitän Brisa-Testa aufzusuchen, welcher in ehrwürdiger Zurückgezogenheit auf einem Schlosse in der Nähe von Gaeta am Meeresstrand es nicht zugeben konnte, daß Ehrenmänner an ihm vorbeikommen, ohne ihn zu besuchen. Wir verstanden nicht ihre Sprache und unsere Kräfte mit den ihrigen vergleichend, fanden wir es am besten zu folgen. »Kamerad«, sagte Sbrigani zum Offizier, »ich habe immer sagen gehört, eine Krähe hackt der anderen kein Auge aus; wir betreiben doch dasselbe Geschäft, wenn auch auf verschiedene Art.« — »Darüber kannst du mit dem Kapitän sprechen, ich habe nur zu folgen, besonders wenn mein Leben davon abhängt; vorwärts!« — Auf seinen Befehl banden die Reiter unsere Diener an den Schweif ihrer Pferde; es gab keine Widerrede, wir mußten weiter. Der Offizier setzte sich zu uns in den Wagen, und während wir fünf Stunden so fuhren, erzählte uns unser Führer, daß der Kapitän Brisa-Testa der berühmteste Räuberhäuptling Italiens sei. Er befehligt über eintausendzweihundert Männer, und unsere Abteilungen durchqueren den Kirchenstaat von Trento bis Kalabrien. Die Reichtümer des Brisa-Testa seien ungeheuer. Voriges Jahr, auf seiner letzten Reise nach Paris, hatte er daselbst eine entzückende Frau geheiratet, welche jetzt in seinem Hause die Honneurs macht. »Bruder«, sage ich zu dem Banditen, »ich glaube, es ist nicht schwer, im Hause eines Diebes die Honneurs zu machen.« — »Ich bitte um Entschuldigung, die gnädige Frau hat einen sehr ausgedehnten Wirkungskreis, sie bringt nämlich die

Gefangenen um, und sie macht es so schön, daß sie entzückt sein werden von ihrer Hand zu sterben.« — »Ah, das nennen Sie also Honneurs machen, Sie sind direkt trostbringend, Herr Offizier. Ist der Kapitän zu Hause oder werden wir es nur mit seiner Gattin zu tun haben?« — »Sie sind beide da«, antwortete der Brigant, »Brisa-Testa ist von einer Expedition in das jenseitige Kalabrien zurückgekehrt, die uns zwar einige Leute gekostet, aber heidenmäßig Geld eingetragen hat, seitdem beziehen wir dreifachen Sold, denn das ist das Schöne an diesem großen Kapitän, das Gerechte an ihm, daß wir immer nach seinen Mitteln bezahlt werden. Er würde uns 10 Unzen am Tag geben,* wenn er entsprechend verdienen würde; aber hier sind wir«, sagte der Offizier, »es tut mir leid, daß die Nacht sie verhindert, die reizende Umgebung des Schlosses zu betrachten. Jetzt müssen wir aber, wegen der schwierigen Zugänge, zu Pferde steigen und den Wagen verlassen.« Wir setzten uns hinter unsere Wächter und eineinhalb Stunden lang klimmten wir den höchsten Berg hinan, den ich je bestiegen. Eine Falltüre senkte sich, wir durchschritten einige von Soldaten starrende Festungswerke, wurden militärisch gegrüßt und gelangten in die Mitte der Zitadelle. Dieselbe war in dem Zustand, wie Brisa-Testa sie hielt, geradezu uneinnehmbar.

Es war gegen Mitternacht, als wir ankamen. Der Kapitän und seine Frau lagen zu Bett, man weckte sie auf. Brisa-Testa kam uns visitieren. Er war ein schöner Mann in den besten Jahren, mit einem ebenso hübschen als grausamen Gesicht. Er betrachtete oberflächlich unsere Leute. Mich und meine Genossen beschäftigten ihn etwas länger. Seine kurze und wilde Manier ließ uns erzittern, er sprach leise mit dem Offizier. Unsere Leute wurden nach einer Seite abgeführt, unsere Effekten und Koffer nach der anderen, und wir selbst in einen Kerker geworfen, wo wir etwas Stroh fanden, uns niederzulegen und unser Unglück zu beweinen. Welch' grausame Gedanken bewegten unsere Seele! Die Erinnerung an unser einstiges Wohlleben verdüsterte nur unsere

* Die Unze ist in Neapel ungefähr 11 Livres und 10 Sous wert.

Lage. In dieser Verzweiflung wollte mich Raymonde an die Religion erinnern. »Laß mich mit dieser Chimäre in Frieden«, antwortete ich ihr. »Wenn man sie das ganze Leben verachtet, kann man nie wieder zurückkehren zu ihr, ich kenne keine Gewissensbisse, es gibt keine Sünde, die ich nicht mit Freuden wiederholen würde und nur über die Entbehrung des Lasters weine ich, nicht über ihr Resultat. Selbst unter dem Schwerte würde ich noch neue Verbrechen wollen; ich wollte, mein Geist würde nach dem Tode herumirren und die Menschheit mit Sünden vergiften. Übrigens fürchte nichts, wir sind in der Hand der Sünde und gerade das ist unser Schutz, viel mehr würde ich mich fürchten, wenn uns die Gerechtigkeit, dieser Bastard der Dummheit und des Despotismus, in den Klauen hätte, dann würde ich dir Adieu sagen, aber die Jünger des Verbrechens ehren ihre Genossen, und so wird uns nichts geschehen, im Gegenteil, wir werden an ihren Verbrechen teilnehmen. Ich liebe schon im Voraus diese Frau, wir werden ihr gefallen, wette ich, wir werden mit ihr töten, aber sie wird uns nicht töten, und wir werden sie zum Entladen bringen. Nähert euch, Raymonde und Elise, wir wollen uns geilen, da wir kein anderes Vergnügen übrig haben.« Aufgeregt durch mich folgten sie mir und wir schwammen in derselben Wollust, als wenn wir frei wären. Aber zur Vernunft zurückgekehrt, sagte ich zu meinen Genossen: »Man wird uns töten, das ist unsere einzige Aussicht. Das erschreckt mich nicht, denn ich bin genügend Philosophin, um mich nicht unglücklicher zu fühlen, daß ich nicht mehr sein werde, als darüber, daß ich einst nicht war. Aber ich fürchte die Schmerzen, man wird uns martern mit Wollust, wie ich es einst anderen tat. Der Kapitän ist ein Ungeheuer und seine Frau wahrscheinlich ebenso grausam.« — »Madame«, sagte mir Elise, »in meinem Herzen spricht eine leise Hoffnung; Ihr eigenes Prinzip sagt, daß das Laster immer triumphiert und die Tugend unterliegt, und darauf baue ich. Dies wird uns das Leben retten.« So dachten wir, als ein Kerkermeister, noch erschreckender als sein Herr, uns eine Schussel voll Bohnen brachte. »Nehmt dies«, sagte er mit rauher Stimme, »und seid sparsam, denn mehr bekommt ihr nicht.« — »Was harrt denn unser, der Hungertod?« — »Nein, aber nachdem Ihr morgen expediert werdet, findet die Gnädige es nicht für nötig, Geld auszugeben, um eueren Darm mit etwas zu füllen, was ihr nicht mehr scheißen werdet.« — »Und kann man wissen, welcher Tod uns bevorsteht?« — »Das hängt ganz von der Gnädigen ab, sie macht, was sie will, allerdings harrt Eurer ein besseres Los, denn Madame Brisa-Testa ist nur grausam mit den Männern. Sie erschöpft sich in Wollust und dann tötet sie sie.« — »Und ist ihr Mann nicht eifersüchtig?« — »Nein, er tut dasselbe mit den Weibern und überliefert sie dann der Gnädigen, die das Urteil spricht und es, wenn der Herr müde ist, selbst ausführt.« — »Er tötet also selten, Euer Herr, er hat schon genug davon und überläßt es seiner Frau, die er sehr liebt?« — »Adieu«, sagte der Henker, »ich habe noch andere zu bedienen, denn Dank dem Himmel wird das Haus nie leer, wir haben immer eine Unmasse Gefangene.« — »Kamerad«, sagte ich, »weißt du nicht, was mit unseren Sachen geschehen?« — »Seid ruhig, es geht nichts verloren, wenn auch Ihr nichts mehr davon sehen werdet.« Ein Loch von drei Daumen Stärke gab uns das Licht, uns gegenseitig zu beobachten, als wir allein waren. »Hast du noch Hoffnung, Elise?« — »Noch immer«, sagte dieses liebe Mädchen, »essen wir und verzweifeln wir nicht.« Kaum hatten wir unsere traurige Mahlzeit beendet, als der Kerkermeister eintrat. »Man verlangt nach Euch im Beratungssaal, Ihr kommt schon heute daran.« Eine große Frau saß am Ende des Saales und gab uns das Zeichen, uns um sie herum zu stellen. Dann, nachdem sie eine Schreiberei beendigt hatte, hob sie die Augen zu uns, indem sie uns befahl, auf ihre Fragen zu antworten. Oh, meine Freunde, wie soll ich Euch meine Überraschung beschreiben? Diese Frau, die uns ausfragte, die Gefährtin des gefährlichsten Räuberchefs Italiens, war Clairwil, meine liebe Clairwil, die ich in dieser unglaublichen Situation wiederfand. Ich halte mich nicht zurück, ich falle ihr um den Hals. »Was sehe ich«, ruft Clairwil aus, »du bist es, Juliette, meine beste Freundin! Küssen wir uns und möge dieser Tag für uns ein Freudentag werden.« Diese Seelenbewegung, ihr Wechsel und ihre Heftigkeit brachten mich fast von Sinnen. Als ich wieder zu mir kam, fand ich mich in einem großartigen Bett, umgeben von Clairwil und meinen Frauen, die wetteiferten, mir ihre Sorge angedeihen zu lassen. »Holde Freundin«, sagte Clairwil zu mir, »welches Glück, dich wiederzufinden, mein Gatte ist schon verständigt, du bekommst alle deine Sachen wieder zurück und wir bitten dich, nur einige Tage bei uns zu bleiben, unsere Lebensweise wird dich nicht erschrecken, dazu kenne ich dich zu gut. Haben wir doch seinerzeit genug miteinander ausgeführt, so daß ich davon überzeugt sein kann.« — »Oh, Clairwil«, rief ich aus, »ich warte mit Vergnügen auf die Verbrechen, welche du mir vorbereitest, sie werden gereift durch das Alter, wie mein Geist ist, mich entzücken. Glaube mir, deine Freundin errötet nur mehr noch über die Tugend. Doch was ist aus dir geworden, mein Engel, welcher Glücksstern läßt mich dich hier finden?« — »Ich werde dir alle Einzelheiten mitteilen«, sagte Clairwil, »aber vor allem will ich, daß du dich beruhigst und meine Entschuldigungen wegen der schlechten Aufnahme, die dir widerfahren, annimmst. Meinen Gatten wirst du kennen lernen und ich bin sicher, er wird dir gefallen. Du bist in gute Hände gekommen, ein Spitzbube wie du ist bei uns immer gut aufgenommen; erkenne darin die Hand der Natur, Juliette, wo wie immer das Laster triumphiert.« In diesem Augenblick erschien Brisa-Testa und wahrscheinlich infolge der geänderten Situation erschien er mir ganz anders als vorher, ja, ich fand ihn sogar als Mann sehr hübsch. »Du hast wirklich einen Deiner würdigen Gatten«, sagte ich zu meiner Freundin. »Betrachte ihn genau, Juliette, und du wirst bemerken, daß nicht nur das Eheband uns verbindet.« — »Gewiß, es besteht eine Ähnlichkeit zwischen euch.« — »Ja, Juliette, der Mann ist mein Bruder; nach langer Abwesenheit habe ich ihn voriges Jahr wieder gefunden, die Ehe hat unser Band fester geknüpft und es soll unauflöslich bleiben.« — »Dieses Versprechen erneuere ich«, sagte der Kapitän, »in die Hand der reizenden Juliette. Wenn man sich so ähnlich ist, so gleich in Neigung und Sitten, soll man sich nie trennen.« — »Ihr seid Elende«, sagte ich, »und lebt in Blutschande und Verbrechen, für Euch gibt es keine Sühne. Wenn Ihr wie ich von Rom kommen würdet, würde Euch die Angst, Euch niemals von diesen Sünden reinigen zu können, vor ihnen bewahren.« — »Zu Tisch!« sagte Clairwil, »du kannst deine Predigt zum Dessert beendigen, hier hast du deine Habseligkeiten, deine Leute und deinen Sbrigani, seid alle Freunde des Hauses und verkündet später, daß die Freundschaft auch im Schlosse des Verbrechens blüht.« Sbrigani und meine Frauen setzten sich zu Tisch und bald waren wir nur eine Familie. Es war acht Uhr, als wir die Tafel aufhoben. Brisa-Testa und seine Frau, die seine Gewohnheiten angenommen zu haben schien, hatten den schönsten Schwips. Nach der Mahlzeit gingen wir in einen Salon, wo meine Freundin bald den Vorschlag machte, die Myrthen der Venus in die Weinranken Bacchus zu flechten. »Der Kerl da muß einen großartigen Ständer haben«, sagte sie und zog Sbrigani auf ein Kanapee. »Mein Bruder, schau dir Juliette an und du wirst Reize finden, die der deinigen würdig sind.« — »Himmel!« schrie ich ganz verzückt, »von einem Räuber, einem Mörder gevögelt werden!...« Kaum hatte ich vollendet, als mich der Bandit auf ein Sofa niederdrückte und ich fühlte einen Schwanz, so dick wie einen Arm, meinen Arsch durchstöbern. »Schöner Engel«, sagte der Wüstling zu mir, »gestatte eine kleine Vorbereitung, ohne welche, so sehr mir auch der Schwanz steht, ich deine Reize nicht genießen könnte. Ich muß nämlich zuerst deinen Arsch blutig machen, doch verlaß dich auf mich, du wirst es kaum fühlen.« Und indem er sich mit einer Geißel mit ehernen Spitzen bewaffnete, gab er mir ein Dutzend Hiebe auf die Arschbacken. In zwei Minuten war ich mit Blut bedeckt, ohne den geringsten Schmerz zu fühlen. »Das brauche ich«, sagte der Kapitän, »denn so werden meine Schenkel in Blut schwimmen und mein Schwanz in deinen Eingeweiden Samen verlieren, den ich ohne diese Zeremonie niemals erlangt hätte.« — »Hau nur zu, lieber Bruder«, rief Clairwil, »ihr Arsch ist erprobt, wir haben uns oft gegenseitig gepeitscht.« Während sie dies sagte, vögelte sie aus Leibeskräften mit Sbrigani. »Oh, mein Herr«, rief ich aus, als ich den furchtbaren Mastbaum des Kapitäns in meinen Eingeweiden spürte, »die Schläge habe ich vertragen, aber das werde ich nie aushalten können.« Aber es war bereits zu spät, Brisa-Testa war bereits bis auf den Grund gelangt. Man ahmte uns nach, Clairwil ward ebenso in die Arbeit genommen und wurde außerdem von Raymonde am Kitzler gegeilt, ein Dienst, den mir Elise erwies. Oh, meine Freunde, wie vögelte dieser Räuberhauptmann! Er blieb nicht bei dem Liebestempel, bei welchem er angefangen, sondern ging auch zum anderen über und unaufhörlich kam es mir. »Siehst du, Juliette«, sagte er, indem er seinen ungeheueren Schweif gegen meine Brust zückte, »dies ist der Grund aller meiner Verirrungen, meines ganzen Lebenswandels. Wie meine Schwester, kann mich nur das Verbrechen in die Höhe bringen und nur in seiner Ausübung kann ich meinen Samen verlieren.« — »Wenn dem so ist und sich unser Geschmack so einigt, dann vorwärts, mengen wir unseren Samen mit Blutströmen. Habt Ihr kein Opfer?« — »Ah«, sagte Clairwil und entlud, »daran erkenne ich meine alte Freundin. Wohlan mein Bruder, schlachten wir die schöne Römerin, die wir heute früh gefangen!« — »Gut«, sagte Brisa-Testa, »man soll sie bringen lassen, ihr Tod wird Juliette belustigen und wir alle werden hierbei entladen.«

Die Reisende kam, und wer, glaubt Ihr, bot sich meinen erstaunten Augen? Die Borghia, dieses entzückende Weib. Sie konnte ohne mich nicht leben und war mir daher nachgeeilt. So hatten sie die Leute des Brisa-Testa, so wie uns, gefangen. »Clairwil« rief ich aus, »dieses Weib ist kein Opfer, sondern eine Genossin wie wir alle, und war meine Freundin, die dich beinahe ersetzte! Liebe sie, sie ist unser würdig.« — »Teufel«, sagte der Bandit, »dieses Abenteuer begeistert mich dazu, dieses Weib zu vögeln und nachher werde ich sehen, wie ich mich entschließen werde.« Olympia ersetzte mich und ihr schöner Arsch erhielt das verdiente Lob. Auf die gleiche Weise wie mich bringt sie Brisa-Testa zum Bluten und sodomisiert sie, meine Frauen geilen mich und Sbrigani hört nicht auf, Clairwil zu vögeln. Unsere Köpfe erhitzten sich ohne jegliches Reizmittel, Brisa-Testa legt uns alle fünfe miteinander auf ein Sofa, Sbrigani und er sondieren uns abwechselnd und entladen, Sbrigani in den Arsch Clairwils, Brisa-Testa in den Olympias. Hierauf gab man der Borghia etwas zu essen und wir legten uns alle zu Bett. Nach dem Frühstück des nächsten Tages vereinigten sich alle und Brisa-Testa entschloß sich auf unser Bitten, da er, wie er sagte, vor uns sich nicht zu genieren brauche, uns die Geschichte zu erzählen, wie ein Räuberhauptmann eine Pariser Kokotte heiratete.

Geschichte des Brisa-Testa

Wenn ich noch die geringste Scham besitzen würde und das Erröten nicht verlernt hätte, würde ich meine Verirrungen verschweigen, so aber zögere ich nicht, Euch auch die kleinsten Details meines von Verbrechen und Ausschweifung strotzenden Lebens zu schildern. Die reizende Frau, die Ihr hier seht, gleichzeitig meine Frau und meine Schwester, ist, so wie ich, ein Kind Borchamps, dessen Veruntreuungen ebenso bekannt sind wie sein Reichtum und seine Ausschweifung. Mein Vater war vierzig Jahre alt, als er meine Mutter, die zwanzig Jahre alt und viel reicher war als er, heiratete. Ich kam im ersten Jahre der Ehe zur Welt, meine Schwester Gabriele sechs Jahre später. Als ich sechzehn Jahre alt war, wollte mein Vater meine Erziehung selbst leiten, ich kam ins Vaterhaus zurück. Sehr rasch ließ mich mein Vater das bißchen Religion, das ich hatte, vergessen und die Wissenschaft ersetzte den dunklen Nebel der Theologie. Meine Mutter, fromm und tugendhaft erzogen, mißbilligte die Prinzipien, die mein Vater uns einimpfte, und versuchte, ihn daran zu hindern. Er aber spottete ihrer und vernichtete nicht nur alles, was Religion sondern auch alles, was an Moral in uns war. Er vernachlässigte nichts, was die Vorurteile mit der Wurzel ausrotten konnte, und hielt uns daher auch bis auf den Besuch eines seiner Freunde gänzlich von der Welt abgeschlossen. Dieser Freund, Herr von Breval, fünfundvierzig Jahre alt, war ebenso reich wie mein Vater, hatte wie er eine junge, tugendhafte Gattin und zwei Kinder, Augustus, der fünfzehn Jahre alt war, und Laurenzia, ein bildhübsches Mädchen von elf Jahren. Wenn wir zusammen waren, blieben wir unter der Obhut einer sehr schönen Gouvernante, Pamphylia mit Namen, deren zwanzig Jahre es meinem Vater angetan hatten. Auferzogen in denselben Prinzipien, huldigten wir denselben Neigungen und so hätte man unsere Zusammenkünfte eher für philosophische Sitzungen als für Kinderunterhaltungen gehalten. Durch die Beschäftigung mit den Naturgesetzen erwachten dieselben bald in uns, aber merkwürdigerweise blieben wir in der Familie. Augustus und Laurenzia liebten sich ebenso heiß wie Gabriele und ich. Es zeigt sich also, daß es nichts natürlicheres als die Blutschande gibt, doch liebte Gabriele Augustus mit derselben Heftigkeit wie mich, und ich, obwohl ich Gabriele verehrte, empfand dasselbe Vergnügen mit Laurenzia, ein Beweis, daß Eifersucht und Liebe miteinander nichts zu tun haben. Sechs Monate hatte unsere Liebe nichts Irdisches an sich, es fehlte uns nicht die Begierde, wohl aber der Unterricht, und unsere Väter, die dies bemerkten, halfen rasch nach. Eines Tages, als es sehr heiß war und unsere Eltern sich zurückgezogen hatten, kam mein Vater fast zur Hälfte nackt und holte uns hinein. Die junge Gouvernante folgte. Zu unserem Erstaunen sahen wir Breval auf meiner Mutter und seine Frau gleich darauf unter meinem Vater. »Betrachtet diese Natureinrichtung«, sagte Pamphylia, »und da Eure Eltern Euch in die Mysterien der Wollust einführen wollen, so ahmt es ihnen nach.« Wir traten näher nach einigem Erstaunen, da bemerkten wir, daß die zwei Männer von Wollust erfüllt waren, während die Frauen sich nur widerwillig dazu hergaben. Pamphylia erklärte uns alle Details. Hierauf wechselte die Szene, indem mein Vater den Arsch der Madame Breval verließ, uns näher treten ließ und uns sein Werkzeug zu betasten gab, indem er uns lehrte, es zu wichsen. Wir lachten bei dieser Tätigkeit und Breval beobachtete uns, indem er meine Mutter in den Hintern fickte. »Pamphylia«, sagte mein Vater, »hilf uns, sie in den gleichen Zustand wie wir zu bringen, wir müssen zur Theorie die Praxis hinzufügen.« In einer Minute waren wir nackt, die beiden Väter machten sich daran, uns mit Liebkosungen ebenso wie Pamphylia zu überhäufen, indem sie uns filzten und schleckten. »Welche Schändlichkeit«, rief Madame de Breval, »wie kann man derartiges mit seinen eigenen Kindern tun!« – »Ruhig, Madame«, schrie ihr ihr Gatte hart zu, »bleiben Sie in Ihrer passiven Rolle, die Ihnen vorgeschrieben ist!« Und in aller Ruhe setzen sie beide ihre Tätigkeit fort. Mein Vater, wenn er auch Gabriele küßte und geilte, schien allein mir seine Liebkosungen zu widmen. Ich allein entflammte ihn, mir allein machte er die wollüstige Liebkosung des Arschleckens, welche die Sodomiten selten den Frauen machen aus Angst und Ekel vor dem Nachbar. Zu allem entschlossen legte er mich auf den Bauch meiner Mutter, er läßt mich von Pamphylia halten, welche gleichfalls nackt ihm ihren herrlichen Arsch zum Filzen darbietet, befeuchtet den Tempel, den er durchbohren will, und als er ihn genügend erweitert glaubt, stößt er sein Glied hinein und entjungfert mich, sterbend vor Wollust. »Oh, mein Herr«, schrie meine Mutter, »welche Scheußlichkeit, wie können Sie Ihren Sohn zum Opfer Ihrer entsetzlichen Ausschweifung machen? Jede einzelne Tat verdient das Schafott!« — »Gerade deshalb werde ich mit Wollust entladen«, antwortete kalt mein Vater. »Fürchten Sie übrigens nichts, Ihr Sohn kann das schon aushalten, ich entjungfere täglich viele jüngere Kinder, Gabriele wird auch bald an die Reihe kommen, mein Schwanz ist nicht stark und meine Geschicklichkeit sehr groß.« Wie dem auch immer sei, so blutete ich stark, aber die Ströme von Samen stillen es. Mein Vater beruhigt sich, liebkost dann meine Schwester, welche mich ersetzt. Auch Breval verlor nicht seine Zeit, aber er beginnt mit Laurenzia und pflückt ihre Jungfernschaft. »Vögele auch deinen Sohn«, schrie ihm mein Vater zu, »ich werde meine Tochter in den Hintern ficken, es ist Zeit, daß sie erfahren, daß sie nur zu unserer Lust geschaffen sind, sonst hätten wir sie überhaupt nicht gezeugt.« Beide Opfer erfolgten gleichzeitig. Breval entjungfert seinen Sohn, indem er seiner Tochter den Arsch filzt, die noch von seinem Samen überschwemmt ist, und das Arschloch seiner Frau küßt.

Zur Linken pouseriert mein Vater Gabriele, während er mein Arschloch leckt, mit einer Hand seine Frau, mit der anderen Pamphylia geilt. Beide entladen und Friede tritt wieder ein. Der Rest des Abends wurde zu unserem Unterricht verwendet, unsere Väter verheirateten uns mit unseren Schwestern, schließen uns mit eigenen Händen zusammen, und während sie uns von vorne beschäftigen, sondieren sie abwechselnd unsere Ärsche, so daß Breval mich pouserierte, während Borchamps Augustus vögelte. Unsere Mütter wurden gezwungen, so wie Pamphylia, währenddessen ihre Reize den zwei Wüstlingen vor Augen zu halten. Einige andere Unzuchtsszenen folgen, von meinem Vater erdacht, dessen Phantasie schrankenlos war. Er läßt z.B. die Frau, während sie von dem Gatten der anderen gevögelt wird, von ihren Kindern geilen. Pamphylia ist überall dabei, hilft und bedient die Kämpfenden. Auch sie wird sodomisiert und die köstlichste Entladung beruhigt die Gemüter. Einige Tage nachher ließ mich mein Vater kommen und sagte: »Mein Freund, du wirst von heute ab allein meinen Vergnügungen dienen, deine Schwester kommt ins Kloster, sie ist zwar sehr hübsch und hat mir auch viel Vergnügen bereitet, aber ich bin eifersüchtig auf ihren Verkehr mit dir. Du wirst das Zimmer deiner Mutter bewohnen, sie wird dir Platz machen, wir werden jede Nacht zusammen schlafen, ich werde mich in deinem Arschloch erschöpfen und du wirst in meinem entladen und wir werden uns in Wollust berauschen. Versammlungen werden keine mehr stattfinden, denn Breval wird sich mit seiner Tochter so stellen wie ich mit dir, aber, zu eifersüchtig auf einander, werden wir nicht mehr zusammen kommen.« — »Wird aber meine Mutter nicht sehr betrübt sein?« fragte ich. »Höre aufmerksam zu, ich halte dich für erwachsen genug, um mich zu verstehen. Dieses Weib ist mir das verhaßteste auf der Welt, gerade wegen der Ehebande. Was du uns mit unseren Frauen machen gesehen hast, geschah weniger zu unserer Unterhaltung, als aus Haß und grausamer Wollust, um sie zu erniedrigen, auch du wirst eines Tages diese Wollust schätzen lernen.« — »Dann werdet Ihr mich wohl auch«, fragte ich, »eines Tages, wenn Ihr meiner satt sein werdet, martern?« — »Das ist ein großer Unterschied, uns bindet nicht Gesetz oder Konvenienz, sondern Liebe und Verbrechen und da gibt es keine Sättigung.« Ich glaubte ihm und lebte von der Zeit an wie seine Maîtresse. Pamphylia war unsere zweite Vertraute. Sie war oft die

Dritte im Bunde, mein Vater ließ sich von ihr peitschen, während er mich pouserierte. Öfters auch sodomisierte und striegelte er sie, dann lieferte er mir sie aus und ich konnte mit ihr tun, was ich wollte, nur mußte ich dabei das Arschloch meines Vaters küssen; Borchamps unterrichtete mich so wie Sokrates, während er mich vögelte. Ich empfing von ihm die unmoralischesten und gottlosesten Grundsätze und, wenn ich nicht stehlen ging, war es nicht seine Schuld. Meine Schwester wurde, wenn sie nach Hause kam, von meinem Vater immer sehr kühl empfangen, hingegen liebte ich sie glühend heiß und bewies ihr dies, indem ich sie vögelte, wann es mir möglich war. »Mein Vater liebt mich nicht, er zieht dich vor«, sagte Gabriele, »lebe glücklich mit ihm, vergiß mich nicht.« Ich küßte Gabriele und schwur, sie ewig zu lieben. Ich hatte schon längst bemerkt, daß meine Mutter immer in Tränen aufgelöst von meinem Vater kam. Neugierig wie ich war, beobachtete ich sie durch ein Loch in der Mauer und sah Schreckliches. Es ist unglaublich, wie weit der Haß diesen Mann quälte. Er schlug sie, warf sie zur Erde, trat sie mit Füßen, schlug sie mit der Hundepeitsche bis aufs Blut und ließ sie von einem anderen, häßlichen Mann vögeln, während er denselben sodomisierte. »Wer ist dieser Mann?« fragte ich Pamphylia. »Das ist ein Verbrecher von Beruf, den mein Vater zwei- bis dreimal vom Galgen gerettet hat; für 5 Francs würde er jeden, den du ihm zeigst, umbringen. Eines der größten Vergnügen deines Vaters ist, ihn deine Mutter vögeln zu lassen, während er ihn selbst gebraucht. Borchamps liebt diesen Mann, der früher deine Stelle wiederholt eingenommen hat, aber du kennst noch nicht die ganze Größe der Ausschweifung deines Vaters; nimm morgen wieder deinen Beobachtungsposten ein und du wirst eine neue Szene sehen.« Kaum war ich auf meinem Posten, als vier Riesenkerle in das Zimmer meines Vaters eindrangen, ihm die Pistole auf die Brust setzten und ihn knebelten. Sie banden ihn dann an eine Leiter an und verabreichten ihm über 1.000 Rutenstreiche, daß das Blut in großen Tropfen herunterrann. Dann warfen sie ihn auf ein Kanapee und nahmen ihn alle vier in Arbeit, so daß er immer einen Schwanz im Mund, einen im Arschloch und einen in jeder Hand hatte. So wurde er über zwanzigmal gevögelt und dies von Schwänzen, die ich kaum hätte umfassen können. »Ich möchte gerne«, sagte ich zu Pamphylia, die ich während der Zeit in den Hintern fickte, »daß du meinen Vater überredest, meine Mutter zum Opfer einer solchen Attacke zu machen.« — »Nichts leichter als das«, sagte Pamphylia. »So einen scheußlichen Vorschlag muß man deinem Vater nur machen, damit er ihn sofort ausführt.« Einige Tage nachher wurde uns dieser Anblick zuteil, meine arme Mutter wurde mit einer solchen Wucht geprügelt und sodomisiert, daß die Spitzbuben sie leblos auf dem Fußboden liegen ließen. Pamphylia hatte mir während der Zeit ihren schönen Arsch geliehen, und mein lebenlang hatte ich nicht so gut entladen. Ich berichtete alles meinem Vater und verschwieg ihm auch nicht das Vergnügen, das ich hierbei empfunden, ich sagte ihm auch, daß ich auf diese Idee gekommen war. »Mein Freund«, frug mich mein Vater, »bist du imstande, mir bei diesen Sachen behilflich zu sein?« — »Gewiß, Vater!« — »Was, die Frau, die dich geboren?« — »Sie hat nur für sich selbst gearbeitet und ich hasse sie genau so wie du.« — »Küsse mich, mein Liebling, und sei überzeugt, daß du auf diese Weise den höchsten Genuß, der einen Mann berauschen kann, empfinden wirst. Nur in der Verletzung dessen, was man Naturgesetze nennt, empfindet man wahres Vergnügen. Du bist also bereit, deine Mutter zu mißhandeln?« — »Gewiß, mehr wie Ihr selbst.« — »Zu martern?« — »Ich bin bereit, sie zu töten, wenn Ihr wollt.« Bei diesen Worten konnte Borchamps, der während dieser Rede meinen Arsch gefilzt hatte, seinen Samen nicht zurückhalten und entlud, bevor er Zeit gehabt hatte, ihn in meinen Arsch zu senden. »Auf morgen, mein Sohn«, sagte er, »ruhe dich aus und vor allem schone dich, denn zu solchen Sachen braucht man Samen, damit man ihn bei der Ausübung doppelt vergießen kann.« Zur verabredeten Stunde kam meine Mutter zu Borchamps, der häßliche Mann war dort und meine Mutter vergoß bittere Tränen, als sie mich unter ihren Feinden sah. Die Szene war entsetzlich. Ich übertraf meinen Vater und seinen Freund in Greueln. Borchamps ließ mich durch seinen Freund auf dem Schoße meiner Mutter pouserieren, während ich diesen Schoß, der mich getragen hatte, zerkratzen sollte. Pouseriert von einem großartigen Schwanze, aufgestachelt durch den Gedanken, derselbe gehöre einem Verbrecher von Profession, ging ich noch weiter und biß die rechte Brustwarze meiner Mutter ab. Sie stößt einen Schrei aus und wird ohnmächtig. Mein Vater ganz begeistert, ersetzt in meinem Arsch seinen Freund und überhäuft mich mit Lobessprüchen.

Ich erreichte mein neunzehntes Jahr, als mein Vater sich mir ganz erklärte. »Ich kann diese Frau nicht länger ertragen, ich muß mich ihrer unbedingt entledigen. Willst du mir bei ihren Martern helfen?« — »Gewiß!« — »Was sollen wir tun?« — »Man muß ihr den Bauch auf vier Seiten öffnen, ich werde mit einem glühenden Eisen in ihre Eingeweide eindringen, das Herz und die Eingeweide zerreißen und verkohlen, so werde ich sie am langsamen Feuer krepieren lassen.« — »Himmlisches Kind«, sagte mein Vater, »Du bist in meinen Augen ein Engel.« Und diese Gemeinheit, diese Verruchtheit, mit welcher ich meine Karriere begann, fand wirklich statt. Mein Vater und ich führten sie durch, ersterbend vor Wollust. Der Hund pouserierte mich und geilte mich, während ich seine Frau abschlachtete. »O, ich Betrogener, ich hatte nur an meinem Unglück gearbeitet, indem ich dieses Verbrechen beging. Er hat es nur getan, um sich wiederverheiraten zu können. Dieser Mensch will uns verderben«, sagte ich zu meiner Schwester. »Das weiß ich schon seit Langem«, antwortete Gabriele, »ich konnte es dir aber nicht sagen, so blind warst du. Wir sind beide verloren, wenn wir uns nicht helfen.« — »Bist du ebenso entschlossen, wie ich? Sieh' dieses Pulver, mit welchem eine meiner Genossinnen sich ihrer Eltern entledigt hat. Hast du aber nicht den Mut, so laß mich machen, seit Langem verlangt meine Natur danach« — »Gib nur her, morgen ist es vollbracht.« — »Glaube nicht, daß ich es dir allein überlassen werde, unsere Fessel zu brechen, morgen komme ich zu Borchamps zum Dîner, du gibst ihm die Hälfte in den Wein, ich die andere in die Suppe und in drei Tagen hoffe ich, das Vermögen zu genießen, das uns das Geschick bestimmt hat.« — Eine Maus ging nicht leichter in die Falle als Borchamps; beim Dessert war er tot. Man schrieb seinen Tod einem Schlaganfall zu. Einundzwanzig Jahre alt, wurde ich großjährig erklärt und erhielt die Vormundschaft meiner Schwester. Ich suchte ihr einen ebenso reichen Mann, wie sie es war, dessen sie sich entledigte, sobald sie durch ein Kind sein Vermögen sich gesichert. Doch greifen wir den Ereignissen nicht vor. Sobald meine Schwester verheiratet war, ließ ich ihr die Verwaltung meines Vermögens, um mit einer Million in der Tasche die Welt zu durchreisen. Als ich meine geliebte Gabriele zum Abschied umarmte, sagte ich ihr: »Wir beide sind zu Großem geschaffen, wir werden nie aufhören uns zu lieben, aber ich muß meinen Horizont und mein Wissen erweitern, dann werden wir uns vereinigen für immer.« — »Juliette«, sagte der Häuptling, »das, was du von Clairwil gehört, ist ihre ganze Geschichte, sie entledigte sich ihres Gatten und lebte frei und glücklich im Schoße des Wohllebens, ihre Liaison mit dem Minister sicherte ihr Straflosigkeit. Sie hatte keine Ahnung von deinem Schicksal, darin hast du ihr Unrecht getan. Doch ich will noch meine Abenteuer erzählen und wieso wir am Ende derselben uns hier zu einem Leben voll Verbrechen und Schamlosigkeit vereinigt haben.

Die nordischen Höfe erregten meine Aufmerksamkeit und ich ging zuerst nach Haag. Vor kurzer Zeit erst hatte der Statthalter die Prinzessin Sophie und Nichte des preußischen Königs geheiratet. Ich entbrannte in Liebe zu dieser reizenden Person und ich vögelte sie, sobald ich meine Liebe erklärt hatte. Sophie von Preußen war erst achtzehn Jahre alt, ein entzückendes Wesen, aber so ausschweifend, daß sie die Männer kaufen mußte. Aufgeklärt über diesen Punkt sagte ich zur Prinzessin, nachdem ich sie einen ganzen Monat gevögelt hatte: »Madame, ich hoffe, Sie werden sich für die Opfer, die ich Ihnen gebracht, erkenntlich erweisen, Sie werden schwerlich noch einen so potenten und gut ausgestatteten Mann finden wie mich und dies muß in unserem Zeitalter bezahlt werden.« — »Welche Freude bereitet Ihr mir«, sagte die Prinzessin, »denn jetzt, wenn ich euch bezahle, müßt Ihr auch meinen bizarren Kaprizen dienen.« Sie gab mir eine große Börse mit Gold gefüllt und sagte mir: »Kommen Sie heute abend in mein Landhaus und erschrecken Sie über nichts.« So sehr mich auch diese Worte beunruhigten, war ich doch entschlossen, nichts zu unterlassen, was mich auf den Grund der Seele und der Börse dieser Frau führen würde. Ich gehe zur verabredeten Stunde allein zu dem bezeichneten Hause. Ein altes Weib empfängt mich und führt mich in einen Salon, wo eine reizende junge Person mich erwartete. »Die Prinzessin wird gleich kommen«, sagt sie, »mittlerweile muß ich Ihnen das Ehrenwort abnehmen, nichts von dem zu verraten, was Sie hier sehen werden.« — »Der Zweifel kränkt mich«, antwortete ich, »besonders wenn er von der Prinzessin ausgeht.« — »Wenn Sie sich aber zu beklagen haben werden, wenn Sie die Rolle eines Opfers werden spielen müssen?« — »Ich werde mich glücklich schätzen und schweigen wie das Grab.« — »Eine derartige Antwort würde genügen, doch ich bin verpflichtet, Ihr Wort abzunehmen und muß hinzufügen, daß der schnellste und furchtbarste Tod Sie erwartet, wenn Sie es brechen.« — »Diese Drohung ist überflüssig und ich verdiene sie nicht.« Hierauf verschwand Emma und ließ mich eine Viertelstunde allein. Als sie mit Sophie zurückkam, bewies mir die Unordnung ihrer Kleider, daß sie sich gegeilt hatten. »Vorwärts«, sagte Sophie, »schonen wir nicht diesen Kerl, wir sind Herr über ihn, denn wir haben ihn gezahlt.« Emma forderte mich auf, mich nackt auszuziehen. »Du siehst doch, wir sind es auch«, sagte sie, als ich zögerte, »erschrecken dich zwei einzelne Frauen?« Sie half mir beim Entkleiden und als ich nackt war, ließen sie mich auf eine Bank niederknien. Kaum hatte ich dies getan, als eine Feder zuschnappte, meine Glieder sofort gefesselt waren und drei Klingen meine Seiten und meinen Bauch bedrohten. Ich erschrak furchtbar, besonders als ich sah, wie die beiden unter furchtbarem Gelächter sich mit langen eisernen Peitschen bewaffneten.

»Komm, Emma«, sagte Sophie, »geilen wir uns in Gegenwart des Opfers und mischen wir unsere Liebe mit der Todesangst des Unglücklichen.« Die Hure läutet. Zwei reizende fünfzehnjährige Mädchen erschienen, entkleideten sich und legten sich vis-à-vis von mir auf die Erde. Von Zeit zu Zeit nähert sich mir eine und stellt unter Prügeln ihre Reize unter die Augen. Sobald sie aber bemerken, daß dies trotz meiner Lage Erfolg hat, entfliehen sie unter Gelächter. Sophie spielte natürlich die Hauptrolle, alles vereinigte sich zu ihrem Vergnügen. Ich war erstaunt, in so jungen Jahren soviel Verderbtheit zu sehen. Sie ließ sich, wie alle derartigen Frauen, den Kitzler schlecken und schleckte auch wieder, außerdem aber ließ sie sich mit einem Godmiché in Arsch und Fut vögeln. Endlich, nachdem sie genügend erregt war, beginnt die Prügelei von neuem. Sophie gibt mir zuerst 50 Hiebe mit ihrem furchtbaren Instrument, nach jedem Dutzend beobachtet sie mit Wollust die Zuckungen, die diese Marter bei mir unwillkürlich hervorrief. Dann setzte sie sich mir vis-à-vis und indem sie sich geilte, befahl sie ihren Dirnen, mich zu prügeln. Als ich meine 200 Prügel hatte, schlüpfte sie unter mir durch und begann mich zu schlecken. Durch die Prügel war ich so aufgeregt, daß es nur zwei Minuten dauerte und sie hatte ihren Mund voll mit Samen. Sie schluckte ihn hinunter und rief: »Emma, er ist entzückend, er hat entladen, jetzt muß ich ihn vögeln.« Man bindet ihr einen Godmiché um, indem sie zwei ihrer Sapphos im Arsche leckt, läßt sie sich von der dritten vögeln, während sie mir dasselbe tut. »Man binde ihn los«, sagte sie hierauf. »Küsse mich, Borchamps, danke mir für das Vergnügen und für die Schonung, die ich dir habe angedeihen lassen. Was geschehen, verdankst du nur deiner knabenhaften Bescheidenheit. So oft hast du bei mir geschlafen und niemals hast du nach meinem Arsch begehrt, das war ungehörig.« — »Es war Furchtsamkeit, die mich zurückhielt.« — »Umso schlechter, diese Untugend mußt du dir abgewöhnen, mache es jetzt gut und vögle meinen Arsch jetzt besser als meine Fut.« 1.000 Küsse, einer heißer als der andere, auf den entzückenden Arsch war meine Antwort, und mein Mastbaum, aufgestellt von Emma, überzeugte Sophie gar bald, daß ich meinen Fehler gut machen will. »Halt«, sagte die Prinzessin, »jetzt will ich dein Opfer sein. Ich knie mich in die Maschine. Du übe deine Herrenrechte aus. Schone meiner nicht und bestrafe mich für meine Hurerei und Grausamkeit.« — »Das will ich auch mit aller Kraft«, antwortete ich. »Siehe, wie meine Haut danach verlangt.« Ich schlug mit aller Gewalt auf sie los, während Emma kniend mich schleckte und die zwei anderen Mädchen sich mit meinem Arsch beschäftigten.

Sobald Sophie in Blut schwamm, drang ihr mein aufgeregtes Glied in den Arsch und tröstete sie über meine Grausamkeit. »Teufel«, schrie sie, »wie köstlich ist es, geprügelt pouseriert zu werden, ich kenne nichts, was sich so gut verträgt, wie diese zwei Vergnügen.« Emma geilte sie, küßte sie, schleckte sie und so schwammen wir alle drei in einem Ozean von Wonne. Die Prinzessin, die mich ihrer für würdig hielt, setzte sich hierauf mit mir und Emma zu Tisch und unter dem Trinken hielt sie mir folgende Rede: »Du wirst es merkwürdig finden, daß ich die Unzucht verwende, um dich kennen zu lernen, doch ist dies bei Männern das geeignetste Mittel; derjenige, welcher in der Wollust Energie zeigt, ist auch im Leben ehrgeizig und voll Interesse. Dies ist dein Fall, Borchamps. Sage mir, wie stehst du zur Politik.« — »Prinzessin«, antwortete ich, »welchen Lohn erhielt der Herzog von Alba, als er die Provinzen unterwerfen wollte?« — »Diese Antwort habe ich von dir erwartet, höre aber meinen Vorschlag. Als Nichte des Helden von Europa bringe ich in dieses Land seine Seele und seine Energie mit. Ich bin nicht geschaffen, um die Gattin des Dogen einer Republik zu spielen, besonders da dieses verweichlichte Volk von Kaufleuten und Feiglingen nur geschaffen ist, Ketten zu tragen. Ich bin bereit, sie zu beherrschen, doch mein Thron, erbaut in diesen feuchten Ebenen, muß aus Jammer und Geld bestehen. Hundert Bataillone sichern mir meinen Plan, mein Onkel, der ihn kennt, schickt mir sie. Das Blut wird in großen Strömen die Erde düngen, wo sich mein Thron erhebt. Ich biete dir die Stelle dessen an, der uns helfen soll, ihn zu erwerben. Du wirst unser Ratgeber, unser Minister sein, unsere Proskriptionen vorschreiben und durchführen. Besitzt du den nötigen Mut dazu, so antworte mir ohne Zagen.« — »Madame«, antwortete ich ihr nach kurzer Überlegung, »bevor wir an einen solchen Plan denken, müssen wir uns auch über die Meinung der Nachbarn ins Klare kommen. Die Franzosen, Engländer und Spanier und die nordischen Mächte, die in euch bis jetzt nur Kaufleute und Makler erblicken, werden sie auch ihren Nebenbuhlern gegenüber kaltes Blut bewahren?« — »Der Franzosen sind wir sicher und die anderen sind uns gleichgültig. Einmal Souverän in den vereinigten Staaten werden wir als Kriegervolk, und das werden wir sein, von allen anderen gefürchtet werden. Es bedarf dazu nur der Seele eines großen Mannes und die fühle ich in mir als Geschenk Friedrich des Großen. Wir haben es satt, in den Augen von Europa nur als Bude für den Erstbesten zu erscheinen.« — »Und werden die Holländer, die gegen die Grausamkeit Spaniens sich bewaffneten, eure Tyrannei erdulden?« — »Ich werde ein Bluttribunal errichten wie der Herzog von Alba, das ist das beste Mittel, das Volk zu zähmen.« — »Dann werden eure Untertanen fliehen.« — »Aber ihre Güter werden mir bleiben und was geht mich die Flucht der Rebellen an, wenn nur die treuen Untertanen mir bleiben. Besser ist es über wenige als Tyrann, als über viele unter Zittern und Zagen zu herrschen.« — »Sophie, du bist grausam und ich fürchte, dein Ehrgeiz entzündet sich nur an deiner Wollust.« — »Alle Laster haben irgend einen Grund, sie alle hängen mehr oder weniger mit der Wollust zusammen. Wenn sich dies zur Wildheit steigert, so macht es den Einzelnstehenden, indem es ihn zu 1.000 Greueln hinreißt, zum Verbrecher, den Herrscher aber zum blutdürstigen Tyrannen.« — »Sophie, ich verstehe deinen Ehrgeiz. Du willst nur mit etwas mehr Feuer entladen.« — »Was liegt mir am Grund dieser Erscheinung, wenn sie nur vorhanden ist, aber du philosophierst und daher zögerst du und bist daher nicht mehr meiner würdig.« Gekitzelt durch den Ehrgeiz, und ein sicheres Mittel darin erblickend, meine angeborene Wildheit zu befriedigen, willigte ich in den Plan Sophies ein. Sie küßte mich, ließ mich großes Stillschweigen beschwören und dann trennten wir uns.

Kaum zu Hause angelangt, war ich in der größten Angst über meine Situation und sah ein, daß ich ein verlorener Mann wäre, wenn ich nicht flüchten würde. Privatverbrechen hätte ich mit größter Ruhe begangen, da schützte mich mein starker Arm, Sophie. Aber alles aufs Spiel zu setzen, um nur deinen despotischen Launen zu genügen, da suche dir einen anderen, der nicht gewohnt ist, nur seinen Passionen zu opfern.

Ich beschleunigte meine Flucht und in einigen Tagen war ich in London. Ich bereute zwar die Gelegenheit, soviel Verbrechen begehen zu können, aber da ich nicht klar in die Pläne Sophies schauen konnte, zog ich es vor, auf eigene Faust dem Verbrechen zu huldigen. In London mietete ich mich in Picadilly ein und hatte das Unglück, gleich nach meiner Ankunft um meine ganze Barschaft bestohlen zu werden, was umso trauriger war, als ich in Haag meine ganzen Kreditbriefe versilbert hatte. Es blieb mir daher nur übrig, von den Empfehlungsschreiben Gebrauch zu machen und einige hochstehende Persönlichkeiten um eine Unterstützung anzugehen, bis mir meine Schwester Geld geschickt hätte. Ich suchte zuerst den Lord Burlington auf und erzählte ihm mein Unglück, gab ihm Empfehlungsbriefe und erhielt von ihm das Versprechen jeglicher Unterstützung. Obwohl Burlington nicht sehr reich war, bot er mir sofort 1.000 Guinee an und duldete nicht, daß ich woanders als bei ihm wohne. Ich willigte ein, weil ich durch den Aufenthalt in dieser tugendhaften Familie Gelegenheit hatte, durch Verbrechen meinen Dank abzustatten. Burlington, der offenherzigste und diensteifrigste Mann, war damals vielleicht fünfundfünfzig Jahre alt. Voll Gutherzigkeit, besaß er wenig Verstand. Ein Schwiegersohn und zwei Töchter vervollständigten die Familie. Tilson, ein Mann von dreiundzwanzig Jahren, hatte die ältere Tochter, die ungefähr im gleichen Alter stand, vor kurzem geheiratet. Das Paar erschien als Muster alles Schönen, Edlen und Reinen und tröstete Burlington über den Kummer, den ihm seine jüngere Tochter Cléontine bereitete.

Diese bildhübsche Person von achtzehn Jahren besaß alle Laster der Schlechtigkeit, Falschheit und Hurerei, von welchen nichts sie abbringen konnte, weil sie behauptete, durch dieselben tausendfach glücklicher als ihre Schwester Clotilde durch ihre langweilige Tugend zu sein. Sobald ich den Anrater dieses Mädchen kannte, verliebte ich mich so sehr in sie, als es für einen Mann wie ich möglich war, dabei aber ging der Eindruck, den Tilson und seine reizende Gattin auf mich ausübten, keineswegs verloren. Cléontine begeisterte meine Begierde, ihr Schwager und ihre Schwester meine Sinnlichkeit. Ich vermutete bei Tilson einen entzückenden Arsch und brannte darauf, denselben genauso wie den seiner schönen Gattin zu vögeln. Um an mein Ziel zu gelangen, glaubte ich mit Cléontine beginnen zu müssen. Alles, was den Fall eines Weibes zeitigen kann, hatte die Seele dieses schönen Kindes in sich, und so war sie bald die meine. Nichts war so frisch, so reizend und entzückend wie jedes Glied ihres jugendlichen Körpers, und nichts so verführerisch wie der Ruf ihrer Leidenschaft. Es gab einen Moment, wo ich mich für braver hielt als sie, und wir gaben uns ohne jegliche Schranke unserer Leidenschaft hin. Cléontine beichtete mir, daß je widernatürlicher ihr ein Vergnügen erschien, es ihr desto mehr gefalle. Sofort nahm ich ihren schönen Arsch in Angriff und die Wollust, die es mir und ihr bot, führte zu dem Entschlusse, nie mehr einen anderen Weg zu wählen. Ich war von diesem schönen Wesen so begeistert, daß ein Jahr verging, ohne daß ich an meine Pläne dachte.

Mittlerweile waren meine Gelder gekommen, ich hatte Burlington bezahlt und um freier zu sein in meiner Bewegung, zog ich bei ihm aus und mietete eine Wohnung in seiner Nähe. Er und seine Familie besuchten mich täglich und unsere Freundschaft schien so groß, daß man in der Stadt von einer Heirat mit Cléontine sprach. Wie weit war ich von so einer Dummheit entfernt! Eine solche Kreatur war gut zum Vergnügen, niemals aber zur Ehe, viel eher erzeugte Lady Tilson diesen Wunsch in mir. Eine Gattin dient uns doch nur als Opfer unserer Lust, und je mehr sie durch ihre Schönheit einer Romanfigur ähnelt, desto tauglicher ist sie dazu. Oh, Clotilde, wie sehnte ich mich danach, dich in meinen Krallen zu haben. Wie schön muß es sein, deine Tränen fließen zu sehen. Wie unglücklich wirst du sein, wenn du je mir gehörst! Zur Erfüllung dieser Pläne gab ich mich weiter mit Cléontine ab. Ich wollte sie auf Tilson hetzen und die Eifersucht der jungen Frau rege machen. Cléontine gestand mir, daß sie einen Angriff auf die Tugend Tilsons gemacht habe, aber dieselbe so fest und dumm angetroffen habe, daß ihr Wunsch sofort erstickt wäre. »Was schert mich seine Dummheit«, sagte ich, »wenn mir sein Körper gefällt. Ich vermute bei Tilson einen wunderschönen Arsch und den will ich vögeln.« Diese Idee begeistert meine Geliebte und macht sie meinen Plänen gefügig, doch fürchtete sie, ich würde vielleicht von dem Mann auf die Frau übergehen. Ich beruhigte ihre Eifersucht, indem ich ihr erklärte, es handle sich ja nur um einen schönen Jüngling, was Frauen anbelangt, so sei ich ihr unverbrüchlich treu.

Nach einem Monat war der, den ich begehrte, in den Armen meiner Geliebten, und nach einem weiteren Monat genoß ich mit ihnen jegliche Ausschweifung. Doch bald ihrer satt, dachte ich nur daran, die beiden und meinen Wohltäter aus dem Weg zu schaffen, um mit Clotilde an das Ende der Welt zu flüchten und mit ihr alle jene himmlischen Genüsse zu durchkosten, welche ich von ihr erwartete. Es war leicht, Clotilde eifersüchtig zu machen, und noch leichter sie zu überzeugen. Eines Tages sagte ich zu Cléontine, ich sei so verliebt, daß ich sie heiraten wolle, da sie aber arm sei, so würde sie es vielleicht aus Zartgefühl nicht tun wollen und wir müssen uns daher der drei Personen entledigen, die zwischen ihr und dem Reichtum stehen. »Tilson ist leicht aus dem Wege zu schaffen. Wir machen seine Frau eifersüchtig, ich werde ihr die Mittel geben, sich zu rächen, und in acht Tagen schläft Tilson bei seinen Ahnen.« — »Aber meine Schwester ist tugendhaft.« — »Das wohl, aber auch rachsüchtig, ihr Verstand wird zwar die Mittel nicht ausdenken können, die von mir heiß empfohlenen aber annehmen.« — »Und die anderen?« fragte Cléontine. — »Oh, du Spitzbübin«, antwortete ich, sie küssend, »wie ähnlich hat uns die Natur geschaffen. Sobald Lady Tilson ihren Gatten aus dem Wege geschafft hat, werde ich alles ihrem Vater entdecken, der sie sofort einsperren wird. Ein von mir bestellter Verteidiger wird sich der Sache Clotildens warm annehmen und den Mord des Schwiegersohns und die Einsperrung der Tochter auf den Vater zurückwälzen. Zeugen, Beweise, alles bekommt man in London genau wie in Paris für Geld. In vierzehn Tagen sitzt Burlington im Tower.« — »Dein Wohltäter!« — »Was liegt mir daran, er ist mir im Wege und daher mein Feind. Sobald der Vater das Blutgerüst bestiegen hat und deine Schwester frei ist, verlassen wir England und ich heirate dich, dann können wir uns mit Leichtigkeit des letzten Hindernisses zum Reichtum der Burlington entledigen.« — »Oh, mein Freund, du bist ein gottvoller Schurke!« — »Ich bin nichts als ein Mann, der dich liebt und dich reich und glücklich sehen will.« Das sinnliche Weib erstickt mich mit ihren Küßen und Samenströme besiegeln ein Versprechen, das ich zu halten nicht gedenke.

Unser Plan wird ausgeführt. Clotilde überrascht ihren Gatten und in ihrer Aufregung erlange ich von ihr die Zustimmung, ihren Gatten und ihre Schwester mit einem und demselben Gifttrank aus dem Weg zu räumen. Ich hatte sie beide erst am Morgen gevögelt. Ich schritt zur zweiten Hälfte meines Planes. Ich machte Clotilde darauf aufmerksam, daß ihr Vater, der ihren Kummer kannte, sie in Verdacht haben könnte, sie müsse sich daher auf Verteidigung gefaßt machen. Burlington aber flüsterte ich selbst den Argwohn ein, der Tod Tilsons und Cléontinens sei Clotildens Werk und er müsse von einer Person, die so wenig auf die Stimme des Blutes halte, auch für sich das Ärgste befürchten. Ich füge zu meinen Verleumdungen falsche Beweise, der Lord ist überzeugt und seine Tochter wird gefangen gesetzt. Meine gedungenen Verteidiger eilen zu Clotilde, um ihr in ihrer Verteidigung zu helfen. Clotilde selbst bittet mich, sie nicht zu verlassen und bietet mir als Lohn ihre Hand an. Burlington wird durch meine Bemerkungen des Verbrechens verdächtigt und es gelang mir in einem Monat, das Haupthindernis meiner finsteren Pläne zu beseitigen. Als Clotildens Dankbarkeit sie mir zuführte, veranlaßte ich sie, alle ihre Güter zu Geld zu machen und so rasch als möglich zu fliehen. »Oh, Borchamps«, sagte sie, »wie traurig ist es, daß ich mein Leben nur dem Tode meines Vaters verdanke.« — »Ersticke jegliche Reue«, sagte ich ihr, »denn dein Vater trachtete dir nach dem Leben und jegliche Selbstverteidigung ist erlaubt.« — »Wird deine Hand wenigstens meine Tränen trocknen?« — »Zweifle nicht, mein Engel.« Clotilde wird mir angetraut, doch da zu kurze Zeit nach dem Tode ihres Gatten verflossen, wurde die Ehe nicht veröffentlicht. Trotz der Ermordung ihres Bruders und ihrer Schwester, trotz des Vorgehens gegen ihren Vater war Clotilde noch immer dieselbe zartblühende tugendhafte Person wie früher, denn dies alles geschah nur durch meine Verführung, mein Zureden, meine falschen Beweise. Die Gewissensbisse ließen ihr aber keine Ruhe, wenn auch in der ersten Zeit meine Liebe dieselben erstickten. Diese Heiligkeit entflammte meine Begierde derart, daß ich ihre Reize, bevor ich sie selbst genösse, zuerst schänden lassen wollte.

Kaum war Clotilde meine Frau, als ich mit dem Gedanken umging, sie in der ersten Nacht in einem Bordell zu prostituieren. Ich kannte in London eine Kupplerin, bei der ich mich während dieser langweiligen Episode mit den ärgsten Dirnen der Stadt getröstet hatte. Ich vereinbare mit Miss Bawill, daß sich die Wüstlinge, denen ich Clotilde ausliefern würde, mit ihrer Besudelung und schlechten Behandlung genügen ließen. Dann überredete ich Clotilde unter dem Vorwande, unsere Ehe statt in dem Trauerhause lieber in dem Hause eines Freundes zu beginnen, zu Miss Bawill zu gehen, wo wir mit einem großen Fest empfangen werden. Die arme Unglückliche, in deren Herzen der Wunsch auftauchte, mir anzugehören, umarmt mich mit heißen Küssen, als die drei bestellten Bösewichter mit dem Dolche in der Hand hereinstürzten. »Flieh«, sagten sie zu mir, »und laß uns diese Frau, mit der wir uns belustigen wollen.« Ich entschlüpfe und beobachtete aus einem Nebenzimmer die folgende Szene: Clotilde, halb ohnmächtig, ist in einem Augenblick nackt und so sehe ich das Weib, dessen entzückende Reize mich begeisterten, das erstemal in ihrer ganzen Schönheit unter den Händen dieser Scheusale, während eine prächtige Hure mich geilte. Clotilde lag auf den Knien des einen, während die anderen zwei sie peitschten: hierauf zwang man sie, den einen im Arsch zu lecken, während sie die zwei anderen geilen mußte, ihr Gesicht, dieses rührende Bild ihrer empfindsamen Seele, ihr rosiger schneeiger Busen wurde von den Auswürfen dieser Elenden besudelt, und auf meinen Befehl pißten und schissen die Kerle, um die Tugend noch mehr zu erniedrigen, auf diese entzückende Person, während ich eine andere Hure in den Arsch fickte. Hierauf stürze ich, ohne zu entladen, den Degen in der Faust in den Saal, gleichsam als ob ich Hilfe herbeiführte, ich befreie Clotilde, die Gauner entfliehen und ich stürze zu ihren Füßen mit den Worten: »Oh, mein teures Kind, komme ich nicht zu spät, haben diese Ungeheuer deine hilflose Lage nicht mißbraucht.« — »Nein, mein Freund«, antwortete Clotilde, »deine Frau ist noch deiner würdig, mißhandelt, besudelt, aber nicht entehrt. Warum hast du mich in dieses Haus geführt.« — »Sei ruhig, mein Kind, jetzt sind wir sicher, wir wurden von Feinden der Miss Bawill überrascht, aber jetzt können wir ruhig schlafen.« Es war nicht leicht, Clotilde zu beruhigen, aber endlich legten wir uns nieder. Durch die Schönheit des Weibes, die vorher gegangene Szene, durch den Gedanken an die besudelte Tugend aufgeregt, wuchs meine Manneskraft. Man konnte sich nichts Reineres, Schöneres vorstellen als Clotilde. Besaß sie nicht den bizarren Geschmack ihrer Schwester, so übertraf sie sie durch die pikanten Einzelheiten ihrer Schönheit. Clotilde, gänzlich unerfahren in der Wollust, kannte noch nicht die Wege, die abseits von der Straße Cytherens führten. Deshalb sagte ich zu ihr: »Mein Engel, jeder Gatte muß eine Jungfernschaft haben, nachdem du noch diese besitzest«, sagte ich und zeigte auf ihr Arschloch, »so mußt du sie mir zur Verfügung stellen.« Mit diesen Worten ergriff ich sie und sodomisierte sie fünfmal hintereinander, wobei ich immer in die

Scheide entlud. Dies war die Zeit, wo Clotilde, glücklicher oder sinnlicher mit mir als mit Tilson, von mir ein Mädchen empfing, das ich infolge meiner Unbeständigkeit nicht zur Welt kommen sah. Am nächsten Morgen war ich meiner Gattin so überdrüssig, daß sie, wenn ich nicht daran gedacht hätte, daß sie auf meiner Reise mir noch nützlich sein könnte, niemals London verlassen hätte. Clotilde löste aus ihren Besitzungen 12.000 Guinee und so verließen wir zwei Jahre nach meiner Ankunft London.

In Verfolgung meiner Absichten gingen wir nach Schweden. Es waren zehn Wochen unserer Reise vergangen, als Clotilde mir Vorwürfe machte über die Art und Weise, durch welche ich mich in ihren Besitz gesetzt hatte. Ich beantwortete dieselben in einem solchen Ton, der ihr bewies, daß ich wohl in Zukunft auch sie Verbrechen begehen lassen wolle, aber daß ich von Gewissensbissen nichts hören wollte! Als sich ihre Tränen verdoppelten, enthüllte ich ihr alles, was ich getan und daß ich das alles nur getan für meine eigene Person, nicht für sie, daß ich auch zukünftig gedenke, mich den tollsten Ausschweifungen hinzugeben und sie nur an mich gekettet habe, damit sie mir dazu behilflich sei und nicht, um mich daran zu behindern. »Welcher Unterschied ist dann zwischen mir und einer Sklavin?« — »Ich finde auch keinen zwischen einer Gattin und einer Sklavin.« — »Oh, Borchamps, warum hast du nicht am ersten Tag, als ich dich sah, so gesprochen und wie bitter sind die Tränen, die ich um meine unglückliche Familie weine.« — »Genug der Tränen, Madame, ich verlange von Ihnen die vollste Unterwerfung unter meinen Willen, so daß, wenn ich es verlange, Ihr aussteigen müßt und den Postillion geilen oder ich schieße euch nieder.« — »Ist das eure Liebe?« — »Aber ich liebe euch ja nicht und habe euch nie geliebt, ich habe Verlangen nach eurem Gelde und eurem Arsch gehabt, jetzt habe ich beide und vielleicht von dem letzteren schon genug.« — »Und das Schicksal, welches meiner harrt, ist wohl das Cléontinens.« — »Ich werde gewiß weniger Geheimnis dabei machen und mehr Vergnügen hineinlegen, wenn ich dich auf die Seite schaffe.« Clotilde wollte die Waffen ihres Geschlechtes anwenden und beugte sich zu mir, um mich unter Tränen zu küssen. Ich stieß sie aber roh zurück. »Grausamer Mann!« rief sie aus, »wenn du schon die Mutter mißhandelst, so schone wenigstens das Kind, das ich unter dem Herzen trage. Ich bitte dich bei der nächsten Stadt Halt zu machen, denn ich fühle mich unwohl.«

Wir mußten auch wirklich Halt machen und Clotilde verfiel in eine schwere Krankheit. Erbost über den Aufenthalt und überdrüssig dieses Frauenzimmers, besonders da sie schwanger war, wollte ich sie schon samt ihrem Kinde zurücklassen, als eine Reisende mich bat, sie einen Moment aufzusuchen. Zu meiner Überraschung war es Emma, die Vertraute der holländischen Prinzessin. »Welcher Zufall, meine Gnädige«, rief ich aus, »wie danke ich dem Geschick. Sind Sie allein hier?« — »Gewiß, ich fliehe wie Sie, eine unersättliche, ehrgeizige Herrin, deren Dienst uns ins Verderben stürzt. Sie hatten keine Ahnung, wie verräterisch sie mit Ihnen vorging. Es war eine Lüge, daß Ihr Gatte mit ihrem Plane einverstanden war, und sie wollte sich seiner durch Sie entledigen. Nach Eurer Flucht wollte sie nach zwei Jahren vergeblicher Bemühungen mich zum Gattenmorde überreden. Wäre es ein gewöhnliches Verbrechen gewesen, so hätte ich, bei meiner Neigung für diese, nicht gezögert, so aber schien mir die Gefahr zu groß und ich flüchtete, wie Ihr es tatet...« — »Entzückendes Weib«, rief ich aus und küßte Emma, »wir kennen uns genügend, um jegliche Zeremonie fallen zu lassen. Die anspruchsvolle Sophie hat uns behindert und jetzt sind wir frei.« — »Ich bin nicht derselben Meinung«, antwortete Emma, »denn Ihr habt ja ein Weib bei euch. Kann man wissen, was sie ist?« — »Meine Gattin.« — Und ich beeilte mich, ihr das ganze Londoner Abenteuer zu erzählen. Sie lachte sehr darüber und verlangte meine Gattin zu sehen. »Man muß sie hier lassen«, fügte sie hinzu, »ich glaube, ich passe viel besser zu dir als diese Trauerweide und verlange auch kein Sakrament, denn ich habe die Kirche immer gehaßt. Obwohl von vornehmer Abkunft, bin ich durch meine Ausschweifungen und mein Verhältnis zu Sophie mit meiner

Familie zerworfen und verlange von dir nichts als den Titel deiner Maîtresse. Aber sage mir, wie ist es mit deinen Finanzen?« — »Ich hin sehr reich, schon durch die Besitzungen meiner Frau.« — »Das ist schade. Ich besitze 100.000 Louis, und wollte dir sie anbieten, dadurch wärst du etwas an mich gefesselt.« — »Ich danke dir, Emma, für dein Zartgefühl, aber ich liebe es nicht, solche Ketten zu tragen, entweder beherrsche ich die Frau oder ich kann sie nicht brauchen.« — »Also gut, dann werde ich deine Hure sein, wieviel gibst du mir monatlich?« — »Wieviel hattest du bei Sophie.« — »Ungefähr 100 Louis monatlich.« — »Ich gebe sie dir auch, aber von dem Moment an bist du meine Sklavin und hast mir vor allem dein Vermögen zu geben, damit du kein Mittel hast, mir zu widerstehen.« — »Hier ist es«, sagte Emma und brachte mir die Kassette. »Ich hatte die Messalina nicht verlassen, ohne sie gründlich zu brandschatzen.« — »Und wenn ich dir das Gleiche tue?« — »Ich habe dir sie ja als Geschenk gegeben, mich und mein Vermögen, aber unter einer Bedingung« — »Welche ist diese.« — »Du mußt sofort diese langweilige Kreatur, welche du mit dir schleppst, aus dem Wege räumen. Wir wollen uns mit ihr belustigen.« — »Du bezahlst mir also ihren Tod.« — »Gewiß.« — »Spitzbübin, du bist entzückend, doch müssen wir aus der ganzen Sache eine schöne Szene machen.« — »Sie ist aber doch krank.« — »Liegt da etwas daran, sie soll doch sterben, also folge mir. Ich stelle dich als betrogene Gattin vor, die meine Hand zurückverlangt. Sie wird wütend sein, am Schluß werde ich sie mit samt ihrem Kind verlassen und daran wird sie sterben.« — »Sie ist also schwanger. Das freut mich sehr.«

Emmas Augen leuchteten, die Dirne konnte sich nicht zurückhalten, wir küßten uns und sie entlud. Wir traten in das Schlafgemach und Emma spielte ihre Rolle glänzend. Sie behauptetet, ich hätte sie bei meiner Flucht bestohlen und alles, was hier sei, gehöre ihr. Ich gestand alles zu und meine traurige Gattin, die die Situation erkennt, wendet ihr Antlitz zur Mauer, um ihre Tränen zu verbergen. »Ich verlasse dich nicht mehr«, sagte Emma, »sonst verliere ich meine Rechte.« Sie läßt im Zimmer selbst das Souper servieren. Wir essen und trinken die besten Sachen, zu Füßen des Bettes der Sterbenden feiern wir die Wiedervereinigung. Emma war ein entzückendes Wesen von den reinsten und schönsten Formen und dabei besaß ihr Geist alle Triebfedern der Ausschweifung. Wir vögelten auf alle Arten und belustigten uns an der Todesangst und Verzweiflung meiner Frau. Emma verlangte, daß diese, während ich sie vögelte, ihren Hintern herzeige. Die Arme konnte sich kaum rühren, mußte uns aber folgen. Ich schlug wie wütend auf diesen schönen Arsch los, daß es eine Wonne war, so daß sie bewegungslos liegen blieb. »Man muß sie umbringen«, sagte ich zu Emma. — »Hüten wir uns davor, es ist viel besser, sie entehrt und hilflos in der Herberge zurückzulassen und so ohne Hilfsmittel entweder in den Tod oder in die Schande zu treiben.« Diese Idee begeisterte mich so, daß ich entlud. Wir machten uns nun auf den Weg, nachdem wir die Unglückliche bis aufs Hemd aller ihrer Kleider und Schmuckgegenstände beraubt. Wir ließen sie fast so nackt zurück, als sie auf die Welt gekommen. Die Arme weinte bittere Tränen. »Der Himmel verzeihe euch, wie ich es tue, und wohin immer dich auch dein wilder Sinn trägt, erinnere dich immer an die Frau, die nur den einen Fehler hatte, dich zu sehr zu lieben.« — »Gut, gut«, sagte Emma, »sei froh, daß wir dir das Leben lassen. Du bist jung und hübsch und brauchst nur Schwänze zu wichsen, um dir Geld zu verdienen.« Bei unserer Abreise sagte Emma zu den Wirtsleuten: »Die Person, die oben liegt, ist eine Hure, die mir meinen Gatten entführt hat, ich habe mir aber meine Rechte wieder verschafft. Ich bezahle für sie bis zum heutigen Tage, dann macht mit Ihr, was Ihr wollt. Hier ist ihr Zimmerschlüssel.« Wir fuhren davon, ohne jemals den Schluß dieses Abenteuers zu erfahren.

Ich bat Emma, mir ihre Geschichte zu erzählen. »Ich bin in Brüssel geboren«, sagte sie, »und meine Eltern gehören zu den ersten Leuten der Stadt. Ich wurde jung an einen verhaßten Mann verheiratet, mein Geliebter tötete meinen Gatten, als er, um sich mit ihm wegen eines Streites mit ihm zu duellieren, diesen abholte, hinterrücks. Hierauf überredete er mich, mit ihm zu fliehen.

Warum sollte ich nicht folgen, da doch mein Rat ihn ins Verderben getrieben.« — »Der Mord war also dein Werk.« — »Gewiß, mein Lieber, und ich habe meinen Geliebten, als er versagte, denselben Weg geschickt. Sophie kannte meine Geschichte, mein Charakter gefiel ihr und sie vervollständigte ihn und ich hätte sie vielleicht nie verlassen, wenn sie nicht jene gefährliche Idee gefaßt hätte.« — »Das glaube ich nicht, Emma, denn du hättest dich nicht begnügt, immer nur die passive Rolle zu spielen. Früher oder später hättest du sie doch verlassen. War sie eifersüchtig?« — »Schrecklich.« — »Hat sie dir wenigstens Frauen gestattet?« — »Niemals andere als die, die sie zu unseren Belustigungen zuzog.« — »Deshalb wiederhole ich nur, daß du nicht lange bei ihr ausgehalten hättest.« — »Wie dankbar bin ich dem Geschick, daß es mich mit dir zusammenführte. Erinnern wir uns an das Wort des Zigeuners: »Unsere Nadeln stechen die anderen, aber richten sich niemals gegen unseresgleichen.« — So schön Emma war, so konnte ich keineswegs dieser Auffassung unbedingt zustimmen und ließ sie daher mein Schweigen deuten, wie sie wollte. Es gab ja kein Verbrechen, dem ich abschwören konnte.

Unsere Verbindung befestigte sich und ihre vorzügliche Grundlage war das gegenseitige unverbrüchliche Versprechen, keine Gelegenheit vorbeigehen zu lassen, um Böses zu tun und die Früchte unserer Verbrechen zu teilen. Wir waren noch kurze Zeit auf der Reise, als sich dazu Gelegenheit bot. Auf der Reise durch Gotland kamen wir in die Gegend von Joukoping. Da überholte uns ein leichter Wagen, zerbrach aber kurze Zeit darauf derart, daß sein Besitzer, weil die Pferde mit den Dienern davon galoppierten, gezwungen war, mitten am Wege auf vorbeikommende Hilfe zu warten. Wir boten sie ihm an und erfuhren, daß er Villeneuil heiße und ein sehr reicher französischer Kaufmann in Stockholm sei. Wir boten ihm einen Platz in unserem Wagen an, für welchen er sich umsomehr bedankte, als er, wie er sagte, ungeheuere Werte bei sich trüge. Diamanten, Gold und Wechsel, welche er im Auftrage dreier großer Pariser Häuser als deren Korrespondent nach Stockholm bringe. Emma schlug ihm vor, uns seine Kassette und seine Reichtümer anzuvertrauen, auf diese Weise würde er uns seine und seines Vermögens Rettung danken.

Villeneuil stieg ein und wir befahlen seinem Postillion zu warten, bis er seinen Diener zurückschicken würde. Kaum war diese reizende Beute (denn Villeneuil war ein entzückender Mensch von dreiundzwanzig Jahren) in unserem Wagen, als Emma meine Hand drückte. »Ich bin einverstanden«, sagte ich ihr leise, »aber man muß diese Szene ausstatten.« — »Gewiß«, sagte sie und so fuhren wir weiter.

In Wimerbi angelangt, sandte Villeneuil seinen Lakai zum Postillion zurück. »Ihr wollt wahrscheinlich hier übernachten«, sagte ich zum jungen Mann, »aber wir sind gezwungen, unsere Reise fortzusetzen und müssen daher Abschied nehmen.« Der hitzige Villeneuil, der sich für die Reize meiner Freundin begeistert hatte, schien von dem Abschied betrübt zu sein, und meine Freundin, die diese Bewegung erhaschte, schlug ihm vor, mit uns bis nach Stockholm zu reisen. Ich stimmte zu und schlug vor, er solle einen Brief für seinen Diener zurücklassen. Derselbe solle ihn im Hotel »Dänemark«, wo wir in Stockholm absteigen wollten, aufsuchen. Villeneuil schlug mit Freude ein, indem er hinter meinem Rücken Emma feurige Blicke zuwirft, die dieselbe verständnisvoll beantwortet. Es geschah also alles nach meiner Anordnung und wir kamen am nächsten Tage nach Stockholm, wo mir meine Freundin erst ihren ganzen lustigen Plan mitteilte. Sie hatte eine Gelegenheit benützt, und den Brief Villeneuils an seinen Diener mit einem anderen vertauscht, in welchem sie demselben befiehlt, statt im Hotel »Dänemark« im Hotel »zu den englischen Waffen« zu warten. In Stockholm angelangt, war es Emmas größte Sorge, Villeneuils Besorgnis über das Nichtantreffen seines Wagens zu zerstreuen. Villeneuil war verliebt und so war es nicht schwer. Sie erklärte ihm, daß er sie nicht liebe, sondern sie nur haben wolle. »Ich bin aber mit Borchamps verheiratet, derselbe ist Freigeist genug, um Ihnen alles zu gestatten, wenn wir nur daraus eine Unzuchtsszene fabrizieren. Borchamps liebt die Männer, geben Sie sich ihm hin und er wird

Ihnen um diesen Preis jegliche Freiheit mir gegenüber erlauben.« — »Und willigen Sie darein?« — »Gewiß, für mich ist das nichts neues.« — »Es handelt sich also nur darum, sich zu verständigen?« — »Gewiß. Und dies ist schon geschehen.« Und sie öffnet einen Kleiderkasten, worin ich verborgen war. »Komme heraus, Borchamps, der Herr willigt ein, wir wollen soupieren und uns dann zu unserem Vergnügen einschließen.« — »Reizender junger Mann«, sagte ich und bohrte meine Zunge in seinen Mund, in derselben Begierde, ihn zu vögeln, wie ihn zu töten. »Es gibt doch nichts Einfacheres: Für Ihren Arsch gebe ich Ihnen meine Frau.« Währenddessen zog mir meine Freundin die Hosen aus, und wenn ihre Hände den schönsten Schwanz entblößten, so deckten meine den entzückendsten Arsch auf, den man sich denken kann. Ich hätte nicht aufgehört, ihn zu schlecken, wenn mich nicht Emma aufmerksam gemacht hätte, daß unser Opfer auch ein reizendes Glied besaß. Kaum hatte ich es ergriffen, als ich ihm auch schon einen Arsch darbot, der vor Verlangen glühte, es zu besitzen. »Villeneuil«, bat ich ihn, »fange bei mir an, dann kommst du an die Reihe, Emma.« Die einzige Antwort Villeneuils war, daß er mich vögelte. Ich hebe die Röcke meiner Freundin auf, er küßt sie und verläßt mich, um Emma zu vögeln. Hierbei war aber sein Arsch in meiner Gewalt und um mich zu rächen, pouserierte ich ihn. Er entlädt. Als er aber die Scheide Emmas verläßt, packe ich sein Glied und stecke es mir ins Arschloch. Ich selbst pouseriere Emma und ein zweitesmal wird unser Vergnügen gekrönt. So geht es die ganze Nacht fort im ewigen Wechsel. In der Früh begann er wieder besorgt zu werden. »Sicherlich«, sagte Emma, »braucht die Reparatur des Wagens länger, übrigens habt Ihr die kostbarsten Sachen bei euch. Ihr könnt sie ja abliefern.« — »Ich werde dies morgen tun«, sagte er, und schläft ganz erschöpft ein. »Emma«, sagte ich zu meiner Freundin, »jetzt ist die Gelegenheit da, sonst trägt er seine Schätze fort.« — »Aber, mein Freund, was machen wir hier in der Herberge mit seiner Leiche?« — »Wir schneiden sie in Stücke und verbrennen sie, sein Diener wird ihn vergeblich suchen, denn ich habe beim Einfahren in die Stadt Villeneuil als unseren Diener ausgegeben.« — Ich öffnete mit dem Schlüssel, den wir dem Schlafenden weggenommen, die Kassette und wir begeisterten uns an der Menge Gold und Edelgestein. »Wären wir nicht verrückt«, rief ich aus, »nur eine Sekunde zwischen dem Morde und dem Besitz dieser Schätze zu zögern!« Da klopft es plötzlich an die Türe; Teufel hinein, es war der Diener Villeneuils; man hatte ihn, als er im Hotel »Zu den englischen Waffen« vergeblich nach uns gefragt hatte, ins Hotel »Dänemark« geschickt. Er sah seinen Herrn im Bett und man konnte ihn ihm nicht verbergen. Rasch entschlossen, sagte ich: »Weck' ihn nicht auf, er hat ein Wechselfieber und darf daher im Schlafe nicht gestört werden. Kehre in dein Hotel zurück, einige geheime Aufträge gestatten es ihm nicht, dort öffentlich zu wohnen, er hat uns beauftragt, dir zu sagen, du möchtest ihn nicht aufsuchen, sondern ruhig auf ihn warten, hier habt Ihr Gold, wenn Ihr welches braucht und in drei Tagen wirst du sicher Antwort haben.«

Der Diener ging fort und wir blieben mit unserem Opfer zurück. »Beginnen wir«, sagte ich, »mit diesem Menschen; sobald er nicht mehr ist, wird es ein Leichtes sein, uns auch des Dieners zu entledigen. Und dadurch bekommen wir auch die Wagen und das Übrige. Wir schneiden den Unglücklichen sofort in Stücke, wir verbrennen das Fleisch und erhitzt durch diese Greuel widmen wir die Nacht der tollsten Ausschweifung. Am nächsten Tage holte ich den Diener von seinem Hotel ab, unter dem Vorwand, ihn in ein Landhaus zu bringen, wo sein Herr ungeduldig auf ihn warte. Als wir außerhalb der Stadt in einer einsamen Gegend sind, schieß ich den Unglücklichen mit den Worten nieder: »Geh, such deinen Herrn in der Hölle, wo alle die sind, die uns ihr Geld nicht gutwillig geben wollen.« Mit einem Fußtritt werfe ich den Leichnam in einen Abgrund und will zur Stadt zurückkehren, als ich plötzlich ein dreizehnjähriges Kind bemerkte, das die Lämmer hütete. »Himmel«, rief ich aus, »wir sind verloren, man hat mich beobachtet.« ... Da gab es kein Zögern, ich packte das Kind und knebelte es mit meinem Taschentuch.

Ich schände es, beide Jungfernschaften verliert es mit einem einzigen Stoß und ich entlade in seinen Arsch, während ich ihm seinen Schädel einschlage.

Dies ist das beste Mittel, um sich vor Zeugen zu sichern. In die Stadt zurückgekehrt, laß ich die Wagen und Koffer Villeneuils in unser Hotel bringen. Ich fand meine Freundin sehr besorgt. »Was hast du, bist du vielleicht schwach geworden?« — »Das nicht«, sagte Emma, »aber ich fürchte, daß die Korrespondenten, denen Villeneuil seine Ankunft angezeigt, Nachforschungen nach ihm anstellen und so alles herauskommt. Verlassen wir daher lieber das Land, wo ich immer eine furchtbare Angst haben werde.« — »Ich habe dich für stärker gehalten«, sagte ich zu Emma, »wenn man nach jedem Verbrechen fliehen müßte, könnte man nirgends verweilen. Wir stehen unter dem Schutze der Natur, die das Verbrechen liebt, ich habe an die vornehmsten Persönlichkeiten Briefe und das genügt.« In Schweden gab es damals zwei Parteien, die eine, unzufrieden mit dem Hof, wollte seine Macht zerstören, während die andere alle Mittel anwendete, um die Despotie Gustav III. zu stürzen. Man war somit der Ansicht, daß die Gelegenheit gekommen sei zu einem Staatsstreich, die Senatoren wollten ihre Macht, die sie an sich gerissen, nicht aufgeben, ja, sie gingen sogar soweit, die Briefe des Königs zu öffnen und zu beantworten, kurzum; Gustav III. war nur eine Puppe.

Dies war der Zustand Schwedens, als ich mich dem Senator Steno vorstellte, welcher das Haupt der Senatorenpartei war. Ich wurde von dem jungen Senator und seiner Gattin ungemein freundlich aufgenommen und mit Vorwürfen überhäuft, daß ich nicht meine Gattin mitgebracht habe. Ich versprach, sie am nächsten Tage zum Dîner mitzubringen. Emma gelang es durch ihr vornehmes Auftreten, sich rasch die Liebe der Senatorsgattin zu sichern. Steno war der reichste und einflußreichste Mann Schwedens und seine Gattin vielleicht die entzückendste Kreatur dieses Reiches.*

* Die Namen der Verschwörer dieser berühmten Affäre wurden alle geändert.

Als wir vielleicht das viertemal zusammen waren, fragte Steno mich nach meinen anderen Empfehlungsbriefen; als er die Adressen las, sagte er zu mir: »Wenn Sie diese Empfehlungsbriefe abgeben, werden wir uns trennen müssen. Ich, meine Freunde und meine Familie sind geschworene Feinde des Despotismus und seiner Anhänger.« — »Oh, mein Herr«, antwortete ich, »ich bin ein eingefleischter Feind aller Könige und Tyrannen und Ihre Denkungsart ist mir viel zu verwandt, als daß ich nicht Ihnen, mein Herr, alle Ihre Feinde zum Opfer bringen will. Die Leichtigkeit, mit der ein einzelner Mann verführt und betrogen werden kann genügt, um alle vernünftigen Menschen zu Feinden der Monarchie zu machen. Beeilet euch, eurem Vaterlande die Freiheit zu geben, die Gustav ihr nehmen will. Mögen seine Versuche ebenso erfolglos sein wie die Adolfs. Aber um Sie ganz zu überzeugen, hier haben Sie die Briefe an die Freunde Gustavs, wir wollen sie gemeinschaftlich verbrennen, ich will nur die Freunde haben, die Sie mir aussuchen.« Steno umarmt mich und auch seine Gattin dankt mir aufs Innigste für meine Freundschaft. »Borchamps«, sagt mir Steno, »Ihr habt so offen mit mir gesprochen, daß ich von eurer Denkungsart überzeugt bin, seid Ihr bereit, euch mit heiligen Eiden uns anzuschließen?« — »Senator«, antwortete ich mit Heftigkeit, »ich schwöre euch mit dem Dolche in der Hand, den letzten Tyrannen der Welt zu bekämpfen!« Und ich erzählte ihm mein Abenteuer mit der Prinzessin von Holland. »Denkt eure Frau wie Ihr?« — »Gewiß, denn sie hat aus dem gleichen Tyrannenhaß die Prinzessin Sophie, die sie mit Gunst überhäufte, verlassen.« — »Wohlan«, sagte Steno, »kommt beide morgen Abend zu einem Souper zu mir und Ihr werdet Sachen hören, die euch erstaunen.«

Ich teilte Emma alles mit. »Überlege wohl, mein Freund, bevor du dich anschließt, und erinnere dich wohl, weshalb du aus dem Dienst Sophiens dich geflüchtet.« — »Ich habe überlegt und gefunden, daß gerade der Haß gegen den Despotismus es war, der mich von ihr wegdrängte.« — »Wie kommt das aber, da du doch selbst Despot bist?« — »Das ist genau so, wie die schwedischen Senatoren, wenn sie einmal die Macht in Händen haben werden, sie werden genau so despotisch sein, wie der Tyrann, den sie bekämpfen. Würden sie andere Prinzipien verfolgen, würde ich mich nie ihnen anschließen. Die Herrschaft ist das Ziel aller Menschen, man haßt nicht die Herrschaft, sondern den Herrscher. Ich fühle mich geeignet, eine Rolle in der Welt zu spielen, man bedarf dazu nur eine eherne Stirne, eine verdorbene Seele und einen festen Charakter. Ich habe das alles und darum ergreife ich die Hand des Glückes. Schmücke dich morgen, sei stolz, geistreich und schlau, das sind die Eigenschaften, die du bei Steno brauchen wirst.«

Wir kamen zur festgesetzten Stunde hin, kaum waren wir angekommen, als ein Diener dem Portier sagte: »Jetzt sind sie vollzählig, laß niemand mehr herein.«

Die Gesellschaft war am Ende des Gartens in einem Pavillon vereinigt, der von Bäumen umgeben dem Gotte des Schweigens errichtet zu sein schien. Als wir eintraten, sahen wir folgende Personen: Steno und seine Gattin kamen uns entgegen und stellten uns drei Senatoren mit den Gattinnen vor. Der älteste von den Männern, Eric-son mit Namen, ungefähr fünfzig Jahre alt, von majestätischem Aussehen, hatte etwas Hartes im Ausdruck und Scharfes in der Redensart. Seine Gattin Friedegunde, fünfunddreißig Jahre alt, war das, was man eine schöne Frau nennt. Mehr Schönheit als Anmut. Der zweite Senator, Volf mit Namen, war ein überaus lebhafter geistreicher Mann, aber viel Bosheit sprach aus seinen Zügen; Seine Gattin Amélie war eine reizende Person von dreiundzwanzig Jahren mit ebensoviel Geist als Schönheit. Sie bezauberte mich beim ersten Blicke. Der dritte Senator, Brahé, war im ganzen dreißig Jahre alt, ein hagerer, verschlagen dreinblickender Mann, der alle anderen an Zynismus und Ungestüm übertraf, seine Gattin Ulrike, die nur um zwei Jahre jünger war als er, besaß ebensoviel Schönheit als Verstand und Bosheit und war die begeistertste und fähigste Anhängerin der Senatorenpartei.

»Meine Freunde«, sagte Steno, »ich schlage euch die Aufnahme dieses Mannes und seiner Frau vor, da ich überzeugt bin, daß sie unser würdig sind.« — »Mein Herr«, sagte hierauf Brahé zu mir, »ich bin von den Worten Stenos überzeugt, doch ist es besser, wenn Ihr uns einige Fragen beantwortet:

Frage: Aus welchen Gründen haßt Ihr den Despotismus?

Antwort: Aus Neid und verletztem Stolz beherrscht zu werden und aus dem Wunsch, selbst zu herrschen.

F.: Spielt das Glück des Volkes eine Rolle bei euren Ansichten?

A.: Nein, nur mein Eigenes.

F.: Und welche Rolle spielen die Leidenschaften in Ihrer Politik?

A.: Die erste, denn ich glaube, jeder Staatsmann muß alle seine Pläne, seine Vorschläge, Beteuerungen, ja seine Gesetze so einrichten, daß sie seinem eigenen Glücke dienen, alles das, was das dumme Volk glaubt, es diene zu seinem Glück, tut er nur, um seinen eigenen Reichtum und sein Ansehen zu vergrößern.

F.: So würdet Ihr also in einer solchen Stellung nur der Stimme der eigenen Begierden folgen.

A.: Gewiß, dies ist mein einziger Gott.

F.: Und was hältst du von der Religion?

A.: Der Tyrann muß sich ihrer immer bedienen. Die Fackel des Aberglaubens ist die Morgenröte der Tyrannei und mit geheiligtem Sinn lenkt man am besten das Volk.

F.: Ihr ratet uns daher, sie zu verwenden?

A.: Gewiß, laßt Gott für euch sprechen und die Menschen werden folgen, überredet sie, daß alles Unglück, das sie unter der jetzigen Regierung leiden, von dem Mangel an Religion kommt. Indem Ihr sie vor die Füße der Chimäre, die Ihr ihnen zur Verehrung darbietet, werft, werden sie eurem Stolz und euren Leidenschaften dienen.

F.: Du glaubst also nicht an Gott?

A.: Welch vernünftiger Mensch kann daran glauben. Bedarf die ewig rastlose Natur eines Lenkers? Ich wollte, daß der lebende Körper des Gauners, der zuerst von dieser Chimäre sprach, in die Hände derer überliefert werde, die durch sie starben.

F.: Wie denken Sie über das, was man Verbrechen nennt?

A.: Als etwas natürliches, dem zu widerstehen Torheit, als das beste Mittel für einen Staatsmann, seine Gewalt zu befestigen, kurzum, es ist das oberste Gesetz der Natur.

F.: Habt Ihr deren viele begangen?

A.: Es gibt keines, mit dem ich mich nicht besudelt und welches ich nicht mit Freuden wiederholen würde.

Hierauf erging sich Brahé in die Erzählung der Geschichte der Templer und sprach mit Empörung von dem ungerechten und harten Urteil, welches Philipp der Schöne an seinem letzten Großmeister Molay gefällt, um sich der Güter des Ordens zu bemächtigen:

»Ihr seht in uns die Häupter der *Loge des Nordens*, welche Molay selbst von der Bastille aus eingerichtet. Wenn wir euch aufnehmen, so geschieht es nur unter der Bedingung, daß Ihr uns bei dem Opfer, das man euch darbieten wird, schwört, Rache zu nehmen für den Tod Molays; sage mir dies genau nach:

»Ich schwöre, alle Könige der Erde zu vernichten, ewigen Krieg der katholischen Religion und dem Papst, die Freiheit den Völkern zu predigen und eine allgemeine Republik zu gründen.« Ein Donnerschlag ertönte, der Pavillon erzitterte und vor meinen Augen erschien ein nackter sechzehnjähriger Jüngling, einen Dolch in der Hand, den er mir darbot. Dies war das Opfer. Ich ergreife den Dolch und durchbohre sein Herz. Brahé fängt das Blut in einer goldenen Schale auf, läßt mich davon trinken und gibt es dann den anderen weiter. Jeder trinkt und spricht hierbei ein barbarisches Wort aus, das ungefähr den Sinn hatte: »Eher den Tod, als den Verrat.« Der Leichnam verschwindet und Brahé setzt seine Fragen fort:

F.: Du hast dich unserer würdig gezeigt. Bist du auch imstande, eine gleiche Tat zu tun zu deiner eigenen Lust?

A.: Gewiß, denn es vermehrt sie und ich habe derartiges immer als die Seele der Wollust erkannt. Ihr Einfluß auf die Einbildung ist ein enormer, und die Taten des Geistes erzeugen erst das wahre Vergnügen.

F.: Kennst du Beschränkungen in der körperlichen Liebe?

A.: Nein.

F.: Machst du einen Unterschied zwischen Geschlechtern, dem Alter und Verwandtschaftsgraden.

A.: Gewiß nicht.

F.: Aber es gibt doch eine Lieblingswollust für dich?

A.: Gewiß, das sind diejenigen, welche die Dummen widernatürlich, verbrecherisch, gesetzwidrig nennen.

»Nimm Platz unter uns, Bruder«, sagte mir Brahé, »wir verlassen uns auf dein Wort, ob deine Frau gleichen Sinnes mit dir ist.«

— »Ich stehe für sie ein«, antwortete ich.

— »Dann höre zu:

Die Loge des Nordens, deren Häupter wir sind, hat in Stockholm zahlreiche Anhänger, aber die einfachen Maurer kennen weder unsere Sitten, noch unsere Geheimnisse und verlassen sich ganz auf uns. Unsere Absicht geht dahin, den Thron Schwedens wie alle anderen Throne zu stürzen. Wir beschränken uns auf unser Vaterland. Wenn wir aber dann zur Regierung kommen, so werden wir eine Tyrannei ohne gleichen errichten, niemals wird das Volk in größerer Dunkelheit gehalten werden, Ströme des Blutes werden fließen, auch unsere Brüder werden unsere Knechte werden, jeder freie Gedanke, jegliche Bildung wird mit Gewalt unterdrückt. Du, Borchamps, wirst zwar nicht an der Herrschaft teilnehmen, wirst über die Armeen kommandieren, besonders aber die Räuberbanden kommandieren, welche Schweden mit Mord und Brand durchziehen sollen. Schwörst du, uns treu zu sein?«

— »Ich schwöre es.«

— »Dann bleibt mir nur übrig, dir unsere Sitten zu schildern. Wir betreiben die Wollust ohne Rücksicht auf Ehe und Geschlecht, ohne Scham vor einander, am liebsten in der Art, wofür man sagt, daß Gott Sodom bestraft hat. Ist deine Frau zu alledem auch entschlossen?«

— »Ich schwöre es«, sagte Emma.

— »Aber das ist noch nicht alles. Wir gehen noch weiter, wir stehlen und morden auf den Straßen, vergiften Brunnen und Bäche und verüben alle diese Greuel nur, um dem Volke die jetzige Regierung verhaßt zu machen. Seid Ihr bereit, das alles ohne Gewissensbisse zu tun?«

— »Ich kenne das Wort Gewissensbisse nicht und würde keine fühlen, wenn ich das ganze Weltall zerstört hätte.«

Hierauf erhielten Emma und ich den Bruderkuß von jedem Mitglied, indem jedes einzeln uns im Arsch leckte und hierauf die Zunge in unseren Mund steckte, »Entkleiden wir uns alle«, sagte Brahé, »und gehen wir in den Nachbarsaal.« Derselbe war auf türkische Art mit Teppichen und Polstern eingerichtet. Die Statue Jakob Molays stand auf einem Scheiterhaufen in der Mitte und eine milde Wärme herrschte im ganzen Raum, welcher von verschleierten Lichtern geheimnisvoll erhellt war. Alles mischte und vereinigte sich in einem Augenblick. Ich stürze mich auf die reizende Amélie, die mich mit offenen Armen empfängt. Sie bückt sich und bietet mir den Tempel dar, denn sie weiß, daß ich ihn verehre und es war ihr Geschmack, ich bemerke, daß sie es mehr aus wirklichem Vergnügen als aus Gefälligkeit tut. Der Wunsch, auch die drei anderen Weiber in den Hintern zu ficken, verhinderte mich, in den entzückenden Arsch Améliens zu entladen. Ich befaßte mich dann mit Steno, der Emma sodomisierte und nachher mit seiner Frau Ernestine, eine schöne wollüstige Kreatur, die ich lange vögelte. Friedegunde, ihre Nachfolgerin, legte ebensoviel Leidenschaft und Wildheit hinein, wie Ernestine wollüstige Nachgiebigkeit. Eric-Son zittert unter meinem Gliede, wie die Taube unter dem Habicht und durch seine Kunst entreißt er mir meinen Samen. Brahé weiß so gut durch Schlecken meine Manneskraft wieder zu erwecken und genießt dies eine Viertelstunde, worauf ich Volf und seine Gattin Ulrike in die Arbeit nahm, weil es mir das zweitemal kam. Ulrike bemüht sich, mein Glied wieder steif zu machen, die Messalina wendet alle Mittel an und will ihn in die Scheide hineinstecken. Ich drohe, sie zu denunzieren, da ich ein treuer Anhänger der Gesetze der Gesellschaft bin. Wütend stößt die Schurkin meinen Schwanz in ihren Hintern und führt einen solchen Tollheitstanz auf, daß mein Samen das ganze Zimmer bespritzt. Inzwischen war auch Emma von allen gevögelt worden, auch ich wurde von allen pouseriert, doch kam es nur Wenigen, weil ein Arsch oder eine Scheide auf diese Leute nicht mehr die genügende Wirkung hervorbrachte. Steno allerdings, der von Emma ganz entzückt war, hatte ihren Arsch mit seinem Samen überschwemmt.

Das Souper wurde von sechs schönen nackten Knaben und sechs ebensolchen Mädchen serviert. Hierauf begannen neue Orgien, während welcher ich die Leidenschaften der einzelnen genau kennenlernte. Die Frauen waren die ersten, welche das Signal gaben zu grausamer Belustigung, welche sechs Opfern das Leben kosteten. Beim Abschied bezeigte mir Steno seine Freude über unseren Eintritt in die Gesellschaft und fragte mich, ob ich irgend einer Geldsumme bedürfe. Ich fand es für richtig, dies zu verneinen.

Nach acht Tagen kam Steno, mich zu einer Partie unter Männern abholen. »Um was handelt es sich?« — »Um allerhand Schandtaten, Raub, Diebstahl, Mord.« — »Bist du dabei?« — »Gewiß.« — »Dann sei um acht Uhr im Hause Brahés.« Ein verschwenderisches Souper erwartete uns und fünfundzwanzig Soldaten, nach der Größe ihrer Glieder ausgesucht, mußten uns die nötige Energie zu unserer nächtlichen Unternehmung einvögeln. Nach diesen Vorbereitungen waren wir so im Feuer, daß ich imstande gewesen wäre, Gott selbst zu ermorden.

Von zehn der kräftigsten Soldaten begleitet, durcheilten wir die Stadt, beraubten, töteten alles, was uns in den Weg kam und warfen die Leichen ins Meer. Alle, die wir auffingen, schändeten wir zuerst. Wir drangen in einige Häuser der Armen ein und verwüsteten sie, nachdem wir Schrecken und Verzweiflung gesät hatten. Wir jagten die Patrouillen in die Flucht und es gab keinerlei Ausschweifung, welcher wir nicht in der furchtbaren Nacht huldigten. Wir schoben in der Zeitung dies alles auf die Regierung, das Volk glaubte uns und sehnte sich nach der Rebellion. So läßt sich das Volk vom ersten besten gängeln, so wünscht es sich bald einen König, bald die Revolution, je nach den Begierden dessen, der ihnen das Heil vorspiegelt. Der Zeitpunkt kam aber immer näher und man sprach von nichts als von einer möglichen Veränderung. Ich hielt fleißig Umschau unter der Bevölkerung und kam bald zur Ansicht, daß bei der Unmasse königstreuer Menschen die Revolution der Senatoren eine tote Sache sei. Getreu meinen Prinzipien beschloß ich daher, sofort mich auf die andere Seite zu schlagen, weil sie die Stärkere sei. Man wird mir sagen, daß ich niederträchtig handelte, mag sein, aber für mein Glück, meine Sicherheit war es der einzig richtige Weg, und wenn es sich darum handelt, darf der Mensch alle Vorurteile, alle Bande mit Füßen treten, denn man ist nicht glücklich durch Achtung der anderen, sondern nur, wenn man sich glücklich fühlt.

Ich verlange eine geheime Audienz beim König, ich enthülle ihm die Namen aller, welche sich gegen ihn verschworen und verlange für das alles eine Million, bereit, auf ewig in den Kerker zu wandern, wenn ich ihn täusche. Die Wachsamkeit des Monarchen, unterstützt von meinen Nachrichten, kam allem zuvor. Am Tage, wo die Bombe explodieren sollte, war er schon in aller Frühe zu Pferde, beschwichtigte das Volk, bemächtigte sich der Verschworenen, gewann die Soldaten für sich und besetzte das Arsenal, ohne einen Tropfen Blut zu vergießen. Das war nicht das, was ich gewollt hatte; ich hatte Ströme Blutes erhofft und der dumme König schonte sie alle. Welche Vorwürfe machte ich mir, die Partei verraten zu haben, welche Schweden an allen Ecken in Blut getaucht hätte. Wie unrecht hatte ich getan, als ich diesen Prinzen für einen Despoten hielt, während er sich so ungeschickt benahm, als ich ihm alle Mittel bot, seine Tyrannei zu befestigen. Allerdings hatte ich nicht nötig, ihm sein Versprechen in Erinnerung zu rufen. Gustav selbst ließ mich kommen, zahlte mir die versprochene Million aus und befahl mir aber, seinen Staat zu verlassen. »Ich bezahle die Verräter, weil sie mir notwendig, aber sobald ich mich ihrer bedient habe, entferne ich sie aus meiner Nähe.« Was lag mir daran, ob dieses Vieh mich verachtete oder nicht, er wird mich nicht besser machen, denn der Verrat ist meine Lieblingspassion und eben ging ich daran, einen neuen auszuüben.

Ich eile zu Steno und sage ihm: »Meine Frau, dieses Ungeheuer, hat euch verraten, sie hat dafür Geld bekommen, und muß jetzt mit mir Schweden verlassen. Ich muß zwar folgen, aber zuerst werde ich mich rächen. Alles ist ruhig, nichts hindert uns, heute abend uns zu versammeln, um die Elende zu bestrafen.« — Steno willigt ein und ich bringe Emma am Abend hin. Alle Männer und Frauen, wütend über den Verrat, verurteilen sie zu den schrecklichsten Qualen. Emma, über ihre Anklage ganz verwirrt, will mich anklagen, doch man bringt sie zum Schweigen und während sich die tollsten Unzuchtsszenen vor dem Schafott abspielen, wird sie lebendig geschunden und am langsamen Feuer gebraten. Man schleckte mich währenddessen, und meine Freunde vögelten jeder einen Knaben, während ihre Frauen, von Mädchen geschleckt, sie peitschten. Nach der Hinrichtung kam Amélie, die Gattin Volfs, auf mich zu: »Ich liebe deinen Charakter und habe seit langem bemerkt, daß ich besser zu dir passe als diese Frau; mein Mann liebt mich zu sehr, um mich zu befriedigen. Seit meinem fünfzehnten Jahre begeistere ich mich an der Idee, als Opfer grausamer Wollust zu sterben, deshalb will ich, wenn du mir versprichst, mich einst zum Opfer deiner Wollust zu machen, mit dir morgen Stockholm verlassen.« Aufs Tiefste bewegt durch diesen Vorschlag, verspreche ich Amélie, was sie will, und am nächsten Tag verlassen wir Stockholm. Ich nahm ein ungeheueres Vermögen mit, denn ich erbte von meiner Frau, hatte die Million des Königs und meine neue Freundin brachte mir auch 600.000 Francs, die sie ihrem Gatten entwendete.

Amélie und ich wandten uns nach Petersburg. Auf ihr Verlangen heiratete ich sie und wir richteten uns im nobelsten Viertel der Stadt auf das Herrlichste ein. Bald befanden wir uns im Mittelpunkt der ganzen russischen Gesellschaft und der Minister der Kaiserin lud mich selbst ein, seine Herrin zu besuchen. Katharina, immer sehr vertraut mit dem, der ihr gefiel, ließ sich von mir den Hof machen.

So vergingen zwei Jahre, während Amélie und ich alle Genüsse, welche die Stadt uns bieten konnte, auskosteten. Eines Tages befahl mich Katharina in ein in der Nähe der Stadt gelegenes Landhaus. Amélie, welche ich von diesem Glücksfall verständigte, tat alles, um mich davon abzuhalten. Kaum waren wir allein, als mir die Kaiserin mitteilte, daß sie mein ganzes Abenteuer in Schweden kenne und es sie sehr freue, daß ich so treu zum König gehalten habe. Sie interessiere sich sehr für mich und wenn ich auf ihre Ideen eingehen würde, würde dies nicht mein Schaden sein. Ich schwor dieser trotz ihrer vierzig Jahre noch bezaubernden Frau, daß ihre Befehle auf ewig die einzige Pflicht meines Herzens sein würden. Katharina gibt mir die Hand, die ich mit Eifer küsse, ein Schleier verschiebt sich und ich sehe die entzückendste Brust. Katharina verhüllte sich wieder und sprach von ihrer Magerkeit. Als ich ihr aufs Heftigste widersprach, gab sie mir Gelegenheit, mich davon zu überzeugen, daß auch der Rest dem entspreche, was ich gesehen, kurz, am selben Tage vögelte ich noch die Kaiserin, und ich kann sagen, daß ich wenige Frauen gesehen, die so schöne Formen besaßen, und das Temperament, das sie mir zeigte, mich die Zahl meiner Vorgänger verstehen ließ. Jegliche Gattung von Wollust war Katharina genehm, und Ihr könnt euch wohl vorstellen, daß ich ihr nichts versagte, besonders ihr Arsch empfing die ausgiebigsten Proben meiner Verehrung. »Ich begünstigte derartige Verirrungen, denn nachdem die Anzahl der Seelen die Macht der russischen Fürsten ausmacht, die der meinigen gefährlich, so kann eine derartige Leidenschaft, die keine Menschen zeugt, mir nur dienlich sein. Außerdem liebe ich das Laster und da ich dich, Borchamps, bei meinem Arsch so entzückt sehe, gebe ich dir die Erlaubnis, ihn so oft zu benützen, als du willst.«

Dies blieb so bis zum dritten Besuche. Erst anläßlich dieses wollte Katharina mich in ihre Pläne einweihen, doch zuerst verlangte sie ein Opfer von mir. Sie verlangte, daß der morgige Tag meine Frau nicht mehr lebend antreffe. »Der stehende Schwanz, Fürstin«, sagte ich, »den Ihr in der Hand haltet, soll in eurem

Arsch ihr Todesurteil unterschreiben.« — »Gut«, sagte Katharina, »aber ich bin grausam, sie hat mich eifersüchtig gemacht und ihre Marter soll meiner Eifersucht gleichen. Von Viertelstunde zu Viertelstunde soll sie mit glühenden Zangen gezwickt werden und dazwischen sollen meine Henker sie vögeln und vor ihrem letzten Seufzer sie mit glühender Erde bedecken. Ich werde dich währenddessen beobachten und wenn du tapfer bist, sollst du mein Geheimnis wissen.« So schön auch Amélie war, die zwei Jahre hatten mich gesättigt, vor allem besaß sie zu viel Zärtlichkeit und zu wenig Grausamkeit, außerdem aber hatte sie nicht die Folgsamkeit, die ich von einer Frau verlangte. Sie wollte mich nicht schlecken und auch ihr Arsch, so schön er war, war mir alltäglich geworden. Am nächsten Tage wurde sie in einem der verstecktesten Landhäuser der Kaiserin vorgestellt. Man hat keine Ahnung, was diese Frau mit Amélie getrieben. Zuerst ließ sie sich von ihr die niedrigsten Dienste erweisen, schlecken und geilen, und dann überlieferte sie sie ihren Henkern, die sie wirklich alle Martern erdulden ließen. Katharina verlangte, daß ich sowohl das Opfer als auch die Henker pouseriere, und meine arme Frau starb nach elf Stunden der schrecklichsten Martern. Katharina war von meinem Charakter überzeugt und sagte mir in acht Tagen die Enthüllung ihres Planes zu.

Diesmal wurde ich im Winterpalais empfangen. »Ich kenne«, sagte die Kaiserin zu mir, »deine Gedanken über das, was die Narren Verbrechen nennen. Der Privatmann bedarf dessen nur selten, wir aber, umgeben von Betrügern und Feinden, die uns verderben wollen, wir bedürfen desselben alle Tage. Peter der Große glaubte, Rußland einen Dienst zu erweisen, als er die Kette eines Volkes sprengte, das seine Sklaverei liebte; doch Peter, mehr auf seinen Ruhm als auf das Glück seiner Nachfolger bedacht, schändete seine Krone, ohne seinem Volk zu nützen. Was hat er von der Riesengröße seines Reiches, wo er selbst nur einen kleinen Teil bewohnen kann, wozu Künste und Wissenschaft, wozu der Schein einer Freiheit, der uns die Ketten noch schwerer fühlen läßt? Darum, gestehen wir es uns ein, Peter der Große hat Rußland ins Verderben gestürzt, denn erst der aufgeklärte Russe sieht, was ihm fehlt. In welchem Zustand ist aber der Mensch glücklicher: wenn er sein Unglück sieht oder wenn es ihm verhüllt ist? Darum ist der Despotismus das Vorteilhafteste, und du wirst es gut heißen, wenn ich Rußland in den Zustand zurückführen will, in dem es vor Peter war. Basilowitsch war ein Regent, der mir zum Muster dienen kann, er tötete selbst die Gefangenen, die er machte, schändete und verbrannte deren Frauen und Kinder. Ja, er ermordete seinen eigenen Sohn. Einen Aufstand in Nowgorod bestraft er, indem er dreitausend Männer in die Wolga werfen ließ. Er war der Nero Rußlands und ich will Theodora oder Messalina sein. Vor allem muß ich meinen eigenen Sohn aus dem Weg räumen und da ein Russe, den ich in diesen Plan einweihe, mich verraten könnte, habe ich euch auserwählt, denn einen Russen könnten leicht gewisse patriotische Regungen zurückhalten, das habe ich schon bei der Ermordung meines Gatten gesehen. Hier ist das Gift, dessen du dich bedienen sollst. Bist du bereit?« — »Madame«, antwortete ich, »wenn auch das Verbrechen nicht mein eigenstes Lebenselement wäre, so würde der bloße Gedanke, der Welt einen gutmütigen Trottel von Prinzen zu entreißen und so die Tyrannis, deren eifrigster Anhänger ich bin, zu unterstützen, mich für einen solchen Plan gewinnen. Rechnen Sie daher auf meinen Gehorsam.« — »Diese tiefe Ergebenheit kettet dich für ewig an mich«, sagte Katharina und schloß mich in ihre Arme. »Morgen will ich alle deine Sinne mit Wollust berauschen, und während du mich im höchsten Genusse besitzen und sehen wirst, wirst du aus meiner Hand das Gift für dieses elende Individuum empfangen, das ich leider in die Welt gesetzt habe.«

Die Zusammenkunft fand in dem Landhause statt, wo ich bereits mit der Kaiserin zusammengetroffen war. Sie empfing mich im herrlichsten Wintergarten, in welchen die Blumen aller Gegenden blühten und in welchem türkische Divans, von Spiegeln eingeschlossen, schwellend zum wollüstigen Genusse einluden. Vier bildhübsche Burschen von zwanzig Jahren harrten in

Fesseln der zügellosen Leidenschaft Katharinas. »Was du siehst«, sagte die Fürstin, »ist der Blumenstrauß der Wollust, wir werden, mit Kleinigkeiten beginnend, unser Blut erhitzen und dort unsere Lust beschließen. Oder würdest du Opfer meines Geschlechtes vorziehen.«

— »Das kümmert mich wenig, das Geschlecht des Opfers ist mir gleichgültig, wenn es nur sicher gemordet wird.«

— »Oh, Borchamps, es gibt nur ein Vergnügen auf der Welt, und das ist, wider die Natur handeln.«

— »Aber der Mord ist doch nicht widernatürlich.«

— »Ich weiß es, aber gesetzeswidrig.«

— »Wer sollte die Gesetze durchbrechen, wenn nicht der, der sie geschaffen.«

— »Haben Majestät sich bereits an diesen Männern ergötzt?

— »Würden sie sonst in Fesseln sein?«

— »Kennen sie schon ihr Los?«

— »Noch nicht, ich werde es ihnen verkünden, während du sie pouserieren wirst.«

— »Ich möchte, daß du es während dieser Tätigkeit ausführst.«

— »Oh, du Scheusal, wie liebe ich dich.« Hierauf erschienen die Objekte für unsere Orgie; es waren sechs entzückende fünfzehnjährige Mädchen und sechs Riesenmänner, deren Glied man kaum umfassen konnte. »Setze dich mir gegenüber, beobachte mich, ohne mitzutun, höchstens geile mich, denn ich will mich dir in meiner höchsten Verzückung zeigen.« Ich folgte. Die schönen Mädchen entkleideten die Kaiserin und überhäuften sie mit Liebkosungen. Sie sogen an ihrem Munde, an ihrer Scheide, an ihrem Arsch und wechselten sich mit erstaunlicher Geschwindigkeit ab. Dann strichen sie leise mit Ruten die verschiedenen Körperteile. Die Männer umgaben sie und die Mädchen mußten sie von Zeit zu Zeit küssen und geilen. Als der ganze Körper der Kaiserin krebsrot war, ließ sie sich mit Weingeist einreiben und setzte sich auf das Gesicht eines Mädchens, so daß es ihr das Arschloch lecken konnte. Eine zweite sog an ihrem Kitzler, eine dritte an der Brust, eine vierte am Mund und die zwei anderen geilten sie. Währenddessen berührten die sechs Männer mit dem Kopf ihrer Glieder die Arschbacken der Mädchen, Katharina seufzte und stieß in russischer Sprache Gotteslästerungen aus.

Ein neues Bild. Sie geilte jedes Mädchen, indem sie das Arschloch leckte und die Männer kitzelten dazwischen das ihre. Hierauf steckt sie sich ein Glied in die Scheide und indem sie sich auf diesen Mann herunterbückt, bietet sie einem zweiten ihr Arschloch dar. Mit jeder Hand geilt sie ein Glied auf dem Arschloch eines Mädchens, man peitschte sie, indem man sie pouseriert und alles andere bildet Gruppen. Hierauf bedient sie alle Mädchen, indem sie ihnen die Schwänze hineinsteckt, ihre Kitzler schmeichelt und sie küßt. Hierauf läßt sie sich von sämtlichen Männern von vorne und hinten vögeln, während die Mädchen, über ihr hockend, die Männer küssen und ihr ins Gesicht pissen mußten. Ich erlitt währenddessen Tantalusqualen, bis sie mich endlich rief: »Steht er dir?« fragte sie mich. »Sieh selbst, du Hure«, war meine Antwort. — »Also wohlan, hier ist mein Arsch, füge deinen Samen noch dazu. Ich folgte ihr und als ich entladen, ließ sie mich nicht heraus und befahl einem Mann, mich zu pouserieren und den Mädchen, mir ihren Arsch zum Kuß anzubieten, damit er mir wieder steht. So entlud ich dreimal.

Hierauf gingen wir zur Grausamkeit über. Jeder Mann nahm ein Weib um seine Hüfte, so daß zwei Ärsche sich nebeneinander darboten. Katharina selbst bewaffnete sich mit einem künstlichen, furchtbaren Instrument, welches jeder russische Wüstling besitzt, und bediente sich desselben so gut mit ihrer königlichen Hand, daß das Blut im Zimmer umherfloß. Ich selbst mußte sie mit Birkenruten peitschen und nach jedem zwanzigsten Hieb niederknien und ihr Arschloch lecken. Hierauf packten die Männer die Mädchen, spreizten ihnen die Beine auseinander und Katharina peitschte mit voller Wucht in ihre Scheiden hinein, so daß das Blut in Strömen floß; ebenso peitschte sie die Schwänze und Hoden der Männer. »Ich überlasse sie dir, Borchamps«, sagte sie, »für mich haben sie ausgespielt, unterhalte dich mit ihnen, ich will dich beobachten.« Durch meine Sorgfalt brachten die Mädchen die Männer wieder in die Höhe und ich wurde von jedem noch zweimal gevögelt. »Genug damit«, sagte sie, »gehen wir zu ernsteren Sachen über.« Die Opfer traten ein und zu meinem Erstaunen befand sich unter ihnen einer, der dem Sohn der Kaiserin zum Verwechseln ähnlich sah. »Ich hoffe, du verstehst mich«, sagte sie, als sie meine Überraschung sah. — »Gewiß«, antwortete ich, »wenn du so denkst wie ich, so werden wir an ihm das Gift versuchen.« — »So ist es, denn ich würde sonst den Anblick der Todesqualen meines Sohnes vermissen und dies ersetz ich mir auf diese Weise.« Zuerst ließ Katharina sich von den vier Opfern vögeln, während ich dieselben in den Hintern fickte und die anderen zwölf peitschend und schleckend Gruppen bildeten. »Diese sechs Männer sind meine Henker und du wirst eine Arbeit sehen. Gibt es eines der Mädchen, das du auch verurteilen willst, so bezeichne sie, wir werden die anderen hinausgehen heißen und uns allein mit den Unglücklichen beschäftigen.« Zwei dieser reizenden Kreaturen hatten meinen Kopf sehr erhitzt und ich bezeichnete sie. Zuerst kam aber das lebendige Ebenbild des Prinzen an die Reihe. Ich gab ihm selbst das Gift ein und eine halbe Stunde belustigten wir uns mit diesem Jungen. Dann traten furchtbare Schmerzen auf und der Unglückliche starb vor unseren Augen unter schrecklichen Todesqualen; hierauf ließ sich Katharina der Reihe nach die anderen Männer auf den Körper binden und während sie sie küßte und geilte, schlachteten wir einen nach dem anderen auf ihr ab. Die zwei Mädchen, die ich ausgesucht hatte, tötete ich mit eigener Hand unter furchtbaren Martern. Ich steckte in die Scheide der einen Nadeln und mit jedem Stoß des Schwanzes trieb ich sie ihr durch seinen Kopf hinein. Die Unglückliche stieß furchtbare Schreie aus. Katharina erklärte, niemals derartiges erfunden zu haben. Hierauf speisten Katharina und ich ganz nackt zusammen und sie versprach mir, ganz begeistert von meiner Charakterstärke, die schönsten Hofstellen nach der Ermordung ihres Sohnes. Ich erhielt das Gift und versprach, am nächsten Tage zu handeln.

Ich war seit langem in intimen Beziehungen zum Prinzen, die Katharina begünstigt hat, ja, sie hatte eines Tages zugesehen, wie ich ihn in den Hintern fickte. Der Prinz kam auf meine Einladung nächsten Tag in der Früh zu mir frühstücken, aber nachdem er immer vor seiner Mutter auf der Hut war, hatte er zuerst ein Gegengift eingenommen. Mein Anschlag ging daher fehl und Katharina, die mich verdächtigte, ließ mich verhaften. Meine Güter wurden konfisziert und ich nach Sibirien geschickt, wo ich wie jeder andere zwölf Tierfelle monatlich abliefern mußte, sonst wurde ich aufs Blut gepeitscht. Dadurch bekam ich das Bedürfnis, täglich gepeitscht zu werden. Bei meiner Ankunft erhielt ich eine Hütte, deren Besitzer nach fünfzehnjähriger Gefangenschaft gestorben war. Sie war aus Holz, der Fußboden aus Fischknochen hergestellt und von Palisaden umgeben zum Schutz gegen die wilden Tiere. In dieser Gefangenschaft blieb ich zehn Jahre und beweinte die Ungerechtigkeit der Fürstin und des Geschickes. Mit einem einzigen meiner Genossen, einem Ungarn, namens Tergowitz, sympathisierte ich. Er war ein Verbrecher aus Überzeugung und beschimpfte täglich den Himmel, statt wie die anderen ihn zu versöhnen zu trachten. Er kannte keine Gewissensbisse und empfand nur Reue, keine neuen Verbrechen begehen zu können. Wir schlossen Freundschaft und unsere erste Tat war, uns zu pouserieren. Als er mir erklärte, daß dies seine Lieblingsleidenschaft sei, fragte ich ihn, ob es hier noch andere gleichgeartete gebe. Er sagte mir, nicht weit von hier wohne ein sechsundfünfzigjähriger Pole, ein bildschöner Mann, der seit achtzehn Jahren in dieser Wüste sei und mich gewiß gern kennen lernen wollte, vielleicht könnten wir zu dritt einen Fluchtversuch machen. Noch am selben Tag suchten wir Wlodomir auf, der mir sehr wild und menschenfeindlich vorkam. Sobald ihn Tergowitz über mich aufgeklärt hatte, sah er mich mit anderen Augen an und kaum hatten wir soupiert, als jeder nach dem Arsch des anderen griff. Wlodomir brachte niemals Tierfelle dem Gouvernement, nur um gepeitscht zu werden. Eine ganze Stunde lang peitschten wir ihn, bis er, endlich in die Höhe gebracht, mir seinen ungeheueren Schwanz ins Arschloch hineinstieß. Tergowitz pouserierte ihn und wir wälzten uns trotz der Jahreszeit alle drei im Schnee. Sein ungeheuerer Schwanz machte mir große Schmerzen und er verschonte mich gar nicht. Darauf ging er auf Tergowitz über und vögelte uns beide über zwei Stunden, ohne zu entladen. Ich pouserierte ihn und weniger blasiert wie er, entlud ich. »Leider«, sagte der Pole, »komme ich nie zu meinem Ziele, weil ich dazu Blut brauche. Nachdem mir keine Menschen zur Verfügung stehen, töte ich Tiere und bade in ihrem Blute.« Tergowitz teilt ihm mit, daß auch wir gleichen Geistes seien. »Ja, Wo zum Teufel«, fragte ich, »sollen wir denn die Opfer hernehmen?« — »Unter unseren Genossen.« — »Ohne Mitleid mit der Gleichheit unseres Schicksals.« — »Wie kommt«, antwortete der Pole, »Mitleid in ein Herz aus Eisen, soll ich ein Verbrechen, das mich entzückt, deswegen aufgeben? Ich verabscheue den Mann, der Mitleid empfindet, und der Durst nach Blut kennt kein Hindernis. Wie du mich da siehst, habe ich meinen Vater, meine Mutter, meine Frau, meine Kinder ohne jede Reue abgeschlachtet. Die Gewohnheit macht alles, und an nichts gewöhnt man sich so leicht, als an das, was einem gefällt. Begeile dich an den Verbrechen und du wirst dich an sie gewöhnen; so hab auch ich es getan. Nur die dummen Kinderideen, unseren Nächsten höher als uns zu schätzen, verhindern uns, das zu tun, was die Natur verlangt. Kennen denn die wilden Tiere oder die Pflanzen Mitleid oder Nächstenliebe? Derjenige, welcher dieses Gebot aufgestellt, hat so wie jeder Gesetzgeber nur sein eigenes Interesse im Auge gehabt.« Und in diesem Sinne sprach er noch lange. Entzückt von der Ähnlichkeit seiner Denkungsweise, umarmte ich ihn und gab ihm zu erkennen, daß mein Herz genau so gepanzert sei wie das seine. Wlodomir gestand uns ein, daß er nur seine Nichte und einige Genossen hingemordet habe, doch juckten ihn seine Finger noch täglich, neue Morde zu begehen. Ich schlug ihnen vor, uns zu vereinigen, um unsere Ketten zu brechen. Mit Freuden stimmten sie mir bei und ich schlug vor, sofort den Versuch zu machen, dieses Land zu verlassen. Wir würden dann schon die Mittel finden, auf Kosten anderer zu leben. Einige Flaschen Schnaps bekräftigten den Bund, zu dessen Besiegelung wir im Begriffe waren uns zu pouserieren, als ein fünfzehnjähriger Knabe kam, um Wlodomir zu bitten, seinem Vater auf einige Tage einige Tierfelle zu leihen. Ich frug Wlodomir, wer er sei und indem er mir sagte, er sei der Sohn eines hohen russischen Würdenträgers, schlug er mir leise vor, uns mit ihm zu belustigen. Statt jeglicher Antwort packte ich den Jüngling, reiße ihm die Hosen herunter, indem ich vorschlage, ihn zuerst zu vögeln und dann zu verspeisen. Sein Fleisch sei gewiß besser, als das der Marder und Ratten, die wir täglich verzehrten. Mein Vorschlag fand Beifall und nachdem wir uns alle drei an ihm genügend ergötzt, brieten wir ihn lebendig und verzehrten ihn mit Hochgenuß. »Wie töricht ist es«, sagte der Pole, »dieses Fleisch zu verachten und wie recht haben die Wilden, es jedem anderen vorzuziehen.« — »Dies ist auch wieder eine Torheit der Zivilisierten«, sagte Wlodomir, »das Schlachten und Verzehren eines Schweines zu billigen, bei einem Menschen aber ein Verbrechen daraus zu machen, deshalb halte ich alle Zivilisierten für verrückt und verachtenswert.«

Nach diesem glänzenden Mahle machten wir uns, nachdem wir die Nacht beim Polen zugebracht, bis auf die Zähne bewaffnet, auf den Weg, entschlossen, als Räuber und Mörder unser Leben zu fristen. Wir wollten zuerst die Grenze Chinas gewinnen. Doch da der Weg uns zu lang wurde, gelangten wir nach einigen Monaten längs des Kaspischen Meeres nach Astrachan, ohne das kleinste Hindernis unserer Flucht zu begegnen. Wir kamen raubend, mordend und vögelnd nach Tiflis, wo wir zu unserer Erholung und um wilderen Genüssen wohltuender und bequemer huldigen zu können, einige Zeit verbleiben wollten. Die Schönheit und Leichtlebigkeit des georgischen Volkes veranlaßte uns hierzu. Nachdem wir jeder durch unsere Räubereien 2.000 bis 3.000 Rubel zusammengerafft, mieteten wir uns glänzend ein, kauften ein paar schöne Mädchen, während der Pole, der dieses Geschlecht haßte, sich einen prachtvollen Georgier und ein paar griechische Sklaven kaufte. Wir erholten uns mit ihnen von unserem langen, fastenreichen Marsche. Der Haupthandel Tiflis ist der Weiberhandel für Asien und Konstantinopel. Ein jeder hat das Recht, die Frauen wie Ware in den Magazinen zu beschauen und zu betasten. Man kann sich nichts schöneres vorstellen als die Weiber dieses Landes, man kann sie nicht sehen, ohne sie zu begehren und man begehrt sie nicht, ohne sie zu haben, so ausgebreitet ist die Hurerei dort. Die Herrscher dieses Landes huldigen selbst den größten Ausschweifungen und ihre Vornehmen, die die Untergebenen wie Sklaven behandeln, huldigen den Fürsten, indem sie sich und ihre Kinder ihm in jeglicher Weise prostituieren.

Tergowitz verstand es, durch seine Schlauheit uns bei einem Grandseigneur des Landes einzuführen, der außer seinen unermeßlichen Schätzen drei entzückende Mädchen und Knaben hatte. Er war viel gereist und Tergowitz redete ihm ein, ihn in Rußland, Dänemark und Schweden getroffen zu haben. Er empfing uns aufs Glänzendste und wir dankten es ihm auch aufs Beste. In vierzehn Tagen hatten wir alle seine Kinder verführt und nachdem nichts mehr zu vögeln war, beschlossen wir, ihn zu bestehlen und zu ermorden. Es war wenig Dienerschaft da, wir waren stark genug, um alle zu überwältigen, und mein Glied erbebte schon bei dem Gedanken, diese schönen Kinder zu ermorden. »Hat uns nicht dieser liebe Mann wiederholt erklärt, daß er als guter Christ sicher in den Himmel kommt? Deshalb tun wir ihm diesen Gefallen.« — »Ich bin einverstanden«, sagte Wlodomir, »doch müssen alle diese Morde schön arrangiert werden. Wir haben lange genug aus Not gemordet, tun wir es jetzt aus Überzeugung und mit Geschmack.« — »Was willst du also?« — »Ich will, daß wir ihn selbst zwingen, seine Kinder zu braten und mit uns zu verspeisen. Währenddessen werden wir ihn pouserieren, hierauf werden wir ihm die Überbleibsel der Mahlzeit an den Körper annähen und ihn in seinem eigenen Keller anschmieden, dort kann er dann sterben, wann es ihm beliebt.« Leider wurde unser Komplott von der jüngsten Tochter belauscht, der Wlodomir mit seinem ungeheueren Schweif den Arsch zerrissen hatte.

Entsetzt über das, was sie gehört, teilte sie alles ihrem Vater mit und derselbe erhielt auf sein Verlangen eine Garnison ins Haus, die uns beobachten mußte, aber die Vorsehung läßt das Verbrechen immer über die Tugend triumphieren. Die vier Soldaten, welche der gute Mann mit sich brachte, waren wie wir aus Sibirien entkommene Verbannte, und kaum hatten sie uns erkannt, als sie vorzogen, mit uns gemeinschaftliche Sache zu machen, und der fromme Christ hatte nur vier neue Feinde im Haus. Wir gingen sofort an die Ausführung unseres Planes. Wir banden den armen Kerl an eine Säule in seinem Salon und verabreichten ihm zuerst 500 Rutenhiebe, dann vögelten wir seine sechs Kinder vor ihm. Als das geschehen, banden wir sie um den Armen und schlugen sechs Ärsche bis das Zimmer von Blut triefte. Nachdem wir sie auf den Boden gelegt und sie ihn auch mit Rutenhieben zerfleischt hatten, zwangen wir ihn, seine eigenen Kinder zu vögeln. Als ihm das trotz unserer Gewaltmaßregeln nicht gelang, kastrierten wir ihn und zwangen seine Kinder, seinen Schwanz und seine Hoden zu schlecken. Ebenso schnitten wir seinen Töchtern die Brüste ab und er mußte sein eigenes Fleisch und Blut verzehren. Plötzlich brach Unfrieden zwischen uns aus. Unter den vier Soldaten war ein bildhübscher Russe, der Wlodomir in die Augen sprang. Ich wollte aber seinen Arsch nicht verlassen, und nachdem Wlodomir zwei bis drei vergebliche Versuche gemacht hatte, mich wegzulocken, sah ich plötzlich, wie er sich mit dem Dolch in der Hand mir näherte. Ich faßte meinen Degen, und ohne den Arsch des Soldaten fahren zu lassen, bohrte ich ihn Wlodomir in die Weiche, so daß er in die Blutlache fiel. »Teufel«, sagte Tergowitz, der einem anderen Soldaten vögelte, »das nenne ich einen guten Stoß. Ich muß dir gestehen, Borchamps, daß ich ganz froh bin, daß du uns von diesem Kerl befreit hast, er hätte uns noch alle seinem Despotismus aufgeopfert. Ich entlade mit solchem Genuß, wie nur ein Mord ihn hervorrufen kann.« Hierauf schwören Tergowitz und ich uns ewige Treue. Wir vollendeten unseren ganzen Plan, beschenkten die Soldaten reichlich und es gelang mir, Carleson zu überreden, mir zu folgen. Wir nahmen die ganzen Reichtümer des Georgius mit und fuhren über das Schwarze Meer nach Konstantinopel. In diesem Lande, wo es keine Gerechtigkeit und Sicherheit gibt, war es ein Leichtes für uns, Raub, Mord und Schändung zu treiben. In Konstantinopel angelangt, mußten wir als Fremde in Pera wohnen. Wir wollten da selbst nur einige Tage bleiben, um dann unseren Beruf wieder aufzunehmen, der uns bereits 200.000 Francs eingebracht hatte. Vor allem aber ließ ich mir von meiner Schwester Empfehlungsbriefe für Konstantinopel und Italien schicken. Ich erhielt dieselben und so fand ich Einlaß bei einem Bankier, der bei sich ein entzückendes Mädchen als Adoptivtochter aufzog. Phylogone war ein reizendes Mädchen und das verführerischeste, was man sich vorstellen kann. Durch eine merkwürdige Ideenverirrung aber empfand ich bei dem Anblick dieses Mädchens nur den einen Wunsch, sie von Tergowitz gevögelt zu sehen. Derselbe war damit einverstanden, schlug mir aber vor, gleichzeitig den Bankier zu bestehlen und so unser Reisegeld zu vermehren. Ich war einverstanden, doch beschlossen wir, diesmal mit List vorzugehen und 100.000 Francs auf Spiel zu setzen, um 2 Millionen zu verdienen.

Ich mietete ein entzückendes Landhaus, möglichst weit von der Stadt entfernt, und sobald ich es auf das ausgiebigste mit Dienerschaft und einem luxuriösen Mobiliar versehen hatte, gab ich dort große Feste, zu welchen ich natürlich Calni und Phylogone einlud. Tergowitz galt als mein Bruder und begünstigte meine Unternehmung und ließ etwas von einem Eheprojekt durchschimmern. Das einzige, was mich dabei störte, war, daß dieses Mädchen, gegen das ich solche Greueltaten im Sinne führte, mir deutlich erklärte, daß sie es vorziehen würde, wenn ich ihr im eigenen Namen einen Heiratsantrag machen würde. Ich sagte ihr, daß ich dies sehr bedauere, aber daß eine unglückselige Neigung meiner Natur mich verhindere, jemals mit einer Frau so umzugehen, wie sie es alle verlangen. Als Phylogone mich nicht zu verstehen schien, erklärte ich ihr dies mit der größten Schamlosigkeit und bei dieser Gelegenheit hatte ich Muße, alle ihre entzückenden Reize zu bewundern. Besonders ihr Arsch hat es mir angetan, den ich zu Gesicht bekam, als ich ihr den Altar zeigte, dem ich zu opfern pflegte. »Was liegt daran«, sagte die reizende Unschuld, »ich kenne dies alles nicht, aber gehört dir denn nicht mein ganzer Körper, wenn ich dir mein Herz geschenkt habe?« — »Nein, nein, Sirene«, sagte ich und filzte ihren Popo, »du kannst an deinem Schicksal nichts ändern. Nicht Liebe ist's, die mich für dich begeistert, ich kann dich nicht heiraten, sondern mein Bruder wird dein Glück machen.«

So verging ein Jahr, während das Vertrauen erstarkte. Ich verlor aber auch nicht meine Zeit. Die schönsten Griechinnen gingen durch meine Hände. Über dreitausend Individuen beiderlei Geschlechts. Für 1.000 Zechinen schmuggelte mich ein jüdischer Juwelier, der dem Sultan Achmed öfters Schmuck brachte, in das Serail. Und mit Gefahr meines Lebens belustigte ich mich dort mit sechs der schönsten Frauen. Sie alle führten mich von selbst auf den Weg des Arsches, denn auch der Sultan, der sie immer mit seinen Pagen vermengte, benützte sie nie anders. Hierbei befeuchten sie das Arschloch mit einer Essenz, die es so verändert, daß man es unbedingt zerreißen muß. Meine Wünsche gingen aber noch weiter, ich brannte darauf, diese Pagen zu pouserieren, in deren Arschloch der Sultan die Frauen vergißt, doch sind dieselben so fest eingeschlossen, daß es unmöglich ist, zu ihnen zu kommen. Man erzählte mir, Achmed besitze welche von zwölf Jahren, die das bezauberndste seien, was man sich vorstellen kann. Eine der Frauen beschrieb mir seine Lieblingspassion. Zwölf Sultaninnen bilden aneinandergebunden einen Kreis, dem in der Mitte mit vier Pagen sitzenden Sultan nur den Arsch darbietend. Auf ein Zeichen, das er gibt, müssen sie alle gleichzeitig bei Todesstrafe in ein Porzellangeschirr scheißen und es vergeht kein Monat, in welchem nicht sieben bis acht deshalb von ihm eigenhändig auf eine unbekannte Art hingerichtet werden. Sobald die Weiber geschissen haben, heben die Pagen die Geschirre auf und bringen sie dem Sultan, der daran riecht, sich den Schwanz und das Gesicht einreibt. Hierauf pouseriert ihn ein Page, ein anderer schleckt ihn und die letzten lassen sich von ihm geilen... Sie müssen ihm der Reihe nach in den Mund scheißen und er schluckt es hinunter, hierauf müssen die Frauen einzeln seine Zunge schlecken, während er sie in den Busen oder in den Arsch zwickt. Hierauf werden sie alle ausgepeitscht und er läuft unter ihnen herum und küßt die Striemen und die noch dreckigen Arschlöcher. Alsdann pouseriert er die vier Knaben, läßt sie durchpeitschen und pouseriert sie dann von neuem, doch im Moment, wo es ihm kommt, wirft er sich auf eine Frau und schlägt sie so lange, bis sie bewußtlos zusammenstürzt, und auf diese Weise entlädt er von selbst. Die Frauen, die er vögelt, kommen, wenn sie schon nicht daran sterben, meistens auf einige Monate ins Bett. Mitunter läßt sich der Sultan eine allein kommen und die pouseriert er dann, doch sie muß sehr schön sein und darf nicht über acht Jahre alt sein.

Meinen Plan mit Phylogone führte ich weiter aus, indem ich ihr Haus anzünden ließ und deshalb Calni mit seinen Schätzen, seinen Schützlingen und einigen treuen Dienern sich zu mir flüchtete. Ich überrede ihn bald, seine Diener in sein verwüstetes Haus zurückzuschicken, nachdem sie dort nützlicher sein könnten. Ich würde es ihm an nichts fehlen lassen. Calni willigte ein und die Kassen standen bereits im Haus und man ging daran, das Bureau einzurichten, als wir merkten, daß es höchste Zeit sei. »Lieber Freund«, sagte ich eines Morgens zu ihm und trat mit der Pistole in der Hand ein, »da hast dich sehr getäuscht, wenn du geglaubt hast, daß meine Gastfreundschaft gratis ist. Nimm Abschied von der Welt und deinen Reichtümern, die jetzt auf andere übergehen werden.« Und mit einem Pistolenschuß sandte ich den Bankier in die Hölle, seine Wechsel zu bezahlen. Carleson hatte den toten Diener zum Fenster hinausgeworfen und dann banden wir das Fräulein, das herzbrechend schrie. Dann rief ich Tergowitz und sagte ihm: »Vögle diese Jungfrau, während ich dich pouserieren werde und Carleson mir denselben Dienst erweist.« Tergowitz läßt sich's nicht zweimal sagen; er zieht sie nackt aus, berauscht sich an ihren Formen und dann geschieht es so, wie ich es gesagt. Wir entluden fast gleichzeitig und ich ließ Tergowitz sie umdrehen und von der anderen Seite in Arbeit nehmen, während Carleson sie weiter in die Scheide vögelte und ich sie beide pouseriere. Dies geht alles vor sich, trotz der Tränen und Schreie der armen Waise und in weniger als zwei Stunden lehrten wir sie alle Wege, die zum Tempel Cytherens führen. Aber während Tergowitz und Carleson von ihr entzückt waren, flößte sie mir nur Haß und Abscheu ein und ich begann die grausamsten Martern für sie auszudenken. Meine Wildheit drückte sich in meinen Augen aus und ich konnte mich kaum zurückhalten.

Ich sagte nun meinen Freunden, daß es Zeit sei, sich aus dem Staub zu machen. Eine Felluke, beladen mit unseren Schätzen, erwartete uns am Ende des Hafens, wir wollten nach Neapel fahren und zwar so schnell als möglich, denn nach diesen Liebenswürdigkeiten, die wir aufgeführt hatten, wäre es das beste, so schnell als möglich aus der Stadt zu gelangen. »Und was geschieht mit dem Mädchen?« fragte mich Tergowitz. »Hoffentlich nehmen wir sie doch mit?« — »Ah, lieber Kamerad, bist du verliebt?« — »Nein, aber nachdem wir diese Kreatur mit dem Blute ihres Beschützers bezahlt haben, müssen wir sie weiter behalten.« Ich nahm scheinbar den Vorschlag Tergowitz' an, um keine Uneinigkeit zu erzielen und wir fuhren fort. Carleson hatte bemerkt, daß ich nur widerwillig eingewilligt hatte, Phylogone mitzunehmen und schlug mir vor, uns so rasch als möglich von diesen zwei Turteltauben zu befreien, ich bliebe dann allein Herr über diese Reichtümer. Mit einigen Zechinen gewann ich den Schiffsherrn. »Machen Sie, was Sie wollen«, sagte er, »doch hüten Sie sich vor dieser Frau, sie scheint Sie zu kennen und beobachtet Sie unausgesetzt.« — »Sei ruhig«, antwortete ich ihm, »wir werden schon den richtigen Moment wählen.« Ich sah mir dann die Frau an und konnte an diesem ungefähr vierzigjährigen Weibe, die die Matrosen bediente, keinen Zug erkennen, der mich an irgend jemand erinnerte. Ich kümmerte mich daher nicht weiter um sie, und sobald die Nacht kam, warfen wir unseren Kameraden sachte ins Meer. Phylogone erwacht, erschrickt zwar, doch erklärt sie, den Ungar nicht zu vermissen, da sie mich vorziehe. »Armes Kind«, sagte ich, »du gewinnst nichts, denn ich verabscheue die Frauen. Ich liebe nur diesen«, und damit zeigte ich auf Carleson. Phylogone weint und ich fragte sie, ob sie mich denn nach all den Greueltaten noch lieben könne. »Allerdings ist das Verbrechen groß, doch man ist nicht Herrin seines Herzens und selbst, wenn du mich töten würdest, würde ich dich doch noch lieben.« Die alte Frau hatte sich uns genähert und ohne den Anschein haben zu wollen zu horchen, verlor sie doch keines unserer Worte. Ich fragte Phylogone, welches Interesse Calni an ihr genommen. Sie sagte, es sei das Reinste und Ehrenhafteste gewesen. Derselbe habe vor zehn Jahren in einer schwedischen Herberge eine junge verlassene Person getroffen, die er nach Stockholm mitgenommen, daselbst hatte die junge Person entbunden und dieses Kind sei sie. »Calni nahm mich mit sich, da meine Mutter mich nicht erziehen konnte und er und seine Frau widmeten mir die zärtlichste Sorgfalt. »Und was ist aus deiner Mutter geworden?« fragte ich sie mit einer gewissen Ahnung. — »Ich weiß es nicht«, antwortete Phylogone, »sie blieb in Schweden zurück mit einer kleinen Unterstützung Calnis.« — »Und mit dieser ist sie nicht weit gekommen«, rief die Alte aus und warf sich zu Füßen des Mädchens. »Und du, Borchamps, gönne einen mitleidigen Blick der unglücklichen Clotilde Tilson, die du in London verführt und in einer schwedischen Herberge schmählich verlassen hast!« — »Was sagst du dazu, Carleson?« fragte ich ihn, wenig berührt von dieser sentimentalen Szene. »Ein Moment gibt mir meine reizende Frau und eine entzückende Tochter wieder.« — »Ich denke mir«, sagte Carleson, »daß sich daraus einige reizende Szenen werden arrangieren lassen.« — »Laß mich nur machen«, sagte ich ihm leise, »ich habe dasselbe Gefühlt wie du.« — Mit scheinheiliger Freude umarmte und küßte ich Frau und Tochter, die mir meine Zärtlichkeiten erwiderten, doch wie bebten sie zurück, als ich zu Phylogone sagte: »Siehst du, meine Tochter, früher habe ich dich nicht vögeln wollen, aber jetzt bin ich davon begeistert.« Carleson aber überzeugte sie rasch, daß sie nur meinem Willen zu folgen hatten. Ich konnte meine Natur nicht länger zurückhalten und sowohl Phylogone als auch Clotilde entblößte ich, um die eine zu bewundern und zu sehen, welche Reste das Alter gelassen hat. Seitdem ich wußte, daß Phylogone meine Tochter war, dachte ich an nichts, als sie zu vögeln, und ich bohrte darauf bald mein Glied mit solcher Gewalt in den Arsch, daß sie laute Schreie ausstieß. Da kam der Schiffsherr und machte mich aufmerksam, daß die Mannschaft des Schiffes mein Benehmen vielleicht mißbilligen könnte und es daher vorzuziehen wäre, auf einer kleinen Insel anzulegen, die ganz verödet in der Nähe lag, dort könnte ich mich ganz meinen Lüsten hingeben. Ich erzählte ihm, auf welche wunderbare Weise ich meine Frau und meine Tochter wiedergefunden hätte. »Ihre Tochter?« fragte er, »aber Sie waren ja gerade im Begriffe, sie zu vögeln.« — »Ich nehme es nicht sehr genau in solchen Sachen.« — »Sie haben vollständig Recht, Meister Franzose, es ist besser, die Frucht, die man gepflanzt hat, selbst zu essen, als sie von anderen verzehren zu lassen. Was aber die Frau anbelangt, kann ich Ihnen versichern, daß sie die anständigste Kreatur ist, die ich kenne.« — »Es ist ja ganz schön, aber sie hat so schwere Sünden gegen mich, daß ich nur auf der Insel landen will, um mich zu rächen.« Hierbei drückte ich ihm einige Zechinen in die Hand. »Tue, wie du willst, Ihr braucht nur am Rückweg zu sagen, daß sie ins Wasser gefallen ist.« Ich teilte Carleson alles mit und wir landeten. Ich verlangte vom Kapitän, er solle uns hinlänglich Zeit geben. »Ich stehe dir ganz zu Diensten«, sagte er, »denn du zahlst.« Ich vertiefte mich mit Carleson und meiner Familie in das Dickicht der Insel und im Vorwärtsschreiten äußerte ich zu Carleson, welches Vergnügen ich mir von den beiden Weibern verspreche. An einer Waldblöße, die mit dichtem Rasen bedeckt war, machten wir Halt und zogen uns nackt aus. Wir warfen beide Frauen zur Erde, und ich pouserierte sie abwechselnd, während Carleson mich vögelte. Ich entlud und biß den Busen meiner Tochter bis aufs Blut. Dann vögelte ich beide Weiber unter wütenden Bissen. Hierauf ließ ich sie beide von Carleson in den Hintern ficken, während ich dem Jungen die Hoden schlecke. »Vorwärts«, sagte ich dann, »belustigen wir uns jetzt mit unseren Opfern.« Ich zwinge sie, Carleson alle Partien des Körpers zu lecken, seinen Dreck zu schlucken; wir packen sie dann bei den Haaren und schlugen sie solange ins Dorngestrüpp, bis ihnen das Fleisch in Fetzen von den Knochen herunterhängt. Gnade flehend fällt mir Phylogone zu Füßen und bittet um Erbarmen für sie und ihre Mutter, doch unbekümmert um ihre Verzweiflungsschreie binden wir sie und frottieren ihren ganzen Körper mit Dornen. Das Blut fließt von allen Seiten und ich lecke es mit Wohlgefallen auf. »Es ist mein eigenes«, sage ich und dieser Gedanke bringt mich zur höchsten Erregung. Ich küsse den Mund, der mich um Gnade bittet, und die weinenden Augen und behandle die beiden Weiber immer von frischem mit neuer Wut. Wir geben ihnen dann eine neue Stellung, wo sie uns beide ihren Busen darbieten. Auch der Clotildens, wenn auch etwas hängend, hat noch immer sehr schöne Formen. Dieser Anblick brachte mich außer Rand und Band, ich schneide alle vier Brüste kurzweg ab und hänge sie ihnen um den Hals, und pouseriert von Carleson schleudere ich meinen Samen auf die blutigen Körper. Wir beschlossen dann, sie auf der Insel den wilden Tieren zu überlassen, doch mußte ich zuerst Carleson, der den letzten Seufzer anhören wollte, überreden, daß es so besser wäre. »Gott im Himmel«, jammert die arme Clotilde, »womit habe ich so eine Strafe verdient.« — »Ah«, sagte ich zu Carleson, »sie lästert Gott, dies hat man einst mit dem Ausreißen der Zunge bestraft. Führen wir dieses Gesetz durch.« Wir nähern uns ihnen wieder, reißen ihnen mit Gewalt den Mund auf und schneiden ihnen die Zungen heraus. »Wenn sie nicht reden können, brauchen sie auch nichts zu sehen«, sagte Carleson, »reißen wir ihnen die verführerischen Augen aus.« Ich tat dies und schlug noch vor, ihnen die Zähne zu zerbrechen, damit sie nicht die wilden Katzen beißen können, wenn diese kommen, um sie zu verzehren. Mit einem Steine führen wir dies aus und ziehen uns dann zurück, um sie den Tieren zu überlassen. Von einer Anhöhe, die auf 100 Schritt entfernt war, sahen wir schon, wie sie von den wilden Tieren zerfetzt wurden, man konnte nur mehr eine schwarze Masse unterscheiden. Bei diesem Anblick pouserierte ich Carleson und bedauerte, nicht noch mehr Frauen und Kinder zu haben, um ihnen dasselbe Los zuteil werden zu lassen.

Am dritten Tage nach diesem Ereignis landeten wir in Neapel. Ich kaufte mir dieses Landgut, wo wir noch heute wohnen, und unfähig, meinen Räuberberuf aufzugeben, bildete ich mir hier eine kleine Armee, mit welcher ich die umliegenden Lande beherrsche. Dann habe ich mir meine Schwester aus Paris geholt und entschlossen, mich niemals von ihr zu trennen, habe ich sie in Bejon geheiratet. Wir leben hier beide der Befriedigung unserer Lüste und schonen niemanden, außer, wenn es uns beschieden ist, so teuere Freunde wiederzufinden.

Ende der Erzählung des Brisa-Testa

»O Juliette«, rief Clairwil aus, »findest du nicht, daß so ein Mann meiner würdig ist?« — »Gewiß, so wie alle Philosophen, die fühlen, daß die oberste Pflicht eines jeden Menschen ist, für sein eigenes Glück zu sorgen.« Die Borgia warf sich in meine Arme und wir küßten uns tausendmal. Borchamps und Sbrigani fanden ebensoviel Vergnügen an ihrer gegenseitigen Bekanntschaft; Elise und Raymonde fühlten sich glücklich, ein Abenteuer, das so schrecklich begonnen hatte, so schön schließen zu sehen.

Wir waren mitten in unseren Liebesbeweisen, als man den Hauptmann verständigte, daß seine Reiter einen Wagen mit einer ganzen Familie und sehr viel Geld eingebracht hätten. »Das trifft sich sehr gut«, sagte Borchamps, »die Personen werden unserer Wollust dienen und das Geld kommt sehr gelegen, weil wir einige Monate in Neapel zubringen wollen.« — »Dies ist unsere Absicht«, sagte Clairwil und drückte mir die Hand. »Ich weihe das ganze Geld dieser Reise.« Die Gefangenen kamen und Carleson sagte: »Heute ist schon der Tag des Wiedersehens. Dies ist meine Familie.« Er stellte uns seine Frau vor, eine sehr schöne Person von vierunddreißig Jahren, seine zwei Töchter, entzückende Wesen von dreizehn und fünfzehn Jahren und einen Sohn von sechzehn Jahren. »Rosina, meine Frau«, sagte er, »ist eine Dänin, die ich in Kopenhagen geheiratet und Franz unsere erste Liebesfrucht. Christine und Ernelinde folgten auf ihn. Kurz nach ihrer Geburt ging ich nach Rußland, wurde aus Staatsrücksichten nach Sibirien geschickt, von wo ich entfloh und mich mit Borchamps in Tiflis vereinte. Jetzt habe ich meine Familie wiedergefunden und bitte euch, mit ihr nach Gutdünken zu verfahren. Ich will meinem Kapitän beweisen, daß auch für mich die Blutbande nichts bedeuten.« Borchamps forderte Rosina auf, die Erzählung zu ergänzen.

Dieselbe erzählte, daß ihr einige Jahre, nachdem Carleson sie verlassen, eine größere Erbschaft zugefallen sei. Sie habe sich sofort aufgemacht, um ihren Gatten in Frankreich und Italien zu suchen. Sie sei ganz erstaunt, ihn an Spitze einer Räuberbande wiederzufinden, während sie in den ersten Jahren seiner Abwesenheit mit der bittersten Not zu kämpfen hatte. »Nur keine Gefühlsergüsse«, sagte Olympia, »ich hoffe, daß Borchamps die Gelegenheit ausnützen wird.« — »Madame«, sagte Clairwil zur Unglücklichen, »in allem, was Sie uns erzählt haben, finde ich nichts, was Sie vor dem Los aller Gefangenen bewahren kann. Wieviel Geld bringen sie mit?« — »100.000 Taler.« — »Das ist wohl sehr wenig und wird kaum hinreichen, unseren Aufenthalt in Neapel zu decken.« — »Dir aber, mein lieber Gatte«, sagte Rosina zu ihrem Mann, »bringe ich mein ganzes Herz und die Früchte unserer Liebe.« — »O, darum handelt es sich nicht«, sagte dieser, »dafür gebe ich nicht eine Pfeife Tabak.« — »Ich werde freigebiger sein«, sagte ich zu Carleson, »das Vergnügen, welches ich mir von diesen vier Personen verspreche, scheint mir ein gutes Stück Geld wert.« — »Wir werden es bald schätzen können; wessen ich aber gewiß bin, ist, daß ich mir von ihnen viel Vergnügen verspreche... Glauben sie... Ich wette es, Madame, und bin bereit, Ihnen eine Probe zu geben.« — »Zu Tische, zu Tische«, rief der Kapitän. »Mit der ganzen Familie?« fragte der Leutnant. »Gewiß, ich will sie zuerst hier sehen, bevor ich ihnen einen anderen Platz bestimme.«

Wir gingen zu Tische und Carleson, voll Begierde mich zu besitzen, zeigte sich sehr liebenswürdig, seine Kinder waren furchtsam und eingeschüchtert, seine Frau ebenso schön als weinerlich. »Vorwärts«, sagte der Hauptmann und zeigte auf Carleson und mich, »lassen wir die zwei Verliebten nicht länger zappeln.« — »Gewiß«, sagte die Borghia, »aber die Szene muß allgemein sein.« — »Olympia hat Recht«, sagte Clairwil, »die Gesellschaft erlaubt dir, Carleson, Julietten zu vögeln, doch es muß vor uns geschehen.« — »Was werden aber meine Kinder und meine Frau dazu sagen?« — »Was geht das mich an«, sagte ich und zog Carleson auf einen Divan, »ich würde mich auch vor allen Heiligen des Paradieses nicht zurückhalten. Entschuldigen Sie, Madame«, sagte ich zu Rosina und zog den mächtigen Mastbaum ihres Gatten aus der Hose, »entschuldigen Sie, wenn ich Sie des Vergnügens beraube, das ihnen gebührt, aber ich brenne schon lange nach Ihrem Gatten und jetzt endlich habe ich ihn.« Kaum hatte ich die Worte vollendet, als schon der furchtbare Schwanz Carlesons meine Scheide ausfüllte. »Sehen Sie einmal«, sagte der Kapitän, »ob ich nicht recht gehabt habe, wenn ich sagte, daß Ihr Gatte den schönsten Arsch hat.« Mit diesen Worten pouseriert er ihn, während Clairwil mich küßt und geilt und Olympia drei Finger in mein Arschloch hineinsteckt. »Kapitän«, sagte Sbrigani, »glauben Sie nicht, daß mein Glied geeignet ist, Sie zu pouserieren?« — »Nur zu, nur zu, hier ist mein Arsch statt jeder Antwort, aber ich bitte ihn fest zu zwicken.« — »Ich will auch die Ärsche aller anderen Personen Ihnen und mir zur Vervollständigung der Gruppe vor die Augen bringen.« So ordnete sich die ganze Szene und alle entluden. Doch wir beschlossen, uns nicht mit solchen Kindereien abzugeben und wir gingen auf ernstere Dinge über. Borchamps zog dem jungen Franz die Hosen aus und wollte ihm dieselbe Ehre erweisen, die er seinem Vater schon lange zuteil werden ließ. Doch Clairwil widersetzte sich, indem sie verlangte, der Vater solle den Sohn entjungfern, es entspräche dies allen göttlichen und menschlichen Gesetzen: Der Knabe solle ihm den Arsch vögeln, die Mutter sie geilen, der Vater seinen Sohn pouserieren, Elise und Raymonde denselben peitschen, während er Juliette und die Borghia geilen sollte, welche ihrerseits die beiden Töchter Carlesons vor den Augen Borchamps peitschen sollte, der von Sbrigani pouseriert beim Peitschen behilflich wäre. Alles geht in der schönsten Ordnung, nur Rosina weint bitterlich. Und der Kapitän, der sich nicht genug beschäftigt findet, packt die jüngste Tochter Carlesons und fickt sie ohne jegliche Vorbereitung in den Hintern. Das Mädchen fällt in Ohnmacht, aber der Kapitän, der kein Hindernis mehr findet, vertieft sich umso mehr. Ohne jeglichen Abscheu nimmt er auch die andere Tochter und dieselbe zart und gebrechlich wird ebenso grauenhaft zerrissen von dem Gliede Borchamps wie ihre Schwester. Doch nichts hält den Räuber zurück, er stößt und drängt bis er ganz drin ist. »O Carleson«, ruft er aus, »diese Ärsche sind wohl des deinen würdig!« Unterdessen wird Clairwil von dem Samen Franzens überschwemmt, sie wirft ihn ab und mit derselben Bewegung steckt sie sich ihn vorne hinein, ohne daß sein Vater, der ihn pouseriert, im geringsten gestört wird. Endlich entladet Carleson und der Kapitän nimmt sofort seinen Platz ein, während ich, bezaubert von diesem Manne, ihm wollüstig den Arsch lecke. Carleson, der seine Töchter untätig sieht, entjungfert die eine von vorne, während er die andere küßt, und läßt sich von Elise peitschen, während Sbrigani Raymonde pouseriert. So geht es im Wechsel weiter, auch Borghese und Rosina bekommen ihren Teil, ich packe Franz und entzückt von diesem Jüngling, schwanke ich, welchen Gebrauch ich von ihm machen solle, ich schlecke ihn, lasse mich von ihm schlecken und pouserieren, während ich mich auf das Gesicht Rosinas setze. Hierauf forderte mich Borchamps auf, über jedes der Opfer eine Folter zu verhängen, doch sollte ich mit leichten beginnen, weil wir uns lange ergötzen wollen.

Zuerst kommt Rosina an die Reihe, ich lasse ihr den Busen auspeitschen. Franz erhält die Schläge auf den Arsch, weil er so schön ist. Christine muß den Dreck fressen, den einer von uns scheißt. Ernelinde, deren reizendes Gesicht mich aufregt, bekommt von uns je 2 Ohrfeigen. Mittlerweile vögle ich mit Carleson, und im Momente, wo ich entlade, werden meine Befehle vollzogen. Clairwil führt sie aus, nach 30 Hieben sind die Brüste Rosinas mit Blut gebadet, ebenso wie der Arsch Franzens. Jetzt kommt Borghia an die Reihe, welche von Sbrigani gevögelt wird. Derselbe verspricht, erst am Schlusse zu entladen. Der Kapitän fordert die Borghia auf, die Marter zu verstärken, um die Opfer so langsam dem Tode entgegenzuführen. »Dem Tode?« schreit Rosina, »gerechter Himmel, womit habe ich den verdient?« — »Wenn du ihn verdient hättest«, sagte Carleson, der den Kapitän pouseriert, »so würde man dich nicht dazu verurteilen, denn wir haben hier großen Respekt vor jedem Laster und hassen nur die

Tugend. Deinetwegen werden wir unsere Prinzipien nicht ändern.« Olympia ordnet für Rosina sechs Nadelstiche von jedem an, der Arsch Franzens soll von seinem Vater, sein Glied von allen Weibern gebissen werden. Christine bekommt zwanzig Stockschläge auf die Hüften und Ernelinde werden zwei Finger gebrochen. Ich beginne und steche sechsmal in den vollen Busen Rosinas. Meine Freunde suchen sich andere Stellen aus, ihr Gatte die Scheide. Alle anderen Urteile führe ich mit solchem Geschick aus, daß alles entlädt. Jetzt kommt Clairwil an die Reihe, die von Carleson pouseriert wird. Sie befiehlt mit einem glühenden Eisen die Brüste der Frau zu verbrennen, an vier Stellen den Arsch des Knaben mit Messern zu zerschneiden, den Popo Christinens zu versengen und die schöne Scheide Ernelindes mit kochendem Öle zu klistieren. Das arme Mädchen war so erschrocken, daß sie das ganze Zimmer anschiß. »Teufel«, schrie Borchamps und gab dem kleinen Mädchen einen solchen Fußstoß in den Hintern, daß sie beinah zum Fenster hinausgeflogen wäre. »Warum erwürgt man so eine Hure nicht gleich?« — »Was Teufel«, sagte Clairwil, »es ist doch nur Dreck und den liebst du doch, komm her und du kannst von Juliette einen Mund voll bekommen, ich spüre, sie kann dir diesen Genuß verschaffen.« Daraufhin kam der Kapitän zu mir und sein Mund empfing meine Gabe, während er das gleiche in den Mund Christinens tat. »Eure Vergnügungen sind sehr schmutzig«, sagte Clairwil und ließ sich von Franz auf die Nase scheißen.

»Ah, du vervögelte Hure«, schrie ihr Bruder, »du bist nahe daran zu entladen, das merke ich an deiner Gemeinheit.« — »Teufel«, sagte sie, »ich will, daß man mich im Dreck dieses kleinen Mädchens herumzerrt...« Man tat ihr den Willen und, indem man sie auf den Dreck wälzte, entlud sie, sterbend vor Vergnügen.

Die neuen Qualen gehen vonstatten. Der Kapitän pouseriert Rosina, während ihr die Brust verbrannt wird, und schreit vor Vergnügen. So vollziehen sich auch die anderen Urteile und man geht zu neuen Greueltaten über. Carleson packt wütend seine

Kinder und schlägt und vögelt sie, während wir Frauen uns untereinander geilen, begeistert von dem Anblick des blutgierigen Wolfes unter den Lämmern. Borchamps, der mich pouserierte, verlangte, daß Rosina ihre eigenen Kinder martere. Carleson soll sie mit dem Dolche bedrohen, wenn sie sich weigere... Rosina bricht in Schluchzen aus. — »Hör' auf mit deinem Geplärr«, sagte ihr Olympia, »es erregt nur unsere Grausamkeit. Je mehr du weinst, desto mehr mußt du erdulden.« — »Packe deine älteste Tochter bei den Haaren«, schrie Borchamps, »und los mit den Befehlen.« — »Sie soll«, verlangte Clairwil, »den Busen ihrer Tochter bis auf's Blut beißen...« Rosina zögert, Carleson läßt sie die Spitze des Dolches fühlen und die unglückliche Mutter folgt... »Ich will«, verlangte Olympia, »daß sie glühendes Wachs auf den Popo ihrer Tochter träufelt...« Wieder weigert sie sich und wieder erzwingt die Dolchspitze Folgsamkeit... »Ich will«, sagte ich, »daß sie ihre eigene Mutter bis auf's Blut peitscht...« Im Anfang sind die Schläge ganz leicht, aber die Dolchspitze Carlesons zwingt sie zur Verschärfung, bis das Blut fließt. Gleiche Martern erdulden die anderen. Carlesons muß seine eigenen Kinder mit dem Dolch bearbeiten und ähnliche Greueltaten, bis Borchamps sich nicht mehr zurückhalten kann. Es ist Zeit, zu Ende zu kommen, er läßt die vier Körper zusammen binden, so daß sie nur eine Masse bilden und eine Stunde lang bearbeiten wir sie mit glühenden Geißeln. Dann befiehlt Borchamps Rosina, ihren eigenen Sohn zu erdolchen. Sie will sich selbst den Dolch in den Leib stoßen, aber Carleson hindert sie daran und führt ihre Hand mit dem Dolche selbst in die Brust seines Sohnes. Clairwil eifersüchtig, daß man einen Mann ohne sie umbringt, ergreift einen zweiten Dolch und bedeckt den Unglücklichen mit Stichen. Dann verlangt Borchamps, daß Ernelinde den Unterleib ihrer eigenen Mutter öffnet. Das Kind weigert sich, aber bedroht und in der Hoffnung, sich selbst zu retten, erfüllt sie von Carleson geleitet das Verlangen. »Von hier bist du gekommen, dort mußt du zurückkehren«, sagte Borchamps, man bindet sie und preßt sie so zusammen, daß es gelingt, sie in den Schoß, der sie

geboren, hineinzupressen. Christine wird auf den Rücken ihrer Mutter gebunden und Franz wird Clairwil und mir übergeben. Wir schleppen den Jüngling mit uns und er haucht unter den furchtbarsten Martern sein Leben aus. Als wir zurückkamen, hatte uns die Begeisterung so verschönt, daß Carleson und Borchamps uns vögeln wollten. Aber die Borghia duldet keinen Aufschub der Martern. Sie läßt die Opfer während des Soupers auf den Tisch stellen, um sie während der Mahlzeit weiter martern zu können. Aber Clairwil, unersättlich wie sie war, verlangte, daß man die Soldaten zum Vögeln befehle. Man erfüllt unser Begehren, Borghia, Clairwil und ich werfen uns auf die Steinfliesen nieder und durch vier Stunden wurden wir unter dem Geschrei unserer Opfer wie die größten Huren des Weltalls gevögelt. Die ausgepumpten Männer werden fortgeschickt, doch Clairwil verlangt, daß sie erwürgt werden. Auf einen Befehl des Hauptmannes geschieht dies, während Clairwil, die Borghia und ich uns geilen. Über diese Leichen wird das Souper serviert und beschmutzt von Samen und Blut mengen wir unsere Speisen mit Fleischstücken unserer Opfer und trunken von Mordlust und Schamlosigkeit fallen wir endlich mitten unter dem Blut und dem Dreck einer über den anderen hin. In dieser schrecklichen Verwüstung sah uns auch in den drolligsten schamlosen Posen eingeschlafen die aufgehende Sonne und niemals lachte sie noch so herrlich. »Nie kann ein Mensch durch ein Verbrechen die Natur erzürnen«, sagte ich zu meinem Freunde am nächsten Tage, »denn er folgt ihren Gesetzen wie alles andere, was sie geschaffen. Die Vernichtung aber ist ein oberstes Naturgesetz. Wie töricht wäre man, wenn man den Menschengesetzen folgen, sich irgendeine Leidenschaft versagen würde. Was scheren mich die Opfer, die ich meinen Leidenschaften gebracht. Gerade das, was die allgemeine Meinung am meisten verpönt, schafft uns das meiste Vergnügen.« Und kaum hatte ich geendigt, als wie durch ein Zeichen der Natur der Lohn für unsere gestrige Greueltat eintrat.

Die Soldaten Borchamps brachten sechs Wagen mit Gold, welche die Republik Venedig an den Kaiser abgeschickt und welche die Soldaten in den Tiroler Bergen abgefangen, ein. »Jetzt bin ich für mein ganzes Leben reich«, sagte der glückliche Bruder Clairwils, »und seht, mitten unter dem Gatten- und Kindermord, unter der Sodomie und anderen Greueln empfange ich diese Reichtümer, die der Himmel schickt, mich zu belohnen. Wie Recht habt ihr zu sagen, daß die Natur das Verbrechen wünscht. Niemals werde ich daher davon lassen. Carleson, nimm dir 100.000 Taler als Belohnung für das, was du uns gestern gewährt hast. Ich verhehle nicht die Liebe, die ich für dich habe und je mehr ich mit dir entlade, desto mehr liebe ich dich. Tausendmal um Verzeihung, meine Damen, aber ich glaube nicht, daß sich dasselbe bei Ihnen erfüllen würde.

Wir blieben noch einige Tage bei Borchamps, der bedauerte, uns nicht nach Neapel begleiten zu können, aber nachdem er sein Gewerbe aufgeben wollte, möchte er zuerst noch alles in Ordnung bringen. Seine Schwester aber solle uns begleiten, und er gab uns 800.000 Francs für diese Reise. »Mietet euch einen Palast in Neapel und gebt euch für Schwestern aus. Sbrigani wird eure Angelegenheiten besorgen, so daß ihr euch ungestört euren Vergnügungen hingeben könnt. Vergesset mich nicht, während eurer Unterhaltungen, sobald ich kann, komme ich nach.« Wir nahmen Abschied und ich trennte mich nur schwer von Carleson, der so großartig vögeln konnte. Außerdem hatte der Zwang, unseren Verkehr vor Borchamps geheim zu halten, weil er sehr eifersüchtig war, der Sache einen eigenen Reiz gegeben.

In Neapel angekommen, mieteten wir ein herrliches Palais auf den Quai von Chiagia, wir richteten es auf's Glänzendste ein und verbrachten über einen Monat damit, die Sitten und Gebräuche dieser Menschen zu studieren. Nach Beendigung dieser Studie begannen wir, uns öffentlich zu zeigen. Der Ruf unserer galanten Abenteuer verbreitete sich rasch. Der König wollte uns sehen, aber seine Frau, eine würdige Schwester der Eifersüchtigen und ehrgeizigen Antoinette, sah uns mit scheelen Augen. Ferdinand hatte in ihr mehr eine Spionin und Feindin, als eine Freundin.

Kurze Zeit nach unserer Vorstellung erhielten wir folgenden Brief vom König von Neapel:

Ich habe wie Paris gewählt und dir den Apfel gereicht. Ich erwarte dich morgen allein in Portici, ein Widerspruch hilft nicht.

Ich versicherte den Pagen, daß ich bestimmt kommen werde. Sobald er fort ist, eile ich, den anderen mein Glück mitzuteilen und weit entfernt von jeder Eifersucht und jedem Neid, beschwören sie mich nur, ja nicht das Abenteuer zu verfehlen. Geschmückt wie die Göttin Venus, fahre ich in einem sechsspännigen Wagen zum Rendezvousort. Geheimnisvoll hineingeführt, treffe ich den König in einem Boudoir. »Meine Wahl hat wohl Eifersucht erzeugt«, sagte der König in schlechtem Französisch. »Nein, Sire«, antwortete ich, »meine Schwestern haben es mit derselben Ruhe hingenommen wie ich.« — »Eine merkwürdige Antwort.« — »Ah, ich weiß, daß man den Königen schmeicheln muß, aber ich, für die Sie nur ein gewöhnlicher Mensch sind, liebe immer die Wahrheit zu sagen. Und warum soll man es Ihnen nicht sagen, da Sie sie doch notwendig brauchen.« — »Weil wir sie mehr fürchten.« — »Sie sollen gerecht sein und darauf verzichten, die Menschen geknechtet zu halten.« — »Was sind das für Reden, Madame...« — »Du wunderst dich wohl darüber, du dachtest wohl, daß ich durch deine Wahl geehrt, dir kniend huldigen würde, da irrst du dich, mein Geschlecht und mein Vaterland verbieten mir derartige Gewohnheiten. Wenn ich dir das Rendezvous bewilligt habe, so geschah es, um dir die Wahrheit zu sagen. Verzichte daher einen Augenblick auf das frivole Vergnügen und höre mir zu, die ich dich und dein Reich kenne und von Dingen mit dir sprechen werde, welche noch niemals deine Kurtisanen gewagt haben zu berühren. Vor allem will ich dich *mein Freund* nennen, du mußt schon auf den Titel verzichten, den Stolz und Übermut auf der einen Seite und niedrige Schwäche auf der anderen dir zugestehen. Dein Volk, lieber

Freund, ist schwer zu verstehen, es hat die Fußstapfen seiner Väter verlassen und unter der Hand der aufeinander folgenden Tyrannen sind sie an die Sklaverei gewöhnt, so daß es seine Energie fast verloren. Dieses Volk, welches lange Zeit Befreiung suchte, hat das Unglück gehabt, immer nur Tyrannen zu finden. Gerade sie beweisen, daß man nur durch die Vernichtung aller Treue frei wird. Die Laster, die dein Volk hat, sind dein Werk. Die Fruchtbarkeit des Landes ist Schuld an der Armut, denn sie erzeugt Faulheit. Seitdem ich in deinem Staate bin, habe ich nur immer empfunden, daß ich in einem Abgrund bin, der alle Kraft, allen Reichtum verschlingt. Hier wohnt Luxus und Verschwendung neben dem größten Elend und Faulheit.

Jeder Adelige ein König, jeder Untertan ein Bettler. Auf der einen Seite der maßloseste Reichtum, auf der anderen Seite das größte Elend. Außerdem sind die Reichen noch dumm und stolz. Putzliebend, ohne Eleganz, ausschweifend, ohne Verstand. Ihr ganzer Stolz besteht darin, Klöster und Huren zu erhalten, Dienerschaft und Hunde. Zwar glaubte ich anfangs, daß man deinem Volke den Widerstand gegen die Inquisition hoch anrechnen müßte, doch ich hatte mich geirrt. Eure Kirche sammelt Reichtümer und man beschimpft sie deswegen, mit Unrecht, denn wenigstens weiß man, wo man Geld finden kann, wenn man solches braucht.

Trotz des Reichtums des Landes lebt dein Volk in Armut, weil du ihm gewaltsam die Tür zum Reichtum verschließt und ebenso Kunst und Wissenschaft aus deinem Reiche verbannst, denn du fürchtest dich vor dem Argusauge des Genies. Darum gibt es in deinem ganzen Lande keine großen Männer und keine Gelehrten.

Die Gesetze sind nicht schlecht, aber sie werden schlecht ausgeübt. Man läßt die Sachen laufen wie sie sind, kein Mensch kümmert sich um die Politik und um das öffentliche Leben, alles huldigt nur dem Leichtsinn und dem Luxus.

Um eine Remedur zu schaffen, müßtest du vor allem eine Flotte haben. Alle anderen Völker werden bald deiner Macht spotten und du selbst wirst keinerlei Bedeutung genießen. Ich glaube aber nicht, das du selbst mit dem Zustand deines Volkes zufrieden bist, denn du würdest auch vorziehen, ein reiches, blühendes Volk zu beherrschen.

Wenn wir die Gesellschaft der Stadt beobachten, so finden wir, daß dein Adel, dumm und unwissend, bestrebt ist, die Unordnung möglichst zu vermehren. Gerechtigkeit findet man fast gar nicht, außer für schweres Geld. Dein Hof selbst strotzt von Bauern und Hohlköpfen, ein jeder bläst sich auf, will mehr scheinen als er ist und da sie nicht die Fähigkeiten besitzen, Reichtümer zu erwerben, so stehlen sie. Und damit verliert der Fremde den letzten Rest von Achtung. Was eure Sitten anbelangt, so ist es geradezu lächerlich, welche Opfer ihr auf Kosten der Mitgift eurer Töchter bei den Hochzeitsfeierlichkeiten aus dummen Stolz darbringt. Und da ihr gar nichts erzeuget, so müßt ihr alles aus der Fremde beziehen und dadurch verarmt das Volk immer mehr. Auch deine Kunst oder vielmehr die Kunst deines Landes entspricht dem allgemeinen Charakter.

Überall sieht man Operndekorationen, alles ist nur auf den Schein berechnet. Die Medizin, Dichtkunst und Astronomie lebt in deinem Lande in Finsternis, dagegen hast du ausgezeichnete Tänzer und Komödianten. Woanders sucht man Reichtum zu erwerben, bei dir gibt man sich nur die Mühe, reich zu scheinen, darum gibt es viele in deinem Reiche, welche das Notwendigste entbehren, um sich den Anschein des Überflusses zu geben. Die Kargheit herrscht mitten im Überfluß. Bei euch gibt es überhaupt nichts Gutes außer euren Makkaroni; man kennt nicht die Kunst, durch ausgesuchte Tafelgenüsse alle Leidenschaften zu erregen. Jeder ist nur bestrebt, einen schönen Wagen und eine Livree zu besitzen. Eure Frauen sind rechthaberisch und schmutzig, anspruchsvoll und niedrig, ohne Wissen, ohne Umgangsformen. In anderen Gegenden vervollkommnet die Hurerei wenigstens den Geist. Eure Männer haben aber nicht einmal diesen Vorteil.

Um etwas Gutes zu sagen, muß ich eingestehen, daß der Grundcharakter der Neapolitaner ein guter ist, alle Verbrechen sind solche des Augenblickes und nicht der Überlegung und trotz der zahlreichen Bevölkerung braucht sie eigentlich keine Polizei. Das Volk liebt dich, vergelte ihm die Liebe und breche die Ketten. Gib ihm das Steuer eines Schiffes in die Hand, daß durch dich auf Sand geraten ist. Ein schlechter Sklave wird ein guter Bürger sein, als Republikaner wird er die Kraft wiederfinden, die ihm dein Königtum genommen. Du erweist Europa einen doppelten Dienst, denn dann gibt es eine Tyrannei weniger und ein bewundernswertes Volk mehr.«

Ferdinand, der mir mit Aufmerksamkeit zugehört, fragte mich, ob alle Französinnen so gut politisieren. »Nein«, antwortete ich, »im allgemeinen kümmern sie sich mehr um den Putz als um die Politik. Ich aber, wenn ich auch gerne vögle, lasse mich doch nicht durch Ausschweifung über die Interessen der Menschen verblenden. Unter dem Sterne der Venus vögle ich wie Marie Antoinette, unter dem der Minerva denke und spreche ich wie Hobbes und Montesquieu, darum sage ich dir noch einmal, herrsche als Despot, aber mache deine Untertanen glücklich, sonst werden sie dich verhindern, glücklich zu sein.«

— »Und die Mittel?«

— »Die größten Gedanken und Handlungen entstehen nur in der Freiheit, der Mann will regeln, was er will, will frei sein, wie ein Tier, willst du ihm so wie in Frankreich die Wege der Wollust vorschreiben, so wird er es dir heimzahlen und auf dem Schafott wirst du es erst erkennen, daß ich Recht gehabt.«

— »So sollte also nach deiner Meinung keine Regierung auf Sitte halten?

— »Nur auf die, welche natürlich ist, sonst machst du den Menschen unglücklich. Überlasse es dem Menschen selbst, sich Rechte zu schaffen, er wird es besser tun als das Gesetz, denn diesem kann man entschlüpfen, der Rache aber niemals.«

— »Mein Gott, ich verstehe nicht viel davon, ich vögle, ich esse meine Makkaroni ohne Koch, baue meine Häuser ohne Baumeister, exerziere meine Soldaten wie ein Sergeant, aber auf Politik, Religion, Sitten pfeife ich, denn davon verstehe ich nichts.«

— »Und das Königreich?«

— »Du glaubst doch nicht, daß man weise sein muß, um König zu sein.«

— »Dein Beispiel beweist mir das Gegenteil, jedoch werden sie ebenso geschwind dein Joch abschütteln, wenn du nicht die Mittel ergreifst, um das zu verhindern.«

— »Ich habe Kanonen und Festungen.«

— »Und wer bedient sie?«

— »Mein Volk.«

— »Dann werden sich diese Kanonen gegen deinen Thron richten und deine Festungen in Besitz nehmen.«

— »Du erschreckst mich, was soll ich tun?« — »Ich habe dir gesagt, gib ihnen die Flügel frei, die Natur wird das freie Volk schon von selbst leiten.«

— »Juliette, ich liebe deine Konversation, aber du beunruhigst mich, denn du hast mehr Verstand als ich.«

— »Das beweist noch immer nicht, daß ich viel besitze«, sagte ich unverschämt, »aber was willst du eigentlich von mir?«

— »Man sagt, du hast den schönsten Körper der Welt, ich will ihn sehen; deine Redeweise sollte mich eigentlich verhindern, dies von dir zu verlangen, aber ich weiß, woran ich bin. Trotz eures Reichtums seid ihr drei Schwestern ganz gewöhnliche Huren.«

— »Du bist falsch unterrichtet und deine Agenten stehlen dir genau so dein Geld wie deine Minister, doch habe ich nicht die Absicht, Vestalin zu spielen. Wenn wir auch nicht die Huren sind, für die du uns hältst, so kannst du uns doch alle drei haben, wenn du willst.«

— »Gewiß will ich das, es wird mir ein Vergnügen sein, die ganze Familie zu vögeln.«

— »Gut, du sollst dieses Vergnügen haben, doch dafür mußt du durch sechs Monate unseren ganzen Aufenthalt bestreiten, unsere Schulden, wenn wir welche machen, bezahlen, alle Seitensprünge, die wir machen, beschützen.«

— »Und welches werden diese sein?«

— »Es gibt kein Verbrechen, dem wir nicht huldigen, und für

keines wollen wir verantwortlich gemacht werden.«

— »Zugestanden, aber vermeidet soviel als möglich das Aufsehen und vergeht euch nicht gegen meine Regierung oder meine Person.«

— »Da kannst du beruhigt sein, die Regierung lassen wir wie sie ist, denn die Könige überlassen wir der Rache ihrer Völker.«

— »So können wir also endlich vom Vergnügen sprechen.«

— »Ja willst du dich denn nicht auch mit meinen Schwestern belustigen?«

— »Ja, aber mit dir will ich anfangen.« Er führte mich in ein benachbartes Kabinett und zeigte mir ein siebenundzwanzig- bis achtundzwanzigjähriges Mädchen, das fast nackt in einer Spiegelgrotte lag. »Die Begierden dieser Frau mußt du ebenso erfüllen wie die meinen.«

— »Und wer ist dieses Weib?«

— »Die Königin.«

— »Ah, du bist es, Charlotte«, sagte ich, »ich kenne deinen Ruf, mindestens ebenso Hure wie deine Schwestern, sollst du doch lieber zahlen, ja nun, wir werden ja sehen.«

— »Wenn du willst, Juliette, daß ich deine Wünsche erfülle, mußt du der Königin in allem und jedem gehorchen.«

— »Sie soll sagen, was sie will. Ich besitze alle Quellen der Lust und weiß sie zu verwenden.«

Im selben Moment fiel mir Charlotte von Lothringen um den Hals und gab mir durch tausend Küsse zu verstehen, wie sie sich sehne, die Vergnügungen kennen zu lernen, die ich versprach. Ferdinand entkleidete uns beide und ebenso einen schönen Pagen von fünfzehn Jahren, und während Charlotte und ich uns auf dem Kanapee geilten, ließ sich Ferdinand gegenüber von uns von dem Pagen einen herunterholen, während er denselben abfilzte. Charlotte, die lebendig gewordene Unzucht, schlang ihre Füße um die meinen und rieb mit Leidenschaft ihren Kitzler an den meinen, sie filzte meinen Popo und mein Arschloch und bohrte mir ihre Zunge in den Mund. Die königliche Hure war ganz in Flammen, wir wechseln die Stellung, und die Köpfe zwischen unseren Schenkeln, schleckten wir uns mit Leidenschaft. Als wir unsere Säfte ganz erschöpft hatten, schifften wir uns gegenseitig in den Mund. Charlotte ist ein sehr schönes Weib, und trotzdem man ihr ansieht, daß sie viel und nach allen Arten gevögelt hat, ist sie noch immer eng gebaut. Wir binden uns Godmichés um, die uns der König zuwirft und bearbeiten uns aufs Kräftigste. In einer dieser Stellungen befindet sich mein Arsch vor dem Gesichte Ferdinands und er bedeckte ihn mit Küssen. Er verlangt, daß wir einen Moment innehalten, vögelt zuerst mich und dann seine Frau in den Hintern und läßt sich dann von seinen Pagen vögeln, während er selbst ihn pouseriert. Hierauf peitschten wir uns gegenseitig, während wir vögelten und die Königin schleckte den Pagen, während ihr Mann sie pouserierte, hierauf umgaben wir den König, ich schleckte ihn, seine Frau sokratisierte ihn und sein Page gab ihm den Arsch zu lecken. Als er sich erhob, stand er ihm steinhart. »Warum drehen wir eigentlich diesem Kerl hier nicht den Kragen um«, sagte er und packte den Pagen, der laut schrie. »Man muß ihn aufhängen«, sagte Charlotte. »Du liebst also die Grausamkeit genau so wie ich«, fragte ich die reizende Frau. »Du wärst also auch imstande wie die Kaiserin von China, die Fische mit den Hoden armer Kinder zu füttern!« — »Gewiß, ich bin jederzeit bereit dazu. Ferdinand, dieses Weib ist bezaubernd, hänge du selbst den Pagen auf und erinnern wir uns daran, daß die Zerstörung eines Wesens den Sinnengenuß den höchsten Ansporn gibt. Juliette und ich wollen uns inzwischen geilen.« Ferdinand hängt den Pagen mit solchem Geschick auf, daß er stirbt, bevor wir noch fertig werden! »Teufel«, sagte Charlotte, »ich bin die Unglücklichste der Frauen, denn ich wollte mit seinem letzten Seufzer entladen, geile mich daher mit seiner Hand.« — »Nein, das soll Juliette tun, ich will ihn pouserieren. Es soll dies der höchste Genuß auf der Welt sein.« Die Szene nimmt ihren Fortgang. Der Page kommt nicht mehr ins Leben zurück, aber seine Henker erstarben vor Vergnügen. Charlotte entlud das letzte Mal, auf den kalten Leichnam ausgestreckt und sich von mir in den Mund scheißen lassend. 50.000

Francs waren meine Belohnung, und wir trennten uns mit dem Versprechen, uns bald und in größerer Gesellschaft wieder zu sehen.

Als ich meinen Freundinnen bei meiner Heimkehr alles erzählte, sagte Clairwil, es sei wunderlich, daß gerade die Hochstehenden und Reichen auf solche Abwege geraten. »Ich finde daran nichts besonders«, sagte Olympia, »ein Mann, der viel Verstand, viel Geld oder viel Macht hat, kann sich nicht so belustigen wie alle Welt. Indem er seinen Genuß immer verschärft, gelangt er schließlich zum Mord, der die höchste Wollust ist. Die höchste Wollust versetzt den Mann in große Aufregung, einen Schritt mehr, und es wird ein Mörder. Je ungestrafter er seinen Wünschen nachgehen kann, umso rascher wird er die ganze Stufenleiter durcheilen.« — »In dieser glücklichen Lage sind jetzt wir, denn zu unserem großen Reichtum haben wir auch noch Straflosigkeit von Ferdinand zugesichert.« — »Man erzählt«, sagt Clairwil, »daß die Glieder hier von außergewöhnlicher Schönheit sind, Sbrigani soll uns welche verschaffen.« Ich habe dies vorher gesehen, »an jedem Morgen werden vierundsiebzig schöne Jünglinge von achtzehn bis fünfundzwanzig Jahren euch zur Verfügung stehen.« — »Welche Größe hast du ausgewählt«, fragte Clairwil. »Ihr werdet nie welche unter 8 Zoll Länge und 6 Zoll Umfang haben.« — »Das ist gut für Paris, aber in Neapel, wo es solche Ungeheuer gibt, akzeptiere ich nichts unter 1 Fuß Länge und 8 Zoll Umfang.« — »Wir auch nicht«, beeilten sich Olympia und ich hinzuzufügen, lieber weniger, aber besser.« — »Warum weniger, Sbrigani wird sich die Mühe geben, für jeden von uns täglich zehn der vorgeschriebenen Größe zu beschaffen, dreimal kommt ein jeder an die Reihe, welche von uns drei verträgt nicht einmal 30 Nummern vor ihrem Frühstück.« — »Ich für meinen Teil versichere euch, daß ich trotzdem auch noch während des Tages einige Seitensprünge machen werde.« — »Inzwischen«, sagte Sbrigani, »seht, ob die sechs Kammerdiener euch gefallen, ich glaube, sie haben die vorgeschriebene Größe...« Sechs Bärenkerle erschienen halb nackt, den Schwanz in der Hand. »Teufel«, sagte Clairwil, »welche Riesenmaste.« Sie versuchte, sie zu umfassen, es gelang ihr aber nicht. »Ich nehme mir zwei, die anderen gehören euch.« — »Einen Moment«, sagte Sbrigani, »die Wollust macht euch blind, laßt mich die Sache arrangieren.« — »Ja, ja, er hat Recht«, sagte Clairwil, sich rasch entkleidend, »ich will mich kampfbereit machen.« — »Clairwil soll beginnen«, sagte Sbrigani, »sie scheint es am eiligsten zu haben, wenn sie auch danach brennt, gevögelt zu werden, so soll man sie doch erst noch etwas zappeln lassen. Die Juliette spielt mit diesem schönen Gliede auf dem Kitzler deiner Freundin, aber steckt ihn nicht hinein. Die Borghia, schmeichle leicht, erhitze ihre Scheide, und wenn die Leidenschaft aus ihren Augen spritzt, so wollen wir sie befriedigen, aber sie muß in den Armen des Jünglings liegen, der sie filzt und küßt. Die anderen zwei Jünglinge sollen euch vor ihren Augen vögeln, um sie ganz in Wollust zu hüllen.« Wir folgen, und schon nach einigen Minuten ist Clairwil so wahnsinnig vor Geilheit, daß sie sie befriedigen müssen. Innerhalb einer Stunde kommen alle sechs Diener an die Reihe. Wir stellen uns in die Gruppen, die Sbrigani vögelt, und jede hatte gleichzeitig ein Glied in der Scheide, eines im Arsch, und so wälzen wir uns in Wollust und Samen. Nachdem wir so die Probe gemacht, wurden die sechs Diener aufgenommen.

Nach ungefähr acht Tagen wurden wir alle drei von Ferdinand eingeladen. Die Zimmer waren auf das herrlichste ausgeschmückt, und Charlotte, herrlich gekleidet, empfing uns mit dem Prinzen von Riccia, einem schönen vierundzwanzigjährigen Jüngling und vier kleinen reizenden Kindern, die zu Opfern bestimmt waren. Die Königin war von der Schönheit Clairwils und von der Schamlosigkeit, die aus ihren Blicken sprach, entzückt. Bald lagen sich die beiden Weiber in den Armen, der Prinz von Riccia packte Olympia und ich bleibe die Geliebte des Königs. Charlotte schließt sich mit Clairwil und zwei Opfern weiblichen Geschlechtes, Riccia mit Olympia und zwei Knaben in eines der Boudoirs ein. Ferdinand und mir bleibt ein Knabe und ein Mädchen. Trotzdem die niedrigste und stumpfeste Leidenschaft den Neapolitaner erfüllte, so erleuchtete doch hie und da ein Sonnenstrahl die Masse seiner Tölpelei. Zuerst beschäftigen wir uns jeder mit unseren Opfer, dann vereinigen wir uns, und indem wir uns an dem Berichte der Schamlosigkeiten, welche wir begannen, neu aufregten, versenkten wir uns aufs Neue in die schamloseste Wollust und huldigten den verirrtesten Gedanken, die uns Unzucht und Schlechtigkeit eingaben. Erst die Erschöpfung der Kraft machte allem ein Ende.

Als wir nach Hause zurückkehrten, fanden wir Sbrigani verwundet im Bett, er hatte uns gegen einen Franzosen, der uns Huren geschimpft hatte, verteidigt, und hatte im Duell zwei Degenstöße in den Bauch davongetragen. Nachdem wir ihm die größte Sorgfalt hatten angedeihen lassen, sprachen wir über das Duell. »Welche Torheit«, sagte Clairwil, »wie kann ich einen Mann, der mich beschimpft hat, die Ehre erweisen, mich mit ihm zu schlagen, ferner riskiere ich die Unbilden, die ich erlitten, zu verdoppeln, indem ich eine Wunde oder den Tod empfange. Derjenige, welcher beleidigt hat, sollte nackt und sein Gegner gepanzert erscheinen, denn der Beleidiger hat den Streit hervorgerufen und mußte daher im Nachteile sein, das würde der gesunden Vernunft widersprechen.« — »Ich finde überhaupt«, sagte ich, »daß der Zweikampf etwas Lächerliches ist, unsere Ahnen ließen ihre Ehre durch bezahlte Fechter verteidigen, und wenn auch selbst dieser Brauch töricht und extravagant war, so war er doch vernünftiger als sein eigenes Leben aufs Spiel zu setzen. An Stelle dieser ehemaligen Fechter, die im schlechtesten Rufe standen, sollen wir nun mit eigener Person eintreten, welche Torheit, welche Dummheit. Viel vernünftiger ist es, dem Beleidiger einfach ermorden zu lassen, das ist auch viel sicherer, die persönliche Ehre ist genau so etwas lächerliches wie die Tugend der Frau.

Die Ehre entsteht aus der Konvention der Menschen und es ist gerade so falsch, wenn der Mann sich eine Ehre daraus macht, die Feinde des Vaterlandes niederzumetzeln wie seine eigenen. Wenn ich gut daran tue, die Ehre meiner Nation durch Morde zu rächen, so kann ich dasselbe mit meiner eigenen tun, ohne daß der Staat mich dafür strafen kann, der doch selbst die anderen Morde befiehlt. Wenn aber ein Mann dies wagen würde zu sagen, so werden sofort alle über ihn herfallen und ihn gemein und feig schimpfen.« — »Auch ich denke so«, sagte Olympia, »und ihr werdet mich nicht zu den Frauen zählen, die einen Mann schätzen, welcher, um seine Ehre herzustellen, in einer Ecke eines Gartens das Gladiatorengewerbe ausübt. Das kann für einen Soldaten oder für einen Kammerdiener passen, aber nicht für einen Mann von Verstand. Diesem würde es nicht einfallen, sich mit einem Raufbold, der nur den Säbel zu führen versteht und deshalb alle Welt beleidigt, um seine Ehre herumzuschlagen. Überlassen wir diesen traurigen Begriff von Ehre den alten Raubrittern, verständige Leute sind nicht zum Säbelrasseln auf der Welt. Wenn unsereiner von einem tiefer stehenden beleidigt wird, so läßt man seinen Feind einfach ermorden. Ist es ein gleichstehender, so geht man mit ihm vor ein Gericht, welches dies in milder Weise ausprägt. Lasse man sich nur nicht täuschen und glaube, eine Frau liebe einen wirklich, wenn sie wünscht, daß man sich für ihre Ehre schlägt. Sie tut es nur aus Stolz und um sich zu rühmen.

Aber mit Gesetzen schafft man derartiges nicht aus der Welt. Man muß solche Leute dem Spotte preisgeben, die Frauen müssen den Duellanten die Türen verschließen und man muß mit Fingern auf sie weisen, dies ist das einzig richtige Mittel.«

»Olympia hat recht«, sagte Clairwil, »man wird vielleicht behaupten, daß dann der Mut verschwinden wird. Aber der Mut ist eine Tugend der Toren und ich könnte euch eine Reihe großer Männer nennen, die feige waren. Es hieße einen Mann wegen seines Lebensmutes verachten, wenn man ihn verachtet, weil er feige ist. Als ganz Paris einmal einen Mann verachtete, weil er seinen Gegner vor dem Duell ermordete, wollte ich mit ihm schlafen, denn je mehr Vorurteile ein Mann besiegt, desto vernünftiger ist er.«

Nach einigen Tagen ging es Sbrigani besser. »Er hat mich soeben gevögelt«, sagte Clairwil, »und dadurch habe ich mich von seiner Gesundheit überzeugt. Liebst du diesen Mann wirklich, Juliette?«

— »Er hat mir große Dienste erwiesen.«

— »Er hat nur seine Pflicht getan, die du ja bezahlst. Oder denkst du vielleicht an Dankbarkeit? Ich muß dir eingestehen, daß ich Sbrigani mißtraue. Er wird uns am Schluß noch bestehlen?«

— »Sag' lieber, daß du ihn satt bist, weil er dich gut gevögelt hat und weil du in einem solchen Falle den Mann hassest.«

— »Er hat mich nur im Arsch gevögelt.«

— »Du Närrin, was willst du also eigentlich?«

— »Ich will uns seiner entledigen.«

— »Denkst du daran, daß er sich für uns geschlagen hat?«

— »Umso eher müssen wir ihn verachten, denn das zeugt von Dummheit.«

— »Also, was willst du eigentlich?«

— »Morgen geben wir ihm den letzten Trunk und übermorgen begraben wir ihn.«

— »Hast du denn noch von den Giften der Durand?«

— »Gewiß und Sbrigani soll sie zu kosten bekommen«

— »Haben dich die Jahre noch immer nicht geändert, Clairwil? Was wird Olympia dazu sagen...«

— »Was sie will. Ich habe mich nie, wenn ich ein Verbrechen begehen wollte, darum gekümmert, was die anderen dazu sagen.« Ich willigte ein, denn alles, was Verbrechen heißt, zieht mich unwiderstehlich an. Ich hatte mich des Italieners mehr aus Not als aus Liebe bedient. Nachdem Clairwil versprach, seine Tätigkeit zu ersetzen, ward er verurteilt. Und am nächsten Tage hauchte er seinen letzten Seufzer aus.

Die Umgebung Neapels ist die herrlichste der Welt. Die Zerstörung und das Durcheinander der Vulkane versetzen die Seele in einen Zustand, geeignet die verbrecherische Hand der Natur nachzuahmen. »Wir«, sagte ich zu meinen Freundinnen, »wir gleichen diesen Vulkanen und die tugendhaften Menschen der einförmigen, trostlosen Ebene Piemonts. Wir kamen nach Puzzuoli, von wo man die Insel Nizetta sieht, wo Brutus sich nach der Ermordung Cäsars zurückzog. Wie schön wäre es, sich auf diese Insel, welche ein undurchdringlicher Nebelschleier vor der ganzen Welt verhüllt, mit seiner Wollust zurückzuziehen. Weiterhin sahen wir Sorrent und Massa, den Golf von Neapel, die Ruinen und Paläste, kurz alles, was den Blick entzücken kann. Als wir in Puzzuoli einzogen, eilte eine Menschenmenge herbei, welche uns alle die Merkwürdigkeiten der Gegend zeigen wollten. »Kinder«, sagte Olympia und schloß die Türe hinter einem Dutzend, das in unser Zimmer gedrungen war, »wir nehmen nur den an, der den schönsten Schwanz hat. Zeiget uns daher alles, wir werden wählen.« Alle sind einverstanden und wir wählen uns sechs zur Unterhaltung aus; der von ihnen das größte Glied hatte, 13 Zoll lang und 6 Zoll im Umfang, wurde, nachdem er uns alle drei gevögelt hatte, zum Cicerone ernannt. Er hieß Raffaele. Er zeigte uns zuerst den Tempel der Serais, dessen herrliche Überreste noch einen Beweis geben von der Prachtliebe des römischen und griechischen Volkes. Hierauf sahen wir ein Denkmal des Stolzes und des Aberglaubens. Es war die Brücke, über welche Caligula von Bayes nach Puzzuoli an der Spitze seiner Armee gezogen, um eine Weissagung zu erfüllen. Es war eine Narrheit, doch die Narrheit eines Großen. Caligula bewies später sowohl die Absonderlichkeit, als auch das Ungeheuere seines Geistes. Dann sahen wir die Ruinen des Lucullus. Bei der Erinnerung an diesen Mann dachten wir daran, daß auch wir vielleicht schon in ganz kurzer Zeit nur mehr so wie dieser Mann gelebt haben werden. Darum laßt uns unseren Lebenspfad mit Blumen bestreuen. Der Faden der Parze mag kurz sein, aber aus Gold und Seide. Hierauf sahen wir den Tempel des Apollo und auf dem Wege nach Bayes kamen wir in das Tal des Acheron. Dorthin verlegten die Alten die seligen Gefilde. »Steigen wir in die Unterwelt«, sagte Clairwil, »und quälen wir die Schatten. Ich beneide das Los der Proserpina, vor deren Augen sich die Höllenqualen abspielen.«

Ein ewiger Frühling herrscht in diesem Tal. Die Aschenurnen stehen mitten unter Weinreben und Pappeln. Oberhalb der Ortschaft Bauli sieht man hundert zusammenhängende Nischen, man nennt sie die Kerker des Nero. Dort seufzten ohne Zweifel die Opfer seiner Grausamkeit und Wollust. Von hier sieht man den Hafen, welchen Agrippa für seine Flotte am Vorgebirge von Micenos gebaut hat. Von Bauli steigt man zum Grabmal der Agrippina hinunter. Hier ließ Nero seine Mutter durch ein Auseinandergehen des Schiffes ins Meer fallen, doch sein Plan mißlang. »Ich liebe«, sagte Clairwil, »die Art und Weise, wie sich Nero seiner Mutter entledigte. Er hatte sie sehr geliebt, wie Suetonius schreibt, nicht wie ein Sohn, und doch hat er sie getötet. O Nero, du wirst ewig mein Vorbild bleiben.«

Hierauf durchwanderten wir, von Raffaele geführt, die ganze Gegend, bis wir nach Bayes kamen, der Mittelpunkt des römischen Luxus. Nichts muß so entzückend gewesen sein wie die Lage dieser Stadt, die geschützt gegen die Winde des Nordens, ihre ganze Front der Sonne darbietet, so daß diese mit ihren feurigen Strahlen die Herzen der glücklichen Bewohner entflammen kann. Trotz aller Umwälzungen, welche dieser schöne Landstrich erlitten, atmet man noch immer die milde, wollüstige Luft ein, welche das Laster und das Verbrechen zum Blühen brachte. Eine ärmliche Fischerhütte und einige Ruinen ist alles, was von dieser herrlichen Stadt übrig geblieben. Venus war die oberste Göttin dieser verdorbenen Stadt. Die Überreste ihres Tempels, bestehend aus unterirdischen Gewölben und finsteren, verschwiegenen Gängen, beweisen, daß er geheimnisvollen Mysterien diente.

Ein eigentümliches Feuer durchströmte unsere Adern, als wir eintraten. »Raffaele«, rief Clairwil aus und ihr Atem hauchte Wollust, »wir müssen hier ein Opfer darbringen.« — »Ihr habt mich erschöpft«, sagt unser Führer, »aber nicht weit von hier wohnen fünf bis sechs Fischer, die sehr gerne bereit sein werden, euch zu befriedigen.« In wenigen Minuten bringt er uns ein scheußliches Gesindel. Blind durch unsere Gier, bemerkten wir nicht, was für eine Dummheit wir begehen. Was konnten drei schwache Frauen gegen zehn Männer ausrichten? Aber wir verließen uns auf den Gott des Lasters. »Meine Freunde«, sagt Olympia zu ihnen auf Italienisch, »wir wollen diesen Tempel nicht verlassen, ohne der Göttin ein Opfer zu bringen. Wollt ihr die Priester sein.« — »Gewiß.« antwortete einer, indem er der Rednerin die Röcke in die Höhe hob. Alle anderen stürzten sich auf uns und sie hätten uns mit dem Messer in der Hand einander aus den Händen gerissen, wenn ich mich nicht beeilt hätte, ihnen zu beweisen, daß mit etwas Kunst sie uns alle zehn gleichzeitig genießen könnten. Sie fügen sich meinen Anordnungen, doch es gelingt nicht ganz, denn den dritten, den ich schlecken wollte, mußte ich geilen, weil ich sein enormes Glied nicht in den Mund brachte. Ein wiederholter Wechsel fand statt und ihr Eifer vermengt mit dem geheimnisvollen Dunkel des Ortes und der Gefahr, in welcher wir schwebten, ließ uns verbrecherische Gedanken in der Seele keimen. Aber wie sollten wir als die Schwächeren sie ausführen?... »Hast du noch von deinen vergifteten Süßigkeiten«, fragte ich Clairwil. »Gewiß, ich habe immer welche bei mir.« — »Also gib sie her. Ich werde sie unseren Rittern anbieten.« Olympia erklärte ihnen, daß diese Bonbons ihnen neue Kräfte geben würden und ich biete sie ihnen eigenhändig, denn dieses Vergnügen lasse ich mir nicht nehmen, an.

»Noch einmal mit jedem«, sagt Clairwil leise, »jetzt, wo der Tod in ihrem Blute schwimmt.« — »Aber ist nicht die Gefahr vorhanden, daß das Gift auf uns übergeht?« — »Wir müssen den Mund vermeiden, aber im übrigen ist keine Gefahr, ich habe das hunderte Male gemacht, ohne daß es mir geschadet.« Mit einer unglaublichen Wollust gab ich mich bei dem Gedanken, daß der Mann, der mich umarmte, in der nächsten Stunde eine Leiche sein werde, dem Genusse hin. »Eilen wir uns«, sagte ich meinen Freundinnen, »damit sie nicht vor uns in diesen Gewölben von den Krämpfen ergriffen werden.« Wir stiegen hinauf, und Raffaele, der weder an unserer Unterhaltung noch an ihrer grausamen Folge teilgenommen hatte, folgte uns, und wir erfuhren nie den Erfolg unserer Scheußlichkeit.

»Du kannst also«, sagte ich zu Clairwil, »keinen Mann mehr genießen, ohne ihn zu töten zu wollen.« — »Du hast nur zu recht. Wenn das Laster mit uns altert, so ergreift es derart unser ganzes Sein, daß wir nur mehr dafür leben. Ich bereue jede Minute, die ich nicht irgend einer Scheußlichkeit gewidmet habe. Ich leide, weil ich mich nicht mehr übertreffen kann, und je erschöpfender ein Verbrechen ist, desto mehr fühle ich seine Unzulänglichkeit. Auch die ganze Welt könnte mir nicht genügen.« Wir gelangten an den Averner-See, doch bemerkten wir nichts von den verderblichen Dünsten, die einst die Vögel hatten tot ins Wasser fallen lassen. Heute ist es ein ruhiger, sehr gesunder Platz. Hier opferte Äneas den unterirdischen Göttern. Zur Linken ist die Grotte der Sybille. Zur Rechten befindet sich ein Tempel des Pluto, von Orangenbäumen bewachsen. Wir durchschritten die Ruinen und gelangten auf der appischen Straße wieder nach Puzzuoli. Als wir auf dem Wege dahin das Grab Faustinens besuchten, spottete Olympia über die lächerliche Ehrfurcht der Römer vor den Toten: »Niemals habe ich begriffen, wie man die Toten und ihren letzten Willen achten kann. Dies hängt wahrscheinlich mit der lächerlichen Idee von der Unsterblichkeit der Seele zusammen. Wer wie ich davon überzeugt ist, daß wir nur ein erbärmliches Stückchen Staub sind, wird niemals irgend eine Bedeutung der entkörperten Materie beilegen. Aber unser Stolz kann sich mit dem Gedanken, nach dem Tode in ein Nichts zu zerfließen, nicht befreunden. Darum denkt man an ein Leben der Geister nach dem Tode, fürchtet sie und befolgt ihren letzten Willen. Sobald wir aber überzeugt sind, daß wir nach dem Tode nur ein Haufen Dreck sind, werden wir auch den Leichen keine Grabmäler, keine Lobreden mehr weihen, sondern sie so rasch als möglich verscharren oder verbrennen. Auch diese Dummheit hängt mit der großen Dummheit (Religion) zusammen, und daß man diese mit allen Mitteln ausrotten muß, davon brauche ich euch doch nicht erst zu überzeugen.« — »Ich bin ganz deiner Meinung«, sagte Clairwil, »nur eines möchte ich bemerken: Man kann die Leichen zu etwas anderen verwenden; ich kannte in

Paris einen Mann, der die Leichen mit Gold bezahlte, sie zu sich ins Haus bringen ließ, um eine Reihe von Scheußlichkeiten zu begehen. Abgesehen von den Nervenverzerrungen, die der Tod hervorruft, und von der Veränderung der Organe, bringt auch der Gedanke an die Gottlosigkeit uns in Feuer, und ich hätte diesen Genuß mir sicher verschafft, wenn nicht mein Geschlecht demselben entgegenstreben würde.« — »Dieser Gedanke«, sagte ich, »führt zum Morde, und wer die Leichen liebt, muß daran denken, sich welche zu verschaffen.«

Als wir spät abends nach Puzzuoli heimkehrten, erwartete uns eine Menge von Lazzaroni. Raffaele sagte, sie böten ihre Dienste an, nachdem man gehört hatte, wir suchen Männer. Es seien ehrliche Leute und sie werden gut vögeln, weil sie wissen, daß wir gut zahlen: »Ihr seid nicht die ersten Reisenden, die dies getan.« Nachdem wir aber hinlänglich gesättigt waren, so begnügten wir uns nicht mit vögeln, sondern gaben uns den größten Ausschreitungen hin. Wir suchten uns dreißig Männer aus, nicht über dreißig Jahre, und jeder mit einem Glied von mindestens 13 Zoll Länge und 7 Zoll Umfang. Die Bauernmädchen von sieben bis zwölf Jahren, die wir mit Gold aufwogen, wurden beigezogen. Nach einem herrlichen Souper brachten wir eigenhändig alle dreißig Schwänze in die Höhe und bildeten eine Kette aus ihnen, immer ein Schwanz in einem Arschloch. Bei der schwersten Strafe durfte keiner entladen; sobald es einem kam, mußte eines der kleinen Mädchen sein Glied in unsere Scheide oder in unser Arschloch stecken. Dann verteilten wir sie in Gruppen zu je fünf. Je ein Schwanz in Arsch, Mund und Fut und je einer in der Hand. Währenddessen mußten die zehn Mädchen einen Kreis um uns bilden und uns bescheißen und bepissen. Hierauf legten wir uns auf je drei Mädchen, die uns den Arsch, die Fut und den Kitzler schlecken mußten, während uns die dreißig Männer der Reihe nach sodomisieren konnten.

Hierauf leckten uns drei Männer im Arsch, drei schleckten unsere Fotze, einen geilten wir mit jeder Hand und je einen brachten die Mädchen auf unseren Bauch und auf unserer Brust zur

Entladung. Hierauf kam eine allgemeine Prügelung, wir ließen uns ans Bett anbinden und jeder Mann verabreichte uns 100 Rutenstreiche, hierbei pißten wir auf die Gesichter der drei kleinen Mädchen. Hierauf überlieferten wir die zehn kleinen Mädchen unseren Vöglern, welche sie beiderseitig entjungferten und zerfetzten. Hierauf peitschten wir die Mädchen, während wir die Männer auf jegliche Art mißhandelten. Wir forderten sie solange heraus, bis sie uns fast erschlugen, dann erst durfte ein jeder uns noch einmal pouserieren, während sie uns bescheißen und bepissen mußten. Das Gleiche taten wir mit den kleinen Mädchen und zwangen sie, alles herunterzuschlucken. Wir banden hierauf alle Schwänze mit Seidenbändern an die Decke, begossen die Hoden mit Weingeist, zündeten sie an, und erreichten dadurch noch eine letzte Entladung. Obwohl wir bei uns den Freibrief des Königs trugen, so wagten wir doch nicht, in dieser fremden Stadt aus Angst vor der Bevölkerung weiterzugehen und verabschiedeten das Gesindel mit reichen Gaben.

Am nächsten Tage kehrten wir über Ischia und Nizetta nach Neapel zurück. Ferdinand ließ sich nach unserem Befinden erkundigen, und als wir ihn nun den Eindruck erzählten, den die entzückende Umgebung auf uns gemacht, versprach er uns, in einigen Tagen zum Souper zum Prinzen von Francavilla zu fahren, welcher der reichste und berüchtigste Grandseigneur Neapels war. »Ich werde ihm sagen lassen«, sagte der König, »daß er sich nicht zu genieren brauche und käme, seine Ausschweifung mitanzusehen.« Die Königin war auch dabei. Nichts beschreibt den Reichtum und die Pracht von Francavilla. Täglich ist dort eine Tafel von sechzig Gedecken, von zweihundert Lakaien bedient, deren Schönheit zu sodomistischen Zwecken bereit ist. Der Prinz hatte für uns einen Tempel des Priaps erbauen lassen, zu welchem Myrthen und Orangen allein führten. Alles war mit Blumen geschmückt und mit herrlichen Beleuchtungskörpern ausgestattet. Eine Menge nackter Jünglinge erfüllte den Raum und auf dem Altar stand Francavilla mit dem Emblemen Priaps: »Sei gegrüßt in deinem Heiligtum«, sagte ihm die Königin beim

Eintritt, »wir kommen, um deine Freuden zu teilen und nicht, um sie zu stören. Genieße die Verehrung, die dir dargeboten, und lasse uns mit ansehen.« Blumengeschmückte Bänke boten sich uns dar, wir ließen uns nieder, der Gott stieg von seinem Altar herunter und die Zeremonie begann.

Francavilla zeigte uns den schönsten Arsch der Welt; zwei kleine Knaben standen neben ihm, um die ungeheueren Glieder hineinzuführen, die zufällig sich dem Heiligtume näherten. Zwölf andere Kinder brachten die Schwänze in Bereitschaft, ich hatte noch niemals einen so flink ausgeführten Dienst gesehen. Die schönen Glieder gingen von Hand zu Hand, bis sie bei den Kindern anlangten, die sie einzufahren hatten. In zwei Stunden kamen über hundert Schwänze in den Arsch des Prinzen, welcher am Schlusse, von den beiden Ganymeds unterstützt, einige Tropfen eines weißen klaren Samens ausspritzte, und sich dann zu uns umdrehte. »Mein Arsch ist in einer furchtbaren Stimmung«, sagte er zu uns, »doch ihr habt es gewünscht und ich habe euere Bitte erfüllt, und ich wette, daß keine von euch, meine Damen, jemals so gevögelt wurde.« — »Gewiß nicht«, antwortete Clairwil ganz erstaunt, »aber ich wette, daß ich dir's gleichmachen kann.« — »Tue das nicht«, sagte Charlotte, »denn mein Cousin hat dich nur einen kleinen Teil sehen lassen, er nimmt es auch mit zehn Bataillonen auf.« — »Schön«, sagte Clairwil, »aber glaubt der Prinz, daß wir mit dem Zuschauen ganz genug haben?« — »Hier gewiß«, sagte der König, »denn so schön ihr auch seid, meine Damen, keiner von diesen jungen Leuten würde euch auch nur berühren.« — »Aber wir besitzen auch Ärsche und werden sie ihnen darbieten.« — »Ich glaube kaum, daß einer so schwach wäre, und wenn, so will ich ihn sofort davonjagen.« — »Da muß ich meine Religion hochhalten«, sagte Clairwil, »und ich billige es, aber da uns die Venus versagt ist, so laßt uns mit Ceres und Bacchus uns trösten.« Das herrlichste Souper wurde uns hierauf serviert. Die auserlesensten Speisen aller Länder und die köstlichsten Weine, und durch einen wunderbaren Mechanismus versanken alle Speisen, sobald man ihrer genug hatte, in silberne

Kübel, und von da in die Erde. »Gehört das den Armen?« fragte Olympia. »Gott bewahre«, antwortete Francavilla, »ich würde niemals dulden, daß durch irgend etwas, was ich nicht mehr brauche, das Los eines anderen erleichtert werde.« — »Sein Herz ist ebenso hart wie sein Arsch weiß«, sagte Ferdinand. »Auch ich bin der gleichen Meinung«, sagte Clairwil. »Was gehen mich die Armen an«, meinte der Prinz, »ihre Schmerzen erhöhen nur meine Freuden. Ich folge darin der Natur, denn nichts ist so grausam wie diese, und die, welche der Natur folgen, werden immer Henker und Verbrecher sein.« — »Mein Freund«, sagte Ferdinand, »das ist alles ganz schön, aber wenn du wüßtest, was man von dir in Neapel erzählt.« — »Das schert mich blutwenig«, antwortete der Prinz, »die Achtung der Mitmenschen kann man so leicht entbehren, und ich mache mich nur darüber lustig.« — »O mein Herr«, sagte ich, und ahmte den frommen Ton nach, »die Leidenschaft macht euch blind und diese ist nicht, wie ihr verdorbenen Leute glaubt, die Stimme der Natur, sondern entspringt dem Zorne Gottes, und wir können uns nur von ihr befreien, wenn wir die Gnade des ewigen Wesens anflehen. Nicht dadurch, daß ihr dreihundert Schwänze in euerem Arsch aufnehmt, daß ihr niemals zur heiligen Beichte geht, niemals die Wohltat des heiligen Sakramentes empfangt, werdet ihr Verzeihung euerer Sünden erlangen. O mein Herr, ich beklage euch, wenn ihr bei dieser Aufführung beharret, glaubt mir, daß Gott, der euch Willensfreiheit zum Guten oder Bösen gegeben, euch nicht strafen wird. Denkt ihr denn gar nicht an die ewigen Qualen, und sind diese nicht imstande, die schlimmen Leidenschaften zu unterdrücken, die euch auch im Leben so viele Sorgen, Angst und Gewissensbisse machen? Mit einem Worte, hat euch Gott in die Welt gesetzt, um gevögelt zu werden?« Francavilla und der König glaubten, ich sei verrückt geworden. »Juliette«, sagte Ferdinand, »wenn du noch weiter predigen willst, so sage es früher, damit wir uns niederlegen um zuzuhören.« — »Ich bin an einem solchen Punkte der Gottlosigkeit angelangt«, sagte Francavilla, »daß schon der bloße Name dieses von Priestern erfundenen Phantoms mich in Zorn bringt; hat uns denn dieser Gott jemals und irgendwo Beweise seines Daseins und seines Willens gegeben? Nein. Man lehrt uns, daß er ist, weil er ist, und daß er im Verborgenen ist, daß er zornig wird, wenn man es wagt, seinem Sein nachzuforschen, und daß er alle Tugenden besitzt, die aber mit seinen Handlungen in Widerspruch stehen, denn das, was man behauptet, daß seine Taten sind, ist weder gut noch klug, noch gerecht. Das, was man seine Gesetze nennt, ungerechte, lächerliche, abscheuliche Vorurteile, das, was man seine Religion nennt, kindische Handlungen, Bitten, Beschwörungen und Opfer, die nur seinen Priestern dienlich sind. Und diesen Gott predigst du, Juliette, und willst, daß ich ihn verehren soll.« — »Auch ich wünsche dies«, sagte Ferdinand, »denn die Religion begünstigt den König, verleiht den Despoten Macht, wenn der Mensch nicht mehr an Gott glaubt, würde er die Könige morden.« — »Vielleicht wird er aber mit dem König anfangen«, warf ich ein, »auf alle Fälle wird das Weltall erst glücklich sein, wenn es weder Könige noch Priester geben wird, denn diese Ungeheuer leben von dem Fleische des Volkes und erweisen ihnen keinen anderen Dienst, als sie in Armut und Blindheit zu stürzen. Frei und gottlos sind wir geworden, der Stärkere knechtet den Schwächeren und so ward ein König, die Schlauheit betrog die Dummheit und so ward ein Gott. Ohne Gott und König würden die Menschen freier, vernünftiger und natürlicher sein.« — »Einen Moment«, sagte Francavilla, »ich nehme nur einen Teil der Behauptungen Juliettens als richtig an, denn wenn auch der Philosoph Gott entbehren kann, aber für das Volk, für die Canaille brauchen wir eine Kette.« — »Dieser Meinung bin auch ich«, sagte Juliette, »und dies habe ich auch Ferdinand zugestanden.« — »Dann bleibt nichts übrig«, meinte Ferdinand, »als die Hölle des Jenseits durch eine Hölle auf Erden zu ersetzen, deshalb muß ein König mit der größten Strenge regieren, und er muß diejenigen, welche sein Schwert führen, mit dem Nimbus der Unverletzlichkeit und Gerechtigkeit umgeben.« — »Dies ist«, sagte Olympia, »der Vertrag, den König und Priester geschlossen.

Doch der Priester, der seine Macht von Gott herleitete, wurde stärker als der König, und er ermordete sie, statt sie zu unterstützen, deshalb soll alle Macht beim König sein und den reichen und klugen Leuten freier Spielraum gelassen werden, daß sie die Regierung unterstützen.« — »Es bedarf«, sagte Francavilla, »Gesetze, die mit Blut geschrieben sind, wie die Dracons, und die das Volk im Elend festhalten, denn es wird nur gefährlich, wenn es ihm gut geht.« — »Und wenn es aufgeklärt wird«, meinte Clairwil. »Gewiß, man muß es in der höchsten Dummheit festhalten, es soll keine Hoffnung sehen, aus seiner Sklaverei zu entkommen. Die Ketten können nie schwer genug gemacht werden.« — »Gewiß«, sagte Clairwil, »es soll so weit gehen, daß diese Leute nur mit Erlaubnis der Tyrannen und seiner Umgebung zu leben und zu atmen wagen.« — »Gewiß«, sagte der Prinz, »die Regierung soll auch die Zunahme der Bevölkerung regeln, sie unterdrücken, wenn sie zu groß, sie anfeuern, wenn sie gebraucht, kurz in allem und jeden nur ihr eigenes Interesse, ihre eigenen Leidenschaften und die ihrer Umgebung berücksichtigen. Seht euch nur die Reiche Asiens und Afrikas an, die in diesem Sinne regiert werden. Man muß das Volk in fortwährender Angst halten, damit es nicht an Revolution denkt.« — »Dazu«, sagte Ferdinand, »möchte ich eben Priester verwenden.« — »Hüte dich davor, denn du würdest dir dadurch nur eine Macht schaffen, die dich bald unterwerfen würde. Darum ist es besser, das Volk gottloser, unmoralischer zu machen, so daß es keinen anderen Gott und keine andere Sitte als die deine kennt« — »Aber ein sittenloser Mensch ist gefährlich«, meinte Ferdinand. »Wenn er Macht besitzt, dann kann er sie mißbrauchen, aber nicht, wenn er ein Sklave ist. Ob jetzt ein Mensch es für gut oder schlecht halte, mich zu töten, ist gleichgültig, wenn ich ihm die Mittel nehme, es auszuführen, dadurch, daß er unter meinem Joche seufzt. Und das beste Mittel, ihn schwach zu machen, ist, ihn zu demoralisieren. Gestatte Blutschande, Notzucht und Mord, verbiete die Ehe und alle Religionen und du wirst ihn bald unter dem Joch haben, welches du wünscht.« — »Aber woher willst du dann die Strafen nehmen, wenn du alles gestattest, worauf sie gesetzt sind.« — »Man muß eben«, sagte Francavilla, »die Tugend strafen und den Widerspruch gegen die Herrscher, das ist tausendmal mehr als man braucht. Übrigens wozu Ursachen; der Despot vergießt Blut, wann er will, sein Wille genügt. Man erfindet falsche Verschwörungen und das Blut strömt von dem Schafott.« — »Wenn Ferdinand mir diese Sorge überlassen will«, sagte Clairwil, »werde ich täglich neue Veranlassung erfinden. Er soll nur das Schwert schärfen, ich werde ihm schon genug Opfer verschaffen.« — »Ihr erhitzt ja«, sagte der König, »den Kopf meiner Frau.« — »Ich wundere mich nicht«, meinte Clairwil, »auch ich bin aufgeregt. Vögeln sehen und nicht mittun dürfen, das ist grausam.« — »Gehen wir hinaus«, sagte der Prinz, »vielleicht finden wir im Garten Mittel, um euch abzukühlen.« Wir durchschritten den ganzen Garten, pflückten die Früchte von den Bäumen und gelangten so zum Tempel des Ganymed. Der Tempel war in ein mildes Dunkel gehüllt, welches zur Wollust leuchtete, ohne das Auge zu beleidigen. Der Tempel stützte sich auf grüne und rosa Marmorsäulen, die von Blumenschmuck umwunden waren.

Eine entzückende Musik empfängt uns, Charlotte trunken vor Wollust und Wein, wirft sich auf ein Kanapee, wir ahmen sie nach. »Jetzt kommen sie an die Reihe«, sagte Francavilla zum König, »doch muß man ihnen sagen, daß an diesem Orte nur der Arsch regiert. Jede Untreue wird mit sofortiger Ausstoßung bestraft.« — »Was liegt da uns daran«, sagte Clairwil, indem sie sich nackt auszog, »auch wir ziehen den Arsch der Scheide vor, wenn man uns nur inzwischen geilt.« Francavilla zog den seidenen Vorhang weg und unsere Augen erblickten ein entzückendes Bild. Auf vier Ottomanen lag je eine Frau mit gespreizten Beinen, ihre Hände ruhten auf dem Unterleib von zwei Männern, so daß sie zwischen den Fingern ein ungeheueres Glied hielten, während der ganze andere Körper von schwarzen Seidendraperien verhüllt war. Diese Gruppen ruhten auf Versenkungen, so daß sobald ein Glied entladen hatte, es mit einem neuen ausgewechselt werden konnte. Durch einen anderen Mechanismus bewegte sich ein Godmiché in der Fut der liegenden Frau, welcher von Viertelstunde zu Viertelstunde eine laue, wohlriechende Flüssigkeit ausspritzte, die man für Samen hätte halten können. Gleichzeitig schleckte ein entzückendes Mädchen, von dem man nur den Kopf sah, den Kitzler der Frau. Um diese Frau herum gruppierten sich nach Wunsch in Mundhöhe und Scheiden Schwänze, die sie nach Auswahl schlecken konnte. Auf diese Weise konnte eine Frau, die auf dem Kanapee lag, allen Genüssen der Venus huldigen. »Ich glaube nicht«, sagte Clairwil, »daß man etwas Lustreicheres erfinden kann, ich entlade schon, wenn ich mich nur hinlege.« Jede von uns nahm einen Platz ein, vier schöne, nackte junge Mädchen halfen uns hierbei und Francavilla gab das Zeichen. Vier Jungfrauen von fünfzehn Jahren führten ebenso viele Jünglinge an ihrem Gliede herbei und steckten es uns in den Arsch. Sobald diese Quadrille erschöpft war, kam eine neue an die Reihe. Die Mädchen führten inzwischen einen wollüstigen Reigen auf und spritzten von Zeit zu Zeit auf uns Tropfen einer Flüssigkeit, die einen heftigen Schmerz verursachte, unsere Geilheit aber aufs höchste steigerte. Mit unglaublicher Geschwindigkeit wechselten alle Objekte und während drei Stunden blieb unser Arsch, unsere Scheide, unser Mund, unsere Hände nicht einen Augenblick unbeschäftigt. Ich war erschöpft, Olympia halb ohnmächtig, nur Clairwil und Charlotte hatten Stand gehalten. Ferdinand und Francavilla, die inzwischen ungefähr dreißig Lustknaben pouseriert hatten, luden uns ein, den Spaziergang fortzusetzen.

Wir kamen in einen Pavillon, dessen eine Wand von einem riesigen Matratzen-Lager aus roter Seide ausgefüllt war. »Legen wir uns hierher«, sagte der Prinz, »und sehen wir, was da kommen wird. Kaum hatten wir Platz genommen, als zwölf schöne junge Frauen von sechzehn bis achtzehn Jahren eintraten. Sie waren in griechischen Hemden, ihr Busen, fester und weißer als Alabaster, war entblößt und jede trug ihr eigenes Kind von sechs bis zwölf Monaten. Gleichzeitig waren auch sechs Männer eingetreten, von denen zwei Ferdinand und Francavilla pouserierten, während die anderen vier sich uns zur Verfügung stellten. Kaum wurden wir gevögelt, als zwölf Mädchen die Frauen entblößten und uns zwölf herrliche Ärsche zeigten. »Das sind wohl entzückende Ärsche«, sagte Francavilla, »aber leider für uns verpönt. Es ist schade, daß wir von ihnen einen anderen Gebrauch machen müssen.« Zwölf furchtbare wilde Männer als Satyre gekleidet, stürmen in den Saal, reißen den Frauen die Kinder aus den Armen und werfen sie uns vor die Füße, packen dann die Frauen und schleppen sie an den Haaren zu einer Estrade, die sich uns gegenüber befindet. Sie reißen ihnen die Hemden vom Leib und beginnen, sie so furchtbar zu peitschen, daß das Blut und die Fleischfetzen bis zu uns herüberspritzen. In meinem ganzen Leben hatte ich derartiges noch nicht gesehen. Die Schreie der armen Weiber mußten eine Meile weit gehört werden, vier von ihnen wurden ohnmächtig, aber mit Peitschenhieben wieder ins Bewußtsein zurückgerufen und die Prügelei hörte nicht früher auf, bevor nicht alle Körper vom Hals bis zur Zehe eine Wunde bildeten. Hierauf eilten sowohl Henker als Opfer zu uns, die ersteren, um unsere erschöpften Männer zu ersetzen, die anderen, um ihre Kinder wieder aufzunehmen. Merkwürdigerweise erkannte jede ihr eigenes, drückte es an den klopfenden Busen und vermengte mit ihrer Milch die heißen Tränen. Doch die Ruhe dauert nur kurze Zeit, zwölf noch wilder aussehende Männer eilen mit Gotteslästerungen auf den Lippen, die Knute in der Hand, herein; auch sie werfen die Kinder auf die Steine uns zu Füßen mit solcher Wucht, daß mehrere Körper zersplitterten. Dann packen sie die Frauen und mit furchtbaren Peitschenhieben zerfleischen sie jetzt ihre Vorderteile, besonders den Busen. Die Milch vermengt sich mit Blut. Doch die Unholde gehen tiefer und bald fließt das Blut in Strömen von den Schenkeln und der Scham. Während der ganzen Zeit vögelten wir und unsere Wollust vermengte sich mit dem Anblick des Leidens anderer. Sobald die Henker ihre Opfer loslassen, erneuert sich die frühere Szene. Die Weiber lesen wieder ihre Kinder auf und unter Tränen und Schmeichelworten suchen sie sie, trotz ihrer eigenen

Schmerzen, zu trösten, als plötzlich zwölf neue Männer, wie Teufel gekleidet, ihnen die Kinder entrissen, dieselben mit Dolchstichen durchbohrt uns zu Füßen warfen, hierauf sich auf die Frauen stürzten und in der Mitte der Arena eine furchtbare Schlachtbank errichteten. Kaum ist dies geschehen, so stürzen sie sich, bluttriefend, den Dolch in der Hand, auf unsere Männer, erdolchen sie und beginnen uns dann selbst zu pouserieren, während wir vor Lust zu sterben glauben. »O, welcher Anblick«, sagte ich zu Francavilla, als wir uns erschöpft von Greuel und Wollust zurückzogen. »Aber deine Freundin scheint nicht genug zu haben«, sagte der Prinz und zeigte auf Clairwil, welche damit beschäftigt war, die Wunden der Leichen zu betrachten. »Teufel«, antwortete das Weib, »glauben Sie, daß man davon jemals genug bekommt? Dies ist gewiß eine der schönsten Szenen, die ich je erlebt, doch werde ich immer bedauern, sie nicht jede Viertelstunde erneuern zu können.« Dann fuhren wir in den Palast des Prinzen, unfähig, uns auch nur zu rühren. Wir badeten und man brachte uns zu Bett und nach zwölf Stunden Ruhe hätten wir wieder vom frischen anfangen können.

Wir setzten dann unsere Reise in der Umgebung von Neapel fort, mit einem Führer, welchen uns der König gab und den besten Empfehlungsbriefen. Unser erster Besuch galt dem Palast von Portici. Wir hatten bis dahin nur die Wohnräume gesehen. Ferdinand selbst zeigte uns das Museum. Dort ist wohl das herrlichste und schönste auf der Welt vereinigt, doch das ewige Schauen ermüdete uns furchtbar. In einem anderen Teil des Schlosses sahen wir eine Sammlung der Malereien aus Herkulanum. Auf allen diesen Bildern prägt sich eine fast unwahrscheinliche Wollust aus. Denn sie verlangt eine unglaubliche Muskelkraft oder eine unglaubliche Phantasie. Unter anderen sah ich einen Satyr, der eine Ziege vögelt. Es war das entzückendste und vollendetste, was man sich vorstellen kann. »Diese Manier«, sagte Ferdinand, »ist ebenso angenehm als man sie außergewöhnlich findet. Ich muß eingestehen, daß ich als Neapolitaner sie kennen lernen wollte und dabei großes Vergnügen empfunden habe.« — »Das glaube ich«, sagte Clairwil, »ich habe immer bedauert, kein Mann zu sein, um dies versuchen zu können.« — »Ja, aber eine Frau kann das ja mit einem Hund versuchen«, meinte der König, »Charlotte hat es getan und hat sich dabei sehr wohl befunden.« — »Sire«, sagte ich zu Ferdinand leise, »es wäre sehr gut, wenn alle österreichischen Prinzen nur immer Ziegen gevögelt hätten und ihre Frauen sich nur hätten von Doggen vögeln lassen. Dann gäbe es weniger von dieser Rasse, die die Völker aussaugt und deren sich diese nur durch eine allgemeine Revolution entledigen können.« Ferdinand gab mir recht und wir setzten unseren Weg fort. Die schon ganz durchstöberten Ruinen vom Herkulanum boten wenig Interesse. Das herrliche Theater daselbst kann man wenig schätzen, weil es nur mehr aus Fragmenten besteht.

Dann gingen wir nach Pompeji, es ist merkwürdig, daß diese verschüttete Stadt selbst wieder auf den Ruinen zweier zerstörter Städte aufgebaut war. So viel auch der Vesuv verschlingt, die Bewohner dieser Gegend bauen immer von Neuem auf. Von Pompeji gingen wir nach Salerno und schliefen dort in der berühmten Strafanstalt, welche zwei Meilen von der Stadt entfernt ist und in welcher Vespoli sein grausiges Regiment führt. Derselbe, aus der vornehmsten Familie Pompejis abstammend, war einst Beichtvater des Königs und hatte seine Vergnügungen und sein Gewissen regiert. Der König hatte ihm aus Dank die Herrschaft über dieses Haus eingeräumt, in welchem dieser Wüstling seinen ausschweifenden Passionen genugtuen konnte. Vespoli empfing uns, nachdem er den Empfehlungsbrief des Königs gelesen, auf das herzlichste und nachdem es spät war, sorgte er nur für unser Abendessen und unser Nachtlager. Am nächsten Tag übernahm Vespoli selbst die Führung. Die Säle, welche wir durchschritten, boten unseren verbrecherischen Leidenschaften so viel Stoff, daß wir schon überaus erregt waren, als wir in die Abteilung der Geisteskranken kamen. Vespoli geriet beim Eintritt in diese Abteilung in eine furchtbare Aufregung und da er sich am liebsten mit den Narren belustigte, fragte er uns, ob wir ihn in Tätigkeit sehen wollten, er macht uns aber aufmerksam, daß sein Vorgehen ein derartig verschrobenes und grausames sei, daß er sich nur ungern zeige. Clairwil beruhigte ihn und bat ihn, sich nur ja nicht vor uns zu genieren und uns keines der Details seiner Passionen zu verheimlichen. »Warum«, meinte sie, »sollen wir uns nicht auch mit den Narren belustigen, denn wenn sie schlimm sind, werden wir Furcht haben, wenn nicht, so werden wir uns so belustigen wie du.« In der Mitte der Zellen befand sich ein mit Zypressen bepflanzter Hof, in welchem ein, auf einer Seite mit spitzigen Stacheln besätes, Kreuz stand, vier Kerkermeister, mit Eisenstäben bewaffnet, folgten uns mit Aufmerksamkeit. Vespoli befahl zweien als Schutz bei uns zu bleiben, bis wir uns auf einer Bank niederließen, während die anderen zwei die Zellen der Narren aufschließen mußten. Der erste, der herausgelassen wurde, war ein schöner nackter Jüngling, der unter tausend Sprüngen zu uns kommt und uns vor die Füße scheißt. Vespoli folgt ihm, schmiert sich den Dreck an sein Glied und indem er die Sprünge das Narren nachahmt, stößt er ihn plötzlich gegen das Kreuz, wo die Henker den Unglücklichen anbinden. Vespoli kniet sich vor ihm nieder, öffnet ihm die Arschbacken, leckt ihn und überhäuft ihn mit Schmeicheleien. Hierauf peitscht er ihn eine ganze Stunde, sobald der Arsch des verzweifelt Schreienden zerfetzt ist, pouseriert ihn Vespoli, wobei er fast wie sein Opfer in Wahnsinn gerät. Er wollte aber nicht entladen und deshalb läßt er den Jüngling abbinden.

Der nächste, der drankommt, hält sich für Gott. Vespoli peitscht ihn durch und pouseriert ihn dann genau so wie ein achtjähriges Mädchen, die sich für die heilige Jungfrau hält, indem er furchtbare Gotteslästerungen ausstößt. Clairwil geriet in Feuer. Sie verlangt von Vespoli, daß er uns wie seine Narren behandeln solle. Wir werden ans Kreuz gebunden und zehn Narren auf uns losgelassen. Sie peitschen und vögeln uns, dann kommen auch die Kerkermeister an die Reihe, zum Schluß Vespoli selbst, kurz alle lernten wir kennen. Dann verlangte Clairwil von Vespoli, er solle entladen, sie wolle ihn in seiner letzten Krise sehen. »Gut«, sagt er und läßt sich seinen Liebling, einen Greis von achtzig Jahren herbeifahren, den er auf das Grausamste peitscht und dann pouseriert. »Ihr wollt mich entladen sehen«, brüllt er, »gut, das kostet aber immer zwei bis drei Unglücklichen das Leben.« — »Umso besser«, sagte ich, »aber ich hoffe, daß du bei dem Blutbade weder an Gott noch an die Jungfrau vergessen wirst. Ich bekenne, daß ich am besten entladen werde, wenn ich dich Gott Vater mit der einen Hand und die Jungfrau mit der anderen Hand ermorden sehen werde.« — »Und inzwischen«, sagt er, »werde ich Christus in den Arsch vögeln, wir haben hier den ganzen Himmel in dieser Hölle.« Christus wird herbeigeführt. Es ist ein junger Mann von dreißig Jahren, der sich dafür hält.

Vespoli läßt ihn sofort kreuzigen und peitscht ihn mit der größten Heftigkeit, der Narr predigt von seinem Kreuze herab wie Christus und hält sich für den Heiland der Menschheit. Vespoli hält sich nicht länger zurück, er pouseriert ihn, während er, in jeder Hand einen Dolch auf Gott Vater und die heilige Jungfrau losssticht. Je näher er der Krise kommt, desto heiklere Partien wählt er für seine Stiche aus, indem er bald nach links, bald nach rechts sticht, bewegen sich seine Arme wie der Pendel einer Uhr. Furchtbare Flüche künden die Höhe an, seine Wut malt sich im Gesichte aus und als die letzten Tropfen seines Samens herausspritzen, reißt er seinen Opfern die Augen aus. Diese Szene war von furchtbarer Wirkung auch auf uns, wir lechzten nach Blut und jeder von uns schlachtet drei. Wir zwingen Vespoli, Clairwil, die trunken vor Wollust war, zu vögeln und trotz seines Widerstandes entlädt der Narrensüchtige, nachdem ihm ein Verrückter auf's Gesicht geschissen.

Wir blieben einige Tage in dieser Heimstätte des Verbrechens und der Ausschweifung und reisten dann weiter, um die berühmten Tempel von Paestum zu besuchen. Wir nahmen unseren Wohnsitz auf einem entzückenden Landgut, wohin Ferdinand uns empfohlen hatte. Die Besitzerin, Frau Rosalba war eine Witwe von vierzig Jahren und hatte drei reizende Töchter im Alter von fünfzehn bis achtzehn Jahren. Kaum hatten wir die Frauenzimmer in ihrer Frischheit und Unschuld bewundert, als sich in uns die Begierde regte, diese Asylstätte der Tugend zu schänden. Nachdem wir gespeist hatten, ließen wir uns von unseren Wirtinnen die Tempel zeigen, die trotz ihres Alters noch glänzend erhalten sind. Wir bewunderten sie und bedauerten nur, daß solche Summen einer Chimäre, Religion genannt, geopfert wurden.

Clairwil bereitete unseren Plan vor, indem sie die Mutter bat, ihre Tochter mit uns schlafen zu lassen, weil wir uns fürchteten. Die Witwe stimmte geschmeichelt zu und wir trafen unsere Wahl. Ich schlief mit der fünfzehnjährigen, das reizendste und frischeste, was man sich vorstellen kann. Kaum waren wir unter einer Decke, als ich sie mit Liebkosungen überhäufte, welche mir die Kleine mit einer solchen Reinheit zurückgab, die jeden anderen entwaffnet hätte. Durch Fragen erfuhr ich bald ihre volle Unschuld und als meine schamlosen Finger die Rose aufblätterte, erbebte sie und gab mir meine Küsse mit unschuldiger Freude wieder.

Es gab nichts, was ich nicht in dieser Nacht mit der Kleinen versuchte. Am Morgen kam Clairwil und Olympia, sie hatten dieselben Erlebnisse wie ich und wir schickten die Kinder weg, um zu plauschen. An den wollüstigen Augen der Clairwil erkannte ich, daß sie nach einem Verbrechen lechzte, und wirklich schlug sie mir vor, die vier Frauen zu schänden, zu martern, zu töten, das Haus zu zerstören und uns auf der Ruine zu geilen. Ich schlug in ihren Plan ein, und wir beschlossen, am Abend die ganze Szene zu arrangieren.

Wir hatten bei uns vier Lakaien, Roger, Victor, August und Vannini, alle mit Gliedern wie Esel. Sie bestimmten wir zu unseren Helfern. Am Abend verschlossen wir sorgfältig das Haus und unsere Wirtin frug, was das zu bedeuten hätte. »Das wirst du gleich hören, du Hure«, sagte August, indem er, ihr die Pistole auf die Brust setzend, sie zwang, sich nackt auszuziehen. Unsere anderen drei Diener taten dasselbe mit den Mädchen und in wenigen Minuten zeigten alle vier nackt, die Hände am Rücken gebunden, nichts wie Gehorsam. Wir bewunderten die vier herrlichen Körper und beauftragten Clairwil, die Szene zu arrangieren.

Zuerst schloß sich jede mit der Mutter und den vier Töchtern separat ein. Ich für meinen Teil peitschte die Mutter, die ich von ihren Töchtern halten und geilen ließ, bohrte allen Vieren Nadeln in den Busen, zerbiß ihnen die Zunge und den Kitzler und brach ihnen den kleinen Finger der rechten Hand. Daß meine beiden Freundinnen mit ihnen nicht glimpflicher umgingen, bewies mir das Blut, mit welchem sie bedeckt waren, als sie heraus kamen. Die vier Frauen fielen sich unter Tränen und bitteren Vorwürfen gegen uns einander in die Arme. Doch dies regte uns nur noch mehr auf. Clairwil läßt die Rosalba auf ein Bett legen und zwingt die jüngste Tochter, die Schwänze unserer vier Diener zu geilen und zu schlecken, bevor sie sie ihrer eigenen Mutter hineinsteckt.

Unsere Diener durften nicht entladen, denn sie mußten auch noch die drei Töchter vögeln. Nur einer, August, entlud, doch Clairwil brachte ihn rasch wieder in die Höhe.

Dann kommen die Ärsche an die Reihe, wobei die drei Mädchen durch die Größe der Glieder zerrissen und in Blut getaucht wurden. Dann ließ Clairwil je eine Tochter auf eine von uns festbinden und ihre Mutter wurde von unseren Dienern durch Prügel und Folter gezwungen, ihre Töchter auf unserem Körper zu martern. Dann banden wir die Mutter an eine Säule und wir zwangen die Töchter, ihrer Mutter lange Nadeln in den Busen zu stoßen, dann zwangen wir wieder die Mutter, ihre Töchter mit Dolchstößen in die Scheide zu regalieren, während wir ihre Arschbacken zerfetzten. Endlich ließen wir uns erschöpft pouserieren, während Roger, der nicht erschöpft war, die vier Frauenzimmer, die zusammengebunden waren, mit glühenden Geißelhieben zerfleischte.

Plötzlich stürzt sich Clairwil auf die Opfer und während sie sich mit einer Hand geilt, sticht sie mit der anderen Hand wütend auf sie los. Wir ahmen sie nach und endlich hören wir das von uns so lang ersehnte Todesröcheln. Unsere Diener geilen sich mit mir, und in die Gotteslästerungen Clairwils mischt sich das Wollustheulen der Borghia. Als eine Pause eintrat, konnten wir unsere Schandtat besehen. Die vier Huren waren tot und der Tod raubte uns das Vergnügen, sie länger zu quälen. Wir gaben dann das Haus der Zerstörung und Plünderung durch unsere Dienerschaft frei.

Dann machten wir uns nach Capri auf den Weg, wo der blutgierige Tiberius gehaust hatte. Hier erhoben sich seine Paläste, an deren Spitze er die Opfer seiner Lust ins Meer stürzen ließ. Als wir diese Orte besuchten, gelang es uns, ein kleines Mädchen, das die Ziegen hütete, herauszulocken. Wir bewunderten ihre Frischheit und Schönheit und nachdem wir sie mit einem spitzen Stein entjungfert hatten, peitschten wir sie bis aufs Blut, banden sie auf ihre Ziege fest und stürzten sie samt dieser ins Meer, die Wogen verschlangen das Opfer und wir entluden alle drei vor Freude an dem Verbrechen. Der Gouverneur der Insel, an den wir eine Empfehlung von Ferdinand hatten, verkaufte uns um schweres Geld drei junge Mädchen und ebenso drei junge Leute, die wir miteinander verheirateten. Die ganze Nacht feierten wir Orgien und kehrten in der Früh über Sorrent, Castellamare und Stabia nach Neapel zurück. Wir waren schon zu übermüdet, als daß wir die Schönheit dieser Gegend ganz genießen konnten und beeilten uns, unseren Palast in Neapel aufzusuchen, um uns zu erholen. Kaum angelangt, ließen wir Ferdinand unsere Ankunft und unseren besten Dank melden.

Ende des fünften Teiles

SECHSTER TEIL

Einige Tage nach unserer Rückkehr schlug mir der König vor, vom Balkon seines Palastes aus eines der seltsamsten Feste seines Königreiches zu beobachten. Es handelte sich um ein Volksfest, von dem ich schon häufig sprechen hatte hören.

Charlotte und Ferdinand erwarteten uns in einem Boudoir, das nach dem Platz hinausging, auf dem das Fest stattfand. Außer uns war nur noch der Herzog von Gravines, ein fünfzigjähriger, sehr ausschweifender Mann, und La Riccia anwesend. »Wenn Sie dieses Schauspiel noch nicht kennen«, sprach der König zu uns, nachdem wir Schokolade getrunken hatten, »werden Sie es sehr grausam finden.« — »So ist es uns lieb«, erwiderte ich, »und ich muß gestehen, daß ich in Frankreich schon seit langem ähnliche Spiele oder Gladiatorenkämpfe gesehen. Man erhält die Volkskraft einer Nation nur durch blutige Schauspiele. Was wurde aus den Herren der Welt, als ein blöder Kaiser das Christentum auf den Thron erhob und die Zirkusse sperrte? Abbés, Mönche und Herzoge.« — »Dies ist ganz meine Ansicht«, sprach Ferdinand, »ich arbeite schon seit langem daran, Kämpfe zwischen Menschen und Tieren und zwischen Mensch und Mensch wieder einzuführen. Clairwil und La Riccia helfen mir dabei, und ich hoffe, das wir Erfolg haben werden. Nun, meine schönen Damen, befehlen Sie«, sagte Ferdinand, »ich kann bei der Feier dieser Orgien weniger oder mehr sechshundert Menschen töten. Wie denken Sie in dieser Beziehung?« — »So schlimm als möglich«, antwortete Clairwil. »Je mehr solche Schufte Sie umbringen, desto mehr werden wir uns daran ergötzen.« Der König gab nun seinen Befehl leise dem Offizier, und als bald darauf ein Kanonenschuß ertönte, erhoben wir uns und gingen auf den Balkon. Auf dem Platze war eine ungeheuere Menschenmasse angesammelt, die wir ganz überblicken konnten.

Auf einem großen, bäurisch geschmückten Schafott waren eine Unmenge von Lebensmitteln inmitten der Ausschmückung angebracht. Hier waren Gänse, Hühner, Truthühner unbarmherzig gekreuzigt oder lebend mit einem Nagel festgeheftet und das Volk ergötzte sich an den Zuckungen der Tiere. Auf einem anderen Teil der Verzierung hingen Brot und Ochsenviertel. Leinwandstücke waren derart geformt, daß man ein mit Lebensmittel beladenes Schiff auf den Wellen des Meeres zu sehen glaubte. So war alles hergerichtet, um der Lieblingsleidenschaft dieses Volkes entgegenzukommen. Denn beim Anblick dieses Schauspiels konnte man schwer behaupten, daß es ein Fest sei, es war vielmehr eine Schule der Plünderung.

Kaum hatten wir Zeit gehabt, das Schauspiel zu beobachten, als man einen zweiten Kanonenschuß hörte. Bei diesem Signal gab die Kette von Militär, die das Volk zurückhielt, nach, das Publikum stürzte auf das Schafott los und in einem Augenblick war alles heruntergerissen, geplündert und gestohlen.

Diese furchtbare Szene, die mich an eine Meute von Hunden erinnerte, endigt immer mehr oder weniger tragisch, weil man sich streitet und dem Nachbar das Geraubte wegnehmen möchte. In Neapel enden aber derartige Diskussionen gewöhnlich mit Dolchstichen. Diesmal aber senkte sich, dank der Mühewaltung Ferdinands, das Theater und stürzte ein, als sich gerade sieben- oder achthundert Menschen darin befanden und vierhundert davon kamen um. »Ah, Teufel«, rief die Clairwil aus und fiel erschöpft auf das Sofa, »ah, meine Freunde, Sie hatten mir das vorher nicht mitgeteilt, ich sterbe!« (Und die Hure rief La Riccia herbei.) »Bearbeite mich, mein Engel, bearbeite mich«, sprach sie zu mir, »in meinem ganzen Leben habe ich kein solches Vergnügen empfunden.«

Wir gingen nun wieder in das Zimmer zurück, Türen und Fenster wurden geschlossen und die wollüstigsten Szenen spielten sich sozusagen auf den Leichnamen der verbrecherisch hingemordeten Unglücklichen ab.

Vier fünfzehn- oder sechzehnjährige schöne Mädchen, die mit Ausnahme von schwarzen Schleiern ganz nackt waren, erwarteten uns. Vier zwanzig- bis dreißigjährige schwangere Frauen harrten nackt in einem anderen Teil des Zimmers unserer Befehle. Auf einem Kanapee lagen vier achtzehn- bis zwanzigjährige, wunderhübsche Männer und bedrohten uns mit Gliedern, die ungeheuer waren. In meinem Leben hatte ich noch nichts Ähnliches gesehen. Wir entluden alle Vier bei ihrem bloßen Anblick. »Diese vier Frauen und diese vier jungen Mädchen«, sprach Ferdinand zu uns, »sind Töchter und Witwen einiger der Unglücklichen, die eben vor unseren Augen umkamen. Ich habe diese acht Frauen früh kommen lassen und sie in ein Zimmer eingesperrt, so daß sie durch das Fenster das Schicksal ihrer Väter und Gatten beobachten konnten. Ich übergebe sie Ihnen jetzt zu Ihrem Ergötzen und übertrage alle meine Rechte an Sie. Hier«, fuhr der Monarch fort und öffnete eine kleine Tür, die nach einem Garten führte, »ist bereits ein Loch gegraben, das sie erwartet. Tretet heran, Ihr Frauen, damit Ihr es auch seht«, fuhr der Barbar fort und ließ sie eine nach der anderen in die Grube hinaussteigen, dann führte er uns wieder zu den vier jungen Männern zurück. »Sie haben gewiß noch nichts Ähnliches gesehen, meine Damen«, sprach er zu uns, und er nahm diese ungeheueren Glieder in die Hand, ließ sie auch von uns bewundern und befühlen. »Die Kraft und Ausdauer dieser Männer«, sprach der König, »ähnelt der Größe ihrer Glieder. Es ist nicht einer unter ihnen, der nicht fünfzehn oder sechzehn Nummern hintereinander fertig bringt und keiner, der nicht zehn bis zwölf Unzen Samen beim Koitus verliert. Sie sind die Auslese meines Königreiches, alle vier Kalabreser, und es gibt keine Provinz in Europa, die Glieder von ähnlicher Größe liefert. Jetzt wollen wir uns aber vergnügen und uns durch nichts mehr abhalten lassen.«

Vier Boudoirs wurden nunmehr geöffnet, die mit allem geschmückt waren, was der Wollust dienen konnte. Kleider, Röcke, Hosen, alles wurde rasch abgelegt und vor der allgemeinen Unterhaltung wollte ein jeder sich ein wenig zurückziehen. La Riccia nahm eines der jungen Mädchen, eine schwangere Frau und einen der Besitzer der ungeheueren Glieder mit sich. Gravines schloß sich mit Olympia und einer schwangeren Frau ein und Ferdinand ließ sich von der Clairwil, von einem Mann, einer schwangeren Frau und zwei Mädchen begleiten. Charlotte wählte mich und nahm außerdem zwei Männer, ein kleines Mädchen und eine schwangere Frau mit sich.

»Juliette«, sprach die Königin von Neapel zu mir, als wir in dem Boudoir waren, »ich kann dir nicht verbergen, daß ich dich bereits anbete. Ich bin zu sehr Hure, um dir Treue zu versprechen, denn nicht ein Herz biete ich dir an, sondern eine Scheide, die jedesmal feucht wird, wenn deine Hand daran rührt. Ich ziehe dich unleuglich deiner Schwester vor, aber auch Olympia wird mir oft durch ihre Gemeinheit unerträglich.

Die Clairwil ist ein entzückendes Geschöpf, unser Geschmack ist aber zu verschieden, sie verübt eine Grausamkeit nur an Männern und obwohl ich dieses Geschlecht auch gerne opfere, lasse ich doch noch mit größerem Vergnügen das Blut meines eigenen fließen. Sie tut außerdem so, als ob sie uns allen überlegen wäre, was meinen Stolz aufs Höchste beleidigt. Mit ebenso viel Mitteln, Juliette, wie sie bist du ausgestattet, bei dir fehlt aber diese Eitelkeit, das tröstet mich und so ziehe ich dich ihr vor und dieser Diamant, der 50.000 Taler wert ist, wird dich vielleicht davon überzeugen.«

»Charlotte«, sprach ich und wies das Juwel zurück, »ich bin deinen Gefühlen gegenüber empfänglich und besitze die gleichen, aber ich gestehe dir, Teuerste, daß ich aus Laune mir nichts aus den Geschenken mache, die man mir anbietet, sondern nur aus den Schätzen, die ich mir selbst nehmen kann, und nichts ist für dich leichter, als mich in dieser Beziehung zu befriedigen.« — »Wie denn?« — »Vor allem schwöre mir, daß du mich liebst und daß du niemals meiner Begierde einen Widerstand entgegensetzen wirst.« — »Ich schwöre es.« — »Nun, ich will die Schätze deines Mannes stehlen und ich verlange dazu von dir, daß du selbst mich dabei unterstützt.« — »Sprich leise«, sagte die Königin, »sonst könnten dich die Leute hier hören; warte, ich werde sie einsperren«

»Nun wollen wir nach Herzenslust darüber sprechen«, fuhr

Charlotte fort. »Willigst du ein, das zu tun, was ich dir vorschlage? Das ist die einzige Art, mich von den Gefühlen zu überzeugen, die du zu besitzen behauptest.« — »Oh, Juliette, das Vertrauen, das du mir bezeugst, wird dir das meine eintragen, denn auch ich plane ein Verbrechen, bei dem du mir helfen sollst.« — »Und sollte es tausende von Leben kosten, ich bin dabei, sprich!« — »Wenn du eine Ahnung hättest, wie sehr mich mein Gatte mißhandelt!« — »Trotz seines liebenswürdigen Entgegenkommens?« — »Nicht meinetwegen besitzt er dieses Benehmen; er läßt mich nur um seiner Ausschweifung zu frönen von anderen besteigen.« — »Und was willst du?« — »Ich will diesen scheußlichen Mann vertilgen und selbst die Herrschaft übernehmen. Das Volk liebt mich mehr als ihn, es betet meine Kinder an. Ich werde allein herrschen, du wirst meine Favoritin werden, dein Glück ist gemacht.« — »Nein, ich werde nicht bei dir bleiben, denn die Rolle, die du mir vorschlägst, genügt mir nicht. Übrigens bete ich meine Heimat an und möchte bald dahin zurückkehren. Ich will dir gern helfen, denn ich sehe, daß dir die Mittel dazu fehlen. Ferdinand, der Gifte jeder Art besitzt, verbirgt sie sicher vor dir, aber Dienst für Dienst, denke daran, Charlotte, daß ich dir das Versprechen nur um den Preis der Schätze deines Gatten gebe. Wie hoch belaufen sich diese?« — »Höchstens 80 Millionen.« — »Wie werden wir sie fortschaffen?« — »Du siehst diese Öffnung hier«, sagte Charlotte und zeigte mir ein nahes Fenster, »unterhalb desselben wird übermorgen ein Karren stehen, ich werde die Schlüssel zu den Schätzen stehlen und durch das Fenster alles auf den Karren werfen, was ich erreiche.« — »Und die Wache?« — »Auf dieser Seite steht keine.« — »Höre, Charlotte«, sprach ich zur Königin, deren Vernichtung ich in meinem Geist bereits beschloß, »ich habe noch einige Besorgnisse zu machen, um das Gift zu bereiten, das du von mir verlangst. Unterschreibe mir diese Schrift«, sprach ich, »ich werde dann ohne Furcht handeln.« Die durch ihre Liebe für mich verblendete Charlotte war so sehr von der Begierde, ihren Mann auf die Seite zu bringen, erfaßt, daß sie alles unterzeichnete, was ich wollte und mir damit bewies, daß Klugheit selten mit den großen Leidenschaften Hand in Hand geht. Hier folgt, was sie unterschrieben:

Ich werde alle Schätze meines Gatten stehlen und sie derjenigen als Belohnung geben, die mir Gift verschafft, das ihn in die andere Welt trägt.

Signiert: *C. v. L., K. v. N.*

»Nun bin ich beruhigt«, sprach ich, »übermorgen, zur angegebenen Stunde werde ich mit dem Karren unten sein. Hilf mir wacker und auch deine Wünsche sollen befriedigt sein. Jetzt aber wollen wir uns vergnügen.« — »Oh, teuere Freundin«, sprach Charlotte zu mir und überhäufte mich mit Küssen, »wie groß ist der Dienst, den du mir erweist und wie bete ich dich an. Kitzeln wir uns gegenseitig, bevor wir die anderen hereinrufen.« Und ohne meine Antwort abzuwarten, warf sich die Hure auf das Ruhebett und leckte mich gleichzeitig hinten und vorn.

Charlotte berauschte sich an meinen wollüstigen Ergüssen, und ich muß gestehen, daß diese in Strömen flossen. Sie warf sich mir in die Arme und wir kitzelten uns feurig, leckten uns gegenseitig zu gleicher Zeit, bis wir beide ungeheuere Mengen Samen, jedoch unter verschiedenen Gedanken, vergossen hatten. Endlich rief Charlotte, vollkommen erhitzt, die anderen herbei und wandte sich an mich mit der Bitte, alle Anordnungen zu treffen. Die schwangere Frau wurde meinen Quälereien auf der rechten Seite ausgesetzt und das junge Mädchen saß rittlings auf meiner Brust, damit ich gleichzeitig ihren hübschen Hintern und ihre frische Scham küssen konnte. Charlotte brachte die Glieder zum Stehen und steckte sie mir selbst hinein. »Ich bin über den Gedanken begeistert, eine Königin als Zuhälterin zu haben«, sprach ich zu Charlotte. »Tu dein Amt, Hure.« — Aber Glieder von der Größe, wie sie uns Ferdinand verschafft, kann man nicht leicht aufnehmen und so sehr gewöhnt meine Reize an derartige Dinge waren, konnten sie doch so ungeheuerliche Glieder nicht ohne

Vorbereitung aushalten. Charlotte feuchtete die Damen an und rieb sowohl die Ränder meiner Scheide sowie auch das Glied des Reiters mit einer Flüssigkeit ein, daß schon nach dem ersten Stoß der halbe Weg zurückgelegt werden konnte. Trotzdem waren die Schmerzen so heftig, daß ich mit einem furchtbaren Schrei das Kind, das auf meiner Brust saß, an die Wand warf und mich von dem Ungeheuer, das mich zerriß, befreien wollte. Jedoch Charlotte widersetzte sich dem, sie preßte uns zusammen und durch diese Mithilfe gelangte ein Reiter sofort bis in den Muttermund hinein. Nun wandelten sich die Dornen in Rosen. Mein geschickter Ritter benahm sich so kunstfertig und stieß mit solcher Kraft zu, daß ich ihn schon beim vierten Stoß überschwemmte. Nun bot mir Charlotte, die mich bis dahin bloß dadurch unterstützt hatte, daß sie die Hoden und das Arschloch meines Liebhabers kitzelte, ihre Arschbacken dar, die ich mit mindestens derselben Heftigkeit mißhandelte, wie die der schwangeren Frau und das kleine Mädchen, das ich leckte, übergoß bald mein Gesicht mit warmer Flüssigkeit. Welche Kraft besaß aber der Kalabrese!

Er bearbeitete mich während mehr als zwanzig Minuten, verlor dann seinen Samen und machte drei Nummern hintereinander ohne sein Glied herauszuziehen. Nach einer Stunde wurde auch ich fertig und nun kam sein Kamerad an die Reihe. Während ich mit dem zweiten vögelte wollte Charlotte das Vergnügen genießen, beide Männer an meinem Körper zu sehen und sie ordnete selbst die Stellung an. Ich wurde in die Arme des einen gelegt und der andere bestieg mich unter Mithilfe der Königin von rückwärts. Aber obgleich schon viele Männer diesem Körperteil ihre Liebe bezeugt hatten, dauerte es doch eine Viertelstunde, ehe eine Bresche geschlagen war. Alle diese Angriffe versetzten mich in einen ungeheueren Rausch des Vergnügens. Ich knirschte mit den Zähnen, ich schäumte, ich biß alles, was mich umgab und übergoß das Glied, das meine Scham bearbeitete. »Welch ein Schauspiel«, sagte Charlotte, die sich vor uns kitzelte und mir manchmal den Mund küßte. »Oh, Juliette, wie bist du glücklich!« Ich aber sah und hörte nichts, sondern folgte wie ein durchgehendes Pferd nur mehr den Launen meiner Leidenschaft. »Nun kommst du dran«, sprach ich zu Charlotte, »laß dir dasselbe tun, wenn du ein Vergnügen kennen lernen willst.« Ich hatte nicht nötig, sie besonders anzueifern. Rasch wurde sie von den beiden bestiegen und die Hure bewies mir, daß ihr Mann Recht habe, wenn er ihr ein ausschweifendes Leben gestatte, damit sie ihm nicht gefährlich werde. Grausam wie wir bat sie mich, zur Erhöhung ihres Genusses die schwangere Frau zu mißhandeln, während sie das kleine Mädchen lecken wollte. Die Unglückliche stürzte mir zu Füßen, ich aber war taub. Mit einem Fußtritt in den Bauch warf ich sie um und dann sprang ich ihr auf den Magen, ich schlug, ich würgte und trat sie. Charlotte ermutigte mich inzwischen, indem sie Ungeheuerlichkeiten stammelte. Schließlich schob sie die Männer herunter und stand auf. Wir schluckten zwei Flaschen Champagner hinunter und gingen in den Salon zurück. Die ganze Gesellschaft befand sich bereits dort, jeder sprach von seinen Erlebnissen und man konnte leicht beurteilen, daß nicht allein in unserem Boudoir Greuel geschehen waren und man auch in den anderen die schwangeren Frauen mißhandelt hatte. Hauptsächlich die Gravines war nahe daran niederzukommen. Die Arme schwamm in Blut.

Das Mahl war außerordentlich reichhaltig. Die jungen Mädchen bedienten uns bei Tisch und die schwangeren Frauen lagen uns zu Füßen und wurden von uns während des ganzen Mahles mißhandelt. Ich saß in der Nähe von Clairwil und konnte ihr daher alles anvertrauen, was ich getan hatte. Ich erfüllte ihre Seele mit Freude, als ich alle Einzelheiten berichtete, und sie beglückwünschte mich mit der Versicherung, daß ich die geschickteste und unternehmungslustigste Frau sei, die sie kenne.

Angeregt von den vorzüglichen Gerichten und den ausgezeichneten Weinen betraten wir einen Saal, der für die kommenden Szenen bereits hergerichtet war. In demselben befanden sich: Ferdinand, Gravines, La Riccia, Clairwil, Charlotte, Olympia und ich. Die Opfer bestanden aus den vier schwangeren Frauen, den vier jungen Mädchen, die uns beim Essen bedient hatten und den acht schönen Kindern deren Hintern uns die Getränke angeboten hatten. Vierzehn kräftige Reiter erschienen mit eingelegter Lanze. Alle waren nackt und warteten respektvoll, was wir mit ihnen vornehmen würden. Fünfhundert Kerzen waren mit grünen Schleiern bedeckt und verbreiteten in dem Saal milde und angenehme Helligkeit.

Wir stürzten uns ohne Wahl auf die ersten Personen, die sich uns darboten, allein immer herrschte die Grausamkeit bei den Handlungen, die wir vornahmen, vor. Hier peinigte man junge Brüste, dort wurden schwangere Frauen mit Füßen getreten und die Seufzer der Wollust und des Schmerzes mischten sich mit Schmähungen und den furchtbarsten Lästerungen. Bald jedoch ertönten Rufe, die ankündigten, daß man fertig zu werden begann. Die Gravines waren die Ersten. Ach, kaum waren sie ausgestoßen, als man auch schon zu seinen Füßen eine erwürgte Frau sah, deren Frucht aus dem Bauche gerissen und die in Blut getaucht war. »Ich werde es anders machen«, sprach La Riccia und ließ ihr schwangeres Weib fest gegen die Mauer binden, dann nahm sie einen mit Eisennägeln beschlagenen Schuh, stützte sich auf zwei Männer und stieß damit heftig nach den Lenden der Frau, bis sie endlich ihre Frucht abgab, die der geile Bock mit der heißen Fluten seines Samens übergoß.

Ich warf die Augen auf die Clairwil, man vögelte sie von hinten, ein junges Mädchen leckte sie und sie peitschte dabei einen kleinen Knaben. Charlotte wurde von vorne gevögelt, sie leckte einen kleinen Knaben, kitzelte zwei Mädchen und ließ vor sich einer der schwangeren Frauen auf den Bauch peitschen. Ferdinand bearbeitete ein Mädchen, man leckte ihn; als er es kommen fühlte, schnitt das Ekel die Brüste seines Opfer ab und warf sie uns ins Gesicht.

Auf diese Art vergnügten wir uns, als Ferdinand vorschlug, in ein nebenan gelegenes Kabinett zu gehen, in dem eine geschickt zusammengestellte Maschine außerordentliche Qualen für die schwangeren Frauen uns vorführen würde. Man ergriff die zwei noch übrig gebliebenen, band sie auf zwei Eisenplatten und zwar derart, daß die Bäuche der Frauen sich gegenüberstanden. »Vorwärts«, sprach der König, »sehen Sie jetzt zu.« Alles stellte sich herum und nach einigen Minuten schlugen die Platten mit einer solchen Heftigkeit zusammen, daß die beiden Geschöpfe sich gegenseitig erdrückten und in einer Minute zu Pulver zerrieben wurden. Ich hoffe, Sie begreifen, daß nicht einer unter uns war, der nicht bei diesem Anblick seinen Samen verloren hätte.

»Gehen wir in ein anderes Gemach«, sprach Ferdinand, »in dem wir vielleicht andere Genüsse finden könnten.«

Dieses ungeheuere Gemach bildete ein geräumiges Theater. Sieben verschiedene Foltern waren vorbereitet, vier nackte, schöne Henker waren mit der Ausführung der Folter betraut, von denen die erste die Feuersqual, die zweite die Züchtigung, die dritte der Galgen, die vierte das Rad, die fünfte die Pfählung, die sechste das Kopfabschneiden und die siebente das Zerhauen in Stücke war. Jeder von uns bekam einen weiten Raum angewiesen, in dem man fünfzig Bildnisse wunderhübscher Kinder sah. Wir gingen auf die uns bestimmten Plätze, nur von einem Mann, einem kleinen Mädchen und einem kleinen Knaben begleitet. An der Seite jedes Bildnisses hing ein Klingelzug.

»Jeder von Euch«, sprach Ferdinand, »möge unter den fünfzig Bildnissen ein Opfer suchen. Er ziehe die Klingelschnur, die neben dem Gegenstand seiner Wahl hängt und alsbald wird das gezeichnete Wesen erscheinen. Ferner sehen Sie, daß von jedem Platz aus eine Stiege nach dem Theater führt. Er wird sein Opfer hinführen und es derjenigen Folterqual unterwerfen, die ihn am meisten geil macht. Einer nach dem anderen soll daran kommen, denn wir sind Herren unserer Zeit und nichts drängt uns.«

»Himmel«, sagte die Clairwil zum König, »ich habe niemals eine furchtbarere Einbildungskraft gesehen als die deinige.« — »Nicht mich dürfen Sie rühmen«, sprach der Neapolitaner, »alle diese Dinge machten schon meine Vorfahren, die Tyrannen von Syrakus, geil.«

Gravines klingelte als erster und seine Wahl war auf einen sechzehnjährigen wunderschönen jungen Mann gefallen. Er peitsch-

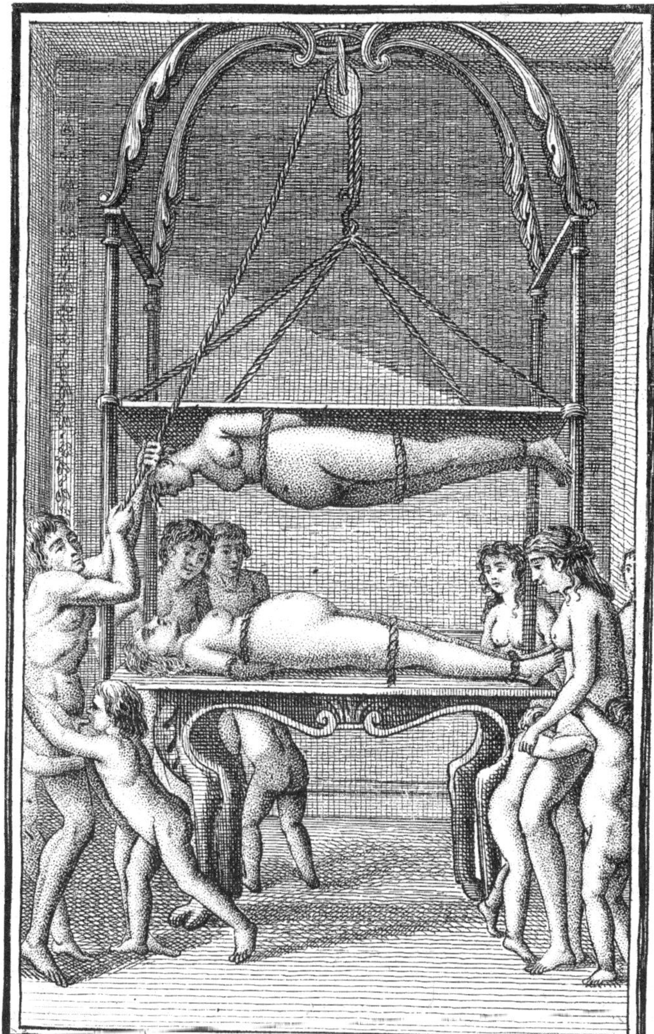

te ihn, leckte ihn, zerbiss ihm das Glied, zerdrückte ihm eine Hode, bearbeitete ihn von hinten und übergabt ihn schließlich den Flammen.

Danach klingelte Clairwil und Sie können sich wohl denken, daß ihre Wahl auf einen Knaben fiel. Die Schelmin leckte, kitzelte und peitschte ihn und ließ sich selbst an der Scheide und Hintern saugen, dann stürzte sie aufs Theater und pfählte ihn selbst, indem sie sich von einem der Henker von hinten besteigen ließ.

Nach ihr kam Olympia. Diese hatte sich ein dreizehnjähriges Mädchen ausgewählt. Nachdem sie es liebkost hatte, ließ sie es aufhängen.

Jetzt kam Ferdinand an die Reihe, der ebenso wie die Clairwil einen jungen Mann wählte. »Ich liebe es, Frauen zu foltern«, sprach er, »noch mehr aber Wesen meines eigenen Geschlechtes zu peinigen.« Ferdinand ließ sich von hinten besteigen, dann peitschte er ihn und führte ihn selbst zur Folter hin. Zuerst zerbrach er seine Glieder und dann ließ er ihn auf ein Rad binden.

La Riccia wählte ein sechzehnjähriges Mädchen und nachdem er ihr alle möglichen Folterqualen auferlegt hatte, ließ er es lebend zerhacken.

Charlotte klingelte einem kleinen zwölfjährigen Mädchen und nachdem sie sich mit ihr vergnügt hatte, schnitt sie ihr den Kopf ab und ließ sich dabei von zwei Männern abwechselnd vögeln.

Ich ließ ein achtzehnjähriges wunderhübsches Mädchen kommen; nachdem ich es fest abgeküßt, abgetastet und an allen Körperteilen geleckt hatte, führte ich es selbst zur Folter und mit Hilfe der Henker schnitt ich ihm handgroße Fleischstücke vom Körper ab.

Dieses Spiel gefiel uns zu sehr, als daß wir es nicht hätten verlängern wollen. Wir opferten im ganzen elftausendsechsundsiebzig Opfer, wobei auf jeden ungefähr einhundertachtundsechzig kamen.

Charlotte und die Borghese waren die einzigen, die nur Mädchen schlachteten, während die Clairwil, Gravines und Ferdinand durchaus nur Männer foltern wollten. Wir zogen uns schließlich nach fünfundvierzig Stunden der göttlichsten Genüsse zurück.

»Madame«, sprach ich leise zu Charlotte, als wir uns verabschiedeten, »erinnern Sie sich noch an das Schreiben, das Sie unterzeichneten?« — »Und du«, fragte Charlotte, »erinnerst du dich noch an das Rendezvous, das ich dir für übermorgen gegeben habe. Sei ebenso pünktlich wie ich, ich verlange nicht mehr von dir.«

Als wir nach Hause zurückgekehrt waren, erklärte ich der Clairwil meine Absicht. »Dein Plan ist göttlich«, sprach sie zu mir. — »Ja, aber du weißt noch nicht, wie ich ihn ausbauen will.« — »Nein.« — »Ich verabscheue Charlotte.« — »Oh, küsse mich, meine Teuerste, ich teile deine Empfindungen.« — »Ah, nein, sie liebt mich närrisch und will immer, daß ich sie zum Entladen bringe; das langweilt mich und ich vergebe nur dir, mein teurer Engel, daß du mich liebst.« — »Nun, mein Herz, was willst du mit Charlotte machen?« — »Am Tage nachdem ich die Schätze haben werde, will ich das Schreiben, das du hier siehst, dem König schicken und ich hoffe, daß, wenn er lesen wird:

Ich werde alle Schätze meines Gatten stehlen und sie derjenigen als Belohnung geben, die mir das nötige Gift verschafft, meinen Mann in die andere Welt zu bringen,

der teure Gatte Charlotte zum Tode verurteilen oder mindestens in den Kerker werfen lassen wird.« — »Ja, aber Charlotte wird ihre Mithelferin beschuldigen. Sie wird sagen, daß sie uns die Schätze gegeben hat. Ist das aber wahrscheinlich, daß, wenn wir sie bekommen hätten, wir das Schreiben dem König zugesandt hätten?« — »Wahrscheinlich oder nicht, Ferdinand wird Nachforschungen anstellen lassen. Alles soll sorgfältig in unserem Garten vergraben werden, will aber der König uns beschuldigen, so werde ich ihn bedrohen, Aufklärungen über das gestrige Volksfest laut werden zu lassen. Ferdinand wird meine Drohungen befürchten und wird schweigen und dann haben wir ein deutsches Sprichwort, das ungefähr so lautet: 'Wer nicht wagt, der nicht gewinnt', und dann: 'Dem Mutigen gehört die Welt'; man muß etwas aufs Spiel setzen, um reich zu werden.

— »Aber wenn wir ergriffen werden und zu Tode verurteilt werden?«

— »Was liegt daran? Gehängt zu werden fürchte ich nicht, denn bei dieser Todesart entlädt man im letzten Augenblick. Aber beruhige dich, Clairwil, das Laster liebt uns und begünstigt uns. Willst du der Borghese von unserem Plan sagen?«

— »Nein, ich liebe diese Frau nicht mehr.«

— »Oh, ich verabscheue sie auch, wir müssen uns sobald als möglich ihrer entledigen. Gehen wir nicht morgen auf den Vesuv?«

— »Du hast Recht, dieser Berg muß ihr als Grab dienen.«

— »Ich möchte aber, daß sie noch grausamer stirbt; wen wir beide hassen, den hassen wir ausgiebig.«

— »Wir müssen mit ihr wie gewöhnlich zu Mittag speisen. Ja, sie sogar liebkosen.«

— »Laß mich nur machen, du weißt, daß Falschheit mein Element ist.«

— »Wir müssen sie diese Nacht kitzeln.«

— »Gewiß.«

— »Oh, mein Engel, wie wir reich sein werden!«

— »Nach gelungenem Streich müssen wir Neapel verlassen.«

— »Und Italien?«

— »Wir müssen nach Frankreich zurückkehren, dort Besitzungen ankaufen und zusammen unsere Tage vollbringen.«

— »Welche Genüsse warten noch auf uns, wir werden kein anderes Gesetz mehr haben als unsere Begierden.«

— »Wir werden keine haben, die wir nicht sofort befriedigen könnten.«

— »Oh, wie werden wir glücklich mit dem vielen Geld sein und wie dumm ist es, nicht jedes Mittel ergreifen zu wollen, um sich ein Vermögen zu verschaffen.«

— »Oh, Clairwil, eher könnte man mich zerreissen, als mir den Hang zum Diebstahl nehmen. Sieh diesen Diamant; Charlotte hatte ihn mir angeboten, er ist 25.000 Taler wert, und ich habe ihn zurückgewiesen; jetzt, nachdem er gestohlen ist, bereitet er mir unsagbares Vergnügen«

— »Ah, meine Liebe«, sprach die Clairwil, »es ist gewiß, daß die Natur uns für einander geschaffen hat; wir wollen uns nie mehr trennen.«

Wir speisen mit der Borghese und alles ging betreffs des Spazierganges auf den Vesuv nach Wunsch. Abends waren wir in der Oper, und als uns der König in unserer Loge besuchte, wandten sich aller Augen auf uns. Als wir in unsere Wohnung zurückgekehrt waren, machten wir der Borghese den Vorschlag die Nacht mit uns liebend zu verbringen. Sie willigte ein. Clairwil und ich trieben die Falschheit so weit, die zum Tode verurteilte Frau sieben oder achtmal zum Entladen zu bringen. Wir ließen sie hierauf niederlegen, um den Rest der Nacht allein zu genießen. Wir standen frühzeitig auf, man schläft nicht, wenn man ein Verbrechen vor hat, denn schon der Gedanke daran entzündet alle Sinne. Eine mit sechs Pferden bespannte Kalesche brachte uns zum Fuße des Vulkans. Dort fanden wir Führer, die einem Stelzen an die Füße binden, da die Schuhe ohne weiteres verbrennen würden. Wir stiegen fröhlich zum Gipfel empor, indem wir Olympia verhöhnten.

Die Besteigung dieses Berges ist fürchterlich, man watet immer bis zum Hals in Asche; wenn man vier Schritte vorwärts gekommen ist, rutscht man sechs wieder zurück und befindet sich in der ständigen Furcht, unter der Lava begraben zu werden. Als wir an dem Krater angekommen waren, ruhten wir uns einen Augenblick aus. »Glauben Sie«, fragten wir unsere Führer, »daß heute etwas zu befürchten ist?« — »Nein«, erwiderten sie, »einige Stücke von Bitumen, Schwefel oder Bimsstein könnten herausgeworfen werden, aber es ist wahrscheinlich, daß heute kein Ausbruch erfolgen wird.« — »Nun, meine Freunde«, sprach die Clairwil, »lassen Sie den Korb hier, der die Nahrungsmittel enthält und gehen Sie wieder ins Dorf hinab. Wir wollen hier den Tag verbringen, zeichnen und Pläne machen.« — »Aber, wenn etwas geschehen sollte?« — »Sagten Sie denn nicht, daß nichts geschehen wird?« — »Wir können es nicht beschwören.« — »Nun, wenn etwas geschehen sollte, werden wir auch ins Dorf hinabkommen«, und einige Goldstücke, die wir in ihre Hand gleiten ließen, gewannen sie uns.

Kaum waren sie 400 Schritte weit gegangen, als ich meine Freundin leise fragte: »Wollen wir eine List anwenden?« — »Nein«, antwortete sie, »Gewalt.« Und wir stürzten uns alsbald auf Olympia. »Hure«, sprachen wir zu ihr, »wir haben dich satt und wollen dich lebend ins Innere dieses Vulkans stürzen.« — »Oh, meine Freundinnen, was habe ich denn getan?« — »Nichts, du langweilst uns und das genügt!« Und bei diesen Worten knebelten wir sie mit einem Taschentuch und erstickten damit sofort ihr Schreien und Wehklagen. Nun band ihr die Clairwil die Hände mit Seidenschnüren fest, während ich ihre Füße fesselte, und als sie wehrlos war, ergötzten wir uns an ihrem Anblick. Wir entkleideten sie und mißhandelten sie an allen Körperteilen.

Endlich nach zwei Stunden der furchtbarsten Quälereien, hoben wir sie auf und warfen sie in die Mitte des Vulkans hinein. Noch sechs Minuten nachher hörten wir den Körper hinunterkollern, langsam nahm der Lärm ab, bis schließlich alles still wurde. »Es ist geschehen«, sagte Clairwil, »oh, Geliebte, wir wollen jetzt beide entladen.« Ich war nicht mehr fähig zu antworten, und so preßten wir uns bloß eine in die Arme der anderen und kitzelten uns. »Du siehst«, sprach die Clairwil, die zuerst wieder zu sich kam, »du kannst jetzt erkennen Juliette, ob die Natur sich um die sogenannten Verbrechen der Menschen kümmert. Sie konnte uns mit glühender Lava übergießen. Hat sie es getan? Ah, sei beruhigt, daß kein Zorn der Natur auf uns ziehen kann.«

Die Clairwil war kaum zu Ende, als ein Steinhagel sich über uns ergoß. »Ah«, sprach ich, ohne auch nur aufzustehen, »Olympia regt sich; diese Stücke Schwefel und Bitumen sind die Grüße, die sie aus dem Innern der Erde uns zusendet.« — »Nichts ist natürlicher als diese Erscheinung«, antwortete Clairwil. »Jedesmal, wenn ein Stein in den Vulkan fällt, bewegt er die glühenden Massen und bewirkt einen leichten Ausbruch.« — »Das soll uns nicht stören, Clairwil, ich glaube wieder, daß du dich über die Ursache des Steinregens täuscht und daß er keine andere Bedeutung hat, als daß Olympia sich nackt nicht wohl fühlt und damit um ihre Kleider bitten wollte. Wir müssen sie ihr nachschicken.« Und nachdem wir das Gold und den Schmuck herausgenommen hatten, machten wir aus den Kleidern unserer unglücklichen Freundin ein Päckchen und warfen es ihr nach. Wir frühstückten und stiegen schließlich wieder zu unseren Leuten am Fuße des Berges hinab. »Ein furchtbares Unglück ist eben geschehen«, sprachen wir mit tränenden Augen, »unsere unglückselige Freundin näherte sich zu sehr dem Rand und ach, sie ist verschwunden. Oh, wackere Leute, gibt es kein Hilfsmittel?« — »Keines«, erwiderten sie, »Sie hätten uns oben behalten sollen, dann wäre es nicht geschehen; so ist sie verloren.« Bei dieser Antwort erneuerten sich unsere geheuchelten Tränen, wir stiegen wieder in unsere Kalesche ein und in drei Viertelstunden waren wir in Neapel.

Noch am selben Tag erzählten wir von dem uns zugestoßenen Unglück. Ferdinand kam uns selbst zu trösten, da er uns für wahrhafte Freundinnen hielt. Wir schickten die Dienerschaft der Borghese nach Rom und ließen ihre Familie fragen, was mit dem Schmuck geschehen solle, der, wie wir schrieben, 30.000 Francs wert sei, während er in der Tat auf 100.000 Francs abgeschätzt wurde. Aber wir waren nicht mehr in Neapel, als die Nachricht an uns kam und konnten bereits den Raub an unserer Freundin in aller Ruhe genießen.

Olympia, Prinzessin Borghese, war eine sanfte, leidenschaftliche und phantasiebegabte Frau. Ihre Furchtsamkeit jedoch, die sie noch an Vorurteilen festklammerte, machte sie zu einer schwachen Frau, die zweier so verderbter Weiber, wie wir es waren, nicht würdig sein konnte.

Ein wichtigeres Ereignis nahte heran. Für den nächsten Tag hatte ich mit Charlotte den Raub der königlichen Schätze besprochen. Noch am Abend ließen wir im Garten ein großes Loch graben und richteten zwölf große Koffer her. Den Mann, der die Grube gegraben hatte, brachten wir um, denn Machiavelli sagt: »Habe keine Komplizen oder entledige dich ihrer, wenn sie dir gedient haben.«

Endlich kam der Augenblick, da die mit den Koffern beladenen Karren bei dem bezeichneten Fenster erschienen. Die Clairwil und ich waren als Männer verkleidet und lenkten den Wagen selbst. Charlotte war pünktlich, denn das niederträchtige Weib ersehnte zu sehr das versprochene Gift. Während voller vier Stunden warf sie uns Säcke herab, die wir alsbald in die Koffer füllten. Schließlich war sie zu Ende, und nachdem wir ihr noch zugerufen hatten: »Auf morgen!« eilten wir hastig zu unserer Wohnung. Kaum waren wir zu Hause angelangt, als wir die Koffer begruben und nach ihnen den Mann, der uns dabei geholfen hatte.

Diesmal legten wir uns schlafen, ohne an Genüsse zu denken, denn wir waren zu sehr beunruhigt über die neuen Reichtümer. Am nächsten Tag verbreitete sich schon die Nachricht von dem ungeheuerlichen Diebstahl in der Stadt. Wir benützten diesen günstigen Augenblick, um ihm das Schreiben der Königin geheim zuzusenden. Kaum hatte er es gelesen, als er in eine furchtbare Wut verfiel und seine Frau verhaften ließ. Sie wurde nach Saint-Elm gebracht und dort zu Wasser und Brot verdammt.

Acht Tage lang ging er nicht zu ihr hin, bis sie ihn endlich bat, eiligst zu kommen. Die Verbrecherin gestand alles und beschuldigte uns auf die ungeheuerlichste Weise. Ferdinand eilte wütend zu uns und der Dialog, der sich nun entspann, ist interessant genug, um aufgezeichnet zu werden.

Ferdinand: »Sie sind einer greulichen Tat schuldig!«

Clairwil: »Worum handelt es sich?«

Ferdinand: »Die Königin beschuldigt Sie, meine Schätze gestohlen zu haben.«

Juliette: »Wer?«

Ferdinand: »Ihr!«
Clairwil: »Welche Beweise haben Sie?«
Ferdinand: »Sie hat mir gestanden, einen Augenblick lang nach meinem Leben getrachtet zu haben und versichert, daß Sie ihr das dazu nötige Gift unter der Bedingung versprochen haben, daß es durch meine Schätze bezahlt werde.«
Clairwil: »Haben Sie bei ihr das Gift gefunden?«
Ferdinand: »Nein.«
Juliette: »Wie kann sie dann die Schätze hergegeben haben, wenn sie das versprochene Gift noch nicht hat?«
Ferdinand: »Das habe ich mir auch schon gedacht.«
Clairwil: »Sire, Ihre Frau ist eine Schurkin, aber eine ungeschickte Schurkin.«
Ferdinand: »Wer kann mir das Schreiben geschickt haben?«
Juliette: »Gewiß diejenigen, die im Besitze Ihrer Schätze sind, aber seien Sie überzeugt, daß diese Leute schon weit weg sind und daß die Königin uns nur genannt hat, um sich zu retten.«
Ferdinand: »Aber welches Interesse hat Charlotte daran, diejenigen zu retten, die sie verraten?«
Clairwil: »Sie hat das Gift und will nicht, daß Sie davon wissen; daher läßt sie den Argwohn auf diejenigen fallen, die sie nicht davon überführen können, aber sie besitzt es sicherlich und Sie wären sicher ums Leben gekommen, wenn Sie nicht vorsichtig genug gewesen wären.«
Ferdinand: »Sie finden also, daß ich richtig gehandelt habe?«
Juliette: »Man konnte unmöglich besser handeln.«
Ferdinand: »Halten Sie sie für schuldig?«
(Die Clairwil begann boshaft zu lächeln.)
»Ihr Gesichtsausdruck klärt mich auf«, sprach Ferdinand wütend, »wissen Sie etwas Bestimmtes?«
Clairwil: »Ich sage Ihnen, daß Ihre Frau ein Ungeheuer ist und daß Sie am besten tun, wenn Sie sie der vollen Strenge des Gesetzes ausliefern.«
Ferdinand: »Oh, meine Freundinnen, wissen Sie wirklich nicht, wer meine Schätze gestohlen hat?«

Juliette und Clairwil: »Wir schwören es!«

Ferdinand: »Nun denn, dann möge sie im Gefängnis den Hungertod sterben und Ihr, meine Freundinnen, verzeiht mir den Verdacht. Ich sehe ein, wie ungerecht er war.«

Juliette: »Sire, es genügt, daß Sie uns einen Augenblick lang beargwöhnt haben, um den Wunsch in uns begreiflich zu machen, Ihre Staaten sofort verlassen zu können.«

Ferdinand: »Nein, nein, ich beschwöre Sie, jetzt, da ich von dieser scheußlichen Frau befreit bin, werde ich ruhiger sein und wir wollen herrliche Dinge aufführen.«

Juliette: »Wenn Sie ruhig sind, sind es doch nicht wir; anständige Frauen können sich niemals darüber trösten, daß ihre Ehre angetastet wurde.«

Ferdinand: »Ah, ich beargwöhne keine von beiden«, sprach der König und warf sich uns zu Füßen, »ich wäre trostlos, wenn Sie mich verlassen würden!«

Clairwil: »Wie groß ist die geraubte Summe?«

Ferdinand: »40 Millionen, die Hälfte meines ganzen Besitzes. Die Verbrecherin hat mir gestanden, daß sie versprochen hatte, alles zu stehlen, daß sie aber nur die Hälfte genommen hat.« — »Das niederträchtige Geschöpf«, sprach ich (hatte dabei aber ein anderes Gefühl als das, das mir Ferdinand unterlegte), »das Ungeheuer, welche Kühnheit und Schamlosigkeit, den besten der Gatten so zu täuschen! Ah, noch niemals erlebte ich solche Undankbarkeit und die härteste der Strafen wäre für sie nicht hart genug!«

In diesem Augenblick erschienen Elise und Raymonde und trugen dem Fürsten Schokolade auf. Ferdinand, der sie noch nicht gesehen hatte, fragte ganz verwirrt: »Wer sind dieses schönen Frauen?« — »Unsere Begleiterinnen«, antworteten wir. — »Warum habe ich sie noch nicht kennen gelernt?« — »Konnten wir wissen, daß sie Ihnen gefallen würden?« Und der geile Bock, der sofort den Diebstahl und die Gefangene vergessen hatte, verlangte sofort danach, die beiden Mädchen zu besitzen. Dieses Gefühl war für die Umstände, in denen wir uns befanden, ein

Rettungsanker. Wir öffneten Ferdinand ein Boudoir, in das er sich mit den beiden Frauen zurückzog, um erst nach zwei Stunden wieder herauszukommen.

»Meine guten Freundinnen«, sprach er dabei, »ich beschwöre Sie, verlassen Sie mich nicht, jeder Vorwurf sei vergessen und ich schwöre Ihnen, daß ich Sie niemals wieder beschuldigen werde.« Damit ging er weg.

Bei einem anderen Menschen wäre Charlotte schon längst vergiftet gewesen, aber dieser schwächliche und charakterlose Mensch war einer solchen Tat nicht fähig. Was uns anbelangt, waren wir entschlossen, auf den Abschluß dieses Abenteuers nicht zu warten und wir trafen sofort unsere Reisevorbereitungen. Die 40 Millionen störten uns. Da wir viele Büsten, Mosaikarbeiten, antike Statuen und Steine vom Vesuv angekauft hatten, konnten wir das Gold in die Verpackung dieser Gegenstände mit hinein verstecken. Durch einen doppelten Boden blieben sie den Augen des Uneingeweihten verborgen. Bevor wir die Koffer verschlossen, baten wir den König, sie zu untersuchen. Er jedoch wollte davon nichts wissen; so wurden sie also auf zehn Karren weggefahren und wir folgten ihnen in zwei Karossen nach. Vor unserer Abreise nahmen wir noch von Ferdinand Abschied, der nochmals alles mögliche versuchte, um uns zurückzuhalten. Am Abend schliefen wir in Capua.

Acht Tage nachher trafen wir glücklich in Rom ein. Hier benachrichtigte die Clairwil ihren Bruder, daß sie mich nach Paris begleiten wolle, um dort den Rest ihrer Tage zu verbringen. Sie forderte ihn auf, gleichfalls mitzukommen, aber Brisa-Testa wollte seinen Beruf nicht aufgeben und trotz aller erworbenen Reichtümer war er entschlossen, mit den Waffen in der Hand zu sterben. »Nein«, sagte mir die Clairwil, »ich ziehe dich vor und will mich nie mehr von dir trennen.« Ich umarmte meine Freundin herzlich und schwor ihr, daß sie diesen Entschluß niemals bereuen würde. Ach, ich kannte damals noch nicht unser unglückliches Geschick.

Wir setzten unsere Reise fort, ohne daß uns etwas interessantes zustieß. Erst in Ancona begegnete uns ein großes, etwa fünfundvierzigjähriges Weib, die uns außerordentlich aufmerksam betrachtete. »Erkennst du diese Frau?« fragte mich die Clairwil. Ich drehte mich um. »Ah«, sagte ich erstaunt, »das ist ja unsere Zauberin aus Paris, das ist ja die Durand!« Und kaum war ich zu Ende, als sie sich schon auch in unsere Arme stürzte. »Ah, ah«, sagte die Clairwil ein wenig erregt, nach fünf Jahren eine Frau zu treffen, die ihre Lebenszeit auf diesen Termin festgesetzt hatte. »Welcher Zufall führt uns in dieser Stadt zusammen?« — »Kommen Sie zu mir«, antwortete die Durand, »denn obwohl diese Leute hier unsere Sprache nicht verstehen, ist es doch unnütz, daß wir uns vor ihnen aussprechen.«

Wir folgten ihr nach und nachdem sie uns in den besten Zimmern des Hotels, in dem sie wohnte, empfangen hatte, sprach sie: »Wie glücklich bin ich, Ihnen in kurzer Zeit die seltsamste Frau vorstellen zu können, die jemals geschaffen wurde.« — »Wer ist dies?« fragte die Clairwil. — »Sie ist eine jüngere Schwester der Kaiserin und eine Tante der Königin von Neapel. Die Prinzessin Christine zeigte von ihrem zartesten Kindheitsalter an stets einen so heftigen Hang zur Ausschweifung, daß ihr Vater sie nicht bei sich behalten konnte. Er kaufte ihr eine Insel in Italien und gab ihr eine Rente von 3 Millionen. Christine blieb dort sechzehn Jahre lang verbannt. Sie ist jetzt vierzig Jahre alt und kann, da ihr die Insel gehört, alles begehen, was ihre ungezügelten Sinne verlangen. Aber ich will Ihnen nichts weiter erzählen, um Ihnen das Vergnügen der Überraschung zu lassen. Wir wollen den Golf in einer Barke übersetzen und sind in vierundzwanzig Stunden dort. Entscheiden Sie sich.«

»Wir sind es bereits«, erwiderte ich. — »Teufel«, sprach meine Freundin, »wie werden wir auf der Insel Christinens vögeln.« — »Niemals werden sie noch solchen Genuß gehabt haben«, sprach die Durand.

»Da ich dich nun einmal getroffen habe«, sprach ich zur Durand, »mußt du mir unbedingt mitteilen, warum du so rasch von

Paris verschwandest und das Rendezvous mit dem Comte de Belmor nicht einhieltest?« — »Der Grund«, erwiderte die Durand, »der mich verhinderte, war zwingend, denn an diesem Tage hing man mich auf.« — »Bist du verrückt?« — »Ich sage Euch, daß man mich aufhing. Ein paar Worte werden Euch alles erklären. Ich hatte dem jungen Herzog von ... Gift geliefert, um das Leben seiner Mutter zu verkürzen. Der Dummkopf bekam aber Gewissensbisse und verriet mich. Ich wurde verhaftet und in vierundzwanzig Stunden zum Tode verurteilt. Da ich aber mit Samson eng befreundet war, willigte er ein, mich nur der Form nach aufzuhängen. Samson schlug einen geschickten Knoten und ließ mich herabfallen. Als ich zum Friedhof getragen wurde, kaufte mich einer seiner Diener an und ich konnte Paris noch in derselben Nacht verlassen. Im nächsten Jahr kehrte ich unter anderem Namen zurück und meine Geschäfte gingen seither nicht schlecht. Diejenigen haben Recht, die behaupten, daß der Strick eines Aufgehenkten Glück bringt. Ich besitze eine Rente von 60.000 Pfund und mein Vermögen wächst jedes Jahr. In jedem Jahre mache ich eine Reise nach Italien, weil ich hier die Gifte bereiten lasse, die ich dann über ganz Europa verteile. Giftmorde sind heutzutage so in der Mode, daß ich kaum allen Aufträgen genügen kann. Bei Christine werden sie eine schöne Wirkung meiner Gifte sehen.« — »Sie ist deine Kundschaft?« — »Ah, großer Gott, sie kauft mir jährlich für 100.000 Taler ab.« — »Sie ist also grausam?« — »Sie ist eine zweite Zinghar.« — »Ah, ich bete sie schon jetzt an! Vorwärts, Durand, machen wir uns auf die Reise.«

Die Durand gab ihre Befehle und dann sprach sie weiter: »Sie werden doch nicht glauben, daß ich Sie von mir weglasse, ohne daß sie gespeist haben? Wenn Sie meine Einladung zurückweisen wollten, würden Sie mich in Verzweiflung stürzen!« Und ein herrliches Mahl wurde alsbald aufgetragen. »Du versprichst uns für morgen große Genüsse, Durand«, sagte die Clairwil, »was aber werden wir heute beginnen?« — »Ich habe unter deiner Dienerschaft drei oder vier Kerle gesehen, die harte Ständer zu haben scheinen.« — »Willst du versuchen, und du nicht, Juliette?« — »Nein«, sagte ich, denn ich war mit einem Gedanken beschäftigt, der mein ganzes Leben gefangen nahm. »Ich trinke und plaudere lieber mit der Durand; übrigens habe ich die Regel und fühle mich nicht ganz wohl.« — »Das ist das erstemal, daß du einen Schwanz zurückweist«, sprach die Clairwil ein wenig beunruhigt. »Vorwärts, komm mein Engel, wenn man nicht von vorne vögeln kann, so kann man es doch von hinten.« — »Nein«, sagte ich, »ich bin nicht aufgeregt und will plaudern.« Die Clairwil ging in das ihr zugewiesene Kabinett und ich sah durch einen Spiegel, wie sie der Zauberin ein Zeichen machte, das Stillschweigen bedeuten sollte. Die Türen verschlossen sich und ich blieb mit der Durand allein zurück.

»Oh, Juliette«, sprach nun die Frau zu mir, »danke deinem Schicksal, daß ich dich lieb gewonnen habe. Nein, teures Mädchen«, fuhr sie fort und umarmte mich, »du wirst nicht das Opfer eines Ungeheuers werden; ich will dir alles mitteilen.« — »Um was handelt es sich, Madame? Ich bin starr vor Schrecken!« — »Höre, Juliette, diese Insel in Dalmatien, diese Prinzessin Christine, diese Reise..., das alles waren nur Fallen, die dir eine Frau legte, welche du für deine Freundin hieltest.« — »Wie, die Clairwil?« — »Sie hat nach deinem Leben getrachtet, denn sie besitzt in ihrer Tasche eine Schrift, durch welche sie bei deinem Ableben deine Reichtümer erben würde.« — »Oh, teuflisches Geschöpf!« rief ich wütend aus. — »Beruhige dich, Juliette, beruhige dich, ein einziges Wort kann dich noch verderben. Räche dich, nimm dieses Päckchen, es enthält ein plötzlich wirkendes Gift. Kaum wird sie es genommen haben, als sie auch schon wie vom Blitz getroffen zu deinen Füßen hinstürzen wird. Für den Dienst, den ich dir leiste, verlange ich nichts von dir, betrachte ihn als Ausfluß meiner heftigen Liebe für dich.« — »Oh, meine Wohltäterin«, rief ich unter Tränen aus, »vor welcher ungeheueren Gefahr rettest du mich! Aber kläre mir das ganze Geheimnis weiter auf, wie kommst du nach Ancona, wieso hat dich die Clairwil gesehen?« — »Ich folgte Euch schon von Neapel an nach und habe Euch in Loretto verlassen, um hier alles vorzubereiten, denn ich hatte die feste Absicht, dir das Leben zu retten; wenn ich der Clairwil Widerstand geleistet hätte, hätte sie ein anderes Mittel gewählt. Du wärest unfehlbar ums Leben gekommen.« — »Niederträchtiges Geschöpf«, rief ich aus, »du, die ich so wahrhaft liebte, du verrätst mich nun!« — »Sie ist ein Ungeheuer an Falschheit und Niederträchtigkeit und man kann bei keiner Gelegenheit vollständig auf sie zählen; jedoch ich höre Lärm, vielleicht kommt sie zurück. Tue so, als ob ich dir nichts gesagt hätte und lebe wohl!«

Tatsächlich trat alsbald die Clairwil sehr erregt herein. Sie hatte schlecht gevögelt, sagte sie, die zwei Männer, die man ihr gegeben hatte, waren nicht kräftig genug gebaut gewesen und außerdem genoß sie kein Vergnügen, wenn ihre teure Juliette nicht dabei war, behauptete sie. »Wir wollen uns heute Nacht kitzeln«, sprach ich, »jetzt könnte mich nicht einmal ein Adonis selbst haben.« — »Gut«, antwortete die Clairwil, »dann wollen wir uns frühzeitig zu Bett legen. Auf Wiedersehen, bis morgen, Durand«, fuhr sie dann fort, und wir kehrten heim.

»Diese Durand ist eine sonderbare Frau«, sprach die Clairwil zu mir, als wir allein waren. »Sie ist sehr gefährlich. Würdest du glauben, daß sie im Augenblick, als du dich zurückzogst, um ein Bedürfnis zu befriedigen, versprach, dich für 2.000 Louis zu vergiften. Ich war wenig überrascht und sah in diesem Vorschlag nur eine schlechte Falle, in die ich unmöglich fallen konnte. Trotzdem jedoch besaß ich genug Geistesgegenwart, um zu tun, als ob ich einwilligte.« — »O Gott«, rief ich aus, »diese Frau ist ein Ungeheuer.« — »Zweifellos hat sie nach deinem Leben getrachtet.« — »Ah«, sprach ich und sah die Clairwil fest an, »vielleicht wollte die Schurkin während unserer Meerreise einen verhängnisvollen Streich führen?« — »Nein«, antwortete die Clairwil, ohne die leiseste Verwirrung zu zeigen, »noch heute abend, bei der Mahlzeit.« — »Diese Reise aber beunruhigt mich«, sprach ich, »hältst du etwas davon?« — »Oh, durchaus nicht, ich habe sie ganz umgestimmt und sie denkt nicht mehr daran.«

Man trug nun das Essen auf und da ich zu sehr von der Aufrichtigkeit der Durand überzeugt war, um mich umstimmen zu lassen, ließ ich die Clairwil schon mit der ersten Speise das furchtbare Gift hinunterschlucken. Sie schwankte und fiel mit einem furchtbaren Schrei zusammen. »Nun bin ich gerächt«, sprach ich zu meinen erstaunten Frauen und erzählte ihnen alsbald mein Abenteuer. »Nun wollen wir aber die süßen Reize der Rache durch einige Greueltaten würzen. Kitzelt mich auf dem Leichnam dieser Hure und ihr Beispiel möge Euch lehren, niemals Eure Freundin zu verraten.«

Wir kleideten die Clairwil aus und legten sie nackt auf ein Bett. Sie war noch warm und ich bestieg sie mit einem Godmiché, während ich den Hintern Elisens küßte und die Scheide Raymondes kitzelte; ich sprach zu der Unglücklichen und machte ihr Vorwürfe, als ob sie noch leben würde. Bald sah ich, daß nichts mehr zu hoffen sei und ließ sie in einen Sack stecken. Ihre eigenen Diener, die sie haßten und die mir dankbar waren, sie von einer bösartigen Herrin befreit zu haben, nahmen es auf sich, sie in der Nacht ins Meer zu werfen.

Ich schrieb sogleich meinem Bankier in Rom, daß Kraft des Vertrages zwischen der Clairwil und mir die ihr gehörende Summe auf meinen Namen überzuschreiben sei. Ich befand mich also im Besitz einer jährlichen Rente von 2 Millionen. Ich übergab dem Gerichtshof von Ancona 200 Zechinen und es wurde nicht einmal eine Untersuchung eingeleitet.

»Nun«, sprach ich zur Durand, als ich bei ihr am nächsten Tage speiste, »so haben Sie mich also täuschen wollen, die Clairwil hat mir alles gesagt, Sie wollten mich gestern abends vergiften.« — »Das niederträchtige Geschöpf!« erwiderte die Durand mit allen Zeichen der Offenheit, »oh, Juliette, glauben Sie mir, daß ich Ihnen die Wahrheit gesagt habe. Ich bin eine Verbrecherin, aber wenn ich eine Frau liebe, betrüge ich sie nicht. So hast du also meinen Rat nicht befolgt?« — »Nein, die Clairwil lebt noch und wir wollen abreisen.« — »Oh, Juliette, wie schlecht belohnst du mir die Dienste, die ich dir erwiesen habe.« — »Besser, als du denkst, Durand«, unterbrach ich sie lebhaft und ließ in ihre Hand eine Brieftasche mit 100.000 Talern gleiten. — »Behalte sie«, erwiderte mir die Durand, »ich bete dich an, Juliette, ich wollte für das, was ich an dir getan habe, keine Belohnung, ich war bloß auf die Clairwil eifersüchtig, hätte sie aber dennoch geschont, wenn sie nicht so schlimme Absichten gegen dich gehabt hätte. Ich bin viel weniger reich wie du, habe jedoch genug, um prächtig zu leben und bedarf des Geldes nicht, das du mir anbietest.« — »Wir wollen uns nie mehr trennen«, sprach ich zur Durand, »komme zu mir wohnen, benütze die Dienerschaft und die Equipagen der Clairwil und wir wollen in zwei oder drei Tagen zusammen nach Paris abreisen.« Alles wurde auf diese Weise geregelt und die Durand behielt nur eine Kammerfrau, die ihr sehr anhänglich gesinnt war.

Ich konnte an der Art, wie mich diese Frau mit den Blicken verschlang, leicht sehen, daß sie den Augenblick leidenschaftlich herbeisehnte, in dem ich ihr meine Gunst schenken würde. Ich ließ sie nicht lange schmachten und öffnete ihr nach einem herrlichen Mahle die Arme. Sie stürzte sich mit Freuden hinein, wir eilten in mein Zimmer und gaben uns nun den unbeschreiblichsten Genüssen hin. Die Durand war fünfzig Jahre alt, aber noch gut erhalten. Ihr Mund war frisch, ihre Haut weich und straff. Durch eine Laune der Natur hatte die Durand niemals die gewöhnlichen Genüsse des Geschlechtsverkehres kennen lernen lassen. Sie war schlecht gebaut, allein ihre fingerlange Klitoris erregte in ihr eine heftige Leidenschaft für die Frauen. Sie vögelte mit ihnen, ließ aber auch Knaben von rückwärts an sich arbeiten. Ich versuchte ihr einige Finger in ihr ziemlich weites Afterloch hineinzustecken und sie schien vor Vergnügen umzukommen. »Entkleiden wir uns«, sprach sie zu mir, »man genießt nur wahrhaftig, wenn man nackt ist; überdies habe ich den lebhaften Wunsch, deine Reize kennen zu lernen, ich brenne darauf. sie mit meinen Küssen zu bedecken.«

In einem Augenblick war alles abgeworfen und ich bedeckte

ihren schönen Körper mit meinen Küssen. Ich muß gestehen daß ich vielleicht weniger Genuß gehabt hätte, wenn die Durand jünger gewesen wäre, denn meine Sinne begannen verderbt zu werden. Man kann sich keine Vorstellung machen, wie weit diese Frau in der Kenntnis der Liebesgenüsse ausgebildet war. Oh, wie gelehrt sind diese Liebkosungen aller verbrecherischen Frauen!

Nach den ersten Liebkosungen teilte mir die Durand ihre Lieblingsneigungen mit und beschwor mich, sie dabei zu unterstützen. Sie wollte vor mir knien und sich ihre Nase an meiner Scham, in meinem Hintern reiben, während ich sie mit Schmähungen überhäufen mußte; dann mußte ich ihr Fußtritte und Faustschläge versetzen und sie bis aufs Blut auspeitschen. Danach mußte ich meinen Kopf zwischen ihre Schenkel stecken und sie eine Viertelstunde lang lecken, während eine meiner Hände in ihrem Hintern, die andere an ihrer Brust zu arbeiten hatte. Zum Schluß wollte sie mich mit ihrer Klitoris im Hintern vögeln.

»Ich bitte dich um Entschuldigung, daß ich so viele Dinge von dir verlange«, sprach sie zu mir, »aber wenn du wüßtest, wohin uns die Natur treibt, wenn wir satt sind.« Ich begann nun mit meiner Arbeit und befriedigte sie so gut, daß sie dachte, vor Vergnügen umzukommen. Nichts ähnelte den wollüstigen Schreien der Durand und noch niemals hatte ich in meinem Leben eine Frau so entladen sehen wie sie. Ich wurde im Hintern gevögelt wie von einem Manne und empfing dabei dasselbe Vergnügen. »Nun«, fragte sie mich, indem sie sich erhob, »bist du mit mir zufrieden?« — »Oh, Teufel«, rief ich aus, »du bist zu göttlich und ich möchte gern, daß du an mir so handelst, wie ich es an dir getan.« — »Wie, du willst geschlagen werden?« — »Ja.« — »Geohrfeigt und gepeitscht?« — »Zweifellos, aber beeile dich, denn ich bin geil und will entladen.« Die Durand war an derartige Dienste so sehr gewöhnt, daß sie sich mit ungeheuerer Geschicklichkeit benahm und mit ihrer Zunge sofort Gießbäche hervorrief. »Wie kräftig du entladest, meine teure Geliebte«, sprach sie zu mir, »ah, du stehst mir in nichts nach.«

»Ich muß dir gestehen, Durand«, erwiderte ich. »daß du meinen Kopf ungeheuer erregst. Oh, wie viele Verbrechen werden wir noch zusammen begehen, wie viele Niederträchtigkeiten vollbringen.«

— »So trauerst du also nicht mehr um die Clairwil?«

— »Kann ich es, da ich dich besitze?«

— »Oh, wenn ich die ganze Geschichte nur erfunden hätte, um mich einer Rivalin zu entledigen?«

— »Oh, welcher Grad von Verkommenheit. Aber Durand, die Clairwil hat mir gesagt, daß du ihr anbotest, mich für 2.000 Louis zu vergiften?«

— »Ich wußte wohl, daß sie dir es sagen würde, hielt dich aber für so schlau, daß du dies nur für eine ungeschickte Falle ihrerseits halten würdest.«

— »Und weshalb hast du das Verbrechen durch meine Hand ausführen lassen?«

— »Es war für mich viel genußreicher, das Leben einer Rivalin durch deine Hand abzukürzen.«

— »Gerechter Gott, was bist du für eine Frau...«

— »Weshalb aber war sie über unser Zwiegespräch beunruhigt?«

— »Ich hatte diese Unruhe vorbereitet, indem ich ihr sagte, daß ich dich für 2.000 Louis vergiften wolle; sie fürchtete, ich könnte dir denselben Vorschlag machen. Ich hatte richtig gedacht, ihre Unruhe hat auf dich tatsächlich den Eindruck gemacht, als ob sie schuldig wäre.«

— »Wie, Clairwil war wirklich vollständig unschuldig?«

— »Sie betete dich an, ich aber konnte sie als Rivalin nicht ertragen.«

— »Du triumphierst, Verbrecherin«, sprach ich zur Durand und stürzte mich auf ihren Busen, »und ich bete dich dermaßen an, daß ich um deinetwillen das Verbrechen nochmals begehen würde. Aber weshalb hast du mir deine Liebe nicht schon in Paris erklärt?«

— »Ich wagte es nicht vor Clairwil, aber ich habe dich niemals aus den Augen verloren, meine teure Freundin. Meine Hoffnung verschwand, als ich dich so oft mit einer Donis, einer Borghese und Grillo befreundet sah und ich war noch viel mehr beunruhigt, als ich hörte, daß du die Clairwil wieder gefunden habest. Oh, Geliebte, niemand liebt dich so wie ich, aber wenn dein Feuer erloschen sein wird, wirst du mich ebenso behandeln wie die Clairwil?«

— »Ich will dich beruhigen und deinen ungerechten Argwohn vollständig beseitigen.«

— »Du mußt eine deiner beiden Frauen für immer bei dir behalten. Wähle, ich lasse dir nur eine.«

— »Meine Wahl ist getroffen, ich behalte Raymonde.«

— »Nun«, fuhr die Durand fort, »ich verlange, daß du in die Hände dieses Mädchens eine Schrift übergibst, die mich als deine Mörderin bezeichnet, wenn du jemals während unserer Verbindung umkommen solltest.«

— »Nein, ich bedarf dieser Vorsichtsmaßregeln nicht und ich habe den Gedanken, mein Leben in deinen Händen zu wissen. Laß mir Elise und störe mich nicht in meinen Neigungen. Ich werde dir niemals versprechen keusch zu sein, will dir aber geloben, dich immer anzubeten.«

— »Ich beabsichtige gar nicht, dich zu tyrannisieren. Im Gegenteil, ich will deinen Vergnügungen dienen. Ich will mich als deine Mutter ausgeben und dich selbst verkaufen. Elise und Raymonde sind Verwandte von dir. Auch mit ihren Reizen wollen wir handeln und du kannst überzeugt sein, daß wir uns in Italien Geld machen werden.«

— »Und deine Gifte?«

— »Ich werde sie zu noch höherem Preise verkaufen. Wir müssen nach Frankreich zurückkehren, ohne einen Pfennig verausgabt zu haben, ja, im Gegenteil mit einem Verdienst von 2 Millionen.«

— »Welchen Weg wollen wir einschlagen?«

— »Ich möchte gerne über die südlichen Länder zurückkehren.«

— »Du hast keine Ahnung, Juliette, wie verderbt die Sitten in Kalabrien und Sizilien sind. Ich habe dort im vergangenen Jahr um 100.000 Francs Gift verkauft. Oh, Juliette, das ist ein gutes Land.«

— »Ich möchte schon gerne nach Paris zurückkehren«, sprach ich zur Durand, »ich sehne mich danach, mich in dieser Stadt einzurichten.«

— »Du mußt aber wenigstens Venedig sehen; von da können wir über Mailand nach Lyon reisen.«

— »Gut, dies ist mir recht.«

Während des Speisens bat mich die Durand die Kosten meines Lebensunterhaltes übernehmen zu dürfen. »Ist es wahr«, sprach ich zu meiner neuen Genossin, »daß du ein Lebenselixier besitzt?« — »Diese Elixiere gibt es nicht«, antwortete die Durand, »diejenigen, die damit handeln, sind Schwindler; das wahre Geheimnis sein Leben zu verlängern besteht in der Mäßigkeit und wir besitzen diese Eigenschaft in so geringem Grade, daß wir ein langes Leben nicht zu fürchten brauchen.« — »Du bist die Frau, die ich suchte«, sprach ich, »verlasse mich niemals!« Und ich geriet in plötzliches Entzücken. Die Durand, die daraus Nutzen ziehen wollte, beugte mich über ein Kanapee und kitzelte mich mit drei Fingern so vorzüglich, wie man es mir noch nie gemacht hatte. Ich erwiderte ihr die Dienste und leckte ihre Klitoris, als ich aber bemerkte, daß ihr Arschloch sich öffnete und schloß wie der Kelch der Blumen bei der sanften Berührung des Taues, bewaffnete ich mich mit einem Godmiché und bestieg sie von hinten. Niemals aber hatte ich noch einen Hintern mit so großer Öffnung gesehen. Mein Instrument maß 8 Zoll im Umfange und einen Fuß der Länge nach. Kaum aber hatte ich es eingeführt, als es schon verschwunden war. Die Hure fluchte und ich sah, daß wenn die Natur sie der gewöhnlichen Genüsse beraubt hatte, sie sie doch auf andere Weise vollkommen entschädigte. Die Durand wollte mir nun auf meine Liebenswürdigkeiten erwidern. Nun bestieg sie mich von hinten und ich entlud dreimal unter ihren Stößen. Wir begannen von neuem zu trinken und als unsere Köpfe nicht mehr ganz klar waren, sprach ich zur Durand: »Komm, wir wollen durch die Gassen streichen und uns ergötzen. Ich brachte gestern ein fünfzehnjähriges Mädchen um und ich möchte gern ihr Leichenbegängnis sehen.«

Es war Nacht und wir zogen uns wie die Kurtisanen dieses Landes an. »Ich möchte vorerst an den Hafen gehen«, sprach meine Freundin zu mir, »und dort einige Matrosenschwänze wichsen. Es soll ungeheuere Kerle darunter geben, und ich drücke allzugern solchen Würsten den Saft aus.« — »Ah, Hure«, sprach ich und küßte sie, »du bist besoffen!« — »Nur ein wenig, glaube aber nur nicht, daß ich Bacchus benötige, um ausschweifend zu sein.«

Kaum waren wir am Hafen angelangt, als eine Unmenge von Lastträgern und Matrosen auf uns zukamen. »Kommt Freunde«, sprach die Durand, »benehmt Euch anständig und ruhig, dann wollen wir Euch befriedigen. Seht, dieses hübsche Mädchen ist eine Französin,* sie ist erst seit gestern beim Geschäft und Ihr könnt Euch die Seite aussuchen, die Euch am besten paßt.« Fünfzehn Leute stellten sich alsbald um uns herum. Der Erste wollte meinen Busen entblößt haben. Er hätte ihn sicherlich mit seinen groben Zärtlichkeiten verwundet, wenn mein Freundin ihm nicht jede Berührung untersagt hätte; er beschränkte sich also darauf, ihn mit seinem Samen vollzuspritzen. Der zweite ließ mich mit ausgespreizten Beinen niedersetzen und wollte, daß man mich an meiner Klitoris kitzle. Ich konnte mich beim Anblick des dicken Gliedes nicht zurückhalten, stürzte mich mit einer unfreiwilligen Bewegung darauf los und er stieß es mir bis zu den Hoden hinein. Kaum fühlte sich der sonderbare Kerl gefangen, als er mich aufhob, mir die Röcke aufschürzte und meinen Hintern der ganzen Truppe zeigte. Einer der Lastträger warf sich nun auf mich und so wurde ich von den beiden Kerlen aufs

* Die Huren dieses Landes sind im Ausland sehr gesucht durch ihre Liebenswürdigkeit, Geschicklichkeit und Schönheit und werden fast immer den Prostituierten anderer Länder vorgezogen, die gewöhnlich häßlich, schmutzig und ungeschickt sind.

Beste gevögelt. »Warten Sie«, sprach die Durand, »sie muß sich doch auf etwas stützen können.« Und sie steckte mir in jede Hand ein ungeheueres Glied. Dann trat sie auf einen anderen Mann zu und ließ sich von ihm in den Hintern vögeln. Bald folgten andere Stellungen und mehr als fünfzig dieser Schweinehunde gingen mir durch die Hände. Die Durand versuchte sich nur an ihnen und steckte sie mir dann entweder in die Scheide oder in den Hintern. Ihr größtes Vergnügen bestand darin, immer nachher die Glieder abzulecken.

Als unsere Banditen befriedigt waren, mußten wir mit ihnen trinken gehen »Du machst dir keinen Begriff davon«, sprach die Durand, »wie sehr ich es liebe, in schlechter Gesellschaft die niedrigsten Gemeinheiten zu begehen.« Wir tranken und aßen, ließen uns abtasten und vögeln, wobei wir in der Mitte des Wirtshauses lagen. Die Hunde bekotzten, bepißten uns und entleerten Kot auf unser Gesicht, bevor sie uns bestiegen, und wir erhoben uns erst, nachdem wir mit Urin, Kot und Samen überschwemmt waren. »Kinder, es ist gerecht«, sprach meine Genossin, nachdem ein wenig Ruhe hergestellt war, »daß wir uns Euch jetzt vorstellen und daß wir Euch als Belohnung für das Gelage einige der Waren schenken, mit denen wir handeln. Will jemand unter Euch seine Rache oder seine persönliche Gehässigkeit befriedigen, wir können ihm die Mittel dazu liefern, denn wir besitzen die besten Gifte Italiens.«

Würden Sie es glauben, meine Freunde, daß alle wie eine Stimme uns anflehten, sie mit der verhängnisvollen Gabe zu beschenken. Sie erhielten alle das Gewünschte und unsere wollüstige Abendunterhaltung wurde vielleicht die Ursache von einigen Dutzend Morden.

»Auf«, sprach die Durand, »es ist noch nicht spät und wir können noch weiter herumstrolchen. Ich muß mich überdies unbedingt von dem Tod des hübschen fünfzehnjährigen Mädchens überzeugen.« Wir umarmten also unsere Freunde und verabschiedeten uns.

Kaum waren wir auf dem Domplatz angelangt, als wir ein Leichenbegängnis vorbeigehen sahen. Da in Italien die Gewohnheit herrscht, die Toten mit entblößtem Gesicht zu tragen, konnte die Durand leicht die Züge des hübschen Mädchens wieder erkennen. »Das ist sie, das ist sie!« rief sie hastig aus. »Wir wollen in einen Winkel gehen und uns bei ihrem Anblick kitzlen.« — »Nein«, antwortete ich, »es ist besser, wir folgen ihr zum Dom nach, wir verstecken uns in einer Kapelle und beobachten, wie sie in die Gruft gesenkt wird, während wir uns gegenseitig Wollust zu erregen versuchen.« — »Du hast recht«, sprach die Durand. Wir hatten das Glück hinter den Beichtstuhl der Kapelle zu gelangen, in die das junge Mädchen versenkt wurde. Wir preßten uns an die Mauer, warteten aber mit dem Erguß so lange, bis der Sarg gesenkt wurde, damit unsere Flüssigkeit als Weihwasser diene. Man verschloß das Grab nur zur Hälfte und wir bemerkten, daß der Totengräber entweder aus einer bestimmten Absicht oder aber weil es zu spät war, seine Arbeit auf den nächsten Tag verschob. »Teufel, mir kommt ein unglaublicher Gedanke«, sprach die Durand. »Ich will die Leiche des hübschen Mädchens wieder herausziehen, und du mußt mich an ihrer entzückenden Gestalt und an ihrem reizenden Kopf erregen. Hast du Angst?« — »Nein.« — »Nun denn, dann bleiben wir, die Kirche wird geschlossen und wir sind schon allein.«

»Wie sehr liebe ich doch diese dumpfe Stille«, sprach die Durand zu mir, »denn nichts unterstützt so gut das Verbrechen wie sie, aber wir wollen jetzt handeln.« — »Einen Augenblick«, sprach ich, »ich höre Lärm« und wir eilten hastig auf unseren Platz zurück. Himmel, was bemerkten wir. Man kam uns in unserem Plane zuvor und großer Gott, welche Verderbtheit! Der Vater selbst wollte sich an seinem abscheulichen Verbrechen befriedigen! Der Totengräber ging mit der Lampe in der Hand voraus. »Mein Schmerz ist so groß«, sprach er zu ihm, »daß ich sie nochmals umarmen möchte, bevor ich mich auf immer von ihr trenne.« Der Leichnam wurde also heraufgeholt und von dem Totengräber auf die Stufen das Altars gelegt. »Gehe jetzt hinaus, mein Freund«, sprach der blutschänderische und barbarische

Vater, »du würdest mich in meinen Tränen stören. Ich will dich belohnen«, fuhr er fort und die Türe schloß sich alsbald.

Oh, meine Freunde, wie soll ich Ihnen die Verbrechen schildern, die wir beobachteten? Trotzdem will ich es tun. Ich will alle Verirrungen des menschlichen Herzens vor ihren Augen ausbreiten und keine verborgene Falte soll mir entgehen.

Da der Schuft sich in der Kirche noch nicht sicher genug fühlte, sperrte er sich in das Innere der Kapelle ein. Er zündete vier Wachskerzen an und schlug das Totenlaken auf und legte seine Tochter vor unseren Augen nackt hin. Wir konnten an ihm das ungeheuere Vergnügen bemerken, das in ihm der Anblick erweckte. »Donnerwetter!« rief er aus, »das ist also mein Werk. Glaube nur ja nicht, daß ich deine Schwatzhaftigkeit bestraft habe, ich habe bloß meine Mordlust befriedigen wollen.« Bei diesen Worten näherte er sich der Leiche, tastete ihr den Busen ab und stach schließlich mit Nadeln nach ihr. »Verflucht«, sprach er, »sie fühlt nichts mehr, ich habe mich zu sehr beeilt. O, du Hure, wie würde ich dich quälen, wenn du noch leben würdest.« Er spreizte ihr die Schenkel auseinander, zwickte sie in die Schamlippen und da er einen steifen Ständer hatte, bestieg er sie schließlich. Dann dreht er die Tote um und bot unseren Blicken herrliche Arschbacken dar. Er küßte feurig den Hintern und geilte sich dann daran. »Oh, wie oft habe ich mich an diesem schönen Popo befriedigt, wie viele Genüsse hat er mir während der vergangenen vier Jahre verschafft.« Dann kniete er sich zwischen die Schenkel seiner Tochter und küßte den Hintern so lange, bis er in höchste Verzückung geriet. Mit den Zähnen knirschend und schäumend zog er ein langes Messer aus der Tasche und schnitt, während er entlud, der Leiche den Hals ab. Darauf beschäftigte sich der Verbrecher, die Reste seiner Tochter wieder in die Gruft zu schleppen, in der er einige Zeit verblieb, ohne daß wir wußten, was er tat. Als die Durand dies sah, schlug sie mir vor, den Stein der Gruft hinabzulassen und den Mann mit seinem Opfer zusammen zu begraben. »Nein«, sprach ich, »er ist ein Verbrecher und verdient unsere Achtung.« — »Das ist richtig«, erwiderte sie, »aber wir wollen ihm wenigstens einen kleinen Schrecken einjagen. Lege dich genau in die Stellung und an den selben Ort hin, wie seine Tochter lag, so daß er dich sofort sieht, wenn er hier aussteigt. Seine Gedanken werden sich verwirren und er wird nicht mehr wissen, ob er bei Sinnen ist.« Dieser Gedanke ergötzte mich und als der Wüstling heraustrat, war der erste Gegenstand, den er erblickt, mein Hinterer. Er war derart überrascht, daß er beinahe in die Gruft gestürzt wäre, wenn ihn nicht meine Freundin in ihren Armen aufgehalten. »Erschrick nicht, Cordeli«, sprach die Durand zu ihm, »du bist hier unter Freunden, denn ich habe dir das Gift verkauft und dieses hübsche Mädchen wird dir bei jeder Art Genuß behilflich sein.« — »Sie haben mich außerordentlich erschreckt«, sprach der Kaufmann. — »Nun, mein Freund, beruhige dich, sieh diesen schönen Hintern, er steht zu deiner Verfügung. Dieses entzückende Geschöpf ist keine gewöhnliche Frau und ich verkaufe sie dir für 500 Zechinen.« — »Er ist schön«, sprach Cordeli und betastete ihn, »aber Sie haben gesehen, daß ich bereits entladen habe.« — »Diesen Verlust kann man wieder gut machen«, erwiderte die Durand, »sei sicher, daß wir dich wieder zum Stehen bringen. Ich habe in der Tasche ein sicher wirkendes Mittel.« — »Gut, dann gehen wir in diese Gruft, denn ich kann mich von den Überresten meines Opfers nicht trennen.«

Wir stiegen hinab und Cordeli hatte kaum das Totenlaken nochmals aufgedeckt, als er sich wieder in einem Zustand der Geilheit befand. Die Durand rieb ihm seine Hoden mit der besagten Flüssigkeit ein, dann wies sie ihm meine Arschbacken und half ihm hinein. »Das junge Mädchen muß die Liebenswürdigkeit haben«, sprach er nun, »sich in die Grube zu legen und ganz mit dem Laken zu bedecken. Ich werde den Stein dann oben schließen und bin sicher, am Rand das Loches zu entladen.« — »Wir trennen uns niemals, mein Herr«, sprach ich zu dem Kaufmann, »entweder Sie sperren uns beide in dieses Grab ein oder keine von uns bleibt darin.« — »Ah, Juliette, du mißtraust mir? Nun, dann gehe du mit Cordeli hinauf und ich will unten bleiben.« — »Nun«, antwortete ich rasch, »um dir zu beweisen, daß in meiner Seele kein Argwohn herrscht, bleibe ich. Mache was du willst, aber bedenke, daß du mir für dieses Entgegenkommen 1.000 Zechinen schuldest.« — »Du sollst sie haben«, erwiderte der Kaufmann.

Ich legte mich nun an die Stelle des jungen Mädchens, Cordeli küßte mir drei- oder viermal das Arschloch und rief bewundernd aus: »Ah, der schöne Leichnam!« worauf er mit der Durand hinaufstieg. Ich muß gestehen, daß mich ein kalter Schauer überlief, als ich hörte, daß sich der Stein über mir schloß. »Nun bin ich also in der Macht der beiden Verbrecher«, sprach ich zu mir. Leidenschaftliche Verblendung der Sinne, wohin soll das führen? Ich überlasse es Ihnen zu denken, wie mein Schrecken sich vergrößerte, als ich die Kapelle öffnen und schließen hörte und darauf tiefe Stille folgte. »Hunde!« rief ich aus, »ich bin verloren! Niederträchtige Durand, du hast mich verraten!« Und ich fühlte, daß aus meinen Poren kalter Schweiß drang, dann aber faßte ich wieder Mut bei dem Gedanken, daß ich ein Verbrechen begangen und also nichts zu befürchten hatte. Kaum war ich mit dieser Überlegung zu Ende, als mir kräftige Schreie anzeigten, daß Cordeli entladen habe. Der Stein hob sich und die Durand stürzte sich in meine Arme. »Du bist nun frei«, rief sie aus, »und hier sind die 1.000 Zechinen! Wirst du auch in Zukunft Mißtrauen gegen mich haben?« — »Niemals, niemals!«, rief ich aus. »Es war ein unüberlegtes Gefühl von mir, aber jetzt wollen wir hinaufgehen, denn ich bin fast ohnmächtig.« Cordeli hatte den Stein ganz mit Samen übergossen und erwartete uns nun auf den Stufen des Altars. Wir gingen hinaus, Cordeli bezahlte den Totengräber und wir verabschiedeten uns.

»Dies war ein Abenteuer«, sprach ich zu meiner Freundin, »das uns auf ewig bindet. Hättest du nicht eine andere Frau in der Gruft gelassen?« — »Gewiß«, erwiderte die Durand, »und ich schwöre, daß er mir 2.000 Zechinen versprochen hat, wenn ich dich drin ließe.« — »Nun denn«, sprach ich, »dann suchen wir ein hübsches Mädchen und liefern sie ihm aus.« — »Aber du besitzt ja bereits dieses Mädchen.« — »Wer denn?« — »Elise.« — »Wie du meine Frauen haßt, ist dies Eifersucht?« — »Nein, aber ich habe es nicht gern, jemanden um dich zu sehen, der dir anhänglicher zu sein scheint als ich.« — »Bist du denn noch nicht genug davon überzeugt, daß ich allein es imstande bin, dir die beiden Frauen zu ersetzen.« — »Dein Plan reizt und stößt mich gleichzeitig ab.« — »Das ist bei jedem wollüstigen Gefühl nötig«, erwiderte die Durand, »denn die größten Genüsse entstehen durch überwundenen Abscheu. Lasse sie doch kommen und wir wollen uns bei dem Gedanken, sie zu verraten, befriedigen.« — »Ah, Durand, zu welchen Niederträchtigkeiten du mich verleitest!« — »Sage vielmehr, welche Genüsse ich dir bereite.«

Elise trat ein und legte sich bereitwillig zwischen uns beide. Die Durand kannte sie noch nicht und es bereitete ihr ein ungemeines Vergnügen, sie zu liebkosen. »Das ist wirklich ein süßes Geschöpf«, sprach die Schurkin und bedeckte sie mit Küssen. »Sie soll sich auf dich legen, Juliette, und kitzle ihr die Klitoris, während ich sie von hinten bearbeiten will.« Und die Hure leckte vorerst das Arschloch und führte dann ihr kleines Werkzeug ein, und da ich Elise sehr gut kitzelte und die Durand sie vorzüglich von hinten bearbeitete, kam die kleine Schelmin als erste ans Ziel. In diesem Augenblick schlug sie die Durand furchtbar auf die Arschbacken und fluchte furchtbar, daß die Unglückselige sie durch ihr Entladen gestört habe. »Es ist die Aufgabe eines Opfers, sich herzuleihen«, sprach sie, »niemals darf es das Vergnügen teilen. Vorwärts, niederträchtiges Weib, ich werde Sie peitschen, damit Sie wissen, was es heißt, mich zu stören.« Ich hielt das Opfer und die Verbrecherin hieb eine Viertelstunde lang darauf los. »Du wirst ihr die Arschbacken verderben und morgen wird Cordeli...« — »Er liebt diese Spur«, antwortete das Hurenweib und fuhr fort, loszuschlagen. Endlich hörte das Gewitter auf und die Durand bestieg mich von hinten. »Dieses gottlose Geschöpf«, sprach sie, als es ihr kam, »ist gerade das, was wir benötigen; hast du auch entladen, Süßeste? Ich bitte dich um Verzeihung, daß ich mich nicht mit deinen Vergnügungen genug beschäftigt habe.« — »Ah«, entgegnete ich, »ich war mindestens ebenso glücklich wie du, sieh, wie naß meine Scheide ist.« Wir schliefen ein, indem wir Elise zwischen uns liegen ließen.

Die Durand suchte Cordeli am frühen Morgen auf, der Handel mit der unglücklichen Elise war bald beschlossen und Cordeli war bereit, 1.000 Zechinen zu zahlen.

»Wir müssen um fünf Uhr abends bei Cordeli sein«, sprach die Durand, als sie zurückkehrte. »Die Belustigung soll auf einem seiner Landgüter, drei Meilen weit von Ancona, am Ufer des Meers stattfinden.« Elise und Raymonde speisten mit uns wie gewöhnlich zu Tisch. Wir kündigten ihnen an, daß sie sich nun trennen sollten. Elise wird in Ancona einen reichen Kaufmann finden, der ihr Glück machen will. Sie soll dort bleiben. Die beiden Freundinnen brachen in Tränen aus, dann warf sich Elise in meine Arme und rief: »Oh, meine teure Herrin, Sie haben mir doch versprochen, daß ich Sie niemals verlassen werde müssen!« — »Aber meine Teure«, erwiderte ich dem schönen Mädchen und drückte sie wieder auf ihren Stuhl zurück, »müßte ich mir nicht ewige Vorwürfe machen, Ihrem Glück im Wege gestanden zu haben?« — »Ich will kein Glück, Madame. Ich verlange nichts weiter, als mein ganzes Leben bei Ihnen verbringen zu dürfen.« — »Du liebst also Juliette sehr?« fragte die Durand. — »Ach, Madame, ich schulde ihr mein ganzes Leben, ohne sie wäre ich verloren gewesen. Und ist es denn nicht natürlich, daß ich ihr nun dankbar bin?« — »Trotzdem werden Sie sich trennen müssen«, sprach die Durand hinterlistig, »und zwar sehr rasch.« Meine Geilheit wuchs zusehends und die Durand bemerkte es. »Gehe mit ihr in ein anderes Zimmer, ich will mich mit Raymonde kitzlen«, sprach sie. Kaum war ich mit Elise allein, als meine Sinne in Raserei ausbrachen. Das schöne Mädchen küßte mich unter Tränen. »Ihre Gefühle für mich überraschen mich«, sprach ich hart, »denn die meinigen sind nicht von der gleichen Art. Früher waren Sie mir nicht ganz gleichgültig, jetzt aber bin ich Ihrer satt und seit drei Monaten habe ich Sie nur mehr aus Mitleid bei mir behalten.« — »Aus Mitleid, Madame?« — »Ja, aus

Mitleid, denn was würden Sie ohne mich werden? Eine Strichhure. Bedanken Sie sich also für die Sorgfalt, daß ich Ihnen jemand verschaffe und kitzeln Sie mich aus Dankbarkeit recht gut.« Ah, wie ich mich sanft erregt fühlte bei dem Gedanken: In drei Tagen wird dieser schöne Körper von den Würmern verzehrt werden und ich werde die Ursache dieses Todes sein.

Die kleine Schelmin trachtete noch rasch, mir unentbehrlich zu werden und verdoppelte daher ihre Sorgfalt. Bald triumphierte sie und ich überschwemmte ihren Mund mit meinem Erguß. Nochmals versuchte sie es, mich durch Tränen zu rühren, aber nichts half. »Ich bin deiner satt und du mußt fort«, sagte ich. Nun wollte sie in ihr Zimmer gehen, um ihre Siebensachen zu packen. »Das ist nicht der Rede wert«, sprach ich, »man wird Ihnen das nachschicken.« Nochmals warf sie sich in meine Arme und nochmals stieß ich sie mit wütenden Stößen zurück; ich glaube, ich hätte sie erwürgt, wenn ich sie nicht Cordeli versprochen hätte.

Wir gingen in den Salon zurück, allein die Durand war noch nicht anwesend. Ich beobachtete sie also durch das Schlüsselloch, aber großer Gott, wie ungeheuer war mein Erstaunen, als ich Raymondes Hintern von einem Mann gevögelt sah, den die Durand auspeitschte. Ich klopfte an und wollte eintreten. »Bist du es?« fragte die Durand. — »Zweifellos, öffne!« — »Ah«, sprach sie leise, »es ist Cordeli; er wollte das Mädchen, das du für ihn bestimmt hast, durchaus noch heute sehen. Ich wollte dich nicht stören und habe ihm daher inzwischen Raymonde überlassen.« — »Stören Sie sich nicht, mein Herr«, sagte ich beim Nähertreten, »aber bedenken Sie, daß ich nicht dieses Mädchen Ihnen überliefern will.« — »Das tut mir leid«, erwiderte der geile Bock. »Ja…, es tut… mir… leid, denn sie hat… den schönsten… und engsten… Popo und ich würde mit ihr… unglaubliche Dinge begehen. Jedoch, ich will nicht entladen«, sprach er und zog sich zurück, »denn ich benötige meine Kräfte.«

Die Raymonde ging hinaus und Cordeli setzte sich zwischen die Durand und mich. »Ich habe meine Ungeduld nicht meistern können«, sprach er zu uns, »und bin gleich nach Tisch hergekommen. Ich bedauere sehr, daß ich mich nicht des Mädchens, das ich eben bearbeitete, als Opfer bedienen kann. Die Durand sagte aber, daß sie Ihre Favoritin wäre und Sie mir sie niemals überlassen werden. Fräulein«, fuhr der Verführer fort und nahm mich bei der Hand, »hören Sie mich an, ich mache klare Rechnung. Ich besitze Millionen und genieße seit mehr als zwanzig Jahren ganz allein die Erträge der berühmten Messe von Senigaglia* und einige 1.000 Zechinen mehr oder weniger spielen bei mir keine Rolle, wenn es sich um meine Leidenschaft handelt. Ich kenne ihre Elise nicht, allein Raymonde gefällt mir außerordentlich. Dieses Mädchen muß herrlich sein, wenn es weint und eines der schönsten Opfer abgeben, die ich je gesehen habe. Ich will also die andere, weil ich es versprochen habe, nehmen und für diese hier will ich Ihnen noch 5.000 Zechinen geben.« — »Geben Sie mir 20.000 und beide gehören Ihnen.« — »Aber die eine kostet doch bloß 1.000 Zechinen«, sprach Cordeli.« — »Ja, aber ich mache den Handel ungültig und verkaufe sie nur mehr zusammen.« — »Ich kann meiner Freundin nur zustimmen«, sprach die Durand, »und Sie können sich glücklich schätzen, daß Sie den einzigen Gegenstand Ihrer Liebe so billig bekommen.« — »Ein Mädchen, das ich anbete, soll ich einem Verbrecher ausliefern, der sie töten wird?« — »Oh gewiß, und zwar unter ungeheueren Qualen«, erwiderte der Italiener. — »Derartige Dinge müssen bezahlt werden; entscheiden Sie sich also, mein Herr, denn wenn meine Seele nochmals von Mitleid ergriffen wird, werden Sie nichts mehr bekommen.« — »Ihre Waren sind teuer, mein Fräulein«, erwiderte der Kaufmann, »aber verdammt, Sie faßten mich gerade in einem Augenblick, in dem ich in höchster Aufregung bin und wo ich keine Überlegung mehr besitze. Schicken Sie diesen Bon zu meinem Vertreter und Sie sollen das gewünschte Geld in einer halben Stunde haben. Inzwischen wollen wir uns aber das andere Mädchen ansehen.«

»Verbrecherin«, sprach ich leise zu meiner Freundin, »das ist

* Die berühmteste Italiens.

dein Werk, du wolltest niemanden mehr um mich lassen.« — »Oh, Juliette, an alledem ist nur meine Liebe für dich schuld, aber ich will dir die ganze Erde ersetzen.« Bei diesen Worten ging sie hinaus, um das Geld holen zu lassen.

Ich ließ Elise vorerst allein erscheinen. »Sie ist entzückend«, rief der Schuft aus, »und ich bin gar nicht mehr erstaunt über den Preis, den du für sie verlangst.« Dann beeilte er sich, ihre Kleider abzulegen und sie nach Wunsch nackt bewundern zu können. Er konnte sich nicht sattsehen an dem herzigen und zarten Hinteren, trotzdem er ihn mit Küssen reichlich bedeckte.

»Lasse jetzt die andere hereinkommen«, sprach er, »ich will sie vergleichen.« Raymonde erschien und war bald ebenso nackt wie Elise. Man kann sich nicht vorstellen, wie genau er sie beide untersuchte, während ich ihn leicht anwichste. »Tatsächlich, die beiden sind einander gleich an Wert«, sprach er leise zu mir, »ob ich sie grausam behandeln will.« — »Welches ist der bessere Hintere?« fragte ich. — »Noch immer der Raymondens«, antwortete er und küßte dieses hübsche Mädchen auf den Mund, »der ihrige ist heißer und enger. Setz dich auf den Rand des Bettes, Juliette, ich will auch dich im Hintern vögeln«, und er handelte nach seinen Worten, indem er kräftig die beiden anderen Hinteren kniff. »Es ist genug, ich würde sonst entladen«, sprach er und zog sich zurück, »der Tag bricht an und wir wollen uns auf den Weg machen.« Die jungen Mädchen gingen hinaus, um sich vorzubereiten und da ich mich nun mit dem Italiener allein befand, fragte ich ihn: »Gestehe, daß meine Freundin dich bezüglich Raymondes überredet hat.« — »Ich will dir nicht verbergen, daß sie ihren Tod ersehnt.« — »Du Schelmin, und alles geschieht nur aus Eifersucht.« — »Und welche Qualen hast du für sie ausgedacht?« — »Warum fragst du, willst du sie vielleicht schonen?« — »Oh, wenn ich andere Qualen befehlen würde, geschehe es nur deshalb, um sie furchtbarer zu machen.« — »Entzückendes Geschöpf, so liebe ich die Frauen, je ausschweifender sie sind, desto grausamer werden sie.« — »Der Grund dazu ist ganz klar«, erwiderte ich, »denn ihre Organe sind feiner geartet und ihre Nerven erregbarer.« — »Du sprichst wie ein Engel, Herzchen«, erwiderte der Kaufmann, »küsse mich, ich liebe deinen Geist ebenso sehr wie deine Reize und du sollst dich mit mir gut stellen.« — »Ich fühle mich auf ewig mit meiner Freundin verbunden«, erwiderte ich, »und nur der Tod kann uns trennen.« — »Nun, sie kann ja bei dir bleiben.« — »Das ist unmöglich, denn wir wollen in unser Vaterland zurückkehren«, und bei diesen Worten trat auch schon die Durand ein.

Ich war ihr entgegengegangen und so hatte sie mir von einem glücklichen Streich Mitteilung machen können. »Ich habe die Anweisung gefälscht«, sprach sie, »und auf diese Weise haben wir doppelt so viel Geld bekommen.« — »10.000 Zechinen?« — »Ja, sie sind schon bei mir im Zimmer.« — »Himmlisches Geschöpf!« — »Bereust du also jetzt den Handel?« — »Auf Ehrenwort, nein. Aber wenn Cordeli seinen Bankier sprechen wird, was dann?« — »Dann ist das Verbrechen bereits geschehen und beim ersten Wort werden wir ihn rädern.« — »Oh, küsse mich, mein Engel.« — »Komm, hole dir die Hälfte des Geldes.« — »Das ist zwischen uns unnötig; beschäftigen wir uns jetzt mit Cordeli, wir wollen nachher teilen.« — »Ich möchte, daß du alles nimmst. Es bereitet mir ungeheueres Vergnügen, dich in Wohlstand schwelgen zu sehen!« Und da Cordeli uns rief, brachen wir auf.

In wenigen Stunden langten wir im Schlosse des Kaufmannes an. Es sah aus wie eine richtige Festung, lag auf einem Felsen und wir mußten den Wagen verlassen, um über eine Stiege von vierhundert Stufen in das Schloß zu gelangen. Unten war eine Eisentür angebracht, die der Kaufmann öffnete, und längs der Stiege fanden wir noch sechs solche schwere Türen, die gleichfalls hinter uns verschlossen wurden. Da die Durand auf meinem Gesicht Überraschung bemerkte, beruhigte sie mich und sprach zu Cordeli: »Du hast mir den Ort sehr gut geschildert, und unsere Leute, denen ich den Befehl gegeben habe, wenn wir nicht um zehn Uhr bei ihnen sind, uns aufzusuchen, werden uns sicherlich leicht finden können.« — »Das Schloß ist in der ganzen Umgebung bekannt«, sprach der Kaufmann mit beruhigender Stimme, »aber deine Vorsichtsmaßregeln, Durand, waren unnütz, denn ich habe dir versprochen, daß wir noch in dieser Nacht in die Stadt zurückkehren würden.« Unsere beiden Mädchen waren nicht ganz ruhig, ja als wir hinaufstiegen, fielen sie vor Angst beinahe in Ohnmacht. Das Unglück wird immer durch eine Art dumpfen Gefühls vorausgeahnt.

Als sich die letzte Tür hinter uns schloß, kamen zwei sechzigjährige Frauen auf uns zu. »Ist alles bereit?« fragte Cordeli. — »Schon seit heute morgen, gnädiger Herr«, erwiderte eine der Alten. Wir gingen nun weiter und gelangten vorerst in einen sehr niedrigen Saal. »Sehen Sie einmal nach, wo wir sind«, sagte Cordeli und öffnete ein Fenster. Wie groß war nun unser Erstaunen, als wir sahen, daß wir uns 300 Fuß über der Oberfläche des Meeres und inmitten von Wasser befanden. »Der Felsen ist gekrümmt«, sprach der Kaufmann. »Wenn man von hier eine senkrechte Linie hinabziehen würde, würde ihr Fußpunkt eine halbe Meile vom Ufer entfernt sein. Man kann hier also schreien, so viel man will und wird von niemandem gehört werden.«

Aus diesem Saale gingen wir in einen anderen. Noch niemals hatte ich etwas so furchtbares gesehen. Auf einer runden, inmitten des Saales befindlichen Estrade, entdeckten wir alle zu allen erdenklichen Folterqualen nötigen Instrumente. Es waren darunter so scheußliche, so unfaßbare, daß ich niemals an ihre Existenz geglaubt hätte. Zwei 6 Fuß hohe Männer mit schrecklichen Schnurrbärten und furchtbarem Wuchs standen nackt wie Wilde da und schienen die Befehle ihres Gebieters achtungsvoll zu erwarten. Fünfzehn Leichname von jungen Männern und jungen Mädchen hingen an den gebräunten Mauern dieses Saales und auf vier Stühlen sah man zwei sechzehnjährige Mädchen und zwei fünfzehnjährige Knaben, vollständig nackt, sitzen. Die Alten, die mit uns eingetreten waren, schlossen die Türen und Cordeli, der sich an unserem Erstaunen weidete, sprach: »Hier wollen wir arbeiten. Vorwärts, Donna Maria, kleidet die Leute aus. Man mache Licht und wir wollen rasch beginnen.« Ich war noch niemals so aufgeregt, Greuel zu begehen.

»Juliette«, sprach der Kerl zu mir, »sie sollen mein Maître de plaisir werden. Ziehen Sie sich nackt aus und verlassen Sie mich nicht, Sie sind verpflichtet, den dringenden Bedürfnissen meines Schwanzes und meines Hintern zu dienen. Sie, Durand, Sie werden mir die Opfer herbeiführen, Sie mir vorstellen. Sie müssen aber bedenken, daß ich nichts unternehme, ohne einer jeden vorher den Hintern geküßt zu haben.«

»Was Euch betrifft«, fuhr er fort und wandte sich an die Alten, die halb nackt mit zarten, jungen Rutenbündeln dastanden, »Ihr werdet auf mich loshauen, je nachdem wie ich es benötige. Ihr aber, Sanguin und Barbaro, Ihr werdet nicht allein die Rolle von Henkern spielen, sondern Ihr müßt auch jedesmal rasch meinen Hintern durchbohren, wenn ich ihn Euch liebend darbiete.

Was Euch betrifft, Ihr vier jungen Leute auf den Sesseln, Ihr müßt warten, was mir mit Euch zu tun gefallen wird. Bildet Euch nicht ein, daß die Bande, die mich mit Euch als meinen Kindern verbinden, mich verhindern, Euch eines furchtbaren Todes sterben zu lassen. Ihr wißt, daß ich Euch nur das Leben gegeben habe, um es Euch wieder zu nehmen, und daß der Kindesmord eine meiner süßesten Freuden ist. Ihr aber, meine schönen Kinder«, fuhr er fort und verhöhnte grausam meine beiden Frauen, »Ihr müßt wissen, daß ich Euch teuer genug bezahle, um das Recht zu besitzen, mit Euch alles zu tun, was mir nur an Scheußlichkeiten einfällt. Ich hoffe, daß ich bald alle Wirkungen des Schmerzes auf Eure empfindsamen Seelen kennen lerne.«

Bei diesen Worten warfen sich die unglücklichen Geschöpfe dem grausamen Tyrannen zu Füßen. »Donnerwetter«, rief der Verbrecher und warf sich auf einen Stuhl, während ich ihn mit der einen Hand vorne, mit der anderen hinten kitzelte, »wie sehr liebe ich doch diese tragischen Szenen und wie geil machen sie mich. Wollen Sie einen Dolch haben, meine schönen Freundinnen, Sie können sich dann gegenseitig töten!« Und bei diesen Worten stützte er roh seine Hände auf die Brüste der beiden frischen entzückenden Mädchen. »Nähert Eure verdammten Hintern meinen Lippen«, sprach er zu einer der Alten. »Sie, Durand, lecken mich und Juliette soll sich in Ihrem Mund weiter kitzeln.«

Nun zerbiß er die beiden schönen Hintern vollständig, bis die Abdrücke von seinen Zähnen zwölf oder dreizehnmal bemerkbar waren und dann steckte er den Kopf zwischen die Schenkel Raymondes und biss sie so heftig in die Klitoris, daß sie ohnmächtig wurde. Nun wiederholte er die Probe mit Elise und nachdem die beiden furchtbar mißhandelt worden waren, wollte er sie nacheinander besteigen. Man legte sie also mit dem Bauche nach unten auf ein langes Kanapee und nun bestieg der Schuft unter Mithilfe Juliettens während einem Zeitraum von zwanzig Minuten abwechselnd ihre Scheiden und ihre Hintern, dann er griff er ein Rutenbündel und nachdem die beiden Mädchen auf den Knien lagen, peitschte und mißhandelte er sie während mehr als einer halben Stunde, und nachdem beide in Blut getaucht waren, ließ Cordeli, der geil wie ein Rasender war, einen der jungen Knaben herantreten. Dieses entzückende Kind vereinigte in sich alle Reize, die die Natur verleihen kann. »Wie er seiner Mutter ähnelt«, sprach der geile Bock und küßte es. »Was ist mit der Unglücklichen geschehen?« fragte ich den Italiener. — »Nein, Juliette«, antwortete er, »Sie glauben also, daß ich immer Greueltaten begehe? Sie wären sicher sehr überrascht, wenn ich sie im Augenblick erscheinen ließe.« — »Ich glaube nicht an diese Möglichkeit.« — »Nun, hier ist sie«, sagte Cordeli und zeigte auf einen an der Mauer hängenden Leichnam. »Das ist die Mutter, er wird es Ihnen selbst sagen, sie ist erst vor sechsunddreißig Stunden eines qualvollen Todes vor den Augen ihres Sohnes gestorben.«

Er ließ das Kind durch eine der alten Frauen festhalten und ich erleichterte das Einführen des Gliedes durch Befeuchten. Cordeli, der immer soweit Herr seiner selbst war, das Vergnügen zu genießen, ohne es entschlüpfen zu lassen, zog sich bald wieder zurück und der andere junge Mann wurde herbeigeführt. Dasselbe Schauspiel wiederholte sich nun und der Kaufmann begann darauf, die beiden gleichzeitig auszupeitschen. In einer Anwandlung rasender Geilheit biß er aber plötzlich so heftig in die Hoden seines ersten Opfers, daß das Kind das Bewußtsein verlor.

Cordeli beachtete den Unfall nicht weiter und ließ ein junges Mädchen heranbringen. Sie war keine Schönheit, aber es war etwas so sanftes und verschämtes an ihr, daß sie trotzdem Bewunderung erregte. »Die hier ist sicher noch Jungfrau«, spricht Cordeli, »aber da ich unmöglich einen Ständer für eine Scheide bekommen kann, müssen sie mir die beiden Alten auf das Kanapee mit dem Rücken nach oben legen.« Und nun biß, kratzte und zwickte er die Arschbacken des schönen Kindes derart rasch, daß sie in einer Minute mit Blut bedeckt war, dann bearbeitete er den Hintern und nachdem er sich hier kräftig genug erholt zu haben glaubte, vermochte er es, die Jungfernschaft zu rauben. Es gelang ihm und er zog sich schließlich blutbedeckt zurück, um noch einige andere Hintern zu besuchen. Wir umgaben ihn alle, er küßte meine Arschbacken. Eine der Alten peitschte ihn, die Durand sokratisierte ihn, Elise kitzelte seine Hoden und er zwickte den Hintern Raymondes, bis schließlich seine Entladung erfolgte, deren Heftigkeit schwierig zu beschreiben ist.

»Donnerwetter«, schrie er, »es wird furchtbarer Dinge bedürfen, um mich wieder herzustellen!« — »Nun denn, die wollen wir begehen«, sprach ich, indem ich sein Glied wieder tröstete und leckte und bis auf den letzten Tropfen auspreßte.*

Cordeli war mir für meine Sorgfalt dankbar. Von neuem umringte man ihn und sein Mund preßte sich an den des jungen Mädchens, das er eben entjungfert hatte, aber bald wünschte er sich in einem Anfall unglaublicher Launenhaftigkeit den der einen Greisin, um schließlich auf den Mund eines der Henker überzugehen. Bei dieser letzten Verirrung begann ich ein neues

* Wenige Männer wissen sich nach der Ejakulation zu pflegen; sie ziehen sich kalt zurück und lassen sich vollständig gehen, trotzdem aber hängt von den Bemühungen, die auf die Ausspritzung folgen, die notwendige Kraft zu neuen Genüssen ab. Diese Bemühungen bestehen darin, sich gut lecken und die Hoden in der richtigen Weise bearbeiten zu lassen und dann sehr warme Wäsche anzuziehen. Ebenso ist es von Vorteil, Nahrungsmittel und geistige Getränke zu sich nehmen. Es ist auch gut, mit den letzteren die Hoden zu befeuchten.

Wunder zu fühlen. Cordeli ergriff eine meiner Hände, führte sie zu dem Gliede dieses Verbrechers hin und ich war verwirrt, als ich sah, daß das Werkzeug, das ich in die Faust nahm, dicker war als mein Arm und fast die Länge meiner Schenkel hatte.

»Nimm diesen Schwanz, Juliette«, sprach der Italiener und steckte ihn in die Scheide des eben entjungferten Mädchens, »er muß hineingehen, koste es, was es wolle.« Da die ersten Versuche vergebens waren, mußten wir das Opfer anbinden. Ich führte das Schwert, Cordeli drückte den Mann von rückwärts, schließlich gelang es mir mit großer Geschicklichkeit, das Glied in die Scheide des jungen Mädchens einzuführen, bis die bleiche Farbe des Todes auf ihrer Stirne uns ihren furchtbaren körperlichen Zustand ankündigte. Nun kam das Arschloch an die Reihe, das Blut floß in Strömen und unter fürchterlichen Flüchen floß der Samen des Verbrechers. Als alles vorbei war, starb die Unglückliche und der Italiener zeigte uns, nachdem er seinen Mann verlassen hatte, ein hartes, zu allen möglichen Angriffen geeignetes, Glied. Eine der Alten wollte den Leichnam wegtragen. »Laß sie doch liegen«, rief er aus, »Lumpenweib! Weißt du nicht, daß dieser Anblick mich geil macht!« Und das Ekel preßte sein Gesicht auf das der Unglücklichen und küßte die entstellten Züge der Toten.

»Durand«, sprach der Kaufmann, »bringe das Glied dieses Mannes wieder zum Stehen, er soll mich von hinten besteigen, während ich die beiden Opferstätten des zweiten Mädchens bearbeiten will.« Alles vollzog sich nach diesem Befehl. Cordeli fuhr in den Hintern hinein und wurde auch richtig von seinem Mann bestiegen. Elise und Raymonde ließen ihre Arschbacken, während er rechts und links die der kleinen Knaben betastete. Von hinten eilte Cordeli nach vorne und auch die Opfer unter seinen Händen wechselten. Nachdem man ihm zweimal in den Hintern entladen hatte, begann die Orgie eine ernstere Wendung zu nehmen.

»Mit wem willst du anfangen, Verbrecher?« fragte ich. »Mit der oder mit einer anderen; ich weiß nicht mit welcher«, antwortete unser Mann, der bereits raste. »Glaubt Ihr denn, daß das

Leben einer von Euch mir kostbarer ist, als das der anderen? Vorwärts, seht diese Hure hier«, fuhr er fort und zog sie auf den Knien zu sieh, und er ergriff eine Zange, mit der er dem unglücklichen Opfer beide Brüste, Stück für Stück, ausriß, bis sie ganz flach war. Nachdem dies geschehen war, wurde sie von vier Personen mit ausgespreizten Schenkeln festgehalten. »Jetzt will ich in der Werkstatt des Menschengeschlechtes arbeiten«, sprach der Menschenfresser und führte diesmal seine Zange bis in den Muttermund hinein. »Man drehe sie um«, fuhr er jetzt wütend fort und führte sein grausames Eisen in das Arschloch ein. Und ich, die ehemals in dieses schöne Geschöpf vernarrt war, ich feuerte jetzt seinen Mörder an. Trotzdem jedoch atmete Elise noch und Cordeli betrachtete mit Freuden ihre ängstlichen Zuckungen.

Nun kam einer der jungen Knaben an die Stelle meiner ehemaligen Genossin. Cordeli ließ ein Fenster an der Meeresseite öffnen, band den Knaben an ein Seil und ließ ihn 50 Fuß tief fallen. Nun rief Cordeli dem Knaben zu, er möge sich vorbereiten und zeigte ihm gleichzeitig ein Messer, mit Hilfe dessen er ihn für ewig in die Fluten des Meeres fallen lassen konnte. Das Kind schrie auf und Cordeli küßte bei dem Anblick den Mund Raymondes und kitzelte das Glied eines der Henker. Nun zog man das Kind an dem Seile wieder herauf, ließ es aber angebunden. »Nun«, fragte der Kaufmann, »hast du Angst?« — »Oh, Vater, habe Mitleid mit mir, Gnade, Gnade!« — »Kleiner Scheißer«, sprach Cordeli wütend, »wisse, daß das Wort Vater bei uns nichts mehr bedeutet, ich höre es nicht mehr, zeige deine Arschbacken her, denn ich will dich noch ficken, bevor ich dich den Fischen übergebe. Ja, mein teurer Sohn, den Fischen, das ist deine Bestimmung. Du siehst also, wie stark die Bande des Blutes auf mich wirken.« Während der Schuft im Hintern arbeitete, verlängerte man das Seil und diesmal fiel das Kind 200 Fuß tief herab. Nochmals zog man es herauf und das unglückliche Wesen schwamm in Blut. »Wir wollen ihn nochmals von hinten bearbeiten«, sprach der Italiener, »diesmal wollen wir aber das Seil so verlängern, daß er nur mehr 25 Fuß über der Oberfläche des

Meeres zu hängen kommt.« Das Kind wurde nochmals bearbeitet, hinuntergeworfen und wieder halbtot heraufgezogen. Sein Vater bestieg es zum letztenmal und als es neuerdings bloß 10 Fuß hoch über der Oberfläche des Meeres schwebte, schrie ihm der grausame Italiener zu: »Vorwärts, bereite dich vor, du wirst sterben!« Mit einem Ruck war das Seil durchschnitten und der Unglückliche fiel in das Meer.

»Dieses Spiel«, sprach ich zu Cordeli, »ist eines der hübschesten, das ich kenne.« — »Erhitzt es dich, Juliette?« — »Ja, auf Ehre.« — »Nun, dann gib mir deinen Hintern, ich will dich hineinficken, das wird dich beruhigen.« Cordeli bearbeitete mich eine Viertelstunde lang und ersann dabei neue Ausschreitungen. Als darauf Raymonde geholt wurde, konnte sie ihr Schicksal deutlich in den Augen des Italieners lesen. »Oh, meine teure Herrin«, sprach sie und umarmte mich, »Sie, die ich so liebte, wollen mich diesem Ungeheuer ausliefern?« Meine einzige Antwort bestand in einem Gelächter und nachdem der Kaufmann das Mädchen an allen Fleischteilen des Körpers liebkost hatte, wurde es nackt in einen mit Schlangen, tollen Hunden und ausgehungerten Katzen besetzten Eisenkäfig geworfen. Man kann sich das Geschrei und die Zuckungen, sowie die Sprünge der Unglücklichen nicht vorstellen. Bald sah man Raymonde nicht mehr. Die Brüste und Arschbacken waren in wenigen Minuten zerrissen und verschlungen und als sie den Mund zum Schreien öffnete, schlängelte sich eine Viper in den Mund und erstickte sie. »Himmel und Teufel!« rief Cordeli aus und zog sich aus dem Hintern der Alten, die er bearbeitet hatte, zurück, »ich habe geglaubt, mich vor dem Entladen schützen zu können, indem ich dieses Dreckweib fickte und trotzdem bin ich jetzt nahe daran.« — »Nein, nein, es wird dir nicht kommen«, sprach ich und drückte sein Glied nach unten. »Denken wir jetzt einen Augenblick lang an etwas anderes.« — »Nun, wie gefällt dir diese Todesstrafe, Juliette? Sie ist mir im Augenblick eingefallen, als ich den Hintern dieses Lumpenweibes sah. Es genügt mir, daß ich den Hintern einer Frau sehe, um alsbald die richtige Todes-

strafe für sie zu finden. Wenn du willst, Juliette, werde ich dir die deinige auch finden.« Und da er mich bei diesen Worten heftig zwickte, entschlüpfte ich ihm und schob ihm den übrig gebliebenen Knaben zu. Er betrachtete ihn mit furchtbaren Blicken. »Ich habe mir gedacht, diesen kleinen Schuft ebenso umkommen zu lassen wie vor drei Tagen seine Mutter. Ihre Todesstrafe war folgende, Juliette: Ich ließ zuerst die Augen des Opfers blenden, dann wurden ihm die vier Glieder abgeschnitten und während man sie von hinten bearbeitete, wurde sie mit Dolchstößen zu Tode verletzt.« — »Das scheint mir sehr hübsch zu sein, aber ich hoffe, daß Sie nicht vergessen werden, dem Knaben die Zähne auszubrechen und ihm die Zunge abzuschneiden.« — »Du hast recht, Juliette«, erwiderte Cordeli. »Vorwärts, beginnt!« fuhr er zu den Henkern fort.

Man kann sich keinen Begriff von der Geschicklichkeit machen, mit der die Henker arbeiteten. Unter dem Schreien des unglücklichen Opfers und meinem Wollustgestöhn entlud schließlich Cordeli auch, jedoch der Unglückliche lebte noch und der Henker fragte, ob man jetzt aufhören solle. »Nein«, erwiderte der Italiener, »diese Leute sind sonderbar, sie glauben immer daß man geil sein muß, um ein Geschöpf zu quälen. Ich handle aber wenn ich ruhig bin ebenso wie in der Leidenschaft.« Man setzte also das Verfahren fort, und ich wärmte Cordelis Glied mit meinem Mund. »Der Beweis, daß du nicht grausam genug bist«, sprach jetzt die Durand, »liegt darin, daß wir beide noch mehr Greuel erfinden können als du.« — »Beweisen Sie mir das.« — »Leicht; ich werde, wenn du willst, die Todesstrafe des noch übrig bleibenden Mädchens selbst anordnen und du wirst noch ganz andere Dinge zu sehen bekommen, wie deine kindliche Fantasie bisher zu lallen wagte.« — »Wir wollen sehen«, sprach der Kaufmann. — »Sie müssen«, sprach meine Freundin, »dem Opfer mittels dieser Instrumente hier die Haut herunterziehen, dann müssen Sie sie mit Dornen peitschen, mit Essig einreiben und das siebenmal hintereinander wiederholen; dann werden Sie sie mit glühenden Zangen zwicken und schließlich in einen feurigen Ofen stecken.« — »Teufel«, sprach Cordeli, »welch eine Qual, höre, Durand, ich stimme zu, teile dir aber mit, daß ich dich selbst so umbringe, wenn du dabei nicht entlädst.« — »Mir ist es recht.« — »Dann arbeiten wir also!« Das junge Mädchen wurde zuerst im Hintern gefickt, und Cordeli befahl nun, mit der Folterung zu beginnen, indem er der Durand die Oberleitung übertrug.

Man kann sich unmöglich die Qualen der Unglücklichen vorstellen, als sie der Italiener mit den Dornenruten auf den der Haut entblößten Körper schlug. Das Zähneknirschen der Unglücklichen und ihre Sprünge bereiteten uns das höchste Ergötzen; der Vorgang dauerte lange und wir entluden drei- oder viermal. Als sie mit dem glühenden Eisen in Berührung kam verdoppelten sich ihre Schreie; in dem furchtbaren Zustand, in dem sie sich befand, wollte sie Cordeli von hinten vögeln und die Unglückliche starb unter dem Samenerguß ihres Henkers.

Auf unseren Gesichtszügen malte sich nur steinerne Kälte. Er kleidete sich an und ging mit den Henkern und den beiden Alten in ein Nachbarzimmer. »Wohin geht er?« fragte ich die Durand. — »Ich weiß es nicht.« — »Und wenn er nun einen Anschlag auf unser Leben ersinnt?« — »Wir würden es verdienen.« — »Aber warum, zum Teufel, gehst du zu Leuten, die du nicht kennst?« — »Der Glanz des Goldes hat mich verlockt und verleitet mich noch immer. Ich bin überzeugt, daß der Schuft hier seine Reichtümer verbirgt. Ich habe ein rasch wirkendes Pulver bei mir und wir könnten uns im Augenblick seiner entledigen.« — »Dieses Vorgehen würde unseren Prinzipien widersprechen, meine Teure; wir wollen immer das Laster ehren und nur die Tugend vernichten. Mit dem Tode dieses Mannes würden wir Millionen von Geschöpfen das Leben retten.« — »Du hast Recht.«

Cordeli erschien wieder mit seinem Gefolge. »Woher kommst du?« fragte die Durand. »Ich bin überzeugt, daß du dich einigen geheimen Ausschweifungen gewidmet hast.« — »Sie täuschen sich«, sprach der Italiener und öffnete eine Tür, die uns eine Kanzel mit allen Attributen der Religion sehen ließ. »Von hier komme ich. Wenn man wie ich das Unglück hat, 30 schreckliche Leidenschaften zu besitzen, muß man doch wenigstens durch einige gute Werke den Zorn Gottes besänftigen.« — »Du hast recht«, sprach ich, »wir wollen dein Beispiel nachahmen; komm mit, Durand, wir wollen Gott um Verzeihung für unsere Verbrechen anflehen.« Und indem ich die Tür verschloß, befanden wir uns allein im Betraum. »Ah, sogleich haben sich meine Anschauungen geändert«, sprach ich zu meiner Freundin, die ich nur hierher geführt hatte, um mit ihr leichter sprechen zu können. »Dieser fanatische Dummkopf verdient den Tod. Mit einer so furchtsamen Seele, wie sie dieser Kerl besitzt, durchläuft man nicht lange die Bahn des Verbrechens; wir brauchen uns also keine Gewissensbisse zu machen.« — »Nichts leichter, als uns der Leute zu entledigen«, sprach die Durand, »und wir müssen nur eine Alte schonen, um den Aufbewahrungsort zu finden.« — »Aber die Leute, die ihn heute abholen?« — »Wir werden ihnen zu trinken geben und uns auch ihrer entledigen.«

»Nun sind wir ebenso heilig wie du«, sprachen wir, als wir zurückkehrten, »aber habe die Güte und gib uns zu trinken, denn wir sterben vor Durst.« Auf den Befehl Cordelis trugen die beiden Alten ein prächtiges Mahl auf, an dem alle Überlebenden teilnahmen. Beim dritten Glase Wein schüttete die Durand geschickt in Cordelis Glas und nachher in das der beiden anderen das Pulver. Nur die beiden Alten rührten keine Speisen an und waren daher unserem Gift nicht zugänglich. Das Gift wirkte sofort und unsere drei Verbrecher fielen wie die Säcke zur Erde. Die Durand sprang nun auf die rüstigere der beiden Alten. »Geh zu deinen unwürdigen Genossen«, sprach sie und stieß ihr ein Messer ins Herz, »wenn dein Herr ein Wüstling gewesen wäre wie wir, hätten wir ihm nichts angetan, da er aber an Gott glaubte, ließen wir ihn zum Teufel gehen. Was dich betrifft«, sprach die Durand zur anderen, »dir lassen wir das Leben unter der Bedingung, daß du uns hilfst, die Leichname ins Meer zu werfen, und nachher uns in alle verborgenen Räume das Schlosses führst.« — »Jetzt nicht, Madame«, sprach die Alte zitternd, »außer mir ist keine Dienerin im Hause.« — »Was willst du damit sagen?« — »Ich glaube«, antwortete die Greisin, »daß noch einige Opfer da sind. Im übrigen will ich Sie hinführen, wo Sie wollen, nur lassen Sie mir das Leben.«

Wir entledigten uns vorerst der Leichen. »Kam dein Herr oft in das Haus?« fragten wir sie dabei — »Dreimal in der Woche.« — »Und bei jedem Besuch beging er derartige Greuel?« — »Sie haben es ja gesehen. Kommen Sie«, fuhr diese Frau fort, als unsere erste Arbeit vorüber war, »ich will Ihnen die Kerker zeigen und Sie werden dort noch Wild finden. Hier, mehr als hundert Meter unter der Erde, verbarg der Verbrecher seine Opfer, ein jeder war in einem gesonderten Gefängnis untergebracht. Fünf Kerker enthielten fünfzehn- bis achtzehnjährige junge Mädchen und in den übrigen befanden sich vier dreizehn- bis sechzehnjährige Knaben. Alle Opfer waren aus verschiedenen Städten Italiens entführt worden und alle waren sie wundervoll anzusehen.

Im Augenblick, als wir sie prüfen wollten, glaubten wir auf der Schloßstiege Lärm zu hören und als wir hinausgingen sahen wir, daß sowohl unsere Leute, wie die des Italieners zurückgekehrt waren. Wir ließen die letzteren in den Saal kommen und indem wir ihnen zu trinken gegeben hatten, befanden sie sich bald in demselben Zustand wie ihr Herr. Dann stiegen wir zu unseren Leuten hinab und sprachen: »Kehret in die Stadt zurück, wir wollen hier noch vierundzwanzig Stunden verbringen. Cordeli behält seine Leute hier und wir bedürfen Eurer nicht.« Dann kehrten wir um und prüften unsere Opfer weiter. »Durand«, sprach ich, »ich nehme diese beiden Albanerinnen für mich, sie sollen mich für Elise und Raymonde entschädigen«, und da ich auf ihrem Gesichte einen Ausdruck der Unzufriedenheit bemerkte, fuhr ich fort: »Ich will sie aber sofort hinopfern, wenn du es verlangst.« — »Mußt du denn immer Frauen haben?« — »Ich kann sie nicht entbehren, bedarf aber nur eines Herzens und allein das deine soll mein Idol sein.« — »Schmeichlerin du, und man muß dir in allem nachgeben »

Lila und Rosalba wurden bald in Freiheit gesetzt und in eines der besten Zimmer des Schlosses gebracht. Die armen Mädchen befanden sich schon seit acht Tagen in den ungesunden Kerkern und man konnte ihnen ansehen, wie sehr die schlechte Behandlung sie zugerichtet hatte. Beide waren noch ein wenig erschrocken, aber nachdem ich ihre Tränen getrocknet hatte, überhäuften sie mich mit Zärtlichkeitsbeweisen. Sie waren Schwestern und Töchter eines reichen Ragusaner Kaufmannes. Cordeli hatte ihren Vater überredet, sie in Venedig erziehen zu lassen und hatte dann das Gerücht von ihrem Tode verbreitet, um sich ihrer bemächtigen zu können. »Ich will dein Beispiel nachahmen«, sprach die Durand, »und mir auch ein junges Mädchen halten.« — »Oh, das ist mir sehr recht, meine teure Freundin, sei überzeugt, daß ich niemals eifersüchtig auf sie sein werde.« Wir ließen also die drei anderen Mädchen und die vier Knaben in die Folterkammer bringen und nachdem wir uns an ihnen einen halben Tag vergnügt hatten, brachten wir diese sieben Geschöpfe unter tausendmal größeren Grausamkeiten, wie die Cordelis waren, um. Nachdem dies geschehen war, schliefen wir zwei Stunden und setzten unsere Nachforschungen fort.

»Ich weiß nicht genau, wo er sein Geld verbirgt«, sprach die Greisin, »ich weiß selbst nicht, ob er überhaupt welches hier hat; wenn aber Ja, dann ist es in einem Keller, der neben dem Weinkeller liegt.« Wir stiegen nun hinab. Zwei ungeheuere erzene Pforten verschlossen diese Gewölbe und wir besaßen kein Werkzeug, sie zu öffnen. Aber je mehr sich die Schwierigkeiten häuften, desto heftiger erwachten die Begierden in uns. Nach vielen Untersuchungen entdeckten wir ein kleines Fenster, das nach diesem Keller ging und das nur durch zwei Eisenstäbe verschlossen war. Unsere erste Bewegung war, in das Innere zu blicken. Sechs große Koffer boten sich unseren Augen. Sie können sich vorstellen, daß unser Eifer dadurch noch größer wurde. Endlich, nach unglaublichen Mühen, gelang es uns die Stäbe herauszureissen. Ich stürzte mich als Erste hinein und öffnete einen der Koffer unter mühevoller Arbeit. Aber ach, wie kurz war unsere Freude, als wir im Koffer nur Folterwerkzeuge entdeckten. Ich wollte schon die Untersuchung einstellen, als die Durand zu mir sprach: »Suchen Sie gut, ich kann den Gedanken nicht zurückweisen, das etwas darinnen ist.« Ich stöberte also weiter und fand einen Schlüsselbund, auf dessen einem das Wort »Schatzkammer« stand. »O, teure Durand«, rief ich aus, »suchen wir nicht länger, hier ist der Beweis, daß der Gegenstand unserer Nachforschungen nicht in diesem Keller ruht.« — »Ah, erst hatten wir schlüssellose Türen gefunden und jetzt fanden wir Schlüssel ohne Türen. Donna Maria, weißt du etwas, sage es und dein Glück soll gemacht sein.« — »Und wenn Sie mir Millionen versprächen, ich könnte nicht mehr mitteilen«, sprach die Alte. »Aber suchen wir, wir werden vielleicht doch etwas finden.«

Meine Freundin stieg nun wieder hinauf und eine geheime Regung gab ihr ein, sich nach links zu wenden. Sie gelangte durch eine lange Galerie zu einer neuen Eisentür, ich versuchte sofort die Schlüssel und sie öffneten. Zehn ungeheuere Kästen standen vor uns und hier waren weder Frauenkleider noch Folterinstrumente aufbewahrt, sondern wir fanden gediegene, schwere Goldstücke. »Jetzt handelt es sich nur mehr darum, das wegzutragen«, sprach ich voll Lust und Freude. Wie wollen wir das anstellen? Sich den Dienstboten anzuvertrauen, wäre gefahrvoll, auch konnten wir die Kästen nicht hinunter bringen, wir mußten sie oben ausleeren. Vor diese peinliche Alternative gestellt, beschlossen wir, lieber weniger mitzunehmen, aber dafür sicher zu gehen. Die Alte, die beiden jungen Mädchen, die Durand und ich beluden uns und während acht langer Tage trugen wir ununterbrochen Gold weg. Während dieser Zeit verbreiteten wir das Gerücht, daß Cordeli den ganzen Monat auf dem Schlosse verbringe, und daß er uns beauftragt habe, ihn täglich zu besuchen. Am neunten Tage mieteten wir eine Barke nach Venedig und machten uns auf die Reise, nachdem wir noch zur besseren Wahrung des Geheimnisses die Alte in einen Brunnen geworfen hatten. Unsere Überfahrt war herrlich und wir langten in Venedig vollkommen ausgeruht an.

Zweifellos gibt es keinen herrlicheren und imponierenderen Eindruck als den, den die ungeheuere schwimmende Stadt macht. Es scheint daß, wie Grécourt sagt, die Sodomie hier ihren Wohnsitz aufgeschlagen hat, um mit dem Meer die Scheiterhaufen auslöschen zu können, die geistige Beschränktheit hier errichtet hat. Die Stadt liegt hier wie ein Tempel und in ganz Italien ist ihr Reich nirgends mächtiger. Die Venezianer sind größtenteils gut gebaut, ihr Gesichtsausdruck ist heiter und lustig und die Nation verdient, geliebt zu werden. Schon am ersten Tage unserer Ankunft in Venedig bemühte ich mich, unser neu erworbenes Vermögen unterzubringen, das ungefähr 1.500.000 Pfund für eine jede von uns betrug. Ich war dadurch im Besitz einer jährlichen Rente von 6.600.000 Pfund. Wir wollten aber nicht verdächtig erscheinen und so taten wir, als ob unser Wohlstand nur durch unser ausschweifendes Leben hervorgerufen worden wäre, infolge dessen empfingen wir bei uns sehr viele Leute, die entweder ihre Lüste befriedigen wollten oder Ratschläge suchten. Die Durand hatte ein Zimmer einrichten lassen, das dem ähnelte, das sie in Paris besaß. Man sah dort Falltüren, Verstecke, Kulissen, wie überhaupt alles, was die Augen und die Fantasie anregen konnte. Wir mieteten uns gut geschulte Dienerinnen und unsere beiden jungen Mädchen hatten Befehl, jedem, der nach ihnen verlangte, mit der größten Liebenswürdigkeit entgegen zu kommen. Sie wissen, daß beide Jungfrauen waren und wir hofften, mit ihnen gute Geschäfte zu machen.

Der Erste, der bei uns erschien, war ein alter Prokurator von San Marco, der, nachdem er uns alle drei geprüft hatte, mir die Ehre erwies, mir das Taschentuch zuzuwerfen. »Vielleicht«, sprach er zartfühlend, »könnte ich auch eine solche Jungfrau wählen, allein meine ausgesprochene Impotenz erlaubt mir nicht, ihre Reize so zu genießen, wie ich es gerne möchte; bei dir wird es hoffentlich besser gehen und ich will dir gerne sagen, um was es sich handelt. Du wirst die Güte haben«, sprach das Ekel, »mir mitzuteilen, wann deine Regel am reichlichsten fließt. Ich werde dann vor dich hinknien, dir die Scheide lecken und mich an deinem Menstruationsblut berauschen und wenn ich mich bei diesem Genuß stark aufgeregt habe, will ich das Opfer in dem selben Tempel vollenden, während einer deiner Bediensteten die Güte haben wird, mich durchzupeitschen.« — »Gnädiger Herr, haben Euer Gnaden Lust, diese Szene öfters zu wiederholen, oder soll sie bloß einmal stattfinden?« — »Nur einmal«, erwiderte der Prokurator, »denn es ist mir unmöglich, eine Frau wiederzusehen, die einmal meine Leidenschaft befriedigt hat.« — »Nun denn Exzellenz«, sprach ich, »mit dem Souper — denn es ist in meinem Hause Regel, daß jeder Kavalier uns die Ehre antut, bei uns zu Abend zu speisen, und mit der Dienerin wird sie das 500 Zechinen kosten.« — »Sie sind teuer«, sprach der Prokurator zu mir und erhob sich, »aber solange Sie jung sind, haben Sie Recht; wann soll ich kommen?« — »Morgen, das, was Sie lieben, beginnt schon heute und morgen gewittert es.« — »Ich werde pünktlich da sein«, sprach der Prokurator, und nachdem ich am nächsten Tage seine Leidenschaft befriedigt hatte, besaß ich nun 500 Zechinen und einen wunderschönen Diamanten mehr, den mir der alte Schuft verehrt hatte, um mir seine Zufriedenheit auszudrücken.

Als zweiter erschien ein sehr reicher Kaufmann namens Raimondi. »Ist Ihr Hinterer in unberührtem Zustande?« fragte er. — »Gewiß, mein Herr.« — »Sie täuschen sich, mein Töchterchen, einem Mann, der solche Kenntnisse besitzt wie ich in diesen Dingen, können Sie solche Dinge nicht einreden.« — »Nun denn, mein Herr, ich will ihnen nichts verbergen...« Auf Ehrenwort, Raimondi steckte ohne weitere Antwort ein- oder zweimal seine Zunge in mein Arschloch; dann hieß er mich aufstehen, denn er war in Glut geraten. »Hören Sie«, sprach er zu mir, »ich will Sie über meine Leidenschaft aufklären. Mein ganzes Vergnügen besteht darin, Ficken zu sehen. Sie werden mir sechs schöne Männer liefern, die Sie der Reihe nach vor meinen Augen besteigen sollen; sobald sie in Ihrer Scheide entladen haben, verschlucke ich sorgfältig den vergossenen Samen. Dann müssen Sie mir Ihren Hintern darbieten und während ich Sie bearbeite, müssen mich diese sechs Männer der Reihe nach besteigen. Nachdem der letzte entladen hat, lege ich mich auf ein Bett, Sie müssen sich rittlings auf mein Gesicht setzen und mir in den Mund scheißen, während einer der Männer ihnen die Scheide, ein zweiter den Mund, ein dritter vor mir wichsen und ein vierter mein Glied lecken muß. Ich schlucke dann ihren Kot hinunter, erhebe mich, worauf Sie zu lecken anfangen müssen. Nun beginnen alle sechs Männer mir in den Mund zu scheißen, ich schlucke den Kot hinunter und Sie meinen Samen und das bildet den Abschluß der entzückenden Szene. Aber geben Sie acht, Herzchen«, fuhr der Venezianer fort, »denn es können drei furchtbare Dinge geschehen: erstens, daß es Ihnen nicht gelingt, den Samen aus ihrer Scheide in meinen Mund gelangen zu lassen, zweitens, daß Sie den meinen zuerst verschlucken und drittens, daß Sie nicht scheißen können. Nun, ich will Ihnen gleich mitteilen, daß jedes dieser Verbrechen durch 100 Peitschenhiebe bestraft wird.«

»Mein Herr«, sprach ich zu Raimondi, »ihre Wünsche finde ich nicht sehr leicht zu erfüllen und man läuft dabei große Gefahr. Ich glaube also daß, wenn ich die Aufgabe auf mich nehme, 2.000 Zechinen nicht zu viel verlangt sind.« — »Deine Schönheit läßt mich zustimmen und ich willige in alles ein.« Wir ließen einen Tag vorübergehen und am übernächsten Tage befriedigte ich ihn.

Einige Zeit nachher rief mich die Durand zu einem Edelmann, dessen Leidenschaften nicht ganz so ungefährlich waren. Meine Freundin kitzelte ihn und er leckte inzwischen meine Nasenlöcher und das Innere meiner Ohren, meinen Mund, meine Augen, die Klitoris, das Innere meiner Scheide, mein Afterloch, meine Zehen und die Brustspitzen. Nach einer Stunde ließ er sich dann das Glied lecken und entlud mir in den Mund. Die Durand hatte mir acht Tage vorher verboten, mich zu waschen, denn je schmutziger alle diese Teile waren, desto heftiger werde sein Vergnügen sein.

Es gelang uns, alle zu befriedigen. Einer kam mit zwei Negerinnen, von denen ich mich kitzeln lassen mußte. Der Gegensatz zwischen dem Schwarz und Weiß brachte ihn in Aufregung; er ließ sich dann von den Negerinnen bis aufs Blut peitschen, während ich ihn leckte. Dann kam ich meinerseits an die Reihe und peitschte ihn. Diesem hier stahl ich einen herrlichen Diamanten, während ich ihm das Glied leckte.

Schließlich wurden auch unsere Jungfrauen in Szene gesetzt. Wir verkauften die vordere Jungfernschaft Rosalbas achtzehnmal, die hintere dreißigmal. Die vordere Lilas zweiundzwanzigmal, die andere sechsunddreißigmal, so daß wir aus diesen vier Erstlingen 600.000 Francs Gewinn zogen.

Der Gesandte Frankreichs schrieb mir eines Tages, ihn mit dem schönsten Mädchen zu besuchen, das ich finden könnte. Ich führte ihm ein sechzehnjähriges Kind zu, das ich aus dem Kreise der Familie hatte entführen lassen. Er ließ uns beide in einem kleinen, im oberen Stockwerke des Hauses gelegenen Kabinett entkleiden. In der Mitte dieses Zimmers befand sich ein tiefes Loch und der Gesandte beugte uns über dem Rand, um unsere Arschbacken nach Belieben betrachten zu können. »Was würde geschehen, wenn ich beide da hinabwerfen würde«, fragte der geile Kerl. — »Nichts, weil wir auf Matratzen fielen.« — »Ihr werdet in die Hölle fallen, Bestien. Was ihr da seht, ist der Schlund des Tartarus«, und zu gleichen Zeit entstiegen dem finsteren Loch Flammen. »So wird das also unser Grab sein.« — »Ich fürchte es, denn ich sehe euer Todesurteil auf euren Hinteren geschrieben.« Er küßte sie uns und zwickte sie, ohne jedoch ein leises Anzeichen von Steifung zu zeigen. »Oh, Himmel«, sprach der Wüstling und nahm meine Begleiterin, »du Arme, welch ein Vergnügen, das in die Flammen zu stürzen.« Die Tat folgte auf die Drohung und als nach meinen Bemühungen das Glied des alten Hurenkerls steif war, warf er das junge Mädchen mit einem kräftigen Schwung in das Loch. »Wichse doch, wichse doch, verfluchte Hure«, schrie er, als er Flammen herausschlagen sah, dann, im Augenblick der Krise, stürzte er sich selbst mit einem Dolch in der Hand in das Loch und ich hörte bloß noch die Schreie des Opfers, die mir seinen Tod verkündigten. Er kam nicht wieder zu mir zurück. Eine alte Frau bezahlte mich, empfahl mir Stillschweigen und wir haben niemals wieder von diesem Herrn sprechen hören.

Auch Frauen erschienen bald. Ich staunte, als Signora Zanetti, eine der reichsten und ausschweifendsten Frauen Venedigs, mich zu sich einlud. Sie war fünfunddreißig Jahre alt und bei ihrem Anblick erwachte in mir sofort der Gedanke an jene schönen Römerinnen, wie sie uns die Bildhauer überliefert haben. »Ich habe Sie vor einigen Tagen bei der Kirche di Saluta gesehen«, sprach die entzückende Frau. »Sie waren ohne Zweifel ebenso wie ich bloß dort, um sich etwas für ihre Leidenschaften zu finden, als das Sie wegen einer anderen Sache einen derartigen Ort aufsuchen. Das ist so Brauch hier, die Kirchen dienen uns als Bordelle. Wissen Sie, daß Sie sehr schön sind, mein Engel? Lieben Sie die Frauen?« — »Muß man sie nicht lieben, wenn sie Ihnen ähneln?« — »Ah, das ist französische Galanterie, ein zehnjähriger Aufenthalt in Paris hat mich mit diesen Liebenswürdigkeiten bekannt gemacht. Ich bitte Sie, mir aber offen zu sagen, ob Sie die Frauen lieben und ob es Ihnen Vergnügen machen wird, sich mit mir zu kitzeln.« Und um meinen Worten die Tat folgen zu lassen, warf ich mich der schönen Venezianerin um den Hals und leckte ihr dann während einer Viertelstunde den Mund.

Wir speisten zu Abend und gaben uns dann den süßesten Freuden hin. Ich war noch niemals in meinem Leben so gut gekitzelt worden und nachdem wir jede fünf- oder sechsmal durch unsere eigenen Bemühungen entladen, sprach das Freudenweib: »Wir wollen jetzt ficken«, und sie klingelte. »Habe ich Männer da?« fragte sie ihre Kammerfrau. — »Ja, Madame, zehn Stück harren Ihrer Befehle.« — »Hast du sie schon bearbeitet«, fragte die schöne Venezianerin. — »Ja, Madame, ich habe einige angerührt, habe sie aber nicht zum entladen gebracht. Madame kann sich davon überzeugen.« — »Vorwärts, bringe sie herein, ich will meine neue Freundin damit erfreuen.«

Alsbald erschien Rosalba mit den zehn jungen Leuten und in einem Augenblick hatten Herrin und Dienerin die Waffen schußbereit gemacht und ich sah mich von zehn Gliedern bedroht, deren schmalstes meine Hände kaum umfassen konnten. »Nun«, fragte mich Zanetti, »da ich dieses Fest für dich gebe, mußt du bestimmen, wohin die Kerle sich begeben sollen.« — »Oh, Teufel«, rief ich aus, »steck sie überall hin, wohin du willst.« — »Nein«, antwortete sie, »laß dir sie vorerst alle in die Scheide stecken, das wird dich erhitzen.« Gleichzeitig zog ich Rosetti aus. Beide unterstützten die Einführung der ungeheueren Werkzeuge, dann legte sich die Hure derart auf mich, daß ihre Scham auf meinem Mund und ihr Mund auf meiner Klitoris lag und während sie von zwei jungen Leuten im Hintern gevögelt wurde, steckte das Kammermädchen meinem Reiter ebenfalls ein Glied in den Hintern.

Nachdem wir noch unzählige Stellungen eingenommen hatten, speisten wir nochmals, verabschiedeten dann die Männer. Nur das Kammermädchen blieb noch, und da wir alle drei unserer Sinne nicht mehr mächtig waren, kitzelten wir uns, bis das strahlende Gestirn des Himmel unseren Satanalien Einhalt gebot.

Einige Tage nachher besuchte mich die entzückende Frau, denn ich hatte ihr, wie sie sagte, vollkommen den Kopf verdreht. »Jetzt, da wir uns besser kennen«, sprach sie zu mir, »muß ich dir alle meine Neigungen eingestehen. Ich bin voller Laster, da man sagt, daß du viel Geist besitzt, will ich, daß du mein Gewissen beruhigst.« — »Und welches sind die Laster, die du am meisten liebst?« fragte ich sie rasch. »Der Diebstahl. Nichts macht mir soviel Freude als die anderen zu bestehlen, und obgleich ich eine Rente von mehr als 100.000 Pfund besitze, vergeht fast kein Tag, an dem ich nicht aus Neigung stehle.« — »Tröste dich, teure Freundin«, sprach ich und drückte ihre Hand, »du siehst in mir eine der eifrigsten Anhängerinnen deiner Leidenschaft; ebenso wie du kann ich sie nicht entbehren und ebenso wie dir bereitet sie mir ungeheuere Freuden. Diebstahl ist übrigens keine Missetat, sondern ein gutes Werk.«

»Übrigens sehe ich mit Vergnügen, meine teure Freundin«, fuhr ich fort, »daß du in moralischen Dingen nicht allzu engher-

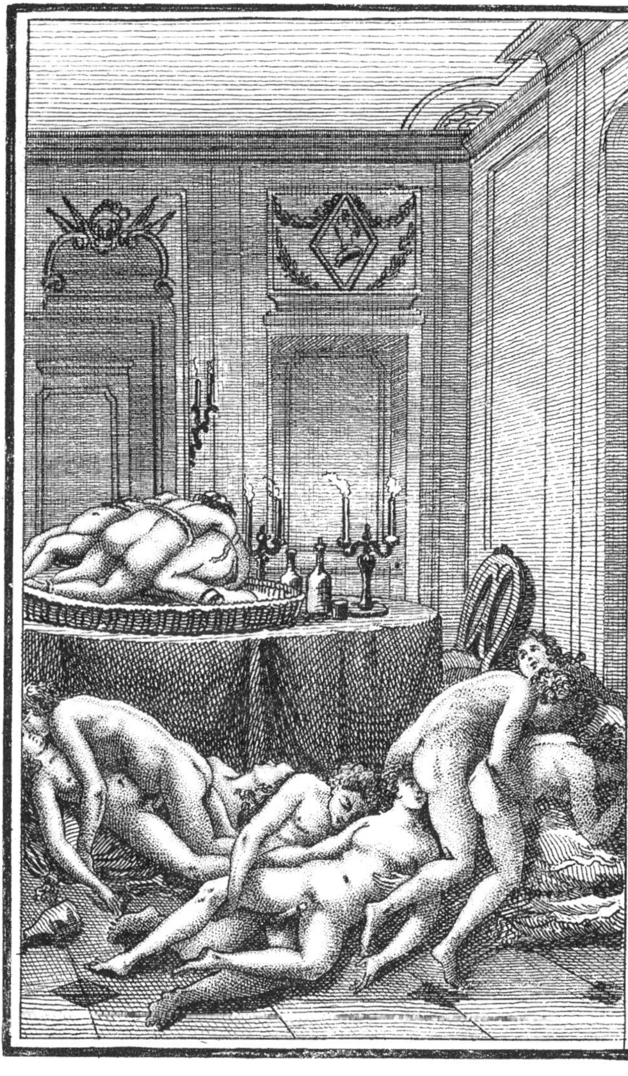

zig bist.« — »Man könnte in allen diesen Dingen nicht fester sein wie ich«, sprach die liebenswürdige Venezianerin, »denn es gibt nichts, das ich mir versagen würde, wenn meine Leidenschaften es fordern.« — »Wie, du gehst bis zum Mord?« — »Bis zum Vatermord, wenn es sein muß.« — »Ah, küsse mich tausendmal, ich bin deiner würdig, ich ahnte das vollkommen.« — »Nun, sprach die Zanetti, »da du so aufrichtig bist, will ich dir auch Vertrauen entgegenbringen. Erschrick nicht und schwöre mir, über alles Stillschweigen zu bewahren.« Nachdem ich das gelobt hatte, teilte mir meine Freundin folgendes mit:

»Du weißt, daß ich Witwe bin, Juliette, und daher vollständig Herrin meiner Handlungen. Frage mich nicht, wie ich diese Freiheit erlangt habe und errate, daß es die Frucht des Verbrechens ist.« — »Hast du es begangen?« — »Nein, in Venedig kann man mittels einiger Zechinen leicht alle Ketten brechen.«

»Du hättest es selbst ausführen müssen, dann hätten wir uns noch mehr geähnelt.« — »Oh Gott, ich bete dich an. Du mußt nun wissen, meine teure Freundin, daß es in Venedig eine bezeichnete Vereinigung von Verbrechern gibt, deren einziges Handwerk im Stehlen und Morden besteht. Mehr als dreißig- oder vierzigtausend Personen gehören dieser Vereinigung an und alle stehen unter der Aufsieht des Oberhauptes, eines gewissen Moberti. Nun, dieser Moberti ist mein Geliebter und ich bin in ihn vernarrt. Du wirst zwar sehr erstaunt darüber sein, wenn du ihn sehen wirst, aber wenn du ihn kennen gelernt haben wirst, wirst du begreifen können, daß man einen Mann wegen seiner Neigungen und seines Geistes lieben und dabei sein Äußeres vergessen kann. Moberti ist vierundfünfzig Jahre alt, rot wie Judas, seine Augen beweglich und klein, sein Mund breit, seine Nase und seine Lippen negerartig geformt. Er ist klein, schlecht gebaut, besitzt aber ein so kräftiges Glied, daß es mir jedesmal den Hintern zerreißt. Durch einen sonderbaren Zufall, der wieder beweist, daß das Verbrechen immer glücklich ist, kann mein Geliebter dieses Leben schon fünfundzwanzig Jahre lang führen, ohne daß auf ihn auch nur ein Verdacht gefallen wäre. Einige

Anführer seiner Truppe sind schon gerädert, gehenkt und verbrannt worden, niemals aber verrieten sie ihn. Dieser seltene Mensch hofft, seinem Berufe noch zwölf bis fünfzehn Jahre nachgehen zu können und er hat letzthin herrliche Besitzungen angekauft, um den Rest eines ungeheuer verbrecherischen Lebens dort zu verbringen.«

»Das, Teuerste, wollte ich dir sagen, und wenn du eine der unseren sein willst, dann sieh uns einmal beim Genuß zu und wir wollen dann alle Vorbereitungen zu einer engen Freundschaft treffen.« — »Gewiß«, sprach ich zu meiner Freundin, »du konntest mir nichts angenehmeres vorschlagen. Ich nehme alles unter zwei Bedingungen an. Die erste besteht darin, daß dein Geliebter mir teuer bezahlt, wenn er sich an mir befriedigen will, und daß er auch die Beute bei den Diebstählen mit mir teilt. Die zweite besteht darin, daß auch ich die Kosten unserer Orgien teilen will. Ich will deine Freundin und nicht deine Hure sein.« Wir trennten uns schließlich mit dem Versprechen, uns bald wieder zu treffen.

Da ich nicht wußte, wie sich die ganze Sache entwickeln würde, glaubte ich, vorerst meiner Freundin aus allem ein Geheimnis zu machen. Einige Tage nachher ließ mir die Zanetti sagen, daß sie mit ihrem Freund gesprochen habe und daß er lebhaft meine Bekanntschaft zu machen wünscht. Ich war daher eingeladen, ihn am nächsten Tag auf seinem entzückenden Landgut auf der Insel San Giorgio zu besuchen.

Man hatte mich über das Äußere dieses erstaunlichen Mannes nicht getäuscht, denn man konnte unmöglich häßlicher und zugleich geistvoller sein. »Hier ist das Mädchen, von dem ich dir gesprochen habe«, sprach die Zanetti und umarmte ihn, »ich hoffe, daß du in jeder Hinsicht zufrieden sein wirst.« Der Räuber nahm mich nun bei der Hand und führte mich wortlos in ein Zimmer, in dem zwei fünfzehnjährige, sehr schöne Knaben anwesend waren. »Das darf Sie nicht stören«, sprach der geile Bock, »denn ich bin Arschficker, zeigen Sie mir Ihren Popo und verdecken Sie, ich bitte Sie, die Scheide, ich möchte nicht einmal davon wissen, daß Sie eine haben.«

Diese Einleitung gefiel mir. Ich weiß nicht, was an dieser Persönlichkeit so anziehend war, aber ich fühlte, daß man einen solchen Mann lieben mußte. Moberti betrachtete lange meinen Hintern und ließ sich keine Einzelheit entgehen, dann schlug er zweimal kräftig auf jede Backe und sprach: »Sie können sich ankleiden.« — »Und Ihre Freundin, mein Herr?« — »Sie wird schon kommen; Sie weiß wohl, daß wir nicht ohne sie an die Arbeit gehen.« Und während ich mich entkleidete, liebkoste Moberti die kleinen Knaben.

Jetzt erschien die schöne Venezianerin. »Hast du alles vorbereitet«, fragte sie ihr Geliebter, »werden wir allein sein und sind die Türen gut verschlossen?« — »Beruhige dich, mein Freund, du weißt, wie ich für dich sorge.« — »Dann laßt uns also ficken und uns allen Launen hingeben«, erwiderte Moberti. — »Ja, mein Freund, das kannst du«, und die Zanetti knöpfte zuerst dem jungen Knaben die Hosen auf und zeigte dann ihre Arschbacken dem Wüstling. »Beeile dich«, sprach sie leise zu mir, »ich bin überzeugt, daß er sich danach sehnt, deinen Popo neben dem der Knaben zu sehen.« Ich befriedigte ihren Wunsch, und nachdem Moberti uns alle drei geleckt hatte, befahl er einem seiner Lustknaben, mir zwischen meinen Beinen Haare auszureißen, weil er sich an meinen Sprüngen ergötzen wollte. »Hören Sie mir wohl zu«, sprach der Brigant, »und befolgen Sie meine Verordnungen so gut es möglich ist. Jedesmal, wenn man Ihnen ein Haar ausreißt, müssen Sie mir in den Mund furzen und beim sechstenmal müssen Sie auf die Nase des jungen Mannes pissen und ihn mit Schmähungen überhäufen.

Ich war so glücklich, diesen seltsamen Wüstling befriedigen zu können, und als meinem Mund die Flüche entströmten, ergriff er ein Rutenbündel und peitschte mich während einer Viertelstunde. »Was machst du denn«, rief die Zanetti, »was hat dir denn dieses Geschöpf getan?« — »Die Hure hat gefurzt, sie hat mir mit ihrem unwürdigen Urin das entzückende Gesicht meines Lustknaben verunreinigt.« — »Was ist dir in den Sinn gefahren, du Schuft, meine Freundin so zu behandeln«, sprach die Zanetti und peitschte ihn so heftig, daß das Glied des Italieners die Länge von einem Fuß und den Umfang von 8 Zoll erreichte. »Hast du schon einen von dieser Größe gesehen?« sprach er und zeigte mir es. »Oh Himmel, ich bin verloren, wenn du mich mit der Maschine durchbohren willst.« — »Das wird ja trotzdem geschehen«, sprach er und befahl seiner Geliebten mich auszuziehen. »Diese Kinder hier sind noch jungfräulich und müssen es nicht, aber du wirst sie töten und ich möchte noch leben.« Bei diesen Worten bot die Zanetti ihm ihre Arschbacken zum Kusse dar, und während einer der jungen Leute ihr Haare ausriß, ließ sie auf die Nase ihres Geliebten einen ungeheueren Furz los; dieser stürzte sich auf sie und bestieg sie von hinten. Ich muß gestehen, daß ich erstaunt war, wie die Zanetti, ohne zu zucken, das ungeheuere Glied in sich eindringen ließ. Sein Feuer wuchs dabei derart, daß ich glaubte, er würde seinen Samen verlieren, er war aber so vollkommen Herr seiner selbst, daß er sich zurückziehen konnte und eine jede von uns wurde mehr als zweihundertmal ausgepeitscht. Dann ergriff er mich und indem er mir fürchterliche Blicke zuwarf, schrie er: »Du mußt sterben!«

So sehr ich auch an derartige Szenen gewohnt war, diesmal erschrak ich doch heftig, denn der Italiener schnürte mir den Hals ein, daß ich fast erstickte und hielt ununterbrochen einen Dolch auf meine Brust gezückt. Dann beugte er mich auf das Sofa und stieß ohne jede Vorbereitung sein Glied mit solcher Kraft in meinen Hintern, daß auf meiner Stirne kalter Schweiß erschien und ich nahe daran war, ohnmächtig zu werden und nach einigen Augenblicken ließ er mich auf die Erde legen und ich mußte den Hintern, so gut es mir möglich war, heben und er zog sich daraus plötzlich zurück, indem er mir dabei mehr Schmerz verursachte, als bei der Einführung. »Ihr Hinterer ist gut«, sprach er, »er ist warm und eng, aber sie bewegt sich, während man sie bearbeitet, und du weißt, Zanetti, daß ich dann unmöglich entladen kann.« Nun ergriff seine Geliebte Ruten und Peitschen, während ich auf der Erde lag und die zwei Knaben ihn an meinen Arschbacken rieben. Ich mußte ihn darauf nochmals auspeitschen und während der Grausame seinen Samen verlor, stach er mit einem Stilett vielleicht zwanzigmal auf die Knaben los. »Verbrecher«, sprach ich zu ihm und verdoppelte meine Hiebe, »du kannst dir einbilden, ein Ungeheuer zu sein.« Seine Entladung ließ mich an einen Vulkan denken; er sah dabei aus wie ein wütender Tiger.

Als die Ruhe wieder hergestellt war, wurden die Leichen der an den Stichen umgekommenen Knaben in einem kleine Garten verscharrt und wir kleideten uns wieder an. Moberti legte sich vor dem Essen doch ein wenig schlafen. »Welch ein Mann«, sprach ich zu meiner Geliebten. — »Oh, du hast noch gar nichts gesehen, diesmal war er sehr sanft, er ist aber nicht immer so. Nach Tisch erwarten ihn zwei neue Opfer, und da dies junge Mädchen sind, werden sie tausendmal mehr zu dulden haben.« — »Unser Geschlecht regt ihn also mehr auf?« — »Gewiß; hat er dich nicht auch übel zugerichtet?« — »Ah, ich bin ganz aufgeschlitzt; ich habe schon viele ungeheuere Glieder in mir gehabt, aber noch nie wurde mir so übel mitgespielt.«

Bald erwachte Moberti und verlangte zu essen. Wir gingen in einen kühlen, abseits gelegenen Saal und alles, was wir nötig hatten, stand auf kleinen Tischen um uns herum, so daß wir keine Diener nötig hatten. Nun erklärte mir der Brigant, was er mit mir vorhabe. Ich sollte mich von der Durand trennen und Opfer an mich locken, die er dann bestehlen wollte. Ich sah sofort, daß dabei mehr Gefahr als Nutzen zu erwarten sei und wies die Vorschläge des Mannes zurück. Ich hütete mich aber wohl, ihn meine Gedanken erraten zu lassen und tat im Gegenteil so, als ob ich mit seinen Plänen vollkommen einverstanden wäre.

Nach Tisch zog er mich in ein geheimes Gemach und sprach zu mir: »Du hast meinen Geschmack genug kennen gelernt, um zu wissen, daß mein hauptsächlichster Genuß im Mord liegt. Kann ich deiner sicher sein und wirst du keine Gewissensbisse empfinden?« — »Sie müssen mich auf die Probe stellen, mein Teuerster«, erwiderte ich, »und ich will Ihnen bald beweisen, daß ich eher aus Neigung Ihnen diene als aus Gefälligkeit.« Und eine niederträchtige Idee ging durch meinen verbrecherischen Kopf. Ich hatte durchaus nicht Lust, die Geliebte dieses Mannes zu werden und trotzdem tat ich aus reiner Bösartigkeit so, als ob ich eifersüchtig wäre. »Weshalb soll ich die zweite Stelle bei dir einnehmen«, sprach ich, »wird denn dein Vertrauen und dein Herz mir gehören? Ich möchte meinen Dienst allein bei dir versehen und nicht eine so gefährliche Rivalin wie die Zanetti neben mir haben.« Der Schuft hörte mir mit Interesse und Überraschung zu. »Wie, du könntest mich wirklich lieben?« sprach er nach einem Augenblick des Schweigens. »Ah, Sie würden mir den Kopf verdrehen.« — »Ein Geliebter, der Ihnen ähnelt, würde von mir angebetet werden.« — »Nun denn, das wird sich schon geben. Du bist viel schöner als die Zanetti und du sollst allein in meinem Herzen herrschen.« — »Wird sie aber nicht verzweifelt sein und werde ich mir dadurch nicht eine Feindin geschaffen haben?« — »Ah, darüber mache ich mir keine Sorge, wenn ich nur Sie allein besitze.« — »Aber solange dieses Geschöpf lebt, würde ich mich nicht sicher fühlen. Ich glaube, daß wir die Sache kurz machen müssen; die Frau ist bösartig und wenn Sie wüßten, was sie mir alles von Ihnen gesagt hat…, ha, wenn wir ihr nicht zuvorkommen, wird sie uns nie zufrieden lassen.« — »Ich bete dich an, schöner Engel«, rief er und warf sich in meine Arme, »das Schicksal deiner Rivalin ist entschieden«, und Moberti, den der Gedanke ebenso wie mich erhitzte, steckte ohne jede weitere Vorbereitung sein Glied in meinen Hintern. »Was wollen wir ihr tun?« fragte mich der Schuft, während er fortarbeitete. »Ich will jetzt, solange ich genieße, noch ihr Todesurteil fällen.« Wir besprachen alles und kehrten dann zurück.

Moberti hatte sich wohl gehütet, seine Kräfte zu verlieren. Die Zanetti hatte sich bereits beunruhigt, und wir konnten leicht in ihren Augen lesen, daß der Dämon der Eifersucht ihr Herz bereits quälte. Sie bat ihren Geliebten in den Salon zu kommen, in dem vormittags die Orgien gefeiert worden waren, und hier führte sie ihm die neuen Opfer vor. Wir fanden eine sechsundzwanzigjährige, seit sieben Monaten geschwängerte Frau mit zwei entzückenden elf- und neunjährigen Kindern. »Die Sache wird mich sehr geil machen«, sagte er uns ins Ohr, »denn die Frau glaubt, daß ich ihr große Dienste leisten werde und statt dessen bereite ich für sie furchtbare Qualen vor. Schließe die Türen, Zanetti, damit wir vollkommen ungestört sind. Ich möchte, daß das ganze Weltall still steht, wenn ich geil bin.« Moberti setzte sich und befahl seiner Geliebten, Angelica zu entkleiden, während Mirza und Marietta, die beiden Töchter, schweigend die Befehle des Briganten erwarteten. Nachdem er den Bauch Angelicas vergnügt abgeklatscht hatte, sprach er: »In weniger als einer Stunde wird, so hoffe ich, diese angeschwollene Masse ihre Form verändert haben.« — »Ah, Sie täuschen mich grausam, mein Herr«, sprach Angelica, »ich kann bereits erraten, welche Greueltaten Sie an mir begehen wollen; aber achten Sie doch wenigstens die Frucht, die ich trage.« Bei diesen Worten brach der Verbrecher in schallendes Gelächter aus. »Verfluchte Hure«, rief er aus und bearbeitete die Unglückliche mit Faustschlägen, »du kannst sicher sein, daß es für mich nichts achtunggebietenderes gibt, als eine schwangere Frau und du siehst bereits, wie mich dein Zustand milder gestimmt hat, trotzdem jedoch bitte ich dich, deine ältere Tochter zu entkleiden.«

Während der ganzen Zeit kitzelte ich den Wüstling und bot meinen Mund seinen heißen Küssen dar. Auch die Jüngere mußte nun herantreten. »Donnerwetter«, rief der Verbrecher aus, »gibt es denn kein Mittel, durch das ich alle drei gleichzeitig im Hintern vögeln kann?« Er bestieg nun die Mutter, während wir uns beide auf sie setzen mußten, und nach einigem Hin- und Herstoßen zog er sich wieder zurück. Nun kam das ältere der Mädchen dran und nachdem die Zanetti den Weg geebnet hatte, stieß Moberti zu. Die Einführung gelang, jedoch die Unglückliche fiel in Ohnmacht. »Das wollte ich haben«, sprach der grausame Kerl, »verstehst du mich, Zanetti?« Und dann fügte er leise in mein Ohr hinzu: »Ich will sie erst zur Hölle schicken, wenn sie mit einem schönen Verbrechen beladen ist.«

Durch die Mühewaltung der Venezianerin wurde Angelica, auf den Hüften ihrer Tochter sitzend, festgehalten. Meine Arschbacken waren zu seiner Rechten aufgestellt und die des jungen Mädchens zur Linken. Nun aber werden Sie nicht erraten, welche neue Anforderung er an uns stellte. Seine Geliebte mußte ihn kräftig in den Hintern beißen und dabei das Bellen eines Hundes nachahmen, während er den Hintern Angelicas verschlang. So entzückend mir dieses Hundekonzert schien, so unangenehm war es für Angelica, von der bald blutige Fleischfetzen herabhingen. Bald darauf fiel sie in Ohnmacht und er wechselte das Mädchen aus.

Inzwischen führte die Zanetti ihren gegebenen Auftrag aus; während ihr Geliebter sich befriedigte, erdolchte das niederträchtige Weib das eine der beiden jungen Mädchen, das an der Handlung nicht beteiligt war. »Verbrecherin«, rief der Italiener aus, »welch ein ungeheueres Verbrechen hast du begangen, der Ewige verlängere nun deine Tage, damit du es noch lange bereuen kannst!« Und er zog sich zurück, denn sein Samen hatte sich beim Anblick dieser Greueltaten nicht halten können. Wir gingen also wieder in das Kabinett, in dem wir uns früher unterhalten hatten.

»Ich will Furchtbares begehen«, sprach er und küßte mich, »und deine Rivalin soll dabei beteiligt sein. Oh, Juliette, ich habe bereits wieder einen Ständer! Du kannst daran sehen, welche Macht dieser Verrat über mich besitzt. Ich bete ich an, Juliette, und töte die Zanetti bloß, um dich auf ewig zu besitzen!« — »Denkst du aber daran, teurer Freund, daß diese Frau dich verehrt? Es tut mir bereits leid, deinen niederträchtigen Begierden nachgegeben zu haben.« — »Ah, was liegt mir an den Gefühlen dieser Hure! Niemals noch war meinen Leidenschaften etwas heilig. Jetzt ist der Augenblick, wo wir sie vernichten wollen, denn sie ahnt nichts. Oh, wie wonnevoll wird dieser Abend für mich werden.«

»Bekleide mich mit dieser Tigerhaut, ich will mich auf alle drei stürzen, wie sie in dem Zimmer um den Leichnam herum versammelt sind und will sie zerreißen. Du mußt mich während des ganzen Vorganges zur äußersten Strenge ermahnen und nachher wollen wir das Besprochene gemeinsam ausführen.« Ich ging die Zanetti benachrichtigen. Da sie gewohnt war, zu befehlen, kam es ihr seltsam vor, daß sie sich plötzlich unterordnen mußte. »Was will er denn anstellen?« fragte sie mich. »Sie werden es schon sehen«, antwortete ich frostig und ging zurück.

Moberti stürzte sich bei meinem Eintritt auf mich und begann mich von hinten zu bearbeiten. Wir verbrachten nun lange Zeit damit, unseren Plan zu besprechen und zu verbessern, ein Plan, der selbst den wildesten Tieren Schauder eingejagt hätte. »Nun bin ich aufgeregt genug«, sprach der Schuft und zog sich zurück und nachdem er noch sein Tigerfell mit den ungeheueren Nägeln und dem zum Bellen eingerichteten Maul angezogen hatte, verließen wir das Zimmer.

Zuerst warf er sich auf die Zanetti. Er riß ihr eine Brust weg und mißhandelte ihre Arschbacken derart, daß das Blut sofort herabfloß. »Ah, ich bin verloren, Juliette«, rief die Unglückliche aus. »Sie haben mich verraten und das Ungeheuer, das ich so geliebt habe, behandelt mich nun auf diese Weise.« Nun ließ Moberti sein Opfer für einen Augenblick los, um sich auf die anderen zu werfen. Angelica und ihre Tochter wollten sich flüchten, allein wie hätten sie sich der Wut dieses Rasenden entziehen können, trotzdem jedoch wandte er sich bald an den Leichnam und preßte seine Zähne in den leblosen Körper hinein. Ich war immer hinter ihm und bald schlug ich ihn mit aller Kraft, bald kitzelte oder leckte ich ihn im Hintern.

Nach und nach verschärften sich die Grausamkeiten. Er sprang auf seine Geliebte und gab mir ein Zeichen. Wir banden die Unglückliche auf eine Holzbank, knebelten sie und nachdem er sich rittlings auf ihren Körper gesetzt, riß er ihr die Augen, die Nase und die Wangen aus. Meine Wollust ergoß sich bei dem Gedanken, daß ich die einzige Ursache dieser Greueltaten war. Dann drehte er seine Frau um; zerriß ihre Arschbacken und befahl mir, auf ihre Wunden geschmolzenes Wachs zu gießen. Schließlich warf er sich wie ein Rasender auf sie, und während ich ihn auch unten kitzelte, zerriß er seine ehemalige Liebe in tausend Stücke.

Trunken vor Wut und Geilheit warf er sich nun auf die beiden anderen Opfer. Mit seinen Krallen riß er das Kind aus dem Schoß der Mutter, zerdrückte es dann und warf sich schließlich auf das andere Mädchen, um es zu zerreißen. Aber auch dieses Opfer ließ er bald stehen, um in meinem Hintern den Samen zu verlieren, der ihn zu einem der gräßlichsten Tiere gemacht hatte. Nach Beendigung dieser Greueltaten eilten wir nach Venedig zurück, indem wir vereinbarten, uns so bald als möglich zu treffen.

Ich verbrachte unendlich erregt die Nacht. Himmel! wie oft ließ ich mich von meinen Frauen bei dem Gedanken an die eben begangenen Verbrechen kitzeln. Wieder einmal sah ich, daß man nichts mit der Blutgier vergleichen kann. Kaum daß man vom Mord gekostet hat, wird er bereits unentbehrlich.

Trotzdem jedoch konnte nichts in der Welt mich dazu bewegen, die Vorschläge Mobertis anzunehmen. Auch verließ ich mich auf die Durand, die mir stark abriet. So versperrte ich also, als er zu mir kam, die Türe und ich habe ihn seither nie wieder gesehen.

Eines Tages bat mich die Durand, wegen einer Frau zu ihr zu kommen, die sich schon lange nach mir sehnte. Signora Zatta, die Gattin eines Prokurators, mochte fünfzig Jahre alt sein und hatte für ihr Geschlecht eine außerordentliche Vorliebe. Kaum hatte sie mich gesehen, als sie mich wie ein Mann liebkoste und sich so benahm, daß ich Ihr unmöglich widerstehen konnte.

Wir speisten zusammen und beim Nachtisch warf sich die Messalina halb betrunken auf mich und entkleidete mich. Ich entlud sechsmal unter ihren gelehrten Fingern; oder vielmehr ich entlud nur einmal, aber zwei Stunden lang. Als ich zur Besinnung gekommen war, wollte ich dieser Frau das erwidern, was sie mir getan hatte, allein sie verteidigte sich fest.

Sie wünschte nur andere Mädchen, und nachdem sie sich mit sieben gekitzelt hatte, zog sie aus der Tasche ein Godmiché hervor, wie ich es in meinem Leben noch nicht gesehen hatte. Dieses sonderbare Werkzeug besaß vier Köpfe. Wir standen Rücken an

Rücken und die eine Spitze steckte sie in meinen, die andere in ihren Hintern. Die anderen Köpfe des Instrumentes waren gekrümmt und wir konnten sie in die Scheide stecken. Zwischen unseren Beinen war je ein Mädchen aufgestellt, das die Maschine geschickt bewegte. Zwei andere peitschten die beiden Leckenden, zwei weitere ließen sich von mir ihre Schamberge kitzeln und die fünfte wachte darüber, daß alles ordentlich vor sich gehe. Nachdem wir die sieben Frauen erschöpft hatten und uns die Hinterbacken blutig hatten schlagen lassen, begann Zatta sich an den Peitschenden zu rächen. Wir zerrissen sie unbarmherzig, so viel sie auch schreien mochten und ließen erst nach bis neue Ergüsse erfolgt waren. Die unersättliche Hure wollte nun noch die Nacht mit mir verbringen und wir gaben uns tausend wüsten Ausschweifungen hin.

Ich kann nicht beschreiben, welche Scheußlichkeiten wir in unserem Haus von Männern und Frauen begehen sahen. So gelehrt ich auch schon war, ich lernte doch noch zu und ich muß gestehen, daß ich niemals geglaubt hätte, die menschliche Phantasie könnte so verderbt sein.

Eines Tages kam das Mitglied einer der vornehmsten Familien Venedigs zu uns. Er hieß Cornaro. »Ich muß dir die Leidenschaft gestehen, die mich verzehrt.« — »Befehlen Sie, mein Herr, in diesem Hause wird jeder Wunsch erfüllt.« — »Nun, meine Teure, ich muß einen kleinen, neunjährigen Knaben in den Armen seiner Mutter und seiner Tante ficken und die beiden Frauen müssen selbst das Eisen schärfen, mit dem ein Mann das Kind mißhandeln wird. Nachdem dieses geschehen ist, will ich die Mutter auf dem Körper ihres Kindes ficken und der Mann muß die Arschbacken des Kindes abschneiden und sie auf einem Rost braten, dann will ich die gebratenen Fleischstücke verzehren und dazu Acquavite trinken.« — »Oh, mein Herr, welche Greuel.« — »Ich weiß, meine Teuerste, aber je scheußlicher das ist, was ich tue, desto mehr werde ich aufgeregt.«

Ich konnte meinen Mann bald bedienen. Sein Wundarzt erschien und er schloß sich mit zwei kräftigen Arbeitern in ein Kabinett ein, indem er mir befahl, mich so lange im Hintergrunde zu halten, bis er meiner bedürfe. Nach zwei Stunden rief er mich zurück. Das Kind war in den Armen seiner Mutter und weinte. Der Wundarzt und die beiden Männer tranken, während die Mutter und die junge Tante in Tränen schwammen. »Teufel«, rief der Venezianer aus, »gibt es eine erhabenere Szene? Aber wir wollen handeln, Juliette, laß dich von einem dieser Kerle im Hintern bearbeiten, ich will den anderen für mich nehmen, denn ich kann nichts tun, wenn ich nicht ein Glied im Hintern habe.«

Ich befolgte die Laune dieses Wüstlings, der das Kind mit den Armen ergriff, es auf den Rücken der Mutter aufhing und es bestieg, während die junge Tante das zur Operation nötige Eisen zuschärfte und sich dabei vom Wundarzt peitschen ließ.

Als Cornaro es kommen fühlte, gab er dem Chirurgen ein Zeichen, dieser ergriff die Waffe aus den Händen der Tante und in unglaublich rascher Zeit hieb er drei Köpfe ab, während der Venezianer wie ein Esel entlud. Er zog sich zurück und die drei formlosen Massen rollten in die Mitte des Zimmers. »Donnerwetter«, rief Cornaro, »ich habe noch niemals so viel Vergnügen genossen. Jetzt aber wollen wir ihre Arschbacken auf dem Rost braten.« — »Verbrecher«, sprach ich zu dem Barbar, »bereust du nicht die Greuel, die du eben begangen hast?« — »Oh, Juliette, wenn man so weit ist wie ich, bereut man höchstens eine tugendhafte Handlung.« Trunken vor Wollust hielt ich den göttlichen Verbrecher an meinem Busen. Ich kitzelte ihn und trachtete ihm die Kräfte wiederzugeben, die er zu neuen Taten benötigte. Als er nach meinem Hintern verlangte, glaubte ich triumphieren zu können. Er kniete sich vor ihn hin, bearbeitete ihn zuerst mit den Händen, dann leckte er das Loch. Aber nichts regte sich bei ihm.

»Eine Entladung entkräftet mich für acht Tage«, sprach er, »wir wollen jetzt zu Abend essen, und ich hoffe, daß meine Kräfte inmitten der wollüstigen Genüsse, mit denen wir das Mahl würzen werden, sich ergänzen. Laß dich aber in der Zwischenzeit besteigen, Juliette, denn die Wollust funkelt aus deinen Augen und ich verstehe, daß du das Bedürfnis fühlst zu entladen.« — »Nein«, erwiderte ich, »da du wartest, will ich gleichfalls warten. Allein dein Same kann meinen Erguß hervorrufen.« — »Nun denn, dann wollen wir unser Abendessen so ausschweifend als möglich gestalten. Ich brauche dir gar nicht zu sagen, wie es sein soll. Du kennst jetzt meinen Geschmack und du wirst mir nichts zu wünschen übrig lassen.«

Als alles bereit war, benachrichtigte uns die Durand, als Bacchantin bekleidet, daß das Essen aufgetragen sei. Wir gingen in einen großen Saal, inmitten dessen ein Tisch mit vier Gedecken für Cornaro, die Durand, eine Frau von fünfzig Jahren namens Laurenzia, die als die ausschweifendste und geistvollste Frau Italiens bekannt war und mich als vierten Tafelgenossen. Laurenzia war gleichfalls entschlossen, das Menschenfleisch zu essen und verschlang es ohne Abscheu.

Nunmehr wurden uns acht vorzügliche Gänge aufgetragen, allein als Getränk diente uns, wie bereits gesagt, nur sehr alter Acquavite. Acht vierzehnjährige Mädchen hielten das Lebenswasser in ihrem Mund und beim leisesten Zeichen ließen sie es aus ihren Rosenlippen in den glühenden Mund der Tafelgenossen fließen. Acht fünfzehnjährige Lustknaben stützten sich ehrerbietig auf den Stuhl jedes der Teilnehmer, um beim leisesten Zeichen jeden Befehl auszuführen. In jeder Ecke des Tisches stand eine von zwei alten Frauen, zwei Negerinnen, zwei kräftigen Männern, zwei Lustknaben, zwei achtzehnjährigen Mädchen und zwei siebenjährigen Kindern gebildeten Gruppen. Auf einen leisen Wink trat die Gruppe an jeden heran und man konnte sich befriedigen, soviel man wollte. Ferner erhoben sich ringsum vier Theater und auf jedem zerrissen zwei Neger ein schönes, sechzehn- bis siebzehnjähriges Mädchen, das, sobald es genügend mißhandelt worden war, in eine Falltür fiel, um einer anderen Platz zu machen. Andere Neger bearbeiteten schwarze Lustknaben im Alter von zwölf und dreizehn Jahren. Unter unserem Tisch waren vier fünfzehnjährige Mädchen versteckt, die Cornaros Glied und unsere Scheiden leckten. Ein ungeheuerer Lüster hing von der Decke herab und die Lichtstrahlen waren so gerichtet, daß sie eine Unmenge von auf dem Balkon befindlichen Kindern verbrannten. Dieser Einfall trug uns die meisten Lobeserhebungen Cornaros ein. Er bezeugte, noch niemals etwas ähnliches gesehen zu haben.

»Wer ist diese Frau?« fragte er beim Anblick Laurenzias. »Eine Wüstlingsnatur wie du«, antwortete die Durand, »nur daß sie dich an Niederträchtigkeit noch übertreffen kann.« — »Das ist mir recht«, sprach Cornaro, »aber es scheint mir, als ob diese Frau und die Durand mir vorher ihre Arschbacken zeigen sollten.« — »Das ist richtig«, erwiderten beide und erhoben sich, um ihre Hintern Cornaro vorzuführen. Der Wüstling prüfte sie vorerst aufmerksam, küßte sie und sprach dann: »Hier scheint die Wollust schon oft ihren Sitz aufgeschlagen zu haben. Küsset mich, Ihr göttlichen Hintern, streut Euren Wohlgeruch auf mich aus und dann setzet Euch. Wer sind diese Frauen«, fragte Cornaro weiter, indem er auf eine Anzahl weinender Weiber hinwies. »Das sind die zum Tode verdammten Opfer, die deine Gnade anflehen wollen.« — »Ich werde sie ihnen sicher nicht angedeihen lassen«, sprach der Barbar und warf ihnen grausame Blicke zu. Nun begannen wir zu speisen und alles setzte sich in Bewegung.

Cornaro, den man ununterbrochen leckte, begann wieder einen Ständer zu bekommen. Jedes der entzückenden Geschöpfe mußte dem geilen Bock seinen Hintern zeigen und empfing dann das Todesurteil. Nach diesem Vorspiel beugte sich Cornaro über meine Brust und ließ mich sein Glied in die Hand nehmen, von dessen Zustand ich sehr befriedigt war. »Diese Huren haben mich aufgeregt«, sprach er mir ins Ohr, »es würde mich nicht wundern, wenn ich heute noch sehr bösartig werden würde.« Jetzt hob Cornaro meine beiden Arschbacken hoch und zeigte meinen Hintern einem der Männer. »Kommen Sie«, sprach er, »und besteigen Sie sie in meinen Armen.« Man befolgte seinen Befehl und während er mir den Mund leckte, bediente ein junges Weib sein Glied und eine andere seinen Hintern. »Gehe jetzt, Juliette«, sprach er, »und du, Laurenzia, komm an ihre Stelle.«

Dieselbe Szene folgte und alle Weiber kamen nun nacheinander an die Reihe. »Jetzt wollen wir essen«, sprach er schließlich, »als Einleitung ist dies genug gewesen. Glaubst du, Juliette, daß es auf der Welt eine göttlichere Leidenschaft gibt als die Sinnlichkeit?« — »Gewiß nicht, aber man muß sie bis zur Ausschweifung treiben. Derjenige, der sich Beschränkungen auferlegt, kennt niemals den Genuß.«

Dieser Gegenstand unterhielt uns noch einige Zeit, als eine Frau angekündigt wurde, die sich im größten Elend befand und lebhaft Cornaro zu sprechen wünschte. »Lassen Sie sie eintreten«, sprach ich, ohne dem Venezianer Zeit zum Antworten zu lassen und auf meinen Wink erschien alsbald eine schwangere dreißigjährige Frau mit zwei vierzehn- und dreizehnjährigen Knaben und zwei fünfzehn- und zwölfjährigen Mädchen.

»Oh, mein Herr«, rief sie aus und fiel mit ihrer ganzen Familie Cornaro zu Füßen, »ich rufe Ihre Barmherzigkeit an! Lassen Sie sich im Namen Gottes erweichen, helfen Sie einer unglücklichen Mutter von vier Kindern, die von ihrem Manne verlassen wurde. Seit zwei Jahren fehlt es uns an allem. Wir sind ohne Arbeit, ohne Hilfsquellen und bereit, uns in den Rachen des Todes zu werfen, wenn die Grausamkeit der Menschen uns weiter aller Unterstützung beraubt. Oh, mein teurer Herr, helfen Sie uns, oder wir müssen umkommen.«

Ich habe bereits gesagt, daß diese Frau entzückend aussah und die Tränen, die sie noch interessanter machten, regten die grausame Geilheit unseres Wüstlings derart auf, daß ich schon glaubte, er würde entladen, ohne daß man ihn berührte. Aber er nahm sich wohl in Acht, und um neue Greueltaten zu beraten, ging der Verbrecher mit mir in ein naheliegendes Kabinett und ließ die neuen Opfer nachkommen.

Hier entwickelte sich die Grausamkeit des Menschenfressers in ihrem ganzen Umfang. Er war nicht mehr bei Sinnen, stammelte und stotterte zusammenhanglose, gemeine Worte. »Nun, du Hure«, sprach er beim Eintreten, »ich will dir Hilfe zuteil werden lassen. Vorwärts, nackt... und hauptsächlich Arschbacken...

Juliette, ich habe einen großen Ständer... reibe meine Hoden mit Weingeist ein... Aber entkleide doch diese Hure«, fuhr er fort und führte einen so kräftigen Faustschlag in das Gesicht der Mutter, daß er ihr das Auge und einen Zahn ausschlug und meinen Arsch so heftig ergriff, daß ich aus Furcht, er könnte auch mir etwas antun, die Entkleidung beschleunigte. Nun mußte die Unglückliche mich auf den Knien bitten kommen, daß ich sie entkleide, und während sie dies tat, spuckte er ihr auf die Nase. Als sie in dem gewünschten Zustand war, entjungferte er im Handumdrehen die beiden Knaben und die beiden Mädchen und befahl mir dann, die beiden Arschbacken mit einer Kerze zu verbrennen. »Jetzt gib mir Peitschen«, sprach er nach einem Augenblick, und als ich ihm welche gereicht hatte, legte er die Mutter mit dem Rücken auf das Bett und die vier Kinder auf ihren angeschwollenen Bauch. Vorerst küßte und betastete er alles, dann aber begann er den Bauch und die appetitlichen Arschbacken grausam zu peitschen. Ich kitzelte ihn in der Zwischenzeit und unterhielt seine Kraft durch grausame und blutrünstige Reden. Von Zeit zu Zeit ruhte er sich aus, fuhr in meinen Hintern hinein, stieß drei oder viermal zu und begann wieder seine grausamen Peitschungen.

Endlich hatte er auch das satt und nun begann er den Bauch der jungen Mutter zu pressen und zu mißhandeln. »Mein Freund«, sprach ich, »ich lese in deinen Augen, daß dich dein Samen verraten wird, denn du wirst dich bei den Reizen dieser Szene nicht halten können und du mußt bedenken, daß neue Verbrechen deiner harren.« — »Was bereitest du mir denn noch vor?« fragte der Venezianer, trunken vor Geilheit. »Komm«, sprach ich, »laß diese Opfer einen Augenblick ruhen, du wirst in einer Minute wieder zurück sein.«

Ich zog ihn nun in einen Saal, in dem die Durand mit Laurenzia die neue Szene vorbereitet hatte. Dieser Saal glich einem der Tempel Roms, in dem ehemals die Saturnalien gefeiert wurden. Neun wollüstige lebende Bilder zeigten sich dem Venezianer: das erste stellte einen schönen Mann vor, dessen Glied beim

Anblick eines schönen Knaben in Erregung geraten war, ein Lustknabe liebkoste die beiden. Im zweiten Bild sah man eine vierzigjährige Frau, die ein fünfzehnjähriges Mädchen kitzelte und die selbst von einem achtzehnjährigen Mädchen gerieben wurde. Das dritte stellte einen kräftigen Athleten vor, der eine schöne Negerin von hinten bearbeitete und dabei die Scheide einer hübschen Weißen leckte. Im vierten peitschte eine Mutter ihre Tochter, wurde aber selbst von einem Manne gezüchtigt. Das fünfte zeigte einen Mann, der ein Kalb im Hintern leckte und selbst von einem Hunde bearbeitet wurde. Im sechsten sah man einen Mann, der seine an eine Leiter angebundene Tochter züchtigte und selbst dabei gepeitscht wurde. Das siebente bestand aus einer Gruppe von zehn jungen Mädchen, die sich gegenseitig leckten. Das achte war aus einer Gruppe von zehn Männern gebildet, die sich gegenseitig in den Arsch fickten. Im neunten schließlich sah man Männer, die junge Mädchen von hinten bearbeiteten und dabei sechzigjährige Greisinnen leckten, kleine Knaben zerbissen ihnen gleichzeitig die Arschbacken. Zwei Matronen boten Cornaro sechs junge zwei- und dreijährige Mädchen, die ganz nackt und schön wie Liebesgötter waren, an. Man hörte nur Schreie des Vergnügens oder des Schmerzes und herrliches Sausen der Ruten. Alle waren nackt und von den Fluten des Lichtes, das von wohlriechenden Lampen zuging, überströmt. Cornaro durchschritt die verschiedenen Reihen und ließ sich dabei von zwei Männern und zwei peitschenden Frauen folgen.*

Hier drückte der geile Bock Brüste, dort kratzte er eine Scheide auf, hier wieder schlug er mit kräftigen Fausthieben ein Gesicht blutig. Er war wie der wütende Tiger in einer Herde von Schafen. »Wir wollen ein Ende machen«, sprach er, »gib mir sechs junge Mädchen und sechs junge Männer und wir wollen in

* Niemals ersehnt man für seinen Hintern lebhafter ein Glied, als wenn man gepeitscht wird und niemals ersehnt man lebhafter die Peitsche, als wenn man im Hintern gefickt wird. Es ist unglaublich, wie eng diese beiden Genüsse zusammenhängen.

das Kabinett zurückgehen.« Ich befolgte seine Befehle, und nachdem wir noch jeden mit dem Tode bedroht hatten, der beim Anblick des nun folgenden Schauspiels Tränen vergießen würde, ergriff Cornaro die Mutter. Er band sie an den Füssen an der Decke fest, damit ihr eigenes Kind sie ersticke, dann ließ er das hübscheste der Mädchen von seiner Schwester halten, bestieg es von rückwärts, ergriff dann eine Säge und schnitt der Unglücklichen langsam den Kopf ab. Dreien der Zuschauerinnen wird übel und sie fallen zusammen. »Bezeichne sie«, sprach Cornaro, »ich werde sie zum Schluß bearbeiten.« Schließlich fiel der Kopf und nachdem noch alle Kinder drangekommen waren und dieselbe Qual durchzumachen hatten, vergoß der Verbrecher endlich eine Flut kochenden Samens. Drei andere Zuschauerinnen waren ebenfalls in Ohnmacht gefallen und die übrigen schwammen in Tränen. Die Mutter hingegen hing bereits leblos von der Decke herab. Ihr Kind war in die Brust zurückgedrungen und hatte sie erstickt. »Wie, mein Freund«, sprach ich und näherte mich dem Verbrecher, »wie, du wolltest diese Opfer unbestraft lassen und das Todesurteil soll unausgeführt bleiben?«

»Ich bin erschöpft«, antwortete der Venezianer, »nicht daß mich das Verbrechen anwidern würde, aber ich bedarf der Ruhe.« Hm, hm, da ich nicht mehr hoffen konnte, Nutzen aus ihm zu ziehen, ließ ich ihm noch eine Brühe auftragen und er verließ mich, nachdem er mir noch 100.000 Francs für die Abhaltung dieser Orgie bezahlt hatte.

Einige Monate nachher machten wir die Bekanntschaft des Senators Bianchi, eines der reichsten Bürger der Republik. Dieser Wüstling hatte die Leidenschaft, seine beiden Nichten, deren Vormund er war, im Bordell zu vergewaltigen. Wie sehr auch immer er getrachtet hatte, in den beiden jungen Mädchen die Scham auszurotten, sie gaben sich doch nur ungern solchen ausschweifenden Szenen hin. Als sie mich sahen, erröteten sie und ihre Gesichter verschönten sich ungemein dabei. Von diesem Augenblick an ging ich mit Vergnügen auf die Pläne des Wüstlings ein und ich gefiel mir darin, die Ohren der beiden Kinder durch meine schmutzigen Reden zu beleidigen. »Welche Ware benötigen diese Huren«, fragte ich den Senator, »starke oder schwache?« — »Sieh dir sie selbst an«, antwortete Bianchi und hob seinen Nichten die Röcke auf. »Messe dir die Größe aus und richte dich danach.« — »Gut«, sprach ich, nachdem ich meine Finger hineingesteckt hatte. »Hier ist mittlere Ware am Platze.« — »Nein, nein«, rief Bianchi aus, »ich will sie ausweiten, gib mir was du an dicken Gliedern auf Lager hast!« Und ich ließ sogleich sechs junge Männer kommen, deren Glieder mindestens 12 Zoll lang waren und 8 im Umfang maßen. »So sind sie recht«, sprach unser Mann, »bearbeitet sie, aber sechs sind nicht genug, meine Teure, du kennst noch nicht den Heißhunger dieser Fräulein. Trotzdem sie aussehen wie die Lämmer, ficken sie doch wie die Wölfinnen, und ich würde wetten, daß kaum zwölf Männer sie befriedigen können.« — »Nun denn, hier sind noch sechs und was willst du haben, während man deine Nichten entehrt?« — »Für mich lasse sechs zwölfjährige Knaben hereinkommen.«

Der Wüstling begann nun Greueltaten zu begehen und ließ von seinen Nichten noch scheußlichere ausführen.

Einige Zeit nach dieser Szene starb der Barbar, nachdem er noch seine unglücklichen Nichten entehrt hatte. Das Elend, in dem er sie zurückließ, zwang sie, bei uns Unterkunft zu suchen und wir gewährten ihnen diese, da wir hofften, aus ihnen reichen Nutzen zu ziehen. Das jüngere der beiden Mädchen, eine ganz außerordentliche Schönheit, lieferte ich einige Zeit nachher einem Manne aus, dessen Lieblingsleidenschaft in dieser Sammlung unmenschlicher Launen erwähnt zu werden verdient.

Alberti war ein großer fünfundfünfzigjähriger, ausgetrockneter Mann, dessen bloßer Anblick genügte, eine Frau in Schrecken zu versetzen. Sobald ich ihm das schöne Kind gezeigt hatte, befahl er mir, es zu entkleiden und dann prüfte er es, sowie man ungefähr ein Pferd prüft, dessen Fehler man kennen lernen will. Während der ganzen Zeit sprach er kein Wort, aber seine Augen funkelten und er atmete schwer. »Ist sie schwanger?« fragte er mich nach einigen Augenblicken. »Ich glaube nicht«, erwiderte ich. — »Umso schlimmer, ich hätte sie Ihnen doppelt so gut bezahlt, wenn sie es gewesen wäre. Nun, was willst du für dieses Vieh haben?« — »2.000 Zechinen«, sprach ich. — »Ich würde dir sie geben, wenn sie schwanger wäre, so aber bekommst du nur die Hälfte.« Wir handelten noch eine Weile angesichts des Opferlamms und ich gab sie schließlich frei. Sofort wurde sie in ein vollkommen entlegenes Zimmer unseres Hauses eingesperrt, so daß ihr Schreien unhörbar verhallte. Dort mußte die Unglückliche neun Tage hindurch auf einem Strohlager schmachten. Die ersten vier Tage erhielt sie eine schmale Kost, die letzten fünf Tage gar nichts mehr. Jeden Tag kam der grausame Alberti, um sein Opfer zu betrachten. Rosalba, ich und ein anderes Mädchen, das jeden Tag ausgewechselt wurde, waren bei diesen Besuchen zugegen.

Das erste, was dieser grausame Wüstling tat, war die Arschbacken und die Brüste seines Opfers grausam zu pressen, währenddessen küßte er meinen Arsch und Rosalba kitzelte ihn. Alberti stammelte dazwischen einige zusammenhanglose Worte und Flüche. Während der ersten zwei Tage änderte sich nichts. Am dritten aber waren die fleischigen Teile des Opfers derart zerrissen, daß sie in heftiges Fieber verfiel. »Gut«, sagte Alberti, »das war meine Absicht.« Zum Abschluß der Sitzung bearbeitetet er das Opfer von hinten, indem er es kräftig in die Schenkel zwickte. An den nächsten drei Tagen ähnelten sich die Vorgänge, und wir befürchteten, daß die Unglückliche den neunten Tag nicht erleben würde. »Wir müssen sie beichten lassen«, sprach er endlich am achten Tag, »sie wird zweifelsohne sterben.«

Dieser Vorschlag brachte mich zum Lachen, aber als ich erfuhr, daß der geile Bock Zeuge bei dieser Zeremonie sein wollte, um sich dabei aufzuregen, stimmte ich gerne zu.

Ein Mönch kam und nahm der Unglücklichen die Beichte ab, während Alberti zwischen mir und Rosalba alles anhörte, was die Kranke sprach. Und da wir der Sterbenden gesagt hatten, daß der Beichtvater taub sei, vernahmen wir jedes Wort. Schließlich ging der Mönch hinaus und unser Hurenkerl trat ein. Das von Hunger und Fieber erschöpfte Mädchen schien bereits ihre Seele aufgeben zu wollen. Während er nun Rosalba in den Hintern fickte und unser Mädchen ihn peitschte, befahl er mir, das Mädchen auf dieselbe Weise zu quälen, wie er es an den vorhergegangenen Tagen getan hatte. Aber schon nach einigen Augenblicken fiel uns die Unglückliche leblos zu Füßen. In diesem Augenblick entlud unser Mann zum erstenmal seit neun Tagen, aber gerechter Himmel, wie stürmisch benahm er sich dabei. Seine Verzückung dauerte zehn Minuten und das reichlichste Klistier hätte nicht so viel ausgegeben wie die Ejakulation dieses Verbrechers. Alberti wurde einer unserer besten Kundschaften und es verging kein Monat, in dem er nicht seine neun Tage bei uns zugebracht hätte.

An meiner Seite führte die Durand ihr Kabinett in größter Ordnung. Sie war bald so gut von allen Intrigen der Stadt unterrichtet, daß sie in kurzer Zeit imstande war, jedermann wahrzusagen. Sie wußte, daß der Senator Contarini in seine sechzehnjährige schöne Tochter unsterblich verliebt war. Sie suchte ihn auf. »Sagen Sie doch ihrer entzückenden Rosina, sie möge sich von mir ihren Lebenslauf wahrsagen lassen. Verstecken Sie sich gleichfalls bei mir und ich verspreche Ihnen reichlichen Genuß.« Der Senator war außer sich vor Freude und versprach der Durand jeden Betrag, wenn sie Erfolg haben würde. Die bescheidene Durand erkundigte sich zuerst nach den Lieblingsleidenschaften des Vaters und da derselbe eine große Anzahl besaß, forderte sie von ihm 3.000 Zechinen. Contarini zahlte die Hälfte im Vorhinein, und man verabredete sich für den nächsten Tag. Rosina war außerordentlich begierig, ihre Zukunft zu erfahren und so traf sie pünktlich zur verabredeten Stunde ein, und ich muß gestehen, daß wir die Sonne zu sehen glaubten, so strahlend schön war das junge Mädchen. Rosina war sechzehnjährig, groß und ähnelte den Jungfrauen, die der Pinsel des Albaners verewigte. Wir teilten vorerst dem liebenswürdigen Kinde mit, was sie zu tun hatte, damit man ihr mit Erfolg wahrsagen könne. »Sie werden gepeitscht werden, mein Engel«, sprach die Durand zu ihr, »dann müssen sie sich von einem Mann auf alle möglichen Arten befriedigen lassen.« — »Oh, Himmel, wenn es mein Vater wüßte!« — »Ist er so streng, Ihr Vater?« — »Er ist auf mich eifersüchtig wie auf eine Geliebte.« — »Wenn auch, er wird niemals von dem, was vorgehen wird erfahren. Es ist das höchste Wesen selbst, das sich Ihrer bemächtigen wird, Rosina, und die Breschen, die seine Wollust an Ihnen verursachen sollten, werden sich auf der Stelle wieder schließen. Im übrigen ist diese Zeremonie unentbehrlich und wenn Sie sich weigern, werden Sie niemals etwas erfahren.« Rosina hatte nun einen großen Kampf zu kämpfen, sie wollte und wollte auch nicht, und wenn ihr Vater nicht angekommen wäre, hätten wir uns einen Tag lang an ihrem inneren Widerstreit ergötzt. Allein der Senator war bereits da und wir mußten sie zur Entscheidung veranlassen. Schließlich entschied sich Rosina, und während ich zum Vater ging, verblieb die Durand bei der Tochter.

Wie sehr auch Contarini seine Tochter liebte, er deutete mir doch durch einige Scherze an, daß es ihm nicht unangenehm wäre, meine Reize kennen zu lernen. Ich befriedigte seinen Wunsch und seine Liebkosungen klärten mich bald über seine Neigungen auf. Der geile Bock liebte außerordentlich die Hinterseite und er war gerade dabei, die meinige zu liebkosen, als es an der Öffnung klopfte. »Vorwärts«, sprach ich zu ihm, »Ihre Tochter ist da.«

Der Verschlag öffnete sich und die schöne Rosina stand bis zum Hals zur Verfügung des blutschänderischen Senators. »Oh, Teufel«, rief er aus, als der lang ersehnte Schatz sich vor seinen Augen befand, »kitzle mich, Juliette, ich glaube, ich werde vor Vergnügen sterben.« Ich gehorchte. Der Senator bedeckte den ganzen Körper mit Küssen, bald aber beschränkte er sich bloß auf den Hintern. »Kitzle sie von unten«, sprach er zu mir, »während ich das Loch dieses schönen Hintern lecken will.« Bald war er nicht mehr Herr seiner selbst und er führte sein eisenhartes Glied ein. Rosina, die an derartige Angriffe nicht gewöhnt war, stieß furchtbare Schreie aus. »Ist es denn deine Absicht«, fragte ich ihn, »hier zu bleiben und diesen schönen, kleinen Venusberg nicht anzugreifen?« — »Nein«, erwiderte mir der treue Anhänger Sodoms, »nein, bei einem derartigen Angriff würde ich schlapp werden. Schon seit fünfzehn Jahren habe ich diesen Ort nicht berührt. Aber ich werde peitschen.« Bei diesen Worten zog er sich zurück, ergriff Ruten und begann seine Tochter so heftig zu züchtigen, daß sogleich Blut auf ihre Schenkel floß. »Du findest mich grausam, mein Kind«, sprach Contarini zu mir, »aber man ist nicht immer Herr seiner Leidenschaft.« In diesem Augenblick kam mir der Wunsch, die Qual der hübschen Kleinen zu vermehren, und ich fragte daher: »Welche Absichten haben Sie mit diesem Mädchen?« — »Ich will sie gut ficken, ordentlich peitschen und sie dann in ein Kloster schicken.« — »In der Tat, mein Herr, ich glaube, es ist nicht der Rede wert, wenn Sie ihrer satt sind, werden Ihnen hier Mittel an die Hand gegeben, sich Ihrer Tochter zu entledigen und Sie werden keine Mitgift zu zahlen haben.« — »Wie meinst du das, Juliette?« — »Es gibt tausenderlei Arten, und wie sollte ein Lustmord noch nie Ihren Geist befleckt haben?« — »Doch, der Gedanke ist mir schon öfter gekommen, aber mit meiner Tochter?« In diesem Augenblick bemerkte ich aber, daß das Glied des Senators seinen geröteten, glänzenden Kopf hob. Ein Zeichen, daß die bloße Erwähnung des Planes seine entflammten Sinne zeigte. »Juliette«, fuhr er fort und küßte feurig die Spuren seiner Grausamkeit, »du wirst mir gestehen, daß dies ein beispielloses Verbrechen wäre, über das die Natur schaudern würde.«

Nun zog ich an einer Schnur und das Zimmer wurde vollkommen finster. Auf einen Schlag gegen die Öffnung kam der ganze Körper Rosinas in das Zimmer herein. »Hier ist sie ganz«, sprach ich leise zu Contarini, »aber sprechen Sie kein Wort.« Der Wüstling ergriff seine Tochter, berauschte sich an ihrem Mund und ihren Brüsten und fing schließlich wieder an, sie von hinten zu bearbeiten und endlich zu entladen. »Oh, Himmel, was haben Sie getan«, sprach ich zu ihm, »warum haben Sie die Schnur zugezogen, sie war doch in Ihrer Hand, schicken wir sie weg und ich will versuchen, sie wieder ins Leben zu rufen.« Ich klopfte nochmals, das Kind verschwand und während der Zeit verkaufte sie die Durand an einen anderen. Ich tat nun mein Möglichstes, um meinen Mann aus seiner Erschlaffung zu erwecken. Jedoch gelang es mir nicht. Contarini war einer jener schwachen Männer, die nur im Taumel der Leidenschaften Verbrechen begehen und er verlangte seine Tochter flehentlich wieder zurück. Ich benachrichtige die Durand, da sie aber sicher war, Berge Goldes mit diesem kleinen Mädchen zu verdienen, weigerte sie sich, sie herauszugeben. Da ich vollkommen ihrer Ansicht war, beeilte ich mich, ihm einen Plan zur gegenseitigen Verständigung vorzulegen. »Oh, mein Herr«, sprach ich weinend, »Ihre unglückliche Tochter hat sich, erschreckt über die Weissagung, aus dem Fenster gestürzt. Sie ist tot, mein Herr. Sie ist tot.« Contarini eilte verzweifelt in das Zimmer meiner Freundin, man zeigte ihm einen entstellten Leichnam, der das Alter und die Gestalt seiner Tochter hatte. Das Rindvieh glaubte alles. Einen Augenblick lang nahm er eine drohende Haltung an, bald aber änderte er sein Benehmen aus Furcht, in eine Untersuchung verwickelt zu werden. Er schwieg also, heulte bloß noch wie ein Dummkopf und überließ uns seine teure Tochter, die bald eine unserer besten Huren wurde.

Einige Zeit nachher kam ein vornehmer Venezianer zu uns, um Gift für seine Frau zu kaufen. Der Unglückliche glaubte hintergangen zu sein. Er war jedoch im Irrtum, denn seine Frau war ein Muster von Keuschheit und Treue, jedoch sein Argwohn war von mir genährt worden, denn ich haßte die Frau. Der Verbrecher wandte also Gift an, und Sie können sich vorstellen, welchen Genuß ich dabei hatte. Ich hoffe, Sie werden mir soviel Gerechtigkeit widerfahren lassen, daß ich bei allem auch an meine eigenen Vergnügungen dachte. Hauptsächlich folgte ich meinen Neigungen für den Diebstahl und für den Mord. Großes Vergnügen jedoch bereitete es mir auch, in unseren finsteren Räumen Väter mit ihren Töchtern, Brüder mit ihren Schwestern und Priester mit ihren Beichtkindern zusammen zu bringen.

Eines Tages kamen zwei zwanzig bis fünfundzwanzigjährige

Frauen zu mir, die sich in mich verliebt hatten und mich baten, ihrem Bund als Dritte anzugehören. Wir speisten alle drei zu Abend und ihre Hauptleidenschaft war dabei, meinen Mund und meine Scheide zu lecken. Dann begannen andere Ausschweifungen, und man kann sich nicht vorstellen, was die beiden alles erfanden und was sie alles sprachen. Ja, ich erinnere mich, daß die eine den Wunsch äußerte, sich im Hospital inmitten von Syphiliskranken ficken zu lassen.

Ich darf Ihnen auch nicht ein anderes Abenteuer verbergen, das ich mit vier Venezianerinnen hatte.

Sie warteten einen stürmischen Tag ab und holten mich in der Gondel ab, als gerade Blitze durch die Wolken zuckten. Wir fuhren in das offene Meer hinaus und das Gewitter brach mit voller Wucht los. »Vorwärts«, sprachen die Schelminnen, »das ist der richtige Augenblick, um uns zu kitzeln«, und die Huren warfen sich auf mich wie Rasende. Ich war dem Vergnügen zu sehr zugetan, um mich von so einfachen Naturereignissen stören zu lassen. Ich lästerte also wie sie den eingebildeten Gott, während der Donner grollte und von allen Seiten Blitze zuckten. Unsere Gondel war bald nur mehr das Spielzeug der Wogen und wir fluchten und entluden angesichts der im Aufruhr befindlichen Natur.

Ein Mitglied des »Rates der Zehn« ließ mich holen, um seinen Sohn zu befriedigen, während er ihn von hinten bearbeitete. Ein anderer wollte, daß ich mich mit seiner alten und häßlichen Schwester kitzle, er bestieg dann diese Schwester und ließ mir von ihr 100 Peitschenhiebe geben.

Mit einem Wort, es gab nichts, was die Durand und ich nicht ausgeführt hätten. Es gab keinen Tag, an dem der vierfache Beruf einer Hure, einer Zuhälterin, einer Wahrsagerin und Giftmischerin uns nicht 1.000 Zechinen und oft mehr eingebracht hätte.

Wir waren von allen liebenswürdigen Leuten Venedigs unterstützt und aufgesucht und führten zweifellos ein herrliches, einträgliches Leben, als eines Tages ein furchtbares Unglück unseren Bund störte, uns die Durand entführte und mich mit einem Tag alle Summen verlieren ließ, die ich in Venedig gewonnen oder angelegt hatte. Das Schicksal kündigte sich bei der Bestrafung der Durand ebenso an wie bei mir, als ich Paris verlassen mußte, um nicht ein ungeheueres Verbrechen zu begehen. Die unglückselige Durand mußte dasselbe erfahren und wir konnten uns nochmals überzeugen, wie gefährlich es ist, wenn man einmal den Weg des Verbrechens eingeschlagen hat, zur Tugend zurückzukehren, oder die notwendige Kraft nicht aufbringt, Verbrechen bis zu seiner äußersten Stufe zu führen.

Drei Staatsinquisitoren ließen eines Tages die Durand abholen und nachdem sie sich von ihr Stillschweigen hatten versprechen lassen, teilten sie ihr mit, daß sie ihrer Gifte bedurften, um eine große Parteiung, die sich in der Stadt gebildet hatte, beiseite zu bringen. »Die Dinge sind schon zu weit fortgeschritten, als daß wir noch gesetzliche Mittel anwenden könnten. Es bleibt uns nur mehr das Gift übrig. Sie wissen, daß wir Sie ruhig die Früchte Ihrer Verbrechen während der drei Jahre, die Sie in Venedig sind, genießen ließen. Sie müssen uns nun Ihre Dankbarkeit bezeugen und auf unsere Rechnung Verbrechen begehen. Haben Sie Mittel in der Hand, in der Stadt die Pest zu verbreiten, dabei aber die zu schonen, die wir Ihnen angeben?« — »Nein«, erwiderte die Durand, obwohl sie im Besitz dieses Geheimnisses war. »Es ist gut«, sprachen die Stadtherren und öffneten eine Türe, um sich zu verabschieden. Was aber die Durand in Schrecken versetzte, war, daß man ihr nicht nochmals äußerstes Stillschweigen geboten.

»Wir sind verloren«, sprach sie bei ihrer Rückkehr und erzählte mir alles, was sie erlebt hatte. Ich wollte sie sofort wieder zurückschicken. »Das würde nichts ändern«, sprach sie, »man würde mich dann eben heimlich beiseite schaffen.« — »Nein, ich werde dich jetzt sehr rasch verlassen, damit niemand ahnt, daß wir uns bereits gesehen haben. Adieu, Juliette«, sprach die Unglückliche, »wir werden uns vielleicht niemals wiedersehen.« Sie hatte mich vielleicht keine zwei Stunden verlassen, als mich Beamte abholen kamen. Ich folgte den Sbirri nach, und man brachte mich in einen Saal des Palastes, der mit schwarzen Kacheln ausgeschlagen war. Zwei Inquisitoren erschienen. »Erheben Sie sich«, sprach der eine, »und antworten Sie klar und deutlich, haben Sie eine Frau namens Durand gekannt?« — »Ja.« — »Haben Sie mit ihr Verbrechen vollführt?« — »Nein.« — »Hat sie Ihnen manchmal schlecht von der Regierung gesprochen?« — »Niemals.« — »Juliette«, sprach bedeutsam der andere Richter, »Sie täuschen uns in Ihren Antworten, Sie sind schuldig. Sehen Sie«, fuhr er fort und zog einen schwarzen Vorhang auf, »hier ist Ihre Mitschuldige.« Und ich gewahrte den Körper einer an der Decke aufgehängten Frau. »So bestraft die Republik Schwindler und Giftmischer. Verlassen Sie binnen vierundzwanzig Stunden ihr Territorium oder Sie sollen das gleiche Schicksal erleiden.« Ich fiel in Ohnmacht.

Als ich wieder zu Bewußtsein erwachte, befand ich mich in den Händen einer mir unbekannten Frau und die Sbirri umgaben mich. Man schleppte mich nun hinaus und das Oberhaupt, der Hüter des Gesetzes, sprach noch zu mir: »Gehen Sie jetzt nach Hause, und befolgen Sie künftig die Befehle der Republik. Beschweren Sie sich nicht darüber, wenn man Ihre Güter einzieht. Verlassen Sie die Stadt, sonst findet Sie die Sonne morgen bereits tot.« — »Ich werde gehorchen, mein Herr«, erwiderte ich, »denn ich habe nicht länger Lust, in einem Lande zu sein, in dem man die Leute bestraft, weil sie eine Missetat nicht ausführen wollten.« — »Ruhe, Ruhe, Madame, wenn man Ihre Äußerung gehört hätte, kämen Sie nicht mehr lebend aus dem Hause.« — »Gut, wackerer Mann«, antwortete ich und gab ihm 100 Zechinen, »ich danke Ihnen. Schon morgen werde ich nicht mehr in euren armseligen Lagunen weilen.«

Meine Koffer waren bald gepackt, und da Lila und Rosalba in Venedig bleiben wollten, ließ ich sie zurück und nahm nur eine einzige Frau mit mir, die mich seit der Heirat nicht verlassen hatte und von der ich nie gesprochen habe, weil sie in meinen

Abenteuern keine Rolle gespielt hatte. Da ich die Erlaubnis besaß, meine Brieftasche und mein Bargeld mitzunehmen, gelang es mir, mehr als 800.000 Francs mitzunehmen. Alles übrige wurde zum Nutzen der Republik eingezogen. Mein Trost blieben die 5 Millionen Rente, die ich in Rom besaß. Noch am selben Abend schlief ich in Padua und in acht Tagen war ich bereits in Lyon. Dort ruhte ich mich aus. Die kleine Fastenzeit hatte in mir den unbezwinglichen Wunsch hervorgerufen, zu ficken und um diesen Wunsch zu befriedigen, stieg ich natürlich bei einer berühmten Kupplerin ab, deren Adresse man mir gegeben hatte und die mir während der fünfzehn Tage, die ich bei ihr verblieb, alles Wünschenswerte verschaffte.

Da ich es nicht mehr für gefährlich hielt, nach Paris zurückzukehren, denn der Minister war längst gestorben, beschloß ich, meinen Einzug zu halten. Ich benachrichtigte also Noirceuil und wartete seine Antwort ab. Bald versicherte mir dieser teure und gute Freund, daß er außerordentlich begierig sei, zu sehen, welche Fortschritte seine Schülerin gemacht habe. Ich schrieb sofort dem Abbé Chabert, man möge meine Tochter nach Paris bringen, und wir langten fast zur selben Stunde an. Marianne befand sich gerade im siebzehnten Lebensjahr; man konnte unmöglich hübscher sein, allein die Natur blieb in mir stumm, denn in meinem Herzen herrschte bloß noch die Wollust, und ich muß gestehen, daß ich, als ich Marianne umarmte, keine andere Empfindung hatte, als Geilheit. »Das soll einmal eine gute Schülerin werden«, sprach ich leise zu Chabert, »ich will sie wohl vor den Fehlern bewahren, wegen derer ich Paris verlassen mußte und die Durand in Venedig aufgehängt wurde. Ich werde ihr die Notwendigkeit des Verbrechens so klar machen, daß sie nicht einmal die Möglichkeit einer tugendhaften Handlung begreifen soll.

Chabert, der die Erziehung Mariannes geleitet hatte, gefiel sich darin, mir alle ihre kleinen Talente vorzuführen. Sie war in der

Musik bewandert, konnte entzückend tanzen, zeichnete sehr nett und sprach Italienisch usw. »Und wie steht's mit dem Temperament?« fragte ich den Abbé. »Ich glaube, daß sie welches hat«, sprach Chabert, »denn so wie ich sie aus den Augen lasse, kitzelt sich die kleine Schelmin.« — »Ich will ihr dabei helfen«, sprach ich, »und es wird mich sehr ergötzen, ihre ersten Schritte zu leiten.« — »Sie müssen damit noch warten«, sprach der Abbé, »sonst könnten Sie ihre Gesundheit schädigen.« Dieser Gedanke störte mich jedoch wenig. Der Abbé, der seit meiner Abreise oftmals in Paris gewesen war, teilte mir alle Neuigkeiten mit und übernahm es, meine in Rom liegenden Gelder dazu zu benutzen, mir zwei wundervolle Häuser in der Stadt und auf dem Lande anzukaufen.

Am nächsten Tage suchte ich Noirceuil auf. Er empfing mich mit Zeichen äußerster Freude und versicherte mir, daß ich mich stark verschönert hätte. Noirceuil hatte seit meiner Abreise sein Vermögen verdreifacht und stand in Paris an oberster Stelle. Ich war kurze Zeit da, als er auch meine Abenteuer zu hören wünschte und als ich ihm auf die 500.000 Francs zu sprechen kam, die ich Fontange de Donis zu überbringen hatte und die siebzehn Jahre alt sein mußte, trieb er mich lebhaft an, uns an dem Mädchen zu ergötzen und die 500.000 Francs beiseite zu legen.

Bei dem Gedanken an das Verbrechen erhielt Noirceuil seinen Ständer, und da wir seit unserer Rückkunft noch nichts gemeinsam vollführt hatten, warfen wir uns rasch auf das Kanapee. Hier versprach ich, ihm dieses junge Mädchen zuzuführen, indem ich ihm versicherte, daß, so sehr immer sie mir gefallen würde, ich sie doch nicht einem elenden Schicksal entgehen lassen wollte. »Oh, Juliette«, sprach Noirceuil zu mir und küßte und bearbeitete meine Arschbacken, »du bist seit deiner Reise verderbt geworden, aber auch ich habe mich in dieser Zwischenzeit verändert und bin heutzutage viel bösartiger, als ich jemals war. Würdest du es glauben, daß der Tod Saint-Fonds mein Werk ist? Ich strebte nach seiner Stellung, und wenn ich sie auch heute noch nicht einnehme, so sind doch schon alle Netze ausgespannt, um seinen

Nachfolger zu verderben. Oh, Juliette, welche Macht werden wir dann haben und welchen Reichtum genießen.« Er bestieg auf kurze Zeit meinen Hintern, dann fuhr er fort: »Ich muß dich benachrichtigen, daß ich ein sehr ein hübsches Ding von ungefähr zweiundzwanzig Jahren erwarte, dessen Gatten ich in den Kerker werfen ließ. Sie hat ein Kind, das sie anbetet und ich möchte das Weib ficken, den Mann rädern lassen und das Kind ins Hospital schicken. Bereits seit zwei Monaten bemühe ich mich, die Tugend dieser jungen Frau zu Fall zu bringen. Du mußt mir helfen, sie zu verführen. Folgendes sind die Tatsachen, die du wissen mußt. In ihrem Hause ist ein Mord begangen worden. Sie, ihr Gatte und ein anderer Mann waren die einzigen Anwesenden. Der Mann hat bereits gegen ihren Gatten ausgesagt, aber ich bedarf noch der Zeugenschaft der Frau.« — »Verbrecher«, sprach ich, »du hast diese ganze Falle gestellt. Du hast den Mord durch deinen Mann begehen lassen und willst nun, daß die Frau auch gegen ihren Gatten aussagt.« — »Oh, Juliette, wie du mich kennst, ja, du hast Recht, ich habe dies alles getan, aber ich will jetzt mein Verbrechen zu Ende führen, und ich rechne auf dich.«

Madame de Valrose war's, die bei diesen Worten eintrat. Tatsächlich eines der hübschesten Geschöpfe, die man sehen konnte, klein, aber voll, mit den schönsten Augen der Welt und herrlich gerundeten Brüsten und Arschbacken. »Nun, Madame«, fragte sie Noirceuil, »sind Sie entschlossen.« — »Oh, Himmel«, erwiderte diese Entzückende, »wie wollen Sie, daß ich mich zu einer derartigen Greueltat entschließe.« — »Hüten Sie sich, Madame«, sprach ich jetzt lebhaft, »Herr de Noirceuil hat mich von allem in Kenntnis gesetzt und mir gestattet, Ihnen einen Rat zu geben. Ihr Gatte ist bereits verloren, denn einen Finger haben wir schon.« — »Aber Madame, er ist unschuldig. Der Zeuge selbst ist der Mörder.« — »Das werden Sie Ihren Richtern niemals einreden; dieser Zeuge stand in keinerlei Verbindung mit den Ermordeten, was man von Herrn Valrose nicht behaupten kann. Ihr Mann ist also bereits verloren und warum Ihnen also Herr Noirceuil anbietet, ihn zu retten, wenn Sie gegen ihren Gatten aussagen, weiß ich nicht.« — »Aber wozu soll ich diese Aussage machen, da er ihn doch retten will?« — »Anders kann er es nicht. Er will beweisen, daß die Tatsachen nicht stimmen, wenn die Frau gegen ihren Mann aussagt.« — »Dann werde aber ich bestraft werden.« — »Ein Kloster, in acht Tagen werden Sie in Freiheit sein, wie können Sie noch zögern, Madame.« — »Aber mein Gatte wird glauben, daß ich ihn verderben wolle, dieser Gedanke wird schwer auf meinem Herzen lasten, und ich könnte meinen Mann nur retten, um mich ewig von ihm zu trennen.« — »Gut, ist das aber nicht besser, als ihn sterben zu lassen. Und wenn er stirbt, sind Sie doch auch von ihm getrennt.« — »Oh, qualvolle Wahl, aber wenn man mich täuscht und mein Geständnis nur dazu dient, ihn ins Verderben zu ziehen?« — »Dieser niederträchtige Argwohn ist also der Dank für das Gute, das ich Ihnen tun will, und ich bin Ihnen sehr verbunden dafür. In der Tat«, fuhr ich eifrig fort, »Sie würden verdienen, Madame, daß Herr de Noirceuil sich nicht länger mit Ihnen befaßte. Wie wagen Sie es, den Tugendhaftesten aller Männer zu verdächtigen.« — »Er setzt auf die Rettung meines Mannes einen Preis, der mich entehrt.« — »Daß dies eine Entehrung ist, bilden Sie sich nur ein, Madame. Ihr Gatte wird niemals etwas davon erfahren und im übrigen wünscht ja Herr Noirceuil nicht Ihr Herz, sondern Ihren Körper. Und welchen Wert hat dieser, sobald es sich darum handelt, Ihren Gatten zu retten? Tatsächlich, Herr de Noirceuil begnügt sich bei dem Preis, den er Ihnen stellt, mit sehr wenig und Sie können nur zufrieden sein.« Bei diesen Worten fiel die geliebte kleine Frau unter qualvollen Schmerzen in Ohnmacht, wodurch Noirceuil derart entflammte, daß er sich von mir kitzeln ließ. »Vorwärts, hinauf mit den Kleidern«, sprach er dann, »ich will sie ficken.« Ich zog sie also vollends aus, nahm sie zwischen meine Knie und bot sie Noirceuil zur Sodomie dar. Noirceuil, der nicht daran dachte, sein Opfer zu schonen, fuhr mit derartiger Heftigkeit hinein, daß die Ohnmächtige schließlich die Augen öffnete. »Wo bin ich!« rief sie aus, »und was geschieht mit mir.« —

»Ein wenig Geduld«, erwiderte ich grausam. »Aber man begeht Dinge mit mir...« — »die Ihr Gatte niemals mit Ihnen unternahm, nicht wahr?« — »Niemals, niemals, ich schaudere.« — »Bedenken Sie doch, Madame«, sprach der grausame Noirceuil, »daß es sich nur darum handelt, den Zwischenraum zu durchschneiden, um Sie die Handlung, gegen die Sie sich empören, als etwas Gewohnheitsmäßiges empfinden zu lassen und wenn Sie wollen, wird Juliette mit einem Rasiermesser...« — »Ficke, Noirceuil, du beginnst Unsinn zu reden.« Und die kleine Frau rief noch immer: »Oh, lassen Sie mich in Ruhe, das ist eine Vergewaltigung.« — »Verfluchte Hure«, sprach Noirceuil und setzte ihr eine Pistole auf die Schläfe, »wenn du noch ein Wort sagst, bist du tot.« Nun begriff endlich die Unglückliche, daß das einzige, was sie tun konnte, darin bestand, sich in Ergebenheit zu fügen. Sie senkte ihren schönen Kopf auf meine Brust und ich zwickte sie so heftig, daß Noirceuil die Folgen davon durch die Verengerung des Afterloches bemerkte. Er faßte sie an den Brüsten und riß sie so heftig, daß er schließlich aus Freude über ihren Schmerz entladen mußte. Er zog sich zurück und nun stürzte ich mich auf das arme Weib. Dieser Anblick belebte Noirceuil von neuem. Er küßte meine Hinterbacken, steckte sein Glied in den Mund der Valrose, befahl ihr, es zu lecken. Ich übergoß die Scheide meiner Nebenbuhlerin und Noirceuil füllte deren Mund mit seinem Samen an, dann ruhten wir uns ein wenig aus. »Nun«, sprach Noirceuil, nachdem er sich abgekühlt hatte, »nun waren Sie bereits untreu gegen Ihren Gatten, wollen Sie jetzt noch zögern, ihn zu retten?« — »Ah, mein Herr, sind Sie ganz sicher, ihn damit retten zu können?« fragte das entzückende Geschöpf mit sanfter Miene. »Ich schwöre Ihnen bei allem was mir heilig ist«, sprach der Verräter, »kommen Sie morgen vormittags zu mir, wir wollen zusammen zum Richter gehen, dort werden Sie unterzeichnen, daß Ihr Mann schuldig ist, und übermorgen werden Sie ihn bereits zurück haben.«

Wir zogen uns nun zurück, nachdem mich noch Madame de Valrose gebeten, mich für sie zu verwenden. Am nächsten Tag legte sie ihre Zeugenaussage ab. Noirceuil richtete die Dinge so geschickt ein, daß die arme Kleine als mitschuldig befunden wurde und zur selben Stunde neben ihrem Gatten aufgehängt wurde. Wir sahen von einem Fenster aus der Hinrichtung zu und kitzelten uns gegenseitig. Noirceuil tat noch so, als ob er Mitleid mit dem Kinde hätte und verlangte es für sich. Er erhielt es, fickte es und warf es nach vierundzwanzig Stunden hilflos auf die Straße. »Das ist besser, wie wenn ich es getötet hätte«, sprach er, »so werden die Qualen länger dauern.«

Inzwischen hatte der Abbé Chabert gefunden, was ich brauchte. Acht Tage nach meiner Ankunft in Paris richtete ich mir ein herrliches Haus ein und ich kaufte in der Nähe von Essonne das schöne Landgut, auf dem wir hier vereinigt sind.

Den Rest meines Vermögens steckte ich in verschiedene Besitztümer und nachdem ich alle meine Geschäfte erledigt hatte, befand ich mich noch immer im Besitze einer Rente von 4 Millionen, die 500.000 Francs der Fontange dienten mir dazu, meine beiden Häuser auszustatten, und nachdem ich dies besorgt hatte, beschäftigte ich mich damit, uns in der Stadt und auf dem Lande ein Serail einzurichten. Ich nahm mir dreißig stark gebaute Diener auf, und Sie kennen ja den Gebrauch, den ich von ihnen mache. Ich habe außerdem vier Kupplerinnen, die nur für mich arbeiten und bei denen ich jeden Tag drei Stunden verbringe sobald ich in Paris bin. So können wenige Frauen von sich behaupten, daß sie ein angenehmeres Leben führen, und trotzdem fühle ich mich noch immer arm und habe neue Wünsche. Nachdem ich meine Anordnungen getroffen hatte, schickte ich nach Chaillot um Mademoiselle de Fontange. Es gab nichts in der ganzen Natur das schöner gewesen wäre, als dieses Mädchen, stellen Sie sich die Blumengöttin Flora selbst vor und Sie werden einen Begriff von den Reizen dieses Mädchens erhalten. Sie war siebzehn Jahre alt, hatte blonde, lange Haare, braune Augen, und dieses Mädchen hätte im nackten Zustande als Modell für die Grazien dienen können.

Seit fünf Jahren erwartete sie mich bereits mit aller Ehrerbietung und als sie endlich ankam, geblendet von all dem Prunk und der Dienerschaft, glaubte sie in den Wohnsitz der Götter zu gelangen, ja vielleicht hielt sie mich sogar für Venus selbst. Sie warf sich mir zu Füßen, ich jedoch hob sie auf, küßte sie und preßte sie gegen meinen Busen, so daß ich ihr kleines Herz schlagen fühlte. Mit ihrer sanften und einschmeichelnden Stimme sprach sie: »Madame, ich danke dem Himmel für die Gnade, daß ich Ihnen mein Leben weihen darf. Ich weiß, daß meine Mutter tot ist und daß ich nur mehr Sie in der Welt habe.« Ihre Wimpern wurden feucht und ich entgegnete lächelnd: »Ja, mein Kind, Ihre Mutter ist tot, sie war meine Freundin und starb unter seltsamen Umständen. Sie hat mir Geld für Sie hinterlassen und Sie sollen reich sein, wenn Sie sich blind meinen Wünschen fügen.« — »Ich will Ihre Sklavin sein«, erwiderte sie mir und beugte sich über meine Hand, dann ließ ich sie ihre Brust entblößen. Sie errötete, tat erregt, entblößte jedoch, was nur mit einigem Anstand zu entblößen ging. Ich nahm sie nochmals in meine Arme und indem ich sie auf ihren Busen küßte, sprach ich: »Ich glaube, daß ich Sie lieben werde, denn Sie sind zart und frisch.« Nun nahm ich mir vor, sie zum Erröten zu bringen, denn nichts ist angenehmer, als jugendliche Schamhaftigkeit zu verletzen. Ich klingelte meinen Frauen und ließ mich vor der hübschen Kleinen entkleiden, dann stellte ich mich prüfend vor einen Spiegel und sprach: »Ist es wahr, Fontange, daß mein Körper schön ist«, und die arme Kleine wandte ihre Augen errötend ab. Um mich herum standen vier meiner schönsten Frauen. Phryne, Lais, Aspasia und Theodora. »Treten Sie doch näher heran«, sprach jetzt Lais zu ihr, »Madame läßt Ihnen eine Gunst zu Teil werden und Sie müssen sie benützen.« Das junge Mädchen trat nun mit gesenkten Augen an mich heran. Ich erfaßte ihre Hand und legte sie auf meinen Körper. »Wie kindisch sie noch ist«, sprach ich zu meinen Frauen. »Zeigen Sie doch diesem kleinen Mädchen, Phryne, was sie tun soll.« Und ich setze mich mit Phryne auf eine Ottomane und ließ mich von ihr kitzeln. Während sie tätig war, hockte Lais auf meiner Brust und ließ sich von mir ihre kleine Scham lecken. Theodora kitzelte mich am Popo und die schöne Aspasia beschäftigte, sich damit die Fontange aufzuregen. »Haben Sie niemals derartige Dinge mit Ihren Freundinnen aufgeführt?« fragte sie Aspasia. — »Oh, niemals.« — »Das ist unmöglich«, sprach ich, indem ich den Popo von Lais leckte, »ich weiß, daß man sich im Kloster häufig gegenseitig kitzelt, und in Ihrem Alter hatte ich bereits eine Unzahl Freundinnen geliebkost. Küssen Sie mich jetzt«, fuhr ich fort, »und entkleiden Sie sich.« Bald standen alle fünf Weiber ebenso nackt wie ich da. Himmel, wie schön war die Fontange. »Vorwärts«, sprach ich, »man lege sie auf mich, ich will ihre hübsche kleine Scham auf meinem Mund haben. Sie, Aspasia, werden sich mit ihrem Hintern beschäftigen, Sie, Phryne, mit ihrer Klitoris, Sie, Theodora, mit meiner Scheide und Sie, Lais, mit meinem Arschloch. Strengt euch an so gut Ihr könnt, denn dieses kleine Mädchen regt mich sehr auf, und ich möchte in ihrer Gegenwart oftmals ergießen.«

Ich brauche Ihnen wohl nicht das Vergnügen zu schildern, das ich bei dieser wollüstigen Szene empfand. Ich war berauscht. Endlich konnte auch die junge Fontange den zarten Erregungen nicht standhalten und sie entlud. Oh, wie köstlich ist der Tau einer Jungfrau und mit welchen Wonnen verschlang ich ihn. Nun konnte ich mich nicht länger halten. Ich ergriff die Fontange, stürzte mich auf sie, vereinigte meine Klitoris mit der ihrigen und rieb feurig. Meine Frauen kitzelten mich hinten und vorne, peitschten mich, und ich machte mindestens zehn Nummern, indem ich die entzückende Scham des hübschesten und jungfräulichsten aller Mädchen mit meinem unreinen Erguß überschwemmte.

Nachdem einmal die Illusion verschwunden war, sah ich die Fontange mit anderen Augen an und bald war ihr Todesurteil im Grunde meines Herzens gefällt.

»Kleidet sie wieder an«, sprach ich zu meinen Frauen, »und laßt uns allein. Mademoiselle«, sprach ich streng zu ihr, »beurteilen Sie diesen Augenblick des Rausches, in den mich die Natur wider Willen gestürzt hat, nicht falsch. Bilden Sie sich nicht ein, das ich Sie vorziehe. Ich liebe die Frauen im allgemeinen. Ich muß Ihnen jetzt noch mitteilen, daß Ihre Mutter mir 500.000 Francs als Mitgift für sie übergeben hat.« — »Ja Madame, das wußte ich.« — »Ah, dann ist es gut, aber was Sie nicht wußten, ist, daß Madame, ihre Mutter, dieses Summe einem Herrn Noirceuil schuldet, dem ich sie übergeben habe und der damit machen kann, was er will. Ich werde Sie morgen zu diesem Herrn Noirceuil führen und ermahne Sie zur äußersten Liebenswürdigkeit, wenn er von Ihnen etwas verlangen sollte.« — »Aber Madame, die Lehren von Moral und Scham, die die Grundlage meiner Erziehung bildeten, vertragen sich schlecht mit Ihren Ratschlägen.« — »Fügen Sie noch hinzu mit Ihren Handlungen, da Sie schon im Zuge sind. Ich rate Ihnen sogar mir Vorwürfe zu machen über die Güte, die ich Ihnen bewiesen.« — »Das sage ich nicht, Madame.« — »Ah, sagen Sie, was Sie wollen. Ihr Tadel rührt mich ebenso wenig wie Ihr Lob. Man vergnügt sich an einem kleinen Mädchen, wie Sie es sind und verachtet es nachher.« — »Verachtung? Ich glaubte, daß man nur das Laster verachtet.« — »Das Laster ergötzt, die Tugend langweilt. Aber Sie geben mir freche Antworten, mein schönes Kind und bezeugen mir gegenüber nicht die nötige Unterwürfigkeit. Ich bitte Sie also, all diese Diskussionen zu unterlassen, mein Fräulein. Tatsache ist, daß ich Ihnen nichts schulde, daß ich einem Gläubiger Ihrer Mutter die Summe bezahlt habe, die ich Ihnen zu übergeben hatte, der sie behalten oder sie Ihnen schenken kann und der sie sicherlich behalten wird, wenn Sie nicht allen seinen Wünschen entgegen kommen.« — »Und welcher Art sind diese, Madame?« — »In der Art, wie ich sie eben von Ihnen verlangte.« — »In diesem Fall soll nur Ihr Herr Noirceuil alles behalten. Ich bin für den niederen Beruf, den Sie vorschlagen, nicht geschaffen.« Und reichlich Tränen flossen aus ihren schönens Augen. »In der Tat«, rief ich aus, »es ist seltsam, daß man sich eine Szene machen lassen muß, weil man nicht genug Ehrerbietung vor Mademoiselle hat. Du lieber Gott, wo wären wir, wenn wir alle kleinen Huren anbeten würden, die uns kitzeln.« Bei dem Wort Hure hörte ich das junge Mädchen einen furchtbaren Schrei ausstoßen, dem bald darauf Winseln und Wehklagen folgten. Dies alles reizte mich in einem Grade, den ich nicht beschreiben kann. »Hören Sie«, sprach ich, »wenn Herr de Noirceuil Ihnen die Summe nicht geben sollte, sollen Sie mich bedienen. Ich benötige gerade ein Küchenmädchen und Sie sehen so aus, als ob Sie das Tafelgeschirr gut waschen könnten.« Bei diesen Worten verdoppelten sich ihre Tränen derart, daß ich glaubte, sie würde sich auflösen. »Nun, wenn Ihnen dies auch nicht gefällt«, fuhr ich fort, »bleibt Ihnen nur übrig zu betteln oder zu huren. Die letztere Beschäftigung empfehle ich Ihnen aufs Wärmste, Sie würden unglaublich viel dabei verdienen, wenn Sie den Männern ihre Schwänze lecken wollten.« — »Madame«, sprach die Fontange und erhob sich wie eine Wütende, »ich bin weder für den einen, noch für den anderen Beruf geschaffen, lassen Sie mich gehen, ich werde in mein Kloster zurückkehren.« — »Man wird Sie nicht mehr aufnehmen, denn niemand wird ihre Pension bezahlen.« — »Ich habe Freundinnen.« — »Das hört auf, wenn man arm ist.« — »So werde ich also arbeiten.« — »Schon gut, beruhigen Sie sich, kleiner Dummkopf, trocknen Sie ihre Tränen, ich will Sie morgen zu Noirceuil führen, und vielleicht werden Sie ihn nicht so grausam und hart finden wie mich.« Ich übergab das junge Mädchen meinen Weibern, ließ anspannen und eilte zu Noirceuil. Ich malte ihm die Fontange mit den Farben der Wahrheit und das genügte, um ihn vollständig ins Feuer zu bringen. »Sieh, Juliette«, sprach er und zeigte mir ein sehr hartes Glied, »das ist die Wirkung deiner verfluchten Schilderung.«

Er zog mich hierauf in ein Kabinett, wo wir während zwei Stunden kleine Scheußlichkeiten verübten. Wir gingen aus den Kämpfen ohne Verluste hervor und Noirceuil begann folgendes Gespräch.

»Ein seltsamer Einfall quält mich schon seit langem, Juliette, und ich erwartete deine Rückkehr mit Ungeduld, da du die einzige auf der Welt bist, die ihn zur Ausführung bringen kann. Ich will mich verheiraten und zwar zweimal am selben Tag. Um zehn Uhr morgens will ich als Frau verkleidet einen Mann heiraten und um zwölf Uhr mittags als Mann einen als Frau verkleideten Lustknaben. Ich will aber noch mehr. Ich will, daß du, als Mann verkleidest, gleichzeitig mit mir eine Frau heiratest und später nochmals, daß du eine als Mann verkleidete Frau ehelichst.« — »Gewiß, dieser Einfall ist gut, mein Herz«, sprach ich. »Da aber Nero Tygelin als Frau und Sporus als Mann heiratete, ahme ich ihn bloß nach. Das einzige, was meine Erfindung ist, besteht darin, daß ich den Fall verdopple und mich von dir nachahmen lasse. Deine zwei Frauen sollen die Fontange sein und deine Tochter. Meine beiden Weiber sind zwei Kinder, Juliette, die du noch nicht kennst und die niemand noch auf der Welt kennt, das eine ist ungefähr achtzehn Jahre alt und schön wie Herkules, das andere zwölfjährige ist Amor selbst. Das eine stammt von meiner ersten Frau, das zweite von meiner sechsten. Ich ließ die beiden Kinder auf einem meiner Schlösser in der Bretagne aufziehen, und sie haben noch nie das Licht des Tages erblickt. Nach Paris kamen sie in einem verschlossenen Wagen. Es sind wahre Wilde, die kaum sprechen können, jedoch für unsere Zwecke werden sie schon genügen.« — »Zweifellos sollen auf diese Hochzeitsfeierlichkeiten scheußliche Bacchanale folgen.« — »Gewiß.« — »Und sie wollen, Noirceuil, daß meine unglückliche Marianne, die ich anbete, ein Opfer dieser furchtbaren Orgien werden soll.« — »Nein«, antwortete er, »sie muß nur anwesend sein, aber es wird ihr nichts Böses geschehen. Deine Frauen werden sie unterhalten, während wir an der Arbeit sind. Das ist alles.« Ich willigte ein, und wir werden sehen, wie der Verbrecher Wort hielt.

Ich konnte nicht ohne Mühe Fräulein de Donis zu diesem Schritt bewegen. Jedoch halb aus Furcht, halb aus Liebenswürdigkeit stimmte die Unglückliche allem zu, nachdem ich ihr mein heiligstes Versprechen gegeben hatte, daß ihr Schamgefühl in nichts verletzt werden würde. Ich will sie nicht mit Einzelheiten langweilen und ihnen nur mitteilen, daß alles in größter Ordnung geschah. Es gab Ringe, Messen, Segen und Zeugen.

Um zwei Uhr nachmittags war alles vorbei und er war der Gatte einer seiner Söhne und die Gattin des anderen, während ich der Gemahl meiner Tochter und die Gemahlin der Fontange war. Nachdem alles vorüber war, schlossen sich die Tore des Schlosses in dem die Zeremonie stattgefunden hatte, und da die Witterung sehr schlecht war, wurden ungeheuere Fackeln in dem großen Saale angezündet, in dem unsere Bacchanalen gefeiert werden sollten und in dem jetzt vierzehn Personen anwesend waren.

Noirceuil und ich setzten uns auf einen schwarzen Samtthron in der Mitte des Saales.

Zu Füßen des Thrones saß Zypressen gekrönt der älteste der Söhne Noirceuils, namens Phaon, ferner der jüngere namens Euphorbius, weiter meine Tochter Marianne und Fräulein de Donis. Ferner waren anwesend die beiden Hochzeitszeugen, zwei Henker, die Desrues und Cartouche hießen und als Kannibalen verkleidet waren, und außerdem saßen an unserer Seite meine beiden Tribaden, Theodora und Phryne. Zu unseren Füßen schienen zwei nackte Huren unserer Befehle zu erwarten. Diese Mädchen, die aus einem Bordelle stammten, waren höchstens achtzehn bis zwanzig Jahre alt und sahen entzückend aus.

Da ich durch diese Vorbereitungen ein wenig für meine arme Marianne fürchtete, begann ich Noirceuil an sein gegebenes Versprechen zu erinnern. »Meine Teure«, erwiderte er, du mußt sehen, daß mein Kopf außerordentlich erregt ist und ich fürchte, daß der Augenblick schlecht gewählt ist, um mich zur Mäßigung zu erinnern. Genießen wir, Juliette, befriedigen wir uns, vielleicht werde ich Wort halten. Aber bedenke, meine Teure, daß es für Wüstlinge unserer Art keine Schranken gibt und du in der Wollust die Kräfte finden mußt, dein eingebildetes Unglück zu ertragen.«

Als die Szene begann, erleuchteten hundert Kerzen den Saal. »Sie, Cartouche und Sie, Desrues«, sprach Noirceuil, entkleiden Sie diese vier Opfer und behandeln Sie ihre Kleidung wie der Gebrauch es vorschreibt.« In einem Augenblick standen die vier Opfer nackt da und die Kleider brannten lichterloh auf. »Was sind das für unheilverkündende Dinge«, sprach die Fontange, »warum wirft man das ins Feuer, was mich bedeckt?« — »Mein teures Kind«, antwortete Noirceuil, »das geschieht deshalb, weil Sie zu ihrem Schutz bald nur ein Häufchen Erde bedürfen werden.« — »Himmel, welch grausames Urteil.« — »Man bringe dieses Geschöpf zu mir«, sprach Noirceuil, und während Lais ihn leckte, eine der Huren ihm den Hintern kitzelte und ich ihn durch meine Redensarten aufregte, preßte der Wüstling seinen Mund auf den des bezaubernden Mädchens und saugte daraus während mehr als einer Viertelstunde. Dann bemächtigte er sich des Hintern. »O, der schone Popo«, rief er aus, »wie herrlich wird es sein, ihn zu mißhandeln.« Nun führte er seine Zunge in das herzige Loch ein, während ich auf seinen Befehl die Seidenhaare ihrer Scham ausriß.

Man kann sich die Verschämtheit und Verwirrung des jungen Mädchens nicht vorstellen. Fräulein de Donis war bescheiden erzogen worden und hatte nur die besten Grundsätze eingeprägt bekommen. Infolgedessen befand sie sich jetzt in einer peinvollen Lage, und nichts ergötzte so, wie die heftigen Kämpfe ihres Schamgefühles mit der furchtbaren Wirklichkeit. »Verfluchter Gott«, rief Noirceuil aus, »wie will ich diese Schurkin unglücklich machen«, und er ließ sie das Glied Cartouches in die Faust nehmen und zwang sie, es zu kitzeln. Da sich aber das arme Mädchen mit großer Ungeschicklichkeit dabei benahm, zwang er eine der beiden Huren, ihr Unterricht zu geben. Dann befahl er ihr, die Scheiden der beiden Huren zu lecken und nachher sein eigenes Glied mit der Zunge zu kitzeln. Beim leisesten Zeichen von Abscheu gab es kräftige Ohrfeigen. »Nun wollen wir uns mit unseren Ehen beschäftigen«, sprach er noch, indem er einen furchtbaren Blick auf die Fontange warf. Lais und Theodora wurden nun zu Phaon geschickt, um ihm zu erregen und um ihm dann zu Noirceuil zu bringen, der bereits seinen Hintern dem teuren Gemahl entgegenstreckte. Phaon kniete sich nieder, er mußte den ihm dargebotenen Hintern ehrfürchtig anbeten, achtungsvoll küssen, sich erheben und dann bis zu den Hoden in den Popo des teuren Papa hineinzufahren. Da er wie ein Maulesel gebaut war, gefiel er sich darin, die Schreie seiner jungen Gemahlin, die er entjungferte, nachzuahmen. Der junge Mann entlud bald und entfernte sich mit dem selben Zeichen der Ehrerbietung, mit denen er herangetreten war. Der erhitzte Noirceuil wollte bearbeitet sein, daher bestiegen ihm Cartouche und Desrues, während er die Arschbacken von Lais und Theodora küßte. »Nun denn, jetzt will ich einmal Gatte sein«, sprach er, »nachdem ich meine Rolle als Frau so gut erfüllt habe.«

Man führte also seinen zweiten Sohn Euphorbius herbei. In drei Stößen war die Jungfernschaft beim Teufel und Noirceuil verlangte neuerdings nach der Fontange. »Juliette«, sprach er, »ich möchte, daß du die Scham dieses kleinen Mädchen kräftig beißt, während ich sie von hinten bearbeite. Da ich aber will, daß sie ungeheuere Schmerzen empfindet, befehle ich Cartouche und Desrues ihr mit einem Taschenmesser die Nägel auszureißen.« Die Fontange wurde bald auf die angegebene Weise bearbeitet und sie wußte nicht, worüber sie sich zuerst beklagen sollte, ob über die Sünden an ihren Fingern oder die Bisse an ihrer Scham oder die Stöße des ungeheueren Gliedes in ihrem Hintern. Ihr Geschrei und ihre Tränen wurden so kräftig, daß Noirceuil seine Kräfte zu verlieren meinte. Er zog sich daher zurück. »O, Juliette«, rief er aus, »welche Qualen will ich dieser Hure auferlegen.« Er ließ sie nun von den beiden Weibern halten und nachdem ich ihre Schenkel auseinandergespreizt hatte, fuhr er wie ein Wütender in ihre Scheide hinein. Um die Jungfernschaft war es bald geschehen, und Noirceuil ließ das Opfer mit den Beinen nach oben von den beiden Henkern halten, um sie mit glühenden Eisenhämmern zu schlagen.

»Die außerordentliche Kälte, die hier herrscht«, sprach Noirceuil nach einigen Augenblicken, »erweckt in mir eine einzigartige Idee.« Wir zogen nun alle Pelze an und nur die Fontange blieb nackt, dann stiegen wir hinab, brachten unser Opfer auf ein gefrorenes Wasserbecken. Cartouche und Desrues waren am Rande aufgestellt und hielten große Peitschen und Feuerwerkskörper in der Hand. Fontange hatte den Befehl erhalten, sechsmal in der Runde herumzulaufen, wenn sie sich dem Rande näherte, wurde sie mit Peitschenhieben zurückgetrieben, entfernte sie sich zu sehr, dann warf man ihr Feuerwerkskörper an den Kopf oder zwischen die Beine. Es war wunderhübsch anzusehen, wie das arme Geschöpf sich bald entfernte, bald wieder näherte und dabei immer ausglitt und auf das Eis fiel. »Warum«, fragte Noirceuil wütend, nachdem das Mädchen seine sechs Runden ohne Unfall zurückgelegt hatte, »warum hat sich die Hure kein Bein gebrochen.« Der Wunsch war kaum ausgesprochen, als die Unglückliche von einer Bombe getroffen wurde, die ihr eine Brust wegriß und sie zu Fall brachte, wodurch sie sich noch einen Arm brach. »Ah, das wollte ich nur«, sprach Noirceuil. Man trug die Ohnmächtige fort, jedoch nach einigen Bemühungen kehrte sie wieder ins Leben zurück, und wir konnten zu anderen Szenen übergehen.

Noirceuil forderte, daß meine Tochter mich vor seinen Augen kitzle. Inzwischen küßte er gierig den hübschen, kleinen Popo des Kindes. »Er wird hübsch werden, dieser Untere«, sprach er. Und obwohl meine Tochter erst sieben Jahre alt war, entjungferte sie der Verbrecher bereits mit seinen ungeheueren Glied, dann aber bestieg er plötzlich seinen Sohn Euphorbius von hinten und befahl mir, die Hoden des Kindes zu zerquetschen. Nach einigen Stößen jedoch zog sich Noirceuil zurück und befahl seinen Henkern das Kind zu peitschen, während ich ihm mit einem Rasiermesser die Geschlechtsteile des Unseligen abschneiden mußte. Währenddessen küßte Noirceuil gierig die Arschbacken Theodoras. »Vorwärts Juliette«, sprach er zu mir, »laß dich ficken.« Alsbald ergriffen mich die beiden Kannibalen und der eine fuhr von vorne, der andere von hinten hinein. Sobald er mich entladen gesehen hatte, wurde die Fontange wieder hergenommen.

»Befriedigt euch an ihr, wie ihr wollt.« Diese befolgten seine Befehle so pünktlich, daß sie von neuem in Ohnmacht fiel.

»Einen Augenblick«, sprach Noirceuil, »ich muß sie noch von hinten her nehmen«, und während er sich an ihr befriedigte, riß ich meinem Schützling das rechte Auge aus. Bei dieser Greueltat konnte sich Noirceuil nicht länger zurück halten und er verlor unter heftigen Zuckungen seinen Samen. »Komm Schurkin«, sprach er nach einigen Augenblicken zu dem armen Geschöpf und zog es in ein Nebengemach. »Sieh«, sprach er und zeigte ihr auf einen Tisch die 500.000 Francs in Gold, »das ist deine Mitgift. Ich bestimme dich zum Hungertod. Hure, ich will dich so behandeln, daß es dir unmöglich wird, dich über mich zu beklagen, obwohl ich dir die Freiheit gebe.« — »Sieh«, fuhr er fort, »dieses Gold gehört dir und trotzdem wirst du es niemals besitzen. Vorwärts Schurkin, deine Organe sollen vollkommen unbrauchbar gemacht werden«, und bei diesen Worten band er sie fest, bestieg sie von hinten und ich schnitt ihr die Hände ab. Nun befahl mir der Barbar, ihr die Zunge auszuziehen. Ich ergriff also eine Zange, riß sie heraus und schlug ihr dann auch das andere Auge aus, dabei entlud er endlich. »Gut«, sprach er, zog sich zurück und bekleidete das Opfer mit einem dicken Hemd, »jetzt sind wir wenigstens sicher, daß sie nicht schreiben, nicht sehen und nicht sprechen wird können«, und damit warfen wir sie auf die Landstraße. »Suche deinen Lebensunterhalt«, sprach Noirceuil zu ihr und gab ihr noch einen festen Fußtritt auf den Hintern. »Der Gedanke, daß du auf diese Weise umkommst, stachelt unsere Geilheit mehr an, als wenn wir dich ermordet hätten.« — »Sie kann aber jetzt trotzdem unsere Fragen hören, ihr Gehör ist noch ungetrübt«, sprach ich. Noirceuil fuhr also mit spitzen Eisen in ihre Ohren, und nachdem wir sie des letzten Sinnes beraubt hatten, kehrten wir ins Haus zurück.

»Reget mich von Neuem auf, ihr Bestien«, sprach er zu den vier Frauen, »ich habe soeben entladen und ich möchte meine Kräfte wiederfinden. Kitzelt diese Männer, damit sie mich kräftig bearbeiten können. Niemals habe ich noch ein größeres Bedürfnis nach Greuel empfunden, als jetzt, da ich eben welche begangen habe.« Man umgab also Noirceuil den Hinteren, Glieder schlossen sich an ihn an und man kitzelte, fickte und man leckte ihn. »Oh, Juliette«, sprach er, als er seine Kraft wieder gewonnen hatte, »ich möchte deine Tochter besteigen«, und ohne mir Zeit zu lassen zu antworten, nahm sie der Verbrecher mit Blitzesschnelle vor. »Gott, was tust du, Noirceuil.« — »Ich ficke deine Tochter in den Arsch, ist es nicht besser, daß diese Rose von deinem Freund gepflückt wird, als von einem anderen?«

Nachdem er die Unglückliche aufgeschlitzt und in Blut gebadet hatte, zog er sich, ohne fertig zu werden, zurück und benachrichtigte eine der Huren, daß er sie aufopfern wolle.

Die Unglückliche warf sich ihm zu Fußen, aber vergeblich. Sie wurde gebunden und rittlings auf einer Doppelleiter fest gemacht. Noirceuil hatte das Seil in der Hand und saß auf einer der Stufen der Leiter. Theodora und Lais kitzelten ihm das Glied, die Hoden und das Afterloch.

Zwanzigmal nacheinander ließ der Schuft die Leiter umfallen und er hörte erst mit diesem abscheulichen Spiel auf, bis sich das Opfer den Kopf zerschunden und beide Beine gebrochen hatte. Nachdem dieses Vergnügen vorbei war, ließ er der zweiten Hure die Augen verbinden und jeder von uns mußte ihr einige Wunden beibringen. Erst wenn sie ihren Peiniger erkennen würde, würde sie freigelassen werden. Sie fiel aber ohnmächtig und blutbedeckt zusammen, bevor sie einen Angreifer nennen konnte. Auf meinen Rat ließ Noirceuil beide Unglücklichen, die kaum noch atmeten, in den Kamin hängen, damit die Flammen sie einzeln verzehren und der Rauch sie ersticken könne.

Trunken vor Wollust irrte Noirceuil im Salon herum. Fünf Objekte boten sich noch seiner Wut dar. Meine beiden Tribaden, meine Tochter und seine zwei Söhne. Er schien sie alle gleichzeitig ermorden zu wollen.

»Niederträchtiger Scheißkerl von einem Gott«, rief er aus, »beschränke doch nicht so meine Fähigkeiten, wenn ich dich nachahme Missetaten zu begehen. Ich verlange ja nicht von dir, daß du mich für die Tugend begeistern sollst, aber gib, wenn du es wagst, mir einen Augenblick lang deinen Blitzstrahl in meine Hände und wenn ich alle Sterblichen zerstört haben werde, wirst du mich doch noch begierig finden, ihn nach deinem verdammten Leben zu richten.«

Bei diesen Worten warf er sich auf einen seiner Söhne, bestieg ihn von hinten und befahl mir, dem unglücklichen Kind das Herz herauszureißen und das Scheusal schlang es hinunter, indem er seinen zweiten Sohn einen Dolch in die Brust stieß. »Nun, mein Engel«, fragte er, »bin ich genug mit Blut und Greueltaten bedeckt?« — »Du machst mich schaudern, aber ich folge dir nach.« Währenddessen richteten sich seine funkelnden Augen auf meine Tochter, er war geil wie ein Rasender, faßte sie, und bestieg sie von vorne. »Teufel«, rief er, »wie mich dieses kleine Geschöpf aufregt, was willst du mit ihr tun, Juliette, wirst du die Dummheit soweit treiben, noch Gefühle für dieses Hodensekret deines scheußlichen Gatten zu besitzen. Verkaufe mir diese Hure, Juliette, ich bezahle sie dir, ja, ja, Juliette, ermorden wir deine Tochter und antworte mir erst auf mein Verlangen, wenn du zwei Schwänze in deinem Körper stecken hast.«

Das Verbrechen hat nichts schreckliches mehr an sich, sobald man fickt. Man bestieg mich also. »O Verbrecher«, rief ich aus, als es mir kam, »mache mit Marianne, was du willst, verfluchter Hund, ich liefere sie dir aus.« Kaum hatte er diese Worte gehört, als er herauszog, das unglückliche Kind ergriff und es nackt in die Flammen hineinwarf. Ich half ihm, indem ich mich gleich ihm mit einem Eisen bewaffnete, um die Unglückliche zurückzustoßen, sobald sie entfliehen wollte. Während wir von beiden Seiten bearbeitet wurden, verbrannte Marianne vor unseren Augen. Noirceuil entlud, ich gleichfalls, und wir verbrachten die Nacht in dem denkbar glücklichsten Zustand.

»Nun«, fragte mich Noirceuil, »gibt es etwas auf der Welt, das die göttlichen Genüsse des Verbrechens aufwiegt?« — »O mein Freund, ich kenne keines.« — »So möge also nichts in der Natur uns andere Anschauungen einflößen. Das Glück hängt mit der Festigkeit der Grundsätze zusammen und derjenige, der immer schwankt, wird nie Genuß empfinden.

Wir verbrachten acht Tage auf dem Landgute Noirceuils und gaben uns täglich neuen Niederträchtigkeiten hin. An einem dieser Tage wollte er, daß ich die Lieblingsleidenschaft der Kaiserin Theodora versuche. Ich legte mich auf den Boden, zwei Männer streuten Gerstenkörner auf meine Schamlippen, zwölf prächtige Gänse pickten diese Körner auf und verursachten mir dadurch eine so lustige Erregung, daß, um weiteres Unglück zu verhüten, er sie so fort picken lassen mußte. Noirceuil verschaffte mir fünfzig Bauern, die mich daraufhin bestiegen. Auch er ließ sich dann seinen Hintern ausschnäbeln und teilte mir mit, daß es ihm heftiger erregt habe wie die Peitschen.

»O Noirceuil«, sprach ich, »alles was wir hier begehen ist zu einfach, ich möchte gerne unsere Orgien durch eine hervorragende Tat krönen. Alle Bewohner dieses Fleckens trinken Brunnenwasser. Ich bewahre noch von der Durand ein Geheimnis, durch das ich sie alle in zwei Tagen vergiften könnte.« — »O Teufel«, rief der Verbrecher aus, der seinen Samen bei meinem Vorschlag nicht länger halten konnte. »Welch eine furchtbare Einbildungskraft hat dir die Natur gegeben. Sieh, die Fluten, die von mir strömen, rufen dir ein Ja zu.«

Ich hielt Wort und in vier Tagen war alles vergiftet.

Eintausendfünfhundert Personen starben und ebenso viele krümmten sich unter furchtbaren Schmerzen, man schrieb das Unglück einer Epidemie zu, und wir reisten ab nach diesem Abenteuer, das uns reichlich ergießen gemacht hatte.

In dieser glücklichen Lage, in der sie mich sehen, befinde ich mich nun. Ich gestehe, daß ich das Verbrechen außerordentlich liebe und, daß ich es bis zu meinem letzten Seufzer predigen werde. Ich hoffe also, daß der Rest meines Lebens mir noch viel mehr Verirrungen bringen wird als meine Jugend. Die Natur hat die Menschen nur geschaffen, damit sie sich mit allem, was es auf der Erde gibt, ergötzen. Wir gehorchen ihr also indem wir uns dem Bösen ergeben.

In dieser Tätigkeit liegt das ganze Glück des Menschen.

So beendigt Madame de Lorsange die Erzählung ihrer Abenteuer, deren peinvolle Einzelheiten mehr als einmal der interessanten Justine bittere Tränen entlockt hatten. Nicht so stand es mit dem Edelmann und dem Marquis. Ihre feurigen Schwänze, die sie ans Tageslicht zogen, bewiesen mir bald, daß ihre Gefühle ganz anderer Art waren. Wir begannen schon einige Greueltaten zu verabreden, als wir Noirceuil und Chabert zurückkommen hörten.

Die Tränen, die die Wange unserer unglücklichen Justine überströmten, ihre Furchtsamkeit und Tugendhaftigkeit, erregten Noirceuil und Chabert derart, daß sie die Unglückliche unter jeder Bedingung ihren Launen hinopfern wollten. Sie schlossen sich mit ihr ein, während der Marquis, der Edelmann und Madame de Lorsange sich mit den Bewohnern des Schlosses anderen Greueltaten hingaben.

Es war ungefähr sechs Uhr abends, als man wieder zusammen kam. Das Schicksal Justinens wurde nun in Erwägung gezogen und da Madame de Lorsange erklärte, ein so keusches Mädchen nicht bei sich behalten zu wollen, es handelte sich also bloß darum, ob man die Ärmste wegschicken oder während einer Orgie aufopfern sollte. Der Marquis, Chabert und der Edelmann, die ihrer mehr als satt waren, waren fest entschlossen, das Letztere zu tun, als Noirceuil um Aufmerksamkeit bat.

»Höret Freunde«, sprach er zu der fröhlichen Gesellschaft, »ich habe oft gehört, daß man bei derartige Gelegenheiten das Schicksal sprechen ließ. Ein furchtbares Gewitter ist im Anzug, übergeben wir sie also dem Blitzstrahl.« — »Wundervoll!« rief alles aus. Der Blitz zuckte, der Wind heulte und die Wolken schoben sich durcheinander. Es schien, als ob die Natur alle Elemente durcheinander mengen wollte, um neue Formen zu schaffen.

Man warf also Justine zur Türe hinaus, ohne ihr etwas mitzugeben. Die Unglückliche war, trotzdem sie die Undankbarkeit kränkte, glücklich, weiteren Niederträchtigkeiten entschlüpft zu sein und dankte Gott, als sie die Landstraße erreicht hatte. Kaum war sie angelangt, als ein Blitzstrahl sie in zwei Hälften teilte. »Sie ist tot«, riefen die Verbrecher freudestrahlend aus, »sehen Sie Madame, wie der Himmel die Tugend belohnt.«

Unsere vier Wüstlinge umgaben den Leichnam und obgleich er furchtbar entstellt war, befriedigten sie dennoch ihre abscheulichen Begierden an den blutenden Resten ihrer Grausamkeit. Die niederträchtige Juliette stachelte sie an, ihr die Kleider auszuziehen, der Blitzstrahl war ihr durch den Mund hineingefahren und durch die Scheide herausgekommen. Furchtbare Scherze wurden nun über diesen Weg des himmlischen Feuers gemacht. »Wie recht hat man, wenn man Gott lobt«, sprach Noirceuil, »ist er nicht zartfühlend? Hat er nicht diesen erhabenen Hintern geschont?« Bei diesen Worten fuhr der schlimme Abbé bis zu den Hoden in die unbelebte Masse hinein. Sein Beispiel wurde bald nachgeahmt und einer nach dem anderen beleidigte die Überreste dieses teuren Mädchens, während die abscheuliche Juliette sich bei diesem Anblick kitzelte. Schließlich überließen sie den Leichnam seinem Schicksal. »Du armseliges und unglückliches Geschöpf, es war in den Sternen geschrieben, daß dich selbst dein Tod nicht vor den Grausamkeiten der Menschen beschützen solle.«

»In Wahrheit«, rief Madame de Lorsange aus, als sie mit ihren Freunden ins Schloß zurückgekehrt war, »ich bin jetzt fester, als jemals, auf der Laufbahn des Verbrechens zu verbleiben. Oh, Natur, du wünschst also das Verbrechen, da du diejenigen bestrafst, die es fürchten.«

Kaum war man im Schlosse angelangt, als eine Postkutsche ankam. Eine große, gutgekleidete Dame stieg heraus. »Gerechter Himmel, es war die Durand.« Es war die teure Freundin von Madame de Lorsange, die Juliette an der Decke des Saales in Venedig aufgehängt glaubte. »Teures Wesen«, rief sie aus und warf sich in die Arme ihrer Freundin. »Durch welches Ereignis... großer Gott... erkläre dich.« — »Wo bin ich«... Man ging nun gemeinsam in einen Salon und hörte stillschweigend ein seltsames Abenteuer an. »Meine teure Juliette«, sprach die Durand, »du siehst in mir das Weib, daß du längst gestorben wähntest und das nun, dank der Wissenschaft, sich wohler befindet als je und glücklich ist, dir deine in Venedig konfiszierten Güter zurückbringen zu können.

»Ja, Juliette«, fuhr sie fort und legte einen Stoß Papiere auf den Tisch, »hier sind die 1.500.000 Pfund Rente, genieße sie in Frieden und gestatte mir nur, daß ich in deiner Gesellschaft mein Leben beschließe.« — »Oh, meine Freundin«, rief Juliette trunken vor Freude aus, »hätte derjenige Unrecht, der die Geschichte meines Lebens mit dem Titel versehen würde: 'Die Wonnen des Lasters'. Beeile dich Durand, deine Erlebnisse zu erzählen und sei versichert, daß ich nichts sehnlicher wünsche, als daß du mich in meinem Leben nicht wieder verläßt.«

Nun erzählte diese berühmte Frau, daß nachdem sie versprochen hatte, alle ihre Geheimnisse bekannt zu geben, man ein anderes Weib an ihrer Stelle hingerichtet habe.

Dieses Exempel sei notwendig gewesen, um Juliettens Güter einziehen zu können und um sie zur Abreise zu bewegen.

Nachdem die List gelungen war, hatte sie die Inquisitoren befriedigt und in Venedig eine Epidemie entstehen lassen, bei der mehr als zwanzigtausend Personen umgekommen waren.

Als der Streich gelungen war, hatte sie als einzigen Gnadenbeweis verlangt, daß ihr die Güter ihrer Freundin zurückgegeben werden. Von diesen Augenblick an hatte sie nur mehr daran gedacht Venedig zu verlassen, um nicht ebenfalls den Anschlägen dieser niederträchtigen Venezianer zum Opfer zu fallen. »Ich bin also zu dir herbei geeilt mein Engel«, fuhr die Durand fort, »habe dich glücklich gemacht und bin nun selbst zufrieden.« Und die beiden Freundinnen warfen sich in die Arme und versicherten sich der aufrichtigen Freundschaft und des unbedingten Vertrauens.

Die ganze Gesellschaft schwelgte bei den Freuden der beiden Freundinnen mit, als unter großem Lärm ein Kurier aus Versailles im Hof anlangte. Er fragte nach Noirceuil.

»Oh Himmel«, rief dieser aus, nachdem er die Botschaft gelesen hatte, »es scheint, als ob alles Glück auf unsere Köpfe zusammenströmen sollte. Der Minister hat soeben die Augen geschlossen und hier ist der Brief des Königs, der mir befiehlt eiligst an den Hof zu kommen und die Zügel der Regierung zu übernehmen. Welche Summe von Glück verheißt uns dies, folget mir ihr beiden«, sagte er, indem er sich an die Juliette und die Durand wandte, »ich will mich niemals von euch trennen. Ihnen Chabert gebe ich ein Erzbistum. Sie Marquis ernenne ich zum Gesandten in Konstantinopel. Ihnen aber Chevalier gebe ich eine Rente von 400.000 Pfund, damit Sie in Paris unsere Geschäfte besorgen. Vorwärts meine Freunde, wir wollen uns vergnügen.«

Am nächsten Morgen reiste man ab und unsere Helden wurden durch zehn Jahre hindurch von den größten Erfolgen begleitet. Nach Verlauf dieser Zeit verschwand Madame de Lorsange durch den Tod von dem Schauplatz dieser Welt, wie alles Strahlende einmal erstirbt und diese einzigartige Frau enthob dadurch, daß sie die letzten Ereignisse ihres Lebens nicht aufzeichnete, dem Schriftsteller die Möglichkeit, sie dem Publikum vorzuführen, diejenigen, die das unternehmen wollen, würden uns nur Erfindungen ihres Geistes vortäuschen und jeder geschmackvolle Mensch und Leser dieses Werkes würde den erstaunlichen Unterschied wohl merken.

Ende des sechsten Teiles

Lebensdaten

1740	am 2. Juni wird Donatien-Alphonse-François de Sade als zweites Kind des Grafen Jean-Baptiste Joseph François und seiner Frau Marie-Eléonore, geb. de Maillé de Carman, in Paris geboren — Taufe am 3. Juni
1740–44	frühe Kindheit im Pariser Schloß Condé, wo die Mutter Gesellschaftsdame der Prinzessin war und er vom Onkel des Prinzen erzogen wird
1744–50	Erziehung durch seinen Onkel Abbé Jacques de Sade, angesehener Kleriker, Schürzenjäger und Petrarca-Forscher
1750–54	am Jesuitenkolleg Louis-le-Grand in Paris Erziehung durch Abbé Amblet
1754	Aufnahme in der Kavallerieschule der königlichen Garde in Versailles
1755	Unterleutnant im Infanterieregiment des Königs
1757	Fähnrich bei den Karabinern, Prestigeregiment
1758	Feldzug in Deutschland (Siebenjähriger Krieg), später Hauptmann
1759	Urlaub in Paris, verschwenderisches und ausschweifendes Leben
1760	die Mutter zieht sich in ein Karmeliterinnenkloster zurück, der Vater überträgt ihm die Statthalterschaft seiner Provinzen
1763	Frieden zu Paris — lasterhaftes Leben in Paris, Verschuldung, Meidung der höfischen Gesellschaft — durch Verschuldung der Familie Heirat mit der reichen Renée-Pélagie de Montreuil aus dem Pariser Beamtenadel — Fortführung des ausschweifenden Lebens. Verhaftung wegen ungesetzlicher Exzesse. Kurze Internierung im Gefängnis von Vincennes. — Freilassung durch Einwirkung seines Vaters — Hausarrest auf dem Familienbesitz der Montreuils
1764	Theateraufführungen in Paris — Reise nach Dijon, Affäre mit der Schauspielerin Colette
1765	leidenschaftliches Verhältnis zu der Kurtisane Beauvoisin. Verschuldung durch aufwendige Reisen mit ihr
1767	Tod des Vaters — Bataillonkommandeur im Kavallerieregiment, Geburt des Sohnes Louis-Marie
1768	Skandal mit Rose Keller in Arcueil — Prozeß — sechs Monate Inhaftierung in der Festung Pierre-Encis — Begnadigung durch den König
1769	Stammschloß La Coste: Theatervorführungen, Feste — erneute Verschuldung, Geburt des Sohnes Donatien-Claude-Armand — Reise durch Holland
1770	vergeblicher Versuch, wieder in der Armee Fuß zu fassen
1771	Geburt der Tochter Madeleine-Laure — leidenschaftliches Liebesverhältnis mit seiner Schwägerin Anne-Prospère de Launay auf La Coste
1772	Aufführung von de Sades erstem Theaterstück in La Coste — Perversitäten in Marseille, Anklage wegen Sodomie (stand unter Todesstrafe) und Giftmord, Flucht mit Anne-Prospère nach Italien — Todesurteil in Abwesenheit in Aix, Hinrichtung »in effige« — Verhaftung auf Betreiben der Schwiegermutter — Gefangenschaft
1773	Flucht — heimlicher Aufenthalt in La Coste — finanzielle Schwierigkeiten
1775	Schwiegermutter erwirkt einen neuen Haftbefehl — Flucht nach Italien
1776	Italienreise — La Coste — finanzielle Schwierigkeiten

1777	Tod der Mutter im Kloster — Verhaftung und Inhaftierung in Vincennes aufgrund eines »lettre de cachet« — Tod des Abbé de Sade
1778	Annulierung des Todesurteils — Flucht auf der Rückkehr von Aix — La Coste, Verhaftung: Beginn der elf Jahre Gefängnis, in Vincennes — Tagebuchführung
1782	*Entrennes philosophiques* und *Dialogue entre un prête et un moribond*
1783	Beginn des Augenleidens
1784	Verlegung in die Bastille — häufige Besuche seiner Frau
1782–85	*Les Cent Vingt journées de Sodome*
1785–88	*Aline et Valcour ou le roman philosophique*
1787	*Les infortunes de la vertu* und *La vérité*
1787–88	*Historiettes* und *Les crimes de l´amour*
1789	*Justine ou les malheurs de la vertu* — Werkverzeichnis
1790	Aufhebung aller »lettres de cachet«: Freilassung de Sades, Aufenthalt in Paris — die Marquise läßt sich von ihm scheiden — Theaterarbeit — Beginn des langen Verhältnisses mit der Schauspielerin Renelle
1791	Aufführung von *Oxtiern* am Théâtre Molière, *Justine ou les malheurs de la vertu* erscheint anonym
1792	de Sade wird Sekretär in der revolutionären »Section des Piques«, engagiert sich für die Verbesserung der Krankenhäuser, Plünderung des Schlosses La Coste
1793	Ernennung zum Richter, später zum Gerichtsvollzieher seiner Section — Verhaftung wegen revolutionsfeindlicher Haltung — Gefängnis Madelonettes
1794	Aufnahme im Privatkrankenhaus von Picpus, wodurch er seinem Todesurteil vom 26. Juli entgeht — Freilassung nach dem Sturz der Extremisten, Aufhebung der Beschlagnahmung seiner Güter
1795	*La philosophie dans le boudoir* (anonym) und *Aline et Valcour* erscheinen
1796	Verkauf von La Coste — finanzielle Sorgen
1797	der Doppelroman *La nouvelle Justine ou les malheurs de la vertu, suivie de l´histoire de Juliette, sa sœur* erscheint anonym
1798	Besitz wird beschlagnahmt — Augenleiden, Übersiedlung nach Versailles aus Geldnot
1799	de Sade leugnet öffentlich seine Verfasserschaft von *Justine*
1800	Aufnahme in das Hospital zu Versailles aus Geldmangel, die Novellensammlung *Les crimes de l´amour* erscheint
1801	6. März Verhaftung de Sades bei seinem Verleger Massé, Beschlagnahmung von Manuskripten — Einlieferung ins Gefängnis Sainte-Pélagie ohne Urteil
1803	Überführung in das Irrenhaus Charenton in Paris
1803–13	Leitung von Theatervorstellungen, von Pariser Prominenz besucht
1806–07	*Les journées de Florbelle ou la nature d´voilée* (verschollener Roman)
1809	Tod des Sohnes Louis-Marie
1810	Tod seiner geschiedenen Frau
1813	*La marquise de Gange* erscheint anonym
1814	de Sade wir bettlägrig — Besuche seines Sohnes Donatien-Claude-Armand 2. Dezember Tod de Sades

Über diese Ausgabe

Der Text folgt der von Martin Isenbiel [d.i. Richard Fiedler] zum ersten Mal ins Deutsche übertragenen Ausgabe, o.O., Privatdruck, 1906. Die Übersetzung enthält Kürzungen, die zum Teil von der Herausgeberin ergänzt wurden.

Ursprünglich wurde der Doppelroman *Justine und Juliette* vom Autor in 10 Bänden angelegt, denen in dieser Ausgabe 10 Teile entsprechen. Die umfangreiche *Juliette* haben wir in ein erstes und zweites Buch aufgeteilt.

Für ihre freundliche Unterstützung danken wir: Ars Armandi, Berlin, bei der Textvorlage, sowie der Hessischen Landesbibliothek bei den Bildvorlagen. Die Kupferstiche sind der Ausgabe *»La nouvelle Justine ou les malheurs de la vertu, suivi de l'Histoire de Juliette, sa sœur«*, en Hollande, 1797, entnommen.

Inhalt der Werkausgabe

Die Hundertzwanzig Tage von Sodom
oder die Schule der Ausschweifung

Justine
oder die Leiden der Tugend

Juliette
oder die Wonnen des Lasters
Erstes Buch

Juliette
oder die Wonnen des Lasters
Zweites Buch

Die Philosophie im Boudoir
oder die lasterhaften Lehrmeister